国家社科基金重大项目"中国历代民间说唱文艺研究资料整理与数据库建设"
（17ZDA246）阶段性成果

国家社科基金项目"中国古代说唱文学文献研究史论"
（10BZW065）成果

中国说唱文艺研究丛书

说唱文学
文献学述略

苗怀明 ◎ 著

中国社会科学出版社

图书在版编目（CIP）数据

说唱文学文献学述略 / 苗怀明著 . —北京 : 中国社会科学出版社，
2021.4

（中国说唱文艺研究丛书）

ISBN 978-7-5203-7977-9

Ⅰ.①说…　Ⅱ.①苗…　Ⅲ.①说唱文学—文献学—中国

Ⅳ.①I207.7 ②G257.33

中国版本图书馆 CIP 数据核字（2021）第 038175 号

出 版 人	赵剑英
责任编辑	史慕鸿
责任校对	郝阳洋
责任印制	戴　宽

出　　版	中国社会科学出版社
社　　址	北京鼓楼西大街甲 158 号
邮　　编	100720
网　　址	http://www.csspw.cn
发 行 部	010 - 84083685
门 市 部	010 - 84029450
经　　销	新华书店及其他书店

印　　刷	北京明恒达印务有限公司
装　　订	廊坊市广阳区广增装订厂
版　　次	2021 年 4 月第 1 版
印　　次	2021 年 4 月第 1 次印刷

开　　本	710×1000　1/16
印　　张	24.25
插　　页	2
字　　数	409 千字
定　　价	128.00 元

前　　言

　　说唱文艺是一种基于民间大众的生活、心理与想象，运用口语来说唱故事、塑造形象、反映社会生活的文艺样式，具有鲜明的民族风格。清末民初以来，受西方文学观念的影响，我国学者开始重视俗文学，把过去认为不登大雅之堂的小说、戏曲等奉为文学正宗，文学观念发生了根本性的转变。但是，这种转变实际上并不彻底。受强大的雅文学传统的影响，人们关注的还是那些比较接近雅文学的俗文学作品，即一些已经经典化了的戏曲、小说作品。对于真正最通俗的民间说唱文艺，仍然不够重视，投入的学术力量严重不足。

　　20世纪上半叶，一些前辈学者在说唱文艺文献的寻访与发现、资料的钩稽与考辨、目录与索引的编制、作品的校勘与整理，以及说唱文艺文献的研究等方面，筚路蓝缕，做出了开创性工作，为后来的说唱文艺研究打下了根基。

　　中华人民共和国建立之初，党和政府对说唱文艺高度重视，一些文化工作者及曲艺研究人员在全国范围内开展说唱文艺文献资料的搜集与整理，对说唱文艺的渊源流变、体制类别、题材内容、说唱形态、重要艺人与刊印流传等皆有较深入的研究。

　　改革开放以后，说唱文艺研究再次焕发新的生机。一方面，大型说唱文艺志书的纂修，说唱文献的叙录编目，说唱文献研究资料的钩稽汇考，大型说唱文献的汇集出版，有力地推动了说唱文艺研究的开展。另一方面，说唱文艺的理论研究也开始四处开花，成果迭出。

　　可以说，说唱文艺研究从20世纪上半叶的开创，到50—70年代的推进，再到80年代以来的全面拓展，经过几代学人的共同努力，在文献资料的整理与理论研究方面，均取得了不俗的成就，为今天的说唱文艺研究奠定了良好的基础。但是整体来看，还没有形成独立的学科，与小说、戏曲等领域的研究相比，明显薄弱、滞后，在文献整理和理论研究方面，均存在不少有待继续拓展、深化的研究空间。

首先，说唱文艺的文献家底还没有摸清。目前，除了敦煌变文、诸宫调、子弟书、宝卷的文献调查、整理相对全面外，其他各类说唱文艺文本究竟有多少数量存世还是一个未知数。

其次，说唱文艺文献的整理，还存在诸多不足或缺欠。就已知的说唱文艺文本来说，目前被整理出版的只是其中一小部分。即便是已整理、出版的一些说唱文本，由于整理者作了不少删改、加工，导致它们在不同程度上失却了本来面目，并没有多少研究价值。

再次，有关说唱文艺的作者、表演者、说唱体制、表演与接受、流传地域、版本、序跋、评点、考论等研究资料的发掘、辑录与整理，也存在很多薄弱环节。这主要表现在：（1）说唱文艺研究资料的搜集、整理缺乏整体性，目前只有宝卷、弹词、子弟书、评话等研究资料的分类整理较有进展；（2）一些载录于史传、小说、戏曲、笔记、诗文别集、方志、宗教典籍以及近现代报纸杂志中的说唱文艺研究资料，缺乏必要的、系统的钩稽与整理；（3）古代说唱文艺研究资料的搜集、整理相对多一些，而近现代说唱文艺研究资料的搜集、整理则明显不足；（4）汉民族说唱文艺研究资料的搜集、整理相对多一些，而少数民族说唱文艺研究资料的搜集、整理则很简略；（5）说唱文艺研究资料的搜集与整理多局限于国内，而海外汉文文献中保存的说唱文艺研究资料则有待进一步的调查与发掘。

有鉴于此，目前亟须在全面钩稽、分类整理说唱文艺研究资料的基础上，编纂一部涉及各曲种、多民族、跨时段、海内外的大型说唱文艺研究资料汇编，并进而建立一个文献资料数据库，以期为说唱文艺研究奠定坚实的文献基础。

最后，就说唱文艺的研究状况来看，其研究成果的体量比较有限，质量也不太高。

目前只有弹词、宝卷、子弟书、鼓词、评话得到了一定的关注，学术空白点较多，甚至一些较重要的学术问题，如说唱文艺的文体流变，说唱文艺的表演形态、地域分布、接受与传播，不同种类说唱文艺之间的互涉关联，说唱文艺与小说、戏曲、诗文之间的相互影响等，都没有得到应有的关注与深入的研究。至于说唱文艺的学术史、批评史研究等则付之阙如。另外，说唱文艺的跨学科研究，也甚少有人问津。

说唱文艺研究之所以会存在上述这些薄弱环节或学术空白点，除了与不少学者在文学观念上鄙视说唱文艺有关外，实际上也与说唱文艺的研究视角的逼仄与研究方法的局限等有较密切的关系。迄今为止，说唱文艺的研究还多拘囿于说唱文艺本身，即便是说唱文艺本体研究，也还需要加强对各类说唱文体的渊源流变、表演情况、艺术特征、流行地域、社会影响等进行系统、深入的考察。至于不同种类说唱文艺之间的互涉关联等，也应纳入研究视野。

不仅如此，说唱文艺与小说、戏曲等其他文学样式往往也存在较密切的交叉、互动关系。所以，20世纪前中期，蒋瑞藻、钱静方、顾颉刚、郑振铎、孙楷第、阿英、叶德均、傅惜华、赵景深、谭正璧等在从事说唱文艺文献的搜集、整理与研究时，大都持有一种俗文学的整体观，注意将说唱文艺与小说、戏曲等放在俗文学的生态场域中进行关联性考察与研究。遗憾的是，这一良好的学术开端，后来并未得到自觉的承续和发展，说唱文艺与小说、戏曲等常常被人为地分割开来，进行各自为政的研究，彼此之间缺乏必要的沟通与交流，因而研究说唱文艺也就难以确切、深入地揭示其生存、发展与演化的动因与规律等。

就说唱文艺的研究角度而言，以往研究者一般多局限于从文学角度来研究、评价说唱文艺。实际上，说唱文艺的价值远不限于文学。说唱文艺对古代民间社会政治、历史、道德、商业、法律、宗教、信仰、医药、游艺等方面的生动反映，使其具有多方面的社会文化价值。对于说唱文艺，除了从文学角度研究外，有必要从历史学、社会学、人类学、民俗学、宗教学、民族学、传播学、音乐学和语言学等角度，进行多维度、多层面的跨学科研究，这样才能更充分地发掘说唱文艺的存在价值。

至于说唱文艺的研究方法与评价标准，也存在认识错位与评价失当的问题。长期以来，研究说唱文艺的学者，习惯于以文人作家书面创作的眼光去看待说唱文艺，评价故事编创时喜欢强调新颖性、独创性，评价情节结构时赞赏不落俗套、另辟蹊径，品评人物形象则推重人物性格的典型化与个性化等，这样的认识、评价，其实多少有点郢书燕说，不得要领。因为说唱文艺依托的是民间口头传统，主要是为聆听而编创的。为了强化书场的讲唱与接受效果，同时也为了方便说唱伎艺的习得与承传，说唱文艺在塑造人物时往往喜欢走类型化、特征化、传奇化的路子，情节建构则多半是套路化、直线性、缀段式的，叙事写景则频繁地使用程式化的诗词赋赞、韵文套语。有鉴于此，我们在认识、研究和评价说唱文艺时，就不能简单地套用评价作家文学所采用的理论与方法，而应该充分考虑口头文学与书面文学的差异，革新民间说唱文艺的评判标准与研究方法，在梳理、总结本土说唱理论的基础上，适当借鉴西方的口头诗学理论，重建一套基于民间说唱艺术而总结出来的理论话语体系。

除以上所言外，说唱文艺研究也有必要将文献整理、文本研究与田野调查有机地结合起来。当下有不少说唱文艺如弹词、宝卷、评书、评话、大鼓、快书、坠子等，秉承着丰富的传统说唱基因，继续存活于民间，并且还多被列入非物质文化遗产的重要保护对象，所以对之进行深入的田野调查，不仅可以亲身体会某一说唱文艺体裁的表演特点与艺术魅力，而且通过与历史文献记载的相互印证，以"流"反溯其"源"，也有助于我们更切实地认识该种说唱文艺的渊源与流变。

总之，今后的说唱文艺研究，亟须在全面、系统地发掘、整理各种说唱文艺文献资料的基础上，拓新研究的视野、角度与理论方法。一方面既要立足于说唱文艺本身，研究其作者、表演者、成书、版本、文体特征、说唱形态、渊源流变、地域分布以及不同门类的说唱文艺之间的交互影响等；另一方面也要将说唱文艺与戏曲、小说乃至诗文等文学样式贯通起来，将说唱文艺的文献整理、文本研究与田野调查结合起来，开展跨文本、跨文体乃至跨学科的交叉、融通与互补研究，这样才可以有效地拓展、深化说唱文艺的研究空间，从不同维度、不同层面去研究、揭示说唱文艺的价值与意义。

基于上述对于说唱文艺文献整理与研究现状的回顾与前瞻，2017 年度由我牵头联络国内有志于从事民间说唱文艺研究的学者，以"中国历代民间说唱文艺研究资料整理与数据库建设"为题，一起合作申报了国家社科基金重大项目，有幸获得了立项资助。该课题旨在对先秦以至民国时期各种说唱文艺研究资料（不包括具体的说唱作品）进行全面、系统的辑录与整理，对历代说唱文艺文献的一些重要问题进行深入考论，对历代说唱文艺文献整理与研究历程进行回顾与总结，并在此基础上构建"中国历代说唱文艺研究资料数据库"。

　　课题组经过三年多的调查研究，现已取得较为可观的成绩，于是商定以"中国说唱文艺研究丛书"之名，与中国社会科学出版社合作，陆续推出该课题的研究成果。衷心希望这套丛书能为海内外中国说唱文艺研究者、从业者、爱好者等提供一点有价值的参考，能对中国民间说唱文艺的文献整理、理论研究与说唱文艺的学科建设等起到一定的推进作用。

纪德君

2020 年 6 月

目　　录

绪　　论

　　在中国古代，尽管同样为主流社会和正统文化所排斥，所歧视，但相比之下，说唱文学的社会文化地位比小说、戏曲要更为低下，在其发展演进的过程中充满着更多的坎坷和艰难，这表现在它不仅没有产生像《西厢记》《琵琶记》《牡丹亭》《桃花扇》《长生殿》《三国演义》《水浒传》《西游记》《红楼梦》这样具有典范意义、影响广泛深远的优秀作品，而且没有得到像李贽、冯梦龙、金圣叹、毛宗岗、张竹坡这样的开明文人的青睐，未能获得提升文化品位、精致典雅化的机会，一直保持着民间原生状态，属于典型的通俗文学样式。也正是因为如此，说唱文学文献散失的情况更为严重，其发展演进过程及相关作家、作品所留下的空白点也更多，要想勾勒出一个完整清晰的说唱文学发展史由此变得困难重重，许多具体的问题如作者、成书、版本等更是难以解决。

　　进入 20 世纪，受时代学术文化思潮的影响，在王国维、胡适、鲁迅等先驱者的提倡、推动和示范下，通俗文学被纳入中国现代学术的范畴，得到学界的认可和重视。在此较为有利的学术文化语境中，说唱文学的研究虽然也取得了不少研究成果，但就受重视的程度与所取得的实绩来说，还远不能与小说、戏曲相比，起点不如小说、戏曲之高，而且缺少像《宋元戏曲史》《中国小说史略》这样具有典范性、能够影响数代人的学术力作。自"五四"新文化运动之后，小说、戏曲研究都已发展成为受人注目的显学，走上大学课堂，一批学人专力于此，学术热点不断，成果丰硕。相比之下，说唱文学的研究则显得较为冷落，虽然也有一些学者在这一领域辛勤耕耘，但不少人将其作为小说、戏曲研究的扩展和补充，专门致力于此的更是不多，直到 1927 年时有位学人还在感叹，"至今还有人在怀疑我们的小说与戏曲的价值，至于弹词唱本则更无人提起了！我们是如何的轻视自己的宝物呢"①。更为尴尬的是，小说、戏曲研究如今都已成为独立的研究领域，而说唱文学似乎还没有自己的独立地位和确定位置，经常作为小说、戏曲研究的附庸而存在，通常只是在与小说、戏曲发生某种联系时，才受到较多的重视。

并不是笔者因要撰写这部书，为了显示选题的重要性才去刻意为说唱文学的研究鸣不平，而是因为无论是就历史文化的积累还是就作品的数量规模、在民间的影响力等方面而言，说唱文学并不逊色于小说、戏曲，作为通俗文学的重要分支，它应该受到应有的重视。就通俗文学的研究格局而言，说唱文学应该与小说、戏曲鼎足而立才是较为理想的状态。

近些年特别是进入 21 世纪以来，随着学术研究的不断深入，随着政府对非物质文化遗产的重视，人们的学术视野不断拓展，说唱文学开始受到学界越来越多的重视，作品整理出版的规模、质量明显增大、提高，相关研究著述不断问世，一些硕士、博士研究生纷纷选择说唱文学作为学位论文的题目，等等，这些都是较为可喜的现象，代表着学术研究的未来趋势和走向。不过就这一领域的整体研究水准而言，说唱文学研究目前仍处在起步的基础阶段，只有少数影响较大的门类及作家作品得到充分研究，学术空白点比较多，还有很大的发展空间，需要更多学界力量的投入，需要更为系统、深入的开掘。

作为说唱文学研究的重要基础，说唱文学文献的搜集、整理和研究历来受到人们的重视，经过一百多年来数代学人的不断努力，取得了不少研究成果，构成了较为丰厚的学术积累。遗憾的是，对这一领域的研究一直缺乏全面、系统的梳理、归纳和总结，不少重要成果未能得到充分利用。有鉴于此，本书以说唱文学文献的搜集、整理和研究为核心，对这一领域一百多年来的研究历程、学术成果进行较为全面、详细的回顾，为其更为深入的发展提供一些参考和借鉴，同时也为有志于此的学人提供必要的参考资料与文献信息。

最后稍作解题，本书所说的"说唱文学"这一概念采用《中国俗文学辞典》一书的界定："亦称'讲唱文学'。现代多称'曲艺'。各种说唱文学艺术之总

---

① 郑振铎：《巴黎国家图书馆中之中国小说与戏曲》，《小说月报》第 18 卷第 11 期，1927 年。

称，如唐宋以来的'说话'、'诸宫调'、弹词、评书、相声等均是。"① 这一概念使用甚广，内涵、外延较为清晰，学界比较认可，不会引起太多歧义与误解，这里不再进行辨析。

① 王文宝、盛广智、李英健：《中国俗文学辞典》，吉林教育出版社1990年版，第229页。

第一章　20世纪上半期说唱文学文献研究

被正统文人视为淫词邪说的说唱文学得以进入学术殿堂，成为中国现代学术的重要组成部分，这是晚清以降时代学术文化诸种因素共同作用的结果，代表着中国学术研究从古典到现代的新变。这一新变经由两个阶段而完成。第一个阶段为维新变法时期。这一时期由梁启超等人发起倡导的小说界革命、戏曲改良等一系列文学及文化运动在思想观念上初步解决了包括说唱文学在内的通俗文学的研究价值问题，大大提高了通俗文学的社会文化地位，为这一领域的研究奠定了良好的基础。第二个阶段为"五四"新文化运动时期。由陈独秀、胡适等人发起的"五四"新文化运动使通俗文学的社会文化地位得到进一步确认，并使相关研究得到教育制度和学术制度的有力保障。

随着戏曲、小说等通俗文学陆续进入大学课堂，随着胡适所提倡的整理国故运动得到响应，随着北京大学歌谣研究会征集全国近世歌谣活动的广泛深入展开，说唱文学正式成为学术研究的对象，进入大学课堂，进入公共图书馆，吸引了不少学人特别是那些青年学子，各项研究也随之展开。

说唱文学长期受到主流文化和正统文人的排斥，相关史料散失严重，相关研究缺少必要的学术积累，文献基础十分薄弱。因此当研究者们面对说唱文学这一新的研究领域时，就必须从文献的搜集、整理和研究这些最为基础的工作做起。这是说唱文学研究的一项奠基工作，受到研究者们的高度重视，他们在此方面投入了大量的时间和精力。虽然整个20世纪上半期，中国内忧外患，战乱不断，研究环境相当恶劣，但经过研究者们的不懈努力，还是取得了相当丰厚的成果，奠定了较为扎实的说唱文学研究的文献基础，体现着20世纪上半期说唱文学研究的基本特色和学术水准，也体现着中国现代学术的新变，正如陈寅恪所说的："一时代之新学术，必有其新材料与新问题。取用此材料，以研求问题，则为此时代学术之新潮流。"① 这也是这一时期通俗文学研究的一个共同特点。

　　总的来看，这一时期说唱文学文献的搜集、整理和研究有如下几个特点。

　　一是具有开创性。由于此前的学术积累不足，存在很多空白，因此相关文献的研究工作，无论是目录、索引的编制、作品的校勘整理，还是资料的搜集、汇编，对作者、版本等问题的考索等，都是前人未曾做过的，或做得很少。这样的研究具有开创奠基之功，对其后整个学科的发展影响深远。

　　二是不少研究者将说唱文学文献的研究与个人的收藏紧密结合起来。尽管晚清以降，受西方学术思想影响，不少公共图书馆相继建立，但由于思想观念的束缚及积累不足等因素的影响，说唱文学方面的藏品数量非常少，还难以支撑起这一新兴学科，难以满足研究者的学术需要。因此不少研究者如郑振铎、赵景深、傅惜华等广为搜罗，购藏珍贵资料，将学术研究与个人收藏有机地结合在一起，推动了研究的持续、深入进行。

　　三是不少研究者持大的通俗文学观，将说唱文学文献的搜集、整理及研究与小说、戏曲的研究有机结合起来，视野开阔，形成了良好的学术传统，这与当下小说、戏曲、说唱文学研究各自为政、互不往来的格局形成鲜明对比。

　　以下从重要说唱文学文献的收藏与寻访、说唱文学文献的新发现、说唱文学目录的编制、说唱文学作品的校勘整理、说唱文学资料的搜集汇编、说唱文学文献的研究等几个方面对这一时期说唱文学文献的研究情况进行较为详细的梳理和介绍。

第一节　说唱文学文献的收藏与寻访

　　作为一门新兴学科，说唱文学研究还是比较幸运的，因为在其初创时期，就有一批优秀的年轻学人加入，为其注入生机和活力。经过不懈努力，这些学人为整个学科的发展奠定了坚实的基础，他们的贡献是多方面的，在文献的搜集、整

---

　　①　陈寅恪：《敦煌劫余录》"序"，中央研究院历史语言研究所 1931 年刊行。

理和研究方面，表现得尤为突出。

前文已说过，尽管晚清以降，各类公共图书馆相继建立，但受思想观念、基础薄弱等因素的制约，包括说唱文学在内的通俗文学文献的收藏难以满足整个学科发展的需要。在此情况下，研究者只能通过个人的收藏来弥补这一缺憾，将学术研究和个人收藏有机地结合起来。早期说唱文学的研究者有不少同时也是通俗文学文献的收藏家，通过他们的收藏和寻访，许多散见的说唱文学文献被挖掘出来，并得到集中、妥善的保存，为整个学科的发展奠定了扎实的文献基础，这也是这一时期说唱文学文献研究的一个重要特点。

以下对这一时期公私说唱文学文献的寻访与收藏情况进行简要介绍，这里先介绍个人的寻访与收藏情况。

1. 郑振铎（1899—1958）

在说唱文学文献的收藏方面，郑振铎在国内学人中无疑是首屈一指的，这种首屈一指主要表现在两个方面：一是他从事这方面的工作比较早，开风气之先，有倡导示范之功，对其他研究者产生较大影响，如赵景深、吴晓铃等，他们都是在郑振铎的影响下走上研究说唱文学之路的；二是他有关说唱文学方面的藏品无论是数量上还是质量上，都是其他藏家难以企及的，这正如其好友赵万里所概括的："就数量和质量论，在当代私家藏书中，可算是屈指可数的。"①

小说、戏曲之外，郑振铎有关弹词、宝卷、鼓词等说唱文学文献的收藏十分丰富，这是其藏书的特色与精华所在。他本人曾颇为自得地说："弹词、宝卷及鼓词向不为收藏家所注意"②，"于诸藏家不甚经意之剧曲、小说，与夫宝卷、弹词，则余得独多"③。

因受到战乱等因素的影响，郑振铎所藏书籍曾散失、转让不少，因此对其一生收藏说唱文学文献的总量，目前还难以做精确的统计。《西谛书目》（文物出版社 1963 年版）一书反映的主要是其晚年的收藏情况，由此可见其平生藏书之一斑。该书在卷五集部下设置曲、弹词鼓词、宝卷等子目，著录了其说唱文学方面的收藏，其中曲类收录诸宫调 1 种，俗曲 10 种，弹词、鼓词类收录 289 种，

---

① 赵万里：《西谛书目》"序"，文物出版社 1963 年版。

② 郑振铎：《记一九三三年间的古籍发现》，载《郑振铎文集》第 6 卷，人民文学出版社 1988 年版，第 459 页。

③ 郑振铎：《劫中得书记》"序"，上海古典文学出版社 1956 年版。

宝卷类收录 91 种。就数量而言，虽然不能与其小说、戏曲的收藏相比，但在当时已相当可观了。就其质量而言，其中有不少罕见的珍品，如明嘉靖刊本《董解元西厢记》、明彩绘本《目连救母出难地狱生天宝卷》、明嘉靖刊本《药师本愿功德宝卷》等。郑振铎去世后，其藏书由家属捐赠给北京图书馆，得到集中、妥善的保存。

寻访、购藏之外，郑振铎还撰写了不少文章，介绍其个人及其他公私藏书机构说唱文学文献方面的收藏，如《西谛所藏弹词目录》（《小说月报》17 卷号外，1927 年）一文，收录其所藏弹词作品 117 种；《佛曲叙录》（《小说月报》17 卷号外，1927 年）一文收录敦煌俗文学作品及其所藏宝卷 36 种；《巴黎国家图书馆中之中国小说与戏曲》一文的其他部分收录法国巴黎国家图书馆所藏《第八才子花笺记》《西番宝蝶全本》《杂歌曲》多种说唱文学作品；《记一九三三年间的古籍发现》一文介绍了其 1933 年所得弹词、宝卷、鼓词的情况；《三十年来中国文学新资料发现记》一文则梳理和总结了 20 世纪前 30 年间说唱文学文献的新发现。

目录的编制之外，郑振铎还撰写了一系列有关说唱文学研究的著述，特别是其《中国俗文学史》（商务印书馆 1938 年版）一书，首次对中国古代俗文学的发展历程进行了系统、深入的梳理和归纳，对这一学科的发展具有奠基之功，其中不少作品是前人未曾涉及的。此外其《插图本中国文学史》《文学大纲》等著述也都有专章讲到说唱文学。相关文章则有《敦煌俗文学》（《小说月报》20 卷 3 期，1929 年）、《宋金元诸宫调考》（《文学年报》第 1 期，1932 年）等。因在说唱文学研究具有开创性的贡献，有论者称郑振铎为"提倡搜集和研究俗曲的第一人"[①]。

2. 马廉（1893—1935）

马廉收藏小说、戏曲之富、之精，早已为学界所熟知，但对其说唱文学的收藏情况，知者不多或知之不详。其实，他在此方面的收藏也是值得关注的。具体数量据阿英手抄《鄞县马氏所藏弹词及鼓词目录》，有 154 种。另据潘建国核查，

---

① 赵万里：《西谛书目》"序"，文物出版社 1963 年版。

北京大学图书馆的"马氏特藏"尚有12种弹词、鼓词不见于该目①。此外还有两种目录著录了马廉说唱文学文献的收藏情况，据张守谦《〈缺名戏曲小说书目〉及其著录的小说罕见本》一文介绍，《缺名戏曲小说书目》收录马廉所藏宝卷、弹词、鼓词66种②。《中国著名藏书家书目汇刊》近代卷所收《王古鲁藏书目录》并非王古鲁本人的收藏，实际上是马廉的藏书目录，其中第四、五箱共收录65种弹词、宝卷、鼓词等说唱文学作品，由此可见马廉在说唱文学方面的收藏还是相当丰富的。

马廉去世后，其说唱文学方面的收藏一部分归北京大学图书馆，一部分则归其侄子马彦祥。马彦祥去世后，将其捐赠给首都图书馆。

3. 阿英（1900—1977）

阿英以古代、近代文学文献的丰富收藏而享誉学界，其搜罗范围相当广泛，包括弹词、宝卷在内的古代通俗文学文献也藏有不少。至于其说唱文学文献藏品的数量，因无专门的目录，难以确知，不过从其《弹词小说丛考》《小说搜奇录》等相关文章的介绍来看，数量当不会少，比如仅《珍珠塔》一书，他就藏有10种③。阿英去世后，其大部分藏书由家属捐赠给家乡安徽芜湖，当地政府专门成立阿英图书馆，保存这批珍贵的藏书。

收藏之外，阿英还写有一些专门的研究著作，其《弹词小说评考》（中华书局1937年版）一书是学界第一部研究弹词的专著。其《中国俗文学研究》（中国联合出版公司1944年版）一书也收录了一些研究说唱文学的文章，其他尚有《女弹词小史》《〈占花魁弹词〉钩沉》等。

4. 赵景深（1902—1985）

赵景深从20世纪30年代开始，从文学创作转向通俗文学的研究，其间受到郑振铎的重要影响，他虽然收藏此类书籍的时间比前面所介绍的几位学人晚了一些，但经过多年积累，无论是数量还是质量，都还是相当可观的。据其弟子江巨荣介绍，"从严格的版本目录学标准来衡量，赵藏书目中至少有七八十种善本弹

---

① 参见潘建国《马廉不登大雅堂藏书及其小说研究》，载其《古代小说文献丛考》，中华书局2006年版；阿英《弹词书目记事》之《鄞县马氏弹词目》，载其《小说二谈》，上海古籍出版社1985年版。

② 张守谦：《〈缺名戏曲小说书目〉及其著录的小说罕见本》，《天津师院学报》1982年第1期。

③ 参见《阿英藏珍珠塔版本目》，《小说二谈》，上海古籍出版社1985年版。

词、宝卷、山歌俗曲书籍，仅略少于戏曲、多于小说。还有 600 种，版本质量虽不高，但因过去不被文人重视，收集庋藏者不多……实际应用上，有很多是僻书，甚至是孤本书，也为这方面的研究者所宝爱。其庋藏之丰富，也足与郑振铎先生比肩，而为他人所不及"①。对赵景深所藏宝卷，其子赵易林编有《家藏宝卷编目》（稿本）；对其所藏民间文艺、民俗学方面的书籍，中国民间文艺研究会上海分会编有《赵景深民间文艺民俗学藏书目录索引》（1984 年刊行）一书。赵景深去世后，其藏书捐赠给复旦大学图书馆和古籍整理研究所②。

赵景深不仅说唱文学收藏丰富，相关著述也不少，这一时期他相继出版有《大鼓研究》（商务印书馆 1936 年版）、《弹词考证》（商务印书馆 1937 年版）等专著，选编《弹词选》，发表《关于牌子曲》、《大鼓书录》（《新艺术》第 1 期，1945 年）、《关于〈再生缘〉的续作者》（《安徽日报》，1946 年）等文章③。

5. 傅惜华（1907—1970）

傅惜华藏书的总量据中国艺术研究院戏曲研究所资料室 2000 年的清点，共有 27423 册④。其中"有七成左右属集部曲类（包括戏曲、散曲、俗曲、曲艺等）"⑤。至于其中俗曲、曲艺类书籍的数量到底有多少，究竟有哪些珍贵的曲艺文献，目前还没有专门的书目和介绍文字，不过从傅惜华相关著述所透露的信息来看，其曲艺类书籍的收藏是相当丰富的，且有不少稀见的珍本、善本。他曾这样介绍自己的藏品："个人治理戏剧小说之暇，于俗曲方面之研讨，甚感兴趣。中国各地方俗曲唱本，尝尽力搜罗，勿论曲调类别，时代早晚，镌刻抄写，或排印之本，概皆收之；积至今日，寒斋碧蕖馆入藏者，已充架盈橱矣。"⑥ 中国曲艺工作者协会辽宁分会所编《子弟书选》（1979 年刊行）一书就是根据傅惜华子

①　江巨荣：《赵景深先生的藏书》，载李平、胡忌编《赵景深印象》，学林出版社 2002 年版，第 82 页。

②　具体书目参见复旦大学图书馆、复旦大学古籍整理研究所编《赵景深先生赠书目录》（中文线装书部分），1988 年刊行，该目分善本和普通本两部分，其中被列入善本的弹词、鼓词有 11 种，平湖调 29 种，南音 3 种，道情 2 种，宝卷 26 种，被列入普通本的说唱文学书籍数量更多。赵景深赠书的总数为线装书 2195 种 8052 册、中文平装书约 9000 册、外文书 200 余册。

③　有关赵景深研究说唱文学的情况，参见其《我是怎样研究曲艺的》一文，载其《曲艺丛谈》，中国曲艺出版社 1982 年版。

④　参见李悦、万素《中国艺术研究院戏曲研究所大事记（1976—2000）》，《戏曲研究》第 62 辑，中国戏剧出版社 2003 年版。

⑤　戴云、戴霞：《傅惜华的研究著述与其戏曲收藏》，《文学遗产》2006 年第 5 期。

⑥　傅惜华：《明清两代北方之俗曲总集》，载其《曲艺论丛》，上杂出版社 1953 年版，第 3 页。

弟书方面的珍藏编选而成的，由此可见其说唱文学收藏之一斑。傅惜华的藏书在其去世后，由家属捐赠给中国艺术研究院戏曲研究所资料室。近年来，中国艺术研究院与学苑出版社合作，将傅惜华珍藏书籍中的精品分类影印出版，现已出版《傅惜华藏古典戏曲珍本丛刊》，《傅惜华藏古典曲艺珍本丛刊》等正在编辑出版中。

收藏之外，傅惜华撰写了一些说唱文学方面的专题目录，介绍个人的收藏情况，如《子弟书总目》就是根据其个人藏品及其他公私机构所藏子弟书文献而成的。他还为《续修四库全书总目提要》撰写了其中的俗曲、鼓词、弹词部分，共 30 多篇①。此外尚有《明清两代北方之俗曲总集》（连载《华北日报》俗文学周刊，1947 年 8 月 8 日—12 月 26 日）等。他还曾有撰写《中国俗曲总集叙录》的想法，可惜没有完成。

傅惜华这一时期所写有关说唱文学的文章主要收录在《曲艺论丛》（上杂出版社 1953 年版）一书中，其他尚有《"西调"与"小曲"》（《逸文》第 1 期，1945 年 5 月）、《太真故事之子弟书》（《逸文》第 2 期，1945 年 6 月）、《快书概说》（《华北日报》1947 年 8 月 1 日）等，大多发表在其主编的《华北日报》"俗文学周刊"上。

6. 吴晓铃（1914—1995）

吴晓铃虽然从事通俗文学研究的时间比上面所介绍的几位学人要晚一些，不过同样取得了令人注目的成绩，就说唱文学文献的收藏来说，颇为可观。据吴书荫介绍，吴晓铃所藏"各类古籍 2272 部，6362 册，其中明刊本 73 种，清乾隆以前刊本 70 多种，多为善本珍椠；清中后期的刻印本千余部，其余都是明清的抄本，不乏珍稀罕觏之本，还有少数稿本"②。在吴氏藏书中，以小说、戏曲、说唱文学为大宗，其中说唱文学藏品的数量相当丰富，比如仅宝卷就有 187 种，子弟书也有 100 多种，《绥中吴氏双楈书屋所藏子弟书目录》一文记载了他这一方面的收藏，论者称其子弟书的收藏"可以和中国艺术研究院图书馆（傅惜华旧藏）、台北'中央研究院'傅斯年图书馆鼎足而立"③。吴晓铃去世后，其藏书由

① 这一部分提要已由谢雍君整理，载其《傅惜华古典戏曲提要笺注》一书，学苑出版社 2010 年版。
② 吴书荫：《吴晓铃先生和"双楈书屋"藏曲》，《文献》2004 年第 3 期。
③ 吴书荫：《吴晓铃先生和"双楈书屋"藏曲》，《文献》2004 年第 3 期。

家属捐赠给首都图书馆。

吴晓铃这一时期所写说唱文学方面的文章主要有《关于俗讲考也说几句话——就正于向觉明先生》（《华北日报》1947年7月4日、9月12日）等。

此外，周越然、谭正璧、胡士莹、凌景埏、路工等学人也都藏有较为丰富的说唱文学文献，限于篇幅，这里不再一一介绍。

私人的收藏之外，当时的一些公共藏书机构也收藏了不少珍贵的说唱文学文献。以中央研究院历史语言研究所为例，1928年，刘半农组建中央研究院历史语言研究所民间文艺组，其成员有常惠、李家瑞等6人。该组的研究范围为"歌谣、传说、故事、俗曲、俗乐、谚语、谜语、歇后语、切口语、叫卖声等等，凡民众以语言、文学、音乐等表示其思想、情绪之作品一律加以搜集研究"①，说唱文学自然也被纳入其研究范围。

按照刘半年所写的《国立中央研究院历史语言研究所民间文艺组工作计划书》，"拟于一二年内，以搜集材料，并整理已得之材料为主要工作"，其中与说唱文学有关的内容有三：一是"北平孔德学校所藏车王府曲本，现已商得该校同意，着手借抄"，"随抄随校，并每校一种，随手作一提要，由刘复、李家瑞二人任其事，将来拟仿清黄文旸《曲海总目提要》之例，汇为《车王府俗曲提要》一书"；二是"常惠十年来所搜集之现行俗曲七百余种，现已商请让归本组，由李荐侬担任分类及编目，并仍由常惠担任继续搜集。其属于北平者，常惠拟另行提出，作系统的研究"，"亦由刘复、李家瑞二人担任作提要，将来拟汇为《现行俗曲提要》一书"；三是"宋元以来小说及曲本中所刻俗字，由刘复、李家瑞二人担任搜集比较，期于短期内，作成宋元以来俗字谱一书"②。这些计划有的实现了，比如汇编《现行俗曲提要》，编撰《宋元以来俗字谱》等，有的则未能实现，比如编撰《车王府俗曲提要》。

这是以学术机构名义有目的、成系统地进行民间通俗文学文献的搜集，这种搜集是卓有成效的，短短两年时间，就搜集了一大批珍贵的俗文学资料，其中民俗俗曲部分达到上万种，有的研究者称之为"具有伟大规模、壮阔视野的民间曲

---

① 引自王汎森《刘半农与史语所的"民间文艺组"》，载《新学术之路——中央研究院历史语言研究所七十周年纪念文集》，台湾"中研院"历史语言研究所1998年刊行，第124页。

② 以上转引自刘锡诚《20世纪中国民间文学学术史》，河南大学出版社2006年版，第283页。笔者对"中研院"历史语言民间文艺组相关工作的介绍，亦参考了该书。

艺文学的总搜集"①。据一位学人介绍，到 1936 年，该所"已经藏有弹词一百四十多种"②，由此可见其收藏之富。刘半农、李家瑞所编《中国俗曲总目稿》（1932 年刊行）一书主要根据这批资料而成，稍后李家瑞又依据这些资料撰写《北平俗曲略》一书，并选录了部分作品。

中山大学语言历史学研究所在傅斯年、顾颉刚的领导下，重视搜集与民间说唱文学相关的文献资料，广为搜罗，收获甚大。在该所的藏品中有不少说唱文学方面的文献，包括潮州歌册、木鱼书、宝卷等③。该所还办有风俗物品陈列室，《本所风俗物品陈列室所藏书籍器物目录》《风俗物品陈列室藏物》两目著录了其所藏书籍、器物的情况，其中有不少属于说唱文学④。

此外，国立北平图书馆、北京大学图书馆、孔德学校图书馆等藏书机构也受学术文化新思潮的影响，注意收藏通俗文学方面的文献资料，有较为丰富的说唱文学收藏。与个人的搜罗相比，这些公共藏书机构及学术机构对说唱文学的收藏具有人力、资金等方面的优势，虽然短时间内还无法和个人收藏相比，但它代表着说唱文学收藏的发展趋势，不仅体现着学术研究的新变，而且为说唱文学研究奠定了坚实的文献基础。

第二节　说唱文学重要文献的新发现

前文已经说过，由于说唱文学研究的基础十分薄弱，相关文献积累较少，因此这一时期研究的重点主要集中在文献的搜集、整理及研究等方面。经过研究者的不懈努力，不断有新的重要文献被发现，这些发现使人们得以见到的文献资料大为增加，为说唱文学研究的深入进行奠定了坚实的文献基础。

---

① 俞大纲：《发掘中央研究院所保存的戏曲宝藏》，《俞大纲全集》论述卷，第 385 页，台北：幼狮文化事业公司 1987 年版，第 385 页。

② 胡士莹：《弹词宝卷书目》"前言"，古典文学出版社 1957 年版。

③ 详情参见黄仕忠、关瑾华《国立中山大学"风俗物品陈列室"旧藏唱本考略》，《文化遗产》2009 年第 3 期。

④ 《本所风俗物品陈列室所藏书籍器物目录》，《民俗》周刊 25—26、27—28、29—30 期合刊，1929 年 9—10 月；《风俗物品陈列室藏物》，《国立中山大学语言历史学研究所 1929 年年报》，载《国立中山大学语言历史学研究所集刊》第六集第 62、63、64 期合刊，1929 年 1 月。

在这些重要说唱文学文献的新发现中，以敦煌说唱文学与车王府曲本规模最大，也最为引人注目。

敦煌说唱文学的发现对说唱文学研究意义重大，具有填补空白的重要价值，这表现在人们由此得以看到早期说唱文学作品的原貌，对说唱文学的发展脉络有了更为清晰的了解和把握，这正如一位学人所概括的："长篇的叙事歌曲，象《太子赞》《孝子董永》《季布歌》，都是很粗豪的东西，用白话文写的小说象《唐太宗入冥记》《秋胡小说》之流，也足以供我们以最重要的最早的国语文学的研究资料。但最重要的还是一种所谓'变文'的久被掩埋了的文体的发见。'变文'的重复出现于世，关系于近代文学史的研究者极大。这是五六百年来，潜伏在草野间而具有莫大的势力和影响的宝卷、弹词、鼓词一类文体的祖先。"①由于后文还会对此做专门介绍，这里不再赘述。下面重点介绍车王府曲本的发现。

1925年秋，北京琉璃厂松筠阁书坊老板刘盛誉经人介绍，从北京西小市一个打鼓摊上廉价收购了一批手抄曲本，有1400多种。随即他又以50元的价格将其转卖给孔德学校图书馆，孔德学校图书馆当时由马廉主政，他十分注意通俗文学文献资料的搜集，不仅自己收藏，也帮助孔德学校图书馆购藏。经鉴定，这些手抄曲本是从北京蒙古车王府散出的，故后来通称其为车王府曲本②。

这年11月，《北京大学研究所国学门周刊》率先载文向学术界披露了这一消息③。次年夏，顾颉刚受邀对这批曲本进行初步整理，编制出一份分类目录，陆续在《孔德月刊》刊出④。至此，车王府曲本始广为学界所知，并引起广泛关注。

后来，孔德学校又购藏到一批同类曲本，共有219种，不仅纸张、墨迹及装订与第一批曲本相同，而且在内容方面也相互衔接，可以断定也是属于车王府之物。孔德学校购藏的第一批车王府曲本于抗战期间经周作人之手，转归北京大学

---

① 郑振铎：《三十年来中国文学新资料发现记》，载《郑振铎文集》第6卷，人民文学出版社1988年版，第473页。

② 参见雷梦水《书林琐记·车王府钞藏曲本的发现和收藏》，载《学林漫录》第9辑，中华书局1984年版；刘复《中国俗曲总目稿》"序"，1932年刊行。

③ 《写本戏曲鼓儿词的收藏》，《北京大学研究所国学门周刊》第6期，1925年11月18日。

④ 顾颉刚：《蒙古车王府曲本分类目录》，《孔德月刊》3、4期，1926年12月、1927年1月。

文学院，今藏于北京大学图书馆，共 1445 种，并且全部都是原始抄本，殊为珍贵。孔德学校购藏的第二批车王府曲本 1949 年后大部分转归首都图书馆收藏。60 年代初，首都图书馆又据北京大学图书馆所藏，抄制了第一批曲本的副本，因此其收藏也较为完备，其中原始抄本有 234 种。

1926 年，在顾颉刚主持下，中山大学语言历史学研究所根据孔德学校所藏抄制了一部副本。这批副本共有 1494 种，现藏于中山大学图书馆。

稍后，1928 年至 1929 年，中央研究院历史语言研究所在刘复主持下也据孔德学校所藏抄录副本，但只抄录了其中的一部分，今藏于台北"中研院"历史语言研究所傅斯年图书馆，共有 263 种。

公共图书馆之外，私人也有一些收藏。1928 年，日本汉学家长泽规矩也在游学中国期间，从孔德学校购买到一批车王府曲本，共 48 种，48 册，其中戏曲 22 种、曲艺 26 种。长泽规矩也所藏今归日本东京大学东洋文化研究所，全部为原始抄本①。傅惜华也购藏到一批车王府曲本，约 20 种，今归中国艺术研究院戏曲研究所资料室保存。1951 年，该所还抄录了一部分文化部艺术局的藏本。今该处所藏车王府曲本共有 152 种，其中 20 种为原始抄本。

这样，海内外共有 6 个藏书机构收藏有车王府曲本的原始抄本或副本②。不过，各家机构收藏的曲本内容并不完全相同，都有一些你有我无的珍贵曲本，比如中山大学图书馆所藏就有 55 种戏曲作品和 261 种曲艺作品为首都图书馆所无③。此外，还有一些外国的藏书机构，如美国哈佛大学、耶鲁大学、普林斯顿大学，英国剑桥大学等都曾据台北"中研院"历史语言研究所所藏拍摄或复制了一套微缩胶卷④。

车王府曲本的种数和册数因数量较大，且分藏于各处，统计颇为不易，故其

---

① 详细情况参见仇江《〈清蒙古车王府藏曲本〉遗珠（一）——日本双红堂文库所藏车王府曲本简介》，《中山大学学报》1998 年第 6 期。

② 以上统计数字据仇江《车王府曲本总目》（《中山大学学报》2000 年第 4 期）、郭精锐《车王府曲本与京剧的形成》第 2 章《车王府曲本》（汕头大学出版社 1999 年版）。

③ 详情参见晏闻《〈清蒙古车王府藏曲本〉遗珠（二）——中山大学图书馆藏车王府曲本漫谈》，《中山大学学报》1998 年第 6 期。

④ 参见俞大纲《发掘中央研究院所保存的戏曲宝藏》，《俞大纲全集》论述卷，台北：幼狮文化事业公司 1987 年版；彭飞《等待炎黄子孙共同开发的艺术宝藏》，《上海艺术家》1987 年第 4 期。

总数先后有数种不同的说法①。据其后较为准确的统计，车王府曲本目前所知数量为 2010 种，其中戏曲 993 种、曲艺 1017 种②。曲艺包括子弟书、鼓词、杂曲等。这些曲本在纸张、墨色、装订及行款等方面都比较一致，可见并非当时的演出底本，而是有计划、大规模地抄制而成。不过，车王府曲本也并非全是抄本，其中还有一些刻本，当系车王府在外购置所得。

至于抄制收藏这些曲本的蒙古车王府到底何指，学术界还有不同的看法，有的研究者认为车王即车布登扎布③，但还缺少足够的证据。学界一般认为这位车王是车登巴咱尔王，并从《晚清宫廷生活见闻》一书中找到线索，证实车王系车登巴咱尔王的简称。车王府在今北京安定门内宝钞胡同。这些曲本系车王子孙几代收集积累而成，进入民国后，王府逐渐败落，由于生活窘迫，靠借贷度日，最后连王府都被卖掉，所藏曲本也逐渐散出④。有关详情还待进一步的核实查证。

如此集中、大规模的重要文献新发现，在中国现代学术史上也不多见，可以与之媲美的只有敦煌俗文学、脉望馆抄校本古今杂剧等少数几种。对说唱文学而言，由此增加了上千种作品，涉及鼓词、子弟书、岔曲、时调等多个门类，具有重要的文献价值。

除了上面所介绍的两次较大规模、较为集中的新发现，这一时期还有不少说唱文学新文献被相继挖掘出来，对相关研究也产生了积极的推动作用，这里对其中较为重要、影响较大者稍作介绍。

1.《大唐三藏取经诗话》的发现

1915 年，王国维、罗振玉在日本三浦将军处发现《大唐三藏取经诗话》小

---

① 对车王府曲本的数量，冯秉文最早说是 4400 余册（《首都图书馆珍藏〈蒙古车王府曲本〉目录》前言），后来又云北京大学图书馆和首都图书馆所藏共 1663 种、4714 册（《刘公案》书前《蒙古车王府曲本》，人民文学出版社 1990 年版）；另据雷梦水所言全部共 1444 种、5131 册（《书林琐记·车王府抄藏曲本的发现和收藏》，《学林漫录》第 9 辑，中华书局 1980 年版）；郭精锐云目前所知数目是 1787 种、4681 册（《车王府曲本与京剧的形成》第 2 章《车王府曲本》），而吴国钦在《车王府曲本与京剧的形成》一书的序言中却说是 1800 多种，约 5000 册。

② 见仇江《车王府曲本总目》（载《中山大学学报》2000 年第 4 期），仇江、张小莹《车王府曲本全目及藏本分布》（载刘烈茂、郭精锐等著《车王府曲本研究》，广东人民出版社 2000 年版）。

③ 关德栋：《清蒙古王府藏曲本》"序"，北京古籍出版社 1991 年版。

④ 参见郭精锐《漫谈车王府曲本》（《中山大学学报》1990 年第 2 期）、《车王府曲本与京剧的形成》第 2 章《车王府曲本》。

字本，第二年将其影印刊布。1917 年，他们又在日本发现了该书的另一个版本即《大唐三藏取经诗话》大字本，随后将其编入《吉石盦丛书》影印刊布。《大唐三藏取经诗话》是宋元时期的说唱文学作品，正如王国维所言："此书有诗无词，故名诗话，皆《梦粱录》《都城纪胜》所谓说话之一种也。"① 该书的发现使人们得以看到早期说唱文学刊本的原貌，具有重要的文献价值。

其后，黎烈文根据该书小字本的影印本进行标点，整理出一个供普通读者阅读的普及本，由商务印书馆于 1925 年出版。相关研究也随即展开，主要有王国维的《唐三藏取经诗话跋》（《国学月报》第 2 卷第 8—10 号，1927 年 10 月）、鲁迅的《关于唐三藏取经诗话》（《中学生》第 12 号，1931 年 2 月）、方诗铭的《大唐三藏取经诗话为宋人说经话本考》（《文史杂志》第 5 卷第 7—8 期，1945年）等。日本学者长泽规矩也亦有《大唐三藏法师取经记与大唐三藏取经诗话》（《书志学》13 卷 6 期，1939 年）。

2. 《醉翁谈录》的发现

该书中土已佚，仅存日本，由日本学者长泽规矩也发现，对了解宋元时期的说书艺术具有重要的参考价值，正如较早对其进行研究的谭正璧所言："此书不但为小说研究者不可少的参考书，即在研究戏曲的人也是极有用的。"②

1940 年，日本文求堂以观澜阁藏本为底本，将其以《新编醉翁谈录》为名影印出版。相关研究文章有谭正璧的《醉翁谈录所录宋人话本考》（《万象》第 1年第 12 期，1942 年 6 月）等。日本学者工藤篝亦有《宋人话本：看醉翁谈录小说引子》（《斯文》24 卷 4 期，1942 年）。

3. 抄本《销释真空宝卷》的发现

该宝卷于 20 世纪 30 年代初在宁夏被发现，其中所述唐僧西天取经故事与小说《西游记》的情节颇多相合之处。胡适最早撰文向学界披露这一重要发现，他认为该宝卷"大概作于吴承恩的《西游记》流传之后"，"此卷的取经故事决不是根据元朝流行的《西游记》的，乃是根据于吴承恩的《西游记》的"③。郑振铎则有不同的观点，他认为"既同在宋元刻的藏经堆中，颇有即为元人抄本的

---

① 王国维：《唐三藏取经诗话跋》，《国学月报》第 2 卷第 8、9、10 号合刊，1927 年 10 月。
② 谭正璧：《日本所藏中国佚本小说述考》，知行编译社 1945 年版，第 23 页。
③ 胡适：《跋〈销释真空宝卷〉》，《国立北平图书馆馆刊》第 5 卷第 3 号，1931 年 5、6 月。

可能"①。如果这一结论能够成立，对研究《西游记》的成书无疑具有重要参考价值。不过即便这一宝卷是出于吴承恩《西游记》之后，它对了解《西游记》在民间的流传也是颇有参考价值的。

《国立北平图书馆馆刊》在第 5 卷第 3 号将其整理本全文刊载。相关文章有俞平伯的《驳〈跋销释真空宝卷〉》等。

4. 蒲松龄俚曲的发现

1926 年，马立勋在其亲戚家发现蒲松龄文稿九篇，"完全是白话的，都是曲剧、鼓词之类"。由于朋友们借去相互传抄，失落了三篇。稍后，他将其余六篇即《问天词》《东郭外传》《逃学传》《学究自嘲》《除日祭穷神文》《穷神答文》进行整理，对一些方言俗语作了"极简单的注释"②，由钱玄同校阅，以《聊斋白话韵文》为名，由北京书局于 1929 年版出版。卷首有周作人的《聊斋白话韵文序》和马立勋的《引言》。这些俚曲的发现无论是对蒲松龄研究还是对说唱文学研究，都有重要的参考价值。

此外还有《刘知远诸宫调》的发现等，这里不再一一介绍。

这一时期还有一些研究者到国外寻访，发现一些重要的说唱文学作品或版本，比如郑振铎在法国巴黎图书馆看到《花笺记》《西番宝蝶》等木鱼书作品③，刘修业在英国伦敦博物院图书馆看到《探河源传》弹词④。

第三节 说唱文学目录的编制

说唱文学在宋元至明清时期虽然发展较为繁盛，涌现了许多优秀的艺人与作品，但由于受到主流社会与正统思想的歧视和排斥，相关文献未能得到有意的保存，自然也不会人编制这方面的专题目录，只是偶尔在少数较为开明的藏书家的藏书目录中看到一些说唱文学文献，如姚燮的《大梅山馆藏书总目》卷十六下

---

① 郑振铎：《三十年来中国文学新资料发现记》，载《郑振铎文集》第 6 卷，人民文学出版社 1988 年版，第 476 页。

② 马立勋：《聊斋白话韵文》"引言"，北京书局 1929 年版。

③ 参见郑振铎《巴黎国家图书馆中之中国小说与戏曲》，《小说月报》第 18 卷第 11 期，1927 年。

④ 参见刘修业《探河源传》，载其《古典小说戏曲丛考》，作家出版社 1958 年版。

设说唱、京都鼓词等部，其中仅鼓词作品就有 38 种①。其他如《怡府书目》也收录有少数说唱文学作品。至于从学术角度编制专门的说唱文学目录，则要到"五四"新文化运动之后。

目录编制是说唱文学文献研究的一项重要基础工作，特别是在研究的初创阶段，它在一定程度上体现着说唱文献研究的新进展和学术水准，为学界提供了重要的学术信息，对整个学科的建设具有较大的推动作用，因而受到研究者们的重视。

这一时期研究者们相继编制了一批有关说唱文学的目录，其中大多为公私藏书目录或访书目录，这也正体现了这一时期说唱文学文献研究的基本特点。依据其内容及特点，可以将这些说唱文学目录分作两类，一类是收录多个说唱文学样式的综合目录，一类是收录某一说唱文学样式的专题目录。相比之下，后者较多，前者要少一些。其中有关说唱文学的综合目录主要有如下几种。

《中国俗曲总目稿》，刘复、李家瑞等编，国立中央研究院历史语言研究所 1932 年刊行。该书依据中央研究院历史语言研究所、北平图书馆、故宫博物院所藏俗曲及车王府曲本汇编而成，共收录全国各地俗曲 6000 多种，其中流行于北京、天津、河北者 4109 种，流行于上海、江苏者 718 种，流行于广东者 525 种，此外尚有流行于四川、福建、山东、河南、云南、湖北、江西等地者，共涉及十多个省市。

全书根据俗曲题目字数的多少，将全书分为十个部分，依据题目数字由少到多为序编排。在每一部分内，再依据题目首三字的笔画数由少到多编排。对所收作品，标明题目、版本形态、所属说唱门类、流行地区、册数（仅一本者标明页数，不满一页者则标明行数）、收藏单位等，并抄录作品开头两行。

该书是一部大型俗曲专题目录，收录较为完备，提供信息丰富，对相关领域的研究具有奠基之功，面世之后，成为俗文学研究的重要参考著作②。

《北平俗曲百种提要及其押韵》，罗常培编。该目先是以罗莘田之名刊发于 1941 年 11 月 8 日、15 日、22 日、29 日《星岛日报》，后收入《北平俗曲百种摘

---

① 该目载林夕编《中国著名藏书家书目汇刊》（明清卷），商务印书馆 2005 年版。

② 对该书存在的一些问题，陈锦钊《六十年来子弟书的整理与研究》一文言之甚详，可参见林徐典编《汉学研究之回顾与前瞻》（文学语言卷），中华书局 1995 年版。

韵》（重庆国民图书出版社 1942 年版）①。全目所收一百种俗曲为中央研究院历史语言研究所藏品，共分情歌、烟花、事物、集锦、滑稽、感叹、杂剧、新闻、劝戒、物语十类，对所收作品分名称、体裁、调子和辙口四项著录。

《湖南唱本提要》，姚逸之编，国立中山大学语言历史学研究所 1929 年 3 月刊行。该书分恋爱、嫌贫爱富、家庭问题、强暴、箴规、神仙、劫杀、贪污、政治、史事十类，著录戏曲剧本与弹词、评话、鼓词、山歌等说唱文学作品共 90 部，除 17 部剧本外，其他皆为说唱文学作品。对所收作品，分书名、文体、类别、印行地和情节五部分介绍其基本情况。卷首有顾颉刚、容肇祖序言及编者叙言。

这一时期编制的说唱文学专题目录或具有目录性质的文章主要有如下一些。

敦煌说唱文学目录主要有向达的《现存敦煌所出俗讲文学作品目录》（附于其《唐代俗讲考》一文后）、傅芸子的《敦煌俗文学之发见及其展开》、关德栋的《变文目》等。

弹词目录主要有郑振铎的《西谛所藏弹词目录》、凌景埏的《弹词目录》、吴夕林的《夕林所藏弹词目录》、李家瑞的《说弹词》、郑振铎旧藏的《程守中所藏弹词目录》、阿英的《〈珍珠塔〉版本汇目》等。

子弟书目录主要有关德栋的《现存罗松窗韩小窗子弟书目》、傅惜华的《子弟书总目》、金台三畏氏的《绿棠吟馆子弟书百种总目》等。

宝卷目录主要有陈志良的《宝卷提要》、恽楚材的《宝卷续录》《宝卷续志》《访卷偶识》、向达的《明清之际之宝卷文学与白莲教》、魏建猷的《八卦教残余经典述略》。

值得一提的是这一时期出版了一本善书的专题目录，即陈廷英所编的《劝善书目提要》，武昌精华印书馆 1949 年印行。该书依照内容分为劝戒、灵应、省克、治家、显扬、居官、慈惠、训俗、劝戒总录、儒家农家劝善十类，著录善书作品 153 个。对所收作品，介绍其作者、刊刻年代、故事内容等。

上述这些专题目录及具有目录性质的文章后文还会专门介绍，其他说唱文学样式的目录尚有赵景深的《大鼓书录》，该目共收录大鼓作品 18 种，主要为编者个人的藏品②。

---

① 该书后改名《北京俗曲百种摘韵》，由来薰阁书店于 1950 年出版。
② 赵景深：《大鼓书录》，《文艺》半月刊 2 卷 4 期，1938 年。

在这一时期所编撰的综合目录及相关目录中，也有一些收录了说唱文学文献，这里就笔者所知见者列举如下。

《续修四库全书总目提要》，东方文化事业委员会主持编写，该书编撰于 20 世纪三四十年代，但一直未正式刊布，直到 1996 年才由齐鲁书社影印出版。该书在词曲类下专门设立俗文学子目，共收录敦煌变文、俗曲、鼓词、弹词、子弟书等俗文学作品 100 种，其中敦煌变文部分为傅振伦所写，俗曲、鼓词、弹词部分为傅惜华所写，子弟书部分为奉宽所写。对所收作品，介绍书名、卷数、版本、作者、本事等基本情况，并对相关问题进行考订和评述。这些提要皆由素有研究的专家所写，具有较高的学术水准。

《北平国剧学会图书馆书目》，傅惜华编，1935 年刊行。该书主要收录北平国剧学会图书馆所藏戏曲类书籍，但也收录说唱文学文献，在其下卷的其他类设立有弹词、小调，弹词类"凡华南各地之南词、华北各地之说唱鼓词并属之"，小调类"凡北平、山东、河南、山西、江苏、湖北、陕西、四川、广东各地之道情、五更调、子弟书、岔曲、大鼓书词、滩簧、南音等小调俱属之"①。其中弹词类收录弹词、鼓词 74 种，小调类收录各地说唱文学作品 300 多种，皆为齐如山所藏。对所收作品，介绍其名称、作者、版本、册数及收藏者。

此外，王重民编著的《中国善本书提要》（上海古籍出版社 1983 年版）②、《佛学图书目录》（佛学书局 1938 年编印）③ 等也都收录有数量不等的说唱文学作品。

第四节　说唱文学作品的整理

以现代学术眼光校勘整理说唱文学作品是从 20 世纪 20 年代开始的。当时《歌谣周刊》在顾颉刚等人主持下，开时代学术风气之先，设立孟姜女故事研究

① 傅惜华：《北平国剧学会图书馆书目》"例言"，1935 年刊行。
② 该书虽然在 20 世纪 80 年代出版，但主要撰于 1939—1949 年，以当时美国国会图书馆、北平图书馆、北京大学图书馆等馆藏善本古籍为基础编撰而成。其集部下设曲类，分杂剧、传奇、散曲、鼓子词与时调、套曲及其他、曲选集、曲谱与曲律 7 类，其中鼓子词、时调下收录《道情鼓子词》一种。
③ 该书收录有宝卷作品。

专号，并刊载了一批有关孟姜女的民间文艺作品，其中属于说唱文学的就有《孟姜女哭长城》（河南唱本）①、《孟姜仙女宝卷》（民国乙卯年岭南永裕谦刊本）②等，具有提倡示范之功，在当时产生了较大的影响。

　　这一时期是说唱文学发展的一个繁盛期，涌现出许多优秀的民间艺人，无论是南方的上海、南京、苏州，还是北方的北京、天津，都拥有广大的观众群和读者群，演出频繁。在此背景下，为满足读者需要，各地特别是上海地区刊印了很多说唱文学读本，这些读本紧跟市场，价格低廉，在当时相当流行。相比之下，出于学术研究目的的整理本并不多，据笔者所知见者主要有如下一些。

　　《世界文库》，郑振铎主编，上海生活书店 1935 年刊行。该书选收世界各国不同历史时期的优秀文学作品，其引人注目的一个亮点是，它收录了诸宫调、子弟书等说唱文学作品，其中第 2、4、5 册分别为《刘知远传》（即《刘知远诸宫调》）、《东调选》和《西调选》。在世界文学的大背景中，将中国的说唱文学与其他国家的文学名著一起收录，由此可见主编不俗的眼光和宽广的视野。郑振铎还曾编选过《变文及宝卷选》，可惜未见正式刊布。

　　《升平署岔曲》，国立北平故宫博物院文献馆编，1935 年 10 月刊行。该书所收为清代宫廷中演唱的岔曲，共 90 种，100 段。在编排上，"按曲名性质，以类相从"③。卷首有齐如山所写序言及国立北平故宫博物院文献馆所写的引言。

　　《鼓子曲存》第一集，张长弓编，听香室 1947 年刊行。该书收录各类河南鼓子曲作品 130 种，系编者从民间搜集而得。对所收作品，按照其内容所属进行分类编排，分西厢、三国、陈妙常、白蛇传、霸王别姬、鞭打芦花六类。对作品文字，不妄加改动。编者还准备编印第二集、第三集，并已拟定好篇目，可惜未能刊行④。此外张长弓还编有《鼓子曲谱》第一集（听香室 1947 年刊行），收录鼓子曲曲调 41 种，每种皆记谱，并标明传唱者。两书皆为作者自印，印数很少，如今已成为稀见之书。

　　《聊斋全集》，路大荒等编，世界书局 1936 年版。该书辑录了当时所能见到

---

① 《孟姜女哭长城》（河南唱本），《歌谣周刊》第 76 号，1925 年 1 月。
② 《孟姜仙女宝卷》，《歌谣周刊》第 76、79、83、90、93、96 号，1925 年 1、2、3、5、6 月。
③ 北平故宫博物院文献馆：《升平署岔曲》"引言"，1935 年刊行。
④ 张长弓：《鼓子曲存》第一、二、三集篇目，载《张长弓曲论集》，黄河文艺出版社 1986 年版，第 211—214 页。

的全部蒲松龄遗作，其中有马立勋所辑的俚曲 6 篇，内容包括文集、诗集、词集、鼓词集、俚曲集五个部分，其中后两个部分系有关说唱文学者。

同类作品尚有杨庆五辑述的《大鼓书词汇编》（新民图书馆 1920 年版），董莲枝所编的《梨花大鼓书词初编》（1931 年刊行），阿英编校的《庚子国变弹词》（良友图书印刷公司 1935 年版），赵景深选注的《弹词选》（商务印书馆 1938 年版）、《上海弹词大观》（同益出版社 1941 年版），匏安居士编选的《鼓词选刊》、《鼓词选刊续集》（1939 年刊行），朱西奄所编的《大鼓片锦》（中华书局 1948 年版）等。

这一时期出版的相关作品集中也有收录说唱文学作品者，如梅花馆主总编的《大戏考》，该书汇集当时上海各唱片公司出品的戏曲、曲艺、歌曲唱词三百多种，其中就包括弹词、河南坠子、大鼓等说唱文学唱词多种。同类书籍还有林善清所编的《戏曲大全》（文明书局 1923 年版），刘豁公所编的《戏考大全》（文华美术图书印刷公司 1931 年刊行）、《新大戏考》（新大戏考出版社 1946 年版）等。

随着科技的发展，这一时期说唱艺人的演出方式也发生了一些新的变化，比如通过广播电台播出、为唱片公司灌制唱片等。这样，作品的媒介和载体更为丰富多元，说唱文学文献的形态由此产生了新的变化。据介绍，在 20 世纪上半期，先后有二百多位说唱艺人灌制唱片，涉及评书、弹词、鼓等将近三十个说唱文学样式[①]，这是一类新型的说唱文学文献，它忠实地记录了著名艺人的实际演唱情况。

这一时期有些唱片公司将所出唱片的唱词汇编成册，其中多有收录说唱文学作品者，如百代唱片唱机发行所所编的《百代唱词》、百代公司所编的《百代公司唱片剧本》、上海蓓开唱片公司所编的《蓓开唱词》（1933 年刊行）、高亭唱片公司所编的《高亭唱片剧词》等。

---

① 参见方宝璋、郑俊晖《中国音乐文献学》，福建教育出版社 2006 年版，第 504—505 页。有关 20 世纪上半期说唱文学唱片的情况，参见容世诚《粤韵留声：唱片工业与广东曲艺 1903—1953》（香港：天地图书有限公司 2006 年版）、徐羽中《二十世纪上半叶中国唱片初探》（海风出版社 2008 年版）、钱乃荣《上海老唱片 1903—1949》（上海人民出版社 2013 年版）等的专门介绍。

第五节　说唱文学文献的研究

这一时期是说唱文学研究的初创期，在此领域耕耘的学人在数量上虽然并不多，但大多具有深厚的学养，因此研究有着较高的起点，所取得的成就也是相当可观的。值得一提的是，这些研究者不仅收罗文献，撰写著述，而且创办报刊，致力于学术成果的交流与普及。20 世纪三四十年代，阿英、戴望舒、赵景深、傅芸子、傅惜华等人先后在《大晚报》《星岛日报》《神州日报》《中央日报》《华北日报》等报纸开办俗文学副刊，为说唱文学在内的通俗文学研究提供园地，发表了许多有价值的论文。一些学术期刊如《文史杂志》等也办有俗文学等相关专号，刊发说唱文学方面的研究成果。

提到这一时期说唱文学文献的研究，不能不提起两位重要的先驱者，分别是钱静方和蒋瑞藻。

钱静方在其《小说丛考》一书中广泛利用正史、笔记等资料，对 80 余部小说、戏曲、弹词作品的本事渊源进行追溯梳理，排比材料，重在考察这些通俗文学作品内容与史实之间的异同，其中有关弹词者有《玉蟾蜍》《三笑姻缘》《十美图》《大红袍》《白蛇传》《玉蜻蜓》6 种。

蒋瑞藻在其《小说考证》各编中，共辑集 470 多部小说、戏曲的相关资料，搜罗广泛，内容丰富，涉及作者、成书、本事等各个方面。全书旁征博引，参考了大量典籍，其中有不少现在已很难或无法见到，赖此书得以保存，其重要学术价值由此可见。该书所收虽多为小说、戏曲，但也有一些属于说唱文学作品，如《董西厢》《凤双飞》《玉蜻蜓》《天雨花》《三笑姻缘》《庚子国变弹词》《十美图》等。

两人著述的重点虽在小说、戏曲，但对说唱文学也给予了一定程度的关注，进行了文献资料的初步搜集和整理，为其后的研究奠定了基础。

这一时期的说唱文学研究注重文献的搜集、整理，即便是史论、概论方面的论著，也大多依据丰富的文献资料立论，引证丰富，有不少兼具资料集的性质和功用。比如郑振铎的《中国俗文学史》一书，虽然是一部从整体上介绍中国俗文学产生、演进的通史类著作，但引证文献非常丰富，有不少是其他学人未曾涉及的，仅从文献的角度来看，也是很有价值，具有开创性的。

这里对这一时期出版的偏重实证研究、兼具资料集性质的著述稍作介绍。

《北平俗曲略》，李家瑞著，国立中央研究院历史语言研究所 1933 年刊行。该书分说书、戏剧、杂曲、杂要和徒歌 5 个部分，对 62 种说唱文学、戏曲样式进行简要介绍，其中除戏剧之属所收 8 种戏曲剧种外，其他多属说唱文学。对所收说唱文学样式，皆介绍其名称、渊源、特点等基本情况，并附收一篇作品作为例证。所收作品皆标明出处，一些还附工尺谱。该书依据中央研究院历史语言研究所所藏丰富俗曲立论，征引丰富，很有参考价值①，论者称其为"我们中国人研究民间文艺以来第一部比较有系统的叙述"②。此外，李家瑞还编有《北平风俗类征》（商务印书馆 1937 年版）一书，利用丰富的俗曲、笔记资料汇编而成，论文则有《打花鼓》《说弹词》等。

《中国俗文学研究》，阿英著，中国联合出版公司 1944 年版。该书为作者俗文学方面论文集，其中有关说唱文学者有《马如飞的珍珠塔及其它》《关于石玉昆》《弹词书目记事》等。

《北平俗曲百种摘韵》，罗常培著，重庆国民图书出版社 1942 年版。该书依据中央研究院历史语言研究所所藏一百种俗曲，将其所有的韵字摘出，分十三辙，其排列依照注音符号为序。

值得一提的是，这一时期还有两部特殊的著作，即张履谦的《民众娱乐调查》（开封教育实验区出版部 1936 年刊行）和著名评书艺人连阔如以云游客为笔名出版的《江湖丛谈》（北京时言报 1938 年刊行）。

这是两部具有重要史料价值的著述，前者系"相国寺特种调查之二"，是对河南开封相国寺民众娱乐情况的调查报告，其中与说唱文学相关者有说书、大鼓书、道情、相声、竹板快书等，为深入了解 20 世纪 30 年代中原地区特别是开封的说唱文学情况，提供了第一手的珍贵资料。

后者所写多为个人见闻，披露了北京、天津地区江湖社会的内幕，作者为著

---

① 有关该书的评价，参见李长之《"北平俗曲略"》（《国闻周报》11 卷 5 期，1934 年 2 月）、李嘉言《李家瑞〈北平俗曲略〉》（《图书评论》2 卷 10 期，1934 年 6 月）、且同《介绍李家瑞著〈北平俗曲略〉》（《大晚报》1936 年 4 月 3 日）。

② 刘复：《北平俗曲略》"序"，国立中央研究院历史语言研究所 1933 年刊行。

名说书艺人，对当时评书、相声、大鼓、竹板的演出情况特别熟悉，因而介绍得也较为详细，其中有不少是外人难以知晓的，对了解晚清以降北京、天津地区说唱文学的发展情况具有重要的参考价值。

同类著作尚有谭正璧的《中国女性的文学生活》（光明书局 1930 年版），陈汝衡的《说书小史》（中华书局 1936 年版），赵景深的《大鼓研究》（商务印书馆 1937 年版）、《弹词考证》（商务印书馆 1938 年版），阿英的《弹词小说评考》（中华书局 1937 年版），张长弓的《鼓子曲言》（正中书局 1948 年刊行）等。

相关论文则有陆永恒的《近年来中国民间文艺复兴的经过》（《南华文艺》1卷 2 期，1932 年 1 月），叶德均的《谈谈两卜俚曲》（《民俗》第 91 期，1929 年 12 月）、《关于俗曲的演变》（《歌谣》3 卷 10 期，1937 年 6 月）、《俗曲史料钞》（《大晚报》1946 年 12 月 31 日），王季思的《刘知远故事的演化》（《国文月刊》第 79 期，1949 年 5 月），柏森的《大鼓旧闻钞》（《大晚报》1946 年 11 月 12 日），张长弓的《"鼓子曲"的搜集与整理》（《中央日报》1948 年 11 月 10 日）等，这里不再一一介绍。

第二章　中华人民共和国成立后 30 年间
说唱文学文献研究

　　1949 年之后，由于政治形势及学术文化环境的巨大变化，说唱文学研究也进入了一个新的发展阶段，并形成了海峡两岸暨香港的基本研究格局。就大陆地区而言，受各种时代文化因素的影响，这一时期的说唱文学研究呈现出一些新的特点。

　　首先，说唱文学研究与其他领域的学术研究一样，被纳入政府统一、严密的管理机制。1949 年 10 月，中华人民共和国文化部成立，其戏曲改进局下设立曲艺处，赵树理任首任处长。1951 年 5 月 5 日，中央人民政府总理周恩来发布《政务院关于戏曲改革工作的指示》，明确提出对曲艺发展的指导意见："中国曲艺形式，如大鼓、说书等，简单而又富于表现力，极便于迅速反映现实，应当予以重视。除应大量创作曲艺新词外，对许多为人民所熟悉的历史故事与优美的民间传说的唱本，亦应加以改造采用。"① 这一时期无论是演艺、研究人员的培养、安排，还是经费的配置；无论是创作、演出，还是资料的搜集、整理及研究，都在各级政府学术、文化部门的统一领导下有组织地进行。

　　在此背景下，说唱文学研究的学术机制逐步建立。这主要表现为一些与说唱文学相关的学术团体的相继成立，如 1949 年 7 月成立的中华全国曲艺改进协会筹备委员会、1950 年 3 月 29 日成立的中国民间文艺研究会、1953 年 9 月成立的中国曲艺研究会、1958 年 8 月成立的中国曲艺工作者协会，等等。这一时期还创办了一些专门刊载说唱文学的刊物，如 1950 年 1 月创办的《说说唱唱》、1955

---

① 周恩来：《政务院关于戏曲改革工作的指示》，《人民日报》1951 年 5 月 7 日。

年 4 月创办的《民间文学》、1957 年 1 月创办的《曲艺》等。

其次，作为通俗文学、民间文学的一部分，说唱文学因其内容及形式的特点契合当时的思想意识形态，受到高度重视。1949 年后，在各级文化部门的统一领导下，文化工作者及研究人员在全国范围内进行了说唱文学文献资料的搜集整理，包括对老艺人的走访、对艺人演出的记录、对民间演出本的整理等，具体方式主要有如下两种。一种是"以身怀某一曲种传统艺术的演员为对象，记录、整理他们的传统书目、曲目"。仅扬州市文化局对扬州评话的调查，就初步查清书目 33 部，以录音等方式记录老艺人口述作品 27 部，2000 万字①。那些著名艺人的作品如王少堂的《武松》②、陈士和的《聊斋》③、高元钧的《武松传》等，在这一时期都曾得到整理出版。另一种是"以各地区最为流行的曲种为对象进行搜集整理工作"，如鼓词、大调曲子、评弹、贤孝、竹琴、清音、清曲等④。这一时期在说唱文学文献的搜集整理方面所投入的人力和物力均是此前几十年间无法相比的，也取得了不少成就。

就说唱文学文献的搜集、整理与研究而言，政府的统一管理和组织协调有其长处，那就是可以在各省市乃至全国范围内，集中全国的学术力量和资源，完成一些大的学术项目或工程，包括进行基本文献的普查、大型文献书籍的编撰出版等。比如 1961 年 9 月，文化部专门发出《关于加强戏曲、曲艺传统剧目的挖掘工作的通知》，要求各地文化部门进行传统剧目、曲目的挖掘工作，采取各种记录方法，抢救传统文化遗产。通知发出后，一大批重要的戏曲、曲艺传统剧目被搜集起来。利用政府掌握的行政资源进行文献资料的搜集整理，与个人的单枪匹马相比，其优势是很明显的。也正是因为这个原因，这一时期有不少重要说唱文学文献的新发现，相关作品整理出版的数量和规模都有较为明显的增长，研究著作也出版了不少。

---

① 参见《当代中国曲艺》，当代中国出版社 1998 年版，第 97 页。

② 具体整理情况参见王筱堂口述、李真整理《艺海苦航录——扬州评话"王派水浒"回忆》第二十七、三十二章，江苏省政协文史资料委员会镇江市政协文史资料研究委员会 1992 年编印。

③ 陈士和能说 45 篇《聊斋》，当时只记录了 13 篇，他就去世了。参见陶钝《要重视发展曲艺创作》《接受教训 来者可追》，载其《陶钝曲艺文选》，中国曲艺出版社 1985 年版。

④ 以上见罗扬《努力争取社会主义曲艺事业的更大繁荣——在中国曲艺工作者第二次代表大会上的报告》，中国曲艺家协会编《中国曲艺家协会第一至第六次全国代表大会资料汇编》，2012 年刊行，第120、121 页。

自然，这种以行政手段、统一方式进行研究的模式也有其不利因素，那就是对意识形态方面的因素考虑太多，对学术研究的约束太多，特别是当学术文化政策越来越"左"时，对学术研究所造成的负面影响也就越来越大，乃至造成严重的伤害。本来不含意识形态色彩的文献搜集和整理工作也因此带有浓厚的政治倾向，出现一些不正常的现象，比如在搜集资料时，根据意识形态选择或人为放弃一些文献资料；在整理作品时，根据当时主流的意识形态，删改其中的情节、人物和语句，等等。如陈汝衡校订本《花笺记》，作品中的《瑶仙问觋》《回话勾魂》《表诉情由》《哀情苦别》四段因"内容迷信，文字冗赘"，被删去①。到"文化大革命"期间，更是走向极端，在混乱、狂热的形势中，包括说唱文学研究在内的各种学术研究陷入瘫痪，一些研究者被迫害致死，许多辛苦搜集而来的资料被烧毁，造成无法挽回的损失。比如河南南阳群众艺术馆珍藏有 2452 篇大调曲子的传统曲目原稿，"文化大革命"期间皆被付之一炬②。在此情况下，文献资料的搜集、整理与研究自然也就无法进行，这种状况一直持续了十年，对学术研究造成的巨大伤害是可以想见的。

以下分几个方面对这一时期说唱文学文献研究的情况进行全面、系统的介绍。

第一节　说唱文学重要文献的新发现

这一时期说唱文学文献最为重要的新发现当数明成化说唱词话的发现。1967年，上海嘉定县城东公社澄桥大队宣家生产队因建造猪棚，平整土地，对该生产队西北的一处墓葬群进行挖掘，结果意外发现了一批古书。这批古书后为上海古籍书店收购，1972 年 7 月送上海市文物管理委员会考古组鉴定。经专家鉴定，这是一批刊于明成化年间的民间说唱文学作品。随后，考古组派人前往发掘地点进行调查，根据查访所得与文献资料判断，这批刊本"可能是当过西安府同知的宣

---

① 陈汝衡：《花笺记》"前言"，广东人民出版社 1958 年版。
② 《大调曲子传统曲目汇编》第一集"前言"，南阳地区群众艺术馆 1985 年 5 月编印。

昶夫妇的随葬品"①。

这批新发现的说唱文学作品包括 13 种说唱词话和 1 种戏文②，说唱词话为《花关索传》（分前集、后集、续集和别集 4 集）、《薛仁贵跨海征辽故事》、《石郎驸马传》、《新刊全相说唱包待制出身传》、《陈州粜米记》、《仁宗认母传》、《包龙图断曹国舅公案传》、《包龙图断歪乌盆传》、《包龙图断赵圣帝孙女仪公案传》、《包龙图断白席精传》、《张文贵传》、《开宗义富贵孝义传》、《莺哥孝义传》，戏文为《新编刘知远还乡白兔记》。这些作品皆由北京永顺堂书坊刊印，原装订为 11 册，所用纸张为竹纸，书中有大量插图，其版式、字体、插图等风格多承元代之风。刊刻年代最早者为成化七年（1471），最晚者为成化十四年（1478），故学界称其为明成化说唱词话。这些书籍后转交上海博物馆收藏，并进行重装③。

当时正是"文化大革命"时期，整个国家都处于混乱状态，受政治形势的影响，这一重大发现未能得到学界的足够重视。直到 1972 年，《文物》杂志才首先予以报道，并刊载了赵景深的研究文章。1973 年，上海博物馆和上海市文物保管委员会依照原版式用黄纸影印百部，分装成 12 册，以《明成化说唱词话丛刊》（16 种附《白兔记》传奇 1 种）为名由文物出版社出版发行。1979 年，又重印一次。至此，这批珍贵的早期说唱文学作品才广为学界所知，并开始进行较为深入的研究。

这批说唱词话的发现对相关研究具有重要的学术价值和推动作用，其中 13 种说唱词话为现存最早的词话刊本，比明末诸圣邻的《大唐秦王词话》早了近 200 年。这一发现使研究者得以见到元明时期说唱词话作品的原貌，"它是说唱

① 上海市文物管理委员会考古组：《上海发现一批明成化年间刻印的唱本、传奇》，《文物》1972 年第 11 期。

② 原书共装订成 11 册，其中《包待制出身传》、《包龙图陈州粜米记》和《仁宗认母传》3 种订为 1 册，而《花关索传》则有前集、后集、续集和别集 4 种。正是因为这个缘故，研究者对这些说唱词话的具体种数有不同的统计法，赵景深分 11 种（《谈明成化刊本"说唱词话"》，《文物》1972 年第 11 期），周启付分 16 种（《谈明成化刊本"说唱词话"》，《文学遗产》1982 年第 2 期），谭正璧则分 13 种（《明成化刊本说唱词话述考》，《文献》1980 年第 3、4 辑），这里取 13 种之说。

③ 关于成化刊本说唱词话发现后的鉴定及由上海古籍书店转归上海博物馆收藏的经过，参见沈津《论新发现的孤本小说〈出像批评海陵佚史〉及其它》（台湾《书目季刊》29 卷 1 期，1995 年）、《学术事功俱隆 文章道德并富——会议先师顾廷龙先生》（下）（《文献》2000 年第 4 期）两文的介绍。

文学较古老的刊本。我们可以通过它看到中国古代戏曲、说唱文学和小说相继的发展过程，从而更加了解几百年前元明间的'词话'究竟是什么"①。正如胡士莹所总结的："通过它看到中国古代戏曲、说唱文学和小说的相继的发展过程，填补了宋元以来词话这一说唱文学的空白。"② 这批说唱词话刊本的发现具有多方面的重要学术价值，"在中国版刻史、目录学史、俗文学史、戏曲史、艺术史、文字史上意义极为重大，它们日益为中外学者所瞩目，自非偶然"③。

对这批说唱词话的研究到 20 世纪 80 年代才正式展开，相关研究论文有尔泗的《明代成化刊本〈说唱词话〉之发现》（《戏剧艺术论丛》1979 年第 1 期）、宁宗一的《对〈明代成化刊本说唱词话之发现〉一文的两点辨证》（《戏剧艺术论丛》1980 年第 3 期）、谭正璧的《明成化刊本〈说唱词话〉述考》（《文献》第 3 辑，书目文献出版社 1981 年版）等。

这一时期值得关注的说唱文学文献新发现还有如下一些。

东汉说唱俑的出土。这一时期四川地区先后出土了多件汉代说唱俑，其中具有代表性的有两件：一为成都天回崖墓击鼓俑，一为郫县宋家林说唱俑。前者系 1957 年四川省博物馆在成都天回镇一个东汉时期崖墓的随葬品里发现。其具体形态为"头上着巾，戴笄，额前有花饰。大腹丰凸，赤膊上有璎珞珠饰。其左臂环抱一鼓，右臂向前平伸，手中握一鼓槌欲击，下身着长裤，赤足，右足前伸，左足曲蜷于圆榻上。面部表情幽默风生，额前皱纹数道，张口露齿，是一个典型的丑角形象。高 56 厘米"④。有人根据击鼓俑手上所持道具及动作、神态称其为说书俑⑤、说唱俑、成相俑或俳优俑。这件击鼓俑与 1954 年在四川羊子山二号汉墓出土的陶俑在形态上很相似。后者系 1963 年在四川郫县宋家林东汉砖室墓出土，高 66.5 厘米，上身裸露，左手握鼓，右手执鼓槌，作击打状。前者为坐式、后者为立式，代表了汉代此类陶俑的两种类型。后来四川地区又陆续出土了一批汉代的同类陶俑，皆没有超出这两种类型者。

这些汉代陶俑因涉及说唱文学的起源、演变等重要问题，引起了学术界的关

---

① 赵景深：《谈明成化刊本"说唱词话"》，《文物》1972 年第 11 期。
② 胡士莹：《话本小说概论》，中华书局 1980 年版，第 392 页。
③ 周启付：《谈明成化刊本"说唱词话"》，《文学遗产》1982 年第 2 期。
④ 刘志远：《成都天回山崖墓清理记》，《考古学报》1958 年第 5 期。
⑤ 1959 年第 1 期《美术》杂志刊载该击鼓俑照片，直接名其为"汉说书俑"。

注。对这些陶俑所表演的具体内容，学界还有不同的看法，主要意见有两种：一种称这些陶俑为说书俑，认为他们是在说书；一种称这些陶俑为说唱俑或俳优俑，认为他们表演的内容未必是说书，目前还没有一致的意见①。不管最终的结论如何，这些陶俑的出土为人们探讨早期的说唱艺术提供了重要的参考，具有重要的文献价值。

宋金元时期说唱壁画、雕砖的发现。这一时期在河南考古挖掘的宋金元时期的墓葬中，发现多处与说唱有关的壁画和雕砖，包括安阳天禧镇的宋墓说唱壁画、1951 年 12 月至 1952 年 1 月在禹县白沙宋墓发现的说唱壁画、1973 年在洛宁宋墓发现的说唱雕砖、1973 年在焦作西冯封村金元墓中发现的说唱雕砖俑等②。这些实物文献的发现对了解宋金元时期说唱文学的发展具有重要的参考价值。

聊斋俚曲、鼓词抄本的新发现。1959 年，中国书店从山东民间收购到一部《聊斋外书》抄本，全书 27 册，其中有 4 种俚曲、鼓词是学界以往未曾见过的。此外，中国书店于 1949 年后、80 年代之前还购藏有一部抄本《聊斋杂著》，该书收录有《幸云曲》《姑妇曲》《寒森曲》《富贵神仙》等 7 部俚曲③。

贵州弹词的新发现。1960 年，中国艺术博物馆进行十年来戏剧工作成就展，在其展品中有新发现的贵州弹词，共 485 折，140 多万字。贵州弹词是流行于贵州地区的一种曲艺形式，又称贵州扬琴、文琴，这些资料的发现使人们对贵州弹词的流传和分布有着更为全面、直观的认识，正如一位学人所言："这是新近发掘出来的、过去从未知道过的曲艺。"④

这一时期重要说唱文学文献的新发现尚有如下一些。

长篇弹词《榴花梦》完整抄本在福建福州被发现；1957 年 2 月，赵万里等

---

① 参见赵景深《谈明成化刊本"说唱词话"》（《文物》1972 年第 11 期），董每戡《说"说话""鼓词""成相俑"》（《说剧》，人民文学出版社 1983 年版），高文《汉代说唱俑考》（《四川文物》1998 年第 5 期），于天池、李书《是"说唱俑"还是"俳优俑"——汉代崖墓"说唱俑"考辨》（《文艺研究》2005 年第 4 期）等。

② 具体情况参见《中国曲艺志·河南卷》（中国 ISBN 中心 1995 年版）第 512—514 页的介绍。

③ 参见《中国书店三十年所收善本书目》，中国书店 1982 年版，第 203—204 页。

④ 赵景深：《从贵州弹词说起》，载其《曲艺丛谈》，中国曲艺出版社 1982 年版，第 123 页。有关当时贵州弹词搜集整理的情况，参见俞百巍《"贵州弹词"（文琴）的文字资料——在搜集和保留原始资料工作中想到的》，《山花》1957 年第 1 期。

人在安徽绩溪县一位收藏家那里买到一部 8 卷本的《古本董解元西厢记》；1962 年，上海图书馆收藏到一部较为完整的《子虚记》抄本，具有较高的研究价值①；1963 年春，上海古旧书店又搜集到一种明代《董西厢》刊本；1955 年，上海的旧书店进了一批潮州歌册，施蛰存、谭正璧、赵景深均购得一些，其中施蛰存购得 140 种，并于第二年转给华东师范大学图书馆②，中国艺术研究院音乐研究所资料室也在"文化大革命"前收集到潮州歌册 112 部。

值得一提的还有《刘知远诸宫调》的回归祖国。1958 年，苏联政府将该书与彩绘本《聊斋志异》一起赠送给中国政府。文物出版社随即将其影印出版，至此这一珍贵的诸宫调真面目始为学人所知，得到较为充分的研究③。

第二节　说唱文学目录的编制

1949 年后，研究条件较之以往有所改善，随着全国范围文献调查的进行，随着私人藏书家的捐赠，说唱文学文献得到更为集中、妥善的保存，研究者得以见到的相关文献相应增多，因此，编制目录的条件也更为成熟。其间，出版了一批收罗完备、质量精良的说唱文学目录著作。以下稍作介绍。

这一时期，傅惜华编制了三部重要的说唱文学专题书目，即《北京传统曲艺总录》《子弟书总目》《宝卷综录》，因后来两部书下文还要介绍，这里重点介绍其《北京传统曲艺总录》。

该书依据公私藏书编写而成，所录为元代至 1949 年以前流行于北京地区的各类传统曲艺作品。全书共 16 卷，分八角鼓、石派书、鼓词小段、莲花落、时调小曲 5 类，著录各类曲艺作品 4000 余种。子弟书因编者另撰有《子弟书总目》，故不再收录。鼓词则"以篇幅短小者为主"，至于长篇作品，编者另著有

---

① 《上海图书馆收集到弹词珍本〈子虚记〉全抄本有百二十万言作者是清代一女性写过两部长篇巨著》，《新民晚报》1962 年 12 月 5 日。

② 参见施蛰存《关于潮州唱本的通信》，载其《文艺百话》，华东师范大学出版社 1994 年版，第 337 页。

③ 参见郑振铎《刘知远诸宫调》"跋"，文物出版社 1958 年版；赵万里《崇高的友谊——记苏联政府赠送的刘知远诸宫调和聊斋图说》，《文物参考资料》1958 年第 7 期。

《弹词总录》一书,可惜该书未见刊行。对那些缺失调名的作品,则归入杂曲类,放在卷末。

在编排上,各类之内作品按照首字笔画多少为序。对所收作品,"除著录名目外,以次标明作者姓氏,著录书目,曲艺总集、选集,或单行钞本、刻本、排印本,以及收藏者",并对"每曲之内容及题材来源,略作扼要的说明"①。卷首附有《引用曲目》《采用曲艺总集选集目》。这里著录北京地区传统曲艺作品最为完备的一部综合目录,对相关研究具有重要的参加价值。

同类书目还有如下一些。

《京韵大鼓传统节目曲目》,载白凤鸣、王决著《怎样表演京韵大鼓》(上海文化出版社1957年版)。该目收录1949年前流传的京韵大鼓传统节目曲目95个。

《聊斋俗曲简目》,关德栋编,载其《曲艺论集》,中华书局1958年版。该目根据日本学人平井雅尾所藏聊斋资料书目辑录而成,共收录聊斋俗曲70多种。

《河南坠子书段名目百种》,张长弓编,载其《河南坠子书》(生活·读书·新知三联书店1951年版)。该目著录河南坠子作品100种,其中包括大本头和大段子40种,小段子60种。

《旧潮州歌册调查杂记》,郭马风著,载汕头市政协文史委员会等编《汕头地方文化艺术史资料汇编》第一辑,1982年刊行。作者于20世纪60年代进行潮州歌册调查,该文记载其当时调查所得,文后附有其所知见潮州歌册目录,著录汕头、澄海、潮安三地图书馆、文化馆所收藏的版本,共有215部。

《说唱音乐文字资料参考目录》《说唱音乐音响、曲谱资料参考目录》,载中央音乐学院中国音乐研究所民族音乐研究班编《说唱音乐》,中央音乐学院中国音乐研究所民族音乐研究班1963年刊行。前者主要著录1949年后发表、出版的有关说唱文学的论文及专书,后者则"编选了一些重要曲种的部分优秀的新段子和传统段子","力求照顾到各曲种中有代表性的各种唱腔流派"②。

20世纪50年代,冯秉文据首都图书馆所藏,编有《蒙古王府曲本目录》,

---

① 傅惜华:《北京传统曲艺总录》"例言",中华书局1962年版。

② 民族音乐研究班:《说唱音乐》"说明",中央音乐学院中国音乐研究所民族音乐研究班1963年刊行。

但未公开刊行。60年代初，中山大学中文系组织人员对车王府曲本进行全面整理，完成对全部珍藏1680种曲本的编目、清理、查对、编写内容提要、撰写题记等工作，并编有《中山大学图书馆珍藏"车王府曲本"编目》（1960年内部印刷）、《车王府曲本总目提要》，同时还准备选定1000个曲本，进行整理校勘，公开出版①。但由于当时政治形势等诸种因素的制约，这项工作半途而废，未能完成。

这一时期较为重要的说唱文学书目著述尚有如下一些：王庆菽的《敦煌俗讲、变文等资料一百九十六篇目录和〈敦煌俗讲文学及通俗小说总目提要〉摘录》、周绍良的《敦煌所出变文现存目录》、王重民的《敦煌古籍叙录》《敦煌遗书总目索引》、胡士莹的《弹词宝卷书目》、李世瑜的《宝卷综录》等，这些后文还会详细介绍，此不赘述。

一些公共藏书机构也在这一时期编撰藏书目录，其中一些披露了其说唱文学类文献的收藏情况，具体情况可分如下两种。

一种是专门的说唱文学藏书目录，主要有中国科学院文学研究所图书室所编的《中国科学院文学研究所藏弹词宝卷目录》（1959年5月油印本）、华东师范大学图书馆所编的《华东师范大学潮州俗曲目录·长沙俗曲目录》（1960年内部印刷）、苏州市戏曲研究室所编的《苏州市戏曲研究室所藏宝卷书目》（1963年，稿本）、《南京图书馆藏弹词目录》、《苏州图书馆藏弹词目录》等。

以《中国科学院文学研究所藏弹词宝卷目录》为例，该目共收录中国科学院文学研究所图书室所藏弹词、宝卷共536种，其中弹词113种，宝卷423种。按照作品首字笔画多少编排，对所收作品，著录其名称、别名、作者、卷数、册数、版本等基本信息。

再如《华东师范大学潮州俗曲目录·长沙俗曲目录》，该目共收录潮州俗曲和长沙俗曲250多种，其中潮州俗曲140余种，多为晚清刊本，长沙俗曲113种，多为民国时期的刊本②。

---

① 参见中山大学中文系"车王府曲本"整理研究小组《中山大学中文系整理珍藏的"蒙古车王府曲本"》（《理论与实践》1960年第5期）、《中山大学中文系学生奋战二月完成〈车王府曲本〉整理工作》（《光明日报》1960年4月28日）、赵征《〈车王府曲本〉的整理情况》（《光明日报》1961年5月7日）等。

② 华东师范大学所藏的这批潮州俗曲当为施蛰存所转让，据其本人介绍，"1955年，上海到了一大批潮州歌册，我和谭、赵二氏都买了不少。我买了140种，1956年转给华东师大图书馆"。见施蛰存《关于潮州唱本的通信》，载其《文艺百话》，华东师范大学出版社1994年版，第337页。

另一种则是在藏书目录中设立专类，著录说唱文学方面的书籍，这里择要介绍几种。

《馆藏中国文学古籍参考目录》，北京市图书馆编印，1955 年刊行。该书主要收录首都图书馆馆藏中国文学方面的古籍，专门设立民间文学类，其下又分变文（宝卷）、诸宫调、弹词、鼓词、杂曲、歌谣、谜语、京戏、地方戏等小类，著录了该馆说唱文学方面的丰富收藏。该书后来又出《续编》，1959 年刊行。

《复旦大学图书馆善本书目》，复旦大学图书馆编，1959 年刊行。该书所收为复旦大学所藏善本书目，共 3804 部。在其子部小说家类下设小说、弹词之属，其中弹词部分收录弹词善本书籍 19 种。

《西谛书目》，北京图书馆编，文物出版社 1963 年版。该书所收为郑振铎捐赠给北京图书馆的个人藏书，其集部下专门设立曲类、弹词鼓词类和宝卷类，其中曲类收录诸宫调、俗曲书籍 11 种，弹词鼓词类收录作品 289 种，宝卷类收录作品 91 种。著录内容包括书名、卷数、版本、册数等。由此可见郑振铎晚年所藏说唱文学文献的情况。

此外，一些相关的目录著作也收有说唱文学方面的书籍，比如中国音乐研究所编印的《中国近代音乐书目（1840—1949）》（1960 年刊行）一书。该书主要收录 1840 年至 1949 年所出的音乐类书籍，全书分上下编，上编收录"五四"之前的书籍，下编则收录"五四"后至 1949 年 9 月 30 日期间的书籍。无论是上编还是下编，都设有说唱音乐这一分类。其中上编收有 7 种说唱文学作品，包括傅惜华所藏的子弟书《藏舟》《鹊桥密誓》《青楼遗恨》等子弟书作品及《上海弹词大观》，下编分中国民间说唱音乐、改编加工两小类，收录说唱文学书籍 8 种。

第三节　说唱文学作品的整理

这一时期在说唱文学作品的整理方面也取得了较大的进展，一些珍贵的说唱文学文献相继影印出版，其中刊布最多的是《董解元西厢记》，相继有文学古籍刊行社 1955 年影印出版的《西厢记诸宫调》、古典文学出版社 1957 年影印出版的《古本董解元西厢记》、中华书局 1963 年影印出版的《明嘉靖本董解元西厢记》，共三种，其中文学古籍刊行社影印本以明闵寓五刻《六幻西厢本》为底本，古典文学出版社影印本以 1957 年新发现的八卷本《古本董解元西厢记》为底本，中华书局影印本以 1963 年新发现的燕山松溪风逸人校正本为底本。这些影印本的出版使研究者得以看到的《董解元西厢记》重要版本大为增加，对相关研究具有积极的推动作用。

其他尚有文学古籍刊行社 1956 年影印出版的《大唐秦王词话》、文物出版社 1958 年影印出版的《刘知远诸宫调》、文物出版社 1973 年影印出版的《明成化说唱词话丛刊》等。

以上是重要说唱文学文献的影印出版情况，在作品的校勘整理方面，这一时期上海出版公司、古典文学出版社、作家出版社等出版机构与傅惜华、杜颖陶、路工等学人合作，相继整理出版了一批高水准、有特色的说唱文学作品专集，这些说唱文学作品专集大多以那些具有深厚群众基础的民间传说故事为核心，有大致相同的编选原则和体例，实际上构成了一套丛书，各书收录完备，质量精良，对说唱文学的深入研究具有积极的推动作用。以下对这些说唱文学作品专集分别予以简要介绍。

《白蛇传集》，傅惜华编，上海出版公司 1955 年版。该书是"以'白蛇传'故事为题材的古代民间文学作品的专集"，根据所收作品的形式类别和流行地区分为上中下三编，共收录与白蛇传故事有关的说唱文学、戏曲作品 48 种，其中属于说唱文学的有 46 种，涵盖马头调、八角鼓、鼓子曲、鼓词、子弟书、小曲、南词、宝卷、滩簧等多种说唱文学样式。对所收作品，皆注明出处和版本，对有的作品中"混杂着一些不健康的封建性的糟粕，在校录时，已经进行了一些删改"。编者还计划辑录一本有关白蛇传故事戏曲方面的专集或续集，后未能完成①。

《西厢记说唱集》，傅惜华编，上海出版公司 1955 年版。该书收录与《西厢记》故事相关的说唱文学作品 146 种，"是从宋以来各地所流传的作品中选择出来的"②，涵盖鼓子词、西调、马头调、莲花落、子弟书等多种说唱文学样式。对所收作品，皆注明出处和版本。

---

① 以上见傅惜华《白蛇传集》"序"，上海出版公司 1955 年版。
② 群明：《西厢记说唱集》"序"，上海出版公司 1955 年版。

《董永沉香合集》，杜颖陶编，上海出版公司 1955 年版。该书分上下两卷，上卷为董永集，收录与董永故事有关的戏曲、说唱文学作品 14 种，其中说唱文学作品 9 种；下卷为沉香集，收录与沉香故事有关的说唱文学作品 6 种。附录为太平歌词《二郎劈山救母》。对所收作品，皆注明出处和版本，其中一些作品被编者"删除了一些不好的部分"①。

《岳飞故事戏曲说唱集》，杜颖陶、俞芸编，古典文学出版社 1957 年版。该书收录与岳飞故事有关的戏曲、说唱文学作品 14 种，其中说唱文学作品 10 种，并附收《十二金钱弹词》《精忠传弹词》两种。对所收作品，皆注明出处和版本。对一些作品，编者"曾部分的加以删节"②。

《孟姜女万里寻夫集》，路工编，上海出版公司 1955 年版。该书收录与孟姜女故事有关的民歌、说唱文学及戏曲作品 35 种，其中说唱文学作品 11 种，包括子弟书、鼓词、南词、宝卷等，书后附《佛说贞烈〈贤孝孟姜女长城宝卷〉叙录》。对所收作品，皆注明出处和版本。

《梁祝故事说唱集》，路工编，上海出版公司 1955 年版。该书收录与梁山伯、祝英台故事有关的戏曲、民歌及说唱文学作品 14 种，其中说唱文学作品 7 种。对所收作品皆注明出处和版本，其中部分作品作了删改修正。

《十五贯戏曲资料汇编》，路工、傅惜华编，作家出版社 1957 年版。该书收录与十五贯故事有关的小说、戏曲、说唱文学作品 8 种，其中鼓词《双熊梦》、弹词《十五贯》、木鱼书《十五贯金环记》和宝卷《双鼠奇冤》4 种为说唱文学作品。对所收作品，皆写有简介，介绍出处、版本等情况，有的作品还作了校勘和简明注释。

上述这些说唱文学作品集出版后，在学界产生了较大的影响，后不断被重印。

这一时期整理出版的说唱文学作品选集或专集数量较多，根据各书的内容及特点，大体上可以将其分为四类：第一类是按照某一说唱文学样式将相关作品汇编成集；第二类是将某一地域的一种或多种说唱文学作品汇编成集；第三类是根据某一专题将不同样式的说唱文学作品汇编成集；第四类是包含多个样式的说唱

---

① 杜颖陶：《董永沉香合集》"引言"，上海出版公司 1955 年版。

② 杜颖陶：《岳飞故事戏曲说唱集》"后记"，古典文学出版社 1957 年版。

文学作品集。以下简要介绍。

首先介绍第一类按照某一种说唱文学样式汇编而成的作品集。就类别而言，这一时期整理出版的说唱文学作品集品种丰富，涉及多种说唱文学形式。在敦煌说唱文学方面，有周绍良所编的《敦煌变文汇录》（上海出版公司 1954 年版），王重民、王庆菽、向达、周一良、启功、曾毅公等合编的《敦煌变文集》（人民文学出版社 1957 年版）等；在诸宫调方面，有凌景埏校注的《董解元西厢记》（人民文学出版社 1962 年版）等；在弹词方面，有《评弹丛刊》（上海文艺出版社 1959—1962 年版）、苏州市戏曲研究室所编的《苏州弹词曲调汇编》（1963 年刊行）等；在评话方面，有中国曲艺研究会主编的《评书传统作品选》，扬州评话研究小组所编的《扬州评话选》，王少堂口述、孙幼评记录、肖亦五整理的《武松打虎》，王少堂口述的《武松》等；在子弟书方面，有中国曲艺工作者协会辽宁分会所编的《子弟书选》（1979 年刊行）等。

除了上面所列举者，这一时期整理出版的鼓词作品比较多，主要有如下一些。

《鼓词汇集》，沈阳市文学艺术工作者联合会编，1956—1957 年刊行。这是一部规模较大的鼓词作品集，全书分 6 辑，共收录鼓词作品 390 多段，此外还收录书帽 117 则。所收作品"以东北大鼓传统短篇书段为主，长篇演唱不在汇编之内"。对所收作品，"编辑时并未整理，除明显错别字给予校正外，其余一如原著或艺人原述"①。

《古城会》，李大玉、谢大玉唱词，山东省戏曲工作组整理，山东人民出版社 1956 年版。该书收录山东著名大鼓艺人李大玉、谢大玉演唱的《古城会》《战马超》《草船借箭》《苦肉计》《凤仪亭》《单刀赴会》六段鼓词作品，皆据《三国演义》改编。对所收作品，皆标明演唱者与整理者。

《鼓词选》，赵景深编选，古典文学出版社 1957 年版。该书分渊源编、鼓词编和大鼓编三编，收录宋代以降各类鼓词作品 28 种。对所收作品，皆有其基本情况的简要介绍。卷首有编选者所写序言，对鼓词的起源、基本资料、子弟书和大鼓、大鼓的演唱和展望等进行简要介绍。

《三国故事鼓词选》，霍树棠述，辽宁人民出版社 1957 年版。该书收录著名

---

① 各辑前"出版说明"。

说书艺人霍树棠所说三国故事鼓词 15 段。春风文艺出版社 1980 年再版时又增加 5 段，卷首增加耿瑛、宫钦科的《霍树棠和东北大鼓》一文作为序言。

《点金术》，于德祥等口述，刘为志等整理，湖北人民出版社 1957 年版。该书收录《点金术》《穷富斗》《十不足》《刘三姐送饭》《找女婿》《赶穷神》共 6 个大鼓及鼓书帽作品。

《古城会》，乔喜原口述，依群记录，吉林人民出版社 1957 年版。

《巧嘴苏娥》，乔喜元口述，吉林人民出版社 1957 年版。该书收录《巧嘴苏娥》《游湖借伞》两个鼓词唱段。

《穆桂英指路》，王尊三整理，作家出版社 1958 年版。该书收录《游西湖》《千里驹》《穆桂英指路》等鼓词作品 18 种，多为著名艺人王尊三演唱过。

《河北民间传统鼓词选》，河北省曲艺工作室编，上海文艺出版社 1960 年版。该书共收录《大闹天宫》《韩湘子上寿》《周仓抢娃娃》等在华北、东北等地民间流传的传统短篇鼓词 17 篇。对所收作品，皆标明口述者、整理者。卷首有署名河北省曲艺工作室的《浅谈说唱文学的传统——代序》。1983 年该书再版，"抽下《韩湘子上寿》，增入《东岳庙》《汾河湾》两篇，共十八篇"，其中"除《双锁山》系乐亭大鼓，《借髢髢》系河南坠子，《刘金莲借粮》系道情外，其余均系西河大鼓唱词"①，因此该书也可以看作是一部西河大鼓唱词选。

《东北大鼓唱腔集》，中国曲艺工作者协会辽宁分会、沈阳市文学艺术工作者联合会编，1964 年刊行。全书共 3 册，分西城派、江北派、奉派、南城派、吉林派、双城派及其他等流派，共收录东北大鼓唱段 30 多段。

有关单弦牌子曲的作品集这一时期也出版了如下三种。

《单弦牌子曲选集》，杨荫浏、曹安和、文彦整理，音乐出版社 1956 年版。该书分说明和曲调两部分，其中说明为各类符号的说明，曲调则分岔曲、牌子、牌子曲三类，共选收《晚霞》等 22 种作品，都是具有代表性的作品。对所收作品，皆标明曲调、演唱者及伴奏者。

《单弦牌子曲资料集》，杨荫浏、曹安和、文彦整理，音乐出版社 1956 年版。该书为《单弦牌子曲选集》的续集，共收录 40 多种作品。体例同上书，后附有《岔曲索引》和《牌子索引》。

---

① 河北省戏曲研究室：《河北民间传统鼓词选》"再版前言"，上海文艺出版社 1983 年版。

《单弦牌子曲分析》，王秀卿等传谱，于会泳编著，上海音乐出版社 1958 年版。该书分综述和牌子分述两部分，其中牌子分述部分选取 60 个曲牌，对其来历、用途、唱腔、结构组织进行分析。对所收曲牌，收录其各类唱腔，并记谱，收录唱词。书后附《牌子在唱本中的应用举例》《曲谱中特殊记号说明》及《参考资料》，其中《牌子在唱本中的应用举例》收录《杜十娘》的全本唱词。

上述三书都收录了数量不等的作品，既可以作为单弦牌子曲的作品集阅读欣赏，同时又具有单弦牌子曲资料集的功用。

有关二人转的作品集主要有如下一些。

《二人转传统剧目资料》，吉林省文化局编印，1958—1962 年刊行。该书所收二人转剧目"均系老艺人口述记录本，为供研究用，除明显错别字略加订正或请老艺人鉴别补充脱漏之处外，在编辑时一律未加整理修改"①。该书先后出版七辑，共收录二人转作品 188 个。同一作品如《蓝桥》《西厢》等，收录不同艺人的多个记录本。对所收作品，皆标明口述者。

同类书籍尚有吉林省文化局所编的《吉林二人转选》（吉林人民出版社 1959 年版）、黑龙江省群众艺术馆所编的《二人转选集》（北方文艺出版社 1963 年版）等。

其次介绍第二类按照地域所属一种或多种说唱文学样式汇编而成的作品集。这一时期，各省市的文化部门通过调查走访，搜集了十分丰富的说唱文学资料，并将其中一些较为流行、具有代表性的整理刊印。此类作品集数量较大，笔者所知见者主要有如下一些。

《辽宁传统曲艺选》，中国曲艺工作者协会辽宁分会编，春风文艺出版社 1962 年版。该书分辽宁大鼓、二人转和其他三类，共收录辽宁传统曲艺作品 30 篇，后附王金和的《辽宁主要曲种介绍》。

《山东传统曲艺选》，山东省戏曲研究室编，山东人民出版社 1959 年版。该书所选为山东地区"多年流传，脍炙人口的作品"②，共收录《大闹马家店》《李逵夺鱼》《飞云浦》等作品 14 种，涵盖山东快书、山东琴书、山东大鼓、山东洛子、山东八角鼓等样式。

---

① 《二人转传统剧目资料》"编辑说明"，见各辑卷首。

② 山东省戏曲研究室：《山东传统曲艺选》"前言"，山东人民出版社 1959 年版。

《山西曲艺选》，山西省文化局编，山西人民出版社 1960 年版。该书主要收录新中国成立后十年间山西创作的说唱文学作品，其中亦有一些根据艺人口述整理的传统作品如《断金钱》《拙老婆》《武松打虎》《武松大闹石家庄》等。

《江苏南部民间戏曲说唱音乐集》，江苏省音乐工作组编，音乐出版社 1955 年版。该书内容为编者在江南南部调查所得，全书分文字和曲调两个部分，所涉及的说唱样式为评弹、宝卷和农民书。其中曲调部分收录弹词曲调 32 种、宣卷曲调 45 种、农民书曲调 6 种。对所收曲调，均标明出处、演唱者和记谱者，有些地方出注，介绍演唱方法及相关情况。

《扬州清曲选》，扬州市文联编，江苏人民出版社 1957 年版。全书收录《林黛玉》《宝玉哭灵》《双下山》《水漫金山》《十八相送》《卖油郎独占花魁》共 6 个扬州清曲传统曲目。对所收作品，皆标明整理者。卷首有龚斧所写《关于扬州清曲》，后附曲调 16 首，出自《宝玉哭灵》和《十八相送》。

《河南曲子集》，程云等搜集、编辑，中南人民出版社 1951 年版。全书分小令、中曲、大曲收取河南曲子 101 个，这些曲子系从河南南阳地区搜集而来。对所收曲子，皆记谱，并标明出处。

《河南曲子板头曲选》，中央音乐学院民族音乐研究所 1955 年编印。该书收录河南曲子板头曲 16 首。

《河南大调曲子集》，海晨、路继贤、项为记录整理，长江文艺出版社 1957 年版。该书分大牌子、小牌子、套曲、板头曲四部分，记录整理了大调曲子名家曹东扶、王省吾、谢克中、郑耀亭等演唱的大调曲子 83 首。对所收作品，记录简谱，标明记者。

《河南鼓子曲》，曹东扶传谱，王寿庭记谱，河南人民出版社 1958 年版。该书收录南阳著名艺人曹东扶传谱的鼓子曲唱段 71 段，每个唱段皆记谱。

《河南省传统曲目汇编》，河南省文化局编，1963 年起刊行。该书收录河南地区的传统戏曲与说唱文学作品，其中大调曲子共编有 8 集，只刊印了前 4 集，后 4 集毁于"文化大革命"期间。各集按作品故事的历史年代编排，其中第一集主要收录东周列国至东西汉时期的作品，第二集收录三国时期的作品，第三集收录隋唐时期的作品，第四集收录唐至宋代的作品，四集共收曲目 435 篇。这套丛书内容丰富，具有重要的文献价值，可惜印数太少，只有 500 册，流传不广，知者不多。

《陕县传统曲目汇编》，1963 年刊行。该书先后编印 3 集，收录陕县锣鼓书艺人所传锣鼓书书帽、书段、书目共 40 个。

《陕北榆林小曲》，鞠秀等记谱，于会泳整理，音乐出版社 1957 年版。该书材料由民间艺人丁喜才提供。全书收录陕北榆林小曲的唱腔曲谱 45 个，后附唱腔发展上所根据的原来的民歌 34 首。对所收曲调，记有简谱和唱词，并标明记谱者。

《榆林小曲》，丁喜才演唱，刘峰整理，陕西人民出版社 1957 年版。该书根据丁喜才演唱的榆林小曲整理而成，全书分演唱部分和曲牌部分，共收录作品 94 个。对所收作品，皆记有简谱。

《兰州鼓子》，兰州市文化局、兰州市文协编选，甘肃人民出版社 1962 年版。该书选收了一些"内容好，或内容无害，但有一定艺术特色的传统段子"，还"编选了八十多支较流行的曲牌"①。全书分文字和曲谱两部分，其中文字部分收录作品 28 段，曲谱部分分鼓子、越调、平调及其它四类，收录 81 个曲调。

《贤孝》，青海省群众艺术馆编，1962 年刊行。该书为《青海传统曲词汇编》之一，收录《阳欢乐》《白猿盗桃》《盘山交带》等青海地区流行的贤孝作品 10 多个。青海省群众艺术馆 1962 年还编印有《平弦》专辑，亦为《青海传统曲词汇编》之一。

《四川民间曲艺选辑》，四川人民出版社 1954 年版。该书主要收录四川地区民间曲艺作品，其中第一辑为四川省文化局戏曲研究室整理，收录《耗子告猫》《李太白赶考》《长坂大战》《饭店认子》《尼姑下山》五部作品；第二辑为成都市人民政府文化局戏曲创作研究组整理，收录《董家庙》《十字坡》中有关武松的五段金钱板唱词。

《四川清音》，沙子铨、吴声记录整理，重庆人民出版社 1957 年版。该书分清音大调节目、清音曲牌、清音小调节目三个部分，共收录四川清音作品 100 多个。卷首有《四川清音简介》《四川清音曲牌统计》《四川清音剧目统计》及《清音大调节目中曲牌组织》。

《清音曲词选》，胡度编，作家出版社 1957 年版。全书分大调、杂曲、胡琴

---

① 兰州市文化局、兰州市文协编选：《兰州鼓子》"内容提要"，甘肃人民出版社 1962 年版。

三类，共收录四川清音曲词 77 段，"大部分都是'清音'中有代表性的或具有某种特色的曲目"。这些都是编者 1952 年至 1954 年在四川各地搜集而来，整理的过程是"先将每首曲词的不同稿本，聚集到一起，互相参照，研究它们演变和发展的脉络，然后取长补短，去芜存精，进行校勘。校勘后，又和艺人同志们共同研究、审订，才将它们确定下来"①。书后附有编者所写的《关于"四川清音"》。

这一时期整理刊行的四川清音作品集尚有解君恺记录整理的《四川清音节目选》（四川音乐学院 1960 年刊行，该书选收四川清音作品 30 种）、《四川清音现代曲目选》（四川音乐学院 1961 年刊行）、《四川清音传统节目选》（四川音乐学院 1962 年刊行）等。

《四川竹琴》（第一集），重庆市人民政府文化局编印，1954 刊行。该书分两部分，一部分是胡度整理的《三国演义词选》，另一部分为其他作品。全书共收录四川竹琴作品 17 个。所选作品"大部分是根据艺人的底本和口述本；一部分是根据搜集的比较可靠的坊间刻本（都在篇后注明了）进行整理的。没作大的改动，基本上保持了原来的面貌"②。对所收作品，皆标明依据底本及整理者。卷首有胡度的《四川竹琴简介》。

《贾树三竹琴演唱选集》，杨槐编，四川人民出版社 1958 年版。该书收录著名竹琴艺人贾树三演唱的竹琴作品 18 个，并附有相关研究文章。

《贵州弹词汇编》，贵州省文化局戏曲工作室、贵州省文联编，1958—1963 年刊行。该书根据从民间搜集的贵州弹词唱本手抄本整理而成。自 1958 年起刊行，共 21 集，收录贵州弹词 109 种。对所收作品，标明作者。"文化大革命"期间，贵州省文化局戏曲工作室搜集的这些民间抄本被毁，许多贵州弹词作品因该书而得以保存，其重要文献价值不难想见。同类书籍尚有《贵州文琴音乐资料》（贵州省文学艺术工作者联合会 1957 年编印）一书。

再次介绍第三类按照某一专题汇编而成的说唱文学作品集，前文重点介绍的《白蛇传集》《西厢记说唱集》《董永沉香合集》《岳飞故事戏曲说唱集》《孟姜女万里寻夫集》《梁祝故事说唱集》等即是属于此类专题作品集。除了这几种

---

① 胡度：《关于"四川清音"》，载其《清音曲词选》，作家出版社 1957 年版。
② 《四川竹琴》（第一集）"前言"，1954 年刊行。

外，还有如下一些。

《鲁达除霸》，李华飞整理，重庆人民出版社 1955 年版。该书收录《鲁达除霸》《桃花村》《牢营寨》《武松上路》等 9 篇说唱文学作品，"都是长久流传在四川各地为广大人民百听不厌的节目，其中大部分是著名的'水浒'故事"①，因此也可以将该书看作是四川说唱文学中有关水浒故事的专集。

《武松传》，宫钦科整理，春风文艺出版社 1959 年版。该书共收录《五虎庄》《景阳冈》《狮子楼》《十字坡》《五龙堂》《蜈蚣岭》六段东北二人转中有关武松的作品，对所收作品，皆标明口述者或出处。后又补充山东快书《闹南监》《飞云浦》《鸳鸯楼》和二人转《快活林》，共十段。这些作品多根据民间艺人口述整理而成。

《杨八姐游春》，春风文艺出版社 1962 年版。该书收录《杨七郎打擂》《杨宗保问路》《穆桂英大破天门阵》《杨八姐游春》等有关杨家将故事的二人转传统作品 12 种。对所收作品，皆标明口述者和整理者，有些还标示所据底本。

《齐天大圣》，郭明非整理，春风文艺出版社 1962 年版。该书收录东北二人转中有关《西游记》的传统作品 8 种，分别为《大闹天宫》《齐天大圣斗八仙》《高老庄收八戒》《三打白骨精》《唐僧招配》《三调芭蕉扇》《猪八戒拱地》《猪八戒招亲》。对所收作品，皆注明底本来源。

将说唱文学的相关书帽汇编成集，也可以算是具有专题性质的说唱文学作品集，此类书籍这一时期出版有不少，主要有如下一些。

《书帽选集》，中国曲艺研究会主编，作家出版社 1957 年版。该书收录各类说唱中的书帽 45 个。

《丁成巧得妻》，苏聚芳等口述，于永江记录整理，吉林人民出版社 1957 年版。该书收录《堵窗户》《李大嘡和张聊天》《肉头段》《丁成巧得妻》等书帽 8 个。对所收作品，皆标明口述者与整理者。

同类书籍尚有孙大玉口述，山东省戏曲工作组整理的《比女婿》（山东人民出版社 1956 年版）、《凤姐踏青》（吉林人民出版社 1957 年版）、《母女顶咀》（黑龙江人民出版社 1958 年版）、张军等整理的《酒鬼》（山东人民出版社 1958 年版）、《佳人奇文》（吉林人民出版社 1962 年版）等。

———————————

① 《鲁达除霸》"编者的话"，重庆人民出版社 1955 年版。

最后介绍第四类包含多个样式的说唱文学作品集。主要有如下一些。

《晚清文学丛钞》说唱文学卷，阿英编，中华书局 1960 年版。该书主要收录晚清时期的通俗文学作品，包括歌谣、时调、弹词和地方戏，所收作品内容"基本上就是在爱国、民主、科学启蒙运动的主题范围之内，并尽可能按照当时政治运动的各个阶段，选出有代表性的作品"①，对与当时政治、社会运动没有关系的作品则不收录。全书分三卷，其中卷二为弹词，收录《猛回头》《精卫石》《狮子口》等弹词作品 12 种。

此外阿英所编《庚子事变文学集》（中华书局 1959 年版）、《反美华工禁约文学集》（中华书局 1960 年版）等书中也收有近代说唱文学作品。其中《庚子事变文学集》第三卷为说唱，收有北调《时调唱歌》、牌子曲《庚子纪略》《时事志略》《庚子国变弹词》等。《反美华工禁约文学集》卷三戏曲收有《拒约弹词》，补遗第二部分收有木鱼书《金山客叹五更》、南音《华工诉恨》、粤讴《除是有血》《拒约会》《好孩儿》。

《曲艺唱词选集》，中央广播文艺工作团说唱团编，北京出版社 1962 年版。该书收录《草船借箭》《罗成叫关》《野猪林》等说唱文学唱词 25 篇，包括京韵大鼓、梅花大鼓、西河大鼓、二人转、山东琴书、单弦、河南坠子等多种样式。其内容分为三个部分，"第一部分是传统节目"，"第二部分是根据传统的形式，解放后编写的历史题材的段子"，"第三部分是反映现实生活的新创作的段子"②。对所收作品，标明作者、口述者和整理者。

《传统曲艺选》，河南省群众艺术馆编印，1962 年刊行。该书收录 9 种说唱文学作品，分别为《夺鱼闹江》《武松赶会》《古城会》《美猴王》《拴娃娃》《三女婿拜寿》《搜卢府》《小寡妇上坟》《卖丫环》，其中前 6 种为河南坠子，《搜卢府》《小寡妇上坟》为琴书，最后一种为三弦书。对所收作品，标明口述者与整理者。

同类书籍还有中国曲艺研究会所编的《中国曲艺作品选集》（第一辑，通俗读物出版社 1955 年版）等。

还有一些综合性的作品集或作家别集也收录有说唱文学作品，这里择要介绍

---

① 阿英：《晚清文学丛钞》说唱文学卷"叙例"，中华书局 1960 年版。

② 《曲艺唱词选集》"前言"，北京出版社 1962 年版。

一些。

《江苏民间音乐选集》，中国音乐家协会江苏分会筹委会编，江苏文艺出版社1959年版。该书分民间歌曲、说唱音乐、戏曲音乐、民间乐曲四部分收录江苏民间音乐作品，其中说唱音乐部分分弹词、道情、清曲、宣卷、琴书五类收录唱段90多个。对所收唱段，记谱、收录唱词，并标明演唱者、整理者。

《蒲松龄集》，路大荒整理，中华书局1962年版。该书收录当时所见蒲松龄全部作品，其中就包括《聊斋俚曲集》，收录蒲松龄创作的俚曲《墙头记》《富贵神仙》《磨难曲》等14种，附收《草木传》《逃学传》等5种。

作品集、作品选本之外，这一时期还出版了不少单部说唱文学作品的整理本，主要有如下一些。

《说唱西游记》，罗扬、沈彭年整理，通俗文艺出版社1956年版。该书以当时北京市图书馆天坛参考阅览室所藏车王府鼓词抄本《西游记》为底本，原书约百万字，整理时删去"唐僧出世、唐王游地府、刘全进瓜，以及改编者增添的斗白猿、五魔女等部分（约三十余万字）"，"在语言文字方面，特别是在韵文部分，做了改写加工的工作"①。这样的整理出版使读者得以看到一个新的民间说唱本《西游记》，只是经过这样带有改编性质的整理之后，新本和原本的面目差异太大，一般的阅读欣赏倒也无妨，但对研究者来说，就无法使用了。新华出版社1986年将该书重印，印行前"整理者作了校订"②。

《山东快书武松传》，高元钧、宋宗科、刘铜武口述，马立元等整理，作家出版社1957年版。该书收录高元钧、宋宗科、刘铜武三位民间艺人所说山东快书《武松传》中的《东岳庙》《景阳冈》《狮子楼》《十字坡》《石家庄》《孟州堂》《安平寨》《快活林》《飞云浦》《鸳鸯楼》《蜈蚣岭》《白虎庄》。该书整理的原则是"对三种口述本，都要分回分段地研究，哪一种口述本的哪一回哪一段较好，就以它为主，进行整理，并吸收其他口述本的好的部分，努力做到一字一词一句也不遗漏"③。

《武松打虎》，河南人民出版社1956年版。该书收录《武松打虎》和《小姑

---

① 整理者《说唱西游记》"整理说明"，通俗文艺出版社1956年版。

② 《说唱西游记》"整理说明"，通俗文艺出版社1956年版。有关该书的评价，参见陶钝《介绍〈说唱西游记〉》，《民间文学》1955年第6期。

③ 《山东快书武松传》"后记"，作家出版社1957年版。

贤》两部河南坠子，其中《武松打虎》系根据高元钧的山东快书改写而成。

《武松大闹董家庙》，程喜发口述，王肯记录，吉林人民出版社 1957 年版。该书根据著名二人转艺人程喜发的演出整理而成。

《杨八姐游春》，王云鹏口述，张淑霞记录，吉林人民出版社 1957 年版。该书根据著名二人转艺人王云鹏的演唱记录而成。

《杨闹红要表》，程喜发唱，王肯记，吉林人民出版社 1957 年版。该书根据著名二人转艺人程喜发的演唱记录而成。书后有后记，介绍作品的基本情况。

《鸳鸯嫁老雕》，程喜发编，吉林人民出版社 1956 年版。

《花笺记》，陈汝衡校订，广东人民出版社 1958 年版。该书以清以文堂刊本为底本，以五桂堂刊本为校本进行校订。原文《瑶仙问觋》《回话勾魂》《表诉情由》《哀情苦别》四段因"内容迷信，文字冗赘"，被删去①。

《二荷花史》，薛汕校订，广东人民出版社 1958 年版。该书以丹桂堂《新刻评点第九才子二荷花史》影印本为底本，参照其仿刻本，"加以订定"。后校订者又"重新校订一次，把上次版本中的错字、漏句和删去的，改正的改正，恢复的恢复"②，书后附有校订者所写的《话说木鱼书》一文，由文化艺术出版社于 1985 年出版。

此外尚有白凤鸣整理的《李逵夺鱼》（宝文堂书店 1955 年版），江苏省剧目工作委员会编印的扬州弹词《刁刘氏》《双金锭》（1955 年刊行），胡度整理的《单骑救主》（北京宝文堂书店 1955 年版）、《华容道》（宝文堂书店 1955 年版）、《张松献图》（重庆人民出版社 1956 年版）、《惊变盗草》（重庆人民出版社 1956 年版），范旸、老沈整理的《三战吕布》（四川人民出版社 1956 年版），李华飞整理的《渔父辞剑》（竹琴，四川人民出版社 1956 年版），赵文焕、何乐英整理的《瓦口关》（四川人民出版社 1956 年版），舒三和整理的《东郭救狼》（湖南人民出版社 1959 年版）等。

需要说明的是，这一时期出版的说唱文学作品数量非常多，本书重点介绍那些传统作品的整理本和记录本，对于新创作的作品，只是顺带提及，不再详细列举。

---

① 陈汝衡：《花笺记》"前言"，广东人民出版社 1958 年版。
② 薛汕：《二荷花史》"前记"，文化艺术出版社 1985 年版。

第四节　说唱文学文献的整理与研究

这一时期各地文化部门及研究者虽然从民间搜集到大量的说唱文学资料，但因政治形势的变化，大多未能来得及整理，更不用说编印专门的资料集了。到"文化大革命"期间，许多辛苦搜集的资料被毁，造成无法估量和弥补的巨大损失。

尽管如此，这一时期还是出版了一些具有资料集性质的说唱文学著述，对相关文献的研究也取得了较大的进展。总的来看，这一时期出版的具有资料集性质的著述主要有如下三类。

第一类是根据实地调查所得撰写的著述。这一时期有不少研究者深入各地，对说唱文学进行实地调查，获得不少重要资料，并写成考察报告或相关著述。这些考察报告依据第一手资料写成，具有重要的文献价值，如章鸣的《扬州清曲采访报告》（中央音乐学院中国音乐研究所 1963 年内部刊行）。作者于 1962 年 3 月 20 日至 5 月 16 日在江苏南京、扬州采访调查扬州清曲 57 天，访问很多老艺人及文艺工作者，录音 600 多分钟。该报告即据此写成，全文分"扬州清曲"的历史发展情况，艺术活动和流行地区，曲目，曲牌，唱念表演，乐器，伴奏，清曲同民歌、扬剧的关系等部分，对扬州清曲作了全面、系统的介绍。报告后附《现今曲友艺人情况简介》《本所所藏扬州清曲的录音节目》《有关扬州清曲的文字、曲谱参考资料》。整个报告资料丰富，具有较为重要的文献价值。

此类书籍以张次溪的《人民首都的天桥》（北京修绠堂 1951 年刊行）影响较大。作者从 13 岁起，就留心天桥的各类演出与民间艺人，多方调查走访，搜集资料，前后长达 30 年，在此基础上写成《人民首都的天桥》一书。该书第四章《天桥演出的曲艺和杂技的演变》、第五章《天桥人物考》、第六章《天桥的曲艺场和杂技场的情况》专门介绍天桥一带曲艺的演变、艺人的情况以及演出场地，文献丰富、可信，对研究以天桥为核心的北京地区的说唱文学情况，具有重要的参考价值。

第二类是说唱艺人回顾艺术人生、介绍演出经验的谈艺录。这一时期一些著名的说唱艺人通过口述或撰写的方式梳理和总结自己的演出心得和艺术经验，为青年演员的表演及观众的欣赏提供指导和帮助，这些谈艺录兼具艺术和文献双重性质，具有重要的参考价值。据笔者所知见者，主要有如下一些。

《曲艺的创作和表演》，老舍等著，工人出版社 1956 年版。该书所收文章系从当时全国职工业余曲艺观摩演出会主办的讲座中选出，出自作家、艺人之手，其中出自艺人者有侯宝林的《相声的表演艺术》，白凤鸣、王决、王素稔的《京韵大鼓的源流与鼓词的创作》，白凤鸣、王决的《京韵大鼓的说唱和表演》，高元钧、刘洪滨、刘学智的《山东快书的源流和表演问题》等，涉及相声、京韵大鼓、山东快书等多种说唱文学样式。

《如何表演山东快书》，杨立德、张军著，山东人民出版社 1956 年版。该书作者杨立德系山东快书杨派创始人。全书分山东快书的简单历史、演唱山东快书的基础知识、表演经验介绍、向初学山东快书的朋友们进一言四部分对其演出经验进行了较为全面、准确的归纳和总结。

《表演山东快书的经验》，高元钧、刘学智、刘洪滨著，上海文化出版社 1958 年版。三位作者皆为著名的山东快书艺人，1953 年至 1955 年在部队讲授山东快书，编写有山东快书教材《山东快书》（东北军区政治部文化局 1953 年刊行），后进行修正、充实。该书即是在此教材的基础上整理而成。全书分四章，较为全面地介绍了山东快书的源流与沿革、击节乐器"鸳鸯板"、表演问题以及语言的创造。

高元钧、刘学智、刘洪滨还与李润杰、高凤山合作撰写《快书、快板研究》（作家出版社 1960 年版）一书，该书分山东快书研究、快板研究以及快书和快板的发展前景三部分，也是作者演出心得与经验的总结和概括。刘学智，刘洪滨又著有《数来宝的创作和表演》（上海文化出版社 1964 年版）一书。该书分形式介绍、创作体会和演唱技巧三部分，介绍作者有关数来宝的创作与表演经验，书后附有数来宝作品《青海好》《人民首都万年青》《从军记》。

《怎样表演京韵大鼓》，白凤鸣、王决著，上海文化出版社 1957 年版。该书分京韵大鼓的起源与发展、京韵大鼓的形式特点、练唱方面的一些问题、表演方面的一些问题、怎样使用木板和鼓简五个部分，为业余爱好者演唱京韵大鼓提供指导。书后附有《"草船借箭"曲谱》《京韵大鼓传统节目曲目》。

《演唱单弦的心得》，荣剑尘著，杨大钧记谱整理，上海文化出版社 1958 年版。该书分两部分，前一部分为荣剑尘介绍演出心得的《演唱单弦的心得》①，后一部分为《荣剑尘岔曲集》，收录荣剑尘演唱的岔曲作品 30 个，所收作品均标出简谱。

《扬州清曲唱念艺术经验》，王万青口述，张仲、王澄记录整理，扬州市文化处 1962 年刊行。王万青为著名扬州清曲艺人。该书分概论、论气、论板、论声、论字韵、论唱法等部分，介绍演唱扬州清曲的方法与技巧，是王万青几十年演出经验的总结。

《二人转史料》第一集，王肯整理，吉林人民出版社 1962 年年版。该书分两辑，其中第一辑为艺人程喜发的回忆录，第二辑也收录了一些艺人的经历等资料。

同类书籍尚有苏州市戏曲研究所编印的《评弹艺人谈艺集》（1963 年刊行）等。

相关文章则有刘叶秋的《忆鼓王刘宝全》（《曲艺》1958 年第 3 期）、梅兰芳的《鼓王刘宝全的艺术创造》（《曲艺》1962 年第 2 期）等。

第三类是有关说唱文学的研究著作。其中不少著作出自对说唱文学素有研究的学人之手，引证丰富，内容翔实，不仅具有很高的学术价值，而且具有重要的文献价值。其中具有代表性的、影响较大的主要有如下几种。

《曲艺论丛》，傅惜华著，上杂出版社 1953 年版。该书收录作者 1937 年至 1951 年间有关说唱文学的论文 11 篇，"其中三篇论述明清两代以降民间的时调小曲，有七篇记述北京的子弟书和鼓词，还有一篇介绍北京现在最流行的几种曲艺"，目的在"希望将这些旧曲艺的遗产可以当做研究与整理的对象，贡献给研究民间文艺者和从事曲艺改革的同志们的参考资料"②。所收各文建立在扎实可信的文献基础上，为读者提供了丰富的学术信息，如《明清两代北方之俗曲总集》一文对《驻云飞》《赛驻云飞》等 20 部明清时期北方的俗曲总集进行较为详细的介绍，具有明清时期北方俗曲总集叙录的性质。

《宋元明讲唱文学》，叶德均著，上杂出版社 1953 年版。该书将宋元明时期

---

① 这一部分此前曾以《演唱单弦的心得》为名由中央人民广播电台说唱团于 1956 年刊行过。
② 傅惜华：《曲艺论丛》"后记"，上杂出版社 1953 年版。

的说唱文学分为乐曲系和诗赞系两大系统，对鼓子词、诸宫调、涯词、陶真、词话、弹词、鼓词等说唱文学的源流及发展演变情况进行了较为深入的探讨，实际上也是对这一时期说唱文学的基本文献进行了一番较为系统全面的梳理，"目的是就已获得的资料说明宋元明讲唱文学和技艺的一般情形及乐曲、诗赞两系的各种讲唱文学的类别及其发展"①。

《曲艺论集》，关德栋著，中华书局 1958 年版。该书收录有关说唱文学的文章 22 篇，1960 年重印时又进行了修订。全书内容可以分为两类："一类是属于曲艺文学资料的搜辑和校订的文章"，如《记满汉语混合的子弟书〈螃蟹段儿〉》《宝卷漫录》《变文目》等；"一类是对曲艺文学中某些问题进行初步探索的文章"，如《略说"变"字的来源》《小曲小记》等。这些文章或"提供了一些罕觏的曲艺文学资料"，或"介绍了某类曲艺文学的版本目录"②，具有重要的文献价值。

同类书籍尚有李啸仓的《曲艺谈》（武汉通俗出版社 1951 年版），《宋元伎艺杂考》（上杂出版社 1953 年版），陈汝衡、杨廷福的《大说书家柳敬亭》（上海四联出版社 1954 年版），陈汝衡的《说书艺人柳敬亭》（上海文艺出版社 1979 年版）、《说书史话》（作家出版社 1958 年版），洪式良的《柳敬亭评传》（古典文学出版社 1956 年版），蒋礼鸿的《敦煌变文字义通释》（中华书局 1959 年版），中国曲艺工作者协会所编的《鼓曲研究》（作家出版社 1959 年版）等。

此外，在中央音乐学院中国音乐研究所民族音乐研究班编印的《民族音乐》系列参考资料中，有两种与说唱文学相关，即《说唱音乐》《说唱音乐曲种介绍》，两书内容丰富，涉及面广，具有资料汇编的性质和功用。

《说唱音乐》，易人等编选，中央音乐学院中国音乐研究所民族音乐研究班 1963 年 5 月刊行。该书为《民族音乐》参考资料之七，分说唱音乐文字参考资料目录、文字、全国曲种分类草稿、全国曲种分布流传情况初编、说唱音乐音响、曲谱资料参考目录和曲谱六个部分，收录与说唱音乐相关的参考资料，其中文字部分收有陈汝衡的《说书史话》（摘录）、叶德均的《宋元明讲唱文学》（摘录）、杨荫浏的《诸宫调》与何慢的《评弹流派浅谈》；曲谱部分收录诸宫调、

---

① 叶德均：《宋元明讲唱文学》，上杂出版社 1953 年版，第 72 页。
② 以上关德栋《曲艺论集》"重印后记"，中华书局 1960 年版。

货郎儿、单弦、梅花大鼓、京韵大鼓、西河大鼓、乐亭大鼓、天津时调等 20 多种说唱文学样式的唱段 67 段。

《说唱音乐曲种介绍》，冯亚兰等编选，中央音乐学院中国音乐研究所民族音乐研究班 1962 年 5 月刊行。该书为《民族音乐》参考资料之八，按照地域分布，对全国各地 65 种主要说唱文学样式的音乐体制进行简要介绍。

华东文化部艺术事业管理处所编的《华东地区戏曲介绍》（新文艺出版社 1952 年版）一书虽重点在介绍戏曲，同时也介绍了温州鼓词、弹词、山东琴书等说唱文学样式。

还有一些著述也收录了较为丰富的说唱文学资料，如胡文楷的《历代妇女著作考》（商务印书馆 1957 年版）一书著录历代妇女著述，其中也收录了不少清代女作家的弹词作品，如侯芝的《玉钏缘》《金闺杰》《再造天》《锦上花》，陈瑞生的《再生缘》，黄小琴的《三生石弹词》《赤玉莲花弹词》等。

论著之外，这一时期还发表了一些偏重实证、资料丰富的学术论文，主要有魏尧西的《宋代的鼓子词》（《光明日报》1954 年 11 月 7 日）、钱东甫的《记贾凫西〈鼓词〉》（《文学遗产增刊》第 1 辑）、徐扶明的《贾应宠及其〈鼓词〉》（《文史哲》1956 年第 9 期）、解方的《卓越的爱国诗人贾凫西》（《前哨》1957 年第 2—4 期）、袁世硕的《读贾凫西〈澹园诗草〉》（《光明日报》1959 年 10 月 4 日）、路汀的《贾凫西及其〈鼓词〉》（《光明日报》1962 年 4 月 19 日）等，这里不再一一介绍。

第三章 20世纪80年代说唱文学文献研究

进入20世纪80年代，随着"文化大革命"的结束，随着改革开放政策的实施，在经过一段时间的拨乱反正之后，学术研究很快恢复正常。在当时较为宽松、有利的学术文化背景下，说唱文学研究同其他学科一样，得到较大发展，取得了不少重要进展，呈现出新的生机和面貌，其中相关文献的搜集、整理和研究也有不少成果，由此进入了一个新的发展阶段。

总的来看，这一时期说唱文学文献的研究具有如下三个特点。

一是受到各级政府文化管理部门及学术界越来越多的重视，所投入的学术力量与学术资源是先前任何一个历史时期都无法相比的。

1980年3月20日，文化部、中国曲艺家协会联合发出《关于收集整理曲艺遗产及曲艺史料、资料的通知》，随后又相继启动《中国曲艺音乐集成》《中国曲艺志》的编撰。为完成这两套大型说唱文学志书的编撰，各级文化机构在全国范围内进行了一次说唱文学文献资料的普查，如此大规模、系统全面的说唱文学文献调查，可谓空前绝后。这一工作持续了将近十年，所获得的文献资料以及取得的研究成果无论是在规模、数量上，还是在质量上，较之先前均有较为明显的增长和提高。

二是相关的学术研究体制逐步建立并不断完善。随着研究的全面展开与深入进行，与说唱文学相关的学术研究机制也逐步建立起来，为整个学科的发展提供了体制方面的保障，奠定了坚实的基础。这主要表现在如下两个方面。

首先是说唱文学类专业刊物、专业出版机构的复刊与创办。这一时期复刊与创办的专业刊物主要有如下几种。

《曲艺》,该刊物于 1957 年 2 月创刊,"文化大革命"期间停办。1979 年 1 月复刊,由中国曲艺家学会主办。

《说新书》曲艺丛刊,该刊物于 1965 年 1 月创办,后停办。1979 年 2 月复刊,由上海文艺出版社编辑并出版。

《曲艺艺术论丛》,中国曲艺家协会研究部编,1981 年 5 月创刊。

《评弹艺术》,苏州评弹研究会编,1982 年创刊。

《河南曲艺》,1983 年创刊。

此外尚有《辽宁群众文艺》《吉林曲艺丛刊》《山东曲艺通讯》《河南曲艺》《浙江曲艺丛刊》《浙江曲艺》《戏剧曲艺丛刊》《说唱古今》《北方曲艺通讯》等。

这些专业刊物不仅为研究者提供了发表学术意见的园地、学术交流的平台,而且刊发了许多重要的文献资料,对说唱文学文献研究具有积极的推动作用。以《曲艺艺术论丛》为例,该刊虽先后只出版了十辑,却刊发了一批高水准的研究论文,其中一些偏重文献的梳理与辨析,如苏刃辑释的《有关清代曲艺史料的三篇子弟书》、谭正璧口述的《说"潮州歌"》、刘保绵的《宋代瓦肆伎艺中的说唱艺术》等。

1980 年 3 月,中国曲艺出版社成立。这是一家专门出版说唱文学类图书的出版机构,由中国曲艺家协会主办,虽然存在的时间并不长,前后只有十年的时间,却出版了不少重要的说唱文学作品与研究著作①。

其次是与说唱文学相关的研究机构和学术团体的成立。在研究机构方面,1986 年,中国艺术研究院成立曲艺研究所,这是一家专门研究曲艺的学术机构。在学术团体方面,1979 年 11 月,中国曲艺工作者协会更名为中国曲艺家协会。此后一批与说唱文学研究相关的学会组织相继成立,如 1980 年 5 月成立的中国评弹研究会、1980 年 5 月成立的苏州评弹研究会、1984 年 6 月成立的中国俗文学学会、1988 年 10 月成立的中国曲艺音乐学会、1988 年 11 月成立的中国说唱文艺学会等。这些学会将与说唱文学相关的艺人与研究者凝聚在一起,组织了一系列活动,召开学术研讨会,推动了学术研究的深入进行。所有这些都为说唱文学文献的研究奠定了较为坚实的基础。

———————————

① 有关该出版社创办及停刊的经过,参见罗扬《我的编辑生涯》,《曲艺》2010 年第 4 期。

三是研究领域得到拓展，研究视野更为开阔。

这主要表现在，这一时期学术氛围较为宽松，说唱文学研究全面展开，一些先前不受重视乃至成为学术禁区的说唱文学样式比如宝卷、善书等受到关注，一些较小的曲种被纳入研究范围。与此同时，研究者与海外学界同行的交流与了解也逐渐增多，一些汉学家如波多野太郎、李福清等到中国进行实地调查和访学，海外相关研究著述被译介到国内。

总的来看，20世纪80年代是说唱文学文献研究的一个承前启后的重要历史时期，既取得了许多重要成果，同时对其后的研究影响深远。以下从各个方面对这一时期说唱文学文献研究的情况分别进行归纳和总结①。

第一节　说唱文学重要文献的新发现

与此前相比，这一时期重要说唱文学文献新发现的数量并不多。经过半个多世纪的不断积累，很多重要文献被相继发掘出来，发现新文献的难度越来越大，这也是文献研究的一个规律。不过研究者并没有放弃努力，还是找到一些新的文献，其中主要有如下一些。

西汉说书俑的出土。1979年3月，在扬州胡场一号汉墓中出土了两件木质俑，"一件高50厘米，刻画一老人端坐态，右手向上扬起，着指划状，左手置于腹部，极为自然，其面部神情似侃侃而谈"，"另一件俑高35厘米，亦系坐式，头有髻，髻上插簪，手臂弯曲向上，左手放置左腿上，神态亦极逼肖"②。

西汉说唱俑的出土。这一时期四川绵阳相继出土了两件汉代说唱俑：一件是1986年6月绵阳河边乡九龙山东汉崖墓出土的东汉说唱俑，"该俑系泥质红陶，捏制，高55、宽33厘米。为立式，头戴花平巾帻，面带笑容，舌头伸出，双手抚腹，腹部鼓出，好似将自己的肚腹作鼓拍打，形象生动，滑稽可笑"，"为我

---

① 因20世纪70年代后几年的研究情况与80年代较为接近，且一脉相承，因此这一期间说唱文学文献的研究情况也放在这里一并介绍。

② 徐良玉：《西汉说书俑》，《曲艺》1985年第5期。另参见《扬州曲艺志》第199页《西汉说书俑》，江苏文艺出版社1993年版。

们研究汉代的陶塑艺术及我国说唱艺术的渊源提供了不可多得的实物资料"①；另一件是 1988 年 5 月在绵阳吴家区孔雀村汉代崖墓出土的汉代说唱俑，"红陶制作，通高 32 厘米，额头有三条皱纹，为说笑所生，右手摸头，左手抚肚，胸脯微微凸起，大腹之上还有一凹陷的肚脐眼，两脚叉开着地，神态憨厚滑稽，形制浑厚"②。这些实物文献的出土对考察说唱文学的起源具有重要的参考价值。

元代墓葬说唱壁画的发现。1987 年 4 月，山西垣曲西峰山发现一座元代墓葬，墓室四周墙壁皆为彩绘，其中东面墙壁的下部绘有一幅民间说唱艺人祇应图。"此说唱班共四人组成，竖格窗南侧三人，各执乐器"，其中一男性执鼓杖敲击板鼓，一男性吹笛，一女性执拍板。"窗北一人女扮，梳云髻，着红色襦裙套灰色半臂，右手提一扁鼓。"有研究者认为，"从演出场所、人员组织构成看，垣曲西峰山元墓壁画说唱图应为唱赚图"③。这一发现对了解元代民间说唱的情况具有重要的参考价值。

此外，1981 年 12 月，高国藩在苏州古旧书店发现一种《金山宝卷》抄本，与以往所见同类宝卷内容有较大差异④。

第二节　说唱文学文献目录、索引的编制

进入 20 世纪 80 年代，随着学术研究的不断深入，随着文献积累的不断增加，随着研究条件的不断改善，研究者所掌握文献资料的规模和数量都超过以往各个时期，这对说唱文学目录、索引的编制无疑是一个较为有利的条件。

在此背景下，这一时期编制、出版了一批收录较为完备的专题目录，过去一些不受关注的说唱文学样式也有了相应的目录。其中敦煌说唱文学方面有刘进宝

---

① 石荣：《东汉说唱俑》，《四川文物》1991 年第 5 期。

② 参见巩发明、季兵《绵阳市出土的汉代说唱俑》，《四川文物》1989 年第 2 期。

③ 以上见韩树伟、杨生记《垣曲西峰山元墓壁画考辨》，《中华戏曲》第十辑，山西人民出版社 1991 年版。

④ 高国藩：《论新发现的〈金山宝卷〉抄本在〈白蛇传〉研究中的价值》，《民间文艺集刊》第五集，上海文艺出版社 1984 年版。作者后修订，以"论抄本金山宝卷的发现和它在白蛇传研究中的价值"为题，刊于《中韩文化研究》第三辑，中文出版社 2000 年版。车锡伦《〈金山宝卷〉和白蛇传研究中的几个问题》对该文有不同的看法，文载《民间文艺集刊》1986 年第 1 期。

的《敦煌学论著目录（1909—1983）》（甘肃人民出版社1985年版）、《敦煌变文论著索引（1920—1977）》（《古籍整理出版情况简报》增刊1，1980年）。弹词方面有谭正璧、谭寻的《弹词叙录》（上海古籍出版社1981年版），胡士莹的《弹词宝卷书目》增订本（上海古籍出版社1984年版），《评弹传统长篇书目表》《部分弹词传统书目故事梗概》《二类书目表》《现代题材新长篇部分书目》（以上载《苏州评弹艺术初探》，中国曲艺出版社1988年版）。宝卷方面有车锡伦的《宝卷叙录》（《东南文化》1985年第1期）、《宝卷叙录二》（《扬州师范学院学报》1987年第3期）、《宝卷叙录三》（《扬州师范学院学报》1988年第1期），周良的《读书札记》（《评弹艺术》第九集，中国曲艺出版社1988年版），陈国符的《宝卷琐录》（载其《陈国符道藏研究论文集》，上海古籍出版社2004年版）。子弟书方面有吴晓铃的《绥中吴氏双栖书屋所藏子弟书目录》（《文学遗产》1982年第4期）、郭精锐的《车王府曲本"子弟书"编目梗要》（《古籍整理研究学刊》1986年第4期）。评书方面有郝福英的《传统评书清代书目简述》（载《三剑侠·棍扫萧金台》，春风文艺出版社1987年版）。

除了上面所列举者，这一时期编制、出版的说唱文学目录还有如下一些。

《木鱼歌、潮州歌叙录》，谭正璧、谭寻编，书目文献出版社1982年版。该书为编者计划编撰的《明清说唱文学作品叙录》丛书的一种。全书分上、下两编，上编为《木鱼歌叙录》，下编为《潮州歌叙录》。全书共著录木鱼歌作品280种，潮州歌册162种。在编排上，按照作品名称的第一字笔画多少排序。对所收作品，分版本、内容两大部分介绍，其中版本部分包括作品全称、作品卷回数及回目形式、作者姓名或别号、出版堂名或局名、以往著录情况等项，内容部分包括全书本事大要、本事来源及其影响、同题材的他种文艺作品等项。各编卷首还附有《释木鱼歌》《释潮州歌》。该书目的在于"就明清以来木鱼歌、潮州歌作一次初步结集"，"其流传较广或民间习见之作，大致都已录入"①。这是第一部系统、全面著录木鱼书、潮州歌的专题书目，对相关研究具有重要的参考价值。

《湖北民间叙事长诗、唱本总目提要》第一集，中国民间文艺研究会湖北分会编，1986年刊行。该书收录中国民间文艺研究会湖北分会所收集的140多部在湖北各地流传的民间叙事长诗、唱本，其中不少为说唱艺术。对所收录作品，介

---

① 谭正璧：《木鱼歌、潮州歌叙录》"例言"，书目文献出版社1982年版。

绍其产生年代、流传地区、抄本长度、故事梗概、搜集者及收藏情况。据该书前言介绍，中国民间文艺研究会湖北分会搜集到的民间叙事长诗、唱本有五百多部，该会准备续编第二集，可惜未见刊行。

《车王府曲本提要》，郭精锐、陈伟武、麦耘、仇江编著，中山大学出版社1989年版。该书所收为中山大学所藏全部车王府曲本，全书分说唱文学与戏剧文学两大部分。著录体例参照《京剧剧目初探》及中山大学中文系1960年所编《车王府曲本目录》，并作了适当调整。该书重点在每部作品故事情节的介绍，提要"力求忠实原著，一般均按情节、场次顺序予以叙述，力图使读者能窥见其发展线索"①。书前有《音序索引》。该书印量过小，只有450册，故知见者甚少。

上述三种皆为专书，此外还有几种收录歌册的专题目录。

《台湾歌仔册叙录》，薛汕著。该目所收歌仔册，"以台湾各地特有的为主"②，共收录《劝孝戒谣新歌》《五剑大闹迷魂歌》《现代教育回阳草歌》等歌仔册作品47种，对所收作品，介绍其出版机构、册数、字数及故事情节。对于没有看到的作品，则写出作品名，附在后面。此外，薛汕还在《扣曲九种概说》一文中列出木鱼书的曲目、龙舟歌的歌目、潮州歌册的歌目③，这对研究南方地区的说唱文学颇有参考价值。

《旧潮州歌册版本初步调查目录》，马风编，该目为《旧潮州歌册调查杂记》一文的附录④，收录潮州歌册221部，并标明册数。作者曾于1961年前后到汕头图书馆，潮安、澄海文化馆等处调查潮州歌册的版本及源流情况，整理成《旧潮州歌册版本初步调查清册》，收录潮州歌册223部，还写有内容简介。因"文化大革命"期间，这些歌册大多被烧毁，作者的这份调查和目录具有重要的文献价值。

《潮州市博物馆藏潮州歌册目录》，载《潮州市文化志》，1989年刊行。该目收录潮州市博物院所藏潮州歌册作品120多种。该目为简目，只列出作品名称。

在一些相关著述及藏书机构所编藏书目录中亦有收录说唱文学者，这里择要

---

① 郭精锐、陈伟武、麦耘、仇江编著：《车王府曲本提要》"前言"，中山大学出版社1989年版。
② 薛汕：《台湾歌仔册叙录》，载其《书曲散记》，书目文献出版社1985年版，第143页。
③ 薛汕：《扣曲九种概说》，载其《书曲散记》，书目文献出版社1985年版。
④ 该文载《汕头地方文化艺术史资料汇编》，汕头市政协文史资料委员会、汕头市文化局、汕头市文联1982年编印。

介绍几种。

《贩书偶记续编》，孙殿起著，上海古籍出版社1980年版。该书在子部小说家类下设立弹词之属，收录弹词作品12种、13个版本。

《清史稿艺文志及补编》，章钰、武作成等编，中华书局1982年版。《清史稿艺文志》子部小说类只收录部分清代文言小说，20世纪50年代初，武作成撰《清史稿艺文志补编》，为子部小说类设立笔记、章回演义和弹词三个类属，其中弹词之属收录弹词作品36种。

《中国书店三十年所收善本书目》，中国书店1982年编印。该书收录中国书店成立30多年间所收的善本古书，在其集部曲类下收录有《老聚卷堂唱本》、《魏巍不动泰山深根结果宝卷》、《化上宾》（弹词）等5种说唱文学作品。在该书的续编（1992年编印）中又收录《董解元西厢记》《天仙圣母源留泰山宝卷》两种说唱文学作品。

《中国音乐书谱志》，中国艺术研究院音乐研究所编，人民音乐出版社1984年版。该书收录先秦至新中国成立前有关音乐理论、典制、历史、曲谱、史料的图书。全书以辛亥革命为界，分前期、后期两部分，其中前期部分设有说唱音乐类，收录《北西厢弦索谱》、子弟书残存二册、《和合调》、滩簧唱本五册4种相关书籍，后期部分亦设有说唱音乐类，收录相关图书20种，此外在音乐理论类的民族音乐理论下有说唱音乐之属，收录3种相关书籍。根据该书的体例，所收说唱作品"只限于有乐谱者，没有乐谱的歌词、戏文、唱本一律不收"[1]。1994年，该书出版增订本。

《北京图书馆古籍善本书目》，北京图书馆编，书目文献出版社1987年版。该书在集部曲类下设有诸宫调、弹词、宝卷等分类，收录说唱文学方面的善本书籍。著录内容包括书名、卷数、作者、册数、版本特征等。

随着研究的深入和学术积累的增加，对相关著述的检索和利用日益受到重视，为此研究者编制了一些专门的论文索引，重要有如下两种。

《中国民间文学论文索引》，中国社会科学院文学所民间文学室、图资室、少数民族文学研究所编印，1981年刊行。该书主要收录1949年到1980年间国内各报刊所发表的民间文学研究论文，其中第八类为民间曲艺，包括曲艺总论、曲

---

[1] 《中国音乐书谱志》"编例说明"，人民音乐出版社1984年版。

艺创作、作品评介、曲艺活动消息动态、曲艺的各种形式 5 个小类，曲艺的各种形式下再分变文、宝卷、诸宫调、评弹等 22 小类。该书搜罗较全，分类很细，使用起来颇为方便。

《民间文学书目汇要》，老彭编纂，重庆出版社 1988 年版。编纂者 1980 年曾编纂《民间文学研究资料目录索引》，该书即是在此基础上编纂而成的。全书共著录 1986 年之前出版的相关书籍 5741 种，期刊 230 种，其中说唱文艺书籍 596 种，包括理论著作 155 种，说唱作品 441 种，"俗文学与民间说唱文学实难截然分开，故将它编入了中编的'说唱篇'内"。全书依类编排。说唱作品分鼓曲、说表、韵诵和说唱综合集 4 类。对所收书籍，"视书籍性质和书目情况，尽可能写出简明内容提要"①。就该书的收录而言，较为完备、丰富，但选择不严，不少与说唱文学关系不大的小说、戏曲作品及论著也混杂其中。

第三节　说唱文学作品的整理

进入 20 世纪 80 年代，说唱文学作品的整理出版呈现出一派繁荣的景象，这表现在不少作品印量很大，动辄上万册乃至数十万册，甚至达到上百万册，一些作品被多次重印，仍相当畅销。这一方面与研究者的重视有关，另一方面则与读者的追捧有关。在新中国成立后的 30 年间，文学艺术的创作和欣赏受到意识形态过多的影响和干预，很多作品被查禁，到"文化大革命"时期，更是走到极端，几乎所有的传统文学作品都被禁止出版、阅读，形成严重的阅读荒。到 80 年代，当社会恢复正常，很多人如饥似渴地阅读各类书籍，包括说唱文学在内的传统文学作品尤其受到欢迎，这就为说唱文学作品的整理出版提供了一个难得的良机。

这一时期影印出版的说唱文学珍籍主要有如下几种。

《榴花梦》，福州古籍书店 1982 年影印出版。该书系依据抄本校勘而成的整理本，采用线装影印方式出版，全书共 186 册。

《古本董解元西厢记》，上海古籍出版社 1984 年影印出版。该书系依据古典文学出版社 1957 年影印本重印，以 1957 年新发现的八卷本《古本董解元西厢

① 以上见老彭《民间文学书目汇要》"凡例"，重庆出版社 1988 年版。

记》为底本。

《董解元西厢记》，齐鲁书社 1984 年影印出版。该书依据明末黄嘉惠刻本为底本。

在校勘整理方面，与以往相比，这一时期整理出版说唱文学作品的数量和规模有较为明显的增加，并出现了一些规模较大、质量较精的丛书，其中以《中国古典讲唱文学丛书》影响最大，质量也最精。

《中国古典讲唱文学丛书》，赵景深主编，中州古籍出版社 1982 年至 1991 年出版。这套丛书主要选校"那些思想内容和艺术形式相对看来都比较好的作品"或"一些内容虽有某些明显问题而在艺术形式上却有比较突出特点的作品"，同时"兼顾体裁样式的多样性"、"题材内容的多样性"及"中、长、短篇的多样性"①。

整套丛书收录《再生缘》、《天雨花》、《笔生花》、《珍珠塔》、《描金凤》、《十粒金丹》、《凤双飞》（前、后传）、《凤凰山》、《大唐秦王词话》、《三国志玉玺传》、《孤鸿影》共计 12 部说唱文学作品。其基本情况如表 3-1 所示。

表 3-1

作品名	作者	整理者	底本	校本	出版年份
再生缘	陈瑞生	刘崇义	清道光元年宝宁堂刻本、咸丰二年经畲堂重刻本	上海进步书局本、上海广益书局本、赵景深家藏石印本	1982
天雨花	陶贞怀	李平	商务印书馆铅印本、光绪二十二年上海书局石印本	道光辛丑宏道堂本、同治六年纬文堂本	1984
笔生花	邱心如	江巨荣	光绪二十年上海书局石印本	光绪二十年申江袖海山房本、年月不详石印本、商务印书馆铅印本	1984
大唐秦王词话	诸圣临	杜维沫	文学古籍刊行社影印明刊本		1986
三国志玉玺传	佚名	童万周	乾隆间抄本		1986

---

① 刘崇义：《中国古典讲唱文学丛书》"又序"，载《再生缘》卷首，中州古籍出版社 1982 年版。

作品名	作者	整理者	底本	校本	出版年份
十粒金丹	佚名	郑荣、袁健	光绪年间申报馆刊本	光绪癸巳年上海书局石印本	1986
珍珠塔	佚名	黄强	道光二十七年恒德堂刊本	光绪十五年无锡三益斋刊本、光绪二十八年上海书局石印本	1987
孤鸿影	李东野	柯伦	上海新民印书馆 1919 年刊本		1987
凤凰山	佚名	席愚、许言	同治癸酉文聚堂本	清海陵轩本	1988
描金凤	佚名	彭飞	1908 年上海书局石印本	竹亭居士重编本、1906 年海左书局本	1989
凤双飞前传	程惠英	江林	光绪二十四年戊戌怡怡轩主人石印本	52 回手抄本	1988
凤双飞后传	程惠英	江林	光绪二十四年戊戌怡怡轩主人石印本	52 回手抄本	1991

对所收作品，正文之外，相关序跋文字也都予以收录，各书前皆写有前言，对全书基本情况、思想艺术及整理情况进行简要介绍。

稍后出版的是一套规模更大的说唱文学丛书，即《中国古代民间文学丛书》，章禹纯主编，黑龙江人民出版社 1988 年至 1992 年出版。

该丛书主要选收明清时期民间说唱文学的优秀作品，"由整理者进行校点、加工整理后，予以出版"。其整理原则有五：一、"选择善本作为工作底本，与其他版本参校，订正讹脱衍倒"；二、"对原书中某些不健康的情节及语言，进行必要的删改"；三、"对某些不易于为一般读者所理解的古吴语方言及苏白粤白闽白，进行适当的规范"；四、"对某些卷目混乱的本子，予以重新编目"；五、"对某些唱本的道白，为使读者阅读方便，增加了必要的标明人物身分的文字"①。

---

① 各书卷首"出版说明"。

整套丛书共收录《文武香球》《莲花梦》《麒麟豹》《双珠球》《玉连环》《义侠九丝绦》《侠盗恩仇记》《二度梅》《九美奇缘》《梅花梦》《武则天四大奇案》《定国志》《错配姻缘》《荆襄奇缘》《安邦志》《真金扇》《桃源洞》《香莲帕》《昼锦堂记》《秦淮梦》《红罗传奇》《少妇怨》《侠义情仇》《斩国太》《多情女》《如花美眷》《罗成大破孟州》《樊梨花征西》《八窍珠》《马潜龙走国》《昼锦堂记》《荆钗记》《樊梨花征西》等 30 多部说唱文学作品,其中大多为弹词作品,还有几种为潮州歌册。

这套丛书的出版使一些重要的说唱文学作品得到整理,得以普及,但其缺憾也是很明显的,主要有如下几点:一是妄改作品名称,比如改《双玉鱼》为《莲花梦》;二是大多不署作者及整理者的名字;三是不少书没有前言、后记之类的文字,对作品的作者、版本及整理等基本情况不作介绍。作为一般通俗读物倒也无妨,但不便于用来作为研究的依据。

这一时期整理出版的说唱文学作品集及选本数量很多,因编撰目的不同,读者定位不同,就其种类而言,还是相当丰富的。依据其编撰目的及内容、性质的不同,可以将其分为如下五类。

第一类是收录多种说唱文学样式的说唱文学作品集,主要有如下一些。

《杨八姐游春》,黑龙江人民出版社 1980 年版。该书收录《杨八姐游春》《十八里相送》《双锁山》等说唱文学作品 15 种,包括二人转、鼓词、山东快书、快板书等样式。对所收作品,标明口述者、改编者或整理者。

《传统曲艺集》,黑龙江人民出版社 1981 年版。该书共收录十部在东北地区流传的传统曲艺作品,其中包括鼓词四种即《李白带醉草诏书》《哭魏徵》《狸猫换太子》《将相和好》,二人转六种即《琴瑟缘》《杜十娘》《冯奎卖妻》《宗保抗令》《寒江关》《白蛇传》。

《牧羊城比武》,刘兰芳等著,河南人民出版社 1981 年版。该书收录刘兰芳的评书《牧羊城比武》,杨润绿的山东快书《麦鸡》、吕纪元的山东琴书《三难新嫂》、袁清岑的大调曲对唱《易婚记》和刘明枝、刘世红的《张廷秀私访》共五个说唱文学作品。

《传统曲艺选》,吉林省地方戏曲研究室编,1982 年刊行。该书收录《武松杀嫂》《蜈蚣岭》《小姑贤》《王二姐思夫》等单弦、乐亭大鼓、京韵大鼓、西河大鼓作品多种。

同类书籍还有刘兰芳等著的《登楼撒彩》（河南人民出版社 1981 年版）、《包公巧断"螃蟹三"》（河南人民出版社 1983 年版），王元伦等整理的《私访包公》（中国曲艺出版社 1986 年版）等。

此外，高等学校民间文学教材编写组所编的《民间文学作品选》（上海文艺出版社 1980 年版）一书在其民间说唱类下收录说唱文学作品 11 种，包括河南坠子、鼓词、山东快书、评书等样式。

第二类是收录某一地区一种或多种说唱文学样式的说唱文学作品集。主要有如下一些。

《山东传统曲艺选》，王之祥、张广太、杨清禄编，山东人民出版社 1980 年版。该书分山东快书、山东琴书、山东大鼓、鼓词、河南坠子、西河大鼓、山东八角鼓、山东洛子八类，共收录山东地区流行的说唱文学作品 38 篇。

《长沙弹词传统节目选》，长沙市文化馆、长沙市曲艺工作者协会编，1980 年刊行。该书分舒三和部分作品、挖掘整理赵申乔四案、新编历史题材作品和其他短篇作品四部分，收录长沙弹词传统节目 17 个。

《浙江曲艺丛刊》第一辑，中国曲艺家协会浙江分会、浙江省艺术研究所编，1981 年刊行。该丛刊主要选收浙江地区"创作、改编、整理的曲艺作品（包括部分已发表、出版的优秀节目），反映的题材、内容和曲种的形式力求多样化"①。第一辑收录《新琵琶行》《约法三章》《茅山风云》等弹词、评话作品 9 种，多为传统作品。该丛刊似只刊行了第一辑。

《河南省传统曲目汇编》三弦书专辑，侯书凡等口述，闫天民记录注释，河南省戏曲工作室 1983 年刊行。该书分两集，共收录三弦书作品 137 个，系根据 19 位三弦书艺人的口述整理而成，其中第一集为民间生活段子，第二集为历史题材或根据《三国演义》《水浒传》《西游记》等名著改编的作品。对所收作品，皆标明口述者，对方言、土语、民俗等，有简要注释。

《青海民间曲艺选》（湟中专集），湟中县文化馆编，1983 年刊行。该书分青海平弦、青海越弦及青海下弦，贤孝，说唱等三个部分，收录青海湟中地区流传的说唱文学作品数十种。这些作品系从 40 多位民间艺人所传的 140 多个传统段

---

① 中国曲艺家协会浙江分会、浙江省艺术研究所：《浙江曲艺丛刊》第一辑"前言"，1981 年刊行。

子中选出。1985 年，湟中县文化体育局民间文艺《集成》办公室又编印《青海民间曲艺选》（湟中专集之二），收录贤孝、越弦等说唱文学作品 130 个。

《四川扬琴传统唱本选》，中国曲艺家协会四川分会选编，杜道生注释，四川文艺出版社 1988 年版。该书选收《木兰从军》《木兰出塞》《木兰荣归》等四川扬琴传统唱本 24 出，对所收作品，皆注明故事来源，并"对史实典故、生僻词句作了简要注释"，是"解放后首次出版的一个较好的选本"①。

《民间说唱艺术选集》，黄国强主编，江西教育出版社 1989 年版。本书收录江西省说唱文学作品 39 个，既有新编作品，也有传统曲目，涉及南昌道情、高安道情、上高道情、鄱阳渔鼓、宜春评话等多个说唱门类。

《南昌文词道情传统四大记汇编》，南昌市文化局、南昌市曲艺工作者协会合编，20 世纪 80 年代刊行。该书收录老艺人胡金根演唱的 4 部南昌文词道情唱本，即《鸣冤记》《辜家记》《南瓜记》和《贤德记》。这 4 部作品皆系传统曲目，在民间广泛流传过。对所收作品，皆标明演唱者、记录者及校勘者。

此外尚有湖北省群众艺术馆编印的《湖北说唱音乐集成》（共五集，1981 年起刊行）等。

第三类是按照某一专题整理的说唱文学作品集，其中有不少系围绕古代小说名著而编选，其中仅根据《红楼梦》改编的说唱文学作品集就有如下四种。

《红楼梦故事选唱》，徐维志编著，黑龙江人民出版社 1980 年版。该书收录据《红楼梦》改编的鼓词 15 篇。

《红楼梦子弟书》，胡文彬编，春风文艺出版社 1983 年版。该书收录北京大学图书馆所藏车王府抄本及其他各处收藏的《红楼梦》子弟书 27 篇。

《红楼梦说唱集》，胡文彬编，春风文艺出版社 1985 年版。该书分开篇、广东木鱼书、单弦、岔曲、时调、扬州调、高邮锣鼓书、兰州鼓子、四川清音、四川竹琴 10 类，收录根据《红楼梦》改编的说唱文学作品 100 篇。在编排上，"以曲艺曲种分类"，"每类曲种收文均以小说人物或故事出现先后为序编排"。"除对各类曲艺曲种略加简介外，对于各篇中所引诗词曲赋、典章文物、风俗制度等稍难解的词语，也适当地作了些注释。"②

---

① 《四川扬琴传统唱本选》"出版说明"，四川文艺出版社 1988 年版。

② 胡文彬：《红楼梦说唱集》"后记"，春风文艺出版社 1985 年版。

《红楼梦曲艺集》，天津市曲艺团编，春风文艺出版社 1985 年版。该书收录根据《红楼梦》改编的说唱文学作品 26 篇，包括岔曲、河南坠子、乐亭大鼓、西河大鼓等样式，其中大多是 1983 年天津市曲艺团为纪念曹雪芹逝世 220 周年举办《红楼梦》曲艺专场所演出的作品，还有一些"具有一定水平却由于种种原因而未能在当时排练上演"①。对所收作品，标明作者及出处。

据说李光编有《红楼梦大鼓书》一书，但未见刊行②。上述这些红楼曲艺集的出版正如当时一位学人所说的："不仅为红学界研究《红楼梦》普及问题大有用处，而且对研究曲艺史、继承曲艺文学遗产和研究民俗学有所帮助，甚至对戏剧、电影、电视如何改编名著《红楼梦》，也提供了可以借鉴的资料。"③

还有根据《聊斋志异》《三国演义》改编者，主要有如下两种。

《聊斋志异说唱集》，关德栋、李万鹏编，上海古籍出版社 1983 年版。该书共收录根据《聊斋志异》改编的子弟书、单弦牌子曲、鼓词及弹词作品 50 种。为便于诵读，"唱词部分作分段排列"，"标点除顾到语意外，还注意到曲词格调"。为便于理解，每篇作品前皆有简要的说明，同时"对曲词里的个别方言土语也作了简释"④。

《竹琴三国志选》，胡度整理，中国曲艺出版社 1986 年版。该书共收录四川竹琴中有关三国的段子 24 个，系整理者从所搜集的 64 个三国段子中选出，"先汇集各种木刻本、手抄本、演唱本，再参照史书及《三国演义》，比较分析，取长补短，求同存异，择优入选，并在文字上作了些必要的删节和整理"⑤。卷首有赵景深所写序言及胡度的《四川竹琴简述》。

《长篇大书杨家将》，郝艳霞、刘琳、邱水整理编写，黑龙江人民出版社 1981、1982 年版。该书为著名西河大鼓艺人郝艳霞演唱的《杨家将》，包括《杨七郎打擂》《大战黄土坡》《巧摆牤牛阵》《穆桂英下山》4 种⑥。

此外还有中国民间文艺研究会浙江分会所编的《白蛇传歌谣曲艺资料选》

---

① 《红楼梦曲艺集》"后记"，春风文艺出版社 1985 年版。
② 参见沈彭年《功德事业》，载《红楼梦说唱集》，春风文艺出版社 1985 年版。
③ 耿瑛：《红楼梦子弟书》"序"，春风文艺出版社 1985 年版。
④ 关德栋、李万鹏：《聊斋志异说唱集》"前言"，上海古籍出版社 1983 年版。
⑤ 胡度：《四川竹琴简述》，载其《竹琴三国志选》，中国曲艺出版社 1986 年版。
⑥ 该书后经修改，以《杨家将全传》之名由湖南人民出版社于 1998 年出版。

（1983 年刊行）等。

这一时期有一批专门收录说唱文学赞赋（或称赋赞）的作品集，据笔者所知见者有如下几种。

《曲艺赋赞选》，谢学秦编，湖北省群众艺术馆 1982 年刊行。该书分铺景、人物·盔铠、兵器·武术、行军布阵、战马、猛虎、宴席及其他等部分，收录曲艺赋赞近 110 篇，每一部分又分现代和传统两类。对所收作品，皆标明口述者、记录者或整理者。

《传统曲艺赞赋选》，中国曲艺家协会安徽分会编，1983 年刊行。该书本着"保持原貌，稍加订正"的原则①，将传统曲艺中的赞赋汇编成册。全书分纲鉴、人物、景物、楼台殿阁、兵刃、阵法、拳套、虎马和其他 9 类，共收录各类赞赋 280 多篇，每篇后多载有口述者和整理者姓名。

《说书赋赞选》，山东省戏曲研究室、济南市文化局戏研室 1983 年编印。该书分传统赋赞和新编两类，共收录说书中的赋赞近 230 篇，其中传统赋赞又分人物、景物、兵器、战阵、其他等小类，新编赋赞分人物、景物和其他三类。每一小类下又分赞语类和歌赋类。

《书曲赞赋选》，郝赫记录整理，王决校订，中国曲艺家协会辽宁分会、沈阳市曲艺家协会 1983 年刊行。该书分人物、军营、拳脚、兵器、旁杂和附录六部分，收录书曲赞赋上百篇。

《花草集》，徐德先、苗青辑录，河南虞城县文化馆 1980 年编印。该书辑录说唱文学诗赞、歌赋一百多段。书后附《宝玉哭灵》《鸿雁捎书》《讨荆州》3 部传统曲目。1982 年又进行修订，增补诗赞、歌赋 30 多个。

此外还有两部专收说唱文学书帽的作品集。

《书帽集锦》，中国曲艺出版社 1982 年版。该书主要收录"建国以来尤其是近年来曲艺作者、演员创作和演出的作品，也有一些曲艺老艺人传留下来的传统作品"，全书共收录书帽 78 个，对所收书帽，皆标明作者、改编者或整理者。

《金钱板传统书帽选》，邹忠新、司空册整理，四川人民出版社 1984 年版。该书收录《艺游》《爱专业》《送友情》《渔家乐》等金钱板传统书帽 58 个。这些书帽由金钱板艺人邹忠新搜集保存，"在整理过程中，大体上是积极而慎重地

---

① 《传统曲艺赞赋选》"前言"，中国曲艺家协会安徽分会编，1983 年内部印刷。

做了：改讹传，填新词；除谬误、添新叶；正主题，翻新意等三方面的工作"①。

第四类是收录单一说唱文学样式的作品集。

其中敦煌说唱文学方面有周绍良主编的《敦煌文学作品选》（中华书局1987年版）、张鸿勋选注的《敦煌讲唱文学作品选注》（甘肃人民出版社1987年版）。

诸宫调方面有朱平楚注译的《西厢记诸宫调注译》（甘肃人民出版社1982年版），朱平楚辑录校点的《全诸宫调》（甘肃人民出版社1987年版），杨慎点定的《古本董解元西厢记》（上海古籍出版社1984年版），凌景埏、谢伯阳校注的《诸宫调两种》（齐鲁书社1988年版），蓝立蓂校注的《刘知远诸宫调校注》（巴蜀书社1989年版），以及朱禧所辑的《天宝遗事诸宫调》（天津古籍出版社1986年版）。

弹词方面有苏州评弹研究会所编的《中篇弹词选》（中国曲艺出版社1981年版）、苏州评弹研究室所编的《弹词开篇选》（江苏人民出版社1983年版）、薛汕整理的《再生缘》（秦纪文演出本，中国曲艺出版社1981年版）、孙菊园校点的《再生缘》（湖南文艺出版社1986年版）、陈家熔整理的《十粒金丹》（群益堂1988年版），以及周良评注，蒋开华、倪萍倩、薛小飞整理的《珍珠塔》（魏含英演出本，上海文艺出版社1988年版）。

宝卷方面有段平所编的《河西宝卷选》（兰州大学出版社1988年版）、《三茅宝卷》（江苏省民间文学集成办公室、靖江县民间文学集成办公室1988年刊行）。子弟书方面有关德栋、周中明所编的《子弟书丛钞》（上海古籍出版社1984年版）。

评话方面有陈士和等口述的《评书聊斋志异》（百花文艺出版社1980—1986年版），《评书聊斋志异》（中国曲艺出版社1981—1982年版），宫钦科所编的《古今评书选》（春风文艺出版社1982年版），扬州评话研究组所编的《扬州说书选》（传统作品，中国曲艺出版社1981年版），王少堂口述、扬州评话研究小组整理的《武松》（江苏人民出版社1984年版），王少堂口述、孙龙父和陈达祚整理的《宋江》（江苏人民出版社1985年版），康重华口述、李真和张棣华整理的《火烧赤壁》（江苏人民出版社1985年版），余又春口述、王澄整理的《皮五

---

① 司空册：《金钱板传统书帽选》"后记"，四川人民出版社1984年版。

辣子》（江苏文艺出版社 1985 年版），王丽堂口述的《武松》（中国曲艺出版社 1989 年版），吴乐天等著的《福州评话选》（中国曲艺出版社 1987 年版）。

上述所列举者后文都有稍详细的介绍，此不赘述，此外尚有如下一些。

鼓词方面的作品集：

《乐亭大鼓资料选》，唐山地区文化局戏研室编印。该书收录乐亭大鼓作品，共两集，其中第一集为 1981 年刊行，葛辛垦、葛孟源、赵震等搜集整理，该书收录《鲁达除霸》《芦花荡》《凤仪亭》《长坂坡》等乐亭大鼓作品 12 个。第二集收录《斩华雄》《古城会》《草船借箭》等作品 13 个。对所收作品，均标明口述者。

《温州鼓词选》（一），温州市文化局等编，1987 年刊行。该书收录《凤仪亭》《金莲戏叔》等温州鼓词作品 19 篇。

岔曲方面的作品集：

《单弦岔曲》，吉林省地方戏曲研究室编，1982 年刊行。该书分传统岔曲、新岔曲两类，收录阚泽良演唱岔曲作品 47 段。

《升平署岔曲》（外二种），林虞生标点，上海古籍出版社 1984 年版。该书内容分三部分。第一部分为《升平署岔曲》，根据故宫博物院文献馆 1935 年排印本《升平署岔曲》标点整理，"改正个别排印中明显的误字，原序及凡例均作为附录收入本书"①。后两部分为《霓裳续谱所收岔曲辑录》《白雪遗音所收八角鼓曲辑录》，王廷绍序和华广生自序作为附录收入。

山东快书方面的作品集：

《武松传》，杨立德唱词，刘礼整理，山东人民出版社 1982 年版。该书收录杨派山东快书《武松传》中的《东岳庙》《狮子楼》《石家庄》《十字坡》《闹公堂》《闯南监》《快活林》《美人计》《飞云浦》《鸳鸯楼》。其整理原则为"尊重原作，保留精华，适当增删，保持风格"。附录收录"杨立德经常演唱而且是深受群众欢迎的"三个段子《鲁达除霸》《李逵夺鱼》《大闹马家店》及杨立德的《我与快书共命运》②。

《全本武松传》，刘同武口述，张军校订，山东省戏曲研究室 1984 刊行。该

---

① 林虞生：《升平署岔曲》（外二种）"前言"，上海古籍出版社 1984 年版。

② 刘礼：《武松传》"后记"，山东人民出版社 1982 年版。

书为《山东传统书目汇编》的一种，收录著名山东快书艺人刘同武所述《武松传》16 篇，系依据刘同武 1961 年口述记录本整理而成，内容较之其他艺人所演更为完整。

《武松传》高元钧演出本，中国曲艺出版社 1987 年版。该书收录高元钧所演山东快书《武松传》共 16 段，所据底本为高元钧 1947 年口述、记录的演出本，中华人民共和国成立初高元钧对该演出本进行过整理，1956 年、1978 年又进行过两次较大的润色加工。书后有高元钧所写《后记》及江山月的《高元钧和山东快书〈武松传〉》。

二人转方面的作品集：

《二人转传统剧目汇编》，吉林省地方戏曲研究室编，1980 年至 1990 年刊行。该书先后出版四辑①，共收录二人转传统剧目 108 个。所收剧目皆是根据老艺人口述整理而成，除收录文本外，还标注舞台演出情况。

《夫妻争灯》，刘新整理，春风文艺出版社 1980 年版。该书收录传统二人转作品《小拜年》《双锁山》《夫妻争灯》《杨二舍化缘》《貂蝉拜月》《请东家》《冯奎卖妻》《回杯记》《西厢》《蓝桥》共 10 个。对所收作品，标明口述者、改编者。

《包龙图》，春风文艺出版社编辑部编，春风文艺出版社 1980 年版。该书收录二人转中有关包公故事的传统作品 7 个，分别是《铡美案》《包公铡侄》《包公赔情》《砸銮驾》《铡国舅》《包公断后》《打龙袍》。对所收作品，皆标明口述者、改编者。

《二人转传统唱腔汇编》，那炳晨编辑整理，吉林省地方戏曲研究室 1982 年刊行。该书分上下两册，共收录二人转传统唱腔 600 段，其中上册主要收录曲调、辅助曲调、专腔专调及曲牌联接选段 233 段，下册收录小曲小帽、杂曲杂调及什不闲、莲花落 367 个。部分曲例写有简介，介绍曲牌的源流演变、特点等基本情况。

《二人转传统作品选》，春风文艺出版社 1983 年版。该书分单出头、二人转、拉场戏、说口、小帽五类，收录二人转传统作品 54 个。该书"力图将流传广、

① 《中国戏曲志·吉林卷》云该书"共出版三辑"，不确。见该书第 474 页，中国 ISBN 中心 2000 年版。

影响大的传统作品收全"①。卷首有耿瑛的《试论二人转传统曲目》。

《二人转说口汇编》第一辑，吉林省艺术研究所 1984 年编印。该书共收录二人转说口 194 个。

《姜子牙除妖》，黑龙江人民出版社 1985 年版。该书收录《猪八戒拱地》《花为媒》《辕门救夫》《姜子牙除妖》《连环计》《杨宗保问路》《寒江关》《鞭打芦花》《丁香传》《砸銮驾》共 10 个二人转传统作品。对所收作品，皆标明演唱者和改编者。

这一时期所出版的二人转作品集还有辽宁、吉林、黑龙江三省群众艺术馆所编的《东北二人转选集》（春风文艺出版社 1979 年版）、春风文艺出版社编辑部所编的《红榜招贤》（春风文艺出版社 1980 年版）、黑龙江省艺术研究所所编的《二人转曲牌集成》（1980 年刊行）等。

此外尚有如下一些其他方面的作品集：

《武松》，邹忠新、黄世泽整理，四川人民出版社 1979 年版。该书收录《打虎》《别家》《赶会》《闹庙》《除霸》《起解》《投店》《打店》共 8 个四川金钱板中有关武松的作品。

《三弦书传统曲目集》第一集，南阳地区群众艺术馆 1981 年编印。该书主要收录从南阳县、唐河、方城、社旗、桐柏等县搜集来的三弦书目，本集主要收录南阳县著名艺人侯书凡口述的三弦书作品。

《大调曲子传统曲目汇编》第一集，南阳地区群众艺术馆 1985 年编印。该书收录那些未收入河南省文化局所编《河南省传统曲目汇编》的大调曲子。其中第一集收入《红楼梦》《白蛇传》《陈妙常》《梁祝》相关作品 52 篇 62 段。对所收作品，多标明口述者或搜集者。对难懂的词语、方言作有注释。

《扬州清曲》，韦人、韦明铧编，上海文艺出版社 1985 年版。该书分两部分，唱本选辑部分选收扬州清曲作品 100 余首，曲谱选辑部分选收扬州清曲曲谱 12 个。卷首《扬州清曲浅谈》，对扬州清曲的源流、作家、艺人、作品、音乐及影响等情况进行介绍。

《粤讴》，招子庸撰，陈寂评注，广东人民出版社 1986 年版。该书收录招子

---

① 《二人转传统作品选》"编后记"，春风文艺出版社 1983 年版。

庸所撰粤讴作品 97 题、121 首。对所收作品，皆进行注释和评释。

第五类是收录某一著名作家、艺人创作、演出的说唱文学作品集，主要有如下几种：

《聊斋俚曲选》，关德栋选编，齐鲁书社 1980 年版。该书选收蒲松龄创作的俚曲《穷汉词》《学究自嘲》《千古快》《墙头记》四种和剧作《闹馆》。以《蒲松龄集》为底本，并用其他版本"校订讹夺衍文"。每篇作品后皆有说明和注释，其中注释"偏重于方言土语的解释"①。

《贾凫西木皮词校注》，关德栋、周中明校注，齐鲁书社 1982 年版。该书以卢氏慎始基斋精刻本《木皮鼓词》为底本，"与其他各本互校，择善而从"，并出详细的校记。标点方面，"唱词部分，按照诗行排列，标点除顾到语意外，还注意到它的音节和格调"。注释"除了注明方言土语、疑难词句和典故出处外，还特别注意到逐一查对有关的史实根据，提供参考材料"②。书后有三个附编，收录有关贾凫西的传记资料、相关序跋及其他作品③。

《高元钧山东快书选》，人民文学出版社 1980 年版。该书选收高元钧演出的山东快书代表作 21 段，其中一部分为传统书目，一部分为其新创作的作品。书后附有高元钧的《山东快书漫谈》，介绍山东快书的情况及个人的演出体会。此外，宝文堂书店 1980 年出版的《鲁达除霸》一书收录高元钧的代表作品《鲁达除霸》。

《岳飞八百破十万》，郝艳霞述，刘琳整理，黑龙江人民出版社 1980 年版。该书根据西河大鼓演员郝艳霞的演出整理而成，共收录《潞安州》《日接双诏》《岳母刺字》《岳飞八百破十万》等西河大鼓作品 15 个。

长篇大书《杨家将》，郝艳霞、刘琳、秋水著，黑龙江人民出版社 1981—1982 年版。该书为西河大鼓长篇大书《杨家将》的整理本，全书包括《杨七郎打擂》《大战黄土坡》《巧摆牦牛阵》《穆桂英下山》共四部。

《乔清秀坠子唱腔集》，乔清秀、乔利元唱，章沛霖记谱，河南省戏曲工作室 1982 年刊行。该书选收著名河南坠子艺人乔清秀、乔利元的唱段 20 个。对所

---

① 关德栋：《聊斋俚曲选》"前言"，齐鲁书社 1980 年版。

② 关德栋、周中明：《贾凫西木皮鼓词校注》"前言"，齐鲁书社 1982 年版。

③ 有关该书的评价，参见李万鹏《〈木皮词〉的新校注本》，《读书》1983 年第 12 期。

收作品均记谱，对其唱词，"大部分唱段都按解放前编印的《大戏考》作了核对"①。卷首有张凌怡所写的《乔清秀小传》《乔清秀年谱》、王致安的《试论乔清秀的坠子唱腔艺术》。

《骆玉笙演唱京韵大鼓选》，天津市曲艺团编，百花文艺出版社1983年版。该书从骆玉笙演唱过的70多个曲目中精选出《剑阁闻铃》《红梅阁》《子期听琴》等15个唱段。对所收唱段，记有简谱，标明作者及记谱者，后有唱腔简析。书后附有骆玉笙口述的《舞台生活六十年》、王济的《关于"骆派"京韵大鼓》及《骆玉笙演唱京韵大鼓唱段概目》。

《王尊三曲艺选》，王尊三著，中国曲艺出版社1988年版。该书收录王尊三创作演出的作品38个，书后附有王尊三的《在中国文学艺术工作者第二次代表大会上的发言》《在全国职工业余曲艺观摩演出大会上的讲话》等5篇文章。

《孙书筠京韵大鼓演唱集》，王中一、胡孟祥主编，中国民间文艺出版社1989年版。该书分现代书目、新编历史书目、传统书目三辑，收录孙书筠演唱的京韵大鼓作品42个。后附《孙书筠京韵大鼓唱词编目》。

此外尚有乔清秀、乔利元演唱，章沛霖记谱的《乔清秀坠子唱腔集》（河南省戏曲工作室1982年刊行）、张尚元等人所编的《陈琼瑞清音唱腔选》（中国曲艺家协会四川分会、重庆曲艺家协会1983年刊行）等。

作品集、选集之外，这一时期还出版了一些单部说唱文学的整理本，其中有关木鱼书者有如下两种：

《花笺记》，薛汕校订，文化艺术出版社1985年版。该书以《静净斋第八才子书花笺记》为底本，"参照其他版本，加以校订"。在内容上，删去原书的批语，《情子外集》移到书后，对其中的广州话，"略加注释"②。卷首附原书题词和插图。

《金锁鸳鸯珊瑚扇》，薛汕整理，群益堂1987年版。该书以钟壁苍校订本为底本，除校订文字外，还对内容"略加删节和修改"③。对作品中的广州方言，有简明的注释。

此外尚有郝赫整理的《金沙滩·潘杨讼》（春风文艺出版社1982年版）；李

---

① 《乔清秀坠子唱腔集》"编者的话"，河南省戏曲工作室1982年刊行。
② 薛汕：《花笺记》"前记"，文化艺术出版社1985年版。
③ 薛汕：《金锁鸳鸯珊瑚扇》"前记"，群益堂1987年版。

成林、李全林口述，吴电、李全林整理的《太原府》（新编传统鼓书《响马传》选段，花山文艺出版社 1982 年版）；王书祥、王泰庆口述，李书春、李国春整理的《劫囚车》（新编传统鼓书《响马传》选段，花山文艺出版社 1983 年版）；郑永昌、许应群整理的《秦琼打擂》（根据赵元修口述加工整理，河南人民出版社 1984 年版）；彭延坤口述，魏杰改编的《鹦哥记》（湖南人民出版社 1985 年版）；唐水利口述，李扬、刘淡浓整理的《雕龙宝扇》（湖南人民出版社 1985 年版）；张慧侬口述，俚下整理的扬州弦词《珍珠塔》（花山文艺出版社 1988 年版），等等，这里不再一一介绍。

值得一提的还有宝文堂书店于 20 世纪 80 年代至 90 年代出版的《传统戏曲、曲艺研究参考资料丛书》。该丛书主要选取那些与戏曲、曲艺关系较为密切的白话小说作品，相继整理出版了如下一些小说作品：《残唐五代史演义传》《英烈传》《续英烈传》《杨家将演义》《韩湘子全传》《包公案》《后西游记》《说唐三传》《万花楼杨包狄演义》《飞龙全传》《海公大红袍全传》《海公小红袍全传》《四望亭全传》《粉妆楼全传》《狄青演义前传：五虎平西》《狄青演义后传：五虎平南》《绣戈袍全传》《施公案》《三公奇案》《品花宝鉴》《铁冠图忠烈全传》《七侠五义》《小五义》《续小五义》《彭公案》《永庆升平前传》《永庆升平后传》《武则天四大奇案》《李公案奇闻》《如此官场》。此外，还有两本有关三国、水浒的民间故事集《三国人物别传》《水浒英雄外传》。

对所收各书，"皆约请专业工作者收集、选择较好的版本，在保持原貌的前提下，参阅各本，作必要的勘误和标点"。"有关这些作品的部分评论，略加摘引，附于书后，以供戏曲、曲艺工作者和有关研究工作者评价该书时的参考。"① 这是一套颇有特色的丛书，所收虽是小说作品，但对说唱文学研究具有重要的参考价值。

第四节　说唱文学文献的整理

随着文献积累的日益丰富，相关资料的整理汇编受到研究者越来越多的关注，这一时期出版了不少有关说唱文学的资料集或具有资料集性质的著述，在评

---

① 　各书卷首宝文堂书店编辑部：《传统戏曲、曲艺研究参考资料丛书》"出版说明"。

书、弹词方面，有两部专门的资料汇编之作，一为《评弹通考》，一为《苏州评弹旧闻钞》；此外还有苏州市评弹研究室于 1979 年至 1985 年编印刊行《苏州评弹史料》丛书和《评弹研究丛书》。在宝卷方面，则有《破邪详辩》（载中国社会科学院历史研究所清史研究室编《清史资料》第三辑，中华书局 1982 年版）等。

这一时期所编说唱文学资料集内容丰富，涉及各个门类，其中有关说唱文学音乐者主要有如下两种：

《说唱常用曲调集》，谈敬德、许国华、裴凯尔、丁勇斌等整理，上海文艺出版社 1979 年版。该书收录说唱、戏曲曲调 270 多个。就说唱文学而言，涵盖各个地方的主要说唱样式，是"说唱主要曲调的一本比较集中、系统的集子"①。对所收曲调，除记谱、记词、标出作者与整理者外，每个曲调后还有《曲调说明》，介绍其流传及使用情况。书后附有许国华的《谈谈说唱常用曲调的使用》。

《中国民族音乐大系·曲艺卷》，东方音乐学会编，连波执笔，上海音乐出版社 1989 年版。该书是一部介绍说唱文学音乐的专书，内容丰富，具有资料集的功用。全书收录苏州弹词、广西文场、四川清音、福建南音、粤曲、京韵大鼓、梅花大鼓、北京单弦、天津时调、山东琴书、河南坠子、榆林小曲共 12 种说唱文学样式，对每种样式分综述和唱段介绍两部分，其中综述包括历史概况、演出形式、音乐结构和特点等内容，唱段介绍则选收较为经典的唱段，记其唱词、曲谱，并介绍其基本情况及特点。书后附有《本卷引用的唱段谱例索引》。

除上面介绍者外，这一时期刊行的具有资料汇编性质的著述尚有如下几种：

《乐亭大鼓史料集》，中国曲艺家协会河北分会编，1981 年刊行。该书主要收录 1980 年召开的乐亭大鼓座谈会的会议资料及专题文章。

《贵州地方曲艺资料汇编》，中国戏剧家协会贵州分会、中国曲艺家协会贵州分会编，1981 年刊行。该书收录有关贵州地方曲艺的作品及研究文章。

《元明清白话著作中山东方言例释》，董遵章著，山东教育出版社 1985 年版。该书编纂目的是帮助读者正确理解元明清白话著作中的山东方言词，同时为汉语研究者提供资料。所收方言词语，"均采自元、明、清时代山东作者所写的小说、

---

① 刘如曾：《说唱常用曲调集》"序言"，上海文艺出版社 1979 年版。

杂剧、散曲、鼓词、俚曲、杂字等"。全书共收词语包括俗语 2633 条，其中包括附词 330 条。在条目的设立上，"凡意义相同而字音相近的，合并为一个条目，选择一个作为主词，其余作为附词，附在主词之后"。在编排上，"按音序排列"。对所收方言词语，"一律用普通话释义"①。书前有《音序索引》，书后附《引书目录》。

此外尚有靳蕾所著的《二人转曲牌集成》（黑龙江省艺术研究所 1980 年刊行）、《湖北说唱音乐集成》（共出四集，湖北省群众艺术馆 1981 年、1983 年、1985 年、1986 年编印）、陈洪所编的《长阳南曲资料集》（宜昌行署文化局、长阳土家族自治县文化局 1981 年刊行）、蔡敦勇的《〈金瓶梅词话〉中曲艺资料辑释》（载其《金瓶梅剧曲品探》，江苏文艺出版社 1989 年版）等。

值得一提的还有中国曲艺出版社 1988 年出版的《中国曲艺研究资料丛书》，该丛书主要收录"历代一些有代表性和有研究价值的曲艺作品，曲艺理论研究著作和曲艺史料"②。该丛书只出版三种，即云游客的《江湖丛谈》、李家瑞的《北平俗曲略》、张次溪的《人民首都的天桥》。

这一时期编辑刊行的《山东省文化艺术志资料汇编》《河北文化艺术志资料汇编》《文艺志资料选辑》等资料集中也收录有较多的说唱文学资料，有的还出版有曲艺专辑，如湖北省志《文艺志》编印的《文艺志·资料选辑》曲艺专辑（1984 年刊行）。

这一时期还出版了一批回忆录、谈艺录性质的书籍，其中多为著名说唱艺人回忆人生经历，总结艺术经验、指导演出欣赏，内容包括个人经历、艺术实践及演出体会等，具有重要的文学价值和史料价值。此类书籍根据内容和特点，可以分为如下两类：

一类是回顾人生经历和艺术生涯的个人回忆录。主要有如下几种：

《二人转史料》第二集，中国曲艺工作者协会吉林分会编，1978 年刊行。该书为吉林著名二人转艺人李青山的纪念专集，全书分《我演二人转——李青山谈艺》《死里逃生，苦尽甜来——李青山小传》和《回忆李青山》三个部分，其中前两个部分系根据李青山口述资料整理而成，主要内容为李青山的坎

---

① 《元明清白话著作中山东方言例释》"凡例"，山东教育出版社 1985 年版。

② 中国曲艺出版社编辑部：《中国曲艺研究资料丛书》"编辑说明"，见已出各书卷首。

坷人生经历与艺术生涯，并介绍了演唱二人转的经验和体会。吉林省地方戏曲研究室后又于1980年、1982年编印了第三、四集，都是根据老艺人的口述材料整理而成。

《艺海沉浮》，孙书筠口述，包澄箦整理，中国曲艺出版社1986年版。该书记述了京韵大鼓名家孙书筠从艺50多年的演艺生涯，书后附《孙书筠演唱京韵大鼓曲谱》，收录《长坂坡》《连环计》《罗盛教》《向秀丽》《百里奚认妻》《急浪丹心》6部作品的曲谱。

《曲海扬波：魏喜奎舞台生活》，魏喜奎著，中国戏剧出版社1985年版。该书是著名说唱艺人魏喜奎的回忆录，全书分我怎样走上舞台、幸遇着几家名师、奔走于京津两地、我如何创成奉调、曲剧问世的前后、曲剧在成长当中六章，回顾了作者从学艺到演出以及开创奉调、创立曲剧的过程。书后附《魏喜奎历史年表》。

《大鼓生涯的回忆》，章翠凤著，宝文堂书店1989年版。该书为台湾大鼓艺人章翠凤的回忆录，最初由台湾的传记文学出版社于1967年出版。

相关文章有骆玉笙的《舞台生活六十年》（《曲艺》1982年第6、7期）等。

另一类是总结艺术经验、指导演出欣赏的谈艺录。主要有如下几种：

《相声·评书·快书写作与表演》，群众文艺辅导丛书编辑委员会编，春风文艺出版社1982年版。该书收录纪元《相声写作知识》，杨振华《相声表演技巧》，赵博《评书写作知识》，袁阔成、田连元《评书表演技巧》，朱光斗《对口快板写作知识》《对口快板表演技巧》共6篇文章，介绍相声、评书、快板写作、表演方面的经验和知识。

《单弦艺术经验谈》，中国曲艺出版社编辑部编，中国曲艺出版社1982年版。该书收录三篇北京地区艺术家谈单弦艺术经验的文章，即荣剑尘口述、王决整理的《曲坛献艺六十年》，谭凤元口述、金受申记录整理、陆清扬修订的《单弦表演艺术》和曹宝禄口述、王素稔记录整理的《演唱单弦的经验和体会》，其中《单弦表演艺术》一文后还附收岔曲毛泽东《长征》诗、腰节儿《歌颂人民英雄纪念碑》和硬书《扫松下书》三部作品的曲谱。

《山东快书艺术浅论》，高元均、刘学智、刘洪滨著，人民文学出版社1982年版。该书的写作意图"一方面是想向山东快书爱好者介绍点基本知识；一方面也想结合本身的艺术实践对山东快书的特点及其规律，从理论上作一些新的探索"①。全书分书词创作漫谈和演唱经验点滴两部分，其中书词创作漫谈包括选择题材的几点看法、表现人物的几点见解、结构作品的几种手法和唱词语言的几个问题等内容，演唱经验点滴包括击节乐器、语音特色、板式唱法、表演体会和念字基调等内容。

《金钱板表演与写作》，邹忠新讲，四川文艺出版社 1985 年版。该书分概述、金钱板的打法、金钱板的唱法、金钱板的表演共四讲，对金钱板表演、写作的方法和技巧进行了归纳和总结。书后附有《蟠龙套》和《七件箱》，《蟠龙套》为金钱板中的赞赋，《七件箱》为金钱板创作方法的总结。

同类书籍尚有苏州评弹研究室所编的《评弹艺人谈艺录》（江苏人民出版社 1982 年版）；王桔记录整理的《松辽艺话》（长春市艺术研究所 1982 年刊行）；韩起祥口述，杨景震、关润娟整理的《韩起祥与陕北说书》（陕西省曲艺收集整理办公室 1985 年刊行）等。

相关文章有白凤鸣的《鼓王的三绝》（《曲艺》1982 年第 12 期），刘书方的《骆玉笙唱腔研究》（《音乐研究》1983 年第 2 期）、《苦心不懈 天道酬勤——谈鼓王刘宝全对京韵大鼓的改革》（《中国音乐学》1987 年第 1 期），杨予野的《关于乔派坠子的音乐特色》（《乐府新声》1985 年 2 期）等。

回忆录、谈艺录之外，这一时期还出版了一些研究这些著名艺人的传记或论著，如薛宝琨所著的《骆玉笙和她的京韵大鼓》（黑龙江人民出版社 1984 年版），汪景寿所著的《高元钧和他的山东快书》（北方文艺出版社 1985 年版），中国曲协辽宁分会、锦州市文化局编印的《著名评鼓书艺术家陈青远从艺 50 年纪念专辑》（1987 年刊行），胡孟祥所著的《韩起祥评传》（中国民间文艺出版社 1989 年版）② 等。

---

① 高元钧、刘学智、刘洪滨：《山东快书艺术浅论》"后记"，人民文学出版社 1982 年版。
② 该书后附有《韩起祥年谱》《韩起祥研究资料索引》。

第五节 说唱文学工具书的编纂与文献的研究

随着研究的不断深入，这一时期相继出版了一批有关说唱文学的工具书，主要有如下几种：

《中国戏曲曲艺词典》，上海艺术研究所、中国戏剧家协会上海分会编，上海辞书出版社 1981 年版。这是 1949 年后出版的第一部百科型戏曲、曲艺辞书。该书早在 1961 年即着手编写，由于"文化大革命"的干扰，直到 80 年代初才完成。全书内容分戏曲、曲艺两大部分，共收词目 5636 条，"选词以一般常用者为准，未求全备。释义内容力求尊重历史，客观地评价人物和作品"①。其中曲艺部分分曲艺名词、术语，曲艺曲种，曲艺作家、演员、团体，曲艺作品、论著等四个门类，基本上涵盖了曲艺学科的各个方面，简明扼要释义。书前有分类词目表，后另附《词目笔画索引》，检索利用较为方便。该书出版后，受到欢迎，到 1985 年时已印刷 3 次，印数高达 12.5 万册，这是后来同类书籍所难以企及的。

《中国大百科全书·戏曲曲艺卷》，中国大百科全书出版社 1983 年版。这是一部规模较大、较为权威的戏曲、曲艺辞书。全书内容分戏曲、曲艺两大部分，其中曲艺部分分曲艺史、曲艺曲种、曲艺文学、曲艺艺术 4 个分支，共设条目 320 多条，约 35 万字。书中还附有《中国现代曲艺曲种一览表》等。全书内容系统完备、体例完善，其词条大多由专家撰写，比如"宝卷""宣卷"条为赵景深所撰，"变文"条为启功所撰，学术性较强，基本上代表了当时戏曲研究的最高水准。书中还配有 100 多幅彩色或黑白插图。全书有《条目分类目录》《条目汉字笔画索引》和《内容索引》，使用检索也颇为方便②。

《民间说唱文艺形式简介》，余小华、刘琼编，西南师范学院中文系民间文学教学组 1983 年刊行。该书分快板快书类、评书评话类、相声类、弹词类、大鼓类、渔鼓类、牌子曲类、琴书类、杂曲类、走唱类等类别，对中国各地流传的

---

① 《中国戏曲曲艺词典》"前言"，上海辞书出版社 1981 年版。
② 有关该书情况，参见鲁直《〈中国大百科全书·戏曲曲艺卷〉曲艺部分编纂完成》一文的介绍，文载《曲艺艺术论丛》1982 年第 3 辑，中国曲艺出版社 1982 年版。

300 多种说唱文艺形式进行简要介绍，具有工具书的功用。书后附《翻检目录》。

《二人转辞典》，王玉文编辑，辽宁省丹东市群众艺术馆 1985 年刊行。该书是一部有关二人转的专题辞书，共收录词条 1500 个。全书依类编排，分概说综述、书目剧（曲）目、名词术语和团体人物 4 个部分，其中剧（曲）目的现代部分按照写作、出版年代编排，人物以诞生年代为序，名词术语又分说口、音乐、舞蹈、其他 4 小类。

相关工具书尚有周良主编的《评弹知识手册》（上海文艺出版社 1988 年版），段宝林、祁连休主编的《民间文学词典》（河北教育出版社 1988 年版）等。

这一时期还出版有多种说唱文学的研究论著，其中有不少偏重文献资料的梳理与研究，提供了丰富的学术信息，体现着说唱文学文献研究的最高水准，具有重要的学术价值。以下介绍几部质量较高、影响较大的著作：

《曲艺丛谈》，赵景深著，中国曲艺出版社 1982 年版。该书所收为作者有关说唱文学的三部专书即《大鼓研究》《弹词考证》《怎样写通俗文艺》及在报刊上发表的相关论文 30 篇。其中有对新发现文献的介绍，如《谈明成化刊本"说唱词话"》《关于成化刊本"说唱词话"》，有对文献资料的辑录，如《大鼓书录》《〈儿女英雄传〉中的大鼓史料》，有对作者的考证，如《关于〈再生缘〉的续作者》等。

《陈汝衡曲艺文选》，陈汝衡著，中国曲艺出版社 1985 年版。该书分理论和作品两部分，收录陈汝衡有关说唱文学的专书、论文与作品，其中理论部分收录专书《说书史话》《宋代说书史》《说书艺人柳敬亭》《〈花笺记〉校订》4 部、相关论文 13 篇，作品部分收录作者创作的弹词开篇 9 篇。理论部分的著述多探讨古代说书艺术，亦有研究弹词者。

《书曲散记》，薛汕著，书目文献出版社 1985 年版。该书收录作者研究说唱文学的文章 8 篇，其中多为探讨南方说唱文学如木鱼书、歌仔册之作。就内容而言，或为对相关作品的校勘整理，如《记〈再生缘〉的整理》《〈花笺记〉校勘》《〈二荷花史〉校勘》，或为相关说唱文学的目录，如《台湾歌仔册叙录》，皆具有重要的参考价值。

值得一提的还有胡士莹的《话本小说概论》（中华书局 1980 年版）。该书虽然是一部研究话本小说的专著，由于话本小说与说书艺术密切相关，对说书的起源、演变及发展过程也进行了较为详细的考察，正如一位学者所言："本书实际上包容了我国古代短篇小说史和我国古代说书史的主要篇章，即使当作短篇小说史或说书史来看，亦无不可。"① 该书内容全面，旁征博引，资料丰富，具有重要的参考价值。另胡士莹所著《宛春杂著》（浙江文艺出版社 1984 年版）一书亦收录多篇探讨说话、变文、词话、弹词及鼓词的论文。

同类著作尚有周绍良、白化文所编的《敦煌变文论文录》（上海古籍出版社1982 年版），中国曲艺出版社编辑部所编的《中国曲艺论集一》（中国曲艺出版社 1984 年版），路工所著的《访书见闻录》（上海古籍出版社 1985 年版），韦人、韦明铧所著的《扬州曲艺史话》（中国曲艺出版社 1985 年版），韦明铧所著的《扬州清曲》（上海文艺出版社 1985 年版），张长弓所著的《张长弓曲论集》（黄河文艺出版社 1986 年版），周贻白所著的《周贻白小说戏曲论集》（齐鲁书社 1986 年版）《通俗文学论丛》（北岳文艺出版社 1986 年版），中国艺术研究院曲艺研究所编的《说唱艺术简史》（文化艺术出版社 1987 年版），任光伟所著的《艺野知见录》（春风文艺出版社 1989 年版）等。

相关论文则有官桂铨的《〈释"木鱼歌"〉的一点补充》（《文学遗产》1981 年第 4 期）、王英的《清末民初辽宁曲艺作家简录》（《辽宁群众文艺》1983 年第 1 期）、孟繁树的《也说〈天宝曲史〉》（《光明日报》1983 年 12 月 6日）等。

上述著述大多注重对古代说唱文学书面文献的爬梳和研究，通过田野调查进行的探讨相对较少，其中比较突出的是杜成娴所著的《十不闲与诗赋弦》（中国民间文艺出版社 1988 年版）。该书所录十不闲与诗赋弦资料皆系亲自调查所得。作者从 1980 年开始，用五六年的时间，走访北京及河北地区的近百名老艺人，获得了丰富的第一手资料，具有重要的文献价值。

---

① 赵景深：《话本小说概论》"序"，中华书局 1980 年版。

第四章　20世纪90年代说唱文学文献研究

进入20世纪90年代，说唱文学研究继续保持80年代以来所形成的良好发展态势，不断拓展视野，逐步深入，取得了不少新的进展，呈现出一些新的特点。

总的来说，这一时期是说唱文学研究的一个重要收获期，无论是从研究成果的数量、规模，还是从研究的广度、深度上来讲，均是如此。这主要体现在如下几个方面：

一是这一领域的研究受到越来越多学人的重视。

随着研究的不断深入，说唱文学受到学界越来越多的关注，这一领域逐渐成为一个新的学科增长点。学术界投入的力量和资源不断增加，特别是一些年轻学人的加入，为说唱文学研究注入了新的生机和活力，保证了这一学科发展的持续性和稳定性。

与此同时，研究者之间的学术交流也日益频繁。1990年11月，全国首届宝卷子弟书学术研讨会在天津北方曲艺学校召开，这样的会议此前还从未在大陆地区举办过。1993年，中国曲艺学会成立。

二是随着研究条件的改善，随着学术积累的增加，这一时期陆续编撰出版了一批规模较大、具有集大成性质的研究成果，包括作品总集、目录索引、资料汇编、大型辞书等。这些研究成果的刊布，对整个学科的发展无疑起到很大的推动作用，说唱文学研究由此迈上了一个新的台阶。

三是研究领域又有新的拓展。这主要表现为：一些以前较受关注的曲种如弹词、弟子书不仅研究更为深入，相关成果更多，研究角度也有新的拓展，比如从社会学、传播学等角度进行探讨；一些原先不受关注的说唱文学样式如鼓词、宝卷、木鱼书、歌册等逐渐得到重视，出现不少研究成果。各个地方的说唱文学也得到重视，出版不少如《东北二人转史》《山东曲艺史》这样具有浓郁地域色彩的研究著述。还有一些研究者开始关注说唱文学与小说、戏曲之间的互动关系。上述这些新的进展使说唱文学研究呈现出较为丰富多元的研究局面。

以下从各个方面对这一时期说唱文学文献研究的整体情况分别予以归纳和介绍。

第一节 说唱文学重要文献的新发现

随着时间的推移，相关学术积累日益丰厚，研究者对各公私藏书机构收藏情况的了解越来越全面、深入，说唱文学重要文献的新发现自然也就变得越来越困难，数量也越来越少。不过，寻找文献新发现的脚步是不会因此而止步的，因为文献资料的更系统、更完备，这是学科发展的内在要求，何况说唱文学文献的搜求还远没有走到山穷水尽的地步，仍具有较大的发展空间。

经研究者的不懈努力，这一时期有一些较为重要的说唱文学新文献被发现，其中主要有如下几种：

四川安县东汉说唱俑的发现。该说唱俑为安县公安局与文管所在打击刑事犯罪活动中缴获的文物，与以往所发现的说唱俑相比，此次发现的说唱俑"不但其个头高，体格大，外表光洁，线条流畅，五官清晰，而且陶质坚硬，赤身露体为仅有，形态更加生动，把民间艺人的说唱艺术表现得淋漓尽致，看后使人有身临其境和惹人发笑之感。给东汉说唱俑增添了一个新的品类"①。

《大梅山馆藏书目》鼓词目的发现。《大梅山馆藏书目》为清人姚燮的藏书目，藏于天津市图书馆，该书的鼓词目收录鼓词作品 40 种，其中 34 种未见相关书目著录。这一发现"填补了清初至清中期鼓词文献的空白点，其中又颇多未见著录的鼓词目，而且是长篇巨制，都有卷数，又是同治三年（1864）以前的作

---

① 谢明光：《安县发现东汉说唱俑》，《四川文物》1998 年第 4 期。

品，是研究鼓词发展演变不可多得的史料，尤其是对探讨小说、戏曲、曲艺与鼓词题材的互相渗透提供了证据"①。

褚龙祥《改正好逑传》鼓词抄本的发现。该作品藏于天津市图书馆，系据小说《好逑传》改编而成，"将小说《好逑传》十八回编成二十回，又把参差不齐的小说回目，改成基本上对偶的鼓词目，更为重要的改动，是褚龙祥紧密的结合鼓词的主题思想，突出正反人物，使人物形象更为鲜明"②，作品后附《好逑传鼓词俗语》及小曲16种。

《第一奇书钟情传鼓词》的发现。该书系根据《金瓶梅》改编的鼓词作品，全书4卷4册，100回。线装石印袖珍本，上海江东茂记书局1920年刊行。该书虽然刊行较晚，但与胡文彬《金瓶梅书录》所著录同名之作册数卷数不同③，较为稀见，具有较重要的研究价值④。

这一时期宝卷作品也多有新发现，如王熙远在《桂西民间秘密宗教》（广西师范大学出版社1994年版）一书中所收录的《佛门取经道场·科书卷》《佛门西游慈悲宝卷道场》，车锡伦所发现的江浙民间抄本《古今宝卷汇编》⑤，1996年濮文起在甘肃定西地区发现的20余种从未著录的宝卷孤本⑥等，这里不再一一详细介绍。

第二节　说唱文学目录、索引的编制

随着研究条件的改善，随着学术积累的增加，研究者能够看到的说唱文学文献越来越多，编制目录、索引的条件也越来越成熟。经过众多学人的不懈努力，这一时期出版了一批收录完备、质量精良的说唱文学目录著作，无论是收录作品

---

① 张增元、郭治凤：《新发现的〈大梅山馆藏书目〉"鼓词目"》，《明清小说研究》1996年第2期。

② 张增元：《新发现褚龙祥的戏曲与鼓词抄本》，《文献》1990年第2期。

③ 胡文彬《金瓶梅书录》所著录的《新镌绘图第一奇书钟情传》为6卷6册，见该书第81页，辽宁人民出版社1986年版。

④ 参见陈诏《新发现的〈第一奇书钟情传鼓词〉》，《文汇读书周报》1997年3月1日。

⑤ 参见车锡伦《新发现的江浙民间抄本〈古今宝卷汇编〉》，《艺术百家》1995年第3期。

⑥ 参见濮文起《宝卷学发凡》，《天津社会科学》1999年第2期。

的数量、规模还是编排、著录的体例方面皆有较大的提高。

这一时期出版了两部说唱文学方面的专题书目，即《中华曲艺图书资料名录》《中华曲艺书目内容概览》，两书皆为中国曲艺家协会所编的全国高等院校曲艺本科系列教材。具体情况如下：

《中华曲艺图书资料名录》，董耀鹏主编，高等教育出版社 2017 年版。该书分研究篇、作品篇两篇，收录 2015 年之前出版的各类书籍 5420 种。两篇下又有若干分类，其中研究篇分曲艺理论编，曲艺史论编，名家传记编，杂谈论集编和词典、索引、读本及教材五类；作品篇分滑稽、散说、叙唱、韵诵、综合、期刊、古代曲词七类。对所收书籍，以表格形式介绍其名称、编著者、出版单位年份及收藏单位。书后附书名索引。

《中华曲艺书目内容概览》，董耀鹏主编，高等教育出版社 2017 年版。该书分曲艺理论篇、曲艺历史篇、名家传记篇、杂谈论集篇和辞典索引读本篇五个大类，收录 2015 年之前出版的各类曲艺著述 417 种。每个大类下又分若干小类。对所收著述，简要介绍其作者、出版机构、年份及内容。

在敦煌说唱文学方面，有周琪所编的《甘肃敦煌莫高窟藏经洞变文存目一览表》（载《中国曲艺志·甘肃卷》，中国 ISBN 中心 2008 年版）。

在弹词方面，有周良编著的《弹词经眼录》（江苏文艺出版社 1996 年）、《苏州市图书馆馆藏弹词目录》（《评弹艺术》第十二集，新华出版社 1991 年版）、《苏州评弹长篇传统书目表》（《评弹艺术》第十四集，江苏文艺出版社 1993 年版）。

在宝卷方面，有车锡伦编著的《中国宝卷总目》（台北"中研院"中国文哲研究所筹备处 1998 年刊行），薛宝琨、鲍震培所编的《宝卷内容提要》（载其《中国说唱艺术史论》，花山文艺出版社 1990 年版），李鼎霞、杨宝玉所编的《馆藏宝卷调查报告》（载庄守经主编《纪念建馆九十周年北京大学图书馆馆藏文献调查评估报告集》，北京大学图书馆 1992 年刊行），段平所编的《河西宝卷集录》（载其《河西宝卷选》，台北新文丰出版公司 1995 年版），谢忠岳的《天津图书馆馆藏善本宝卷叙录》（《世界宗教研究》1990 年第 3 期），周绍良的《记明代新兴宗教的几本宝卷》（《中国文化》第 3 期，1990 年 12 月），林申请的《宝卷书目选录》（《文教资料》1991 年第 4 期），程有庆、林萱的《北京图书馆馆藏宝卷目录》（《文史资料》1992 年第 3 期），王见川的《世界宗教博物馆搜藏的善书、宝卷与民间宗教文献》（台湾《民间宗教》第 1 辑，1995 年 12 月），谢忠岳的《宝卷考录两种》（《图书馆工作与研究》1998 年第 2 期），陈俊峰的《有关东大乘教的重要发现》（《世界宗教研究》1999 年第 1 期）。

除上面所列举者，这一时期编制的说唱文学目录和索引尚有如下一些：

《扬州禁曲叙录》，韦明铧编，载其《扬州曲艺论文集》，江苏文艺出版社 1996 年版。该目分扬州乱弹禁曲目、扬州花鼓禁曲目、扬州清曲禁曲目、扬州评话禁曲目、扬州弦词禁曲目五个部分，收录清代扬州戏曲、曲艺被查禁的曲目，其中后三种为说唱文学，收录作品近 20 种。

《1713—1950 年广东俗文学书目》，叶春生著，载其《岭南俗文学简史》，广东高等教育出版社 1996 年版。该目分报纸、杂志、1928—1929 年国立中山大学民俗学丛书、其他专著、杂类、民间曲艺 6 类，收录 1713—1950 年广东地区刊行的俗文学书目。其中民间曲艺类包括木鱼书 2 册、南音 19 册、龙舟歌 1 册。

《潮州歌册要目》，林有钿编，载其《潮州讲唱文学初探》一文中，该目收录潮州歌册 251 部①。

此外，王沛在其《河州说唱艺术》（敦煌文艺出版社 1999 年版）一书中分传统曲目和新编曲目两部分，分别列出河州贤孝、河州平弦、河州财宝神和河州打调四种说唱形式的主要曲目。这些目录皆为简目，仅列出作品名称。

专题目录之外，一些综合书目及藏书机构的藏书目录也往往收录有数量不等的说唱文学文献，这里则要介绍一些：

《中国艺术研究院音乐研究所所藏中国音乐音响目录》（录音磁带部分），中国艺术研究院音乐研究所资料室编，山东友谊出版社 1994 年版。该书所收为中国艺术研究院音乐研究所收藏的中国音乐录音磁带部分，共收录曲目 28600 首。全书分 12 大类，曲艺音乐为其中之一。在曲艺音乐大类下，按曲种再分安徽大鼓、安徽坠子、八角鼓等 150 多个小类，不易分类者，设立新疆说唱、古代说唱以解决。曲种、曲目均按首字的汉语拼音为序编排。对所收录音磁带，著录内容包括曲目、体裁、民族、流行地、表演形式、作者、表演者、节目来源、所藏

---

① 林有钿：《潮州讲唱文学初探》，载其《潮州民间文学浅论》，潮州市文化局文艺创作基金会 1992 年编印。

号等。

《潮汕文献书目》，广东省中山图书馆、汕头图书馆学会编，广东人民出版社 1994 年版。该书主要收录潮汕人著述及相关研究文献，在其下编潮汕研究文献的乡土文艺下设有潮州歌册分类，分新编潮州歌册、旧本潮州歌册两部分，收录相关作品 63 种。对所收作品，著录其名称、作者、出版者及出版年代。

《潮汕历史文化研究中心资料库藏书叙录》，潮汕历史文化研究中心资料征集委员会编，1997 年起刊行。该书主要收录潮汕历史文化研究中心资料库所藏潮汕历史文化方面的书籍，全书分上、中、下及续编一、续编二，共 5 册。其中中册收录潮州歌册作品 51 种。对所收作品，介绍其刊印书坊、卷数、册数、句数、字数及故事情节等基本情况。

《中国社会科学院文学研究所藏古籍善本书目》，中国社会科学院文学研究所图书馆编，1993 年刊行。该书收录中国社会科学院文学所图书馆所藏古籍善本图书 3050 余种，在其民间文艺类下收录《元宵会》《青石山》《九品莲台记》《慈云宝卷》等说唱文学作品 36 种，主要为宝卷，亦有鼓词及其他唱本。对所收作品，著录作品名称、卷数、册数及藏书号。

《河北省图书馆馆藏古籍目录》，河北省图书馆古籍与地方文献部编，1997 年刊行。该书在集部曲类下设立弹词、宝卷类属，著录 27 部弹词、宝卷作品。

《中国古籍善本书目》，中国古籍善本书目编辑委员会编，上海古籍出版社 1998 年版。该书所收为国内多家图书馆所藏善本古籍，在其集部曲类下设有与说唱文学相关者的类属，有诸宫调、俗曲、弹词、宝卷，共收录 70 多种说唱文学方面的善本书籍，著录内容包括书名、卷数、版本、收藏单位等项。

《湖南省古籍善本书目》，常书智、李龙如主编，岳麓书社 1998 年版。该书在集部曲类下设立弹词、宝卷两个类属，收录 4 种作品、5 个版本。

此外，成都市图书馆编著的《成都市古籍联合目录》（1999 年刊行）、阳海清主编的《中南、西南地区省、市图书馆馆藏古籍稿本提要》（华中理工大学出版社 1998 年版）等也都设立专门的类属，收录说唱文学作品。

相关著述还有中国艺术研究院音乐研究所资料室所编的《中国音乐期刊篇目汇录（1906—1949）》（文化艺术出版社 1990 年版）等。

第三节　说唱文学作品的整理

随着研究的逐步深入，学界对说唱文学作品的校勘整理也有了更多、更高的要求，那就是要更为全面、更为系统。在此背景下，这一时期既出版了一些规模较大的说唱文学丛书、说唱文学作品集，也出版了不少单部说唱文学作品的整理本，这些书籍的出版使人们得以看到的说唱文学作品大为增加，对说唱文学研究产生了积极的推动作用。

在这一时期所出版的说唱文学作品集中，规模最大的要数金沛霖主编的《清蒙古车王府藏曲本》（北京古籍出版社 1991 年版）一书。该书以首都图书馆馆藏车王府曲本为底本，共收录作品 1585 种。在编排上，按作品体裁分戏剧和曲艺两部分，其中曲艺部分又分说唱鼓词、子弟书、杂曲等类，子弟书类按照作品内容的时代为序，同时代的作品，再按剧目、曲目首字的笔顺排列，其他类则皆以作品的首字笔画为序。卷首有王季思、关德栋序。为方便查阅，该书还专门编制《目录索引》卷，包括《剧曲目录》《戏剧部分字顺索引》《曲艺部分字顺索引》《戏剧部分音序索引》《曲艺部分音序索引》《检字表》等①。

该书采用线装影印方式出版，共印制 15 部，相当于海内外 15 个藏书机构也收藏了与首都图书馆同样规模的车王府曲本。此前车王府曲本只藏于海内外少数几家图书馆，研究者借阅颇为不便，该书的出版解决了这一难题，对车王府曲本的研究具有积极的推动作用。当然该书也存在者一些问题，比如未能将海内外全部车王府曲本收齐，有 627 种作品被遗漏②；版本不精，有不少为过录本而非原抄等，但它毕竟为研究者提供了珍贵的研究资料。

《清蒙古车王府藏曲本》因印数较少，阅读利用仍不够方便。1994 年，全国

---

① 有关该书更为详细的情况及评价，参见戴言《〈清蒙古车王府藏曲本〉影印出版》（《古籍整理出版情况简报》第 246 期，1991 年）、萧雪《〈清蒙古车王府藏曲本〉问世记》（《瞭望》海外版第 27 期，1991 年）等文。

② 具体遗漏曲目参见仇江《〈清蒙古车王府藏曲本〉遗珠（一）》（《中山大学学报》1998 年第 6 期）、《〈清蒙古车王府藏曲本〉遗珠杂谈》（载刘烈茂、郭精锐等著《车王府曲本研究》，广东人民出版社 2000 年版）、晏闻《〈清蒙古车王府藏曲本〉遗珠（二）》（《中山大学学报》1998 年第 6 期）等文的介绍。

图书馆文献复制中心制作《清蒙古车王府藏曲本》微缩胶卷，向海内外发行。1996年，编者又在该书的基础上，选取其中精华部分共964种汇编成书，名为《清蒙古车王府藏曲本粹编》，由北京古籍出版社出版。该书内容约占原书的三分之二，采用线装影印方式出版。这些都使车王府曲本得到更为广泛的传播，为相关研究提供了更多的便利。

大规模的影印之外，这一时期还相继整理出版了一些车王府曲本的选本，其中主要有如下几种：

《车王府曲本选》，刘烈茂等整理，中山大学出版社1990年版。本书选收车王府曲本中具有代表性的作品，分戏曲文学和说唱文学两部分，其中说唱文学部分分子弟书、鼓词两类，收录《满汉斗》等作品14种。

《车王府曲本菁华》，刘烈茂、苏寰中、郭精锐主编，中山大学出版社1991—1993年版。全书分先秦两汉魏晋南北朝卷、隋唐宋卷、宋卷、元明卷、明清卷、综合卷，共6卷，所收以戏曲为主，其中综合卷分乐调谱、子弟书、鼓词3类，收录说唱文学作品32种。

此外还有车王府所藏子弟书的两种整理本，即刘烈茂、郭精锐主编的《清车王府钞藏曲本子弟书》（江苏古籍出版社1993年版）和北京市民族古籍整理出版规划小组辑校的《清蒙古车王府藏子弟书》（国际文化出版社公司1994年版）。

人民文学出版社曾计划系列开发车王府曲本这批宝藏，"先选择若干种，进行校点，排印出版"①，可惜只出版了两种，未能再继续出下去。这两种分别是苏寰中、郭精锐、陈伟武校点的《封神榜》（人民文学出版社1992年版）和燕琦校点的《刘公案》（人民文学出版社1990年版）。

车王府曲本的整理出版之外，这一时期还出版了不少说唱文学丛书及说唱文学作品集，其中说唱文学丛书有如下一种：

《传统说唱文学丛书》，江西人民出版社自1990年起出版。这套丛书"专门整编流传于现当代说书和评弹艺人口头上（即书场上）的传统书目，尤其收入

---

① 冯秉文：《蒙古车王府曲本》，载《刘公案》，人民文学出版社1992年版。

经过认真整理的思想艺术优越、演说效果精彩的长篇大书"①。该丛书已出版者笔者所知见的只有《描金凤》（张如君、刘韵若、彭飞整理，1990 年版）、《杨乃武与小白菜》（朱一鸣台本，张祖健整理，1991 年版）两种，皆为弹词作品。

这一时期整理出版的说唱文学作品集数量较多，根据其内容及特点，可分为如下几类：

第一类为收录一种或多种说唱文学样式的综合性的作品集。主要有如下几种：

《中国近代文学大系（1840—1919)》民间文学集、俗文学集，其中俗文学集由范伯群、金名主编，上海书店 1992 年出版，民间文学集由钟敬文主编，上海书店 1995 年出版。俗文学集共两卷，编选原则为"照顾说与唱的伎艺"，"所选文字也要是久经舞台考验的脍炙人口的保留节目"，"照顾南北地域"，"照顾题材、风格，照顾曲艺史需要的重要方面"，"优先考虑文学性"②。在编排上，按照艺术门类，分子弟书、二人转、鼓词及其他、相声、评书、竹枝、扬州评话与弦词、扬州清曲、苏州弹词、福州评话、广东木鱼歌与南音、落地唱书、宝卷13 类。全书共收录说唱文学作品近 700 篇。每一类皆由曲种介绍、作者或艺人介绍、作品 3 部分内容组成。对所选作品，皆标明出处。民间文学集主要选收近代民间文学作品，全书分 10 类，其中民间说唱·戏曲类收录说唱文学作品 10 多篇，包括鼓词、子弟书、莲花落等艺术形式。

《古代说唱辨体析篇》，刘光民著，首都师范大学出版社 1996 年版。该书按照说唱艺术形式的不同，分为 18 个单元，涉及 18 种说唱文学样式。每一单元皆有一篇专论，对"该单元体裁的体制特点、渊源流变及其代表作家、作品，作较为完整系统的论述"，然后选收 1 篇或多篇作品作为例证，并附有"较详细的注释和赏析文章"③。全书共选收说唱文学作品 50 多种，因此也可以将该书看作一部古代说唱文学作品的选本。书后附《〈逸周书〉中的一篇战国古赋——兼论赋与俗赋的渊源》《说"道情"》《说"宝卷"》3 篇文章。

---

① 江西人民出版社古籍编辑部：《传统说唱文学丛书出版说明》，载《描金凤》卷首，江西人民出版社 1990 年版。

② 范伯群、金名：《中国近代文学大系（1840—1919)·俗文学集》"导言"，上海书店 1992 年版。

③ 刘光民：《古代说唱辨体析篇》"前言"，首都师范大学出版社 1996 年版。

《中国说唱音乐唱段精选》，李凌、朱亚荣主编，北岳文艺出版社1999年版。该书为《中外音乐系列丛书》的一种，共选收东北二人转、单弦、梅花大鼓、京韵大鼓等全国各地33个曲种的67个唱段。每个唱段的内容分乐谱和唱词两部分。

第二类为收录单一说唱文学样式的作品集。

敦煌说唱文学方面，有项楚选注的《敦煌变文选注》（巴蜀书社1990年版，增订本中华书局2006年版），黄征、张涌泉校注的《敦煌变文校注》（中华书局1997年版），雷文治选注的《敦煌变文选注》（河北教育出版社1991年版）。

宝卷方面，有西北师范大学古籍整理研究所编的《酒泉宝卷》上编（甘肃人民出版社1991年版），扬州市民间文艺家协会、靖江县民间文学集成办公室所编的《大圣宝卷》（1991年刊行），郭仪、谭禅雪所编的《酒泉宝卷》（兰州大学出版社1992年版），方步和编著的《河西宝卷真本校注研究》（兰州大学出版社1992年版），段平编选的《河西宝卷选》《河西宝卷选续编》（台北新文丰出版公司1992—1994年版），张希舜、高可、濮文起、宋军主编的《宝卷初集》（山西人民出版社1994年版）。

弹词方面，有曹中孚整理的《三笑新编》（上海古籍出版社1990年版）、《苏州弹词大观》编委会的《苏州弹词大观》（学林出版社1992年版）、周良主编的《苏州评弹书目选》（江苏文艺出版社1997—2000年版）等。

评书方面有戴宏森、李真、郝赫、耿瑛所编的《中国评书精华》（春风文艺出版社1991年版），《中国十大传统评书经典》（春风文艺出版社1996年版）等。

除上面所列举者，还有如下一些：

《吉林二人转选》，王也夫、于永江编，时代文艺出版社1991年版。该书分传统作品集和现代作品集两集，共收录吉林地区创作、流传的二人转作品118个，其中传统作品49个，现代作品69个。在编排上，分成二人转、单出头、群唱、拉场戏4类，依类编排。

《潮州歌册选集》，薛汕整理，汕头市群众艺术馆1992年刊行。该书共收录《宋帝昺走国》《吴忠恕》《新中华革命军缘起》《海门案》《水蛙记》《滴水记》《冯长春》《双状元英台仔》《升仙图》共9部具有代表性的潮州歌册作品，后附

《潮州语言注释》。

《普宁潮州歌册选》，普宁市文化局、普宁市文联、普宁市妇联编，1993 年刊行。该书选收《江姐》《琼花》《姑嫂鸟》《普宁百果歌》4 种潮州歌册作品，皆为 1949 年后普宁作家创作或改编。

《山东快书幽默小段选》，刘洪滨、刘学智主编，北京燕山出版社 1995 年版。该书收录 100 位作者创作的山东快书幽默小段 192 个，这些作品主要是"新中国建立以来各个历史时期所创作的反映现实生活的幽默小段，同时也选了一部分经过整理的传统书帽，以及根据民间笑话新编的唱段"[①]。

《中国传统山东快书大全》，刘洪滨、赵连甲主编，文化艺术出版社 1997 年版。该书根据"所能收集到的已公开出版的版本、未公开出版的内部资料卷，以及部分演艺人员的演唱本"汇编而成，以《武松传》为主体，"从当代最具代表性的高元钧、杨立德和刘同武三位山东快书名家的《武松传》中，各选了一部分中篇书目，同时还分别选编了高、杨两派的优秀传人刘洪滨、赵连甲、孙镇业的传统唱段"。全书分中篇、单段、小段 3 类，收录山东快书 39 段。对所收作品"只做了一些文字上的订正和个别语词上的修辞，基本保持原貌"[②]。

《明成化说唱词话丛刊》，朱一玄校点，中州古籍出版社 1997 年版。校点者有感于明成化说唱词话"只有影印本流传，印数既少，又不能改动原书中的错别字和异体字，不便阅读"的情况[③]，遂进行校点，提供一个面向普通读者的整理本。"为了保存原作面貌，文字一律不作删节"，"韵文和散文，各用不同的行款加以区别"[④]。对繁体字、异体字、错别字、残缺字、模糊字及衍文，分别作了相应的处理，并用不同的符号标示。这是明成化说唱词话的第一个整理本，到目前为止，也是唯一一个整理本[⑤]。

同类书籍还有广东省五华县文化局所编的《五句板传本集》（1997 年刊行）等。

---

① 《山东快书幽默小段选》"后记"，北京燕山出版社 1995 年版。

② 《中国传统山东快书大全》"编辑说明"，文化艺术出版社 1997 年版。

③ 朱一玄：《明成化说唱词话丛刊》"校点说明"，中州古籍出版社 1997 年版。

④ 朱一玄：《〈花关索传〉校点记》，载其《中国小说史料学研究散论》，南开大学出版社 1999 年版，第 103 页。

⑤ 对于该书《花关索传》部分存在的问题，姚伟嘉硕士学位论文《明成化本〈花关索传〉校释与研究》（南京大学，2008 年）进行了校正，可参阅。

第三类是根据某一专题汇编而成的说唱文学作品集。主要有如下几种：

《夫人词》，日本国中国民俗研究会、浙江省民间文艺家协会、福建省民间文艺家协会、上海市民间文艺家协会、上海民俗学会编，1995 年刊行。本书为《陈靖姑地方神研究资料集》之二，该资料集包括《夫人戏》《夫人词》《夫人传》三种，其中《夫人词》专门收录与陈靖姑有关的说唱文学作品，包括福州评话《陈靖姑上山》、丽水鼓词《陈十四夫人传》和温州鼓词《南游》三种。另收唐宗龙的《〈陈十四夫人传〉的演唱和习俗信仰》和金崇柳的《〈南游〉梗概和演唱仪式》两文。该书出版的意义正如一位日本学者所概括的："记录有关陈靖姑传说的各种说唱文学，不仅在民俗学的领域，在文学、历史的研究领域也具有深刻的意义。"①

《梁祝文化大观》，周静书编，中华书局 1999 年版。全书分学术论文卷、曲艺小说卷、故事歌谣卷、戏剧影视卷四卷，收录与梁祝文化相关的著述，其中曲艺小说卷分曲艺、小说卷两部，曲艺部分分收录《梁山伯与祝英台》《英台山伯》《十八相送》等有关梁祝题材的曲艺作品 25 种，涉及弹词、莲花落、清曲、琴书、木鱼书、鼓词等 10 多种说唱文学样式。

同类书籍还有天津市曲艺团所编的《金瓶梅鼓曲专场作品专辑》（1993 刊行）等。

第四类是收录某一地区多种说唱文学样式的说唱文学作品集。主要有如下几种：

《河州说唱艺术》，王沛编著，敦煌文艺出版社 1999 年版。该书主要收录甘肃河州地区流传的传统说唱文学的唱段、唱腔及相关资料。全书分河州贤孝、河州平弦、河州财宝神和河州打调四个部分，每个部分由概述、唱本唱段、基本唱腔、器乐曲牌、唱腔选段、主要曲目和艺人小传等内容组成，其中唱本唱段和唱腔选段共选收一百多个唱本唱段，系从上千个唱段中精选的。对所收唱段，标明演唱者，对其中的方言土语进行注释。该书的出版使读者对这些具有浓郁地方特色的说唱艺术形式有了更多的了解。

第五类是收录某一著名作家、艺人创作、演出的说唱文学作品集。主要有如下几种：

---

① ［日］广田律子：《中国女性神祇及其艺术表现》，载《夫人戏》，1993 年刊行。

《韩起祥曲艺选》，中国曲艺出版社 1990 年版。该书选收陕西著名艺人韩起祥代表作品 13 个，书后附有林山《盲艺人韩起祥——介绍一个民间诗人》、罗扬《革命说书家韩起祥》、李若冰《为人民说唱一辈子——祝贺韩起祥同志从艺十五周年》。

《懒园新曲杂调》，万道同著，冀世清整理，驻马店地区文化局、汝南县文化局、平舆县文化局 1994 年编印。该书收录河南近代曲家万道同创作的说唱文学作品《李豁子离婚》《小寡妇上坟》《王大娘探病》《看洋焰火》《张家港》《搅家婆》《王婆骂鸡》等共 71 篇。

《骆玉笙演唱京韵大鼓选集》，宫辛编，大众文艺出版社 1999 年版。该书选收《剑阁闻铃》《子期听琴》《七星灯》《和氏璧》《风雨归舟》等骆玉笙演唱过的京韵大鼓 25 段。

蒲松龄创作的俚曲这一时期也有两个整理本。一个是盛伟编印的《蒲松龄全集》，学林出版社 1998 年出版。该书在聊斋小曲、聊斋俚曲集部分收录蒲松龄创作的小曲 9 种、俚曲 14 种。另一个是蒲先明整理，邹宗良校注的《聊斋俚曲集》，国际文化出版公司 1999 年版。该书收录蒲松龄俚曲 15 种，主要依据淄川一带流传的一些旧抄本整理而成，采用多种版本进行校勘，注释"侧重于山东方言、典章制度和用典几个方面"①。对所收作品，皆写有题解。

作品集之外，单部作品的整理本也有不少，其中较为值得关注的是《榴花梦》（中国文联出版社 1998 年版）。该书是中国最长的说唱文学作品，此为首次整理出版。整理者以福建省图书馆所藏抄本为底本，以福州古籍书店刊本为参证，"作了一些必要的校勘"②。

此外尚有刘宗琴口述，王决整理的《大红袍》（河南人民出版社 1992 年版），廖珣英校注的《刘知远诸宫调校注》（中华书局 1993 年版），叶秀中校注的《玉如意》（江苏古籍出版社 1995 年版），林岩、黄燕生、李薇、肖蕴如校点的《新编凤双飞》（人民文学出版社 1996 年版）等。

此外刘坚、蒋绍愚主编的《近代汉语语法资料汇编》亦收录有说唱文学作品，其中唐五代卷（商务印书馆 1990 年版）收录伍子胥变文等多篇敦煌说唱文

---

① 邹宗良：《聊斋俚曲集》"前言"，国际文化出版公司 1999 年版。

② 《榴花梦》"前言"，中国文联出版社 1998 年版。

学作品，宋代卷（商务印书馆 1992 年版）则收录《大唐三藏取经诗话》《刘知远诸宫调》等说唱文学作品。《藏外道书》（巴蜀书社 1992、1994 年版）也收录了一些与道教相关的说唱文学作品。

第四节　说唱文学文献的整理

这一时期整理出版的说唱文学资料集或具有资料集性质的著述数量并不多，根据其内容及特点，可以分为如下两类：

一类是收录各类说唱文学文献的资料集。主要有如下两种：

《大鼓书史录》，韩德英编，《中国曲艺志·河南卷》编辑部 1990 年刊行。该书分大鼓书话、大鼓书评、大鼓书伶、大鼓诗词、大鼓书词和书界杂录 6 个部分，将民国期间报刊所载有关大鼓书的资料汇为一编。"所有文字，全是原文照录，并注明出处"①。

《梨园撷英——戏曲曲艺艺术文粹》，黄立新、沈习康编著，东方出版中心 1999 年版。该书选收古代有关戏曲、曲艺方面的著述 64 篇，其中曲艺部分 33 篇，"以较精彩的关于创作和表演的艺论为主，即以表现某种艺术观点并具有理论色彩的著述为主"②。对所选资料，标明出处，并进行注释和评析。

这一时期出版的具有资料集性质的书籍还有罗扬主编的《当代中国曲艺》（当代中国出版社 1998 年版）等。

另一类是著名说唱艺人的回忆录或谈艺录。主要有如下几种：

《檀板弦歌七十秋》，骆玉笙口述，孟然整理，新华出版社 1993 年版。该书为京韵大鼓艺人骆玉笙的回忆录，分学艺篇、求索篇、进取篇、盛世篇、谈艺篇五个部分，回顾其七十多年的人生经历，总结艺术经验。此外尚有谢国祥主编的《骆玉笙曲艺艺术生活六十年》（骆玉笙从艺纪念委员会 1991 年刊行）一书。

同类书籍尚有王筱堂口述、李真整理的《艺海苦航录——扬州评话"王派水浒"回忆》（江苏省政协文史资料委员会、镇江市政协文史资料研究委员会

---

① 韩德英：《写在前面》，载其《大鼓书史录》，《中国曲艺志·河南卷》编辑部 1990 年刊行。
② 黄立新：《梨园撷英——戏曲曲艺艺术文粹》"前言"，东方出版中心 1999 年版。

1992 年刊行），徐勍所著的《口舌人生：评书艺术家徐勍自述》（重庆出版社 1998 年版）等。

相关书籍还有中国人民政治协商会议辽宁省委员会文史资料委员会所编的《艺海名伶》（辽宁人民出版社 1990 年版），《王派〈水浒〉评论集》（中国曲艺出版社 1990 年版），李微所著的《刘兰芳评传》（新华出版社 1993 年版），萨仁图娅所著的《声贯九州田连元》（春风文艺出版社 1994 年版），本溪市文艺创作委员会所编的《田连元的评书艺术》（1995 年刊行），李真、徐德明所著的《王少堂传》（江苏文艺出版社 1996 年版），陈丽杰、关永振所著的《陈青远的评鼓书艺术》（中国华侨出版社 1996 年版），石俊平主编的《书韵百年：纪念郝派西河大鼓传世百年（1897—1997）》（中国戏剧出版社 1999 年版）①，赵铮、赵抱衡所著的《赵铮河南坠子艺术》（大众文艺出版社 1999 年版）等。

相关文章则有李光的《骆玉笙京韵大鼓的音乐创造》（《中国音乐》1990 年第 3 期）等。

第五节　说唱文学工具书的编纂与文献的研究

这一时期出版了一批说唱文学方面的工具书，其中敦煌说唱文学方面有季羡林主编的《敦煌学大辞典》（上海辞书出版社 1998 年版）；评弹方面有上海曲艺家协会所编的《评弹艺术家评传录》（上海文艺出版社 1991 年版），吴宗锡、周良主编的《评弹文化词典》（汉语大词典出版社 1996 年版）。此外尚有如下一些：

《河南当代曲艺家辞典》，中国曲艺家协会河南分会编，河南人民出版社 1992 年版。全书共收录 422 位河南当代曲艺家，包括曲艺演员、作者、伴奏员及从事曲艺组织工作和理论研究的工作者。

《辽宁当代曲艺辞典》，田连元、崔凯主编，辽宁大学出版社 1996 年版。该书分曲坛人物、曲艺机构、曲种术语、书目曲目四部分，收录词条近 1200 个，

---

①　书后附有《“西河世家”出版的长篇评鼓书书目》《“西河世家”所演唱的传统短段目录》《“西河世家”艺术年表》。

时限在 1949 年至 1995 年，较为系统、全面地反映了辽宁曲艺在 1949 年后 40 多年间的发展情况。在编排上，以笔画多少为序。书后附有《辽宁曲艺大事记》《辽宁省曲艺家协会会员名录》《辽宁省获奖曲（书）目表》。

《中国曲艺界人名大辞典》，刘兰芳、昃天主编，中国国际广播出版社 1997 年版。该书收录中国曲艺家协会及各省、自治区、直辖市曲艺家协会会员资料，共 3828 人，基本涵盖了 1949 年后至 1996 年我国曲艺界从事创作表演、理论研究、编辑组织的专业与兼职人员。大部分资料由入选者本人提供。词条内容包括个人基本情况、从艺经历、师承关系、主要艺术成果等。在编排上，按姓氏笔画为序。卷首有《人名笔划索引》。

还有一些俗文学、民间文艺方面的工具书，往往也设立说唱文学方面的条目，主要有如下一些：

《中国俗文学辞典》，王文宝、盛广智、李英健著，吉林教育出版社 1990 年版。该书为俗文学工具书，其中说唱文学部分设立词目 290 多条，内容包括源流、体裁、作品、论著等。卷首有《词目分类目录》，书后附《词目笔画索引》。

《中国民间艺术大辞典》，刘波主编，农村读物出版社 1990 版。该书共收录 1416 个词条，其中曲艺类设立 201 个词条，主要内容为曲艺曲种的介绍。该书 2006 年由文化艺术出版社再版。

《中国民间文学大辞典》，姜彬主编，上海文艺出版社 1992 年版。该书共收录 6000 多个词条，在其民间文学作品、理论著作、作品集之下，皆设有民间讲唱这一分类，其中民间文学作品部分设立民间讲唱词条 182 个，理论著作部分设立民间讲唱词条 6 个，作品集部分设立民间讲唱词条 13 个。

《中国民间文学大辞典》，马名超、王彩云主编，黑龙江人民出版社 1996 年版。该书共收录 9590 条词条，在其民间文学作品提要及其他部分设立民间说唱分类，共 588 个词条。

这一时期出版的说唱文学方面的专著较多，其中敦煌说唱文学方面的论著有郭在贻、张涌泉、黄征的《敦煌变文集校议》（岳麓书社 1990 年版），项楚的《敦煌文学丛考》（上海古籍出版社 1991 年版），周绍良的《敦煌文学刍议及其他》（台北新文丰出版公司 1992 年版），颜廷亮的《敦煌文学概论》（甘肃人民出版社 1993 年版），张鸿勋的《敦煌说唱文学概论》（台北新文丰出版公司 1993

年版)、《敦煌话本、词文、俗赋导论》(台北新文丰出版公司 1993 年版);宝卷方面的论著有段平的《河西宝卷的调查研究》(兰州大学出版社 1992 年版),车锡伦的《中国宝卷研究论集》(台北学海出版社 1997 年版)、《民间信仰与民间文学》(新北市博扬文化事业有限公司 1998 年版)等。

此外尚有薛宝琨、鲍震培的《中国说唱艺术史论》(花山文艺出版社 1990 年版),李微的《东北二人转史》辽宁部分(长春出版社 1990 年版),倪钟之的《中国曲艺史》(春风文艺出版社 1991 年版),吴文科的《"说唱"义证》(中国文学出版社 1994 年版),马紫晨的《河南曲艺史论文集》(1996 年刊行),张军、郭学东的《山东曲艺史》(山东文艺出版社 1997 年版),蔡源莉、吴文科的《中国曲艺史》(文化艺术出版社 1998 年版),金明江的《中国全史·曲艺史》(经济日报出版社 1999 年版)等。

相关论著还有吴同瑞、王文宝、段宝林主编的《中国俗文学七十年》(北京大学出版社 1994 年版),门岿、张燕谨的《中国俗文学史》(台北文津出版社 1995 年版),叶春生的《岭南俗文学简史》(广东高等教育出版社 1996 年版),王文宝的《中国俗文学发展史》(北京燕山出版社 1997 年版)等。

第五章　非物质文化遗产保护视野下的
说唱文学文献研究

　　进入 21 世纪，随着中国乃至全球社会文化语境的深刻变化，说唱文学的发展及其相关研究出现重要转机，呈现出新的生机与活力。之所以这样说，是因为以全球范围内的非物质文化遗产传承与保护为契机，包括说唱文学在内的中国通俗文学创作与研究的生态环境发生了很大改变，由此带来了说唱文学文献搜集、整理与研究的一系列新变。这种改变主要体现在如下两个方面：

　　首先，在观念上，人们已不再将以说唱文学为代表的通俗文学仅仅作为中国本土的民间文艺来看待，而是把它提高到全人类共同文化遗产的高度进行保护和研究。这种观念并不局限于某一个国家和地区，而是属于全人类的共识。如此重视的程度可以说是前所未有的，对说唱文学在内的通俗文学的发展具有十分深远的影响。

　　其次，在制度上，无论是联合国还是各个国家和地区，大都将非物质文化遗产的保护作为一项基本的文化制度加以落实和执行。就中国而言，保护非物质文化遗产已成国家的一项基本文化政策，并从法律制定、机构设置等方面予以落实。其具体进程如下：

　　1999 年 11 月，联合国教科文组织第 30 届大会决议通过决议，设立《人类口头与非物质遗产作品录》。

　　2001 年 5 月 18 日，联合国教科文组织公布第一批人类口头和非物质遗产代表作项目名录，共 19 项。

　　2003 年 10 月 17 日，联合国教科文组织通过《保护非物质文化遗产公约》。

2004 年 8 月 28 日，全国人大常委会批准通过《保护非物质文化遗产公约》。

2006 年 9 月 14 日，中国非物质文化遗产保护中心在中国艺术研究院挂牌成立。

2009 年 3 月 4 日，国务院批准在文化部设立非物质文化遗产司。

2011 年 2 月 25 日，中华人民共和国第十一届全国人民代表大会常务委员会第十九次会议通过《中华人民共和国非物质文化遗产法》，该法自 2011 年 6 月 1 日起施行。

其间，国务院还先后于 2006 年、2008 年、2011 年、2014 年公布了四批国家级非物质文化遗产名录，共 1372 项，其中曲艺共 127 项，占到近十分之一的比例。

在此背景下，说唱文学作为非物质文化遗产的重要组成部分受到全社会的重视，这对相关研究来说，无疑具有积极的推动作用，一方面可以得到制度、人力、资金及物质条件的保障，另一方面也吸引到越来越多的优秀人才加入进来。作为研究的基础工作，说唱文学文献的搜集、整理与研究自然也会受到重视，呈现出良性发展的态势。

与先前的各个时期相比，进入 21 世纪之后的说唱文学研究具有如下几个特点：

一是说唱文学的研究受到普遍重视。这表现在不少高等院校或科研机构相继成立非物质文化遗产研究所或非物质文化遗产研究中心之类的研究机构，如中山大学中国非物质文化遗产研究中心、南京大学文化与自然遗产研究所、复旦大学文化遗产研究中心、浙江大学非物质文化遗产研究中心、武汉大学非物质文化遗产研究中心、中央美术学院非物质文化遗产研究中心、苏州大学非物质文化遗产保护中心、河南师范大学中原非物质文化遗产保护研究中心、河北科技大学非物质文化影音资料中心、重庆文理学院非物质文化遗产研究中心，等等。这些研究机构投入较多的人力、物力对包括说唱文学在内的非物质文化遗产进行专门研究。许多地方政府也成立了相关的机构或协会。此外，中国文联、中国曲艺家协会联合主办的中国曲艺牡丹奖从 2004 年第三届开始，设立理论奖，专门奖励在报刊上发表的曲艺研究论文和正式出版的曲艺学术专著，这对相关研究无疑也是一种积极的推动。

二是研究力量大为加强，特别是许多年轻学人的加入，使说唱文学研究呈现出前所未有的活力。这表现在，有关说唱文学的硕士、博士学位论文题目在数量上有着非常明显的增长，这标志着年轻学人正迅速成为说唱文学研究的主力军。

其间，一些说唱文学方面的博士学位论文如鲍震培的《清代女作家弹词小说论稿》（天津社会科学出版社 2002 年版）、崔蕴华的《书斋与书坊之间——清代子弟书研究》（北京大学出版社 2005 年版）、盛志梅的《清代弹词研究》（齐鲁书社 2008 年版）、姚颖的《清代中晚期北京说唱文学与伎艺研究——以子弟书、岔曲为中心》（北京燕山出版社 2008 年版）、周巍的《技艺与性别：晚清以来江南女弹词研究》（上海人民出版社 2010 年版）、吴琛瑜的《晚清以来苏州评弹与苏州社会：以书场为中心的研究》（上海人民出版社 2010 年版）、郭晓婷的《子弟书与清代旗人社会研究》（中国社会科学出版社 2013 年版）等相继公开出版，体现着说唱文学研究的新收获和新趋势。

三是说唱文学研究全方位展开，这表现说唱文学的各个门类皆受到一定程度的关注，并出现相关的研究著述。与此前各个时期相比，这一时期所出版的说唱文学研究著作不仅在数量上有着十分明显的增长，而且所涉及的范围也相当广泛。

当下的说唱文学研究无论是从硬件上看，还是从软件上看，都是境况最好的一个时期。在如此较为有利的环境中，这一领域的研究将会取得更多更好的成果，这是可以期待的。

以下从说唱文学重要文献的新发现，目录、索引的编制，作品的整理，资料的汇编及研究等方面对进入 21 世纪以来说唱文学文献研究所取得的进展进行简要介绍。

第一节　说唱文学重要文献的新发现

同其他学科一样，经过研究者多年的努力搜求，随着学术积累的不断丰富，发现说唱文学新文献的难度由此变得越来越大，这也是学术研究发展演进的一个规律。

不过与小说、戏曲等研究领域相比，挖掘说唱文学新文献相对来说要稍微容易一些，还有较大的发展空间。这主要有如下三个原因：

一是说唱文学研究起步较晚，其文献基础较之小说、戏曲要薄弱一些，文献的搜集还有一定的空间。

二是说唱文学是一门活的艺术，有不少至今仍在民间演出，有着深厚的群众基础，相关文献资料存世的数量相当庞大。

三是一些说唱门类如宝卷、善书等，与宗教信仰关系密切，不少艺人颇为重视此类资料的保存，即便是在"文化大革命"期间，仍想方设法将其保存下来。

因此，只要肯下功夫，广为搜罗，在说唱文学文献方面还是能有不少新发现的。

进入 21 世纪，不少地方政府和学术文化机构为保存地方文化，更加重视对说唱文学资料的搜集和保存，经研究者的调查走访，广泛收罗，相继发现了不少新的文献。以甘肃地区的宝卷为例，"经过搜集整理，现在河西走廊所搜集的宝卷总数为 133 种 265 个版本，占全国宝卷总目录的五分之一，而且其中有 63 种为《宝卷总录》所没有记录在内，起到了拾遗补缺的作用"①。

这一时期新发现的说唱文学文献主要有如下一些：

在诸宫调方面，2000 年 5 月，考古工作者在山西侯马发掘金代墓葬，在一座墓室的墓墙上发现残曲四支。经研究者辨析确定，这是宋金时期的诸宫调作品②。

在子弟书方面，2002 年，崔蕴华在北京师范大学图书馆发现一种从未被著录的子弟书作品《卖油郎独占花魁》③。

在弹词方面，研究者发现《民国宝应县志》上有清代弹词作家汪藕裳的记载④。这一时期弹词也有新的发现。2001 年，福建省文化厅史志办在编写《中国

---

① 何成才：《写在〈金张掖民间宝卷〉出版之际》，《张掖日报》2007 年 9 月 18 日。
② 参见杨及耕、高青山《侯马二水 M4 发现墨笔题写的墓志和三篇诸宫调词曲》，延保全《侯马二水 M4 三支金代墨书残曲释疑》（均载《中华戏曲》第二十九辑，文化艺术出版社 2003 年版）及宁希元《早期诸宫调歌词的重大发现》（《中华戏曲》第三十一辑，文化艺术出版社 2004 年版）。
③ 参见崔蕴华《遗失的民俗艺术珍品——〈卖油郎独占花魁〉等子弟书的发现及其价值》，《民族文学研究》2002 年第 3 期。
④ 参见王泽强《新发现的史料与汪藕裳生平事迹补正》，《东南大学学报》（哲学社会科学版）2013 年第 3 期。

曲艺志·福建卷》过程中，在福建省艺术研究所资料室发现两部珍贵的弹词稿本《小游仙》《九仙枕新词》①。

在宝卷方面，这一时期新发现的数量是最多的，主要有刊刻于明万历或稍后的《观世音菩萨普度授记归家宝卷》②、明末还源教全套宝卷③、清代的《如意宝卷》④、未见著录的《南雁圣传仙姑修行宝卷》⑤、粤版《孟姜仙女宝卷》《吕祖师度何仙姑因果卷》《妙英宝卷》等⑥、清初南无教《泰山圣母苦海宝卷》⑦、黄天道宝卷⑧，等等。

在木鱼歌方面，广东东莞地区目前正筹建东莞木鱼歌博物馆。据相关报道，"目前收集到的木鱼书已达 1000 多卷、200 多种，力争到 2012 年能收集到木鱼书 3000 卷"⑨。该计划如能完成，对木鱼书研究的积极推动作用是可以想见的。

在歌册方面，2001 年，施舟人、袁冰凌夫妇在福州大学筹建西观藏书楼，并将自己珍藏多年的歌仔册集捐赠给该藏书楼。2005 年，福建省副省长汪毅夫又向该藏书机构捐赠其收藏的潮州歌仔册 20 种 51 册。经多年积累，福州大学西观藏书楼所藏闽南语歌仔册已达到 800 多册⑩，成为国内收藏歌仔册最多的一家藏书机构。

其他相关新文献尚有山西大学中国说唱文学研究中心从上海古籍拍卖处购得的元刻本说唱词话《包公出身除妖传》⑪、讲述林则徐戒烟故事的福州评话《文

---

①　陈翘：《百年手稿　重现书林——记福州弹词稿本〈小游仙〉与〈九仙枕新词〉》，《福建省图书馆学会 2003 年学术年会论文集》。

②　参见孔庆茂《新发现明末长生教宝卷考》，《学海》2008 年第 5 期。

③　参见李国庆《新见明末还源教全套宝卷"六部六册"叙录：附〈三教圣像泥金手绘图册〉》，《世界宗教研究》2005 年第 4 期。

④　参见濮文起《〈如意宝卷〉解析：清代天地门教经卷的重要发现》，《文史哲》2006 年第 1 期。

⑤　参见徐宏图《〈南雁圣传仙姑宝卷〉的发现及其概貌》，《中国文哲研究通讯》第 15 卷第 2 期，2005 年 6 月。

⑥　参见关瑾华《中山图书馆藏粤版宝卷述略》，载《岭南学》第二辑，中山大学出版社 2008 年版。

⑦　参见车锡伦《新发现的清初南无教〈泰山圣母苦海宝卷〉》，《河南教育学院学报》2009 年第 1 期。

⑧　宋军：《新发现黄天道宝卷经眼录》，《台湾宗教研究通讯》第 6 期，2003 年 9 月。

⑨　《5 月东莞将举办首届非物质文化遗产民间歌唱大赛》，《广州日报》2007 年 5 月 3 日。

⑩　参见李珂、葛海峡《汪毅夫向福大西观藏书楼捐赠潮州歌仔册》，《福建日报》2005 年 4 月 16 日。

⑪　参见李雪梅、李豫《新发现元刻本〈包公出身除妖传〉说唱词话考论》，《民族文学研究》2013 年第 6 期。

忠公头本》和《文忠公二本》民国手抄本在福州北发现①等等，这里不再一一详细介绍。

第二节　说唱文学目录、索引的编制

随着学术积累的增加，随着研究条件的改善，说唱文学作品的目录编制也呈现出良性发展的态势，这表现在：这一时期编制的说唱文学目录在数量上有较为明显的增长，学术水准也多有提升，相继出现了一批收录丰富、体例完善的说唱文学专题目录。

在车王府藏曲方面，有仇江的《车王府曲本总目》（《中山大学学报》2000年第4期）。该目根据《北京孔德学校图书馆所藏蒙古车王府曲本分类目录》、北京市首都图书馆《清蒙古车王府藏曲本目录》、广州中山大学图书馆《车王府曲本编目》及中国艺术研究院戏曲研究所、台北"中研院"历史语言研究所、日本东京大学东洋文化研究所三处所藏车王府曲本的目录汇总整理而成。全目分戏曲和曲艺两部分，对所收作品，标明作品名称及收藏机构。

后仇江又与张小莹合编《车王府曲本全目及藏本分布》，内容与《车王府曲本总目》基本一致，这两个目录是目前为止收录最为完备的车王府曲本目录，"收集迄今为止发现的车王府曲本的目录分类整理而成，计有戏曲993种，曲艺1017种，合共2010种"②。

在弹词方面，主要有周良、朱禧的《弹词目录汇抄·弹词经眼录》（古吴轩出版社2006年版），周良的《苏州评弹传统书目表》（载其《苏州评话弹词史》，中国戏剧出版社2008年版），鲍震培的《清代女作家弹词作品一览表》（载其《清代女作家弹词小说论稿》，天津社会科学院出版社2002年版），盛志梅的《弹词知见综录》（载其《清代弹词研究》，齐鲁书社2008年版），童李君的《所

---

① 参见《民国时期记载林则徐禁烟故事的评话手抄本亮相福州》，2014年3月12日中国新闻网，http：//www.chinanews.com/tp/2014/03-12/5943808.shtml。

② 仇江、张小莹：《车王府曲本全目及藏本分布》，载刘烈茂等《车王府曲本研究》，广东人民出版社2000年版。

见清末民初弹词目录》（《评弹艺术》第四十一集，2009 年刊行），石汝杰的《吴语弹词文献目录索引》（《海外事情研究》37 卷 1 期，2009 年 9 月）等。

在子弟书方面，主要有昝红宇、张仲为、李雪梅的《清代八旗子弟书总目提要》（三晋出版社 2010 年版），黄仕忠、李芳、关瑾华的《新编子弟书总目》（广西师范大学出版社 2012 年版），崔蕴华的《现存子弟书珍贵篇目辑佚》（载其《书斋与书坊之间——清代子弟书研究》，北京大学出版社 2005 年版）以及《清百本张底本子弟书词曲目全目》《别野堂子弟书目录》《首都图书馆存原国立中央研究院历史语言研究所藏子弟书总目目录》（《子弟书珍本百种》附录，张寿崇主编，民族出版社 2000 年版）。

在鼓词方面，主要有如下几种目录著作：

《中国鼓词总目》，李豫、李雪梅、孙英芳、李巍编著，山西古籍出版社 2006 年版。该书分中国传统鼓词总目、子弟书单唱鼓词总目、抗日解放战争时期鼓词总目和共和国时期鼓词总目四部分，共收录鼓词作品及相关书籍 4992 种。在编排上，按照作品名字首字的拼音字母为序。著录内容包括书名、作者、出版机构、刊行年份、版式、卷、回、册、页码数、收藏者等。书后附有《民国十八年〈江东茂记书局图书目录〉附〈大五曲目录〉》《民国二十年〈上海大成书局图书目录〉附〈五彩面唱本目录〉》《中国音乐研究所 1959 年藏鼓词唱片目录》。编著者还编制有音序、笔画索引，便于检索①。

该书如编著者所说，"是目前中国鼓词领域出现的第一部著录鼓词图书名、曲名的大型总目性工具书"。编著者为编撰该书，搜集了大量资料，提供了丰富的学术信息，为相关研究带来较大便利，对此应该予以肯定。不过该书也存在一些问题，比如对传统鼓词与抗日解放战争时期鼓词的区分不尽合理，一些研究类著述与作品混编在一起，一些作品时代的归属有误，等等，如能认真进行一番修订，质量将得到明显提高。

《清代木刻鼓词小说考略》，李豫、尚丽新、李雪梅、莫丽燕著，三晋出版社 2010 年版。该书依据山西大学中国鼓词研究中心资料室所藏，收录 1840 年至

---

① 　相关介绍和评论参见王秀珍的《珍溯千古雅韵，成一脉源流——评〈中国鼓词总目〉》（《晋图学刊》2006 年第 6 期）、《说唱文学鼓词领域的第一部目录学专著——评〈中国鼓词总目〉》（《沧桑》2007 年第 5 期）。

1912 年间的鼓词作品 164 部。对所收作品，分著录、考略和故事梗概三个部分进行介绍，其中著录部分"内容涉及刻印时间、书坊、地域、开本、划分方式（册部卷回）、书板封面内文板框尺寸、行款、题名、收藏地"，考略部分"内容涉及对著录内容的考证和补充说明，对部卷之回目名称、部卷卷首回首词及部卷卷末回末词的照录"①。在编排上，按照作品首字的音序排列。该书虽名"考略"，就其内容与性质来看，实际上可作一部清代木刻鼓词解题目录使用。

《清末民初上海石印鼓词小说现存简目》，李雪梅等编，载其《中国鼓词文学发展史》，上海人民出版社 2012 年版。该目收录清末民初上海石印鼓词 865 种，按照作品首字拼音顺序编排，著录项较为简单，只著录名称、收藏单位，未知收藏单位者则在备注栏中注明存目。

《东北大鼓传统书目、曲目提要》，耿瑛编，载其《东北大鼓漫谈》，春风文艺出版社 2007 年版。该目分长篇书目、中篇书目和短篇曲目三类，共收录东北大鼓书目、曲目 400 多个。其中长篇书目和中篇书目又分袍带书、短打书、神怪书和世情书四小类，短篇曲目则分历史传奇、公案侠义、神话寓言和世情杂曲四小类。对所收作品，介绍其名称、异名、故事梗概、故事出处及演出情况。

此外耿瑛还编有《东北大鼓现代作品简目》《东北大鼓唱片一览表》（载其《东北大鼓漫谈》），其中《东北大鼓现代作品简目》分长篇、中篇和短篇三类，收录东北大鼓现代作品 100 多个。对所收作品，著录其名称、作者、改编者、演唱者及出版情况。《东北大鼓唱片一览表》分演唱者、曲目、伴奏、出版公司和时间五项，以表格形式列举 1949 年前所出东北大鼓唱片 16 种。

另有《东北大鼓传统曲目》（载金俨编《东北大鼓艺术论辑》，春风文艺出版社 2007 年版），该目分子弟书段、三国段、草段三类，收录东北大鼓传统曲目 140 多段。对所收作品，著录其曲名、故事出处及作者。

在四川说唱文学方面，主要有如下三种目录著作：

《四川坊刻曲本知见录》，刘效民编，载其《四川坊刻曲本考略》，中国戏剧出版社 2005 年版。该目依据中国艺术研究院图书馆、四川省图书馆、成都市图书馆、重庆市历史文献馆、台北"中研院"历史语言研究所傅斯年图书馆收藏编制而成，共收录清嘉庆年间至 1950 年前后四川坊刻曲本 1100 余种、版本约

---

① 《清代木刻鼓词小说考略》"凡例"，三晋出版社 2010 年版。

1600 种。全目分川剧篇、说唱篇两部分，其中说唱篇又分四川道琴、四川评书与佛曲、连宵、车车灯、杂调小曲及其他三类，收录四川说唱文学曲本 400 余种、版本 500 余种。在编排上，"大致按汉语拼音音序编排"①，著录内容包括书名、著者、版本、辅助说明等。后附《〈四川坊刻曲本知见录〉音序索引》。

《四川善书书目》，蒋守文编，载其《半方斋曲艺论稿》，四川大学出版社 2006 年版。该目所收为在四川、重庆地区流行的善书，共收录相关作品 121 种。在编排上，以作品名字首字笔画为序。对所收作品，介绍其书名、作者或口述者、整理者、故事梗概、收藏单位、以往著录情况等基本情况。

《四川清音传统曲目总录》，蒋守文编，载其《半方斋曲艺论稿》，四川大学出版社 2006 年版。该书共收录四川清音传统曲目 540 多个。在编排上，以作品名字首字笔画为序。对所收作品，介绍其曲牌、段、句、故事内容等基本情况。见于《成都通览》《四川清音》等记载但未收集到词的 45 种作品作为补遗，放在后面。

在木鱼书方面，主要有如下两种目录著作：

《佛山藏木鱼书目录与研究》，曾赤敏、朱培建主编，广州出版社 2009 年版。该书上编为木鱼书目录，收录佛山市博物馆、佛山市图书馆、顺德区博物馆 2008 年 12 月以前所藏木鱼书 660 种。对所收木鱼书作品，介绍其题名、作者、版本、目录、收藏机构等基本情况。在编排上按笔画笔顺为序。后附《题名索引》。

《现存木鱼书收藏情况一览表》，关瑾华编，载其博士学位论文《木鱼书研究》，中山大学，2009 年。该表根据调查所得并参考相关书目编制而成，反映了海内外 43 家公私藏书机构所藏木鱼书的情况。表格首列作品篇目，然后列出各藏书机构收藏该作品情况，最后是其著录情况。此外《木鱼书研究》下编还专门介绍了中国大陆、台湾与海外地区收藏木鱼书的情况。

有关木鱼书的目录尚有《东莞杨宝霖所藏木鱼书目录》《东莞张铁文所藏木鱼书目录》《佛山市木鱼书目录》等。

在潮州歌册方面，主要有如下两种目录著作：

《潮州歌册志·潮州歌册的歌本》，郭马风著，载《潮学》，2000 年第 1、2

---

① 刘效民：《四川坊刻曲本知见录》"凡例"，载其《四川坊刻曲本考略》，中国戏剧出版社 2005 年版，第 70 页。

期。该文收录潮州歌册 297 种。后附有《新中国成立后编著出版潮州歌册要目》，收新编歌册 36 种。

《潮州歌册叙录》，肖少宋编，载其博士学位论文《潮州歌册研究》，中山大学 2009 年。该目收录创作于 1950 年之前的潮州歌册共 220 种。按作品首字笔画多少为序编排。对所收作品，分著录、题材、版本、收藏、出版、按语等项，介绍其基本情况，并录作品首尾各四句。叙录前有《叙录资料来源表》。此外《潮州歌册研究》还对潮州歌册的版本、收藏、著录、整理、出版等进行了全面系统的考察，文后还附有《1950 年代后新编歌册作品表》《潮州歌册文本形态表》《旧版潮州歌册馆藏汇总表》。

除了上面所介绍者，这一时期出版的说唱文学目录著述尚有如下一些：

《山东曲书目概要》，郭学东著，中国开明文教音像出版社 2002 年版。该书收录各类山东曲艺书目 273 个。按曲目首字笔画多少编排。对所收曲目，介绍其曲种、韵散、用韵、文字篇幅、演出时间长度、故事来源及实际演出情况等。

《岔曲曲目汇编》，金启平、章学楷编，载其《北京旗人艺术——岔曲》，北京师范大学出版社 2007 年版。该目收录岔曲曲目 1289 个，较傅惜华《北京传统曲艺总录》所收 1026 首有较多增加。著录内容包括曲名、首句等。所收曲目以首句为题，全目按题目首字笔画多少为序编排。

《清代中晚期部分说唱文学曲目简录》，姚颖编，载其《清代中晚期北京说唱文学与伎艺研究——以子弟书、岔曲为中心》，北京燕山出版社 2008 年版。该目为八角鼓、北京评书、大鼓书三类，收录清代中晚期北京地区流行的说唱文学曲目。

《岔曲分类编目》《截腰分类编目》《单弦总目》，徐德亮编，载其《清中叶至民国北京地区俗曲研究》，蓝天出版社 2010 年版。上述三个目录皆为简目，依类编排，对所收作品，只著录其名称、别名。

《〈俗文学丛刊〉之南音叙录》，陈贤芳编，该目为编者的硕士学位论文，广州大学 2012 年。全目共著录《俗文学丛刊》所收南音 140 种，对其作者、版本、本事、内容等进行较为详细的介绍。全目按照《俗文学丛刊》所收顺序编排。

《兰州鼓子传统曲目一览表》《兰州鼓子新编曲目一览表》，肖振东编著，载其《兰州鼓子荟萃》，甘肃文化出版社 2009 年版。其中《兰州鼓子传统曲目一览表》分曲目名称、腔系类别、内容提要和备注四项收录兰州鼓子传统曲目 230 多个，《兰州鼓子新编曲目一览表》分曲目名称、腔系类别、内容提要和备注四项收录兰州鼓词的新编曲目 28 个。

同类著述尚有《三弦书及其现存曲目》（载雷恩洲、阎天民主编《南阳曲艺作品全集》三弦书卷，河南大学出版社 2004 年版）、耿瑛的《二人转曲目》（载其《正说东北二人转》，春风文艺出版社 2008 年版）、张爽的《宁夏传统曲（书）目》（载其《宁夏曲艺简史》，宁夏人民出版社 2009 年版）、曹伯植的《陕北说书的书目》（载其《陕北说书概论》，陕西人民出版社 2010 年版）、黄虎的《兰州鼓子曲目列表》（载张君仁主编《西北传统音乐研究》，上海音乐学院出版社 2010 年版）、胡希张的《竹板歌曲目总览》（载其《客家竹板歌研究》，广东人民出版社 2010 年版）、马奇的《南阳民间曲艺书目》（载其《南阳地区曲艺文化概论》，大象出版社 2012 年版）、冯彬彬等的《河南坠子、大调曲子、三弦书、河洛大鼓曲目简编》《河南曲艺作品简要书目》（载冯彬彬主编《说唱文学的艺术世界——中原曲词文学研究》，中原农民出版社 2012 年版）等。

这一时期出版的藏书机构藏书目录及相关著述也有收录有说唱文学者，这里择要介绍几种：

《中国社会科学院文学研究所图书馆馆藏宝卷目录》，中国社会科学院文学研究所图书馆编，2000 年刊行。

《东北地区古籍线装书联合目录》，辽宁省图书馆、吉林省图书馆、黑龙江省图书馆主编，辽海出版社 2003 年版。该书收录东北三省 51 个单位所藏线装古籍，在集部"将曲类改为'戏曲类'，增设'其他剧种之属'、'戏剧汇编之属'、'鼓词之属'、'潮州歌之属'、'其他曲艺之属'"①，戏曲类下与说唱文学相关的类属有诸宫调、宝卷、弹词、鼓词、潮州歌、其他曲艺，共 6 个类属，收录说唱文学相当丰富，仅宝卷就有近 600 种。

《贵州省古籍联合目录》，陈琳主编，贵州人民出版社 2007 年版。该书在集部曲类设立弹词之属，收录说唱文学作品 13 种。

《别宥斋藏书目录》，天一阁博物馆编，宁波出版社 2008 年版。该书著录现代藏书家朱鼎卿的旧藏，其中集部曲类设弹词、宝卷、俗曲之属，收录其所藏说

---

① 《东北地区古籍线装书联合目录》"凡例"，辽海出版社 2003 年版。

唱文学作品 15 部。

《清史稿艺文志拾遗》，王绍曾主编，中华书局 2000 年版。该书对《清史稿·艺文志》进行增补，著录清人著述 54880 部。编者"将集部原有词曲类，分为词类、曲类，另于曲类后增设弹词鼓词类、宝卷类"①。对所收作品，著录书名、作者、卷数、回数、版本，并注明所依据相关书目。该书收录说唱文学所依据的书目主要有《中国古籍善本书目》《西谛所藏弹词目录》《弹词叙录》《弹词宝卷书目》《宝卷综录》《佛曲叙录》《子弟书总目》等，可以将其看作是对以往说唱文学目录的一个汇总。

《潮州志·戏剧音乐志》，潮州市地方志办公室 2005 年编印。该书收录有 91 种歌册。

《傅惜华古典戏曲提要笺证》，谢雍君笺证，学苑出版社 2010 年版。该书收录傅惜华 20 世纪上半期所撰《缀玉轩藏曲》《碧蕖馆藏曲志》及为《续修四库全书总目提要》所写提要共 473 篇，这些目录虽以戏曲为主，但其中有 29 篇为说唱文学作品的提要②。

此外，北京师范大学图书馆古籍部所编的《北京师范大学图书馆古籍善本书目（1902—2002）》（北京图书馆出版社 2002 年版）、清华大学图书馆所编的《清华大学图书馆藏善本书目》（清华大学出版社 2003 年版）、何远景主编的《内蒙古自治区线装古籍联合目录》（北京图书馆出版社 2004 年版）、山东大学图书馆所编的《山东大学图书馆古籍善本书目》（齐鲁书社 2007 年版）、郑笑笑主编的《温州地方文献联合目录》（北京图书馆出版社 2005 年版）、山西省图书馆所编的《山西省图书馆古籍善本书目》（山西人民出版社 2007 年版）等也都设立专门的类属，收录说唱文学作品。

值得一提的是，黄仕忠近年来多次到日本访书，相继发表《东洋文化研究所收藏之子弟书考察》（日本《创大中国论集》第 5 号，2002 年 3 月）、《仓石文库戏曲曲艺书目》（日本东京大学《东洋文化研究所纪要》第 144 册，2003 年 12 月）、《双红堂文库藏清末四川"唱本"目录》（日本东京大学《东洋文化研究所

---

① 《清史稿艺文志拾遗》"凡例"，中华书局 2000 年版。
② 谢雍君将这 29 篇提要都称作弹词提要，不够准确，因为其中《唐秦王词话》《木皮子词》《太平鼓词》并非弹词，尽管傅惜华本人也这样说，这三种作品系词话、鼓词之作。

纪要》148 册，2005 年 12 月）、《读早稻田大学整理本浙江宝卷三种札记》（《中国语学研究开篇》，日本东京好文出版社 2006 年版）、《双红堂文库藏清末民初北京木刻、石印本"唱本"目录》（日本东京大学《东洋文化研究所纪要》第 150 册，2007 年 3 月）、《双红堂文库藏民初北京排印本唱本目录》（日本东京大学《东洋文化研究所纪要》151 册，2007 年 3 月）等论文，介绍日本所藏说唱文学的情况。他正进行《木鱼书全编》《木鱼书总目》《日本东京大学东洋文化研究所藏唱本目录》等课题的研究，这些成果刊出之后，对说唱文学的影响当产生积极的推动作用，值得期待。

至于这一时期编制的论著或论文索引，数量并不多，主要有如下一些：

《东北大鼓研究书目索引》，载金俨编《东北大鼓艺术论辑》，春风文艺出版社 2007 年版。该索引分志书辞书、曲艺论著和曲艺选集三部分，收录与东北大鼓有关的著述。

同类著述还有耿瑛的《二人转书刊简目》（载其《正说东北二人转》，春风文艺出版社 2008 年版），樊锦诗、李国、杨富学所著的《中国敦煌学论著总目》（甘肃人民出版社 2010 年版）等。

此外李文如所编的《二十世纪中国音乐期刊篇目汇编》（文化艺术出版社 2005 年版）、钱仁平主编的《民国时期音乐文献总目》（广西师范大学出版社 2013 年版）、刘锡诚所编的《百年民间文学理论著作要目索引》（载其《20 世纪中国民间文学学术史》，河南大学出版社 2006 年版）亦收录有说唱文学方面的著述。

第三节　说唱文学作品的整理

这一时期由于受到各级文化部门及学术界的重视，得以整理出版的说唱文学作品较之以往各个时期，数量多，规模大，并出现了一批具有较高学术水准的影印本和整理本。以下分别加以介绍。

这一时期有一些大型的说唱文学总集以影印的方式出版，如濮文起主编的《中国宗教历史文献集成·民间宝卷》（黄山书社自 2001 年起陆续出版）、马西沙主编的《中华珍本宝卷》（第一辑，社会科学文献出版社 2012 年版）等。此外尚有如下一些：

《稀见旧版曲艺曲本丛刊·潮州歌册卷》，殷梦霞、吴文科主编，北京图书馆出版社 2002 年版。该书是北京图书馆出版社推出的一套丛书，旨在全面、系统地搜集、整理各地濒临湮灭的古刊旧版曲艺曲本。潮州歌册卷为该丛书的第一辑，共收录清代至民国年间广东潮汕地区刊印的稀见潮州歌册 130 种，1460 余卷，2000 多万字。全书所据底本为华东师范大学图书馆、天津图书馆和中国国家图书馆的馆藏。在编排上，以书名首字笔画为序，并兼顾各书内容上的前后承接关系。卷首有吴文科所写《总序》《前言："潮州歌"及其"歌册"》、李国庆《潮州歌册版刻述略》及《附表》，《附表》为全书所收潮州歌册的一个简要目录，内容包括书名、卷数、出版者、藏板者、内容承接关系和同书异名等。该书是潮州歌册规模最大的一次汇编刊行，其对研究的积极推动作用是可以想见的[1]。

《清末上海石印说唱鼓词小说集成》，李豫编，上海人民出版社 2013 年版。该书收录《彩云球鼓儿词》《大破孟州全传》《大破沂州鼓词全传》等清末上海石印鼓词作品 35 种[2]。

《清车王府藏曲本》，学苑出版社 2001 年版。该书为《清蒙古车王府藏曲本》一书的精装缩印本，内容和体例基本不变，纠正了原书分类等方面的错误多处。

《未刊清车王府藏曲本》，北京大学图书馆编，学苑出版社 2017 年版。该书以首都图书馆所编《清车王府藏曲本》未收的北京大学图书馆藏第一批孔德学校原抄本 303 种为基础，并纳入首都图书馆过录北大部分曲本的原本，共收录北大藏第一批孔德学校曲本 1295 种，实际收录剧曲唱本 1203 种。该书采取影印出版的方式，将原曲本的封面、扉页等一并影印，并编有索引一册。

此外尚有《明成化说唱词话丛刊》（上海书店出版社 2011 年版）等。

这一时期出版的相关丛书或大型作品集中也有收录说唱文学者，主要有如下

---

[1] 有关该书的得失情况，参见肖少宋《北图版〈稀见旧版曲艺曲本丛刊·潮州歌册卷〉三题》，《图书馆杂志》2012 年第 6 期。

[2] 具体情况参见《清版鼓词今现——大型丛书〈清末上海石印说唱鼓词小说集成〉影印出版》，《古籍新书报》第 138 期，2014 年 2 月 28 日。

一些：

《故宫珍本丛刊》，故宫博物院编，海南出版社 2000 年版。该书共收录故宫博物院所藏珍本图书 1100 余种及清代南府、升平署剧本、档案 1700 种，另有卷首 1 册，介绍故宫博物院图书馆及其古籍的收藏情况，并附收出版者后记、分册总目录、故宫藏部分珍本图书书影等内容。其中收录有 220 种故宫博物院珍藏的说唱文学作品，包括岔曲 73 种、大鼓 10 种、莲花落 3 种、秧歌 4 种、快书 3 种、子弟书 80 种、石韵书 8 种、鼓词 19 种，人们由此可以了解说唱文学在清代宫廷中的流传情况。

《续修四库全书》，上海古籍出版社 2001 年版。该书系《四库全书》之后对中国古典文献进行的大规模汇编，收录书籍 5213 种，但收录说唱文学不多，仅集部曲类收录《明成化说唱词话》《珍珠塔》《再生缘》三种作品。

《国家图书馆藏珍本杂剧传奇地方戏曲艺插图全集》，全国图书馆文献缩微复制中心 2006 年刊行。该书收录中国国家图书馆所藏杂剧、传奇、地方戏、曲艺及相关书籍的插图，涉及图书 850 种。其中曲艺部分涉及说唱文学作品 170 种，如《八大锤大闹朱仙镇》《霸王娶虞姬鼓词》《新编说唱包龙图断白虎精传》《调精忠子弟书》《绣像二度梅鼓词》《绘图方玉娘滴血认子》等。

《日本东京大学东洋文化研究所双红堂文库藏稀见中国钞本曲本汇刊》，黄仕忠、大木康编，广西师范大学出版社 2013 年版。该书为《海外藏珍稀中国戏曲俗曲文献汇刊》第二种，收录日本著名汉学家长泽规矩也所藏稀见中国抄本曲本，包括戏曲和说唱文学，共收录 172 部书、852 种曲，其中说唱部分有鼓词、子弟书、莲花落、快书、石派书、岔曲、杂曲等。对所收作品，皆写有解题，介绍作者（编者）、抄者、藏书编号、书版高宽、半页行款、著录情况、内容概要等相关情况。

《哈佛燕京图书馆藏韩南捐赠文学文献汇刊》，国家图书馆出版社编，国家图书馆出版社 2015 年版。该书以影印出版方式，收录著名汉学家韩南捐赠给美国哈佛燕京学社文学文献 140 多种，虽然大多为明末清初至晚清民国时期的小说作品，但也有少量弹词、鼓词等说唱文学作品，如《三门街》《木皮散人鼓词》等。

《日本关西大学长泽规矩也文库藏稀见中国戏曲俗曲汇刊》，黄仕忠、内田庆市编,广西师范大学出版社 2019 年版。该书收录日本关西大学长泽文库所藏中国戏曲俗曲文献 50 多种,多为抄本,其中有一些为子弟书、鼓词作品。对所收作品,皆写有题解,介绍其基本情况。

中华善本再造工程也收录一部说唱文学作品,即《刘知远诸宫调》(北京图书馆出版社 2005 年版)。

这一时期以校勘整理方式出版的说唱文学作品集数量众多,较之此前各个时期,呈现出快速增长的态势。为了便于介绍,根据这些作品内容与形式的特点,可以将其分为如下几类:

第一类是收录某一说唱文学样式的作品集。

在弹词方面,主要有周良主编的《苏州评弹书目库》 (大众文艺出版社 2008—2009 年版、人民音乐出版社 2010—2011 年版)、刘操南编著的《红楼梦弹词开篇集》(学苑出版社 2003 年版)等。

在宝卷方面,其整理本在这一时期说唱文学的各种样式中数量是最多的,主要有《靖江宝卷选辑》(靖江市文化局 2001 年刊行),尤红主编的《中国靖江宝卷》(江苏文艺出版社 2007 年版),王国良讲述、整理的《火龙王升天记》(江苏人民出版社 2013 年版),张家港市文联所编的《中国河阳宝卷集》(上海文化出版社 2007 年版),高国藩主编的《和谐常熟宝卷》(第一集,东亚文化出版社 2009 年版),中共张家港市委宣传部、中共张家港市锦丰镇委员会等所编的《中国·沙上宝卷集》(上海文艺出版社 2011 年版),张旭所编的《山丹宝卷》(甘肃文化出版社 2007 年版),徐永成所编的《金张掖民间宝卷》(甘肃文化出版社 2007 年版),酒泉市文化馆所编的《酒泉宝卷》(中、下编,2001 年刊行),何国宁主编的《酒泉宝卷》(甘肃文化出版社 2011 年版),赵旭峰主编的《凉州小宝卷》(中国文联出版社 2010 年版),王学斌纂集的《河西宝卷集粹》(中国人民大学出版社 2010 年版),何登焕所编的《永昌宝卷》 (永昌文化局 2003 年刊行),王奎、赵旭峰整理的《凉州宝卷》(武威天梯山石窟管理处 2007 年刊行),中共吴江市委宣传部、同里镇人民政府等编的《中国·同里宣卷集》(凤凰出版社 2010 年版),钱铁民主编的《中国民间宝卷文献集成·江苏无锡卷》(商务印书馆 2014 年版),吴伟主编的《中国常熟宝卷》(古吴轩出版社 2015 年版),张天佑、任积泉所编的《丝路稀见刻本宝卷集成》 (天津古籍出版社 2019 年版）等。

在子弟书方面，主要有张寿崇主编的《子弟书珍本百种》（民族出版社 2000 年版），黄仕忠、李芳、关瑾华所编的《子弟书全集》（社会科学文献出版社 2012 年版）等。

在评书方面，主要有连阔如的《东汉演义》（中华书局 2005 年版）、《评书三国演义》（中华书局 2006 年版）、《三十六英雄》（中华书局 2011 年版）等。

鼓词方面的整理本这一时期出版数量较多，其中规模较大、综合性的作品集有如下两种：

《中国传统鼓词精汇》，陈新主编，华艺出版社 2004 年版。该书根据作品故事发生的时间及内容，分商周段、秦代两汉段、三国段、隋唐五代段、宋代段、元明清段、世情段、神怪段、散杂段 9 个部分，共收录传统鼓词作品 270 多种，该书是各类鼓词选本中收录最为丰富的一种。对所收作品，皆注明作者、口述者，有的注明所依据版本，惜过于简略。

《中国珍稀本鼓词集成》，郭俊峰主编，吉林文史出版社 2017 年版。该书收录主编本人多年搜集的鼓词作品 51 种，其中一些为《中国鼓词总目》所失收。

有关京韵大鼓的作品集有如下一种：

《京韵大鼓传统唱词大全》，刘洪滨、刘梓钰主编，中国戏剧出版社 2000 年版。该书收录《一寸光阴》《马失前蹄》《大杂烩》等 1949 年前艺人演唱的曲目 110 个，唱词 128 段。

有关西河大鼓的作品集有如下一种：

《中国传统西河大鼓鼓词大全》，赵连甲、李国春主编，黄河出版社 2004 年版。该书分单段、书帽、中篇、赞赋四部分，共收录西河大鼓传统作品及唱段三百多个。因篇幅所限，未收长篇作品。对所收作品，皆标明口述者、整理者。书后附有耿瑛的《西河大鼓传统书目介绍》、赵连甲的《历代西河大鼓演员简介》。

有关东北大鼓的作品集有如下两种：

《东北大鼓传统曲目大全》，耿瑛、杨微编，春风文艺出版社 2007 年版。该书分子弟书段、三国段和草段三部分，共收录东北大鼓中的短篇传统曲目 153 段。所收曲目"多数为艺人口述本，也收入少数老唱本中所载曲目"[①]。对所收

---

① 《东北大鼓传统曲目大全》"后记"，春风文艺出版社 2007 年版。

作品，皆标出演唱者、整理者或出处。书后附《"书帽儿"小辑》，收录书帽儿
21 则。

另张玉梅编著的《东北大鼓音乐探寻》（春风文艺出版社 2008 年版）一书
在其唱腔选段部分选收《宝玉探病》《金定观星》《黛玉望月》《长坂坡》等 25
个唱段，包括奉派、西城派、东城派、南城派、江北派等东北大鼓的主要流派。

有关河洛大鼓的作品集有如下几种：

《河洛大鼓古今曲目选》，尚继业编，中国文联出版社 2006 年版。该书专门
分智断神杀案、传统鼓曲整理和说新唱新 3 部分，收录各类河洛大鼓曲目 38 个，
其中《智断神杀案》为中篇鼓曲，共 6 回。

《河洛大鼓书帽集锦》，尚继业编，中国文史出版社 2008 年版。该书专门收
录河洛大鼓的书帽。

《河洛愿书：河洛大鼓传承人回忆辑录》，尚继业编，中国文史出版社 2010
年版。该书辑录《八仙庆寿》《张良辞朝》《洞宾劝家》《白猿盗果》等与河洛
大鼓愿书相关的作品 30 多种。

《河洛大鼓传统大书选》，马春莲、林达编著，商务印书馆 2015 年版。该书
收录《破镜记》《双锁柜》《彩楼记》《回杯记》《丝绒记》五部河洛大鼓传统大
书。在所收作品前均有说明文字，介绍其故事情节概述、版本来源、传承历史、
演唱艺人、伴奏琴师等基本情况。

另尚继业在其所著的《河洛大鼓初探》（中国文史出版社 2004 年版）一书
中收录河洛大鼓书串 110 多段、书帽 38 段、曲目选粹 26 段，内容占全书三分之
二以上篇幅，该书也可以看作是一部有关河洛大鼓的作品选。

有关乐亭大鼓的作品集有如下两种：

《乐亭大鼓精品选》，卢常青主编，中国文联出版社 2001 年版。该书收录
《双锁山》《大闹天宫》《红娘下书》等较为经典、流行的乐亭大鼓作品 27 个。

《乐亭大鼓书段集锦》，徐兴信主编，作家出版社 2002 年版。该书收录《拷
打红娘》《双锁山》《黛玉悲秋》《长坂坡》等乐亭大鼓书段近 70 段。对所收作
品，标明整理者。

有关温州鼓词的作品集有如下两种：

《温州鼓词系列》，汤镇东编著或搜集整理，全书包括《温州鼓词男女篇》

（甘肃人民出版社 2004 年版）、《温州鼓词教化篇》（甘肃人民出版社 2006 年版）及《温州鼓词南游传》（甘肃人民出版社 2008 年版）三种。

《瑞安鼓词十八本》，张仕贤编，浙江人民出版社 2012 年版。十八本为瑞安鼓词传统作品，由十八个故事组成，编者对此进行整理。

有关岔曲的作品集主要有如下几种：

《传统岔曲集》，崔琦编，2001 年刊行。该书根据编者本人的收藏，收录传统岔曲 445 首。惜印数过少，只有几百本，流传不广。

《集贤承韵岔曲集》，北京市西城区文化馆编，中国摄影出版社 2005 年版。该书分四季篇、风雅篇、咏赞篇、情趣篇、爱情篇、人生百味篇、民俗篇、名著人物篇、集锦篇、俗语谐趣篇、新外编岔曲等类别，收录流行于北京地区的岔曲 430 首。

《古调今谭：北京八角鼓岔曲集》，伊增埙编著，知识产权出版社 2004 年版。后进行增订，以《古调今谭：北京八角鼓岔曲研究评注》为名由学苑出版社 2011 年版。增订版共收录各类八角鼓岔曲 728 首，其中 1949 年前流传者 697 首，1949 年后新编者 31 首。全书以类编排，正文按照内容分为四时揽胜、闺中吟咏、功利感悟、咏物寄怀、讽恶劝善、都门风情、集锦戏谑和移植改编八编，1949 年后新作则收入附编。对所收作品，校勘文字，标明出处，不少作品后还有简要的注释与点评。书后有《几种有岔曲曲谱的书刊》《关于岔曲等曲目过排的两个统计》《柳暗花明的民间鼓曲——从两首岔曲说到"北票联"》《彼岸寻珠记——鸣谢远方的傅斯年图书馆》4 个附录。

《单弦岔曲五百首文集》，罗君生、张蕴华整理，中国文史出版社 2007 年版。该书依照类编排，收录单弦岔曲 500 首[①]。

《岔曲曲词选录》，金启平、章学楷编，载其《北京旗人艺术——岔曲》，北京师范大学出版社 2007 年版。从历代岔曲集中选收作品 598 首。作品以首句为题，并按题目首字笔画多少编排。

有关二人转的作品集主要有如下一些：

《中国传统二人转大全》，崔凯主编，中国文联出版社 2008 年版。该书分上、

---

① 有关该书的详情及评价，参见姚振声《百卉含英呈异彩　精心采撷见功夫——读〈单弦岔曲五百首文集〉》，《曲艺》2010 年第 9 期。

下两卷，共收录传统二人转作品 102 个，包括一般作品 56 篇、单出头 3 篇、拉场戏 13 个、小帽 30 段。

《中国二人转传统剧目大全》，于瑞峰著，吉林人民出版社 2011 年版。该书收录二人转传统剧目 410 多个。

《二人转传统剧目选》，田子馥主编，吉林人民出版社 2011 年版。该书分先秦两汉故事卷、三国人物故事卷、隋唐故事卷、宋人故事卷、明清故事卷、情爱故事卷、仙幻故事、寓言故事卷、传奇故事卷、情趣故事卷、戏说故事卷和杂言故事卷，收录二人转传统作品 410 个。

同类书籍还有那效平所编的《二人转神调说唱说口》《二人转小帽、小数》（吉林教育音像出版社 2008 年版）、张宝宗主编的《吉林省二人转剧本全集》（吉林大学出版社 2011 年版）、耿瑛所编的《二人转经典唱本》（春风文艺出版社 2012 年版）等。

有关陕北说书的作品集主要有如下几种：

《陕北说书传统曲目选编》，曹伯值主编，陕西人民出版社 2010 年版。该书分短篇集、中篇集和长篇集三集，收录有关陕北说书的传统曲目。其中长篇集收录《双头马》《代州还愿》《杨公案》《九美图》《玉簪记》《刘公案》《杨宗英下山》《华柳记》《转靴记》《金镯玉环记》共 10 部作品；中篇集收录《王三卖马》《王巧儿翻身》《回龙传》等 13 部作品；短篇集则分书帽、小段、现代流行小段、书套和仪式小段，收录陕北说书小段 151 段。对所收作品，皆标明演唱者、记录者，有些还标明具体整理时间。对一些方言俗语，加有简要的注释。其中长篇部分有些作品还写有编者按语，介绍作品基本情况及整理经过。

《韩起祥说书》，延安市政协文史与学习委员会 2008 年编印。该书为《延安文史》第 12、13 辑，该书分创作书目、传统书目、评论文章三部分，其中创作书目和传统书目部分收录著名艺人韩起祥创作演出作品 51 个。

《陕北说书精选》，孙鸿亮、吕达主编，陕西人民出版社 2008 年版。该书编者"历时数载，在全面、深入田野作业，获得大量录音资料的基础上"，精选 20 多位艺人的 46 篇书词，分书帽、小段和长篇三类编排。对所收作品，皆标明说唱者和记录者。对一些方言土语，进行注音和解释。

《陕北说书选粹》，载祁玉江主编《陕北说书》，花城出版社 2010 年版。《陕北说书选粹》为该书第三辑，分传统书目和新编书目两部分，收录陕北说书作品选段 29 个，并标明演唱者和记录者。

有关兰州鼓子的作品集主要有如下几种：

《兰州鼓子词曲选》，兰州市群众艺术馆等 2006 年编印。该书分名著名段、金戈铁马、古风遗韵、仁孝祈颂、痴情红颜、青楼泣怨、古曲新篇等类，收录兰州鼓子词作品 80 多个。此外还收录鼓子曲谱及新作词曲 9 首。

《兰州鼓子经典唱词选》，姚连学编，甘肃省曲艺家协会 2007 年刊行。该书收录兰州鼓子经典唱词 32 段，系“编者从几百篇兰州鼓子唱词中精选出来的”①。

《兰州鼓子传统曲本精编》，陈增三选编，2008 年刊行。该书系编者多年搜集而得，全书分鼓子类和越调两类，共收录《芦花计》《西门豹除害》《献娇娘》等兰州鼓词传统曲本 139 个。

《兰州鼓子荟萃》，肖振东编著，甘肃文化出版社 2009 年版。该书较为全面地介绍兰州鼓子的唱腔与唱词，其中第二章《兰州鼓子唱腔精选》收录兰州鼓子唱腔 49 段，第三章《兰州鼓子唱词精选》分牌调，越调，悲调，夺子，大、小平调，杂调，新词七类，选收兰州鼓子唱段近 200 个。书后附有《兰州鼓子传统曲目一览表》《兰州鼓子新编曲目一览表》等。

有关四川竹琴的作品集主要有如下几种：

《川东竹琴》，熊同福编著，中国工人出版社 2008 年版。该书收录川东竹琴唱段 36 个，出自《绣褥记》《三国戏》《铡美戏》《红袍记》《红鬃烈马》等 13 部作品。卷首有熊同福的《浅谈川东竹琴》及《诗头子》。

《四川竹琴（重庆）传统唱本选》（第一辑），郑永松、蒋其书主编，万州区文联 2009 年刊行。全书收录 40 多段竹琴作品。

《张永贵竹琴演唱选段》，载牛会娟《张永贵竹琴艺术研究》（巴蜀书社 2011 年版）一书，该书选收著名竹琴艺人张永贵所唱竹琴《李陵饯别》《托妻寄子》《宫门挂镜》《白帝托孤》等 12 段。

有关木鱼书的作品集主要有如下几种：

---

① 姚连学：《兰州鼓子经典唱词选》“凡例”，甘肃省曲艺家协会 2007 年刊行。

《木鱼书》，薛汕校订，中国戏剧出版社 2002 年版。该书收录《金锁鸳鸯珊瑚扇》《花笺记》《二月花史》《雁翎媒》《金丝蝴蝶》共五部流传较广的木鱼书作品。

《东莞木鱼书》，东莞群众艺术馆编，大众文艺出版社 2006、2007、2008、2009 年版。该书收录广东东莞地区流行的木鱼书作品，全书共 4 集，其中第一集收录《金叶菊》《石出香莲记》《金山信》等木鱼书作品 12 种，第二集收录《金丝蝴蝶》《梁山伯与祝英台》等木鱼书作品 14 种，第三集收录《背解红罗》等作品，附收《三气宣王》，第四集收录《双凤奇缘》等作品。对所收作品进行校勘，"力求选用刻印、抄写较精的底本，校以其他版本书籍，参考录音、同名粤剧、小说等"①，尽量保留原书插图，对方言土语进行注释。每种作品前皆写有《校注前言》，介绍作品本事、流传以及底本、校本等基础情况。

其他样式说唱文学的作品集有如下一些：

《南京白局曲调汇编》，黄俊、王露明、高安宁主编，南京市秦淮区文化局、南京市非物质文化遗产保护中心 2010 年刊行。该书分曲牌、俗曲、传统曲目、新编曲目四部分，其中前两部分收录 80 多个白局曲调。

《扬州清曲》，韦人编著，广陵书社 2006 年版。该书分曲词卷、曲调卷和曲论卷 3 卷，其中曲词卷收录单曲 354 种、小套曲 49 种，大套曲 12 个系列 75 种；曲调卷收录扬州清曲各类曲牌 140 多支，同时还收录一些具有代表性的套曲。该书所收曲词、曲牌，是同类书籍中最多的。

《金昌俗曲》，王君明主编，甘肃民族出版社 2006 年版。该书分小调、小戏曲词选、花儿、社火演唱曲、弦乐曲牌、唢呐演奏曲、贤孝演唱曲等类，收录流传于金昌地区的俗曲。

《凉州贤孝精选》，李武莲主编，中国文联出版社 2011 年版。该书收录 19 部凉州贤孝传统作品。

《索河善书选》，袁大昌著，武汉出版社 2010 年版。该书收录《金殿让子》《唐李旦》《还妻》《春草闯堂》等武汉索河地区流传的善书作品 27 部。

《过番歌文献资料辑注》（福建卷），刘登翰等编著，鹭江出版社 2018 年版。该书收录整理者多年收集的过番歌，包括长篇说唱 8 部、短篇歌谣 3 组，共

---

① 《东莞木鱼书》"凡例"，见二、三、四集卷首。

92 篇。

同类书籍还有阎天民选编的《大调曲子精粹》（远方出版社 2001 年版）、兰州市申报国家历史文化名城办公室等所编的《兰州青城西厢眉户小曲选》（2006 年刊行）、陈亚丽主编的《龙山民间花鼓词选编》（大众文艺出版社 2007 年版）等。

第二类是根据某一特定专题将不同样式的说唱文学进行汇编整理的作品集，其中主要有如下一些：

《群英会：诸葛亮故事集》，阎天民、朱增玉选编，远方出版社 2001 年版。该书收录河南南阳地区各类说唱文学中有关诸葛亮故事的作品 90 个。后有两个附录，一为《鼓子曲中的三国故事》，收录鼓子曲中的三国故事作品 43 个；一为《其它曲种的三国故事》，收录其他曲种的三国故事作品 16 个。

《中国牛郎织女传说》，叶涛、韩国祥主编，广西师范大学出版社 2008 年版。该书主要收录有关牛郎织女的作品及著述，分研究、民间文学、俗文学、图像和沂源五卷，其中《俗文学》卷由邱慧莹主编，收录与牛郎织女相关的小说、戏曲及说唱文学作品。

此外尚有陈帆整理的《八路军抗战文艺作品整理与研究·戏曲曲艺卷》（武汉大学出版社 2015 年版）等。

第三类是将某一地区所属各类说唱文学汇编整理而成的作品集，其中主要有如下一些：

《南阳曲艺作品全集》，雷恩洲、阎天民主编，河南大学出版社 2004 年版。全书分大调曲子、三弦书、中长篇大书、当代曲艺作品八卷，收录明清以来在河南南阳地区流行的曲艺作品及相关研究文章。其中大调曲子卷分民俗风情、民间传奇、列国秦汉、三国故事、红楼梦、西厢记、水浒、西游记、岳飞、唐宋明清及其他十类，收录大调曲子作品 530 多个；三弦书卷收录作品 130 多个；中长篇大书卷首收录三弦书《白绫记》《瓦片记》、河南坠子《金镯玉环记》《回文屏》《曹小探地穴》《红灯计》《三搜状元府》7 部作品；当代曲艺作品卷则收录南阳当代作者创作的作品及相关研究文章。在编排上，"全集编辑顺序和各分卷作品顺序，均按照曲种、故事类别及朝代顺序排列"。对所收作品，"整理时遵循'全面搜集、忠实记录、慎重整理'的原则，除了必要的订正、修改、丰富外，尽可能地保持作品原貌"①。

《流传于宝丰地区的传统书（曲）目选辑》，载严寄音、王宏景主编《马街书会》，河南美术出版社 2006 年版。分神段篇、中、短篇曲目、长篇书目和书帽集锦四类，收录宝丰地区流传的传统书目、曲目 37 篇（段）。

《沁州三弦书》，马留堂著，河南文艺出版社 2007 年版。该书分长篇专辑清列传、古典曲目小段、当代曲目小段、沁州三弦书音乐 4 编，收录河南沁州一代创作、流传的三弦书作品 100 多种，沁州三弦书音乐部分选收了《吴阁老耍猴》、《老寡妇上坟》《永乐登殿》《农耕生产四季歌》4 个唱段的曲谱。卷首有田兆文的《沁州三弦书概述》《〈吴阁老私访武昌府〉的由来》。

《宁波传统曲艺作品精选》，周静书主编，宁波出版社 2006 年版。该书为宁波市民间文化抢救工程项目，分宁波走书卷、四明南词卷、综合曲艺卷三卷，其中宁波走书卷收录《杨六郎告御状》《初祭肉丘坟》《迎凤还巢》等宁波走书作品 8 种，后附《宁波走书主要书目一览表》；四明南词卷分开篇、书目两类，收录四明南词作品 21 种，后附《四明南词主要曲（书）目、演唱员一览表》《四明南词卷曲（书）目、演唱员一览表》；综合曲艺卷则收录四明宣卷、平调鼓词、三北小锣书、宁波评话、宁波新闻、雀冬冬等不同样式的说唱文学作品 18 种，后附《综合曲艺曲目》。对所收作品，皆标明作者、演唱者，并写有简介。

《聊城百年民间说唱窥览》，孙喜海、刘恩水主编，山东友谊出版社 2011 年版。该书分曲种汇编和资料备览两编，收录聊城地区流传的民间说唱文学代表作品，涵盖鲁西木板大鼓、聊城八角鼓、临清时调等 18 个说唱文学样式。

《河湟民间文艺代表作丛书》，颜宗成主编，九州出版社 2012 年版。该书分《青海下弦》《青海平弦词本》《青海越弦音乐》《青海越弦词本》四册，收录青海地区说唱文学作品。

此外尚有王建设校注的《明弦锦曲觅知音——〈明刊闽南戏曲弦管选本三种〉校注》（北方文艺出版社 2006 年版）、刘瑞祥编著的《中国古汾州民间说唱》（北岳文艺出版社 2011 年版）、山鹰所编的《东北民间曲艺精选》（辽宁美术出版社 2013 年版）、长治市曲艺家协会所编的《长治曲艺传统书目及获奖作品选》（2014 年刊行）、吉利所编的《河南曲艺赋赞》（中州古籍出版社 2015 年

---

① 《南阳曲艺作品全集》"凡例"，河南大学出版社 2004 年版。

版）等。

第四类是个人创作、演唱的说唱文学作品集，主要有如下一些：

《邹忠新金钱板演唱作品精选》，四川省曲艺家协会编，四川文艺出版社2008年版。该书分传统曲目、创作曲目、改编曲目三部分，选收金钱板艺人邹忠新演唱作品20部。"以传统曲目为主，也收录了部分为广大观众熟悉和喜爱的改编曲目和创作曲目。其中《乾隆访江南》《珊瑚配》等，已为曲艺志书归为失传作品，经邹忠新先生多年回忆，终促成其重见天日。"①

《郝艳霞书曲文集》，该书收录了郝艳霞创作、演出的说唱文学作品《月唐演义》《七国演义》《杨家将全传》《三请薛仁贵》《薛丁山征西》等12部。

《蕉雪堂曲文集》，溥叔明著，中国文联出版社2014年版。该书收录溥叔明创作的八角鼓岔曲27首、根据名著改编的岔曲58首、单弦牌子曲28段，另附收溥心畬创作的岔曲17首。

此外还有谈龙建、庄昉编著的《白凤岩三弦、琵琶作品集》（中央音乐学院出版社2010年版），邢晏芝创腔、连波所编的《邢晏芝唱腔集》（上海音乐学院出版社2010年版），邓辉、王化容、卫敏编著的《郝桂萍艺术生涯·演唱坠子作品选》（中国文史出版社2014年版）等。

第五类是各类说唱文学作品的选集。因此类书出版较少，故放在最后介绍。主要有如下几种：

《中国历代曲艺作品选》，姜昆、董耀鹏主编，春风文艺出版社2014年版。该书分上中下三卷，收录中国历代流传较广、影响较大的说唱文学作品，其中上卷收录元代以前作品，中卷收录明代作品，下卷收录清代作品。每卷卷首皆有概述，介绍该时期说唱文学的基本情况②。

同类书籍还有连波编著的《中国曲艺经典唱段100首》（安徽文艺出版社2012年版）等。

作品集之外，这一时期还出版了一些单部说唱文学的整理本，主要有如下几种：

---

① 《邹忠新金钱板演唱作品精选》"出版说明"，四川文艺出版社2008年版。
② 有关该书情况，参见耿瑛、朱红莉《只要有信心　梦想终成真——编辑〈中国历代曲艺作品选〉的体会》，《曲艺》2015年第1期。

《方耀传奇》，陈竞飞校订，中国文史出版社 2004 年版。该书所收为潮州歌册《方提台大人歌》。

《灵经大传》，陈德其记述，林亦修整理、校注，学苑出版社 2011 年版。该书收录温州鼓词的代表作《灵经大传》。卷首有《鼓词〈灵经大传〉及其演唱》。

同类书籍尚有傅文章整理的《玉如意说唱》（广陵书社 2012 年版）等。

随着电脑及网络的普及，其对文献研究的便利性日益显露出来。一些学术机构和个人利用网络，或将珍藏的珍贵书籍扫描后发布在网络上，或开发大型数据库，便于读者使用，和使用原书一样。研究者再也不用有奔波之苦，而且也有利于保存珍贵书籍。比如爱如生公司开发的数据库《宝卷新集》（http：//test. er 07. com/）。该书为大型数字古籍丛书。共收录元末明初到清末民初民间宝卷 366 种。该丛书采用数字化技术，制成保留原卷所有信息的数码全文，附以原卷影像。另配全文搜索引擎和研读功能平台，可检索、浏览及下载，使用颇为方便。此外韩山师范学院也建立了潮州歌册数据库。

第四节　说唱文学文献的整理

因受到越来越多的重视，这一时期有多种说唱文学资料集及具有资料汇编性质的说唱文学专书出版，其中评书、弹词方面的较多，如周良主编的《苏州评弹研究资料丛书》（古吴轩出版社 2006、2011 年版），该丛书包括《苏州评弹旧闻钞》（增补本）、《弹词目录汇抄　弹词经眼录》、《见证历史：二十世纪苏州评弹图像》、《书坛口述历史》、《演员口述历史及传记》五种，皆为有关苏州评弹的资料集。此外尚有周良所编的《陈云和苏州评弹界交往实录》（中央文献出版社 2000 年版），谭正璧、谭寻所著的《评弹艺人录》（上海古籍出版社 2012 年版），唐力行主编的《中国苏州评弹社会史料集成》（商务印书馆 2018 年版）等。宝卷方面则有靖江宝卷研究会所编的《靖江宝卷研究文献资料》（第一辑）（2008 年内部印刷）。

除上面列举者外，这一时期出版的说唱文学资料集及相关著述尚有如下一些：

《温州鼓词瑞安研究资料汇编》，陈晖主编，瑞安市文化馆、瑞安市鼓词研究办公室 2006 年编印。该书分瑞安鼓词史料补遗，政府对鼓词的重视及相关活动，有关民族民间文化保护工程的文件和材料，有关温州鼓词的论文及报道，瑞安鼓词方言韵编、俗谚，温州鼓词名段赏析，瑞安鼓词获奖作品选七个部分，收录瑞安地区与温州鼓词相关的作品与资料。

《曲艺音乐》，冯光钰、李明正、周来达编著，人民音乐出版社 2009 年版。该书是《20 世纪中国音乐史论研究文献综录》丛书中国传统声乐卷的一种，是一部汇集 20 世纪曲艺音乐研究成果的资料集。全书分综述、论文和著作三个部分，共收录和介绍相关论文 790 篇，著作 227 部。其中综述部分对 20 世纪曲艺音乐研究的历程与成果进行回顾和总结；论文部分分论文目录、论文提要和论文选登三类；著作部分分为著作目录、著作提要两类，列举 20 世纪曲艺音乐研究的论文、著作，并对其中较为重要、有代表性的研究成果进行重点介绍。该书正如编者本人所说的，"作为资料充实的'备忘录'，有值得翻阅和参考的价值"[1]。

《东北二人转研究资料汇编》，吉林省艺术研究院编，吉林人民出版社 2011 年。该书分传统剧目卷、传统唱腔卷、说口卷、史料卷和纪事卷共 5 卷，收录与东北二人转相关的作品与资料。

《中国曲艺家协会第一至六次全国代表大会资料汇编》，中国曲艺家协会编，2012 年刊行。该书收录 1949 年 7 月至 2007 年 10 月中国曲艺家协会从第一次至第六次全国代表大会的相关资料，包括大会报告、协会组成人员名单等，后附《中国曲艺家协会大事记（1949 年 7 月—2012 年 9 月）》。该书对了解新中国成立以来曲艺的发展情况具有参考价值。

还有一些相关的书籍亦收录说唱文学方面的资料，如武文主编的《中国民间文学古典文献辑论》，民族出版社 2006 年版。该书主要收录古代典籍所记载的民间文学资料。在编排上，依类而从，其第七章为民间说唱，下设评书评话和弹词鼓词两节，其中评书评话又分名称释、产生及其创作、分类及思想内容、演出及艺术批评四个小类，弹词鼓词则分种类及特征、演唱形式两小类。对所收资料，皆标明作者及出处。

具有资料集性质的书籍尚有于建生主编的《漳州曲艺集成》（漳州市文化与出版局 2003 年刊行），辛克正所著的《张家口曲艺资料集》（张家口市文化局、

---

[1]　冯光钰、李明正、周来达：《曲艺音乐》"后记"，人民音乐出版社 2009 年版。

张家口文化艺术研究所 2004 年刊行），刘建云、伍振英主编的《西河大鼓大全》（中国水利水电出版社 2012 年版）等。

这一时期陆续出版的《中国音乐文物大系》各地方卷也注意收录各类说唱文学文物，比如广东卷第二章《图像》第五节《戏曲写本、唱本》下收录木鱼书《阴阳扇全本》《初刻初集纣王全本》《百八钟》《正粤讴》残卷①。再如四川卷第二章《图像》的第四节为《乐舞说唱俑》，收录四川地区历年发现的多件说唱俑②。

这一时期还出版了不少著名说唱艺人回忆录、谈艺录方面的著述，具有重要的文献价值，其中回忆录方面的主要有如下一些：

《曲坛沧桑——我的曲艺表演生涯》，曹宝禄著，中国社会科学出版社 2003年版。该书是著名大鼓演员曹宝禄的纪念专集，全书分曲坛沧桑、浅谈单弦儿的演唱艺术、曹宝禄演唱代表作品选粹、怀念曹宝禄先生四个部分，其中曲坛沧桑为曹宝禄本人所写回忆录，浅谈单弦儿的演唱艺术为曹宝禄单弦演唱经验的总结，曹宝禄演唱代表作品选粹分岔曲、联珠快书、单弦儿牌子曲和新梅花大鼓四个部分，收录曹宝禄演唱的代表作品选段 26 段。

《赵铮回忆录》，赵铮撰写口述，许桂声、杜新贞整理，大众文艺出版社2006 年版。该书为著名河南坠子演员赵铮所写回忆录，全书分家世、漂泊、婚姻、解放、反"右"、平反、"文革"、办学等章节回顾了自己的人生经历与艺术生涯。书后附《赵铮年谱》《赵铮创作、演唱曲目一览》。

《我为评书生：贾建国、连丽如口述自传》，贾建国、连丽如口述，吴欣还整理，中华书局 2012 年版。该书为著名评书演员贾建国、连丽如口述自传，全书分 16 章回顾其人生经历与艺术生涯。书后附《贾建国、连丽如出版评书文本目录》《贾建国、连丽如出版评书音像制品目录》。

同类书籍还有单田芳口述、奚青汶编写的《单田芳说单田芳：磨难篇》（中国友谊出版公司 2000 年版），单田芳所著的《言归正传：单田芳说单田芳》（中国工人出版社 2010 年版），何祚欢所著的《我叫"活着欢"》（武汉出版社 2006

---

① 参见孔义龙、刘成基主编《中国音乐文物大系 II·广东卷》，大象出版社 2010 年版，第 239—240 页。

② 参见严福昌、肖宗弟主编《中国音乐文物大系·四川卷》，大象出版社 1996 年版，第 206—242 页。

年版)，唐耿良所著的《别梦依稀——我的评弹生涯》（商务印书馆 2008 年版），田连元所著的《田连元自传》（新华出版社 2011 年版）等。

相关著述则有苏州曲艺家协会编印的《凌云之志——徐云志诞生一百周年纪念文集》（2000 年刊行），万鸣所著的《严雪亭评传》（江苏文艺出版社 2002 年版），蕶笠翁所著的《醒木惊天连阔如》（当代中国出版社 2005 年版)①，张继合所著的《且听下回分解：单田芳传》（上海人民出版社 2006 年版)②、《评书大师单田芳的传奇人生》（当代中国出版社 2008 年版），马连生所著的《马长青三弦艺术人生录》（中国广播电视出版社 2007 年版），贾立青所著的《骆玉笙年谱》（天津人民出版社 2008 年版)③，孟然、罗君生编著的《骆玉笙传奇》（天津人民出版社 2012 年版)④ 等，主要是一些著名说唱艺人的传记及研究著作。

谈艺录方面的著述主要有如下一些：

《单弦艺术浅谈》，阚泽良编著，中国文联出版社 2008 年版。该书为著名单弦演员阚泽良对单弦艺术的总结，全书分单弦的起源与发展、怎样表演单弦、打鼓六法、岔曲前奏及击鼓法、常用单弦曲牌介绍、岔曲曲谱及单弦段子等部分，介绍了单弦的基本情况及表演技巧。

同类书籍还有周良主编的《艺海聚珍》（古吴轩出版社 2003 年版）、扬州市广陵区文化局主编的《聂峰扬州清曲文集》（2007 年刊行）等。

相关书籍则有裴福存所著的《艺无止境苦追求：陈青远评鼓书艺术论集》（锦州市艺术研究所 2007 年刊行）、沈阳音乐学院"东北大鼓研究"课题组所编的《霍树棠与奉派东北大鼓》（中央音乐学院 2008 年版）、唐力行所编的《别梦依稀——说书人唐耿良纪念文集》（上海人民出版社 2010 年版）、黄天锡编著的《南阳大调曲子：黄子锡三弦伴奏艺术》（中国戏剧出版社 2010 年版）、巩伟主编的《赵铮坠子艺术的审美特质》（郑州大学出版社 2011 年版）、李忠俊的《艺园耕耘：再现中国曲艺文化史》（北京图书出版社 2012 年版）、王兆一整理的《美在关东：李青山口述二人转史料》（长春市政协文史和学习委员会编印）等，这里不再一一介绍。

---

① 中华书局 2012 年再版该书时，作者署名为彭俐。
② 书后附《单田芳评书作品名录》。
③ 书后附《骆玉笙上演曲（剧）目年表》。
④ 书后附《骆玉笙艺术生涯年表（1914—2002)》《骆玉笙演唱京韵大鼓曲目》。

第五节　说唱文学工具书的编纂与文献的研究

这一时期出版了一些与说唱文学相关的工具书，数量并不多，主要有如下两种：

《中国俗文学家（者）传略》，王文宝、孟宪堂编著，吉林人民出版社 2001 年版。该书收录自汉代以来"在中国俗文学的创作、研究方面有成就者，或在其他方面对该学科有突出贡献者"，"以说唱、小说、戏曲方面的作者、研究者为主"①。其中多有与说唱文学相关的作者与研究者。

《天津当代曲艺人物志》，鲁学政、孙福海主编，百花文艺出版社 2003 年版。该书主要按照说唱文学样式，分京韵大鼓、梅花大鼓、西河大鼓、乐亭大鼓、京东大鼓、辽宁大鼓、天津时调、单弦、河南坠子、山东柳琴、乐师、快板书、山东快书、天津快板、评书、相声、作者、理论研究等类别，收录天津当代各类曲艺人物。

同类书籍还有周良主编的《听书备览》（古吴轩出版社 2010 年版）、吴宗锡主编的《评弹小辞典》（上海辞书出版社 2011 年版）等。

进入 21 世纪，说唱文学研究受到学术界越来越多的重视，研究成果的数量有着较为明显的增长，文献方面的研究也取得不少进展，一批侧重实证研究的论著相继出版，就其内容而言，主要包括如下两类：

一类是对中国古代说唱文学文献诸问题包括作者、版本、目录、源流等进行梳理、辨析。如刘烈茂、郭精锐等所著的《车王府曲本研究》（广东人民出版社 2000 年版）一书，该书抄藏版本篇、戏目漫评篇、词语特色篇和作者考证篇等侧重对车王府曲本的文献问题进行探讨。再如崔蕴华的《书斋与书坊之间——清代子弟书研究》（北京大学出版社 2005 年版）一书，其子弟书版本及流传等部分也属这类内容，侧重利用各类藏书机构的文献从史的角度解决说唱文学史上的一些疑难问题。

同类著述尚有张鸿勋的《敦煌文学源流》（作家出版社 2000 年版）、车锡伦

---

① 王文宝、孟宪堂：《中国俗文学家（者）传略》"前言"，吉林人民出版社 2001 年版。

的《信仰·教化·娱乐：中国宝卷研究及其它》（台湾学生书局 2002 年版）、《中国宝卷研究》（广西师范大学出版社 2009 年版）、李世瑜的《宝卷论集》（台北兰台出版社 2007 年版）、盛志梅的《清代弹词研究》（齐鲁书社 2008 年版）等。

另一类是以田野调查的方式对现存说唱文学文献进行搜集、整理与研究。说唱文学本身就是一门还在发展演进的活态艺术，是民间文化生活的组要组成部分，因此获取文献的途径除了对各类藏书机构典籍的细致爬梳外，还需要深入实地，进行田野调查，两种研究方式形成互补，相辅相成。如车锡伦、陆永峰所著的《靖江宝卷研究》（社会科学文献出版社 2008 年版），卫凌所著的《河东民间说唱研究》（中国社会出版社 2009 年版），胡彬彬、龙敏所编的《长江中游写经宝卷》（湖南大学出版社 2011 年版），李豫等所著的《山西介休宝卷说唱文学调查报告》（社会科学文献出版社 2010 年版），冯丽娜所著的《盲人说书的调查与研究》（中国文史出版社 2013 年版）等就是侧重以田野调查方式从事文献研究的论著。

上述分类并不能概括这些著述的所有特点，有些著作既注重典籍文献的爬梳，也注重田野调查，如车锡伦的《中国宝卷研究》等。

同类著作尚有鲍震培的《清代女作家弹词小说论稿》（天津社会科学出版社 2002 年版），姜昆等著的《中国曲艺通史》（人民文学出版社 2005 年版），史仲文的《中国艺术史·曲艺话剧电影摄影卷》（河北人民出版社 2006 年版），张凌怡、刘景亮、李广宇的《河南曲艺史》（河南人民出版社 2007 年版），于天池的《宋金说唱伎艺》（台北秀威资讯科技股份有限公司 2008 年版）等，相关论文则有刘水云、车锡伦的《清代说唱文学文献》（《文献》2003 年第 3 期）等，这里不再一一介绍。

这一时期还出现了一批探讨说唱文学研究发展历程的著述，这些著述从学术史的角度对说唱文学文献的搜集、整理与研究进行归纳和总结，资料丰富、信息量大，具有重要的参考价值，如陈平原主编的《现代学术史上的俗文学》（湖北教育出版社 2004 年版）一书收录《20 世纪的鼓词研究》《20 世纪评书研究回顾》《20 世纪的弹词研究》《20 世纪中国宝卷研究回顾》《近百年来子弟书的整理与研究》《敦煌俗文学研究回顾》等文章，从学术史的角度对 20 世纪包括说唱文学在内的中国俗文学研究进行了较为全面的梳理和总结。

　　相关著述尚有关家铮的《二十世纪四十年代几种俗文学周刊中的宝卷研究》（《书目季刊》36 卷 2 期，2002 年 9 月）、《二十世纪三十年代〈大晚报·火炬通俗文学〉周刊中的宝卷研究》（《书目季刊》40 卷 1 期，2006 年 6 月）等。

　　此外，这一时期出版的一些相关书籍也包含对说唱文学文献的论述，比如张可礼的《中国古代文学史料学》（凤凰出版社 2011 年版）一书，该书在内容编第十八章《古代文学作品史料》下设立《戏曲曲艺》专节；潘树广、涂小马、黄镇伟主编的《中国文学史料学》（华东师范大学出版社 2012 年版）一书则在第五编《文学史料分论》下设立《戏曲曲艺史料》专章。两书分别在专节、专章中对说唱文学文献的情况进行了初步的梳理和介绍。

第六章　港台地区说唱文学文献研究

中国大陆地区之外，说唱文学在香港、台湾地区也有相当广泛的传播和影响，并呈现出鲜明的地域色彩。在说唱文学文献的搜集、整理与研究方面，港台学者也取得了不俗的成就。

先前，因交通、资讯等因素的限制，港台地区的相关研究情况在大陆地区只有一些零星的介绍，学界的了解不够全面和系统。近年来，随着海峡两岸暨香港学术文化交流的增加，随着资讯的发达以及研究条件的改善，这一情况已有较大的改善。总的来看，目前大陆地区学界对港台地区说唱文学研究的了解仍不够全面、深入，这里参考相关资料分别进行梳理和介绍。

第一节　香港地区说唱文学文献研究

先说香港地区。香港比邻广东，木鱼书等岭南说唱形式在该地有较为广泛的流传，当地公私藏书机构说唱文学文献方面的收藏也较为丰富。

抗战期间，戴望舒等人于 1941 年在香港《星岛日报》创办俗文学周刊，前后共办有 43 期，刊载了一批说唱文学方面的研究文章，产生较大影响，带动了当地说唱文学的研究。这当为香港地区说唱文学研究之开端。

香港地区说唱文学文献的收藏以香港大学最为丰富，该校亚洲研究中心和冯平山图书馆以富于木鱼书收藏而闻名。

20 世纪 70 年代，梁培炽对该校所藏木鱼书进行研究，撰有《香港大学所藏木鱼书叙录与研究》（香港大学亚洲研究中心 1978 年刊行）一书。该书分上、下两篇，上篇为《香港大学所藏木鱼书叙录》，下篇为《研究之部》。其中叙录部分收录了香港大学亚洲研究中心及冯平山图书馆 1975 年之前所藏木鱼书 207种，其中亚洲研究中心所藏 135 种，冯平山图书馆所藏 72 种。在编排上，以作品首字笔画多少为序，并对所收作品进行编号。对所收作品，著录其书名、出版者、藏版者、版式、卷数、回目等内容。后附《书目索引》。

对香港大学冯平山图书馆所藏木鱼书，谭达先亦写有《香港大学冯平山（中文）图书馆入藏广东俗文学（木鱼书）木刻本书目》一文专门进行介绍①。该目共收录冯平山图书馆所藏木鱼书作品 71 种，后附谭达先本人所藏木鱼书作品 3 种。谭达先还编有《20 世纪初香港流传的绘图机器版传统木鱼书要目》②，收录香港港地区流传的木鱼书作品 51 种。

对香港地区木鱼书收藏情况较为了解的还有吴瑞卿，她编有《现存主要木鱼书藏处目录》③。该目为其博士学位论文《广府话说唱本木鱼书的研究》的附录，收录了香港大学、香港中文大学、中山大学、加拿大多伦多大学等国内外公私所藏木鱼书作品 442 种，并标明收藏地点及所藏数量。这是当时收录最全的一个木鱼书专题书目。其博士学位论文后所附《木鱼书出版商及作者资料表》《木鱼书同书异名表》等也都很有参考价值。

2014 年 7—8 月、2015 年 7—8 月，中山大学博士生李继明、周丹杰两次到香港，对本地八所高校的图书馆进行调查，将调查撰成《香港高校图书馆藏木鱼书概述》一文。据其调查所得，香港大学共藏有木鱼书 275 种，其中纸本 168种，电子文献 107 种；香港中文大学藏有木鱼书 110 种；香港岭南大学藏有 55种，系马幼垣教授捐赠④。该文反映了香港高校所藏木鱼书文献的最新情况。

此外，贾晋华主编的《香港所藏古籍书目》（上海古籍出版社 2003 年版）

---

① 谭达先：《香港大学冯平山（中文）图书馆入藏广东俗文学（木鱼书）木刻本书目》，载其《论港、澳、台民间文学》，黑龙江人民出版社 2003 年版。

② 谭达先：《20 世纪初香港流传的绘图机器版传统木鱼书要目》，载其《论中华民间文学》，黑龙江人民出版社 2009 年版。

③ 吴瑞卿：《现存主要木鱼书藏处目录》，载其《广府话说唱本木鱼书的研究》，博士学位论文，香港中文大学，1989 年。

④ 李继明、周丹杰：《香港高校图书馆藏木鱼书概述》，载《戏曲与俗文学研究》第一辑，社会科学文献出版社 2016 年版。

一书在集部曲类著录了部分藏于香港大学及香港中文大学的说唱文学作品如清刊本《木皮散人鼓词》《安邦志》《粤讴》等。

公共图书馆之外，也有一些私人收藏，如梁培炽就有较为丰富的木鱼书收藏，他曾写有《梁氏所藏所见木鱼书叙目》一文介绍自己在此方面的收藏①。该文分两部分，第一部分著录作者本人所藏的木鱼书作品 175 种，第二部分为作者未见原书的木鱼书作品 248 种。全目按照所收作品首字笔画多少为序。

在研究方面，除了谭达先、梁培炽等少数学者外，香港学界对此领域关注并不多，文献方面的研究成果也就比较少。以下重点介绍谭达先、梁培炽两位学者的研究情况。

谭达先（1925—2008）原执教于中山大学，1980 年至 1991 年迁居香港，从事教学科研工作，后定居澳大利亚，出版有《论民间文学》《论中华民间文化》《论港澳台民间文学》《讲唱文学·元杂剧·民间文学》等多种著述。这里主要介绍其在香港期间研究说唱文学的情况。

谭达先研究方向为民间文学，涉猎面较广，对中国说唱文学特别是南方流行的木鱼书、南音、粤讴、龙舟歌等给予了特别的关注。

他非常重视说唱文学文献资料的搜集、整理与研究，曾到海内外各公私藏书机构进行寻访，并撰文披露其所见珍贵文献。如其《广州中山大学图书馆藏广州曲艺类木鱼书·南音·龙舟歌书目》一文介绍中山大学图书馆所藏木鱼书、南音、龙舟歌的情况②。《广东民间曲艺的宝贵遗产——略谈近日在澳门访得的七本龙舟歌》一文介绍其在澳门访见的七本稀见龙舟歌作品③。此外他还编制了一些说唱文学的专题目录如《20 世纪 20 年代广州著名报刊重要曲艺篇目举要》《20 世纪北京大学、中山大学与〈羊城晚报〉副刊部分曲艺文章篇目（辑录）》《20 世纪初香港流传的绘图机器版传统木鱼书要目》等。

在香港期间，谭达先出版有《中国评书（评话）研究》一书（香港商务印书馆 1982 年版）。该书分上下篇，其中下篇为中国近代评书传统作品选，收录

---

① 梁培炽：《梁氏所藏所见木鱼书叙目》，《珠海学报》第 6、7、8 期（1973—1975 年）。

② 谭达先：《广州中山大学图书馆藏广州曲艺类木鱼书·南音·龙舟歌书目》，载其《讲唱文学·元杂剧·民间文学》，台北：贯雅文化事业有限公司 1993 年版。

③ 谭达先：《广东民间曲艺的宝贵遗产——略谈近日在澳门访得的七本龙舟歌》，载其《论中华民间文学》，黑龙江人民出版社 2009 年版。

《武松大闹石家庄》《李太白赶考》《古城相会》《打黄盖》《天波府比武》《武松打虎》《西门豹治邺》七个评书片段，涉及山西、四川、江苏、吉林等地的评书。书后附录作者所编的《一八八六年潍亭说书简况，清初的说书名人、说书情景和书目》《八个城市评书（评话）活动资料选》《广东粤语说书"十忌""十要""八法""七情"》《〈水浒〉采用评书韵语形式举例》等。

此外谭氏还有《中国相声知识》《中国曲艺学》《中国近代曲艺优秀作品选注》等著述，但未见出版。

梁培炽除上文所介绍的《梁氏所藏所见木鱼书叙目》《香港大学所藏木鱼书叙录与研究》之外，还辑校标点《花笺记会校会评本》（暨南大学出版社1998年版）一书。

该书以法国巴黎国家图书馆所藏静净斋版《第八才子花笺记》为底本，以荷兰、英国、丹麦、法国、中国香港等地所藏10种版本为校本，用以文堂版等5种版本为参校本，"逐字对校，并尽量保留原本状貌"，凡"空缺、讹刻衍文"、各版本"相异处"以及各版本文字相同但"又有讹舛衍夺者"，皆作相应处理，并在校后记中一一给予说明。校勘之外，整理者还将相关序跋、批语、评论文字等汇编在一起，对"会辑之前批、腹批及书后尾批等"，依据不同的版本"互校而成，并作出校后记"。在编排上，"一仍旧本体制"①，书内插图则辑自不同版本，并分别说明出处。为一部说唱文学作品的整理，在世界范围内搜集如此多的版本，认真校勘，并将相关评论文字汇于一编，这在说唱文学作品的校勘整理中还是不多见的，无疑是应当给予充分肯定的。

此外梁氏还撰有《粤调说唱文学研究》、《南音与粤讴之研究》（旧金山州立大学1988年刊行，广东人民出版社2012年版）、《关于木鱼书花笺记》（《当代文艺》第40期，1969年3月）、《海外所见〈花笺记〉版本及其国际影响》等相关著述。梁培炽后迁居到美国，从事教育及文化交流等工作。

相关作品的整理与研究还有罗香林的《流行于赣闽粤及马来西亚之真空教》（中国学社1962年刊行）、何贵初的《诸宫调研究论著索引》（《中国书目季刊》31卷2期，1997年）等。其中《流行于赣闽粤及马来西亚之真空教》一书收录四种与真空教相关的宝卷即《首本经卷》《无相经卷》《报恩经卷》《三教经

---

① 梁培炽：《花笺记会校会评本》"凡例"，暨南大学出版社1998年版。

卷》,《诸宫调研究论著索引》主要收录海外研究诸宫调的著述。

第二节 台湾地区说唱文学文献研究

与香港地区相比,台湾地区所藏说唱文学文献要更为丰富,相关研究也更为全面、深入。

台湾地区收藏说唱文学最为丰富的机构当数"中研院"历史语言研究所傅斯年图书馆。该馆所藏说唱文学文献系刘半农等人早年搜集所得。1928 年,刘半农组建中央研究院历史语言研究所民间文艺组,其成员有刘半农、常惠、李家瑞等 6 人。他们致力于民间通俗文学文献的搜集,在短短两年时间,就搜集了一大批珍贵的俗文学资料,其中民间俗曲部分达到上万种,有的研究者称之为"具有伟大规模、壮阔视野的民间曲艺文学的总搜集"[1]。据一位学人介绍,到 1936 年,该所"已经藏有弹词一百四十多种"[2]。刘半农、李家瑞后来所编《中国俗曲总目稿》(1932 年刊行)一书就是根据这批资料整理而成,稍后李家瑞又依据这些资料撰写《北平俗曲略》一书。

抗战期间,这批珍贵的俗文学资料装箱南运,历经南京、四川等地,后辗转运至台湾。由于时处战乱,信息不畅,有些大陆学人误以为这些资料在抗战期间沉于江中:"当抗日民族战争时期,这批宝贵的民间文艺遗产,从南京运往云南时,极不幸的在途中船沉于江,竟然全部毁灭了。"[3]尽管这批资料并未沉于江中毁灭,但长期以来一直处于封存状态,学界知者甚少,未能得到充分的研究和利用。

直到 1965 年,赵如兰受哈佛大学委托,将这批资料摄制了 232 个胶卷。由此这批资料开始受到学界关注。

1973 年春至 1975 年,受"中研院"历史语言研究所所长屈万里的委派,在曾永义主持下,一批学人对"中研院"历史语言研究所所藏俗文学资料进行整

---

① 俞大纲:《发掘中央研究院所保存的戏曲宝藏》,《俞大纲全集·论述卷》,台北:幼狮文化事业公司 1987 年版,第 385 页。

② 胡士莹:《弹词宝卷书目》"前言",古典文学出版社 1957 年版。

③ 傅惜华:《子弟书总目》"例言",上海文艺联合出版社 1954 年版。

理。他们以李家瑞的《北平俗曲略》为蓝本分类编目，编成分类目录稿。所得结果为：戏剧共 13 类，3697 种，5183 目；说唱共 3 类，2304 种，3356 目；杂曲共 89 类，4078 种，5354 目；杂耍共 10 类，194 种，313 目；徒歌共 7 类，341种，417 目；杂著共 9 类，182 种，196 目。共计 6 属，137 类，10801 种，14860目。"除撰写各类属之分类编目例言之外，又比照李家瑞北平俗曲略，撰写各类属之叙论，说明其来源、流行、体制、内容等等，凡二十余万言。"①

除刘半农等人当年搜集的藏品外，傅斯年图书馆后来又通过交换、接受捐赠等途径搜集了一些说唱文学文献。这样经过多年积累，其所藏俗文学资料共12000 件，20000 目，其中说唱文学文献 5200 目，5900 余册。

在曾永义之后，该馆又组织人员进行重新检查和补录，于 1989 年完成调查和编目工作。其后又进行电子化处理，如今可以通过网络在该馆网站上查阅其所藏俗文学资料的基本信息，阅读部分已数字化的图像资料②。

针对傅斯年图书馆所藏俗文学资料，有学人根据研究需要，为其编制专题目录，如王秋桂的《中研院史语所所藏长篇弹词目录初稿》一文介绍了台北"中研院"历史语言研究所所藏弹词作品 18 种③。李福清的《中央研究院傅斯年图书馆罕见广东木鱼书书录》一文则介绍其所藏罕见广东木鱼书④。还有一些著述依据该处所藏文献而写，反映了其某一方面文献收藏的情况，如杨振良的《孟姜女研究》（台湾学生书局 1985 年版）、陈冠蓉的《中央研究院所藏石印本福州评话的文献意义》（《台湾文献》50 卷 1 期，1999 年 3 月）等。

其他藏书机构所藏说唱文学文献的基本情况如下：

1. 台北故宫博物院

《国立故宫博物院善本旧籍总目》（台北故宫博物院 1983 年编印）在子部小说家类弹词章回之属著录了《逸史搜集》《廿一史弹词注》《明史弹词注》三部弹词作品。

---

① 曾永义：《中央研究院所藏俗文学资料的分类整理和编目》，载其《说俗文学》，台北：联经出版事业公司 1980 年版，第 5 页。上文数字亦据该文而来。

② http://lib.ihp.sinica.edu.tw/。

③ 王秋桂：《中研院史语所所藏长篇弹词目录初稿》，《书目季刊》第 14 卷第 1 期，1980 年 1 月。

④ 李福清：《中央研究院傅斯年图书馆罕见广东木鱼书书录》，《中国文哲研究通讯》第 5 卷第 3 期，1995 年 9 月。

2. "中央"图书馆

《国立中央图书馆善本书目》（"中央"图书馆 1958 年刊行）在乙编子部小说家类下弹词鼓词之属著录有清刊本《杨用修先生二十一史弹词》。"中央"图书馆台湾分馆藏有一些台湾地区的说唱文学文献，如歌仔册，包括木刻歌仔册18 种，木刻版影印本 11 种。

3. 台湾大学图书馆

该馆有较为丰富的歌仔册收藏，其藏品主要来自杨云萍、杨水蚼等人的旧藏，共 700 余目。就刊行年代而言，该馆所藏较之傅斯年图书馆藏品年代更早，具有重要的文献价值。该馆已对其中 460 种歌仔册进行数字化处理①，可以很方便地进行检索。

4. 台湾文学馆

该馆藏有各类歌仔册 630 种，其中来自黄得时个人所赠歌仔册 172 种。该馆目前对其所藏歌仔册进行数字化处理，已开通台湾民间说唱文学歌仔册资料库②，计划收录 458 册，目前已完成 50 多种。

5. 世界宗教博物馆

该馆藏有民间善书、宝卷及民间宗教文献 1400 多册③，其中 400 多册善书、宝卷已经进行数字化处理。

公共图书馆之外，还有不少学者注意说唱文学文献的搜罗，并及时撰文向学界披露其收藏与研究情况。

在闽台歌册的搜集与研究方面，以王顺隆用力最勤，成果也最为突出。他长期致力于闽台歌册的研究，有较为丰富的收藏。《家藏潮州歌册书目》一文披露了其所藏相关作品 137 种④。《闽台歌仔册书目·曲目》是王顺隆编制的一份较为完备的歌仔册目录，共收录其所知见的闽台歌仔册 1475 种，加上后来的补遗，

---

① http：//dtrap. lib. ntu. edu. tw/DTRAP/index. htm。

② http：//115. 43. 193. 213/bang-cham/thau-iah. php。

③ 具体情况参见王见川《世界宗教博物馆搜藏的善书、宝卷与民间宗教文献》，《民间宗教》第 1期，1995 年 12 月。

④ 王顺隆：《家藏潮州歌册书目》，载其《潮汕方言俗曲唱本"潮州歌册"考》，《古今论衡》第 7期，2002 年 1 月。

共收录歌仔册 1479 本①。此外他还于 1998 年建立闽南语俗曲唱本"歌仔册"全文数据库,将其所搜集资料与学界共享,该数据库收录歌仔册 800 多部,可以进行全文搜索②。

个人收藏说唱文学文献较多的还有曾子良、周纯一、张继光、陈兆南、魏子云等。1994 年 7 月,张继光在北京琉璃厂购藏到 350 余种唱本,遂据以撰写《一百五十种湖南唱本书录》一文予以介绍。该文披露是其中的 150 种湖南唱本,其中说唱文学作品 55 种,这些唱本提供了"百年来湖南曲艺、戏曲发展及刊刻情况的极佳材料"③。

近年来,成功大学的胡红波也颇为注意说唱文学的收藏,他相继撰写《民初绣像鼓词刊本三十二种叙录》(台湾《成大中文学报》第 8 期,2000 年)、《清末民初绣像鼓词三十二种叙录》 (台湾《成大中文学报》第 9 期,2001 年)、《民初影词十七种叙录》(台湾《成大中文学报》第 10 期,2002 年)、《清末民初绣像鼓词百三十种综论》(台湾《成大中文学报》第 11 期,2003 年) 等文章,向学界介绍其个人的此类藏品。其中《民初绣像鼓词刊本三十二种叙录》《清末民初绣像鼓词三十二种叙录》《清末民初绣像鼓词百三十种综论》三文对自己历年收集的清末民初鼓词 133 种进行介绍,《民初影词十七种叙录》则介绍了作者搜集的 17 种影词作品,包括两种抄本、15 种影印本。对所收作品,介绍其版本、故事梗概、唱词及艺术特色。

魏子云藏有一些宝卷,后捐赠给"国家"图书馆④。

除上文所介绍的公私收藏及目录外,研究者们编制了一些有关说唱文学的专题目录,就笔者所知见者,主要有如下一些:

《台湾歌谣书目》,台北帝国大学东洋文学会编,1940 年刊行。该书共收录歌仔册 479 本,其中台湾地区所刊行者 394 本,大陆地区刊行者 85 本⑤。

---

① 王顺隆:《闽台歌仔册书目·曲目》,《台湾文献》第 45 卷第 3 期,1994 年 9 月。后又进行增补,参见王顺隆《歌仔册书目补遗》,《台湾文献》第 47 卷第 1 期,1996 年 3 月。

② http://www32.ocn.ne.jp/~sunliong。

③ 张继光:《一百五十种湖南唱本书录》,《中国文哲研究通讯》第 8 卷第 2 期,1997 年 6 月。

④ 参见张子文《魏子云教授赠书追记》,《国家图书馆馆讯》第 2 期,2006 年 5 月。

⑤ 据潘培忠统计,该目所收歌仔册总数应为 480 种,其中台湾刊行者 395 种。参见其《海峡两岸说唱歌仔册研究之回顾与前瞻》,载《戏曲与俗文学研究》第一辑,社会科学文献出版社 2016 年版。

《闽台歌册目录略稿——叙事篇》，陈兆南编，载《台湾史迹研究论文选辑》，台湾史迹源流研究会 1983 年编印。该文收录各公私藏书机构所藏叙事类歌册近 200 种，分传统故事和近代及地方故事两类编排，其中包括作者本人的藏品 70 多种。

《台湾歌仔册综录》，陈兆南，《逢甲大学中文学报》第 2 期，1994 年 4 月刊行。该书介绍作者个人及有关机构所藏台湾歌册情况。

《陈三五娘研究》，陈香著，台湾商务印书馆 1985 年版。该书列举从明末永历三年至民初有关荔镜记故事的歌仔册书目 43 种。

《浅说台湾闽南语社会的念歌》，王振义著，载《台湾史研究暨史料发掘研讨会论文集》，台湾史迹研究中心 1987 年刊行。该文附录部分为《歌仔簿资料目录》，收录大陆刊行歌仔册 7 目，台湾刊行歌仔册 144 目，另有竹林书局发行之客语唱本 18 种。

此外，一些相关的著述中也收录说唱文学方面的内容，如薛宗明所编的《中国音乐文献书目汇编》（高雄市政府教育局实验国乐团 1996 年刊行）一书就收录有说唱文学方面的书目。

在说唱文学文献的搜集、整理与研究方面，台湾地区的学人经过多年辛勤耕耘，取得了不少高水准的成果。以 20 世纪 80 年代为界，可以将台湾地区的说唱文学文献研究分为前后两个阶段。

前一个阶段为开创阶段。在 20 世纪 50 年代之前，说唱文学的研究主要在大陆地区展开，台湾地区虽也有一些零星的研究，但不成气候。其后，经台静农、郑骞、刘阶平、娄子匡、王梦鸥、卢元骏等前辈学人的示范和提倡，说唱文学研究逐渐受到台湾学界的重视。尽管这些前辈学人的主要研究方向或为诗文，或为词曲、小说，并不是说唱文学，他们在此领域也只是偶有涉及，但他们有倡导之功，培养了台湾地区第一批从事说唱文学研究的年轻学人，如曾永义、陈锦钊、曾子良等。这些年轻学人后来大多成为台湾地区说唱文学研究的主力，取得了不俗的学术成就。

前辈学人的研究成果主要有郑骞的《董西厢与词及南北曲的关系》（《文史哲学报》1951 年第 2 期），台静农的《女真族统治下的汉语文学：诸宫调》（《中外文学》1 卷 1 期，1972 年 6 月），娄子匡、朱介凡的《五十年来的中国俗文学》（正中书局 1963 年版）等。其中《五十年来的中国俗文学》是一部较为系统的著作，对此前 50 年间的俗文学研究进行全面的归纳和总结，其中与说唱文学直接相关者有俗曲、说书、鼓词、弹词、宝卷等。

在这些前辈学人的弟子中，以曾永义、陈锦钊、曾子良等人用力最勤，成果最为突出，影响也最大。他们的研究具有一些共同的特点，那就是在前人研究的基础上，不断拓展新的研究领域。他们还特别重视说唱文学文献的搜集与整理，其成果数量虽然并不多，但皆达到较高的学术水准。以下简要介绍。

曾永义为郑骞弟子，虽然其主要研究方向为古典戏曲，但对说唱文学也多有涉猎。1973 年至 1975 年，在他主持下，完成了对傅斯年图书馆所藏俗文学文献的初步分类和整理。《说俗文学》（联经出版事业公司 1980 年版）一书收录了他戏曲、说唱文学方面的论文，其中有关说唱文学者有《中央研究院所藏俗文学资料的分类整理和编目》《明成化说唱词话十六种》《关于变文的题名、结构和渊源》等。

陈锦钊则专力于说唱文学的研究，在子弟书、快书的研究方面皆有开拓之功。他曾参与整理"中研院"历史语言研究所所藏俗曲资料的工作，这为其后来的研究奠定了坚实的基础。其子弟书方面的研究成果为《子弟书之题材来源及其综合研究》（政治大学历史研究所 1977 年），这是其博士学位论文，主要依据"中研院"历史语言研究所所藏子弟书资料写成。全文分上下两编，对子弟书的题材来源、名称由来、渊源、子弟书作家作品及近人所编子弟书目录等问题进行了全面、深入的考察，其中题材来源部分共涉及 271 种子弟书作品[①]。

其快书方面的研究成果为《快书研究》（明文书局 1982 年版）一书，该书系在子弟书研究基础上继续搜集资料写成。全书分七章，对快书的类属、渊源、演唱规矩、产生背景、体制、特色、版本等问题进行了较为全面、深入的探讨，其中第二章《现存快书考》附《未见快书目》、第七章《现存快书资料之疏漏与补正》专门探讨相关文献问题。书后附有《现存快书》第一辑，收录《斩华雄》《虎牢关》《凤仪亭》等 36 段快书作品及葛恒泉所唱《温酒斩华雄》快书曲谱。

其相关著述尚有《现存快书资料之疏漏及补正》（《汉学研究》1 卷 1 期，1983 年 6 月）、《子弟书作家鹤侣氏及其作品研究》（《台北商专学报》第 25 期，

---

① 后作者对作家作品又加修正补充，成《子弟书之作家及其作品》一文，刊于《书目季刊》第 12 卷第 1、2 期，1978 年。

1986 年 1 月）、《六十年来子弟书的整理与研究》（载《汉学研究之回顾与前瞻》文学语言卷，中华书局 1995 年版）、《论子弟书的整理与研究》① 等。

曾子良在说唱文学方面的研究主要集中在两个领域，一为宝卷，一为歌仔册。宝卷方面的成果为其硕士学位论文《宝卷之研究》（政治大学，1975 年）。该文对宝卷的题名、渊源、流变、体制、内容、宣讲、文学价值等各个方面进行探讨。后附《宝卷叙录》，为"中研院"史语所傅斯年图书馆及个人所藏 65 种宝卷的提要，后以《国内所见宝卷叙录》为名刊于《幼狮学志》17 卷 1 期（1982 年）。歌仔册方面的成果为其博士学位论文《台湾闽南语说唱文学"歌仔"之研究及闽台歌仔叙录与存目》（东吴大学中国文学研究所，1989 年）。全文分上下两篇，上篇为本论，探讨歌仔册的形成、演变、基本资料、内容、思想、艺术特色、音乐形式及价值等问题。下篇为《闽台歌仔叙录与存目》，该目依据傅斯年图书馆所藏，共收录歌仔册作品 646 种，其中包括 80 种个人藏品。对所收作品，著录其名称、异称、作者、著录、出版、收藏状况及相关有声资料，部分作品还简要介绍其内容。

此外还有汪天成对诸宫调的研究，其硕士学位论文题目为《诸宫调研究》（政治大学，1979 年），并发表相关论文《宋元诸宫调辑佚》（《中华学苑》第 23 期，1979 年）等。

这一时期台湾地区出版与说唱文学文献相关的著述尚有如下几种：

《西厢记诸宫调》，世界书局 1961 年版。该书系文学古籍刊行社《西厢记诸宫调》的翻印本，以六幻西厢本为底本影印，并附校记。

《木皮散客鼓词》，刘阶平编，正中书局 1954 年版。该书分上下两卷，上卷为木皮散客，对木皮散客的生平、交游、著述等进行介绍，下卷为鼓词，收录木皮散客鼓词全文及《哀江南曲》，对所收作品，做有注释。

《清初鼓词俚曲选》，刘阶平编，正中书局 1968 年版。该书选收贾凫西、蒲松龄所作鼓词、俚曲作品，上卷为鼓词，下卷为俚曲。对所收作品有简要的注释。卷首附有贾凫西先生印记与遗墨、蒲留仙先生绘像真迹。

---

① 陈锦钊：《论子弟书的整理与研究》，《满族研究》2003 年第 4 期，该文又以《子弟书的整理与研究世纪回顾》为名刊于《汉学研究通讯》第 22 卷第 2 期（2003 年 5 月），以《子弟书的整理与研究世纪回顾》为名刊于《中国诗学》第九辑（人民文学出版社 2004 年版），再以《近百年来子弟书的整理与研究》为名收入陈平原主编的《现代学术史上的俗文学》（湖北教育出版社 2004 年版）。

《大鼓生涯的回忆》，章翠凤口述、刘枋执笔，传记文学出版社 1967 年版。该书是著名艺人章翠凤的回忆录。后附《刘宝全大鼓词》，收录刘宝全所说大鼓词《马鞍山》《徐母骂曹》等，共 19 段。

后一个阶段为发展阶段。进入 20 世纪 80 年代后，说唱文学研究在台湾受到更多的关注，相关的博士、硕士学位论文数量明显增多，一批年轻学人加入说唱文学研究的队伍。这一阶段取得的研究成果与此前相比，无论是在广度还是深度上，均取得一些新的突破，并逐渐形成自己的特色。比如不少学者利用地缘优势，对以歌仔册为代表的本土说唱文学进行了较为集中的研究，取得了不少重要研究成果。相比之下，大陆地区直到进入 21 世纪才开始有硕士、博士学位论文以说唱文学为题目。

在这一时期台湾地区所出版的说唱文学文献著述中，以《俗文学丛刊》规模最大，影响也最广。

该书由"中研院"历史语言研究所俗文学丛刊编辑小组编，新文丰出版公司从 2001 年起以影印方式陆续刊行，所收资料系刘复自 1928 年担任"中研院"历史语言研究所民间文艺组主任时陆续搜集而得，今藏于"中研院"历史语言研究所傅斯年图书馆。

全书共分 6 辑，600 册，所收主要为戏曲、说唱文学作品，约 12000 种。其中说唱文学文献在丛书中的分布情况如下：

第 274—277 册为滩簧、第 351—361 册为宝卷、第 367—382 册为福州评话、第 383—392 册为子弟书、第 393—411 册为石派书、第 412 册为快书、第 413 册为竹板书、第 420—479 册为南音、第 480—500 册为弹词。

在编排上，按照作品故事的时代背景先后为序，时代不明者，放在民国之后。对所收作品，皆写有提要，介绍题名、时代背景、参考资料、故事梗概等相关情况。书后编有《全书索引》。

另一部规模较大的说唱文学文献总集是《明清民间宗教经卷文献》及其续编：

《明清民间宗教经卷文献》，王见川、林万传主编，新文丰出版公司 1999 年版。该书以影印的方式出版，共 12 册，收录明清时期民间流行的经卷文献 150 种，内容包括宝卷、善书等。所据底本来自中国大陆、中国台湾及日本等地的公私藏书，其中不乏善本珍籍。有些文献如《五部六册》《五公经》等收有多种版本。

《明清民间宗教经卷文献续编》，王见川、车锡伦、宋军、李世伟、范纯武编，新文丰出版公司 2006 年版。全书共 12 册，收录明清时期有关民间宗教及信仰的经卷 204 种。这样，《明清民间宗教经卷文献》正续两编共收录民间经卷文献 354 种，其中多有与说唱文学相关的宝卷、善书，为相关研究提供了很大的便利。

此外还有李正中所编的《善书宝卷研究丛书》，兰台出版社 2014 年版。该书收录善书、宝卷 20 多种。

在台湾学人所搜集、整理的说唱文学资料集中，以有关歌仔册者最受重视，数量也最多，其中主要有如下一些：

《闽南说唱歌仔（唸歌）资料汇编》，曾子良主编。全书共 29 册，采取影印方式收录台湾公私所藏歌仔册 374 种。遗憾的是该书虽于 1995 年编就，但未能公开刊布。此外，曾子良还专门对《台省民主歌》进行整理，他以光绪二十年上海点石斋石印本为底本，参照其他五种版本，对这部歌仔册作品进行校勘，出校记，并对一些词语进行注释①。

《台省民主歌校注：十九世纪歌仔册》，张裕宏著，文鹤出版有限公司 1999 年版。该书以点石斋刊本《台省民主歌》为底本，校以残卷整理而成。

《清道光咸丰闽南歌仔册选注》，吴守礼校注，从宜工作室 2006 刊行。该书为《闽台方言史资料研究丛刊》之一，共收录歌仔册作品 29 种，所收作品根据台北“中央”图书馆与牛津大学图书馆藏本进行校勘整理。

《台湾宗教资料汇编》，博扬文化事业有限公司 2010 年版。其第二辑收录歌仔册 29 种。

同类书籍还有黄明校注的《笔生花》（三民书局 2001 年版）等。

20 世纪 80 年代以来，台湾地区出版了不少说唱文学方面的研究论著，其中一些偏重实证研究，文献资料丰富，如王秋桂所编的《李家瑞先生通俗文学论文集》（台湾学生书局 1982 年版）、邱春美所著的《台湾客家说唱文学：传仔研究》（文津出版社 2003 年版）、陈益源所著的《俗文学稀见文献校考》（里仁书局 2005 年版）、林均珈的《红楼梦子弟书研究》（万卷楼图书公司 2012 年版）、

---

① 曾子良：《〈台省民主歌〉之校证及其作者考索》，《民俗曲艺》第 159 辑，2008 年 3 月。

《红楼梦子弟书赏读》（万卷楼图书公司 2012 年版）等，这里不再一一介绍。

相关论著则有周纯一编著的《刘宝全的京韵大鼓艺术》（文化建设委员会 1989 年刊行）等。

近年来，不少台湾学人到大陆地区进行田野调查，取得不少重要收获，如李淑如的《江苏地区同里、张家港宝卷流传现况调查与实例》（《云汉学刊》第 21 期，2010 年 6 月），丘慧莹的《江苏常熟白茆地区宣卷活动调查报告》（《民俗曲艺》，第 169 期，2010 年 9 月），陈益源、李淑如的《河阳稀见宝卷〈牛郎织女〉的发现及其价值》（《民间文学年刊》第 2 期，增刊，2009 年 2 月）等。

台湾地区是敦煌说唱文学研究的重镇，有一批致力于此的优秀学人，所取得的成果也是相当突出的，限于论题，这里只介绍与敦煌说唱文学文献相关的部分。

说到台湾地区的敦煌说唱文学研究，不能不提及潘重规这位先驱者的贡献。他在敦煌学上的建树是多方面的，撰有多部专著，并创办《敦煌学》杂志，为学界培养了一批优秀的青年才俊①。说唱文学文献方面的搜集整理与研究只是其敦煌学研究的一个方面，其成就主要体现在如下两个方面：

一是对敦煌说唱文学文献的寻访。

这种寻访既包括台湾本地的，也包括域外的。在台湾，潘重规于 1967 年秋对"中央"图书馆所藏敦煌卷子进行了系统的调查，撰成《国立中央图书馆所藏敦煌卷子题记》一文。在该文中，他详细介绍了台北"中央"图书馆所藏 150 多种敦煌写卷的内容及抄写情况，其中《盂兰盆经讲经文》为《敦煌变文集》所未收，是新发现的敦煌说唱文学作品，引起海内外学界的关注②。后来他主持编印《国立中央图书馆所藏敦煌卷子》（石门图书公司 1976 年版）一书，将"中央"图书馆所藏敦煌卷子以影印的方式全部刊布。

在域外，潘重规多次到法国国家图书馆、大英博物馆等处寻访、查阅敦煌写卷，其中以对苏联所藏敦煌文献的寻访最为引人注目。1973 年 8 月，潘重规到苏联，查阅苏联东方学研究院列宁格勒分院所藏的珍贵敦煌文献，并撰写《列宁格

---

① 有关潘重规研究敦煌学的情况与成就，参见其《我探索敦煌学的历程》（《敦煌学》第 13 辑，1988 年 6 月）、郑阿财《潘重规先生敦煌学研究成果与贡献》（《敦煌研究》2000 年第 2 期）等文的介绍。

② 潘重规：《国立中央图书馆所藏敦煌卷子题记》，《新亚学报》第 8 卷第 2 期，1968 年。后修订，刊于《敦煌学》第 2 辑，1975 年。

勒十日记》一书，记录了寻访的经过①。英、法所藏敦煌文献经中国学人的不断寻访，对其收藏情况已有较多了解；相比之下，人们对俄藏情况知之甚少，潘重规是第一位到苏联寻访敦煌文献的中国学人，他以自己的行动推动了对俄藏敦煌文献的研究。

二是对敦煌说唱文学的整理。

这方面的成果主要体现在《敦煌变文集新书》（中国文化大学中文研究所1983—1984 年刊行、文津出版社 1994 年版）一书中。

该书以大陆地区出版的《敦煌变文集》一书为底本，充分吸收学界以往的研究成果，对其存在的错误、漏脱进行订正、补充。全书分 8 卷，依次为押座文、讲经变文、讲释迦太子出家成佛故事的变文、讲佛弟子和佛教故事的变文、有说有唱的历史故事变文、有说无唱或有唱无说的历史故事变文、对话体的变文、变文资料。共收录敦煌变文作品 86 篇，较之《敦煌变文集》，增收了后来新发现的 8 篇变文作品，包括藏于苏联的《双恩记》《维摩碎金》《维摩诘经讲经文》《十吉祥讲经文》、一篇押座文、藏于日本的《悉达太子修道因缘》、藏于台北"中央"图书馆的《盂兰盆经讲经文》以及新发现的《秋吟》。正文"根据变文的发展过程，和变文的形式与内容"进行编排②，与《敦煌变文集》有较大不同。对补增的内容，加"规案"字样以示区别。书后附《敦煌变文论文目录》《敦煌变文新论》。

整理者曾将英国、法国所藏敦煌原卷与《敦煌变文集》进行过校对，发现该书所存在的标题、章句、分篇等方面的问题，因而在校勘整理方面有较明显的改进，使疏误大为减少。同时整理者还尝试运用俗字草书及书写格式来整理敦煌变文。这些都使该书的质量更为精良，因而出版之后，受到学界的高度赞誉。其后，潘重规以 88 岁高龄对该书进行修订，他参考项楚《敦煌变文选注》及郭在贻等《敦煌变文集校议》等书，加以个人新见，相继写成《敦煌变文集新书订补》及一续、二续、三续等③。

---

① 参见潘重规《列宁格勒十日记》，台北东大图书股份有限公司 1993 年版。

② 潘重规：《敦煌变文集新书》"叙例"，台湾中国文化大学中文研究所，1984 年。

③ 对其存在的问题，也有一些学者进行讨论、订正，参见郭在贻、张涌泉、黄征《〈敦煌变文集新书〉读后》（《杭州师范学院学报》1989 年第 10 期），蒋冀骋《〈敦煌变文集新书〉笺识》（《敦煌文献研究》，湖南师范大学出版社 2005 年版）。

以单部敦煌说唱文学作品的整理而言，潘重规用力最勤的当数俄藏变文《双恩记》。1973 年 3 月，他收到苏联学者孟列夫赠送的《变文双恩记》一书，遂对该书所收录的新发现变文《双恩记》进行研究，写成《变文双恩记试论》一文，对其行款、抄写年代、取名、价值、文字校订等问题进行深入探讨①。随后，他又将该变文进行整理，写成《变文双恩记校录》一文刊布②。后来他又借鉴白化文、赵匡华的校录本《佛报恩经讲经文》，项楚的《敦煌变文选注》整理本，重新校录，撰成《变文双恩记新校》③。对一篇作品如此用力，可见其治学态度之谨严。

此外潘重规还撰有《敦煌变文新论》《敦煌卷子俗写文字与俗文学之研究》《敦煌（不知名变文）新书》《敦煌变文集四兽因缘订定》《敦煌变文与儒生解经》《敦煌押座文后考》《长兴四年中兴殿应圣节讲经文读后记》《敦煌写本最完整的一篇讲经文的研究》《读项楚著〈敦煌变文选注〉》等文章，探讨变文的各类问题，这里不再一一介绍。

下面介绍其他台湾学人在敦煌说唱文学文献方面的研究成果。

其中目录、索引类的著述有如下几种：

《敦煌古籍叙录新编》，黄永武主编，新文丰出版公司 1986 年版。该书系在王重民《敦煌古籍叙录》一书基础上吸收学界最新研究成果补增扩充而成。全书分经、史、子、集 4 部，共 18 册，依照王重民《敦煌古籍叙录》一书所收范围编制。对所收文献，除影印王著原文内容外，再配以敦煌原卷影印件。对相关研究成果，列出目录。敦煌说唱文学方面的文献主要收录在集部第 17、18 册。该书收录完备，体例完善，对研究者颇有帮助。

《敦煌学研究论著目录》，邝士元编，新文丰出版公司 1987 年版。该书主要收录 1899 年至 1984 年的敦煌学研究著述及译著，其内容包括敦煌研究论著目录分类索引、敦煌学研究论著目录著者索引、敦煌学研究者论著目录编年索引、英语内容简介 4 个部分。该书将敦煌学研究论著分成 14 类，说唱文学收录在文学类中。

---

① 潘重规：《变文双恩记试论》，《新亚书院学术年刊》第 15 期，1973 年 9 月。

② 潘重规：《变文双恩记校录》，《幼狮学志》第 16 卷第 1 期，1980 年 6 月。

③ 潘重规：《变文双恩记新校》，载其《列宁格勒十日记》一书，台北：东大图书股份有限公司 1993 年版。

《敦煌学研究论著目录（1908—1986）》，郑阿财、朱凤玉编，汉学研究中心1987年刊行。

该书主要收录1908—1986年中、日文各类敦煌学研究著述，其中论著506种，论文4381篇。随后，编者又进行增补修订，出版《敦煌学研究论著目录（1908—1997）》（汉学研究中心2000年刊行）。增补本的内容更为完备，全书共收录1908年至1997年中、日文各类敦煌学研究著述11650项。在编排上，全书分12类，包括目录、总论、历史地理、社会、法制经济、语言文字、文学、经子典籍、宗教、艺术、科技、综述。大类之下，又分若干子类。在子类下，按照发表时间先后编排①。说唱文学收录在第七类文学中，名为变文，下设通论、押座文、讲经文、佛教故事、佛教变文、讲史性变文及其他6个小类。书后附《收录期刊报纸论文集一览表》《作者索引》。

编者又与台湾汉学研究中心合作，以该书为基础，进行电子化，建立敦煌学研究论著目录资料库②，提供全文检索、类目浏览、关键词查询、作者·书/篇名·期刊/论集名索引浏览等多种角度的检索查询。

编者后又主编《敦煌学研究论著目录（1998—2005）》（乐学书局2006年版）一书，专门收录1998年至2005年的各类敦煌学研究论著，共5714项，体例一同前书，该书可视作前书的姊妹编。此外，郑阿财、朱凤玉还编有《1977—1997年台湾敦煌文学研究论著目录》。

作品的整理刊印以黄永武主编的《敦煌宝藏》规模最大。该书由新文丰出版公司从1981年起陆续出版，到1986年出齐。

全书规模宏大，共140册，较为全面、系统地收录了藏于英、法、日及中国等地的敦煌汉文写本、刻本及图片。对所收敦煌汉文写本、刻本，采取影印方式，以保持原貌。在编排上，依照"搜集敦煌微卷之先后为序，英、法、中在前，其他各国在后，各卷子之次序，仍沿用斯坦因（简称斯）伯希和（简称伯）之编号"③，至于藏在中国大陆的部分，则依照《敦煌劫余录》的体例编排。各卷标题，以《敦煌遗书总目》为初稿，并予以补正。这样，一册在手，当时所

---

① 有关该书的特点及价值，参见荣新江《郑阿财、朱凤玉主编〈敦煌学研究论著目录〉（1908—1997）评介》，台湾《汉学研究通讯》第19卷第4期，2000年。

② http://ccs.ncl.edu.tw/topic_3.html。

③ 《敦煌宝藏》"编辑例言"，台北：新文丰出版公司1981年版。

知包括说唱文学在内的敦煌写本、刻本皆可随意披阅，较之以往奔波世界各地查阅胶卷，为研究者所提供的便利是可以想见的。

自然，由于当时各种因素的限制，该书难免存在一些缺憾，比如收录还不够完备、印刷不够清晰等。不过，在当时的条件下，能出版如此一部大规模的敦煌文献总集，已是相当不易。

为便于阅读和利用《敦煌宝藏》一书，研究者们还编制了专门的目录，其中主要有如下几种：

《敦煌遗书最新目录》，黄永武主编，新文丰出版公司 1986 年版。该书系在王重民《敦煌遗书总目索引》一书基础上增补修订而成，内容分《英伦所藏敦煌汉文卷子目录》《北平所藏敦煌汉文卷子目录》《巴黎所藏敦煌汉文卷子目录》《列宁格勒所藏敦煌汉文卷子目录》《敦煌遗书散录》五个部分。其中《敦煌遗书散录》包含十多种公私收藏机构所藏敦煌卷子的目录。

《伦敦藏敦煌汉文卷子目录提要》，中国文化大学中国文学研究所敦煌学研究小组编，福记文化图书有限公司 1993 年版。该书根据《敦煌宝藏》编制而成，其特点在分类，按照四部分类法编排，对所收写卷有更为详细的介绍。

《敦煌宝藏遗书索引》，释禅叡编著，法鼓文化事业股份有限公司 1996 年刊行。该书以《敦煌宝藏》为依据编制而成。全书按敦煌卷子的首字笔画为序编排，对所收资料，以分栏的形式著录其内容、编号、所册、页数，将敦煌写卷内容与《敦煌遗书最新目录》的编号、出处相对照。卷首有《遗书首字笔画通检》，使用起来颇为方便。

在敦煌说唱文学文献的整理、研究方面，台湾地区还出版有多种专著，其中规模较大的有如下几种：

《敦煌丛刊初集》，黄永武编，新文丰出版公司自 1985 年起陆续刊行。该书将 1900 年至 1950 年中外有关敦煌学的重要工具书及经典之作汇为一编，重新印行。初集共 16 册，收入相关著述 20 种，其中与敦煌说唱文学相关者有《敦煌掇琐》《敦煌变文字义通释》等。

《敦煌丛刊二集》，林聪明主编，新文丰出版公司自 1993 年起陆续出版。该书为《敦煌丛刊初集》的续编，收录海峡两岸当代学人的敦煌学研究成果 18 种，其中与敦煌说唱文学相关者有张鸿勋的《敦煌说唱文学概论》、颜廷亮的《敦煌文学概说》。

《敦煌学导论丛刊》，林聪明主编，新文丰出版公司 1991 年起陆续出版。共收录海峡两岸学人的敦煌学研究著作 15 种，其中与敦煌说唱文学相关者有周绍良的《敦煌文学刍议及其他》、张鸿勋的《敦煌话本词文俗赋导论》。

台湾学人所撰敦煌说唱文学专著尚有罗宗涛的《敦煌讲经变文研究》（文史哲出版社 1972 年版）、《敦煌变文社会风俗事物考》（文史哲出版社 1974 年版）、邱镇京的《敦煌变文述论》（台湾商务印书馆 1970 年版），林聪明的《敦煌俗文学研究》（东吴大学中国学术著作奖助委员会 1984 年刊行），萧登福的《敦煌俗文学论丛》（台湾商务印书馆 1988 年版），朱凤玉的《朱凤玉敦煌俗文学与俗文化研究》（上海古籍出版社 2011 年版）等，这里不再一一详细介绍。

随着科技的发展，台湾学人还将数字化技术应用到学术研究中，建立了一些与敦煌学有关的数据库，如汉学研究中心开发的敦煌学研究论著目录数据库[①]、成功大学开发的敦煌目录、敦煌研究文献及敦煌壁画数据库[②]等，这些无疑为研究者检索资料提供了很大便利。

---

① http：//ccs. ncl. edu. tw/ExpertDB3. aspx。

② http：//www. lib. ncku. edu. tw/www2008/search/eresource. html。

第七章　海外地区说唱文学文献研究

　　说唱文学很早就伴随着华人移民的脚步流传到各个国家和地区，蒙古、日本、越南、马来西亚、新加坡等周边国家自不必说，即便是在远隔重洋的欧美等国，说唱文学经商人、传教士、外交官等人的传播也有上百年的历史了。特别是第二次世界大战之后，随着资讯、交通的发达及中外文化艺术交流的深入，说唱文学在世界各地有着更为广泛深入的传播，产生了更为持久的影响，很多国家和地区的人民对这门富有中国民族特色的传统艺术产生了浓厚的兴趣，除了邀请中国曲艺团体和演员来访演出、举办讲座，他们还采用翻译、改编、收藏、研究等多种形式进行推介和传播。

　　海外学术界对中国说唱文学的研究尤为值得关注，它已经成为中国说唱文学研究的一个有机组成部分，取得了不俗的成就，具有自己的优势和特点。因相关国家地区学术文化生态环境的不同，在说唱文学文献的搜集、整理及研究方面也呈现出不同的地域特色，这里结合相关资料，进行较为全面、详细的梳理和介绍。

第一节　亚洲地区说唱文学文献研究

　　因地缘、侨民及文化的关系，中国曲艺在亚洲各国特别是东亚、东南亚的传播最为广泛，影响也最为深远，无论是陆上毗邻的朝鲜、蒙古、越南，还是一衣带水的日本，还是隔海相望的韩国、马来西亚、新加坡、菲律宾、印度尼西亚。

这些国家自古以来就一直与中国保持着十分密切的往来，深受中华文化各方面的影响，曲艺是双方文化艺术交流中的一个重要组成部分。无论是交流演出，还是资料的收藏整理乃至学术研究，都较其他国家和地区要频繁得多。

说到亚洲地区中国说唱文学文献的搜集、整理与研究，日本无疑是一个重镇，其公私藏书机构有十分丰富的文献收藏，学界对这一领域的研究也颇为重视，相关研究成果也是最多的。

先说日本中国说唱文学文献的收藏与著录。日本与中国一衣带水，深受中国文化影响，各界人士一直重视中国典籍的收藏。与中国本土不同的是，除经史等典籍外，日本对中国通俗文学的收藏也颇为重视，无论是小说、戏曲还是说唱文学，都有颇为丰富的收藏。加之日本历史上战乱较少，因而这些文献大多得到较好的保存，许多在中国本土已经佚失的典籍，往往能在日本找到。

晚清至民国间，中日交流增多，日本学人纷纷到中国访学、访书，其中一些如长泽规矩也、泽田瑞穗、滨一卫、仓石武四郎、波多野太郎等对中国通俗文学有着浓厚的兴趣，他们得风气之先，有意在北京等地广为搜罗，其藏品无论是在珍稀程度上还是数量上，都可以与中国藏家相媲美。这就使日本所藏说唱文学文献更为丰富。此外，日本政府还在 20 世纪 30 年代成立东亚研究所，搜集包括宝卷在内的中国民间信仰资料。这些丰富的收藏为日本学人的研究提供了坚实的文献基础。以下根据相关资料进行简要介绍。

在日本，有多家藏书机构藏有中国说唱文学文献，其中主要有如下一些：

1. 日本国会图书馆。该馆系日本国家图书馆，也是日本藏书最多的公共图书馆，收藏中国典籍甚为丰富，其中有不少为说唱文学，比如仅宝卷就藏有 44 种，这些宝卷系日本侵华期间东亚研究所上海分所在江浙一带搜集的，多刊于清末民初时期，其中《达摩祖卷》为明刊本①。

2. 京都大学人文科学研究所。该所为日本著名学术研究机构，也是日本汉学研究的重镇，所藏汉籍多达 30 多万册，其中有不少为说唱文学。《京都大学人文科学研究所汉籍目录》在集部词曲类南北曲之属著录了宝卷、弹词、鼓词、杂曲等多种说唱文学书籍，仅宝卷就藏有 110 多种，其中不乏罕见珍本，还有一种

---

① 详情参见［日］相田洋《有关国会图书馆所藏的宝卷》，《东洋学报》第 63 卷第 3—4 期，中文译文载《世界宗教资料》1984 年第 3 期。

《弘阳后续天华宝卷》为孤本。另据考察，该所藏有木鱼书 40 种①。

3. 东京外国语大学亚非语言文化研究所。该所是一家以研究亚非各国语言文化、社会历史著称的学术机构，藏有较为丰富的说唱文学文献特别是歌仔册。该所所藏歌仔册主要有两个来源，一为从外面购入，二为王育德的旧藏。王育德为台湾学人，藏有歌仔册 145 种。王氏去世后其藏书归东京外国语大学。王氏在其《歌仔册话》一文中曾介绍过自己在此方面的收藏②。三田裕次的藏品也由该所复制成微缩胶卷并收藏③。

此外广岛大学藏有宝卷、善书等资料 100 多种，由 10 名学者组成的研究小组正在对这批资料进行整理和研究④；筑波大学（其前身为东京教育大学）东洋史研究室藏有 23 种宝卷。神户外国语大学藏有木鱼书 121 种⑤，天理图书馆藏有木鱼书 299 种⑥，日本大东急记念文库藏有明刊道情《新编增补评林庄子叹骷髅南北词曲》⑦，早稻田大学坪内博士纪念演剧博物馆⑧也藏有较丰富的说唱文学书籍。至于日本公共图书馆所藏曲艺文献的总量，还有待更为系统、深入的调查。

日本公共图书馆的中国说唱文学文献有不少来自私人特别是汉学家们的收藏。前文已说过，明治维新之后，日本一些汉学家受时代学术新思潮的影响，将目光转向中国通俗文学，如长泽规矩也、泽田瑞穗、滨一卫、仓石武四郎、波多野太郎等，成为日本第一代致力于中国通俗文学研究的汉学家。因研究之需，他们都曾到中国进行过访学和访书，购藏了大量包括说唱文学在内的中国通俗文学文献。利用这些丰富的文献，他们对中国说唱文学进行了广泛而深入的研究。这

---

① 参见关瑾华《日本藏木鱼书考述》，《华南日本研究》第 3 辑，华东理工大学出版社 2010 年版。对该馆所藏《温凉盏》唱本，朱眉叔《日本京都大学图书馆藏满汉合璧写本〈温凉盏〉评介》一文有详细探讨，文载《满族研究》1988 年第 3 期。

② 王育德：《歌仔册话》，《台湾青年》第 30、31、33、34 期，1963 年。

③ 参见王顺隆《闽台歌仔册书目·曲目》，《台湾文献》第 45 卷第 3 期，1994 年 9 月。

④ 参见［日］山下一夫《关于日本广岛大学收藏宗教经卷整理情况》，中国宝卷国际研讨会暨中国俗文学学会 2014 年会会议论文。

⑤ 参见［日］渡边浩司《神户市外国语大学所藏南音·木鱼书类一览》（《开篇》1992 年 10 月号）、关瑾华《日本藏木鱼书考述》（《华南日本研究》第 3 辑，华东理工大学出版社 2010 年版）。

⑥ 参见［日］鸟居久靖《馆藏广州俗曲书目》（日本天理大学 1970 年刊行）、关瑾华《日本藏木鱼书考述》（《华南日本研究》第 3 辑，华东理工大学出版社 2010 年版）。

⑦ 参见全婉澄《日本藏稀见明刊道情〈庄子叹骷髅〉考述》，《曲艺》2013 年第 5 期。

⑧ ［日］稻叶明子：《馆藏潮州歌册目录》，《演剧研究》第 24 期，2000 年。

些汉学家去世后，所藏书籍大都出让或捐赠给公共藏书机构，得到妥善的保存。

以下简要介绍这些汉学家们的说唱文学收藏及藏品编目情况。

1. 长泽规矩也

长泽规矩也对版本、目录之学有着精深的研究，著有《中国版本目录学书籍解题》《明清俗语辞书集成》等。他对中国通俗文学同样怀有浓厚的兴趣，曾多次到中国，购藏大量中国旧籍，其中不乏珍本秘籍①。

在长泽规矩也的藏书中，通俗文学占有很大的比重，仅小说、戏曲就有约550部，3000册。就说唱文学而言，也是相当丰富的，涉及鼓词、子弟书等多种样式。他曾根据个人所藏编制《家藏旧钞曲本目录》《家藏曲本目录》等目录，其中《家藏旧钞曲本目录》分昆曲、昆弋、总集、乱弹、二黄、梆子、影戏、大鼓、子弟书、莲花落、快书、岔曲、宝卷等类，收录其所藏戏曲曲艺类文献，对所收作品，简要注明题目、卷回等基本信息。《家藏曲本目录》则分杂剧、传奇、乱弹、弹词4类，收录个人所藏戏曲曲艺文献，由此可见其所藏曲艺文献之一斑。

长泽规矩也后将其藏书转让给东京大学东洋文化研究所，该所为此专门设立双红堂文库。东京大学东洋文化研究所曾为双红堂文库长泽规矩也旧藏编目，成《东京大学东洋文化研究所藏双红堂文库分类目录》（东京大学东洋文化研究所1961年刊行）。该目经长泽规矩也本人手订，说唱文学主要收在集部词曲类中。

后黄仕忠为双红堂文库所藏唱本编目，相继编有《双红堂文库藏清末四川"唱本"目录》②《双红堂文库藏清末民初北京木刻、石印本"唱本"目录》③《双红堂文库藏民初北京排印本唱本目录》④ 等专目，其中《双红堂文库藏清末四川"唱本"目录》收录晚清时期四川所刊戏曲曲艺唱本，共64册。《双红堂文库藏清末民初北京木刻、石印本"唱本"目录》著录清末民初北京地区所刊

---

① 有关长泽规矩也在中国访书的情况，参见其《收书遍历》《中华民国书林一瞥》《中国民国书林一瞥补正》等文，以及黄仕忠《长泽规矩也中国访书考记》（《南方都市报》2010年3月16、18日）、钱婉约《长泽规矩也中国访书述略》（《山东图书馆学刊》2011年第2期）二文的介绍。

② 黄仕忠：《双红堂文库藏清末四川"唱本"目录》，《东洋文化研究所纪要》第148册，2005年。

③ 黄仕忠：《双红堂文库藏清末民初北京木刻、石印本"唱本"目录》，《东洋文化研究所纪要》第150册，2007年。

④ 黄仕忠：《双红堂文库藏民初北京排印本唱本目录》，《东洋文化研究所纪要》第151册，2007年。

鼓词、杂曲等唱本 196 种。《双红堂文库藏民初北京排印本唱本目录》著录 20 世纪 20 年代北京地区所刊印的戏曲、曲艺唱本 652 种，由此可见长泽规矩也所藏说唱文学文献的情况。

近年来，东京大学东洋文化研究所将双红堂文库长则规矩也旧藏全部数字化，建有东京大学东洋文化研究所所藏双红堂文库全文影像资料库①，以照相版的形式在网上刊布，读者可以使用四部分类、书名笔画、索书号三种方式查阅、下载，十分方便。

2013 年，广西师范大学出版社影印出版《日本东京大学东洋文化研究所双红堂文库藏稀见中国钞本曲本汇刊》，将长泽规矩也所藏稀见曲本刊出，该书由黄仕忠、（日）大木康编，收录 172 部书籍，852 种曲本。

2. 仓石武四郎

仓石武四郎在中国文学、经学、语言学等领域皆有着不俗的造诣，著有《中国文学史》《目录学》等。他曾于 1928 年至 1930 年到中国留学，一方面访学，结交中国学人；另一方面大量购藏各类书籍②。他对中国通俗文学特别是戏曲、曲艺有着很大的兴趣，其藏书以经学为主，也有不少是说唱文学方面的。仓石武四郎去世后，其藏书捐赠给东京大学东洋文化研究所，该所专门设立仓石文库。

对仓石武四郎的藏书，日本学者尾上兼英编有《仓石文库汉籍分类目录集部稿》（1980 年），但存在颇多疏误。后黄仕忠又编有《仓石文库戏曲曲艺书目》著录仓石武四郎所藏戏曲、曲艺方面的书籍，涉及宝卷、弹词、鼓词、子弟书、杂曲等多种艺术样式，其中南北曲之属下的宝卷、弹词、鼓词类收录作品 16 种，子弟书类收录作品 8 种，杂曲类收录作品 7 种③。

总的来看，仓石武四郎所藏曲艺文献大多为晚清至民国间上海、北京等地刊印的俗曲唱本，大部分系仓石武四郎在中国各地购得，其中有不少较为稀见的珍品，具有重要的文献价值④。

---

① http：//hong. ioc. u-tokyo. ac. jp/aboutdb＿chinese. html。

② 有关仓石武四郎在中国留学访学、访书的情况，参见其《仓石武四郎中国留学记》一书，中华书局 2002 年版。

③ 黄仕忠：《仓石文库戏曲曲艺书目》，《东洋文化研究所纪要》第 144 册，2003 年。

④ 详情参见林仁昱《仓石文库藏上海俗曲唱本探究》，《彰化师大国文学志》第 25 期，2012 年 12 月。

3. 泽田瑞穗

泽田瑞穗主要研究中国民间信仰与民间文艺，著有《宝卷研究》《中国庶民文艺》等多种著述。他曾于 20 世纪 40 年代到中国搜罗这一方面的文献，所得甚富，其中以宝卷的收藏最受关注。泽田瑞穗去世后，其藏书归早稻田大学图书馆，该馆专门设立风陵文库，收藏泽田瑞穗旧藏 1370 种，其中大多为戏曲、说唱文学等通俗文学方面的书籍。

泽田瑞穗曾撰有《大鼓书私藏录》一文，介绍其所收藏的 172 种大鼓书作品，共 280 个版本。附录部分收录快书 6 种①。这些作品大多是其本人在北京搜集的。全目依类编排，分上中下 3 卷，对所收作品，著录其题名、版本、页数、故事梗概及与小说戏曲的关系等基本信息。

对泽田瑞穗的藏书，早稻田大学图书馆编有《风陵文库目录》②，其中说唱文学类书籍收在集部曲艺唱本类，包括宝卷、道情·焰口、弹词、鼓词、大鼓书、子弟书、竹板书、木鱼书、石派书、牌子曲、岔曲、莲花落、相声等小类，其中有宝卷 214 种，弹词 10 种，鼓词 15 种，大鼓 249 种，子弟书 18 种，木鱼书 75 种③。对所收文献，标明题名、卷数、作者、版本等基本信息。该馆还于近年将泽田瑞穗的藏书进行数字化处理，建立中国民间信仰与庶民文艺影像资料库④，以照相版的形式在网上公开，世界各地的读者可以很方便地查询、下载。

英国汉学家龙彼得亦编有《泽田瑞穗所藏广州唱本简目》，专门收录泽田瑞穗旧藏中的广州唱本。

4. 滨一卫

滨一卫主要致力于中国戏曲研究，著有《北平的中国戏》《浅谈中国戏剧》等。他曾于 1934 年至 1936 年到中国留学，得以在北京等地搜罗中国书籍，其中以戏曲居多，也有不少有关说唱文学者。滨一卫的藏书后归九州大学附属图书馆，该馆为其设立滨文库，在这些藏书中，有戏单、唱片、简报、戏剧期刊等，

---

① ［日］泽田瑞穗：《大鼓书私藏录》，《天理大学学报》第 12 卷第 3 期，1961 年；第 13 卷第 2、3 期，1962 年。

② 早稻田大学图书馆 1999 年刊行。

③ 另可参见杨慧《风陵文库目录与泽田瑞穗的戏曲收藏》，《兰台世界》2017 年第 13 期。

④ http：//www.wul.waseda.ac.jp/kotenseki/furyobunko/index.html。

还有 1053 册光绪至民国间中国各地刊行的唱本，其中有不少为鼓词、子弟书等说唱文学作品①。

针对滨一卫的藏书，落石清编有《滨文库（中国戏剧关系资料）目录》②。后中里见敬、山根泰志、戚世隽编有《滨文库所藏唱本目录稿》，专门著录其藏书中有关唱本的部分③。

波多野太郎对中国语言、通俗文学皆有精深的研究，著有《中国小说戏曲词汇研究辞典》《中国文学史研究：小说戏曲论考》等。他曾多次到中国考察，与中国学界有着较为密切的联系，同时也购藏有很多中国书籍，其中多为有关说唱文学者。与其他日本汉学家不同的是，他对中国南方的说唱文学如木鱼书、歌册等也给予了较多的关注，其藏品中有不少这方面的书籍。其藏书后归筑波大学、日本国学院大学图书馆、早稻田大学图书馆等机构。

5. 波多野太郎

波多野太郎对中国语言、通俗文学皆有精深的研究，著有《中国小说戏曲词汇研究辞典》《中国文学史研究：小说戏曲论考》等。他曾多次到中国考察，与中国学界有着较为密切的联系，同时也购藏有很多中国书籍，其中多为有关说唱文学者。与其他日本汉学家不同的是，他对中国南方的说唱文学如木鱼书、歌册等也给予了较多的关注，其藏品中有不少这方面的书籍。其藏书后归筑波大学、日本国学院大学图书馆、早稻田大学图书馆等多家藏书机构收藏。

波多野太郎撰有多篇文章，介绍自己在说唱文学方面的收藏，如《道情弹词木鱼书》一文收录其 1969 年在香港等地所购得的说唱文学作品，包括木鱼书 53 种、南音 17 种、龙舟 15 种，著录内容包括作品名、卷书、册数、版本、故事内容等④；《木鱼与南音——中国民间音乐文学研究》承《道情弹词木鱼书》一文

① 有关滨一卫的藏书情况，参见中里见敬《日本九州大学滨一卫文库所藏戏剧资料简介》，第八届中国古代小说、戏曲文献暨数字化国际学术研讨会论文集（2009 年 8 月）。另参见康保成《"滨文库"读曲札记》（三则），《艺术百家》1999 年第 1 期。

② 九州大学附属图书馆教养部分馆 1987 年刊行。

③ ［日］中里见敬、［日］山根泰志、戚世隽：《滨文库所藏唱本目录稿》，《言语科学》第 45 号，2010 年；第 46 号，2011 年。

④ ［日］波多野太郎：《道情弹词木鱼书》，《横滨市立大学论丛》21 卷第 2、3 号，1970 年；第 22 卷第 1—3 号，1971 年。

而写，披露其 1973 年在香港、澳门购得的南音 37 种、木鱼书 42 种①；《新得中国小说戏曲语学书目提要》一文除小说、戏曲外，还介绍了台湾地区刊印的歌仔册 27 种②。此外，他还曾为自己所藏的歌仔册编制目录，共收录 73 种，109 目③。

此外，大渊慧真④、吉冈义丰、仓田淳之助、大渊忍尔、窪德忠、高仓正三等日本学者也曾出于不同的学术目的，到中国搜集民间文艺、民间信仰文献，有较为丰富的说唱文学方面的收藏。如《吴语研究书目解说》收录仓田淳之助所藏宝卷 41 种⑤。

对日本公私藏书机构收藏中国说唱文学文献情况，尚有稻叶明子《日本各地所藏木鱼书目录》、冯佐哲《日本有关宝卷的研究和庋藏》⑥、陈安梅《中国说唱文学在日本的传播》⑦ 等文，这里不再一一介绍。

此外日本学者还到中国等地寻访，编制了一些中国说唱文学方面的专题目录，其中有如下一些：

《木鱼书目录：广东说唱文学研究》，稻叶明子、金文京、渡边浩司编，日本东京好文出版社 1995 年版。该书由研究篇和目录篇两部分组成，其中目录篇根据世界各地 38 家公私藏书机构的收藏，著录了 1994 年前所知见的木鱼书作品 440 种，版本 3874 个，涉及 111 家书坊。对所收作品，介绍作品名、书坊、作者、册数、收藏地点及文献特征等基本情况。后有《拼音索引》。研究篇则收录金文京《有关木鱼书的几个问题》、稻叶明子《木鱼书版本流传》、渡边浩司

---

① ［日］波多野太郎：《木鱼与南音——中国民间音乐文学研究》，《横滨市里大学论丛》第 28 卷 2、3 号，1977 年。

② ［日］波多野太郎：《新得中国小说戏曲语学书目提要》，《东洋大学大学院纪要》第 18 集，1981 年。

③ 参见王顺隆《闽台歌仔册书目·曲目》，《台湾文献》第 45 卷第 3 期，1994 年 9 月。

④ 据车锡伦《海外收藏的中国宝卷》一文介绍，大渊慧真是最早搜集宝卷的日本汉学家，他 1930 年到中国，得宝卷 10 种，其中 5 种为孤本。文载《中华文史论丛》第六十三辑，上海古籍出版社 2000 年版。

⑤ 吴语研究班：《吴语研究书目解说》，《神户外大论丛》第 3 卷第 4 号，1953 年。有关日本公私藏书机构所藏宝卷情况，参见车锡伦《海外收藏的中国宝卷》，《中华文史论丛》第六十三辑，上海古籍出版社 2000 年版。

⑥ 文载《清史研究通讯》1984 年第 4 期。

⑦ 该文为博士学位论文，扬州大学，2016 年。该文对中国曲艺各曲种在日本公私藏书机构所藏篇目列举较为详细，可参看。

《木鱼书药屋的广告》三篇相关论文，对木鱼书的名称、源流、演变、刊刻、广告等问题做了较为全面的介绍。这是一部收录较为完备的木鱼书专题目录①，也是第一部木鱼书专题目录。

《潮州歌册研究目录（稿）》，上田望、大冢秀高编。该目根据谭正璧、谭寻《木鱼歌潮州歌叙录》，薛汕旧藏影印本，中山大学图书馆所藏，林有钿《潮州歌册要目》，东洋大学东洋文化研究所所藏等多种潮州歌册目录汇编而成，共收录各地珍藏的潮州歌册 160 多种，其中有些作品还有不同的版本。对所收作品，标明题名、卷数、版本及著录情况②。

《馆藏影印潮州歌册目录——广东女子与歌曲本》，稻叶明子编。该书收录早稻田大学演剧博物馆所藏潮州歌册 174 种，对所收作品，介绍作品名、版本、卷数、册数、卷首题署、被谭正璧《木鱼歌潮州歌叙录》《潮汕文献书目》著录及编号情况。后附索引，按照作品名首字拼音顺序编排③。

《上海图书馆所藏弹词目录》，轮田直子编。该目分善本弹词和一般弹词两部分，其中善本弹词 8 种，一般弹词 109 种，共收录上海图书馆所藏弹词作品 127 种，其中一些作品有多个版本。对所收作品介绍其名称、作者、卷数、版本及索书号等④。

专题目录之外，还有一些相关的书目也收录部分说唱文学作品，如《吴语研究书目解说》，该目收录与吴语相关的著述，全目分戏曲、小说、弹词、宝卷、歌谣俗曲、俗谚·谜语、语汇、研究、教科书、参考书、杂类、方言译圣书类等类，其中弹词部分收录作品近 50 部，版本 75 个，宝卷部分收录作品 41 部。

除了文献目录，日本学者还编制了一些说唱文学方面的索引，如饭田吉郎的《董西厢语汇引得》（1951 年自刊本）、宫田一郎的《苏州弹词〈三笑〉方言语汇索引》⑤ 等。后者以岳麓书社 1987 年版的整理本《三笑》为依据编制，按照

---

① 李福清根据自己在英国、荷兰及德国访书所得，在《新发现的广东俗曲书目——以明版〈花笺记〉为中心》（《汉学研究》第 17 卷第 1 期，1999 年）一文中补充了几十种该书失收的木鱼书作品。

② ［日］上田望、［日］大冢秀高：《潮州歌册研究目录（稿）》，《金泽大学中国语学中国文学教室纪要》第 3 辑，1999 年。

③ ［日］稻叶明子：《馆藏影印潮州歌册目录——广东女子与歌曲本》，《演剧研究纪要》第 24 号，2000 年。

④ ［日］轮田直子：《上海图书馆所藏弹词目录》，《东北大学中国语学文学论集》第 4 号，1999 年。

⑤ 刊于《北陆大学外国语学部纪要》第 2 期，1993 年；《北陆大学纪要》第 18 号，1994 年。

笔画为序，对收录的方言词汇都标明页码和行数。

日本之外，东南亚地区各国也藏有相当丰富的中国说唱文学文献。东南亚各国是华人在海外人数最多也是最为集中的地区，中国曲艺在那里有较为广泛的传播。由于那里的华人多来自中国南方地区特别是福建、广东、海南等地，因此这里流传的曲艺也具有鲜明的地域色彩，那就是多为南方流行的曲艺形式，比如潮州歌、木鱼书、讲古等，相关的研究也围绕着这些曲种而展开。

遗憾的是，由于当地学界重视程度不多以及各种客观条件的限制，对这些国家所藏曲艺文献的情况目前还缺少系统、细致的调查，只有一些较为零星的介绍。这里就笔者所知，简要介绍。

就所知情况而言，马来西亚公私机构藏有较为丰富的歌册文献。比如谢亚勿的奶奶 19 世纪中叶移民马来西亚时，随身带着两百多本潮州歌册，这些歌册一直保存到谢亚勿这一代。令人遗憾的是，谢亚勿去世后，其家人将这些歌册作为陪葬品，除了生前送人的 10 册外，大多深埋在地下①。

新山的柔佛潮州八邑会馆与槟城的潮艺馆各藏有一批潮州歌册，其中槟城潮艺馆所藏的一些笔者 2016 年夏到槟城时曾亲眼看到过。李文辉对两处所藏歌册进行过调查，看到 30 种，其中 25 种谭正璧《木鱼歌·潮州歌叙录》、肖少宋《潮州歌册研究》曾著录过，另有《天豹图》《梅牡丹》《雷峰塔》《岳芝荆叹五更》《实叻案》这 5 种比较稀见。此外，柔佛潮州八邑会馆还藏有《笔生花》《钟无艳娘娘全集》两种唱本，前者为弹词，后者为木鱼书。由此可见在马来西亚流传的曲艺有多个曲种②。

越南也藏有一定数量的中国曲艺文献，据梁培炽《海外所见〈花笺记〉及其国际影响》一文披露，越南原法国远东学院、河内汉喃院、胡志明市社会科学院图书馆仅《花笺记》就藏有 5 个版本③。据说越南所藏木鱼书文献至少有近

---

① 载新山乡音馆看板，转引自李文辉硕士学位论文《中国古代通俗文学在马来西亚的传播与接受》，南京大学，2016 年。

② 以上有关马来西亚所藏曲艺情况的介绍，参考了李文辉的硕士学位论文《中国古代通俗文学在马来西亚的传播与接受》，南京大学，2016 年。

③ 载其《榕荫论稿》，作家出版社 1999 年版。另据祁广谋《第八才子书与越南喃字小说创作观念的嬗变》介绍，越南社会科学通讯院图书馆就藏有两个版本的《绣像第八才子笺注》，其中一个编号为 P. 705，封面题"净静斋评定"；另一个编号为 P. 650，封面题"净静斋评，情子外集"。这里所说的当是河内汉喃院的收藏，文载《东南亚研究》1998 年第 5 期。

130 册①。

另据调查，韩国公私藏书机构藏有一定数量的曲艺文献，比如乐善斋藏有弹词《玉钏缘全传》、高丽大学藏有《十里金丹》② 等。有一些曲艺作品如《珍珠塔》《再生缘》等在 1880 年前后被翻译成韩文③。可见弹词在韩国较受重视。

再说亚洲地区学界对中国说唱文学文献的整理与研究，在此领域以日本学者的成果最多。

从时间上来说，日本学界对中国说唱文学的研究较之中国学界起步要早。明治维新之后，一些汉学家如狩野直喜、仓石武四郎、青木正儿等受到西方学术思潮的影响，得风气之先，开始对以说唱文学为代表的中国通俗文学进行探讨，成为日本从事中国通俗文学研究的第一代学人。他们的研究代表着日本汉学从传统到现代的转型，为日本的中国通俗文学研究奠定了坚实的基础，同时也对中国本土的说唱文学研究产生了良性的影响，起着积极的推动作用。

第一代研究中国通俗文学的日本学人大多涉足过说唱文学研究，他们对文献资料的搜集、整理与研究给予高度重视。狩野直喜是日本敦煌说唱文学研究的开创者，对中日两国学界皆有较大影响。此外他还从俄罗斯拍摄《刘知远诸宫调》的照片。后青木正儿依据这些照片，对这部新发现的诸宫调作品进行深入探讨，写成《刘知远诸宫调考》一文，确认该书属于诸宫调作品④。长泽规矩也撰写过《中国俗曲的唱本》⑤ 等文章。仓石武四郎曾进行过《天宝遗事诸宫调》的辑佚，其成果没有公开刊布，青木正儿借阅后曾在其《中国近世戏曲史》一书中进行介绍⑥。

相比之下，稍后进入学界的泽田瑞穗、波多野太郎二人在中国说唱文学方面用力更勤，他们以此为主要研究方向，长期专注于此，因而所取得的成果也更

---

① 参见张晓琪硕士学位论文《新辑木鱼歌文献研究》第四章《从新辑木鱼歌看木鱼歌的传播》，四川师范大学，2014 年。

② 参见闵宽东《中国古典小说在韩国的研究》，学林出版社 2010 年版，第 41、44 页。

③ 参见闵宽东《中国古典小说在韩国的研究》，第 96 页。

④ ［日］青木正儿：《刘知远诸宫调考》，《支那学》第 6 卷第 2 号，1932 年。中文译文载《北平图书馆馆刊》第 6 卷第 4 期，1932 年，又载《大陆杂志》第 1 卷第 3 期，1932 年。

⑤ 载《书志学》4 卷 4 号。中译本载《青年界》11 卷 4 期，1937 年。

⑥ ［日］青木正儿：《中国近世戏曲史》，王古鲁译，商务印书馆 1936 年版，第 47 页。

多，并形成了自己的治学特色。在 20 世纪 40—70 年代，日本学界所发表的曲艺研究成果中，有差不多一半都是出于这两位学者之手。两人的研究都是依托个人的丰富收藏进行的，偏重文献资料的梳理与研究，在多个领域做出开拓性的贡献。

泽田瑞穗的研究主要集中在宝卷上，在此方面有两部重要著作：

一是《校注破邪详辩》，道教刊行会 1972 年刊行。

该书对清代黄育楩所著《破邪详辩》《续刻破邪详辩》《又续破邪详辩》《三续破邪详辩》进行断句、标点及校注。全书采用光绪九年（1883）荆州将军署重刻本为底本，所缺"又续"以下两卷则以李世瑜所寄手抄校订本为据。对于正文明显错误，加以订正。对于书中著录的宝卷，注明存佚情况。为便于读者检索，校注者还编有索引。卷首有解说和校注例言，书后附收《龙华经研究》《〈众喜宝卷〉所见明清教门史料》《清代教案所见经卷名目考》三篇相关文章。《破邪详辩》虽为破除邪教而写，因其中提及大量宝卷名目，具有重要的文献价值，该校注本为研究清代宝卷提供了重要的参考。

二是《宝卷研究》，国书刊行会 1963 年版。后进行增补，以《增补宝卷研究》为名于 1975 年出版①。

该书内容包括宝卷序说、宝卷提要和宝卷丛考三部分，其中宝卷序说具有总论性质，对宝卷的名称、系统、变迁、类别、结构、词章、宗教性、题材、文学性及刊印、宣卷等进行全面系统的介绍。宝卷提要部分分五卷，另有别录及补遗，收录作者本人及京都大学人文科学研究所、仓田淳之助等公私所藏 208 种宝卷，对所收宝卷，介绍其题名、版本、故事梗概、品目等内容。有些作品后还有作者所写的备考。宝卷丛考收录七篇相关文章。书后附《宝卷研究文献目录》及索引。《宝卷研究文献目录》分著录·提要、翻印、通论、专题及宗教史关系五部分，收录作者当时所能见到的宝卷研究文献资料。从这份目录所列研究著述来看，到 20 世纪 70 年代，日本学者发表的有关宝卷的论文近 30 篇，其中有 14 篇为泽田瑞穗一人所写，占到总数的近一半，由此可见其宝卷研究在日本学界所占的分量。

---

① 车锡伦、佟金铭以"宝卷的系统和变迁"为题，摘译该书宝卷序说部分的第二、三章，载《曲艺论坛》1997 年第 3 期。

对《宝卷研究》一书，日本学界给予了高度评价，有学人称该书"在宝卷研究史上是划时代的，它不但对以往的宝卷作了总结，同时也可以说给以后宝卷的研究开辟了道路"①。

在《地狱变：中国冥界说》②《佛教与中国文学》③《中国民间信仰》④《宋明清小说丛考》⑤《中国庶民文艺》⑥《中国的传承与说话》⑦ 等著述中，泽田瑞穗或探讨说唱文学的相关问题，或利用说唱文学文献探讨中国通俗文学及民间信仰等问题。比如《佛教与中国文学》一书中就涉及变文、弹词、道情等多个曲种。《中国庶民文艺》一书中收录了八篇研究说唱的论文，包括《子弟书一夕话》《负鼓盲翁》《大鼓书私录》《李翠莲故事唱本考》等，可见其涉猎领域还是相当广的，并不仅限于宝卷。

波多野太郎对中国说唱文学的研究主要集中在以下两个方面。

第一个方面是子弟书文献的整理与研究。在此方面的著述主要有以下几种。

一是《子弟书研究：影印子弟书满汉兼螃蟹段儿附解题识语校释》⑧。该文包括解题、识语、校释、影印四个部分。其中解题部分对子弟书及满汉兼《螃蟹段儿》进行较为全面的介绍，后附《子弟书精要书目》，收录与子弟书相关的著述；识语部分为波多野太郎校勘《螃蟹段儿》的成果，他将自己所藏抄本与其他版本进行校勘，并出校记。在编排上，分上下两栏，上栏为正文，下栏为校记。识语后有《解题补遗》；校释部分系对作品词语进行的注释。

后来波多野太郎得见天理图书馆所藏文萃堂刻本，并将其与个人所藏抄本进行校勘，依据校勘结果对《子弟书研究》一书进行修订，撰成《子弟书研究续：

---

① ［日］相田洋：《有关国会图书馆所藏的宝卷》，《东洋学报》第 63 卷第 3—4 期。中文译文载《世界宗教资料》1984 年第 3 期。

② 法藏馆 1968 年刊行，平河出版社 1991 年再版。

③ 国书刊行会 1975 年版。

④ 新荣堂 1982 年刊行。

⑤ 研文出版社 1982 年版。

⑥ 东方书店 1986 年版。

⑦ 研文出版社 1988 年版。

⑧ ［日］波多野太郎：《子弟书研究：影印子弟书满汉兼螃蟹段儿附解题识语校释》，《横滨市立大学纪要》人文科学第 38 号，1967 年 3 月。另参见波多野太郎《子弟书兼满汉段儿解题：钞本螃蟹段儿附识语》，《东方学》第 32 期，1966 年 6 月。

影印子弟书满汉兼螃蟹段儿附识语校释再补提要补遗》① 《子弟书研究：螃蟹段儿校释三补提要再补》② 两文。其中《子弟书研究续：影印子弟书满汉兼螃蟹段儿附识语校释再补提要补遗》一文包括识语校释凡例、识语、校释再补、提要补遗、第一卷原文识语校正、第一卷校释正误、天理图书馆藏文萃堂刊螃蟹段儿影印本、金九经的吃螃蟹等部分，识语和校释以天理图书馆所藏文萃堂刊本为底本，以个人所藏抄本、晋马进抄本为校本。

二是《满汉合璧子弟书寻夫曲校正》，《横滨市立大学纪要》中国文学第四篇（1973 年）。该书对满汉合璧子弟书作品《寻夫曲》进行整理，其底本为德国汉学家稽穆所藏。

三是《子弟书集》。波多野太郎编印该书的目的在"改写文学史，显彰无名作家以慰幽魂也"③。该书分两辑，其中第一辑根据日本学人长田夏树、泽田瑞穗、长则规矩也、仓石武四郎及编者本人所藏，选收《吊绵山》《查关》《藏舟》等子弟书作品 53 种。全书采取影印方式，对收录作品，写有提要和校记，其中提要部分介绍作品的名称、回数、作者、版本、藏者等基本情况。校记部分为《藏舟》《忆真妃》等 6 篇作品的校记④。第二辑为《子弟书〈滚楼〉提要附〈忆真妃〉》⑤。

第二个方面是对中国南方说唱文学的研究。

波多野太郎在这方面的著述主要有《道情弹词木鱼书》⑥ 《木鱼与南音：中国民间音乐文学研究》⑦ 《华南民间音乐文学研究》⑧ 《客途秋恨校注》⑨ 等。

---

① 《横滨市立大学纪要》人文科学第 42 号，1968 年 3 月。

② 1968 年油印本。后波多野太郎将上述文章结集，以《螃蟹段儿研究》为名在台湾出版单行本，东方文化供应社 1970 年版。

③ ［日］波多野太郎：《子弟书集》第一辑"自序"，《横滨市立大学纪要》人文科学第 6 篇、中国文学第 6 号，1975 年。

④ ［日］波多野太郎：《子弟书集》第一辑，《横滨市立大学纪要》人文科学第 6 篇、中国文学第 6 号，1975 年。后《国立北京大学中国民俗学会民俗丛书》将该书有关《红楼梦》的作品抽出，另成一书，名《红楼梦子弟书》（当为子弟书——笔者注），台湾东方文化书局 1977 年版。该书收录根据《红楼梦》改编的子弟书 12 种，16 个版本，书后有《黛玉悲秋》《露泪缘》两种作品的校记。

⑤ ［日］波多野太郎：《子弟书集》第二辑，《亚非文化研究所研究年报》第 24 期，1989 年。

⑥ 《横滨市立大学论丛》第 21 卷第 2、3 号合刊，1970 年；第 22 卷第 1 号，第 2、3 号合刊，1971 年。

⑦ 《横滨市立大学论丛》第 28 卷 2、3 号合刊，1977 年。该文有谭正璧、谭箎中译本，题名为《论木鱼、南音及粤讴》，载《曲艺艺术论丛》第一辑，中国曲艺出版社 1981 年版。

⑧ 《横滨市立大学纪要》中国文学第 8 号，1977 年。

⑨ 载《中国语文资料汇刊》，东京不二出版社 1995 年版。

波多野太郎曾于 1969 年 5 月、1973 年两次到香港、澳门地区寻访，搜集了不少珍贵的中国南方说唱文学文献，上述这些文章即是依据这些文献写成的，并附有相关作品的目录，彼此在内容上有关联之处。

其中《道情弹词木鱼书》一文分上中下三篇，上篇主要探讨弹词、道情产生发展以及彼此的关系，中篇主要探讨清代的弹词与木鱼书，下篇则探讨南音与龙舟歌。该文较为系统地梳理了南方主要曲种，并附有作品目录。

在《木鱼与南音：中国民间音乐文学研究》一文中，作者有鉴于木鱼和南音颇为相似，特别难以区分，容易混淆，便在借鉴前人成果的基础上，从曲词、乐器、演出等方面辨析两者的异同，并谈及它们与粤讴之间的关系。中国南方曲艺特别是岭南地区的曲艺历来关注者较少，波多野太郎花费不少时间精力进行研究，是这一领域的拓荒者之一。

《华南民间音乐文学研究》与《道情弹词木鱼书》在内容上有重叠，全文分序说、道情的生成与发展、道情的概念与弹词的关系、弹词的原委、木鱼龙舟南音粤讴五个部分，对道情、弹词的产生演进以及彼此的关系进行了梳理，同时对木鱼书、龙舟歌及粤讴进行考察。文后有附录，收录粤讴作品。

中国南方曲艺，历来不受重视，波多野太郎关注于此，搜集资料，撰写文章，做了许多基础工作，可见其学术眼光，他也因此成为这一领域的开拓者，为后来的研究奠定了良好的基础。

除了上面重点介绍的两位学人，其他研究者在说唱文学文献的搜集、整理与研究方面也做了不少工作。总的来看，日本学人研究中国曲艺具有如下几个明显的特点。

一是重视文献资料的积累。他们不仅到海内外藏书机构广为寻访文献资料，而且还编制相关的书目、索引，为其他研究者提供方便。从上节所列举的曲艺目录、索引就可以看到这一点。就研究方法而言，他们重视基本文献的校勘整理，偏重实证式研究。

二是重视实地考察，通过田野调查的方式获取第一手资料，了解实际的生存与演出状态。早期的日本汉学家大都来过中国，以购买书籍的方式获得文献，当然也有进行田野调查的，如波多野太郎为研究中国南方的说唱文学，曾多次实地考察，得到不少第一手资料，其研究在当时具有开创意义。

其后研究说唱文学的汉学家们大多也来过中国，相比之下，他们更为重视亲临实地的田野调查，取得了不少研究成果。如矶部祐子的《地方戏曲的复兴及其意义——以莲花落、鹦哥班、宝卷的演出为论述中心》。该文即是作者三次到浙江绍兴调查的结果，她一共考察了六场演出，其中有戏曲，也有莲花落、宝卷。目的在"弄清同一地区春、秋两季的演剧异同，即调查曾经是春天上演《祈福祭祀》与秋天上演《攘灾祭祀》在惯例上的差异，经过'文革'后发生了哪些变化，以便进一步明确民间演剧的上演与宗教关系的现状"[①]。要了解这些情况，不通过实地调查走访是不行的。

三是重视具体问题的解决。日本学者很重视对具体作品版本、本事、演出等问题的探讨，相比中国学界的研究，宏观整体上的探讨不多。

以下分曲种，对日本近年来整理、研究中国曲艺的情况进行简要的梳理和归纳。

在说唱文学文献的整理、研究方面，日本学界的相关成果主要有以下一些。

1. 宝卷

在说唱文学文献的整理方面，以宝卷最受重视，相关成果也最多，其中主要有以下一些。

（1）吉冈义丰所藏宝卷的整理与刊布。吉冈义丰的主要研究领域为中国道教，他致力道教文献的搜集与整理，藏有宝卷多种。在他整理刊行的宗教文献中，有不少属于宝卷，如《太上宗科仪》[②]、《弥勒地藏十王宝卷》[③]、乾隆版《香山宝卷》[④]、同治版《香山宝卷》[⑤] 等。

其中《弥勒地藏十王宝卷》以光绪十一年（1885）刊本为底本整理，采取油印方式刊行，后有吉冈义丰所写《解说》；乾隆版《香山宝卷》采用影印方式刊行，前有吉冈义丰所写《乾隆版〈香山宝卷〉解说》；同治版《香山宝卷》以同治年间刊本为底本，采取油印的方式刊行，在书后吉冈义丰所写《解说》中，

---

①　［日］矶部祐子：《地方戏曲的复兴及其意义——以莲花落、鹦哥班、宝卷的演出为论述中心》，《中国文学研究》第十二辑，中国文联出版社 2008 年版。有关矶部祐子到中国田野调查的情况，参见谢涌涛的《她自扶桑来——记日本国富山大学矶部祐子教授》，《文化艺术研究》2007 年第 3 期。

②　载《宗教文化》第六辑，大正大学宗教文化研究室 1946 年刊行。

③　载《中国宗教思想史谈会报》第 2 号，1968 年 12 月。

④　载［日］吉冈义丰、［法］苏远鸣编《道教研究》第四册，边境社 1971 年版。

⑤　载《中国宗教思想史谈会报》第 3 号，1971 年 4 月。

将同治刊本与乾隆刊本详细比勘，并列出《异同对照表》。

（2）早稻田大学中国古籍文化研究说唱文学研究班整理刊行的系列宝卷作品。该研究班整理刊行的宝卷多为泽田瑞穗的旧藏，目前已刊行《乌金宝卷》（2003 年刊行）、《梅花戒宝卷》（2004 年刊行）、《抢生死牌宝卷》（2005 年刊行）三种。各书有统一的体例，包括凡例、解题、故事梗概、作品整理及相关研究文章，其中对作品的整理包括三个部分，即作品的影印、整理与注释，采取逐页影印、整理对照的方式编排①。

（3）矶步彰所编的《清初刊教派系宝卷二种原典与解题》，日本东北大学东北亚研究中心 2010 年刊行。该书以影印方式收录《普覆周流五十三参宝卷》和《姚秦三藏西天取清解论》。

（4）上田望、施凯盛、林志英校注的《双英宝卷校注影印》②。该书内容分两部分，前一部分为作品的校订，校订的内容包括文字的订正和词语的注释，后一部分为原作的影印版。卷首有上田望所写的题解。

（5）金泽大学刊行的系列校注本。这批校注本包括汪平校注的《白蛇宝卷》③《目连三世宝卷》④《绘图玉蜻蜓宝卷》⑤《赵氏五娘琵琶宝卷》⑥《绘图珍珠塔宝卷全集》⑦，以及上田望所编的《苏州大学图书馆藏宝卷六种》⑧。上述校注本除正文的校注外，还附收原书影印本，前有故事梗概及校勘记，体例较为完善。

2. 诸宫调

在作品的整理方面，有内田道夫校注的《校注刘知远诸宫调》⑨。该整理本以 1958 年文物出版社影印本《刘知远诸宫调》为底本，参照原书照片及其他版

---

① 对已出三书注释存在的问题，黄仕忠撰文《早稻田大学整理本〈浙东宝卷三种〉正误》予以指正，见其《日本所藏中国戏曲文献研究》，高等教育出版社 2011 年版，第 280—287 页。

② 载《绍兴宝卷研究》之二附录，金泽大学 2009 年刊行。

③ 金泽大学 2011 年刊行。

④ 金泽大学 2011 年刊行。

⑤ 金泽大学 2011 年刊行。

⑥ 金泽大学 2011 年刊行。

⑦ 金泽大学 2011 年刊行。

⑧ 金泽大学人间社会研究域 2012 年刊行。

⑨ 载《东北大学文学部研究年报》第 14 号，1963 年。

本进行校勘，并出校记。押韵之处，用符号标出。对一些人名、地名、职官名进行注释。后附《校注刘知远诸宫调注释语汇索引》[①]。

研究著作则有赤松纪彦、井上泰山、金文京、小松谦、高桥繁树、高桥文治合著的《〈董解元西厢记诸宫调〉研究》，汲古书院 1998 年版。该书由解说、文本、曲谱、《董西厢》主要论著目录、语汇索引几部分组成，其中解说对诸宫调、《董西厢》的内容、文学特性、作品背景、作者、用韵等问题进行系统介绍，文本篇包括原文的整理、注释、翻译等内容，整理则是以明代张羽刻本为底本进行。

此外还有饭田吉郎的《董西厢异文表》[②]《董西厢语汇引得》[③]。《董西厢异文表》将八种《董西厢》版本与两种曲谱中的异文以表格的形式显示。《董西厢语汇引得》则是根据《汇刻传奇》甲种本编制，全书按《国语辞典》编排，语句后附有原书的卷数和页数。两书带有工具书性质，为研究提供了很大方便。

3. 说唱词话

这方面的代表成果是《花关索传研究》一书，井上泰山、大木康、金文京、冰上正、古屋昭弘著，汲古书院 1989 年版。

该书对明成化说唱词话中的《花关索传》（包括前集、后集、续集和别集）进行集中研究，全书分解说篇、校注篇、资料篇、影印篇、附论和索引篇六个部分。其中解说篇对明成化说唱词话的整体情况、《花关索传》的体裁、内容、与《三国演义》、民间传承的关系、文学史的意义及其发现情况进行较为详细的介绍；校注篇对花关索传系列作品进行校注，内容包括对文字的校勘与注释；资料篇分关索的绰号、西南地方与关索、关索的故事和关索研究文献目录四个部分，收录有关关索的各种资料；影印篇将花关索传系列作品予以影印刊布；附论为古屋昭弘的《说唱词话花关索传与明代方言》，通过《花关索传》的语音特点探讨作品成立的过程及背景；索引篇主要收录《花关索传》系列作品的词汇、俗语等，按照首字的汉语拼音音序排列，后附《〈花关索传〉登场人物呼称一览表》。

该书由五位对中国说唱文学素有研究的学者合作完成，融《花关索传》的

---

① ［日］内田道夫校注：《校注刘知远诸宫调》，《东北大学文学部研究年报》第 14 号，1963 年。

② 东京文理科大学第二研究室 1951 年刊行。

③ 作者 1951 年自印本。

文献整理、研究于一体，是《花关索传》研究的集大成之作，既体现了日本学人的治学特点，也反映了他们的治学成就。

4. 弹词

作品的校勘整理成果主要有山口建治、冰上正的《弹词义妖传校注试稿》[①]、上田望所编的《苏州大学图书馆藏弹词珍珠塔》[②]、黑田谱美所编的《苏州大学图书馆藏弹词玉蜻蜓》[③] 等。

此外日本在敦煌说唱文学文献方面也有许多研究成果。

日本汉学家对敦煌说唱文学的研究起步较早，取得了不俗的成就。这一领域的研究是从狩野直喜这一代学人开始的。1910 年，他受京都帝国大学委派，与内藤湖南等人一起到中国，考察敦煌文献。1912 年秋至 1913 年春，他又远赴欧洲，到英、法、俄等国调查敦煌文献，颇有收获。在调查过程中，他注意到其中的通俗文学："还有很多演义类的断片、有关宋杂剧起源方面的断片（时代是五代或宋代）。"[④] 他还抄录了其中的一部分，包括唐写残本小说、季布歌等。

1916 年，狩野直喜发表《中国俗文学史研究的材料》一文，利用其在英国、法国寻访敦煌文献所得，对中国古代俗文学进行了开创性的研究，提出"在唐末五代，早已有了俗文学底萌芽"[⑤]。

稍后，在京都帝国大学讲授中国小说史时，狩野直喜作了进一步的阐述，他提出自己在法国、英国所见敦煌文献"类后世小说之古抄本者不少"，其中有关伍子胥、唐太宗故事者"皆以散文而作，伍子胥故事虽少用白话，然风格类后世小说"。"尚有韵文小说。即《孝子董永传》、《季布赋》，每句皆用押韵之七言，然亦夹用白话。此非古典之诗，盖与今日中国所称弹词者同。""唐末五代之时，已有类似后世小说之文学也。"[⑥]

在当时的条件下，狩野直喜对敦煌俗文学能做出这样的研究，实属不易。利

---

① 载《人文研究》第 106 号，1990 年；第 110 号，1991 年。

② 金泽大学人间社会研究域 2011 年刊行。

③ 金泽大学人间社会研究域 2012 年刊行。

④ 狩野直喜 1913 年 1 月 22 日信函，原载《艺文》第 4 卷第 4 号，1913 年 1 月。此处引自神田喜一郎《狩野先生与敦煌古书》，载其《敦煌学五十年》，中华书局 2004 年版，第 79 页。

⑤ ［日］狩野直喜：《中国俗文学史研究的材料》，原载《艺文》第 7 年第 1—3 号，1916 年。中译本载汪馥泉译《中国文学研究译丛》，北新书局 1930 年版。

⑥ 以上见狩野直喜《中国小说戏曲史》，张真译，江苏人民出版社 2017 年版，第 42、43 页。

用这些新发现的材料，他明确提出中国俗文学萌芽于唐末五代的看法，而且指出这类作品与后世小说、弹词等俗文学之间的渊源关系，这是对敦煌俗文学所作的最早研究，具有开拓之功，为这一领域的发展奠定了良好的基础。

就时间而言，狩野直喜对敦煌通俗文学的研究要早于王国维，王氏发表于1920年的《敦煌发见唐朝之通俗诗及通俗小说》一文通常被认为是国内研究敦煌通俗文学的发端之作，但时间已是在狩野直喜几年之后。而且需要指出的是，王国维当时所见不少敦煌文学文献如《唐太宗入冥记》《秦妇吟》等，也是狩野直喜提供的。有论者评价《中国俗文学史研究的材料》"这篇长文是他欧洲访书后，撰文介绍敦煌文书最为集中，且影响汉学研究发展最为深远的一篇论文"①。

有位学人对狩野直喜曾有这样的评价："时敦煌遗书发见不久，存于伦敦、巴黎者，国人尚未寓目。以我东亚人之最初阅览者，恐以狩野博士为最早；而博士以一经学家而能注意此种俗文学资料，且抄归不自珍秘，以示国人，尤为难得之至。吾人今日所见之《云谣集杂曲子》《季布歌》《孝子董永传》《唐太宗入冥记》《秋胡小说》等，皆狩野博士介绍于吾国者也。"②

在《中国俗文学史研究的材料》一文中，狩野直喜还首次提出并使用"俗文学"这一术语，后来这一术语被中国学界广泛采用。

在狩野直喜等人的提倡和示范下，敦煌说唱文学研究受到日本学界的重视，出现了一批研究成果，如青木正儿的《关于敦煌遗书"目连缘起""大目乾连冥间救母变文"及"降魔变押座文"》（《支那学》第4卷，1927年10月）、仓石武四郎的《写在"目连变文"介绍之后》等。这两篇文章可以说是日本学界正式研究变文的第一批文章，而且在同一期刊物刊发，同时使用了"变文"一词，这是学界第一次使用这一术语，很快就为中外学界广泛接受，影响深远③。

---

① 郑阿财：《论敦煌学与日本汉学发展的关系——以京都中国学派开创者狩野直喜为中心》，《汉学研究集刊》创刊号，2015年12月。

② 傅芸子：《敦煌俗文学之发见及其展开》，《中央亚细亚》1卷2期，1941年10月。有关狩野直喜研究中国通俗文学的情况，参见严绍璗《狩野直喜和中国俗文学的研究》，《学林漫录》第七集，中华书局1983年版。

③ 对这一问题学界还有不同意见，如傅芸子在《敦煌俗文学之发见及其展开》一文中说："变文之名最早介绍于世者，恐即胡适博士所记之《维摩诘经变文》。"载其《正苍书院考古记·白川集》，辽宁教育出版社2000年版，第195页。详情有待进一步考察。

此后，敦煌说唱文学受到日本学人越来越多的关注，取得了许多引人注目的研究成果。

在文献的整理方面，主要有以下成果。

1. 作品的校勘整理

主要有金冈照光的《敦煌本八相押座文校释》①　《校勘译注敦煌本王陵变》②，金文京的《敦煌本〈王昭君变文〉校注》③，柿市里子、涩谷誉一郎、游佐昇的《敦煌出土〈大目乾连冥间救母变文〉校勘译注》④，北川修一的《敦煌本〈李陵变文〉译注》⑤，阎崇璩编著的《敦煌变文词语汇释》（大东文化大学中国语大辞典编纂室 1983 年刊行）等。

2. 目录、索引的编制

在此方面，最为值得关注的是金冈照光所编的敦煌文学专题目录《敦煌出土汉文文学文献分类目录附解说》。

该目分目录、解说两个部分，其中目录部分共收录敦煌卷子 355 件。全目分讲唱体、散文、韵文三大类，每一类下又有若干子类，其中讲唱类分讲经文和变文两小类，散文类分俗文、对话体和小说三小类，韵文类则分长歌、短篇歌咏、押座文、赞文佛曲、曲子词、定格联章、通俗诗、杂诗赋、诗文等九小类。对所收文献，分编号、名称、首尾存欠、行数、年代、题记、内容提要、可与缀合文书、正背面所抄其他文书等项进行介绍⑥。解说部分介绍了敦煌文学的保存及整理情况，对敦煌文献的分类谈了自己的看法。

这是对敦煌文学进行的一次系统编目，涵盖了敦煌文学的全部门类，反映了作者对敦煌文学的整体认知，在学界产生较大影响。对敦煌说唱文学，作者将其作为敦煌文学的三个重要类别之一，下设讲经文和变文两个小类，押座文、赞文佛曲则被归到韵文中。

---

① 载《东方宗教》第 32 期，1968 年 11 月。

② 载《东洋大学大学院纪要》第 14、15、18、23 期，1978 年 3 月、1979 年 3 月、1982 年 3 月、1986 年 3 月。

③ 载《庆应义塾大学言语文化研究所纪要》第 24 期，1992 年 12 月。

④ 载《东洋学研究》第 32、33、34 期，1995 年 3 月、1996 年 3 月、1997 年 3 月。

⑤ 载《东洋大学大学院纪要》第 33 期，1997 年 9 月。

⑥ 金冈照光：《敦煌出土汉文文学文献分类目录附解说》，财团法人东洋文库 1971 年刊行，中译文由李宁平、孙亚英译，载《社会科学》1983 年第 4、5 期。

此外金冈照光还编有《敦煌文献目录》(《东洋学研究》第 25 号，1990 年刊行)。

同类著述尚有入矢义高的《敦煌变文集口语语汇索引》(1959 年刊行)、吉冈义丰所编的《敦煌文献分类目录》(东洋文库 1969 年版)、中田笃郎所编的《北京图书馆藏敦煌遗书总目录》(京都朋友书店 1989 年版)、东洋文库敦煌文献研究委员会所编的《吐鲁番·敦煌出土汉文文书研究文献目录》(东洋文库 1990 年版)等。

第二节　欧美地区说唱文学文献研究

欧洲人大约是从 16 世纪开始接触中国曲艺的，主要的渠道是通过传教士和商人从中国沿海地区购买书籍，其后一些曲艺文献源源不断从中国本土流传到欧洲各国。那些传教士和商人并非有意购买此类书籍，往往是在其书籍中杂有几种。比如传教士马礼逊(1782—1834)在中国传教期间购买了大量书籍，回国后转让给伦敦大学东方及亚非学院图书馆，其中就有《花笺记》《二荷花史》《绘真记》三种曲艺类书籍。但是在相当长的一段时间里，因懂中文者甚少，这些书籍并未得到关注。

1824 年，英国人汤姆斯将木鱼书《花笺记》翻译成英文，引起人们的关注，并对歌德的思想和创作产生了一定的影响，这可以看作是欧洲研究中国说唱文学的开始。

北美地区虽然在地缘上距离中国十分遥远，来往不便，但是受特殊的政治、文化等因素的影响，自近代以来，一直与中国保持着十分密切的联系。这一地区是 20 世纪以来中国移民的主要迁居地，有数百万华人在此生活，包括曲艺在内的传统文化艺术有着较为深厚的群众基础，这里与日本、新加坡等国家一起，成为中国曲艺在海外传播的主要地区。无论是传播的广泛，还是研究的深入程度，都是其他国家难以相比的。

这里先对欧美地区各国说唱文学文献的收藏及著录情况分别予以简要介绍。

在欧洲地区，俄罗斯是对中国曲艺最为重视也是关注最早的国家之一。俄罗斯汉学家从 18 世纪起就开始有意识地搜集汉籍，后来逐渐涉及说唱文学。19 世纪二三十年代，有个东正教使团到北京，回国后，有位叫德明的成员撰写《中国行纪》在报刊发表，介绍在中国的见闻，其中就提到当时北京地区曲艺演出的情况。汉学家伏·瓦西里也夫在 19 世纪中期旅居中国，其间曾搜集过一批包括弹词在内的说唱文学资料，他也是最早注意到曲艺的俄罗斯汉学家。其弟子阿·伊凡诺夫斯基在 19 世纪末也搜集到一些鼓词文献①。其后，不断有俄罗斯汉学家到中国搜集资料，其中有不少属说唱文献，经过几代人多年的积累，曲艺文献的收藏也就相当可观②。

俄罗斯国内多个藏书机构藏有中国曲艺文献。比如苏联科学院东方研究所藏有十分丰富的敦煌文献③，这些文献主要是奥登堡 1914—1915 年从中国带回的④，共有 18000 多件，其中大部分为佛教寺院文献，其中文学作品 275 件，变文类作品 56 件，包括《维摩诘经变文》《十吉祥变文》《双恩记变文》《法华经变文》等⑤。

孟列夫（Л. Н. Меньшиков）等人所编的《苏联科学院亚洲民族研究所藏敦煌汉文写本注记目录》著录了该所所藏 2954 件敦煌写卷，其中 1470 号至 1489 号为变文。全目按类编排，各类文学作品作为单独的一类。仅就敦煌说唱文学而言，不乏外界以往未知的作品，如《佛说报恩经变文》《孔夫子和项托相问书》《舜子变》等⑥。

此外苏联科学院东方研究所列宁格勒分所藏有宝卷 18 种，其中《佛说崇祯

① 上述介绍参考了［苏］司格林的《中国说唱文学研究在苏联》，《曲艺艺术论丛》第八辑，中国曲艺出版社 1987 年版。

② 有关俄罗斯汉学家早期搜集中国曲艺文献的情况，参见李明滨《中国与俄苏文化交流志》，上海人民出版社 1998 年版，第 188—190 页。

③ 该所曾改称亚洲民族研究所，现称俄罗斯科学院东方研究所。

④ 有关该所入藏敦煌文献的经过，参见刘亚丁《俄罗斯科学院东方文献研究所与敦煌写卷》，《国际汉学》2014 年第 1 期。奥登堡或译作鄂登堡。

⑤ 参见［苏］孟列夫《俄罗斯科学院东方学研究所圣彼得堡分所藏敦煌文献》，《中华文史论丛》第 50 辑，上海古籍出版社 1991 年版。

⑥ ［苏］孟列夫等：《苏联科学院亚洲民族研究所藏敦煌汉文写本注记目录》，苏联科学出版社东方文学部 1963、1967 年刊行。中译本题名为《俄藏敦煌汉文写卷叙录》，上海古籍出版社 1999 年版。另参见席臻贯《从苏联藏敦煌说唱文本说起》（《青海师范大学学报》1992 年第 1 期）等。

爷升天十忠宝卷》为孤本①。国立列宁图书馆藏有宝卷 7 种，8 个版本②。

对俄罗斯所藏中国说唱文学文献，著名汉学家李福清（B. Riftin）曾进行过较为全面、系统的调查，他曾这样介绍自己的调查所得："我调查过列宁格勒和莫斯科各图书馆的藏书，发现了中国俗文学作品一百五十余种，有弹词、鼓词、子弟书、大鼓书、牌子曲等等，还有章回小说若干种。"③ 他还根据自己的调查所得编制专题书目，其中主要有以下两种。

一是《中国章回小说及俗文学书目补遗》。作者有感于已刊行的小说书目收录不够完备，"想根据俄国藏的章回小说版本，一面补充孙楷第及大塚秀高等编的小说书目，一面补充《小说书坊录》缺漏的重要材料"，遂编制了这份目录。该目"就俄国各大图书馆的收藏情况，依体裁分类，对现有的书目补充"。

该目不仅收录了一些重要的小说作品及版本，同时也著录了不少说唱文学作品，其中包括弹词作品 8 种、鼓词作品 47 种、大鼓书作品 33 种、岔曲作品 4 种、牌子曲作品 3 种、莲花落作品 2 种、北京时调小曲 1 种、湖广调小曲 72 种、子弟书 4 种。在这些说唱文学作品中，有 6 部弹词作品、39 部鼓词作品、16 种大鼓作品、4 种岔曲作品、3 种牌子曲作品、2 种莲花落作品、1 种北京时调小曲未被各类书目著录过，如《说唱阴阳镜全传》《绣像四海珠》等，更多的则是与以往书目著录的作品内容、版本不同，为研究者提供了十分珍贵的学术信息。据作者介绍，"俄国所藏弹词作品之丰富绝不逊于日本，其价值是极为珍贵的"。

通过李福清的上述文章可以对俄罗斯说唱文献的收藏情况有较为清晰的了解，"这些补充资料丰富了我们对于 18 至 19 世纪北京印行通俗作品情况的认识；丰富了我们对于大量的体裁和曲调的认识；丰富了我们对于为广大群众出版廉价刊本的许多书肆的认识；同时也增加了我们对于一向对中国俗文学表现出浓厚兴趣的俄罗斯汉学家的活动情况的了解"④。

---

①　参见［苏］司徒洛娃《苏联科学院东方学研究院列宁格勒分所收藏的宝卷简介》，《1976 年至 1977 年历史语言研究东方古典文学年鉴》，1984 年刊行。

②　此处介绍，参考了车锡伦的《海外收藏的中国宝卷》，《中华文史论丛》第六十三辑，上海古籍出版社 2000 年版。

③　［俄］李福清：《中国古典文学研究在苏联》（小说·戏曲），书目文献出版社 1987 年版，第 59 页。

④　［俄］李福清：《中国章回小说及俗文学书目补遗》，《汉学研究》第 11 卷第 2 期，1993 年。

二是《俄罗斯所藏广东俗文学刊本书录》①。该目继《中国章回小说及俗文学书目补遗》而编，为俄罗斯所藏广东俗文学刊本的专题目录。全目著录了莫斯科国立外文图书馆、俄罗斯科学院东方研究所圣彼得堡分所、俄罗斯国家图书馆及李福清本人所收藏的广东说唱文学作品105种，包括木鱼书、龙舟歌、南音等。此外还有粤剧剧作52种。对所收作品，皆介绍其著录、版本、内容等基本情况。这些作品大多为各类目录所失载，具有重要的文献参考价值。

通过上述两个目录，可以了解俄罗斯所藏中国曲艺文献之一斑，其丰富程度令人惊叹，目前国内学界的了解仅限于这些目录，在此方面还有很多工作要做。

值得一提的是，1958年4月，苏联政府将其所藏金刻《刘知远诸宫调》送还给中国，由北京图书馆（今中国国家图书馆）收藏②。该书是1908年至1909年俄国的一个探险队在内蒙古西部的黑水城遗址发现的③，是早期诸宫调的实物文献，无论是研究诸宫调还是研究中国曲艺，都具有十分重要的史料价值。

俄罗斯之外，英国、法国等国公私藏书机构也藏有较为丰富的中国说唱文学文献，比如仅木鱼歌《花笺记》这一部作品，至少法国、英国、荷兰、丹麦、挪威、俄罗斯、德国7个国家均有藏本，而且至少有13种版本④。仅此一端，不难想象这些国家收藏曲艺文献之丰富。这些文献主要是早期的传教士、商人和外交官到中国搜集的，也有一些系汉学家和图书馆专门到中国采购而来。下面按国别对欧洲各国所藏中国曲艺文献的情况分别进行介绍。

英国收藏中国说唱文学文献不仅开始时间早，而且所藏也相当丰富，比如仅《花笺记》一部木鱼书作品，大英图书馆、伦敦大学亚非学院、牛津大学与利兹大学就藏有6种不同的版本⑤，其中不乏孤本珍本。总的来看，英国收藏中国曲艺文献较多的藏书机构主要有以下几家。

---

① 该文系在《中国文学典籍目录补遗：据苏联大图书馆收藏的汉籍》（刊于《亚非人民》1966年第1期）一文基础上补充改写而成，刊于《汉学研究》第12卷第1期，1994年。

② 参见郑振铎《刘知远诸宫调》"跋"（文物出版社1958年版）、赵万里《崇高的友谊——记苏联政府赠送的刘知远诸宫调和聊斋图说》（《文物参考资料》1958年第7期）。

③ 参见谢继忠《浅谈〈刘知远诸宫调〉发现的时间与地点》，《文史知识》2007年第4期。

④ 详情参见梁培炽《海外所见〈花笺记〉版本及其国际影响》，载其《榕荫论稿》，作家出版社1999年版。

⑤ 参见徐巧越《〈花笺记〉在英国的收藏与接受研究》，《图书馆论坛》2019年。

1. 大英图书馆

英国收藏中国曲艺文献最为丰富的当数大英图书馆。该馆藏有丰富的敦煌写卷，系当年斯坦因从中国劫夺而来，其中有不少说唱文学作品，一些中国学人如向达等曾到此寻访。

翟林奈（Lionel Giles，1875—1958）所编《英国博物馆藏敦煌汉文写本注记目录》反映了该馆所藏敦煌写卷的情况。该目从 1919 年起编制，到 1957 年才正式刊布。全目收录了较为完整的敦煌写卷 S.1-6980 号及其他一些汉文写卷、印本。在编排上，分佛教文书、道教文书、摩尼教文书、世俗文书和印刷文书 5 个大类，每个大类下又有若干小类，其中有关文学者，收在世俗文书中，分诗歌杂曲、故事与传记、各体文章等类。对所收文献，分款目编号、汉文名称、卷数、书法、纸质、长度等项进行介绍。

后来格林斯泰德（Eric D. Grinstead）为配合该书，又编制了《英国博物馆藏敦煌汉文写本注记目录题名索引》一书，1963 年由英国博物馆董事会出版，便于读者使用①。

敦煌说唱文学之外，该馆还藏有其他种类的中国说唱文学文献。柳存仁早年曾对该馆所藏中国通俗文学的情况进行过调查，写成《伦敦所见中国小说书目提要》一书。该书所收虽然主要是小说，但也收录了《探河源传》《绣像八仙传》《花笺记》等几部曲艺作品。

此后，1994 年至 1995 年，日本学人笠井直美到该馆专门调查其所藏中国曲艺文献情况，并撰写《大英图书馆所见通俗文学书抄——以木鱼书为中心》一文。该文详细介绍大英图书馆所藏 91 种说唱、戏曲文学作品，其中包括木鱼书 48 种，弹词 9 种，戏曲 30 种，道情 1 种，宝卷 1 种，其他 2 种。对所收作品，介绍其简称、卷、则、叶数、卷首、板式、封面、板心、卷末及以往著录情况②。

2014 年，崔蕴华到该馆访书，据她目验统计，该馆所藏曲艺文献有 72 种，

①　此处介绍参考了荣新江《海外敦煌吐鲁番文献知见录》第一章《英国收集品》（江西人民出版社 1996 年版）、杨宝玉《英藏敦煌汉文文献目录述要》（载郝春文主编《敦煌文献论集》，辽宁人民出版社 2001 年版）等。

②　［日］笠井直美：《大英图书馆所见通俗文学书抄——以木鱼书为中心》，《中国古典小说研究》第二号，汲古书院 1996 年 7 月刊行。

其中木鱼书 42 种，弹词 7 种，解心类杂剧 5 种，广府班本 18 种，另有宝卷、词话各一种，其中"不乏珍稀本与孤本，对于研究中国民间说唱文学的种类数量及版本流传均有重要价值"①。因一些曲种难辨，两人的统计略有差异，但由此可以对该馆所藏曲艺文献有着更为全面的了解。

2. 牛津大学各图书馆

牛津大学各图书馆也藏有十分丰富的曲艺文献，早在 20 世纪 30 年代，向达就曾专门去访书，并将寻访所得撰成《记牛津所藏的中文书——瀛涯琐志之一》一文披露。在该文中，向达提及其中的曲艺文献："伟烈氏的藏书中还有刊本福建民间歌谣若干种，并有一些与台湾有关的，如：《新刻莫往台湾歌》，《选刊花会新歌》（道光七年），《新刻神姐歌》，《绣像荔枝记陈三歌》（会文堂刊本），《新刊台湾十二月想思歌》，《新刻鸦片歌》……一共二十一种。这都是道光初年的刊本，在今日要再觅一份，恐也不容易，因将名目录下，以供留心歌谣学者的参考。"②

其后，陆续有学者去查阅其曲艺文献的收藏情况。据崔蕴华统计，牛津大学校内各图书馆共收藏民间唱本 92 种，其中闽台俗曲 43 种，宝卷 22 种，汉口宣讲 14 种，弹词 10 种，木鱼书 2 种以及《孟姜女哭长城》一种。

该校的博德利图书馆（Bodleian Library）不仅历史悠久，而且藏品丰富，其中就有不少歌仔册、宝卷等曲艺文献，其中最早的一批歌仔册在 1849—1867 年间即已入藏，共计 19 本，26 种，多为道光年间刊本。

这批刊本曾引起台湾学者的关注，20 世纪五六十年代，台湾学者李献璋得到博德利图书馆的胶片及授权，将这批歌仔册整理，以《清代福老话歌谣》为名刊布。对所收作品，皆写有题解和校注，并附有书影③。

1992—1993 年，张秀蓉到英国访学，得见这批歌仔册，写成《牛津大学所藏有关台湾的七首歌谣》一文，对其收藏情况进行了较为详细的介绍，并将其中有关台湾的七篇作品进行整理④。经过两位台湾学人的努力，学界得以看到该馆

---

① 崔蕴华：《大英图书馆藏中国唱本述要》，《文化遗产》2015 年第 6 期。
② 向达：《记牛津所藏的中文书——瀛涯琐志之一》，《国立北平图书馆馆刊》10 卷 5 期，1936 年 10 月，后收入其《唐代长安与西域文明》，生活·读书·新知三联书店 1957 年版。
③ 李献璋：《清代福老话歌谣》，《台湾文艺》革新号第 25、26 期合刊，1982 年 12 月。
④ 张秀蓉：《牛津大学所藏有关台湾的七首歌谣》，《台湾风物》43 卷 3 期，1993 年。

所藏歌仔册的真面目。

博德利图书馆后来又接受龙彼得所藏的一批歌仔册，成为海内外歌仔册收藏最多的图书馆之一①。

此外该馆所藏宝卷、宣讲唱本也比较丰富，其中宝卷有 46 种，其中有些是汉学家龙彼得（Piet van der Loon，1920—2002）的旧藏，不乏稀见珍品②；宣讲唱本则有 14 种，多刊于 20 世纪初的湖北汉口，为龙彼得教授旧藏。通过这批宣讲唱本可以"从中了解 20 世纪初期湖北汉口地区的文化活动及其教化功能，还可以让我们思考主流价值是如何通过艺术与情感的渲染力逐渐向民众渗透从而保有一定说服力"③。

3. 伦敦大学亚非学院图书馆

伦敦大学亚非学院（School of Oriental and African Studies，University of London，简称 SOAS）图书馆藏有中国书籍多达 16 万册，其中有很多来自马礼逊（Robert Marrison，1782—1834）、庄士敦（Reginald Fleming Johnston，1874—1938）等人的旧藏。这批书籍中有不少为木鱼书、宝卷等说唱文学文献。20 世纪 90 年代，日本学者砂山稔、俄罗斯学者李福清相继对该馆所藏曲艺文献进行过考察，并撰文介绍④。其中砂山稔不仅对该馆所藏《刘文英宝卷》等进行详细考察，文后还附有该馆所藏 31 种宝卷目录，著录题名、卷数、册数、版本等基本信息⑤，为后来者提供了重要的信息和线索。

进入 21 世纪，陆续有国内学者到该馆查阅文献。先是崔蕴华于 2014 年 1—6 月对该馆所藏曲艺文献进行详细调查，据其目验统计，该馆共收藏各类俗曲唱本 112 种，其中广府唱本 83 种，宝卷 24 种，弹词 3 种，说唱鼓词 2 种。这批文献

① 参见崔蕴华《民间图像与历史想象：牛津大学藏闽台俗曲述略》（《中国文哲研究通讯》第 27 卷第 2 期，2017 年），潘培忠、徐巧越《龙彼得教授旧藏闽南语歌仔册之概况与价值》（《汉学研究通讯》第 37 卷第 2 期，2018 年 5 月）。

② 详情参见崔蕴华《牛津大学藏中国宝卷述略》（《北京社会科学》2015 年第 4 期）、刘彦彦《牛津大学博德利图书馆珍藏宝卷考述》（《文献》2018 年第 6 期）。

③ 崔蕴华：《牛津大学藏中国宣讲唱本研究》，《北京社会科学》2018 年第 7 期。

④ 参见 [日] 砂山稔《刘文英宝卷考：附 SOAS 图书馆所藏宝卷目录》[《人文教育》（Artes liberales）第 58 期，1996 年]、[俄] 李福清《新发现的广东俗曲书目——以明版〈花笺记〉为中心》（《汉学研究》第 17 卷第 1 期，1999 年）。

⑤ [日] 砂山稔：《刘文英宝卷考：附 SOAS 图书馆所藏宝卷目录》，《人文教育》（Artes liberales）第 58 期（1996 年）。

多刊行于清代中期至民国间，其中以广东坊刻本为多，"补充了中国民间文化的资料来源，一些珍贵版本与书坊信息又具有独特的文献价值"①。

继崔蕴华之后，徐巧越于2015年9月到该馆调查中国戏曲俗曲唱本。据她统计，该馆共藏有139种曲类书籍，其中俗曲118种，包括木鱼书83种、龙舟歌4种、宝卷27种、弹词两种、其他俗曲4种②。她还专门编制《伦敦大学亚非学院图书馆藏广府方言唱本目录》，该目为木鱼书唱本、龙舟歌、其他唱本三部分，对该馆所藏89种广府方言唱本逐一进行介绍③。

在多次调查的基础上，徐巧越编制《英国所见宝卷综录》，收录大英图书馆、伦敦大学亚非学院、牛津大学与剑桥大学等处所藏的58种中国宝卷。对所收作品，著录其书名、版本、首末四句及收藏编号等基础信息。至此，学界对英国所藏宝卷情况有了一个系统、详细的了解④。

公共藏书机构之外，一些汉学家也有较丰富的曲艺文献收藏。比如著名汉学家龙彼得就藏有颇为丰富的曲艺文献，包括歌仔册、宝卷、木鱼书、善书等，总数估计在1500种以上，这在海外私人收藏中是很少见的，即便是在中国，有如此丰富曲艺文献的收藏者也为数不多。龙彼得去世后，其收藏多归牛津大学图书馆。

在龙彼得的藏品中，仅歌仔册就多达480种，531册。他曾多次到中国，与中国学人有较多的交往⑤。这些俗曲系其在中国搜集而来。龙彼得去世后，这些曲艺文献归牛津大学博德利图书馆收藏⑥，"单就数量而言，此批闽南语歌仔册在海内外捐赠的公家收藏中，仅次于台湾大学图书馆和中央研究院傅斯年图书馆。而从质量来看，其中亦不乏珍稀善本，甚而还有不少以往未见著录之罕见孤

---

① 参见崔蕴华《伦敦大学亚非学院图书馆藏中国唱本述略》，《图书馆论坛》2015年第3期。

② 参见徐巧越《伦敦大学亚非学院图书馆中文藏书》，《山东图书馆学刊》2017年第5期。此处作者统计的数字有误。

③ 徐巧越：《伦敦大学亚非学院图书馆藏广府方言唱本目录》，《戏曲与俗文学研究》第三辑，社会科学文献出版社2017年版。

④ 文载《戏曲与俗文学研究》第六辑，社会科学文献出版社2018年版。

⑤ 有关龙彼得的生平经历及治学，参见杜德桥《纪念龙彼得教授》（《海外中国学评论》第2辑，上海古籍出版社2007年版）、谢增泰《热爱中华文化的洋人》（《华文文学》1987年第6期）、李玫的《论龙彼得对明代戏曲俗曲选集〈满天春〉的研究》（《晋阳学刊》2015年第1期）等。

⑥ 刘彦彦：《牛津大学博德利图书馆珍藏宝卷考述》，《文献》2018年第6期。

本，对于考察闽南语歌仔册之刊行与传播有着重要的意义"①。

此外龙彼得还编有《泽田瑞穗所藏广州唱本简目》（未刊稿本），收录日本汉学家泽田瑞穗所藏广东地区的民间唱本。著有《明刊闽南戏曲弦管选本三种》等。另一位汉学家杜德桥亦藏有一些木鱼书文献。

近年来，越来越多的中国学人远赴英伦，对该国公私机构所藏中国曲艺文献情况进行调查，随着调查的详细深入，相信还会有新的文献被发现，上述列举的数字将会更新。

法国收藏中国曲艺文献的机构主要是法国国家图书馆，国内学人又称其为巴黎图书馆。该馆藏有伯希和（Paul Pelliot，1878—1945）从中国劫掠而来的大量敦煌文献，其中有一些属说唱文学。对该馆所藏敦煌文献，谢和耐、吴其昱、苏远鸣等编有《敦煌汉文写本目录》，巴黎图书馆自 1970 年起陆续出版，2001 年出版第六卷。其中第一卷收录 P. 2001-2500 号写卷，第二卷收录 P. 2501-3000 号写卷，第三卷收录 P. 3001-3500 号写卷，第四卷收录 P. 3501-4000 号写卷，第五卷收录 P. 4001-6040 号写卷，第六卷收录藏文写本背面的汉文文书及集美博物馆等收藏的汉文写卷。对所收写卷，著录内容较为全面、详细。书后附专有名词索引和主题分类索引。

对该馆所藏其他曲艺文献，郑振铎早在 20 世纪 20 年代已有所介绍，其《巴黎国家图书馆中之中国小说与戏曲》一文提及该馆藏有《西番宝蝶全本》《新出祭奠潘郎》《天雨花》《花笺记》及四十种粤曲，并感叹"他们是很早的便注意到我们的小说与戏曲乃至弹词唱本了。我们自己呢，却至今还有人在怀疑我们的小说与戏曲的价值，至于弹词唱本则更无人提起了！我们是如何的轻视自己的宝物呢"②。

近年来，有两位学人到该馆专门调查其曲艺文献的收藏情况，一位是崔蕴华，她曾于 2014 年、2015 年两次去法国国家图书馆访书，据其对该馆所藏中国曲艺文献目验统计，共 95 种，其中木鱼书 77 种、弹词 7 种，小戏唱本 11 种。

---

① 潘培忠、徐巧越：《龙彼得教授旧藏闽南语歌仔册之概况与价值》，《汉学研究通讯》第 37 卷第 2 期，2018 年 5 月。
② 郑振铎：《巴黎国家图书馆中之中国小说与戏曲》，载《郑振铎文集》第六卷，人民文学出版社 1988 年版，第 434 页。

"这批文献应是 18、19 世纪传教士从中国购得，辗转万里抵达法国，先后归入皇家图书馆"，"从文献版本学看，这些民间唱本多为乾嘉至道光年间珍贵版本：弹词唱本属于同一版本之较早或最早版本，广府俗曲则有很多未见相关书目收录。它们的出现足以弥补国内相关文献书目之不足，对于整体掌握弹词、木鱼书等民间文艺多有裨益"①。

另一位是刘蕊，她于 2014 年 11 月至 2015 年 11 月在法国做访问交流，得以逐册翻阅法国国家图书馆所藏曲艺文献，并编有《法国国家图书馆所见中国俗文学文献目录》②。据她统计，该馆所藏广东地区俗曲共计 91 种，"涵盖木鱼歌（木鱼书）、龙舟歌、南音、粤讴、板眼、班本及粤曲等多种形式"。其中"杂歌曲" 84 种，《第八才子花笺记》3 种，《西番宝蝶全本》和其他俗曲共 4 种，而富桂堂刊印者有 45 种③。因分类不同，上述两人统计的数字存在一些差异。

公共藏书机构之外，一些法国汉学家本人也有较丰富的曲艺文献收藏，比如陈庆浩就藏有潮州歌册、闽南语歌仔册等；其中潮州歌册 83 种，闽南语歌仔册 630 册，345 种，后者刊于 1907 年至 1970 年间。这些歌仔册"实有某些稀见版本是比现存已知版本更早期的刊本，或是仅见录于书目而学界尚无缘一睹原书者，甚至有从未被历来歌仔册书目所著录或为研究者所发现过的罕见孤本。……不仅可以利用春晖书房所藏闽南语歌仔册，进行同类歌仔册各版本间如何传抄承袭的历时性比较研究，更可以根据这批歌仔册文献，与其他俗文学作品进行横向的比较研究，系联起闽南歌仔册与各省俗曲唱本间的关系"④。

再比如另一位汉学家苏鸣远（M. Soymie），因研究中国道教的关系，收藏有明代弘阳教宝卷 12 种，其中 3 种为孤本，其他亦多为稀见珍本⑤。

2003 年，李福清在法国发现 80 种木鱼书刻本，为以往的木鱼书目录所失收。此外，法国国立东方语言文化学院藏有《花笺记》广文堂刊本。可见法国所藏

---

① 崔蕴华：《法国国家图书馆藏清代俗曲刊本述要》，《汉学研究通讯》第 35 卷 3 期，2016 年 8 月。

② 该目载刘蕊《法国所见汉籍文献著录与研究》附录二，博士学位论文，中山大学，2016 年。

③ 刘蕊：《法国国家图书馆藏稀见广东俗曲版本述略》，《图书馆论坛》2016 年第 6 期。

④ 陈益源、柯荣三：《春晖书房所藏闽南语歌仔册概况与价值》，《成大中文学报》第 38 期，2012 年 9 月。

⑤ 此处介绍，参考了车锡伦的《海外收藏的中国宝卷》，《中华文史论丛》第六十三辑，上海古籍出版社 2000 年版。

中国说唱文学的情况还不止上文提及的这些，有待进一步深入调查①。

德国也藏有较为丰富的中国说唱文学文献，其中以巴伐利亚图书馆所藏最为丰富，也最为学界关注。最早到该馆进行调查的是美国汉学家艾伯华（Wolfram Eberhard），他详细考察了该馆所藏曲艺文献资料，根据访书所得，写成《广东唱本提要》一书②。该书详细介绍了德国慕尼黑巴伐利亚图书馆所藏 38 种木鱼书的情况，重点在作品故事内容的介绍，书后还影印了《新选万宿梁萧》《金生拜庙》《桂枝写状》《谋夫害子阴阳报》《新三姑回门全本》5 种木鱼书作品。

艾伯华之后，李福清对德国公私藏书机构所藏中国曲艺文献进行了调查，撰有《德国所藏广东俗文学刊本书录》一文进行介绍。

该文系李福清在德国慕尼黑巴伐利亚图书馆、东柏林国立图书馆、西柏林普鲁士文化图书馆等处访书所得，内容包括如下几部分：纠正艾伯华《广东唱本提要》一书的一些疏误；增补 7 种艾伯华书中漏收的说唱文学及戏曲作品；介绍在东柏林国立图书馆、西柏林普鲁士文化图书馆及私家所见广东说唱文学作品 62 种；指出德国法兰克福一家旧书店 1864 年的目录中第 156 到第 196 条为广东木鱼书或龙舟歌，书中其他部分也有木鱼书；介绍德国汉学家卡尔·阿连德所搜集的广东俗曲和戏曲；此外还介绍了藏于丹麦和捷克的 3 种广东唱本③。通过该文可以统计出德国上述三家图书馆所藏中国曲艺文献的数量，共计 135 种，这个数字还是相当可观的。

近年张玉芝利用自己在巴伐利亚图书馆工作之便，对该馆所藏木鱼书进行调查，写成《巴伐利亚国家图书馆藏广东木鱼书总目》一文。据该文介绍，巴伐利亚图书馆所藏部分木鱼书"是 1951 年路德维希一世国王从意大利籍旅行收藏家马图其手中购得的。这批书中有不少民间通俗刊物，如广东戏曲戏文、木鱼书（包括南音）等等"。据作者的重新调查，该馆所藏木鱼书 70 种。作者随后对这 70 部木鱼书作品的版本、目录、故事梗概等基本情况一一作了介绍，较之艾伯华、李福清所见，有不少补充。该馆除了木鱼书外，还藏有歌册、宝卷等曲艺

---

① 有关法国所藏文献的整体情况，参见刘蕊《法国所藏中国俗文学文献编目与研究：回顾与展望》，《图书馆论坛》2018 年第 5 期。

② 台北：东方文化书局 1972 年版。

③ ［俄］李福清：《德国所藏广东俗文学刊本书录》，《汉学研究》第 13 卷第 1 期，1995 年。

书籍①。

同时做这一工作的还有李继明，他接触到从该馆征集的 41 种木鱼书文献，其中有 10 种艾伯华和李福清都没有提到，又从该馆网站上搜集到 5 种，总共得见 56 种木鱼书，并对这批木鱼书做了叙录和研究②。因未亲自到该馆查阅，受条件限制，看到的木鱼书较张玉芝要少一些。

稍后，崔蕴华撰文对张玉芝的《巴伐利亚国家图书馆藏广东木鱼书总目》有所补正，"经过认真比对，发现张文所提《新刻鬼神之为德昭然报应传》属于小说，《洞房花烛新联》属于对联集锦，因此这两种可以剔除。此外，笔者发现该馆还藏有《新粤讴》，该藏本没有收录入张文"，这样巴伐利亚图书馆"应有广东俗曲唱本 69 种"③。此外她还撰文对该馆所藏《小青记》《仙凡记》《鼓腹母音》三种唱本进行详细探讨④。经过研究者多年的不懈努力，基本理清了巴伐利亚图书馆所藏曲艺文献的情况。

葡萄牙东方博物馆位于里斯本，藏有较为丰富的中文文献，其中有不少曲艺文献，包括 5 种潮州歌册、44 种南音、木鱼书、粤讴唱本，大多为五桂堂刊本，系 20 世纪六七十年代在香港搜购而来⑤。

此外意大利、荷兰、丹麦、挪威、捷克等国的公私藏书机构也藏有数量不等的中国说唱文学文献，比如意大利的罗马国立中央图书馆藏有较丰富的广东俗曲⑥，再比如荷兰的莱顿大学藏有一些木鱼书文献，该国汉学家高延藏有几种从福建搜集而来的宝卷。莱顿大学的汉学研究院藏有三种版本的木鱼书《花笺记》以及弹词《来生福》⑦，丹麦皇家图书馆藏有木鱼书《胜源堂新刻全本花笺记》⑧等。系统详尽的情况还有待调查。

---

① 张玉芝：《巴伐利亚国家图书馆藏广东木鱼书总目》，《国际汉学》2015 年第 1 期。

② 参见李继明《德国巴伐利亚图书馆藏木鱼书叙录与研究》，硕士学位论文，中山大学，2014 年。

③ 崔蕴华：《庶民情感与娱乐空间———德国藏中国俗文学刊本研究》，《暨南学报》2017 年第 6 期。

④ 参见崔蕴华《欧洲图书馆藏清代俗曲珍本四种辑考》，《戏曲与俗文学研究》第一辑，社会科学文献出版社 2016 年版。

⑤ 详情参见刘蕊《葡萄牙东方博物馆所藏中国戏曲俗曲版本述略》，《图书馆论坛》2019 年第 4 期。

⑥ 详情参见［日］高田时雄《罗马国立中央图书馆所藏广东俗曲目稿》，《戏曲与俗文学研究》第六辑，社会科学文献出版社 2018 年版。

⑦ 参见刘蕊《莱顿汉学研究院藏俗文学文献经眼录》，《戏曲与俗文学研究》第三辑，社会科学文献出版社 2017 年版。

⑧ 参见刘蕊《丹麦皇家图书馆藏稀见戏曲小说版本述略》，《图书馆杂志》2017 年第 5 期。

值得一提的还有荷兰汉学家施舟人（Kristofer M. Schipper，又名施博尔）。他曾于 20 世纪 60 年代专门到台湾搜集歌仔册，后根据寻访所得，写成《五百旧本歌仔册目录》一文①。该文分大陆版、台湾版和附录三个部分，收录了其在台湾所搜集的歌仔册 541 本，包括 345 种作品，其中大多为刊本，少部分为抄本，这些文献主要刊于泉州、厦门、上海、台湾等地。从时间上看，最早者刊于道光年间，其他大多刊于清末民初间。该文刊出时，歌仔册尚未引起中国学人的重视，其重要的文献价值及提倡之功自不待言。

编目之后，施舟人在台湾又搜集到数百种歌仔册，后来他到中国福州定居，将其所搜集的歌仔册近千种全部捐赠给福州大学图书馆②。

总的来看，近年来，随着国内学者的不断寻访，欧洲各国公私藏书机构所藏曲艺文献的情况越来越清晰地呈现出来，特别是英、法、德三国，是国内学人寻访的重点地区，因而相关收藏情况也了解得较为详细。至于其他国家，则仅有零星的介绍，还不够系统、深入，尚有很大的挖掘空间。

再看北美地区。美国是日本之外，海外地区收藏中国古籍最多的国家，各类东亚图书馆多达 80 多家。据估计，美国各公私藏书机构所藏古籍总数在 70 万册左右，善本在 9000 部左右③。就说唱文学而言，美国也有较为丰富的收藏，比如普林斯顿大学葛思德图书馆藏有 130 多种木鱼书、60 种龙舟歌、3 种宝卷，在这 3 种宝卷中，其中两种为孤本④；华盛顿州立大学东亚图书馆藏有木鱼书 373 册⑤；伯克利大学东亚图书馆藏有全本南音《目连救母》，为清丹桂堂刊本，"它的内容虽然由郑之珍的《目连救母劝善戏文》改编而来，但仍有独特之处，无论就其表现形式还是故事情节而言，无疑是目连故事群中的一种，有着一定的学

---

① ［荷］施舟人：《五百旧本歌仔册目录》，《台湾风物》15 卷 4 期，1965 年 10 月。谭达先曾依据该文编制了一个简目《香港大学所见台湾五百旧本（俗曲）"歌仔册"简目》，载其《论中华民间文学》，黑龙江人民出版社 2009 年版，第 302—313 页。

② 有关施舟人的生平、治学及藏书情况，参见朱烨洋《施舟人：不要问我为什么热爱中国文化》（《中国新闻出版报》2011 年 9 月 2 日）、汪毅夫《西观楼藏闽南语歌仔册〈台省民主歌〉之研究》（《福州大学学报》2004 年第 3 期）。

③ 参见沈津《美国所藏中国古籍善本述》（《中国文化》1993 年第 1 期）、冯伯和《中国与北美文化交流志》（上海人民出版社 1998 年版，第 404 页）。

④ 此处对宝卷的介绍，参考了车锡伦的《海外收藏的中国宝卷》，《中华文史论丛》第六十三辑，上海古籍出版社 2000 年版。

⑤ 参见钱存训《欧美各国所藏中国古籍简介》，《中国图书馆学报》1987 年第 4 期。

术价值"①；哥伦比亚大学东亚图书馆藏有多种宝卷，仅明刻本就有六种，包括《销释科音正宗宝卷》《销释归家报恩宝卷》《销释安养实际宝卷》《销释圆觉鉴宝卷》《销释开心结果宝卷》及《销释悟性远源宝卷》，均不见于《中国古籍善本书目》②。此外哈佛大学燕京图书馆、加州大学伯克利分校图书馆、康奈尔大学华生文库等机构也有较为丰富的说唱文学文献。

美国有些研究中国文史的汉学家也往往藏有一定数量的说唱文学文献，如哈佛大学的韩南教授（Patrick Hanan，1927—2014）就藏有宝卷 91 种、131 册③，多为晚清民国时期上海、杭州等地的石印本，其中有 8 部、30 多个版本是《中国宝卷总目》未著录的。这批宝卷是其 1957—1958 年在北京访学期间购藏的，于 2000 年捐赠给哈佛大学图书馆④，后来被编成专集在国内影印出版⑤。宝卷之外，韩南还藏有不少晚清到民国时期的弹词、鼓词书籍，其中大多也已在国内影印出版⑥。

再如斯坦福大学东亚系教授丁爱博（Albert E. Dien，1927—　）也曾有不少曲艺文献⑦。2001 年，他向"中研院"史语所傅斯年图书馆捐赠个人所藏《十二更鼓十盆牡丹歌》《十八娇连劝善歌》《十月花胎病子歌》《人心不知足歌》等闽南歌仔册 280 种，这些文献是他当年在台湾学习时搜集的，多为 20 世纪五六十年代竹林书局等书坊的刊本。

美国夏威夷大学教授马幼垣藏有木鱼书 55 种，均为五桂堂书坊所刊印，刊印时间较晚，后捐赠给香港岭南大学图书馆⑧。

欧大年因研究中国民间宗教和信仰的关系，也收藏了一批宝卷文献。

---

① 朱恒夫：《南音〈目连救母〉的道德叙事》，《学术研究》2007 年第 3 期。

② 参见沈津《历史悠久典藏丰富——我所了解的美国哥伦比亚大学东亚图书馆》，载其《书城风弦录——沈津学术笔记》，广西师范大学出版社 2006 年版。

③ 参见沈津《韩南教授及其所藏清末民初小说宝卷》，《藏书家》第 6 辑，齐鲁社 2002 年版。这是沈津统计的数字，霍建瑜统计的数字则是 74 种、111 册。

④ 霍建瑜：《哈佛燕京图书馆藏韩南所赠宝卷经眼录》，《书目季刊》第 44 卷第 1 期，2010 年 6 月。

⑤ 参见霍建瑜主编《美国哈佛大学哈佛燕京图书馆藏宝卷汇刊》，广西师范大学出版社 2013 年版。

⑥ 参见哈佛燕京图书馆、国家图书馆出版社《哈佛燕京图书馆藏韩南捐赠文学文献汇刊》，国家图书馆出版社 2015 年版。

⑦ 有关丁爱博的情况参见《丁爱博（Albert E. Dien）教授访谈录》，《南方文物》2012 年第 2 期。

⑧ 具体情况参见李继明、周丹杰《香港高校图书馆藏木鱼书概述》，《戏曲与俗文学研究》第一辑，社会科学文献出版社 2016 年版。

此外，加州大学伯克利分校教授艾伯华（Wolfram Eberhard）编有《广东唱本提要》《台湾唱本提要》两种曲艺专题目录，介绍了德国、中国台湾所藏曲艺文献的情况。

《广东唱本提要》，东方文化书局 1972 年版。该书介绍了德国慕尼黑巴伐利亚图书馆所藏 38 种木鱼书的情况，重点在作品的故事内容，书后还影印了《新选万宿梁萧》《金生拜庙》《桂枝写状》《谋夫害子阴阳报》《新三姑回门全本》五种木鱼书作品。

《台湾唱本提要》，东方文化书局 1974 年出版，为《亚洲民俗·社会生活专刊》第 22 辑之一。全书共收闽南语、客语歌谣唱本 250 目，并附内容提要及说明。

至于加拿大各公私藏书机构所藏中国曲艺文献的情况，目前还不太清楚。据相关资料可知，加拿大有两所大学的图书馆富于中文书籍的收藏：一是不列颠哥伦比亚大学亚洲图书馆，成立于 1960 年，中文资料方面包括书籍 31 万册，其中有 1100 册善本。二是多伦多大学郑裕彤东亚图书馆，1961 年成立，藏书 38 万册。据《加拿大多伦多大学东亚图书馆藏中文古籍善本提要》一书，其集部曲类收录有三部《二十一史弹词》①。除善本外，两家图书馆当还藏有其他一些曲艺书籍，具体情况有待考察。

下面介绍欧美各国汉学家对说唱文学文献的研究情况。

先说俄罗斯。因俄罗斯的汉学研究与欧洲其他国家有较大差异，自成一体，因此单独进行介绍。

俄罗斯虽然藏有较为丰富的中国说唱文学资料，但相关研究起步较晚，直到 20 世纪 50 年代，"中国民间文学和俗文学才成为苏联汉学家的正式研究课题"，此前只是有一些零星的介绍，比如著名汉学家伏·阿列克谢也夫对中国曲艺曾有所关注，但还没有进行专门的研究。

20 世纪 50 年代之后，陆续出现了一些研究成果。不过总的来看，俄罗斯学术界关注这一领域的学人并不太多，研究成果的数量也比较少，不过其研究有着自己的特色。

就对中国说唱文学文献的研究而言，以孟列夫、李福清这两位汉学家用力最

---

① 广西师范大学出版社 2009 年版。

勤，成果最多，影响也最大。

孟列夫（1926—2005）起初研究的方向是中国戏曲，著有《中国戏剧的现代改革》等，并将《西厢记》《牡丹亭》等戏曲名著翻译成俄文，后逐渐转向敦煌学，在敦煌说唱文学研究领域卓有建树①。1976 年，他以毕业论文《报恩经变文》获得博士学位。

孟列夫在俄罗斯所藏敦煌写卷中发现了几种重要的说唱文学作品，著有《维摩诘经变文和十吉祥变文》（东方文学出版社 1963 年版）、《双恩经变文研究》（与左义林合编，科学出版社 1972 年版）、《妙法莲华经变文》（科学出版社 1984 年版）。

在这三部著述中，他除将新发现的敦煌说唱文学作品影印刊布外，还将其译为俄文，并加有注释。他还为每部作品写有长篇序言，分别为《论变文的种类与起源》、《报恩变文》和《妙法莲华经讲经文》，这三篇序言对变文的概念、源流、研究等问题进行了详细的梳理，提出了自己的见解。三书的附录部分有特殊字汇与通行宋体字的对照。

孟列夫对诸宫调也有研究，著有《黑城出土的汉文收集品注记目录》（1984 年刊行），其中收录有《刘知远诸宫调》②。此外还撰有《论诸宫调体裁和刘知远诸宫调》③ 等文章。

与孟列夫对敦煌说唱文学的专注相比，李福清研究的领域要广得多，从神话传说到戏曲曲艺，从民间故事到宗教信仰，从古代到当代，皆在其涉猎范围。

他非常重视文献的搜集、整理与研究。从 20 世纪 60 年代起，他"每到一处，一定要调查那里收藏的汉籍，已经调查过俄、英、德、荷兰、丹麦、捷克、奥地利、瑞典、挪威、越南、波兰 11 个国家所藏的中国小说、俗文学、戏曲版本"④。他将自己访书所得编制成专题目录，向学界披露。除上文所提到的《俄罗

---

① 有关孟列夫的治学经历及成就，参见李玉君《孟列夫与汉学研究》（《敦煌学辑刊》2002 年第 2 期），波波娃著、李秋梅译《孟列夫——圣彼得堡古典汉学时代的代表》（《国际汉学》2007 年第 2 期）、柴剑虹《俄罗斯汉学家孟列夫对国际敦煌学的贡献》（《敦煌学辑刊》2016 年第 3 期）等文的介绍。

② [苏]孟列夫：《黑城出土的汉文收集品注记目录》，1984 年刊行。中译本《黑城出土汉文遗书叙录》，宁夏人民出版社 1994 年版。

③ 文载《苏联与东方各国的语文学和史学问题》，莫斯科，1961 年版。

④ [俄]李福清：《我的中国文学研究五十年》，载其《古典小说与传说》，中华书局 2003 年版，第 9 页。另参见李福清《四十年海外汉籍的调查研究》，《中国学研究》第八辑，济南出版社 2006 年版。

斯所藏广东俗文学刊本书录》《中国章回小说及俗文学书目补遗》之外，尚有《德国所藏广东俗文学刊本书录》《奥地利国家图书馆所藏汉文珍本书目》《中央研究院傅斯年图书馆藏罕见广东木鱼书书录》《新发现的广东俗曲书目——以明版〈花笺记〉为中心》等一系列访书书录①。

　　李福清后来"又在整理梆子戏罕见版本目录，着重记录俄、日、英三国及台湾的藏本，其中许多版本和戏词在中国没有保存下来，或者只有 1949 年之后的口述录本，记录的大部分是清末木刻本"，同时他还计划把"多年来搜集的材料全面加以整理，编一部《海外藏中国小说戏曲俗文学书录》（包括小说、弹词、鼓词、宝卷、大鼓、戏曲等等）"②。遗憾的是李福清于 2012 年去世，不知这一工作完成情况如何。

　　李福清、孟列夫之外，俄罗斯从事中国说唱文学研究的学者尚有司格林、古列维奇、司徒洛娃、白若思等，现将他们有关整理、研究说唱文学文献的情况简要介绍如下。

　　古列维奇是苏联科学院东方研究所列宁格勒分部高级研究员，主要研究方向为古代汉学、敦煌文献等，对敦煌变文有深入研究，撰有《关于非佛教变文体裁问题研究——以伍子胥变文资料为依据》③《"太子成道"类型变文残卷》④《再论变文》⑤ 等。她还将《百喻经》翻译成俄文，其中《"太子成道"类型变文残卷》一文介绍了新发现的三种有关佛本生故事的变文，并将其译成俄语。

　　司徒洛娃，又译作斯图洛娃。曾于 1960 年在北京大学中文系留学，1989 年再到中国靖江等地考察当地的宣卷情况⑥。她是苏联科学院东方研究所列宁格勒

---

　　①　这些文章刊发情况如下：李福清《德国所藏广东俗文学刊本书录》（《汉学研究》第 13 卷第 1 期，1995 年）、《奥地利国家图书馆所藏汉文珍本书目》（《文献》1992 年第 2 期）、《中央研究院傅斯年图书馆藏罕见广东木鱼书书录》（《中国文哲研究通讯》第 5 卷第 3 期，1995 年）、《新发现的广东俗曲书目——以明版〈花笺记〉为中心》（《汉学研究》第 17 卷第 1 期，1999 年）。

　　②　［俄］李福清：《我的中国文学研究五十年》，载其《古典小说与传说》，中华书局 2003 年版，第 9 页。

　　③　载《远东文集》，东方文学出版社 1961 年版。

　　④　载《苏联科学院亚洲民族研究所简报》第 69 期，1965 年。

　　⑤　载《东方民族文献与文化史问题》第 3 卷，1985 年。

　　⑥　具体情况参见郭寿明《司徒洛娃来靖记》及佚名《第一位来访的外国学者》，载靖江宝卷研究会编《靖江宝卷研究文献资料》第一辑，靖江宝卷研究会 2008 年编印。

分部高级研究员，对中国宝卷有着较为深入的研究，著有《普明宝卷》一书①。

　　该书为作者的副博士学位论文，依据苏联科学院东方研究所列宁格勒分部所藏万历二十七年（1599）重刻本进行整理和研究，内容分两部分，一部分是《普明宝卷》的影印本，另一部分是作者的俄文译文、注释、序言及索引等内容②。在序言中，作者指出《普明宝卷》是民间宗教黄天道的教义，并勾勒出这个教派的思想体系。此外她还对宝卷的结构、用韵等问题进行考察③。《普明宝卷》对研究中国民间宗教信仰有着重要的史料价值，司徒洛娃不仅第一个将其译成外文，还是最早对其进行研究的学者之一。

　　再说欧洲其他国家对中国说唱文学的整理与研究。

　　总的来看，在欧洲汉学中，中国说唱文学的研究所占比重并不大。因研究者人数不多，且各自的兴趣、关注点不同，因而呈现出较为明显的个性色彩。

　　在敦煌变文文献研究方面，英国汉学家魏礼对敦煌绘画素有研究。在敦煌说唱文学方面，除翻译外，还有论文发表，曾撰《〈敦煌变文集〉评述》一文④，评述《敦煌变文集》一书的得失，他一方面肯定该书的价值，另一方面也指出40多处该书存在的问题，提出修改建议。

　　法国汉学家苏远鸣是戴密微的弟子，敦煌变文方面的著述有《孔子项托相问书研究》⑤。该书将英、法所藏十二种《孔子项托相问书》敦煌写本进行校录，还译介了其中三个藏文写本⑥。

　　在宝卷文献研究方面，最早研究宝卷的欧洲学者可能是荷兰的汉学家高延（J. J. M. De Groot），他从福建得到了几种宝卷，并在其著作《中国各教派受苦史：宗教史的一页》中列出其故事梗概⑦。

　　在说书文献研究方面，用力最勤、成果最著者当数丹麦汉学家易德波

---

　　①　科学出版社 1979 年版。

　　②　参见段平《苏联影印明刻〈普明宝卷〉》，载其《河西宝卷的调查研究》，兰州大学出版社 1992 年版。

　　③　关于该书内容，参见李明滨《中国文学俄罗斯传播史》，学苑出版社 2011 年版，第 216—217 页。

　　④　该文载《高本汉七十华诞汉学研究论文集》，1959 年刊行。

　　⑤　刊于《亚细亚学报》第 242 卷，1954 年。

　　⑥　有关苏远鸣的治学经历及成就，参见朱丁《法国汉学家苏远鸣》，《国际汉学》第 14 辑，2006 年。

　　⑦　［美］伊维德：《宝卷的英文研究综述》，《山西大学学报》2012 年第 6 期。

（Vibeke Bordahl，1945—　）①。她是丹麦哥本哈根北欧亚洲学院、丹麦人文研究学院高级研究员，对扬州评话情有独钟，自 1986 年到 2016 年这 30 年间，她总共到扬州实地考察 18 次，与当地艺人及研究者有着较为密切的交往，搜集了大量扬州评话的录音录像资料，同时她还邀请扬州评话艺人陈荫堂、王筱堂、惠兆龙等到丹麦、挪威参加学术会议，进行示范表演，使扬州评话得以在北欧地区传播。

易德波非常重视扬州评话资料的搜集与保存。2001 年至 2004 年，她主持中国说书的系统记录项目，将戴步章、费正良、高再华、任继堂 4 位扬州评话艺人长达 360 个小时的演出录音刻制成《扬州评话》光盘，并分送中国社会科学院、台北"中研院"、美国国会图书馆和哥本哈根丹麦民俗研究资料馆 4 家国内外藏书机构，这对扬州评话文献的保存具有重要意义②。扬州电视台曾拍摄专题片《易德波与扬州评话》，讲述她与扬州评话的不解之缘。

在研究方面，她多次主持召开中国口头文学国际研讨会、中国通俗文学的口头性和书面性国际研讨会、扬州与地方文学国际研讨会等学术研讨会，为探讨扬州评话提供学术平台。她还主编有《永远的说书人——现代中国说唱文学》③，编有《扬州评话四家艺人：全书表演录像目录》④，著有《扬州评话探讨》⑤《扬州古城与扬州评话》⑥《武松打虎——中国小说、戏曲、说唱中口传传统与书面文化的相互影响》等。

《扬州评话探讨》一书是易德波研究扬州评话艺术的代表作，柯曾出版社

---

① 有关易德波的生平经历与治学情况，可参见朱祥生《研究扬州评话的欧洲学者——易德波》（《中外文化交流》1996 年第 1 期），过伟《易德波与扬州评话情结》（《广西师范学院学报》2008 年第 1 期），汪花荣《口传文学与书面文学：从扬州评话到〈金瓶梅〉——丹麦汉学家易德波教授访谈录》（《文艺研究》2014 年第 1 期），肖淑芬、杨肖《扬州评话的海外影响》（《扬州评话发展史及海外影响》，社会科学文献出版社 2016 年版）等。

② 有关该项目的详情，参见易德波《关于中国说书的系统记录》，《中外文化交流》2002 年第 6 期。

③ 原书名为 The Eternal Storyteller: Oral Literature in Modern China，柯曾出版社 1999 年版。有关该书内容的详解介绍与评述，参见王瑷玲《书评》，《汉学研究》第 18 卷第 1 期，2000 年 6 月。

④ 北欧亚洲学院 2004 刊行。

⑤ 该书为易德波的博士学位论文，英文版出版于 1996 年。该书有中译本，人民文学出版社 2006 年版、江苏人民出版社 2016 年版。相关书评参见［俄］李福清《评易德波著〈扬州评话研究〉》，《汉学研究》第 14 卷第 2 期，1996 年 12 月。又见《曲艺讲坛》1998 年第 4 期。

⑥ 2002 年刊行。

1996 年版，为英文版，后翻译成中文在国内出版。全书分两个部分：第一部分为《对扬州评话的调研》，作者根据实地调查所得，对扬州评话的基本情况、原始资料以及语音、语法、文体、叙述、口头性与书面性等问题进行梳理和归纳；第二部分为《扬州评话艺人口述选段》，收录王派"水浒"、吴派和康派"三国"以及戴门"西游记"的评书片段共 16 段，具有重要的文献价值。书后附有《扬州评话行话术语》《专案录音、录像》，书中附表格及图片丰富，亦具有史料价值。

该书为扬州评话研究的第一部专著，俄罗斯汉学家李福清评价该书"偏重《水浒》，提出许多新的问题，并使用亲自录的第一手材料，特别宝贵。总而言之，易氏的研究是创造性的著作，对民间文学家、文学家、语言学家都有参考价值"①。

《扬州古城与扬州评话》一书系易德波与罗爱德合作完成，该书兼具学术性和资料性。全书分三个部分：第一部分为评书艺人，介绍扬州评话艺术及王少堂、王筱堂等七位代表人物；第二部分收录《水浒》《三国》《西游记》这三部扬州评话作品的七个选段，每个选段由英文译本和中文原文组成；第三部分为光盘，收录对扬州评话的介绍及六位艺人表演的录像。正文附有大量图片，由罗爱德拍摄，对人名、术语等专有名词则加注释。全书图文并茂，对国外读者了解研究扬州评话乃至扬州文化来说，都是一本很好的读物②，这样的读物不仅是国外，即便在国内，也并不多见。

《扬州评话四家艺人：全书表演录像目录》为易德波与人合编的一部扬州评话资料集，收录中国说书的系统记录项目的成果。该书分三个部分：第一部分简要介绍扬州评话，第二部分介绍戴步章、费正良、高再华、任继堂四位评话艺人及表演录像目录，第三部分则为四位评书艺人说书的录像。

从上述著述可以看出易德波研究扬州评话的一些特点：一是她特别重视文献资料的搜集和整理，通过寻访说书艺人、搜集说书脚本、录音录像等多种渠道和方式搜集基本文献，并予以整理刊布，既保存了珍贵的文献，也方便了其他学人

---

① ［俄］李福清：《评易德波著〈扬州评话研究〉》，《汉学研究》第 14 卷第 2 期，1996 年 12 月。

② 有关该书的评论，参见雷威安《评易德波、罗爱德〈扬州古城与扬州评话〉》（《中国文学》第 25 卷，2003 年 12 月）、王瑷玲《书评》（《汉学研究》第 21 卷第 2 期，2003 年 12 月）。

的研究。二是她特别注重扬州评话的演出，将其作为中国口头文学的代表进行探讨，这与国内学人偏重书面文献的研究有着明显的不同。三是注重扬州评话与同题材小说、戏曲的互动关系，将其放在中国通俗文学发展演进的大背景下考察。四是关注细节，分析细致。她喜欢通过一些具体个案的详尽探讨，以展现扬州评话的一个特点，比如她对扬州评话语言的分析。

由于特殊的历史及社会文化因素，美国的汉学研究虽然起步时间远远晚于欧洲各国，但后来居上，逐渐成为汉学研究的重镇。就中国曲艺而言，美国各公私藏书机构也有较为丰富的收藏，尽管不能与中国诗歌、散文、小说等体裁的研究相比，但美国汉学界对中国曲艺还是比较重视的，这表现在，早在 1969 年，美国学界就成立中国演唱文艺研究会①，该学会以搜集、记录、研究和表演中国演唱文艺为宗旨，每年召开年会一次，并出版《中国演唱文艺研究会论集》②。该学会坚持活动多年，举办多次学术研讨会，出版论集多种，还邀请了一些中国的曲艺演员和研究者进行交流，为推动曲艺研究做出很大贡献。

就对中国曲艺的翻译、研究情况来看，美国汉学界参加的学者比较多，涉及的范围也比较广泛。当然这也只是相对而言的，伊维德在《北美的明清文学研究》一文中对北美地区明清文学几十年间的研究情况进行总结，谈及这一地区的说唱文学研究情况时，是这样概括的："对于明清说唱文学作品的研究则极为少见。"③ 其实，不只北美地区，欧洲、亚洲等地的中国曲艺研究情况也是如此。

在敦煌说唱文学文献研究方面，梅维恒有着相当精深的研究。他在宾夕法尼亚大学执教，相继出版《敦煌通俗叙事文学作品》④《绘画与表演——中国看图讲唱及其印度起源》⑤《唐代变文——佛教对中国白话小说与戏剧兴起的贡献之

---

① 或译作东方说唱艺术研究会，简称 Cinoperl。

② 参见司徒幼文《中国音乐在北美》，《中国音乐》1984 年第 4 期。

③ ［荷兰］伊维德：《北美的明清文学研究》，载张海惠主编《北美中国学——研究概述与文献资源》，中华书局 2010 年版，第 647 页。

④ 剑桥大学出版社 1983 年版。有关该书的详细情况，参见［美］梅维恒《我与敦煌变文研究》（《文史知识》1988 年第 8 期）、肖志兵《梅维恒英译敦煌变文研究》（《外语与翻译》2017 年第 1 期）、潘晟硕士学位论文《美国汉学家梅维恒的变文研究》（华东师范大学，2006 年）。

⑤ 夏威夷大学出版社 1988 年版。该书有中译本，钱文忠等译，北京燕山出版社 2000 年版、中西书局 2011 年版。

研究》① 等，代表了西方汉学界研究敦煌说唱文学的最高水平。

其中《敦煌通俗叙事文学作品》为梅维恒翻译的敦煌叙事文学作品集，也是其博士学位论文。该书收录《降魔变文》《目连救母变文》《伍子胥变文》《张义潮变文》四篇变文作品，并对每篇作品作了很详细的注释。

此外，他还和马克·本德尔（Mark Bender, 1955—）合作出版《哥伦比亚中国民间与大众文学选集》一书②，该书选收中国民间文学及曲艺作品，其相关著述尚有《1980—1990 年间汉语敦煌通俗文学作品研究现状》等。

在诸宫调文献研究方面，以华人学者陈荔荔用力最勤，成果也最多。她以凌景埏的注本为底本，将《董解元西厢记》翻译成英文③，以其精良的译作获得美国文学艺术学院国家著作奖最佳翻译奖④。相关著述则有《诸宫调之发展背景》《诸宫调的外在形式和内在形式，及与变文、词、白话小说的关系》⑤《〈刘知远诸宫调〉和〈西厢记诸宫调〉中口语与文言间的关系》⑥ 等。

伊维德对诸宫调也给予了较多的关注，他将《西厢记诸宫调》翻译成荷兰文⑦，相关著述有《诸宫调研究——对于不同见解的重估》《记刘知远诸宫调》⑧《论董西厢》《诸宫调的表演及结构》⑨ 等。

在评书文献研究方面，白素贞是关注较多的一位。其英文名为苏珊·布莱德（Susan Blader），系美国达慕思大学东亚系教授，喜爱中国说唱文学，曾到台北、北京、苏州、上海等地进行学术考察，与中国曲艺界有较多往来，多次邀请中国曲艺演员到美国进行交流演出⑩。

---

① 哈佛大学出版社 1989 年版。该书有中译本，杨继东、陈引弛译，香港中国佛教文化出版有限公司 1999 年版、中西书局 2011 年版。

② 该书原名 *Columbia Anthology of Chinese Folk and Popular Literature*。

③ 梅尔本出版公司、剑桥大学出版社 1976 年版。

④ 相关情况参见夏志清《陈荔荔、马瑞志、余国藩——介绍三种中国名著的译者》，载其《新文学的传统》，新星出版社 2005 年版。

⑤ 文载《哈佛亚洲研究》第 32 卷，1972 年。

⑥ 文载《东方文学与西方文学》第 14 期，1970 年。

⑦ 伊维德《西厢记诸宫调》荷兰文译本，莫伊伦霍夫出版社 1984 年版。

⑧ 《通报》第 63 期，1972 年。

⑨ 文载《东方文化》第 16 期，1978 年。

⑩ 相关情况参见蒋云仙《中国曲艺界的好朋友白素贞教授》（《评弹艺术》第三十六集，2006 年刊行），汪景寿《园内开花园外香——记美国达慕思大学暑期短训班的曲艺教学活动》（《曲艺》1987 年第 1 期）、《为传播中国曲艺呕心沥血——记美国达慕思大学白素贞教授》（《曲艺》2003 年第 5 期）等文。

在曲艺文献的搜集整理方面，她曾录制了很多中国曲艺演员的表演录像，其中一部分整理成《中国说唱艺术记录》，包括 12 个曲种近 30 位演员约 30 个小时的演出，其中大多为 20 世纪 80 年代录制，颇为珍贵①。2002 年至 2003 年间，她又将苏州评话艺人唐耿良的评书《三国》以录像方式完整记录下来，时间长达 56 个小时，为苏州评话保存了重要的演出资料②。

在研究方面，其博士学位论文题目为《〈三侠五义〉及其与〈龙图公案〉唱本之关系》③，相关论文则有《〈三侠五义〉与其和口头文学的联系》《〈三试颜仁敏〉——从石玉昆到金声伯》等。

在加拿大研究中国曲艺者不多，值得一提的有两位。

一位是石清照。

石清照是多伦多大学东亚系教授，主要研究大鼓。她说自己"从事中国曲艺的研究多年，想办法多听中国的曲艺节目，找机会跟演员交流，是研究曲艺的重要手段"④。为此她曾于 1956 年至 1960 年间到台湾，师从大鼓名家章翠凤学艺，并参与整理章翠凤的《大鼓生涯的回忆》一书，是最早一批到中国本土学习曲艺的西方人⑤。

至七八十年代，她又多次到中国大陆地区进行学术考察⑥，先后向京韵大鼓名家孙书筠、山东快书名家高元钧学艺，与中国曲艺界建立了良好的关系，积累了相当丰富的资料。

石清照除了在大学课堂上讲授中国曲艺外，还和罗爱儒等人邀请孙书筠、唐

---

① 参见包澄洁《〈中国说唱艺术纪录〉——中美曲艺文化交流的见证》，《曲艺》2017 年第 6 期。

② 详情参见唐耿良《别梦依稀——我的评弹生涯》第六十五《海外知音：记白素贞教授》、第六十六《美国录像：评弹就是我的生命》（商务印书馆 2008 年版），《我与苏州评话〈三国〉的传承》（载唐力行主编《别梦依稀：说书人唐耿良纪念文集》，上海人民出版社 2010 年版）。

③ 宾夕法尼亚大学，1977 年。

④ ［加拿大］石清照：《南方曲艺之花魅力在哪里——全国曲艺优秀节目（南方片）演出观后感》，《曲艺》1982 年第 6 期。

⑤ 详情参见章翠凤《大鼓生涯的回忆》，宝文堂书店 1989 年版，第 102—107 页。

⑥ 参见其《风兮，风兮！》（《曲艺》1981 年第 12 期）、《关于我的中国之行》（《曲艺艺术论丛》第 6 辑，中国曲艺出版社 1986 年版）以及汪景寿《耕耘永"不晚" 曲苑一"沙鸥"——重访加拿大石清照教授》（《曲艺》2003 年第 10 期）、倪钟之《石清照对京韵大鼓的研究》（《今晚报》2013 年 1 月 4 日）、包澄洁《石清照（Kate Stevens）的中国曲艺研究》（《曲艺》2017 年第 3 期）等文的相关介绍。

耿良等多名曲艺演员到多伦多大学等高校演出、讲学①，在北美地区积极宣传和推广中国说唱文学。

另一位是米列娜·维林格罗娃。

米列娜·维林格罗娃原籍捷克，后迁居加拿大，任多伦多大学教授。她1964年在捷克科学院东方研究所获得博士学位，指导老师是著名汉学家普实克。她曾于1958年至1959年间到中国科学院文学研究所访学。

她的研究主要集中在诸宫调上，曾将《刘知远诸宫调》译为捷克文和英文，其中英文版牛津大学出版社1971年出版。该书前有较为详细的导言，书后附有研究书目。此后她以诸宫调为博士学位论文研究的对象，博士学位论文题目是"诸宫调的叙事模式"。

相关论文则有《"乳口"和"钩窗"：〈西厢记诸宫调〉词研究之一》《刘知远诸宫调的版本》等。

米列娜·维林格罗娃对诸宫调的探讨在西方汉学界具有开拓性，她本人也感叹"至今尚未有欧洲的学者出版任何关于诸宫调的论文"②。

---

① 参见唐耿良《别梦依稀——我的评弹生涯》第五十五《多大讲学：在海外弘扬评弹艺术》，商务印书馆2008年版。

② ［加拿大］米列娜·维林格罗娃：《刘知远诸宫调的版本》，《东方学文库》第8期，1960年。中译本载《中外文学》第5卷第5期，1976年。

第八章　敦煌说唱文学文献研究述略

在中国近现代学术史上，重要文献的新发现可谓层出不穷，不过就数量规模、学术价值以及影响而言，能与敦煌文献相提并论者并不多。有关敦煌文献的发现与研究吸引了海内外众多优秀学者的参与，并直接催生了一门新的跨学科、世界性的学问——敦煌学。一百多年来，经过数代学人的不懈努力，敦煌学研究硕果累累，成就辉煌，成为 20 世纪中国学术的一大亮点。仅就相关文献的搜集、整理与研究而言，也是成果丰厚，卓有成就，值得专门进行介绍和探讨。

在数量众多、琳琅满目的敦煌文献中，说唱文学是其重要组成部分，它的发现对中国通俗文学研究意义重大，影响深远，这表现在它不仅填补了中国通俗文学发展演进过程中的一个空白，对这一领域的研究具有积极的推动作用，而且还提供了一个新的学术空间和许多学术话题，正如郑振铎所总结的："这个发现使我们对于中国文学史的探讨，面目为之一新"，"不仅是发现了许多伟大的名著，同时，也替近代文学史解决了许多难以解决的问题"①。围绕着敦煌说唱文学，研究者们进行了深入、系统的探讨，有着丰厚的学术积累，其中在文献的搜集、整理及研究方面所取得的成就尤其突出，对此很有必要从整体上予以梳理和总结，以见这一领域研究的内在发展脉络，总结经验，发现问题。近年来，有关敦煌文学研究回顾与总结方面的著述屡有发表，但专门从文献搜集、整理及研究方面着眼者并不多见，这也是本书写作的一个重要动因。

以下根据敦煌说唱文学研究在不同历史时期发展演进的情况与特点，将 20 世纪以来敦煌说唱文学文献的研究历程分成几个阶段，分别进行较为全面、细致

---

① 郑振铎：《中国俗文学史》，商务印书馆 2005 年版，第 162 页。

的介绍和分析。

第一节　20世纪上半期敦煌说唱文学文献研究

　　与其他重要文献的发现不同，敦煌文献是伴随着国外探险家、汉学家的掠夺而显露于世的，在其发现后的数年间，就被人为地分藏于英、法、俄、日等地，国内所藏数量有限，而且还有不少散藏于私人手中，这就为相关研究带来很大困难①，相关研究只能从世界范围内的文献寻访开始，同时这也使敦煌学从一开始便成为一门世界性的学问。

　　限于当时的交通、资讯条件，了解敦煌文献的数量、种类及相关情况便成为一个基本问题，也成为一个学术难题，耗费了学者们大量的时间和精力，而得见文献的多寡往往决定着研究的深度和广度。即使是那些能够看到的文献，也往往存在残缺、破损、字迹模糊乃至作伪等问题，难以辨识。因此相对于其他学科的研究而言，文献的搜集、整理和研究对敦煌学就显得尤为重要，正如一位学人所言："从事敦煌学的研究工作，因为面对的是一批杂乱无章的写本文献，所以和其他某个人文或社会学科的专题研究有所不同，往往先要进行文献的编目、整理工作，然后才进入研究阶段。一个优秀的敦煌学者，常常是既能做写本编目、文献整理，也能着手敦煌写本内容的专题研究。"②

　　1920年，王国维发表《敦煌发见唐朝之通俗诗及通俗小说》一文，对敦煌所发现的诗歌及《季布歌》、《董永传》、唐太宗入冥小说等"通俗小说"作品进行探讨③，学界通常将其作为从文学角度研究敦煌文献的开端和标志，而中国学者对敦煌学的研究是从1909年开始的。尽管1920年之前已有一些学人如王仁俊、罗振玉等开始对敦煌文献进行研究，刊布《敦煌石室真迹录》《敦煌石室遗书》等资料，发表《敦煌石室书目及发见之原始》《莫高窟石室秘录》等文章，

---

　　① 据统计，敦煌文献"被分散收藏于全国全世界不下100多个地方"，见李伟国等《敦煌话语》，上海科技教育出版社2002年版，第254页。
　　② 荣新江：《入海遗编照眼明——潘重规〈国立中央图书馆所藏敦煌卷子题记〉读后》，项楚、郑阿财主编《新世纪敦煌学论集》，巴蜀书社2003年版，第14页。
　　③ 王国维：《敦煌发见唐朝之通俗诗及通俗小说》，《东方杂志》第17卷第8号，1920年4月。

但其着眼点皆不在文学，其特点如一位研究者所概括的："中国早期的敦煌学研究，由于资料主要得自伯希和的照片，重点在于传统的四部古籍的研究。"① 敦煌文学研究特别是说唱文学类的研究是敦煌学研究演进到一定阶段的产物，受当时学术文化思潮的影响，代表着敦煌学研究的拓展和深化。在王国维之后，一些学者继续这一工作，不断开掘，逐渐形成以敦煌变文为核心的新的学术研究领域。

对当时的研究者来说，较为迫切的工作就是了解敦煌文献的数量、规模、形态等基本情况，这是研究得以进行的前提和基础，为此不少学人利用去国外的机会到英、法等国家进行寻访。其中有关敦煌说唱文学者主要有以下一些。

1920 年到 1925 年，刘复利用到英国、法国留学的机会，在巴黎国家图书馆抄录敦煌写本，对其中的通俗文学作品给予特别重视，他所辑录的《敦煌掇琐》（1925 年刊行）一书收录该处所藏敦煌文献 104 种，其中不少为说唱文学作品。

1934 年到 1935 年，王重民受国立北平图书馆委派，到法、英两国，对那里所藏敦煌文献进行较为系统的调查，并撰有一系列著述，其中与说唱文学相关者有《敦煌本〈王陵变文〉》《敦煌本〈王陵变文〉跋》等。

1935 年到 1937 年，姜亮夫自费到法国，寻访敦煌文献，虽然其关注重点在字书、韵书，但也留意到一些说唱文学作品，如《张淮深变文》② 等，并撰有《瀛外访古劫余录——敦煌卷子目次叙次》等文章。

1936 年 9 月至 1937 年 8 月，向达在英国不列颠博物馆查阅敦煌文献，撰有《伦敦所藏敦煌卷子经眼目录》《记伦敦所藏的敦煌俗文学》等文章③，介绍自己在英国伦敦所见敦煌写卷的情况，对俗文学多有留意。

此外，蔡元培、董康、胡适、王庆菽等学人也曾到英、法等国进行过敦煌文献的寻访。因国外探险家、汉学家的抢掠，敦煌说唱文学文献在国内较为少见，主要藏于英、法等国。上述这些学人的寻访使国内学界得以了解敦煌说唱文学的情况，为相关研究奠定了重要的文献基础。

以下对这一时期敦煌说唱文学文献研究的情况分别进行介绍。

---

① 荣新江：《敦煌学十八讲》，北京大学出版社 2001 年版，第 168 页。

② 参见姜亮夫《海外敦煌卷子经眼录》，载其《敦煌学论文集》，上海古籍出版社 1987 年版。

③ 向达：《伦敦所藏敦煌卷子经眼目录》，《北平图书馆图书季刊》新 1 卷 4 期（1939 年 12 月）；《记伦敦所藏的敦煌俗文学》，《新中华杂志》5 卷 13 号（1937 年 7 月）。

1. 敦煌说唱文学目录的编制

随着学术积累的增加，人们所知所见的敦煌说唱文学文献不断增加，研究者在此基础上相继编制了一些敦煌说唱文学方面的专题目录，其中主要有以下一些。

《佛曲叙录》，郑振铎编。该目是最早收录敦煌说唱文学作品的目录，作者本人对此也有明确的认识："此种有很大影响于民间的文学作品，向未有人注意到过。今将我个人所得到的佛曲，作为提要如下。"① 该目所收虽大多为民间宝卷，但其中也收录了《佛本行集经俗文》《八相成道俗文》《维摩诘所说经俗文》等六种敦煌说唱文学作品。对所收作品，介绍其收藏情况及故事梗概。

《变文及唱经文目录》，向达编。该目附于《唐代俗讲考》一文之后，著录藏于英国、法国及国内的变文及唱经文共 26 种②。后作者得见新材料，遂重写《唐代俗讲考》，并对所编目录进行增补，著录相关作品 55 种，并将其改名为《敦煌所出俗讲文学作品目录》③。此外向达还写有《记伦敦所藏的敦煌俗文学》一文，著录了近 40 种敦煌俗文学作品，其中有不少属说唱文学。

《敦煌俗文学之发见及其展开》，傅芸子著。该文将敦煌俗文学分为变文、诗歌、杂文和小说四类，其中变文类又分"关于唱经及佛教故事的"和"关于非佛教故事的"两种，共著录 54 种变文，为"迄至近年所知变文之一总目录"④。

《变文目》，关德栋编。该文以向达《唐代俗讲考》所附目录为基础，进行补充，分押座文、缘记和变文三类，著录变文作品 46 种。对所收作品，除注明收藏处、刊行情况外，"如学者于该目撰有论著，亦为注明"⑤。

值得一提的还有王庆菽于 1946 年至 1948 年编纂的《唐代小说总目提要》。该目在笔记小说、传奇小说之外，专门设立敦煌通俗小说编，该编共收录相关材料 57 篇，"每篇皆阐述其故事演译之经典出处，略考其异同，排比其序列，

---

① 郑振铎：《佛曲叙录》，《小说月报》17 卷号外，1927 年。

② 向达：《唐代俗讲考》，《燕京学报》第 16 期，1934 年 12 月。

③ 向达：《唐代俗讲考》，《文史杂志》第 3 卷第 9、10 期合刊，1944 年 9、10 月。

④ 傅芸子：《敦煌俗文学之发见及其展开》，《中央亚细亚》1 卷 2 期，1941 年 10 月。

⑤ 关德栋：《变文目》，《中央日报》1948 年 4 月 23 日，该文后收入《曲艺论集》，中华书局1958 年版。

钩提其内容大要而成，约共三、四万字左右"①。由此可见其将敦煌通俗小说纳入唐代小说的尝试。令人遗憾的是，该目一直未曾公开刊布，不为学界所知。

专题目录之外，这一时期研究者所编的综合性敦煌文献目录也往往著录一些说唱文学文献。如陈垣所编的《敦煌劫余录》（中央研究院历史语言研究所 1931 年刊行）。该书著录当时京师图书馆所藏敦煌写本 8679 件，对所收写本，皆介绍其编号、起止、纸数、行数及品次，是中国学者编撰的第一部大型敦煌文献目录。该书第十三峡著录了京师图书馆所藏敦煌说唱文学作品。再如罗富苌所译《巴黎图书馆敦煌书目：伯希和氏敦煌将来目录》（《国学季刊》1 卷 4 期，1923 年 12 月；3 卷 4 期，1932 年 12 月）一文也著录了巴黎图书馆所藏的敦煌说唱文学作品②。

2. 敦煌说唱文学作品的整理刊布

敦煌文献由于分散收藏于世界各地的公私藏书机构，查阅利用颇为困难，这是众所周知的。而实际上，即使是那些能够看到的敦煌文献，要想准确、完整地阅读、使用，也是相当不容易的，因为敦煌文献大多为写卷，或抄写不清，难以辨识，或多用俗字，词语费解，因此，对相关文献的校勘整理也是必不可少的，是一项重要的基础工作。由于文献内容、形态的特殊性，校勘整理敦煌说唱文学作品的方式、原则也与传统的治学方法颇为不同，需要不断尝试和探索。对研究者来说，既是一个挑战，也是开创学术新天地的良机。

这一时期敦煌说唱文学作品的整理本主要有以下几种。

《敦煌零拾》，罗振玉辑，1924 年刊行。该书主要收录敦煌文献中有关文学的卷子，其中说唱文学类作品有《季布歌》、《降魔变文》、《维摩诘讲经文》和《欢喜国王缘》四种。尽管罗振玉当时对变文这一艺术形式认识尚不太清楚，称其为佛曲，但他已经将其与宋元说话联系起来，提出"此风肇于唐而盛于宋两京"③，可谓慧眼独具。该书在敦煌说唱文学研究史上有着重要的意义，是敦煌

---

① 王庆菽：《我研究、搜集敦煌文学变文的概况》，载其《敦煌文学论文集》，吉林大学出版社 1987 年版，第 55—56 页。其中"演译"当为"演绎"——笔者注。

② 该文该目著录巴黎国家图书馆所藏敦煌文献第 2001–3511 号，另有陆翔译本，题名《巴黎图书馆敦煌写本书目》，《国立北平图书馆刊》7 卷 6 号（1933 年 11、12 月）、8 卷 1 号（1934 年 1、2 月）。

③ 罗振玉：《敦煌零拾》"佛曲三种跋语"，1924 年刊行。

说唱文学作品的首次公开刊布。

《敦煌掇琐》，刘复辑录，中央研究院历史语言研究所 1925 年刊行。该书为刘复留学法国期间，从巴黎国家图书馆所藏敦煌写本中辑出的部分资料。全书分上中下 3 辑 17 类，其中上辑为有关文学艺术者，小说部分收录敦煌通俗文学作品 14 种。

《敦煌石室写经题记与敦煌杂录》，许国霖编，商务印书馆 1937 年版。其中《敦煌杂录》部分为敦煌文献的汇录，收录变文类作品 12 种。

总的来看，这一时期整理刊布的敦煌说唱文学作品数量还不多，还处于起步和尝试阶段。

3. 敦煌说唱文学文献的研究

随着敦煌说唱文学文献的发现及刊布，相关研究工作也随即展开，并取得许多重要进展。由于这类作品隐于洞窟长达千年，到这一时期才被发现，缺少必要的学术积累，因此这一时期的研究具有开创意义。也正因为处于草创期，还没有出现系统、完整的研究论著，研究成果多为单篇论文。就其内容而言，大多依据新发现的文献资料，围绕着敦煌说唱文学的名称、源流、体制等基本问题而展开，偏重实证类研究。

对敦煌说唱文学的研究以王国维的《敦煌发现唐朝之通俗文及通俗小说》一文启其端，其后不断有学者加入，其中成就较为突出、影响较大者有向达、王重民、郑振铎、孙楷第、傅芸子等，其著述主要有郑振铎的《敦煌的俗文学》（《小说月报》20 卷 3 号，1929 年），向达的《论唐代佛曲》（《小说月报》20 卷 10 号，1929 年 10 月）、《唐代俗讲考》（《燕京学报》第 16 期，1934 年 12 月），孙楷第的《唐代俗讲轨范与其本之体裁》（《国学季刊》6 卷 2 号，1937 年），傅芸子的《敦煌俗文学之发见及其展开》（《中央亚细亚》1 卷 2 期，1941 年 10 月）、《关于〈破魔变文〉》（《艺文》，1943 年）、《〈丑女缘起〉与〈贤愚经·金刚品〉》（《艺文》，1943 年）、《俗讲新考》（《新思潮月刊》1 卷 2 期，1946 年）等，这里不再一一详细介绍。

第二节　中华人民共和国成立后 30 年间
敦煌说唱文学文献研究

1949 年中华人民共和国成立之后，有关敦煌的研究受到高度重视，相关研究被纳入政府的学术管理体制内。1951 年，原敦煌艺术研究所改名为敦煌文物研究所。1961 年，敦煌莫高窟成为国家重点文物保护单位。1956 年、1962 年，政府两次拨巨款，用于保护和维修。与此同时，不少散藏于私人手中的珍贵写卷相继捐赠给公共图书馆。所有这些为敦煌学研究提供了良好的条件。

由于特殊的历史原因，敦煌文献研究的进展往往与国外藏品的公开程度有着较为密切的关系。1953 年 10 月至 1954 年 5 月，英国博物馆与日本东洋文库合作，将该馆所藏敦煌汉文写卷 S.1-6980 号拍摄成缩微胶卷，对外公布，中国学者由此得见这批珍贵的敦煌文献。到 1973 年，增加到 S.8149 号。研究者得以看到的敦煌文献较之以往有较大的增加。

敦煌说唱文学文献的研究在这一较为有利的条件下获得了新的生机，取得了不少重要成果，以下分别进行介绍。

1. 敦煌说唱文学目录的编制

在目录编制方面，这一时期主要有以下一些成果。

《敦煌俗讲、变文等资料一百九十六篇目录和"敦煌俗讲文学及通俗小说总目提要"摘录》，王庆菽编。这是一篇带有目录性质的重要论文。作者于 1949 年至 1951 年间"有机会遍阅了藏在英、法二国的敦煌钞卷，并将变文、有关文学的和其他的资料，重点拍了一些照片"[①]，当时国内有这种经历的研究者并不多。回国后，作者将其《唐代小说总目提要》的敦煌通俗小说部分由 57 篇扩充到 196 篇，写成《敦煌俗讲文学及通俗小说总目提要》一书。

该文是作者《敦煌俗讲文学及通俗小说总目提要》一书的摘要，介绍写作情况，收录《敦煌俗讲文学及通俗小说总目目录》及部分条目，具有很高的学

---

① 王庆菽：《英法所藏敦煌卷子经目记》，《文物参考资料》1957 年第 5 期，又载其《敦煌文学论文集》，吉林大学出版社 1987 年版，第 22 页。

术价值。可惜该书只油印了一次供内部传阅，到目前为止还没有公开刊布①，不为学界所熟知，难以发挥其应有的学术价值。

《敦煌所出变文现存目录》，周绍良编，载其《敦煌变文汇录》一书卷首。该目系根据向达、傅芸子、关德栋三人所编相关目录汇编而成，"考三家所列，汇成一目，分作押座文、缘起、变文三组"。全目共收录敦煌变文 78 种②。

专题目录之外，这一时期所编撰的敦煌文献综合目录中也有收录说唱文学者。如王重民的《敦煌古籍叙录》（商务印书馆 1958 年版）。该书在卷五集部收录了《伍子胥变文》等敦煌说唱文学作品十多篇。对所收作品，皆标明书名、篇名、著者姓氏、原藏号码，或写有题记，或摘引其他研究者的论述，以便读者参考。再如《敦煌遗书总目索引》（商务印书馆 1962 年版），该书收录当时所知见的海内外敦煌写本，其中《敦煌变文残卷目录》依据《敦煌变文集》著录变文 64 种，相关作品亦散见于其他目录中。

2. 敦煌说唱文学作品的整理出版

由于特殊的历史原因，敦煌文献分藏于国内外各类藏书机构中，甚至出现一部文献散藏于几处的奇特现象，加之不少抄本残缺不全、异文迭出、文字不规范等，为阅读研究带来了诸多不便，其中以变文为代表的说唱文学文献也是如此，"过去国内也曾零星出版过一些变文的辑本。由于材料搜集的困难，校订工作的繁杂，那些辑本，不能满足一般读者和研究者们的需要。读者和研究者们，迫切期待比较完备的变文汇编本"③。在此情况下，这一时期研究者相继整理出版了两部敦煌变文集，即《敦煌变文汇录》和《敦煌变文集》，在很大程度上缓解了研究者阅读作品不便的问题。

《敦煌变文汇录》，周绍良编，上海出版公司 1954 年版。编者鉴于"'变文'原文，分散各处，猝难概见，因就手中所得抄本，裒为一录，搜辑丛残"④。全书共选收敦煌变文 36 种，每种作品前皆有简介，介绍其收藏、著录及抄写等情

---

① 王庆菽：《敦煌俗讲、变文等资料一百九十六篇目录和"敦煌俗讲文学及通俗小说总目提要"摘录》，载其《敦煌文学论文集》，吉林大学出版社 1987 年版。另参见王庆菽《关于〈敦煌变文集〉编集的一些问题》一文所附《敦煌通俗小说总目提要目录》，《敦煌语言文学研究通讯》1987 年第 4 期。

② 周绍良：《敦煌所出变文现存目录》，载其《敦煌变文汇录》，上海出版公司 1954 年版。

③ 人民文学出版社编辑部：《敦煌变文集》"出版说明"，人民文学出版社 1957 年版。

④ 周绍良：《敦煌变文汇录》"叙"，上海出版公司 1954 年版。

况。卷首有《叙》及《敦煌所出变文现存目录》。1955 年编者又出增订本，增收
2 种作品，对其他作品及卷首目录也进行了增补。该书首次将敦煌变文进行整理
汇编，尽管收录还不够完备，但其奠基之功是不可否认的。

　　《敦煌变文集》，王重民、王庆菽、向达、周一良、启功、曾毅公合编，人
民文学出版社 1957 年版①。该书将国内外公私藏书机构所藏的 187 个敦煌变文写
本精心校勘，校定成 78 种作品。全书依据作品的故事内容和体制分类编排，共
分 8 卷，具体做法是"先依历史故事与佛教故事分为两大类。历史故事又依文体
有说有唱、有说无唱和对话体分为三卷，每卷更依历史时代次序之。佛教故事则
依佛（释迦）的故事、佛经讲唱文和佛家故事，亦分为三卷。押座文及其他短
文则置于末后，总为一卷。又《搜神记》与《孝子传》包含着变文的原始资料，
别为一卷"。正文的校勘以保持原貌为原则，选用"比较完整、比较清晰之本为
底卷，而以他卷校之"，对文字错误、脱落等问题用符号标明，并对正文加以分
段、标点。作品后出校记，兼交代版本、题目等问题，同时注明校录者，"以示
负责"②。卷首有《引言》《序例》，书后附有《敦煌变文论文目录》，具有重要
的参考价值。

　　六位学者通力合作，成此巨作，可谓学界佳话。严谨认真的态度保证了该书
的高水准，其整理工作是这样进行的："根据照片或原卷过录一个本子，然后由
一人主校，其余五人轮流互校一遍，把各人校勘的意见，综合起来，作成校记，
附在每一篇的后面。"③

　　该书是当时收录最为完备的一部敦煌变文作品集，它的出版为相关研究带来
了极大的便利，长期以来一直被奉作敦煌变文研究的基本读本和重要参考书，正
如一位学人所评价的："自西元一九五七年出版以来，海内外研究变文的学人，
无不凭借此书为立说的根据。"④

　　按照整理者的计划，他们的工作准备分校印本、选注本和影印本三个方面进
行，可惜最后只完成了《敦煌变文集》这一校印本。由于校勘整理工作的繁难，

---

① 有关该书编纂经过，参见萨仁高娃整理《王重民等有关〈敦煌变文集〉的信函二十四通》，《文
献》2009 年第 2 期。

② 王重民等：《敦煌变文集》"序例"，人民文学出版社 1957 年版。

③ 向达：《敦煌变文集》"引言"，人民文学出版社 1957 年版。

④ 潘重规：《敦煌变文集新书》"引言"，文津出版社 1994 年版。

该书在底本选择、校勘整理等方面也存在一些问题，后来不断有研究者撰文进行匡正①，也有研究者找到一些新材料，对该书进行增补。

此外，这一时期还出版了一部有关敦煌变文的工具书，即蒋礼鸿所著的《敦煌变文字义通释》（中华书局 1959 年版）。

该书是一部解释敦煌变文词语的专书，是著者"归纳整理变文材料，以期窥探唐五代口语词义的一个尝试"②。全书分释称谓、释容体、释名物、释事为、释情貌和释虚字 6 篇，共收录变文词汇 400 多个。这些词语现在大多已难以理解，作者除解释词义外，还探究词源，并列举相关资料加以引证。书后有《变文字义待质录》《敦煌词校议》两种附录。

该书出版后，著者精益求精，不断进行修订，增加新的条目和材料，改正书中的一些错误，从初版到上海古籍出版社 1997 年的增补定本版，共再版 6 次。增补定本共收字词 840 个，其中正目 411 个，附目 429 个，增收附录《〈敦煌变文集〉校记录略》，并编有笔画部首索引、四角号码索引，便于检索。经反复修订，该书的质量也更为精良，成为研究敦煌变文不可或缺的重要参考工具书。

敦煌变文为唐代说唱文学作品，与后世通俗小说的产生和发展有着十分密切的关系。这类作品多用口语写成，由于距离现在时代较远，词汇变化很大，阅读有着相当的困难。该书的出版为解决这一问题提供了很大的便利。

在敦煌说唱文学文献的研究方面，这一时期也有一些著述，主要有周叔迦的《漫谈变文的起源》（《现代佛学》1954 年 2 月号）、王庆菽的《试读"变文"的产生和影响》（《新建设》1957 年 3 月号）、杨公骥的《变相、变、变文考论》（载其《唐代民歌考释及变文考论》，吉林人民出版社 1962 年版）、程毅中的

---

① 参见徐震堮《敦煌变文集校记补正》（《华东师大学报》1958 年第 1 期）、《敦煌变文集校记再补》（《华东师大学报》1958 年第 2 期）；蒋礼鸿《敦煌变文集校记录略》（《杭州大学学报》1962 年第 1 期）；刘坚《校勘在俗语词研究中的运用》（《中国语文》1981 年第 6 期）；项楚《敦煌变文校勘商榷》（《中国语文》1982 年第 4 期）、《〈敦煌变文集〉校记散录》（载杭州大学古籍研究所等编《敦煌语言文学论文集》，浙江古籍出版社 1988 年版）；郭在贻《敦煌变文校勘拾遗》（《中国语文》1983 年第 2 期）、《敦煌变文校勘拾遗续补》（《杭州大学学报》1983 年第 3 期）；袁宾《敦煌变文校勘零拾》（《中国语文》1984 年第 1 期）、《敦煌变文校勘零拾补记》（《社会科学》1984 年第 4 期）、《〈敦煌变文集〉校补》（《杭州大学学报》1984 年第 4 期）；蒋绍愚《〈敦煌变文集〉（上册）校补》（载杭州大学古籍研究所等编《敦煌语言文学论文集》，浙江古籍出版社 1988 年版）；郭在贻、张涌泉、黄征《〈敦煌变文集〉底本选择不当之一例——附两种〈维摩诘经讲经文〉校议》（《古籍整理出版情况简报》第 208 期，1989 年 5 月）。

② 蒋礼鸿：《敦煌变文字义通释》"序目"，中华书局 1959 年版。

《关于变文的几点探索》（《文学遗产增刊》第 10 辑，1963 年）、周绍良的《谈唐代民间文学——读〈中国文学史〉中"变文"节书后》（《新建设》1963 年 1 月号）、挚谊的《关于唐代民间文学研究的几点意见》（《光明日报》1965 年 7 月 4 日）等。

第三节　20 世纪 80 年代敦煌说唱文学文献研究

进入 20 世纪 80 年代，随着拨乱反正、改革开放政策的实施，学术研究很快走上正途，敦煌说唱文学的研究也在经历十年"文化大革命"浩劫之后迎来了新的发展良机，呈现出良性发展的态势，从相关学术机构、团体的成立及学术研讨会的召开便可看出这一点。

1981 年，北京大学中国中古史研究中心成立敦煌吐鲁番文献研究室。

1983 年，中国敦煌吐鲁番学会成立，兰州大学历史系成立敦煌学研究室，西北师范大学成立敦煌学研究所，全国敦煌学术讨论会在兰州召开。

1984 年，在敦煌文物研究所的基础上，成立敦煌研究院。

1986 年，北京图书馆、中国敦煌吐鲁番学会成立北京资料中心。

1988 年，中国社会科学院历史研究所建立敦煌文献室①。

这一时期，研究者之间的交流逐渐增多，这种交流不再局限于国内，而且扩展到海外，中外之间的学术交流也变得日渐频繁密切。

与此同时，一些有关敦煌文献研究的专业刊物如《敦煌学》、《敦煌研究》（1982 年）、《敦煌学辑刊》（1980 年）、《敦煌吐鲁番研究》等相继创刊，为研究者提供了发布成果、相互交流的学术空间。

这一时期，巴黎国立图书馆所藏敦煌写本全部公开，人们得以较为方便地看到法国所藏珍贵的敦煌文献。其他藏书机构所藏的珍贵敦煌文献也时有披露，如周绍良、白化文在其所编《敦煌变文论文录》（上海古籍出版社 1982 年版）一书的附录部分收录苏联所藏押座文及说唱佛经故事五种，其中除《佛报恩经讲经

---

① 有关这一时期敦煌学研究机构、学会的成立、会议的展开及人才的培养等情况，参见刘进宝《敦煌学通论》，甘肃教育出版社 2002 年版，第 462—476 页。

文》外，另外四种都是首次在国内公开刊布，国内学者由此得以见到苏联所藏的珍贵敦煌说唱文学文献。

总的来看，这一时期阅读、研究敦煌说唱文学文献的条件大为改善，相关研究在此良好的基础上不断拓展和深化。以下从各个方面对这一时期敦煌说唱文学文献研究的情况加以介绍。

1. 敦煌说唱文学目录、索引的编制

由于此前已有较为完备的目录，这一时期有关敦煌说唱文学的专题目录不多见，但在其他相关的敦煌文献目录中会涉及说唱文学作品，如《敦煌劫余录续编》，北京图书馆善本组 1981 年编印。该书在《敦煌劫余录》的基础上收录了1949 年后北京图书馆新搜罗的敦煌文献 1065 件，著录内容包括经名、卷次、品名、著译者、写本年代、起字止字、纸数行数、卷轴情况、尾题及相关附注等。

随着研究的深入，有的研究者开始从学科角度对敦煌文献的编目问题进行归纳和总结，主要成果为白化文、杨宝玉所著的《敦煌学目录初探》（河北人民出版社 1989 年版）。该书分国内篇和国外篇，对海内外各个时期敦煌文献目录著作的编撰情况进行系统、详细的介绍，其中也涉及说唱文学的编目及著录情况。同类著述还有《敦煌学文献资料分类类目表》（《敦煌研究》1987 年第 3 期）等。

随着学术研究的不断积累，相关著述在数量上有较大的增长，为方便人们检索，一些研究者编制了一些专题索引。这一时期主要出版了如下两部专书。

《敦煌学论著目录（1909—1983）》，刘进宝编，甘肃人民出版社 1985 年版。该书主要收录 1909 年至 1983 年中国大陆及港台地区的敦煌学研究著述，全书分论文和论著两部分，论文部分第四类为文学，变文为其中的第二小类，收录近一百篇有关变文研究的学术论文。专著部分为遗书和艺术两类，在遗书部分收录了多部有关敦煌说唱文学的专书。

《中国敦煌吐鲁番学著述资料目录索引（1909—1984）》，卢善焕、师勤编，中国敦煌吐鲁番学会 1985 年刊行。该书分中国内地和台港两部分，收录 1909 年至 1984 年中国大陆和港台地区所刊行的有关敦煌、吐鲁番学的著述。其中中国内地部分第一类为敦煌吐鲁番文献，又分十九小类，第十三类为文学，包括诗赋、变文、话本、曲词等。台港部分第一类为敦煌吐鲁番文献，下又分十三小类，第十为文学。

同类著述尚有《敦煌变文论著索引（1920—1977）》（《古籍整理出版情况简报》增刊 1，1980 年），卢善焕、师勤的《中国敦煌吐鲁番著述资料目录索引》（陕西省社会科学出版社 1985 年版）等。

2. 敦煌说唱文学作品的校勘整理

这一时期出版的校勘整理本主要有以下几种。

《敦煌文学作品选》，周绍良主编，中华书局 1987 年版。该书为敦煌文学作品选集，其中说唱文学类作品 10 篇。对所收作品，介绍其体制、本事及影响，并做有较为详细的注释。

《敦煌讲唱文学作品选注》，张鸿勋选注，甘肃人民出版社 1987 年版。该书选收现存敦煌讲唱文学作品中"思想上有一定意义、艺术上有一定价值的作品"25 篇。全书按词文、变文、故事赋和话本 4 类编排。对所收作品，以王重民等人所编《敦煌变文集》为底本，对难懂的字词、典故、人物、事件等做有简明的注释。每篇作品后还写有备考，对其抄卷情况、历史背景、故事源流、编著年代等进行考察。卷首有《前言》与《凡例》。

《敦煌变文集补编》，周绍良、白化文、李鼎霞编，北京大学出版社 1989 年版。该书为《敦煌变文集》一书的补编，"按照《敦煌变文集》原来收入的范围，把新发表的、新发现的材料补充进去"。全书共收录敦煌变文作品 15 种，其中包括《敦煌变文集》一书出版后新发现的敦煌变文作品 9 篇，补充校录 6 篇。全书分两个单元，第一单元"基本上属于讲经文和押座文系统"，第二单元各篇则"各代表一类情况"。在编排上，"采取了印出卷子照片和手写录文前后对照的形式"[1]。校录体例"略依《敦煌变文集》成规而稍有变通"[2]。书后附《俗字表》及相关作品的照片。

3. 敦煌说唱文学文献的研究

这一时期敦煌说唱文学文献的研究取得了不少重要成果，其中有如下一部具有资料汇编性质的论文选集：

《敦煌变文论文录》，周绍良、白化文编，上海古籍出版社 1982 年版。该书主要收录敦煌文学研究中有关说唱文学的学术论文，"以编选单篇论文为旨。自

---

[1]　周绍良、白化文、李鼎霞编：《敦煌变文集补编》"前言"，北京大学出版社 1989 年版。

[2]　周绍良、白化文、李鼎霞编：《敦煌变文集补编》"凡例"，北京大学出版社 1989 年版。

斯学创立以来，有关的论文，包括报刊中散见的和曾编入某种文集的基本上都收录了"。全书收录敦煌变文研究论文 60 篇，附录为《苏联所藏押座文及说唱佛经故事五种》。

相关著述尚有杭州大学古籍研究所等合编的《敦煌语言文学论文集》（浙江古籍出版社 1988 年版）、白化文的《什么是变文》（《古典文学论丛》第 2 辑，1980 年）、谢生保的《河西宝卷与敦煌变文的比较》（《敦煌研究》1987 年第 4 期）、周绍良的《敦煌文学刍议》（《甘肃社会科学》1988 年第 1 期）等。

第四节　20 世纪 90 年代敦煌说唱文学文献研究

进入 20 世纪 90 年代，随着交通、资讯的发达，随着对外学术交流的增加，随着研究的不断深入，一些藏于国外特别是藏于俄罗斯的珍贵敦煌文献公开刊布，并得以在国内集中刊出，研究者阅读、利用敦煌文献的条件大为改善，人们由此得见一些未曾公布的敦煌说唱文学作品，比如在俄罗斯所藏敦煌写卷中，就发现了有关刘邦、张良故事的变文[①]。在英国新公布的敦煌写卷中，斯 8466、8467 两个残篇为有关孟姜女的变文，此前不为学界所知，具有重要的参考价值[②]。

与此同时，仍有研究者到国外各收藏机构进行寻访，对海外所藏敦煌文献进行更为系统、深入的考察，如荣新江于 20 世纪 80 年代中期到 90 年代中期，"有幸走访了英、法、德、俄、日这五大海外敦煌吐鲁番文献收藏地，这在'敦煌学'的圈子里是少有的经历"[③]。他将自己海外所见，写成《海外敦煌吐鲁番文献知见录》一书，分英国收藏品、法国收藏品、德国收藏品、俄国收藏品、北欧收藏品、日本收藏品、美国收藏品七章，介绍了这些国家收藏及研究敦煌文献的

[①]　参见张鸿勋《俄藏"汉王与张良故事"残卷考索——兼论〈西汉演义〉中楚汉相争故事的形成》，载《周绍良先生欣开九秩庆寿文集》，中华书局 1997 年版。

[②]　参见宁可《敦煌遗书散录二则》（《敦煌吐鲁番研究》第一卷，北京大学出版社 1996 年版）、张鸿勋《新发现的英藏"孟姜女变文"校注》（《北京图书馆馆刊》1998 年第 2 期）。不过研究也有不同意见，如项楚认为"从残诗的语言风格看，不像是民间作品，而像是初唐骆宾王、卢照邻、刘希夷一类人的长篇歌行一体"，载其《敦煌诗歌导论》，巴蜀书社 2001 年版，第 82 页。

[③]　荣新江：《海外敦煌吐鲁番文献知见录》"序"，江西人民出版社 1996 年版。

情况，为国内学人提供了重要的学术信息。

在此较为有利的环境下，出现了一些规模较大、具有集大成性质的文献研究著作，敦煌学研究由此迎来了一个新的发展时期。以下对这一时期敦煌说唱文学文献研究所取得的成果分别进行介绍。

1. 敦煌说唱文学目录的编制

随着学界掌握敦煌文献的日渐系统和完备，这一时期敦煌文献目录的编制取得较大进展，出版了一批收录完备、信息丰富、准确的目录、索引类著作。这些著作搜罗广泛，内容全面，敦煌说唱文学也在收录之列。如荣新江所著的《海外敦煌吐鲁番文献知见录》（江西人民出版社 1996 年版）、《英国图书馆藏敦煌汉文非佛教文献残卷目录》（台湾新文丰出版公司 1994 年版）都著录了数量不等的敦煌说唱文学文献。

随着各收藏机构藏品的公开，随着各类收藏目录的刊布，人们得见敦煌文献的数量越来越多，在此基础上编纂一部收录完备、体例完善的敦煌说唱文学全目，就学术条件而言，已基本成熟，这也是研究的内在需要。自然，较大的工作量和困难也是可以想见的。

在研究著述索引的编制方面，这一时期出版了以下一些著作：

《中国敦煌吐鲁番学著述资料目录索引续编（1985—1989）》，师勤编，中国敦煌吐鲁番学会 1990 年刊行。该书为《中国敦煌吐鲁番学著述资料目录索引（1909—1984）》一书的续编，收录 1985 年至 1989 年中国大陆以及港台地区研究敦煌、吐鲁番学的著述，体例与前书大体相同。

《敦煌吐鲁番学论著目录初编：日文部分》，李德范、方久忠编，北京图书馆出版社 1999 年版。该书收录 1886 年至 1992 年日本发表的有关敦煌、吐鲁番学的论文及专著，共 8685 条。全书分论文和专著两部分，其中论文部分第六类为文学艺术，下设小说、故事、变文等小类；专著部分第六类为文学艺术，其中文学在第一小类。

2. 敦煌说唱文学作品的整理

在敦煌文献的整理出版方面，这一时期成就是非常显著的，这首先表现在一批珍藏在国内外的敦煌文献得到了系统、完整的刊布，敦煌说唱文学作品自然被收录在内，其中主要有以下一些。

《英藏敦煌文献》（汉文佛经以外部分），中国社会科学院历史研究所、中国敦煌吐鲁番学会敦煌古文献编辑委员会、英国国家图书馆、伦敦大学亚非学院合编，四川人民出版社 1990—1995 年版。全书分 15 卷，以影印出版的方式，收录英国国家图书馆、英国印度事务部图书馆及英国国家博物馆所藏 S. 1-13677 号佛经之外的敦煌汉文写卷，其中第 15 卷为中英文目录和索引。书中图版编号"悉依原卷编号"。对所收文献，"其本身自有名称者，据以标名；首尾均有题名而不一致者，酌采其一；失名或名残者依同类文献和现存文献考定"。"凡记有书写年代者，随题名标出，加注公元纪年。"① 对略字、落字或简称，也分别用符号标出。

《俄藏敦煌文献》，俄罗斯科学院东方研究所圣彼得堡分所、俄罗斯科学出版社东方文学部、上海古籍出版社编，上海古籍出版社 1992—2001 年版。全书共 17 卷，收录俄罗斯所藏 19000 多号敦煌汉文写卷②。

《法藏敦煌西域文献》，上海古籍出版社、法国国家图书馆编，上海古籍出版社 1995—2005 年版。全书共 34 卷，收录法国国家图书馆所藏全部汉文与非汉文敦煌西域文献。

《中国国家图书馆藏敦煌遗书》，任继愈主编，江苏古籍出版社 1999—2001 年版。该书拟收录中国国家图书馆所藏敦煌遗书，可惜未能全部完成，只出版了 7 册③。

同类书籍尚有上海古籍出版社、上海博物馆所编的《上海博物馆藏敦煌吐鲁番文献》（上海古籍出版社 1993 年版）④，北京大学图书馆、上海古籍出版社所编的《北京大学藏敦煌文献》（上海古籍出版社 1995 年版），天津市艺术博物馆所编的《天津艺术博物馆藏敦煌文献》（上海古籍出版社 1996—1998 年版），《上海图书馆藏敦煌文献》（上海古籍出版社 1999 年版），甘肃藏敦煌文献编委会、甘肃省文物局所编的《甘肃藏敦煌文献》（甘肃人民出版社 1999 年版），浙

---

① 以上见各卷卷首之《编辑说明》。

② 该书编纂经过及具体情况，参见府宪展《"探险"俄罗斯——〈俄藏敦煌文献〉出版纪略》，载刘进宝主编《百年敦煌：历史·现状·趋势》，甘肃人民出版社 2009 年版。

③ 有关该书情况，参见李际宁《国家图书馆藏敦煌遗书整理侧记》，《北京图书馆馆刊》1999 年第 2 期。

④ 具体情况参见郝春文《〈上海博物馆藏敦煌吐鲁番文献〉读后》，《敦煌学辑刊》1994 年第 2 期。

藏敦煌文献编纂委员会所编的《浙藏敦煌文献》（浙江教育出版社 2000 年版)①等。

数年之间，海内外所藏敦煌文献大多陆续得到公开刊布，这无疑是敦煌文献研究的重大进展。这些珍贵的敦煌文献"不仅收录较为完备，而且大多图版清晰、印制精良，极大地便利了资料的查检整理，许多研究者开始摆脱了阅读缩微胶卷的辛劳和辨认不清照片内容的烦恼，感觉到目清神爽的信息，提供了研究功效"②。在大量影印刊布世界各地珍藏敦煌文献的基础上，有的研究者提出编纂一套具有集大成性质的《敦煌文献合集》，这是一个相当有价值而且可行的想法，如今这一工作已经启动，其中的《敦煌经部文献合集》已出版③，该书全部出版后，对包括敦煌说唱文学在内的敦煌学研究将起到很大的推动作用。

随着上述诸书的出版，现存敦煌说唱文学作品的全貌将会更加完整、清晰地呈现出来。就敦煌说唱文学文献的整理而言，这一时期的成果也是相当突出的，出版了一些质量精良、影响较大的读本，其中主要有以下一些。

《敦煌变文选注》，项楚选注，巴蜀书社 1990 年版。该书选收敦煌变文 27 篇，"包括了变文中思想和艺术比较杰出的名篇，也兼顾了不同体裁和不同题材的各类作品"。作品除《双恩记》外，皆以《敦煌变文集》为底本，对其漏校、误校之处出校记加以说明。在编排上依照《敦煌变文集》的次序④。对难解字词有较为详细的注释⑤。

《敦煌变文校注》，黄征、张涌泉校注，中华书局 1997 年版。该书充分吸收学界既有的研究成果，在《敦煌变文集》《敦煌变文集新书》两书的基础上取得新的进展。全书分 7 卷，共收录敦煌变文作品 86 篇，其中包括《敦煌变文集》所收敦煌变文 74 篇，俄罗斯所藏变文作品 5 篇，日本及中国台湾所藏变文作品 2

---

① 参见柴剑虹《献给敦煌学百年的厚礼——〈浙藏敦煌文献〉出版感言》，载其《敦煌学与敦煌文化》，上海古籍出版社 2007 年版，第 260—263 页。

② 柴剑虹：《近十年中国敦煌研究的新特点》，载其《敦煌学与敦煌文化》，上海古籍出版社 2007 年版，第 108 页。

③ 张涌泉主编审订：《敦煌经部文献合集》，中华书局 2008 年版。

④ 项楚：《敦煌变文选注》"前言"，巴蜀书社 1990 年版。

⑤ 有关该书的情况及评价，参见江蓝生《评项楚〈敦煌变文选注〉》(《中国语文》1990 年第 4 期)、何志华《敦煌变文研究的新成果：评项楚〈敦煌变文选注〉》(《古籍整理出版情况简报》第 232 期，1990 年)、潘重规《读项楚著〈敦煌变文选注〉》(《敦煌学》第 16 辑，1990 年 9 月)。

篇，另有其他新参校本 5 篇。对所收作品，皆进行校注，采用《敦煌变文集》的体例、编排次序而略作变更，并保留《敦煌变文集》的所有校记。书后附《本书所引变文补校论著目录》《敦煌变文语词索引》。校注者对敦煌变文的语言有多年研究，用力甚深，能充分吸收前人研究成果，后出转精，成为敦煌变文校勘整理的集大成之作。

《敦煌变文讲经文因缘辑校》，周绍良、张涌泉、黄征辑校，江苏古籍出版社 1998 年版。该书为《敦煌文献分类录校丛刊》中的一种。该书的整理过程是："首先将选取作底本的原本从《敦煌宝藏》中根据照片迻录下来，然后再用另外同卷的异本分别作出校记"，再"加以录总并依据过去阅读所得的校订加以校录"。全书收录变文、讲经文、因缘作品 40 多篇，对所收作品，皆有说明和校记。

同类著作尚有雷文治选注的《敦煌变文选注》（河北教育出版社 1991 年版）等。

此外胡双宝、江蓝生、白维国、宋绍年编校的《近代汉语语法资料汇编》（唐五代卷）（商务印书馆 1990 年版）一书亦收录《伍子胥变文》等 15 篇敦煌说唱文学作品，均参照不同版本进行校对，并有较为详细的校记。

还有一些研究者对敦煌说唱文学作品校勘整理过程中发现的一些问题进行探讨，主要有郭在贻、张涌泉、黄征的《敦煌变文整理校勘中的几个问题》（《古汉语研究》1988 年第 1 期），蒋冀骋的《论敦煌文书的校理》（载其《敦煌文献研究》，湖南师范大学出版社 2005 年版）等。

3. 敦煌说唱文学资料、辞书的编纂

这一时期还出版了一些收录完备、系统全面的资料集和辞书，为敦煌说唱文学的研究提供了很大方便，其中主要有以下两种。

《中国敦煌学百年文库》，段文杰、韩效文主编，甘肃文化出版社 1999 年版。该书将 20 世纪中国学人有关敦煌学的研究著述汇为一编，是一部大型敦煌学研究总集。全书依据内容分为 13 卷，即综述、文学、语言文字、民族、宗教、石窟保护、科技、艺术、考古、文献、历史、地理及敦煌学研究论著目录索引，篇幅达到 2000 多万字。其中文学卷由郑阿财、颜廷亮、伏俊琏主编，共 5 册，就敦煌说唱文学而言，20 世纪较为重要的研究著述基本都收录进来。

《敦煌学大辞典》，季羡林主编，上海辞书出版社 1998 年版。全书共收辞条 6925 个，内容上分为 60 多个门类，语言、文学为其中一个门类，下设几十个敦煌说唱文学方面的条目。书后有《西汉敦煌郡示意图》《敦煌莫高窟大事年表》《敦煌学纪年》等附录 10 个，并有词目笔画索引和汉语拼音索引①。该书是一部全面展现敦煌学的大型工具书，由全国 20 多所高校及科研机构的 100 多名专业学者合作，用了十几年的时间完成，可以看作是对 20 世纪敦煌学研究的一个总结和回顾，具有较高的学术水准和价值。

4. 敦煌说唱文学文献的研究

这一时期出版的敦煌学研究著作中有不少偏重文献的梳理和辨析，颇有参考价值，其中与敦煌说唱文学相关者主要有郭在贻、张涌泉、黄征的《敦煌变文集校议》（岳麓书社 1990 年版），项楚的《敦煌文学丛考》（上海古籍出版社 1991 年版）、《项楚论敦煌学》（上海科学技术文献出版社 2008 年版），周绍良的《敦煌文学刍议及其他》（台湾新文丰出版公司 1992 年版），白化文《敦煌文物目录导论》（台湾新文丰出版公司 1992 年版），林家平、宁强、罗华庆的《中国敦煌学史》（北京语言学院出版社 1992 年版），颜廷亮的《敦煌文学概论》（甘肃人民出版社 1993 年版）、《敦煌文学概说》（台湾新文丰出版公司 1995 年版），张鸿勋的《敦煌说唱文学概论》（台湾新文丰出版公司 1993 年版）、《敦煌话本、词文、俗赋导论》（台湾新文丰出版公司 1993 年版）、《敦煌文学源流》（作家出版社 2000 年版）、《敦煌俗文学研究》（甘肃教育出版社 2002 年版），蒋冀骋的《敦煌文书校读研究》（台湾文津出版社 1994 年版）、《敦煌文献研究》（湖南师范大学出版社 2005 年版，此为《敦煌文书校读研究》一书的修订版），伏俊琏的《敦煌文学文献丛稿》（中华书局 2004 年版），罗宗涛的《敦煌讲经变文研究》（台湾佛光山文教基金会 2004 年刊行）等，这里不再一一详细介绍。

进入 90 年代之后，随着电脑网络的日益普及，文献的数字化问题提上日程，敦煌文献研究也不例外，一些学术机构在致力于此项工作，比如英国国家图书馆进行的国际敦煌学项目，准备将英国乃至世界各国所藏敦煌文献数字化。文献数字化的便利是其他形式无法相比的，是未来文献研究的一个发展趋势。

---

① 有关该书的特点及不足，参见郝春文《〈敦煌学大辞典〉述评》，《中国佛学》3 卷 1 期，1999 年。

第五节　21 世纪前十多年间敦煌说唱文学文献研究

进入 21 世纪，敦煌说唱文学研究在此前的基础上继续发展，取得了一批新的研究成果。以下分别进行介绍。

在文献的搜集方面，2008 年 11 月 18 日，启功的家属将启功生前珍藏半个世纪的敦煌俗文学资料捐赠给中国国家图书馆，共 218 种 1500 余页①。这些资料多有与《敦煌变文集》相关者，对探讨敦煌说唱文学研究史具有重要的参考价值。

在目录、索引的编制方面，这一时期又出版了一批新的成果，其中有关敦煌说唱文学的专题目录有以下两种：

《甘肃敦煌莫高窟藏经洞变文存目一览表》，周琪编，载《中国曲艺志·甘肃卷》（中国 ISBN 中心 2008 年版）。该表以黄征、张涌泉所著《敦煌变文校注》一书为依据，并参考其他相关著述编制而成，著录内容包括篇名、编号、现状及特征、收藏四项。这是一个收录较为完备的变文专题目录。

张涌泉《新见敦煌变文写本叙录》，《文学遗产》2015 年第 5 期。据作者介绍："近些年，随着世界各地的敦煌藏卷陆续公诸于世，尤其是俄藏敦煌文献、中国国家图书馆藏敦煌文献及主要来源于李盛铎旧藏的日本杏雨书屋藏敦煌文献《敦煌秘笈》的全部公布，学术界又发现了一些新的变文写本，其中包括原有篇目的增补和新发现的变文篇目；有的是否为变文写本则还存在疑问。"该文依据新公布的各类敦煌文献，对《孟姜女变文》等 16 种原有篇目进行增补，对《佛说八相如来成道经讲经文》等 6 种新见变文进行较详细的介绍。文章最后还介绍了 3 种新见的疑似变文。

在这一时期所编的其他敦煌文献目录中，亦有涉及敦煌说唱文学者，以下简要介绍：

《敦煌遗书总目索引新编》，敦煌研究院编，施萍婷主撰稿，中华书局 2000

---

① 有关这批文献的具体情况，参见刘波、王姿怡《启功旧藏敦煌俗文学资料综述》，《文津流觞》2009 年第 3 期；刘波、萨仁高娃《启功、曾毅公旧藏〈敦煌变文集〉稿本述略》，《艺术百家》2009 年第 4 期。

年版。该书分总目和索引两部分，其中总目部分所收为斯坦因劫经录、伯希和劫经录和北京图书馆敦煌遗书简目，实际上是《敦煌遗书总目索引》商务印书馆初版本和中华书局再版本收录范围的新编本。

《中国散藏敦煌文献分类目录》，申国美编，北京图书馆出版社 2007 年版。该书收录国内 32 家单位所藏敦煌文献 2414 种。在编排上按文献内容分 28 类。对所收文献，介绍其卷名、藏家简称、文献序号、馆藏编号、文献出处、页码等基本情况。书后附有《经籍名称首字汉语拼音索引》《中国散藏敦煌文献研究论著目录》等。

《中国国家图书馆藏敦煌遗书总目录》，方广锠主编，中国人民大学出版社 2013 年版。该书收录中国国家图书馆所藏全部敦煌文献，全书分四卷，分别为《馆藏目录卷》、《分类解说卷》、《索引卷》和《新旧编号对照卷》①。较之以往同类著作，该书体例更为完善，著录内容也更为丰富、详细。

这一时期出版的索引类著作主要有以下一些。

《国家图书馆藏敦煌遗书研究论著目录索引（1900—2001）》，申国美编，北京图书馆出版社 2001 年版。该书主要收录"1900—2001 年间国内外发表的有关国家图书馆藏敦煌遗书研究论文、专著 8576 条"，与敦煌说唱文学相关的著述亦在收录之列。在编排上，"以馆藏编号为排检顺序"②。对所收录研究著述，著录内容包括作者、书名篇名、出处、出版者、时间、页码等。书后附《著者拼音索引》《著者笔画索引》。

《中国敦煌学论著总目》，樊锦诗、李国、杨富学编，甘肃人民出版社 2010 年版。该书收录 1900 年至 2007 年 12 月国内外用汉文发表的敦煌学研究著述，共收录有关中国敦煌学的各类著述 18690 篇（种）。全书依类编排，分论文、译文、述评与报道和书刊两部分，其中论文部分分十三类，其中第十类为文学，文学下第六小类为变文、第七小类为话本小说；书刊部分分图书和敦煌学类刊物两类，图书下第九类为文学。该书较为系统地收录了一百多年间与敦煌说唱文学研究相关的著述。

---

① 有关该书的编撰情况，参见方广锠《〈中国国家图书馆藏敦煌遗书总目录〉的编纂》，《敦煌研究》2013 年第 3 期。

② 申国美：《国家图书馆藏敦煌遗书研究论著目录索引（1900—2001）》"前言"，北京图书馆出版社 2001 年版。

同类著作尚有《法国学者敦煌学论著目录》（载《法国汉学》第 5 辑，中华书局 2000 年版）等。相关研究文章则有贾娟的《敦煌变文论著目录整理与问题》（《求索》2010 年第 2 期）等。

在作品的整理出版方面，这一时期也有一些新的成果，主要有以下几种。

《国家图书馆藏敦煌遗书》，任继愈主编，国家图书馆出版社 2005—2012 年版。该书收录中国国家图书馆历年所收敦煌遗书，数量达 16000 多号①。

《英国国家图书馆藏敦煌遗书》，上海师范大学、英国国家图书馆合编，广西师范大学出版社 2011 年版。该书收录英国国家图书馆所藏斯坦因第二次、第三次到中国所得敦煌遗书，共 1 万 4 千多号，其中后 6000 多号为首次公布。

《敦煌变文选注》增订本，项楚著，中华书局 2006 年版。增订本分上下两编，上编为原书，下编增收变文作品 17 篇，以潘重规的《敦煌变文新书》一书为底本，体例与原书一致。

在资料的整理汇编方面，出版有以下著作。

《敦煌学研究》，孙彦、萨仁高娃、胡月平选编，国家图书馆出版社 2009 年版。该书为《民国期刊资料分类汇编》丛书之一。全书分综述、书目、语言文字、宗教、经史典籍、文学、艺术、社会经济、科技等类，采取影印方式，收录民间时期各类期刊所载敦煌学研究论文，这一时期有关敦煌说唱文学方面的重要研究论文大多予以收录。

在敦煌说唱文学文献的研究方面，这一时期也有不少研究成果，相关论著有伏俊琏的《敦煌文学文献丛稿》（中华书局 2004 年版）、蒋冀骋的《敦煌文献研究》（湖南师范大学出版社 2005 年版）、项楚的《项楚敦煌语言文学论集》（上海古籍出版社 2011 年版）、张涌泉的《敦煌写本文献学》（甘肃教育出版社 2013 年版）等。论文则有夏生平的《近二十年来敦煌文献的收藏、整理与刊布》（《敦煌研究》2008 年第 5 期）。

随着数字化技术的快速发展，敦煌文献的数字化也取得了一些重要进展，包括建设相关的数据库、网站等，目前大陆地区已开发和正在开发的数据库主要有以下一些。

---

① 有关该书特点，参见郝春文《评〈国家图书馆藏敦煌遗书〉》，载其《二十世纪的敦煌学》，上海古籍出版社 2006 年版。

　　敦煌研究院资料中心建设的敦煌学专题数据库、中国国家图书馆建设的敦煌遗珍数据库①、北京爱如生数字化技术研究中心开发的敦煌文献库②、兰州大学图书馆开发的敦煌学数字图书馆③、方广锠主持开发的敦煌遗书库④、敦煌学知识库⑤。

　　以敦煌学专题数据库为例，这一数据库包含敦煌遗书研究目录数据库、敦煌学电子书数据库、敦煌学研究论著目录数据库、敦煌学博士学位论文全文数据库等23个专题数据库⑥，内容丰富，检索方便，对包括敦煌说唱文学在内的敦煌学研究提供了很大便利，其对学术研究的积极推动作用也是可以想见的。

　　相关研究著述有韩春平的《敦煌学数字化问题研究》（民族出版社2012年版），赵书城、庄虹、冯培红、沈子君的《关于敦煌学数据库》（《敦煌学辑刊》1999年第1期）等。

　　随着研究条件的不断改善，一批具有集大成性质的作品集或影印刊布，或校勘出版，学术积累的日益丰厚构成了研究的坚实基础，但同时也给敦煌文献研究带来一些新的问题，那就是发现敦煌新文献的空间变得越来越小，也越来越难，在此背景下，敦煌说唱文学文献的搜集、整理与研究将如何发展，其发展前景如何，这其实也是小说、戏曲等通俗文学文献研究面临的一个普遍性问题。

---

①　http：//idp. nlc. gov. cn/。

②　详情参见爱如生网站介绍，http：//www. er07. com/product. do？method＝findproById&productId＝29。

③　http：//202. 201. 7. 7/。

④　该数据库目前还在建设中，http：//124. 119. 86. 77：9090/web/。

⑤　有关该知识库的情况，参见郝春文主编《敦煌学知识库国际学术研讨会论文集》，上海古籍出版社2006年版。

⑥　详情参见敦煌学术资源网，http：//dh. dha. ac. cn。

第九章　诸宫调文献研究述略

　　作为一种曾在宋金元时期广泛流传、对中国戏曲、说唱艺术有着重要影响的说唱艺术样式，诸宫调的命运是不幸的，但同时也是幸运的。说其不幸，是因为宋金元时期它虽然曾在广大北方地区流传，但到明代就已消亡；虽然有众多作品，但能流传下来的，只有区区三种，而且其中两种还存在着程度不等的残缺，相关记载更是少之又少，作品及资料的严重缺失给诸宫调研究带来诸多困难，形成许多无法填补的历史空白。说其幸运，是因为自 20 世纪以来，诸宫调一直受到学界的特别关注，经过数代学人的不懈努力，相关研究取得不少重要进展。借助这些富有成效的研究，人们得以对这一种已失传数百年的艺术样式有了较为明晰的了解。

　　资料的缺乏使研究者对诸宫调文献的搜集、整理和研究格外关注，为此投入了不少时间和精力，也取得了不少重要研究成果。以下对 20 世纪各个历史时期诸宫调文献研究的情况进行较为全面、系统的梳理和探讨，为学界更为深入的研究提供信息和参考。

第一节　20 世纪上半期诸宫调文献研究

　　20 世纪上半期是诸宫调研究的初创阶段。元杂剧兴起之后，诸宫调逐渐从舞台上消失，相关资料大多散失，因此在很长一段时间里，人们对诸宫调这种艺术形式并不了解，也未引起应有的重视。真正从学术角度进行探讨是从 20 世纪初开始的，王国维、吴梅等学人对其进行了开拓性的研究，为后来的研究奠定了坚实的基础。此后随着一些新文献的发现及对相关资料的梳理，人们对诸宫调这种说唱艺术形式逐渐有了较为明晰的认识。

在诸宫调诸作品中，得以完整流传下来的只有《董解元西厢记》，这也是对后世影响最大的一部诸宫调作品。该书有多种版本传世，如明张羽校本、明黄嘉惠刻本、明屠隆校本、明汤显祖评点本、明六幻西厢本等。该书之所以一直受到人们的关注，一方面是因为其对杂剧《西厢记》的重要影响，另一方面则是其特殊的、具有开创性的曲体形式。因此，人们在谈论《西厢记》的本事、成书或源流时，往往对该书有所涉及。进入 20 世纪后，该书不断被整理刊行，相关研究也随之展开。

最早对该书进行校勘整理的是曲学大师吴梅。吴梅于 1915 年前后应著名藏家刘世珩之邀为《暖红室汇刻传剧》整理《董解元西厢记》，该书被列为《汇刻传剧》的第一种。其所据底本为明闵刻六幻西厢本，吴梅"依据《大成》，参订李谱，更就管见所及，酌分正衬，竭期月之力，始得卒业"[1]。在编排上，"不依四卷、二卷之旧，改订长编，次为一本，庶合金元杂剧例也。并录各家载说，列考据于卷首"[2]。卷首为清远道人《董解元西厢题辞》、闵遇五《董西厢题辞》、刘世珩《董西厢题识》《董西厢考据》及吴梅《董西厢校记》，其中《董西厢考据》辑录各家对《董解元西厢记》的记载和评价，《董西厢校记》主要介绍校勘整理的相关情况。态度的严谨认真保证该书的高质量，该书刊行后，在学界享有良好的声誉[3]。

这一时期刊行的《董解元西厢记》还有以下两种。

《董解元西厢》，陶乐勤重编，平民印务局 1924 年版。该书为便于读者阅读，将《董解元西厢记》分为 30 节。卷首有《重编董西厢序》。

《董解元西厢》，商务印书馆 1937 年版。该书为《万有文库》丛书之一，以

---

① 吴梅：《董西厢校记》，载《汇刻传剧》卷首，扬州广陵书籍刻印社 1978 年重印本。在《霜崖曲话》中，吴梅再次提及此事："余尝为贵池刘葱石（世珩）校勘此曲，并为分别正衬字，竭期月之力，始得卒业，自来谈董词者，未有如余之勤且专也。"载王卫民整理《吴梅全集》（理论卷），河北教育出版社 2002 年版，第 1218 页。

② 刘世珩：《董西厢题识》，载《汇刻传剧》卷首，扬州广陵书籍刻印社 1978 年重印本。

③ 有关该刻本存在的问题，参见冯沅君《暖红室本董西厢摘误》，《中央日报·俗文学》第 78 期，1948 年 8 月 13 日。

明汤显祖评点为底本影印，这是《董解元西厢记》现存明刊本中比较重要的一个。该书 1940 年被列入《国学基本丛书》再版。

《董解元西厢记》之外，人们也在期待看到更多的诸宫调作品。《刘知远诸宫调》的发现，使人们得以看到一种成书及刊行时间更早的诸宫调作品，对相关研究具有重大的推动作用。

《刘知远诸宫调》是俄国探险队于 1907 至 1908 年在甘肃张掖黑水古城发现的。清末民初，很多外国探险家到中国西北地区进行探险或考察，由科兹洛夫带领的俄国探险队就是其中的一个。科兹洛夫多次带队到中国西北地区考察，这个考察队在黑水古城发现了一批重要文献，"数量上虽然不多，但在学术价值上完全可与敦煌古书相媲美"[1]，《刘知元诸宫调》就是其所发现众多珍贵文献中的一种。

《刘知远诸宫调》此前不见任何书目著录，残缺较为严重，原书 12 章，仅存第一、二、三、十一、十二章，共 42 页，其中第一、三、十一章不完整，有缺页。就内容而言，"文辞古拙浑厚之至，却又描状得异常的生动活泼，决不是什么野生的粗制品"[2]。该书所述刘知远故事在民间有着较为广泛的流传，根据同题材的宋元讲史评话《新编五代史平话》、戏文《白兔记》可以大体推知其残缺部分的故事内容。它是现存最早的一部诸宫调作品，具有重要的文学及文献价值。

《刘知远诸宫调》被发现之后，一直深藏异邦，其间能看到该书的，都是外国学人。1912 年，日本汉学家狩野直喜到欧洲考察，见到该书原本，他称该书为"杂剧零本"，并云"匆忙过目，未能断言，疑为宋刊，此为海内孤本，为元曲之源流，将放一大光明也，惟惜纸多破损"[3]。尽管狩野直喜对该书的判断不

---

[1] 狩野直喜 1912 年 10 月 20 日信函，原载《艺文》4 卷 1 号，1913 年 1 月。此处引自神田喜一郎《狩野先生与敦煌古书》，载其《敦煌学五十年》，中华书局 2004 年版，第 74 页。

[2] 郑振铎：《三十年来中国文学新资料发现记》，载其《郑振铎文集》第 6 卷，人民文学出版社 1988 年版，第 489 页。

[3] 狩野直喜 1912 年 10 月 20 日信函，载《艺文》4 卷 1 号，1913 年 1 月。转引自严绍璗《狩野直喜和中国俗文学的研究》，载《学林漫录》第 7 集，中华书局 1983 年版，第 147—148 页。另据神田喜一郎《狩野先生与敦煌古书》中译文，内容与此有所不同："没有时间仔细琢磨，但依我的判断这似乎是宋椠刻本，比普通流传的古今杂剧板式要旧。如果真的是宋椠版，那么就是海内孤本，元曲源流从此即有迹可寻，只可惜纸张破损太多。"［日］神田喜一郎：《敦煌学五十年》，中华书局 2004 年版，第 74 页。

尽正确，但是他最早向学界披露了《刘知远诸宫调》存世的消息。

1914 年，法国汉学家伯希和在其《科兹洛夫调查组在黑城发现的汉文文书》一文中介绍了该书的相关情况①。他对该书同样了解不深，将其当作戏曲作品。

由于资讯、交通等条件所限，阅读、研究这部作品颇为不便，比如日本汉学家盐谷温就曾到苏联列宁格勒，"特意去调查这部书，但竟不得见，非常失望"②。直到 30 年代，国内学人才得以见到该书的抄本及照片，并引起高度重视，相关研究也随即展开。

《刘知远诸宫调》因产生、刊印时代较远，字迹模糊，别字、俗字较多，加之残缺不全，因此整理起来有相当的难度。最早对这部作品进行校勘整理的是郑振铎，1930 年春，他从一个朋友那里得到该书的抄本，同年秋，他又看到原书的照片，随即进行较为系统、深入的整理和研究。他依据传抄本进行整理，以《刘知远传》（诸宫调）为名，将其收入他本人主编的《世界文库》第二册中（开明书店 1935 年版）。尽管受到条件的限制，该书还存在一些问题，但它是《刘知远诸宫调》的第一个整理本，对这一作品的流传及更为深入的研究奠定了良好的基础。

1937 年，北平来薰阁书店根据原书照片，将该书以《金本诸宫调刘知远》为名，石印出版，研究者借此可以大体得见该书的原貌，相关研究也得以进行。但因该书对原书照片不够清晰的地方进行了勾描，反倒由此产生了一些新的错误。

《董解元西厢记》《刘知远诸宫调》之外，人们能够看到的诸宫调作品还有元王伯成的《天宝遗事诸宫调》，该书在清乾隆年间尚有传本，后不知何故失传，仅存一些佚曲，散布在《雍熙乐府》《太和正音谱》《北词广正谱》《九宫大成南北词宫谱》等曲选、曲谱类书籍中，至于说白部分，则已无法看到。为了解和还原该书的原貌，研究者进行了辑佚和研究工作。

最早进行这一工作的是郑振铎，他从《雍熙乐府》一书中共辑录了 54 套曲子，可惜其成果未曾公开刊布③。

---

①　［法］伯希和：《科兹洛夫调查组在黑城发现的汉文文书》，《亚洲学会学报》第 3 卷，1914 年。

②　［日］盐谷温：《元曲概说》，隋树森译，商务印书馆 1958 年版，第 20 页。

③　详细情况参见郑振铎《宋金元诸宫调考》（《文学年报》第 1 期，1932 年）、《中国俗文学史》第八章《鼓子词与诸宫调》（商务印书馆 2005 年版）。

其后，赵景深从《雍熙乐府》一书中辑得佚曲 55 套，因刊载在其《中国文学史新编》一书中，故未录全文，只写出篇名，并在其后标明其对应的《雍熙乐府》卷次及页数①。

后来赵景深又扩大辑录范围，共辑得 60 套，其中辑自《雍熙乐府》者 52 套，辑自《九宫大成谱》者 2 套，辑自《北词广正谱》者 4 套、辑自《太和正音谱》者 2 套，以"天宝遗事诸宫调辑逸"为名发表在《学术》杂志上。该文收录所辑 60 套佚曲全文，并标明出处及卷次、页数。两次辑录所得不仅数量不同，而且"所载次序大不相同"②。

此后，冯沅君也进行了辑佚工作，她共辑得佚曲 61 套，但未公开发表③。在辑佚的基础上，冯沅君还撰写了《天宝遗事辑本题记》《天宝遗事辑本题记跋》④《赵辑本天宝遗事诸宫调辑》⑤《诸宫调的引辞与分章》⑥《〈双渐小卿诸宫调〉的作者与改者》⑦《暖红室本董西厢摘误》⑧ 等文章，对诸宫调的宫调、曲调、联套、体制等方面进行系统、深入的探讨。

此外，任中敏和日本汉学家仓石武四郎也曾做过该书的辑佚工作，可惜他们的成果都没有公开发表，不知下落如何。不过，任中敏的辑本其同门好友卢前曾看到过，据他介绍，任氏的辑本依据《太和正音谱》《雍熙乐府》《词林摘艳》《北词广正谱》《九宫大成谱》五书而来，共辑得套曲 59 套，并"猜谜似的把他排列起来"⑨。

近人对诸宫调的研究是从王国维开始的。他在《曲录》一书中收录了明闵刻朱墨本《西厢》一本、《天宝遗事》一本，将它们归入传奇部，并对《天宝遗事》的特点进行了概括："此书合诸套数而成，曲白、叙事合而为一，体例略似

① 参见赵景深《中国文学史新编》，北新书局 1936 年版，第 200—201 页。
② 赵景深：《天宝遗事诸宫调辑逸》，《学术》第 3 辑，1940 年 4 月。关于该辑本的得失，参见匀君《赵辑本〈天宝遗事〉诸宫调辑逸》，《星岛日报》1941 年 3 月 29 日。
③ 据见过冯沅君辑本手稿的朱平楚介绍，"我借看了冯先生的部分遗稿，似乎连目次也并未确定"，见其《全诸宫调》"前言"，甘肃人民出版社 1987 年版。
④ 以上两文载冯沅君《古剧说汇》，商务印书馆 1947 年版。
⑤ 冯沅君：《赵辑本天宝遗事诸宫调辑》，香港《俗文学》第 13 期，1941 年 3 月 29 日。
⑥ 冯沅君：《诸宫调的引辞与分章》，《文史杂志》4 卷 11、12 期，1944 年。
⑦ 冯沅君：《〈双渐小卿诸宫调〉的作者与改者》，《文迅》第 5 期（新 5 号），1946 年 5 月 15 日。
⑧ 冯沅君：《暖红室本董西厢摘误》，《中央日报·俗文学》第 78 期，1948 年 8 月 13 日。
⑨ 卢前：《中国戏剧概论》，世界书局 1934 年版，第 88 页。

《董西厢》。故《太和正音谱》及《北词广正谱》援引此本，皆云套数，不云传奇，然以传奇类也。"① 他对诸宫调特点的概括是准确的，但限于资料，对这一艺术形式的归类则是错误的。其后，随着研究的深入，他对这一问题产生了新的认识，在《宋元戏曲考》之四《宋之乐曲》及《董西厢》一文中，他着重从音乐体制方面对诸宫调进行介绍，并以令人信服的证据论证董解元《西厢记》为诸宫调作品。

元代之后，人们对《董解元西厢记》及诸宫调这一艺术形式已很是陌生，"明胡元瑞，国朝焦理堂、施北研笔记中均考订此书，讫不知为何体。以国维考之，盖即宋时诸宫调也"，对自己的这一发现，王国维感到很是得意："词曲一道，前人视为末技，不复搜讨，遂使一代文献之名，沈晦者且数百年，一旦考而得之，其愉快何如也。"②

王国维的这些探讨为诸宫调研究奠定了一个良好的开端，在此基础上，人们对这一艺术形式进行了更为系统、深入的研究，认识到它"是宋代'讲唱文'里最伟大的一种文体，不仅以篇幅的浩瀚著，且也以精密、严饬的结构著"③，相关文献的搜集、整理也取得了不少重要进展。

王国维之后，对诸宫调用力最多，成就最大的当数郑振铎，他不仅校勘整理《刘知远诸宫调》，而且撰写长文《宋金元诸宫调考》，在《插图本中国文学史》《中国俗文学史》等著作中列专章，对诸宫调的各个方面进行了较为全面、深入的探讨。与王国维的草创相比，他的论述更为具体、细致，解决了不少问题，其不少观点为学界接受，成为共识。

在《宋金元诸宫调考》一文中，郑振铎在对诸宫调这一艺术形式进行全面探讨的基础上，对《刘知远诸宫调》的各个方面进行了分析，制作了其所用曲牌名表，他同意另一位学者向达所云该书"为十二世纪左右之物"的观点④。在其他著述中，他明确提出"就种种方面看来，这部诸宫调当是宋、金之际的东西"⑤。

---

① 王国维：《曲录》卷四，载《王国维遗书》第 16 册，上海古籍书店 1983 年版。
② 王国维：《董西厢》，载其《王国维戏曲论文集》，中国戏剧出版社 1984 年版，第 235、236 页。
③ 郑振铎：《中国俗文学史》，东方出版社 1996 年版，第 291 页。
④ 郑振铎：《宋金元诸宫调考》，《文学年报》第 1 期，1932 年。
⑤ 郑振铎：《插图本中国文学史》，北京出版社 1999 年版，第 543 页。

除上面介绍的著述外，这一时期探讨诸宫调的文章还有不少。总的来看，这一时期研究者对诸宫调文献的探讨主要集中在以下三个方面。

一是对诸宫调这一艺术样式自身的探讨，包括其渊源流变、音乐体制等。如郑振铎《中国俗文学史》将诸宫调放在中国俗文学发展演进的大背景下进行考察。相关论文尚有方诗铭的《诸宫调说唱考》[《文讯》第 6 期（新 6 号），1946 年，又刊于《中央日报》1947 年 9 月 12 日]，叶庆炳的《诸宫调的体制》（《学术季刊》5 卷 3 期，1946 年），孙楷第的《董解元弦索西厢记中的两个典故》（《北平图书馆馆刊》6 卷 2 期，1932 年），阎万章的《诸宫调名目琐谈》（《经世日报》读书周刊第 34 期，1947 年 4 月 9 日）、《释诸宫调》（《华北日报》1948 年 10 月 1 日）、《说"诸宫调"与"俗讲"的关系》（《华北日报》1948 年 10 月 15 日）、《诸宫调的说唱》（《华北日报》1948 年 11 月 12、19 日）等。

二是对诸宫调与其他艺术样式关系的探讨。如倪家燕的《鼓词与诸宫调》（《校风》第 113 期，1933 年）、徐调孚的《蝶恋花和董西厢——鼓子词和诸宫调》（《中学生》第 193 期，1941 年 11 月 1 日）、阎万章的《说诸宫调与俗讲的关系》（北平《俗文学》第 68 期，1948 年 10 月 15 日）等

三是对代表作品特别是《董解元西厢记》的探讨。如梦凤楼的《董西厢题识》（《文艺杂志》第 12 期，1915 年）、作舟的《董西厢与王关西厢之比较》（北京《益世报》1926 年 5 月 4 日）、杨荫深的《董解元辑传》（《星岛日报》1941 年 9 月 20 日）、沈燮元的《刘知远故事的演变》（《中央日报》1948 年 10 月 20 日）、王季思的《刘知远故事的演化》（《国文月刊》第 79 期，1949 年 5 月）等。

第二节　中华人民共和国成立后 30 年间诸宫调文献研究

中华人民共和国成立之后，随着学术文化环境的变化，诸宫调研究也呈现出新的景象，并取得了一些新的进展，对相关文献的研究也不断有新的成果面世。

这一时期先后发现了两种明刊本《董解元西厢记》。

1957 年 2 月，赵万里等人受文化部委派到安徽徽州地区访书，他们从绩溪县

一位收藏家手里买到一部八卷本的《古本董解元西厢记》，该书卷首有一篇嘉靖三十六年（1557）署名张羽的序言，系据另一版本影写，卷一题"海阳风逸散人适适子重校梓"，卷八缺最后第十二叶尾声和"君瑞莺莺美满团圆，还都上任"一段。"按照此书板式和刻工体势看来，当是嘉靖、隆庆之间或万历初年刻本。在目前各地所见《董西厢》中，要算最古的刻本了。"①

该书的发现不仅使人们得以看到一部明代《董西厢》刊本，而且对了解《董西厢》的版本源流，进行校勘整理都有重要的参考价值。该书发现当年即被古典文学出版社影印出版，此后研究者在校勘整理《董西厢》时，多以该书为底本或校本。

1963 年春，上海古旧书店又搜集到一种明嘉靖间刊本《古本董解元西厢记》，该书也是八卷本，卷首有嘉靖丁巳年（1557）张羽序，卷一题"燕山松溪风逸人校正"。该本与赵万里 1957 年所发现版本同属一个版本系统，但刊印者不同，刊印时间当更早，具有重要的版本价值。该书后归上海图书馆②。

值得一说的还有《刘知远诸宫调》的回归祖国。前文已说到，该书系俄国探险队于 1907、1908 年间在黑水古城遗址发现，因藏于异邦，查阅不便，国内学者一直无法见到原貌。1957 年冬，郑振铎访问苏联，得以看到该书原本。1958 年 4 月，苏联政府将其与彩绘本《聊斋志异》一起赠送给中国政府，由北京图书馆珍藏。文物出版社随即将其影印出版③，至此研究者得以看到这一珍贵诸宫调作品的原貌，获得了可信的文献依据。

这一时期现存诸宫调作品的重要版本被多家出版机构影印出版，主要有以下几种。

《西厢记诸宫调》，侯岱麟校订，文学古籍刊行社 1955 年影印出版。该书以明六幻西厢本为底本影印，并收入朱墨本的 12 幅精美插图。书后有两个附录：一是根据底本与屠隆本、朱墨本、暖红室本校勘写成的校记；二是《汤显祖评注董西厢注语汇录》，系从朱墨本汤显祖评注中择其有参考价值的注释汇编而成。

---

① 赵万里：《古本董解元西厢记》"跋"，古典文学出版社 1957 年版。

② 参见《上海发现〈董西厢〉嘉靖刻本》（《光明日报》1963 年 3 月 19 日），杨咏、朱叶《初见嘉靖本〈董西厢〉》（《新民晚报》1963 年 3 月 20 日）。

③ 参见郑振铎《刘知远诸宫调》"跋"，文物出版社 1958 年版；赵万里《崇高的友谊——记苏联政府赠送的刘知远诸宫调和聊斋图说》（《文物参考资料》1958 年第 7 期）。

《古本董解元西厢记》，古典文学出版社 1957 年影印出版。该书以当年新发现的明八卷本《古本董解元西厢记》为底本影印，卷八结尾所缺内容据明黄嘉惠本配补。书后有赵万里跋，介绍该书的情况。

《刘知远诸宫调》，文物出版社 1958 年影印出版。该书根据当时苏联归还原书影印而成。书后有郑振铎跋。

《明嘉靖本董解元西厢记》，中华书局上海编辑所 1963 年影印出版，其底本为上海图书馆所藏明嘉靖刊本，板框尺寸大小皆依照原书。

影印之外，这一时期还出版了一种诸宫调的校勘整理本，即凌景埏校注的《董解元西厢记》（人民文学出版社 1962 年版）。

该书以明闵遇五刻六幻本为底本，以 1957 年新发现的古本及其他刊本"对勘，择善而从"，并参考《北词广正谱》、《九宫大成南北词宫谱》、王骥德校注本《西厢记》等以订正错字。因该书系普及性读本，不出校记。在编排上，依据新发现的古本分作八卷。在断句方面，"文义、格律两俱可通的，从曲谱；按曲谱不可通时，则从文义"，同时还对"一些词语和典故作了简要通俗的注释"①。

1961 年，杨荫浏根据《太和正音谱》《盛世新声》《词林摘艳》《雍熙乐府》《北词广正谱》《九宫大成南北词宫谱》《纳书楹曲谱》七种典籍，辑录《天宝遗事诸宫调》残曲，写成《元王伯成〈天宝遗事诸宫调〉拾残寻谱》。这是继郑振铎、赵景深、冯沅君等学人之后的又一个《天宝遗事诸宫调》辑本。

该书的辑录及编排原则是，凡《雍熙乐府》所收套曲，依据该书"列入标题"；他书所收无标题套曲，"均不列标题"。对有工尺谱的套曲，用其他颜色"注明出处，以示区别"。在编排上，"依故事先后，另立目录"②。全书共收套曲 67 套，对所收套曲，均标明出处，有些套曲后还附有说明，比如他对所辑录套曲的编排有新的看法，认为"几篇《遗事引》所列情节，前后不相一致。郑振铎根据〔哨遍〕一折所提情节次序排列前后，恐还不是唯一办法。似可按开（元）、天（宝）故事编年先后，另作安排"③。应该说这一看法还是有一定道理

---

① 《董解元西厢记》"前言"，人民文学出版社 1962 年版。
② 杨荫浏：《元王伯成〈天宝遗事诸宫调〉拾残寻谱》，载其《杨荫浏全集》第 10 卷《戏曲曲艺》，江苏文艺出版社 2011 年版，第 508 页。
③ 杨荫浏：《杨荫浏全集》第 10 卷《戏曲曲艺》，江苏文艺出版社 2011 年版，第 514 页。

且具可操作性的。书后附《开元天宝遗事纪年表》。该书作者生前未曾公开出版过，故知者不多。

这一时期发表的相关论文从内容上大体可以分为两类。

一类是对诸宫调的整体研究。如何芳洲的《什么是"诸宫调"》（《新民晚报》1958 年 4 月 27 日）、吴则虞的《试谈诸宫调的几个问题》（《文学遗产增刊》第五辑，作家出版社 1957 年版）、廖珣英的《诸宫调的用韵》（《中国语文》1964 年第 1 期）等。

另一类是对具体作品的研究。包括对《刘知远诸宫调》的研究，如陈治文的《〈刘知远诸宫调〉校读》（《中国语文》1966 年第 3 期）、星逸的《关于金刻〈刘知远诸宫调〉的校注》（《江海学刊》1964 年第 1 期）、刘坚的《关于〈刘知远诸宫调〉残卷词语的校释》（《中国语文》1964 年第 3 期）、张星逸的《补〈关于金刻刘知远诸宫调的校注〉》（《中国语文》1965 年第 5 期）、蒋礼鸿的《读〈刘知远诸宫调〉》（《中国语文》1965 年第 6 期）等。对《董解元西厢记》的研究，如周大璞的《〈董西厢〉用韵考》（《武汉大学学报》1963 年第 2 期）、傅懋勉的《董西厢和王西厢》（《人文科学杂志》1957 年第 2 期）、安旗的《读董解元〈西厢记〉》（《文艺报》1962 年第 10 期）、贺昌明的《诸宫调和唐变文》（《文艺报》1963 年第 1 期）、布谷的《诸宫调〈董西厢〉》（《新民晚报》1963 年 3 月 6 日）、孔西洲的《赣剧"西厢记"和"董西厢"》（《新民晚报》1962 年 6 月 22 日）等。

就文献的角度而言，这一时期学者关注的重点集中在诸宫调现存作品的校注问题及语言学问题。

这一时期台湾地区也发表了一些有关诸宫调的研究成果，如郑骞的《董西厢与词及南北曲的关系》（《文史哲学报》1951 年第 2 期）、台静农的《女真族统治下的汉语文学：诸宫调》（《中外文学》1 卷 1 期，1972 年 6 月）、叶庆炳的《诸宫调在文学史上的地位》（《大陆杂志》10 卷 7 期，1955 年）、《诸宫调越调大石调双调小石调歇指调商调中吕调订律》（《文人学报》第 4 期，1975 年）、《诸宫调高平调仙吕调黄钟调般涉调商角调羽调订律》（《人文学报》第 5 期，1976 年）、汪天成的《宋元诸宫调辑佚》（《中华学苑》第 23 期，1979 年）等，这里不再一一详细介绍。

第三节 20 世纪 80 年代诸宫调文献研究

进入 20 世纪 80 年代，随着学术研究恢复正常，诸宫调的研究也取得了一些新的进展，这主要体现在文献方面。

这一时期出版有两种诸宫调的影印本。

一是《董解元西厢记》，齐鲁书社 1984 年影印出版。该书以山东省图书馆所藏明黄嘉惠校阅本为底本，后有骆伟所写后记，介绍底本情况。

二是《古本董解元西厢记》，上海古籍出版社 1984 年影印出版。该书依据古典文学出版社 1957 年所出的影印本重印，改线装为平装，其底本为 1957 年赵万里等人所发现的明八卷本《古本董解元西厢记》。

影印出版之外，这一时期还出版有多种诸宫调的校勘整理本，主要有以下数种。

《西厢记诸宫调注译》，朱平楚注译，甘肃人民出版社 1982 年版。该书初稿完成于 1959—1960 年间，后经多次修改而成。全书以明嘉靖、隆庆间八卷刻本为底本，以明崇祯间闵寓五刻六幻西厢本为校本，其他版本"只在决定取舍依从时作为参考之用"，"凡采用别本文字处，并在校记中注明八卷本的原文"。标点主要"按照文词的意思"，"适当地照顾到音节和格调"。注释内容主要为金代的方言俗语、掌故及一些难懂的文言辞语。翻译则"兼取直译和意译，译文力求忠于原作，通俗流畅，便于入乐"[1]。书后附有张羽《古本董解元西厢记序》、元稹《莺莺传》、秦观《调笑转踏·莺莺》、毛滂《调笑转踏·莺莺》及赵德麟《商调蝶恋花鼓子词》等，供读者阅读时参考。

《天宝遗事诸宫调》，朱禧辑，天津古籍出版社 1986 年版。该书为《天宝遗事诸宫调》的辑本，共辑得佚曲 60 套。在编排上，"对照《遗事引》套叙述故事内容的七曲"，将其分成七大组，"每一组中的套数，也尽可能根据有关线索决定先后"。对"个别题目不妥者、重出者，原来无题者，辑者均代拟了新题，并在注中说明"。对异文则"择善者从"，"曲文断句，尽量顾及文义与曲谱定格

---

① 朱平楚：《西厢记诸宫调注译》"关于校点注译的说明"，甘肃人民出版社 1982 年版。

两通，并由辑者加以标点"①。对所收套曲，皆标明出处，并进行简要的说明分析。书后附有《〈天宝遗事诸宫调〉单支曲文》《未找到曲文的〈北词广正谱〉所列〈天宝遗事诸宫调〉"套数分题"》《〈天宝遗事诸宫调〉残存套数索引》《有疑议的作品》《参考引用书目》。

《全诸宫调》，朱平楚辑录校点，甘肃人民出版社 1987 年版。该书辑录现存三种诸宫调作品，其中《刘知远诸宫调》以文物出版社 1958 年出版的影印本为底本，对少数几处空白，以"□"代替，错字、别字"皆改正"，对那些"具有时代、语音特色"的假借字，则"一仍其旧"，古体字、俗写字"一律改作现代通行的字"。在断句方面，"从文读，即按照文词的意思进行标点，当然也适当地照顾到音节和格调，以求尽量和曲谱一致"。《西厢记诸宫调》取自辑录校点者于甘肃人民出版社 1982 年出版的注译本。《天宝遗事诸宫调》则从《雍熙乐府》《太和正音谱》《北词广正谱》《九宫大成南北词宫谱》等曲选、曲谱中"搜集逸曲，编缀而成"②，共得佚曲 62 套。该书封里内容简介云"其中《刘知远》和《天宝遗事》为建国后第一次铅印出版"，此语不确，因为朱禧所辑的《天宝遗事诸宫调》在 1986 年 5 月就已出版，在时间上要早于该书。书后附有朱平楚、朱鸿《诸宫调的作家和作品》、张羽《古本董解元西厢记序》、赵万里《古本董解元西厢记跋》及赵景深《天宝遗事诸宫调辑逸前言》4 篇文章。

《西厢汇编》，霍松林编，山东文艺出版社 1987 年版。该书收录历代有关西厢故事的作品 10 种，其中包括《董解元西厢记》，但未注明版本及整理情况。

《诸宫调两种》，凌景埏、谢伯阳校注，齐鲁书社 1988 年版。该书收录《刘知远诸宫调》与《天宝遗事诸宫调》两种，其中《刘知远诸宫调》对缺字、伪字、别字、古字、简字、俗字等进行了不同的处理，曲辞断句的原则与凌景埏校注本《董解元西厢记》相同，并有简要的注释。《天宝遗事诸宫调》则充分吸收前人研究成果，辑录佚曲 60 套，零曲 1 首，并编有《〈天宝遗事诸宫调〉索引》。书后附有凌景埏的《撷芬室文存》。

《刘知远诸宫调校注》，蓝立蓂校注，巴蜀书社 1989 年版。该书以文物出版社 1958 年影印出版的《刘知远诸宫调》为底本，"基本上遵照原本格式"。对同

---

① 朱禧：《天宝遗事诸宫调》"前言"，天津古籍出版社 1986 年版。

② 朱平楚：《全诸宫调》"前言"，甘肃人民出版社 1987 年版。

音替代字、俗字、叠字、难以辨认的字分别作了相应的处理，用不同的符号进行标识。"校勘和注释以说明问题为准，不作繁琐的征引"，"校注引文，均交代出处"①。书后附《引用书目》《刘知远诸宫调俗字表》。

《苏州评弹旧闻钞》周良编著，江苏人民出版社 1983 年版。该书主要辑录苏州评弹史料，其中附录部分《诸宫调旧闻钞》收录历代诸宫调材料 33 条，颇具参考价值。

这一时期有关诸宫调的论文也比较多，从内容来看，主要集中在《董解元西厢记》上，如刘洪涛的《金院本与〈董西厢〉》（《南开学报》1981 年第 6 期）、孙映逵的《董解元是南宋人吗?》（《徐州师院学报》1983 年第 3 期）、徐朔方的《〈玉茗堂批订董西厢〉辨伪》（《社会科学战线》1984 年第 2 期）、徐凌云的《关于〈董西厢〉的创作年代》（《文学遗产》1986 年第 3 期）、思言的《〈董西厢〉具体写作年代新证》（《重庆师院学报》1986 年第 4 期）、顾学颉的《关于〈董解元西厢记诸宫调〉》（《顾学颉文学论集》，中国社会科学出版社 1987 年版）、隋树森的《我是怎样整理〈天宝遗事〉诸宫调轶曲的》（《河北师院学报》1987 年第 3 期）、宋克夫的《诸宫调体制源流考辨》（《文学遗产》1989 年第 6 期）等。

其他则有翁敏华的《试论诸宫调的音乐体制》（《文学遗产》1982 年第 4 期）、洛地的《诸宫调的"尾"》（《文学遗产》1983 年第 2 期）等。

第四节　20 世纪 90 年代以来诸宫调文献研究

进入 90 年代以后，诸宫调研究受到学界更多的关注和重视，特别是一批年轻学人的加入，为这个领域的研究注入活力，这一时期有多部博士、硕士学位论文以其为题目，从文学、语言学等角度进行深入探讨，比如博士学位论文就有李陆禾的《董解元〈西厢记诸宫调〉研究》（山东大学，1998 年）、龙建国的《诸宫调研究》（河北大学，2001 年）、吕文丽的《诸宫调与中国戏曲形成》（中国艺术研究院，2004 年）、田莲青的《董解元西厢记复音词构词初探》（山东师范

---

① 蓝立蓂：《刘知远诸宫调校注》"例言"，巴蜀书社 1989 年版。

大学，2007 年）等，此外还有多部专著出版，相关的研究也更为系统、深入，取得了不少新的进展。

在文献的新发现方面，2000 年 5 月，考古工作者在山西侯马发掘金代墓葬，在一座墓室的墓墙上发现残曲三支，分别为［南吕·（失牌名）］、［般涉·沁园春］和［道宫·解红］，这三支曲子在《董解元西厢记》《刘知远诸宫调》两部作品中皆能找到相应的同名宫调牌名，却不见于现存的元曲①。研究者据此认为，这是宋金时期的诸宫调作品②。尽管只是几支残曲，但其发现具有重要的学术价值，正如一位研究者所概括的："实为自 20 世纪初《刘知远诸宫调》后的有关诸宫调文献的又一重大发现。尽管只有几支曲子，其意义却非同凡响。因为，这些歌词的发现，为学术界提供了一个宋、金早期诸宫调的实例，拓宽了人们的视野，使诸宫调的研究得以深入地开展下去。"③

在目录编制方面，中国古籍善本书目编辑委员会所编的《中国古籍善本书目》（上海古籍出版社 1996 年版）一书在集部下设曲类，其中诸宫调作为小类，与杂剧、传奇、散曲、俗曲、弹词、宝卷等并列。在诸宫调下著录了国内各图书馆所藏的 13 部诸宫调善本，其中一部为《刘知远诸宫调》原本，另 12 种皆为《董解元西厢记》的明代刊本。

这一时期只出版了一种影印本，即《刘知远诸宫调》，北京图书馆出版社 2005 年影印出版，该书为中华再造善本之一，收入该丛书的金元编集部。

这一时期出版的作品整理本主要有以下两种。

《刘知远诸宫调》，宋绍年校录，载刘坚、蒋绍愚主编《近代汉语语法资料汇编》（宋代卷），商务印书馆 1992 年版。该整理本以文物出版社 1958 年影印本为底本，参考了郑振铎等前人的研究成果。

《刘知远诸宫调校注》，廖珣英校注，中华书局 1993 年版。校注者整理的目的在于"扫除阅读和研究《刘知远》的障碍，使更多的人能够欣赏这部珍贵的作品"，全书以文物出版社 1958 年影印出版的《刘知远诸宫调》为底本，校勘

---

① 在墓壁上发现的一首七律宁希元认为也是诸宫调歌词，其宫调为［仙吕调·乔和笙］，参见其《早期诸宫调歌词的重大发现》，《中华戏曲》第三十一辑，文化艺术出版社 2004 年版。

② 参见杨及耕、高青山《侯马二水 M4 发现墨笔题写的墓志和三篇诸宫调词曲》，延保全《侯马二水 M4 三支金代墨书残曲释疑》，均载《中华戏曲》第二十九辑，文化艺术出版社 2003 年版。

③ 宁希元：《早期诸宫调歌词的重大发现》，《中华戏曲》第三十一辑，文化艺术出版社 2004 年版。

"一般是依据上下文义或本书前后的内容互证；或是依据各种韵书、字书以及文献资料等校改"，对简体俗字、同音借用字、音近形似的误字、坏缺字、脱字、衍字等分别进行相应的处理，以不同的符号标示，并在校注中加以说明；断句"除一般侧重曲辞意义外，并兼顾曲调格律"；注释则"除引用古籍中的材料外，力求在方言中取得印证"①。

进入 90 年代之后，还先后出现了五部研究诸宫调的专著，其基本情况如下。

《诸宫调概说》，朱平楚、朱鸿著，陕西人民出版社 1994 年版。该书分诸宫调的兴起与衰微、作家和作品、音乐结构、说唱情形、与戏曲发展关系、对其他曲种的继承影响等方面，对诸宫调进行了较为全面的介绍和探讨。可惜印数太少，只有 500 部，学界知者不多。

《诸宫调研究》，龙建国著，江西人民出版社 2003 年版。该书为作者的博士学位论文，由绪论、诸宫调的历史、音乐体制、文学意义、艺术渊源、与南北曲关系等部分组成。

《俗文学的雅化：词与诸宫调的兴起与发展》，叶辉、张兵著，学林出版社 2010 年版。该书下编为《诸宫调》，包括诸宫调略论、《董西厢》两部分。

《刘知远诸宫调语法研究》，杨永龙、江蓝生著，河南大学出版社 2010 年版。该书从语法角度，探讨了《刘知远诸宫调》中的代词、数量词、助动词、副词、介词、连词、助词、述补结构、判断句、比拟句、比较句、处置式、被动式等问题。

《诸宫调与中国戏曲形成》，吕文丽著，中国戏剧出版社 2011 年版。该书系在作者博士学位论文基础上修订而成，重点探讨诸宫调对戏曲形成的重要影响。书后附有《诸宫调历代资料汇编》《诸宫调佚曲选辑》。

上述几部专书的出版，标志着诸宫调研究向着更为系统、深入的方向发展。

专著之外，还有不少研究论文，如龙建国的《关于二十世纪诸宫调的整理与研究》（《文学评论》2003 年第 6 期）。该文原为作者《诸宫调研究》一书的绪论，分诸宫调的发现、诸宫调研究的现状、诸宫调作品的整理、深入研究诸宫调的意义四个方面对 20 世纪诸宫调的研究情况进行了介绍，为读者提供了较大方便。但该文还不够理想，这表现在对国外诸宫调的研究情况没有涉及，此外还存

---

① 廖珣英：《刘知远诸宫调校注》"前言"，中华书局 1993 年版。

在一些疏误，比如傅惜华所编的《西厢记说唱集》（上海出版公司 1955 年版）一书并没有收录《董解元西厢记》，作者却云它与其他书籍"对《董西厢》做了大量的整理工作"①。

从相关论文的内容来看，仍主要集中在具体作品的研究上，如有关董解元《西厢记诸宫调》者有李正民的《〈董西厢〉作者籍贯探讨》（《晋阳学刊》1991 年第 1 期），张炳森的《〈西厢记诸宫调〉难词商解》（《河北师范大学学报》1999 年第 2 期），张炳森的《〈西厢记诸宫调〉究竟创作于何时》（《河北学刊》2002 年第 4 期），吴新苗的《〈玉茗堂批订董西厢〉为汤显祖作考论》（《南昌大学学报》2005 年第 6 期）、《汤显祖与屠隆交游考——兼论〈玉茗堂批订董西厢〉真伪问题》（《戏剧》2006 年第 1 期）等。有关《刘知远诸宫调》者则有龙建国的《〈刘知远诸宫调〉应是北宋后期的作品》（《文学遗产》2003 年第 3 期）、武润婷的《也谈〈刘知远诸宫调〉的作期》（《中国典籍与文化》2004 年第 2 期）、谢继忠的《浅谈〈刘知远诸宫调〉发现的时间与地点》（《文史知识》2007 年第 4 期）等。

从整体探讨诸宫调的论文则有李开的《〈诸宫调两种〉词语考释》（《古籍整理研究学刊》1991 年第 6 期），徐健的《〈刘知远诸宫调〉残卷用韵考》（《古汉语研究》1997 年第 2 期），高桥繁树、李寅生的《论金诸宫调与元杂剧的韵》（《达县师范高等专科学校学报》1999 年第 3 期）等。

台湾地区则有杨振良的《由音乐结构试论诸宫调对南戏的影响》（《宋代文学研究丛刊》第 2 期，1996 年 9 月）等。限于篇幅，对上述论文不再一一介绍。

---

① 龙建国：《诸宫调研究》，江西人民出版社 2003 年版，第 12 页。

第十章　弹词文献研究述略

弹词是主要流行于广大江南地区的一种说唱文学样式，对其在中国古代的生存状态及文学价值，著名学人冯沅君曾做过这样的概括："弹词一书，虽然向来只供妇人孺子的欣赏，但其佳在叙事，叙事亦甚确切而有个性，实为通俗文学（即所谓平民文学）的重要支派。可惜向来因为士大夫所不重视，故论她的人很少。我希望博洽而爱研究的朋友们因这篇无关重要的东西引起研究弹词的兴趣。"[1] 郑振铎则说得更为明确："弹词的重要决不下于小说与戏曲，其中几部著名的作品也可与小说戏曲中之最好者相提并举。"[2] 与其他说唱文学样式相比，弹词较为雅致一些，为此曾引起一些文人的关注，不过总的来看，在中国古代它仍受到主流文化及正统文人的排斥和歧视，对弹词进行学术层面的研究是从 20 世纪开始的。

在整个说唱文学的研究中，弹词受到较多的关注，因而取得的成果也比较多。在相关文献的搜集、整理和研究方面，取得了较大的成就，以下按照时间顺序，对各个历史时期弹词文献研究的情况进行较为全面、系统的梳理和总结。

第一节　20 世纪上半期弹词文献研究

20 世纪上半期是弹词研究的发端期，受时代学术新风的影响，一些思想较

---

① 冯沅君：《读笔生花杂记》，《北京大学研究所国学门月刊》1 卷 2 期，1926 年。
② 西谛：《西谛所藏弹词目录》，《小说月报》17 卷号外，1927 年。

为开明的学人将包括说唱文学在内的通俗文学纳入现代学术的范畴，作为一门专学进行探讨，弹词正是在这一语境中进入研究视野的。需要说明的是，这一时期也是弹词发展的一个繁荣期和高峰期，因此对弹词的研究并不仅仅是对其渊源流变的一种追溯，而且也是对其在当时发展演变的一种观照，这是研究弹词与研究变文、诸宫调等已经绝迹的说唱文学样式明显不同的地方。

与其他说唱文学样式一样，由于以往不受重视，缺少必要的学术积累，对弹词的研究也是从文献资料的搜集、整理这一基础工作入手的。下面分几个方面分别予以介绍。

先说公私藏书机构对弹词文献的收藏与著录。

说到弹词文献的收藏与著录，首先要提到一位在此领域具有开拓之功的学人，那就是郑振铎。这是因为他不仅注重此类说唱文学的寻访和收藏，藏品丰富，而且最早编制有关弹词的专题书目。

郑振铎收藏弹词文献的具体情况从其《西谛书目》（文物出版社 1963 年版）一书中可以看出。该书反映的是其晚年藏书情况，于此可见其弹词收藏之一斑，该书卷五集部下设立曲、弹词鼓词、宝卷等子目，其中弹词鼓词类收录相关作品289 种。

《西谛所藏弹词目录》为郑振铎编制的一部个人弹词收藏目录，反映了其早年弹词收藏的情况，同时也是最早的一部弹词目录，正如其本人所言："为弹词作目录，恐将以此为第一次。"该书共收录其所藏弹词作品 117 种，对所收作品，皆标明题名、作者、册数及版本①。

收藏编目之外，郑振铎撰写了一些相关的论文，如《从变文到弹词》等。他还在《中国俗文学史》一书中，为弹词设立专章予以论述。

阿英以近代文学文献特别是小说戏曲文献的丰富收藏而享誉学界，其搜罗范围相当广泛，包括弹词、宝卷在内的古代通俗文学文献也藏有不少。至于其说唱文学文献收藏的数量，因无专门的目录，难以确知，不过从其《弹词小说丛考》及《小说搜奇录》等相关文章的介绍来看，数量当不会少，仅《珍珠塔》一书就藏有 10 种版本②。阿英去世后，其大部分藏书由家属捐赠给家乡安徽芜湖，当

---

① 西谛：《西谛所藏弹词目录》，《小说月报》17 卷号外，1927 年。
② 参见《阿英藏珍珠塔版本目》，载阿英《小说二谈》，上海古籍出版社 1985 年版。

地政府专门成立阿英图书馆，保存这批珍贵的藏书。

收藏之外，阿英还撰写了一些专门的研究著作，其《弹词小说评考》（中华书局 1937 年版）是第一部研究弹词的专著。其《中国俗文学研究》（中国联合出版公司 1944 年版）一书也收录了一些研究说唱文学的文章，其他尚有《女弹词小史》《〈占花魁弹词〉钩沉》等。

富于弹词收藏的还有马廉，其所藏弹词的具体数量据阿英手抄《鄞县马氏所藏弹词及鼓词目录》一文所录，有 154 种。据潘建国核查，北京大学图书馆的"马氏特藏"尚有 12 种弹词鼓词不见于该目①。另据张守谦《〈缺名戏曲小说书目〉及其著录的小说罕见本》一文介绍，《缺名戏曲小说书目》收录马廉所藏宝卷、弹词、鼓词 66 种②。

赵景深也富于弹词收藏，据其弟子江巨荣介绍，"从严格的版本目录学标准来衡量，赵藏书目中至少有七八十种善本弹词、宝卷、山歌俗曲书籍"，还有 600 种"从版本上看，属普通线装书，实际应用上，有很多是僻书，甚至是孤本书"③。另《赵景深先生赠书目录》线装部分收录其所藏弹词善本六种，或为稿本，或为抄本④。此外他还著有《弹词考证》（商务印书馆 1937 年版）等专著，选编《弹词选》，发表《关于〈再生缘〉的续作者》（《寒光》第 1 卷第 1 期，1946 年）等文章。

此外，中央研究院历史语言研究所也有较丰富的弹词收藏，到 1936 年，该所"已经藏有弹词一百四十多种"⑤。李家瑞在其《说弹词》一文的《现存的弹词》部分，曾列举当时中央研究院所藏弹词 144 种⑥。

对弹词目录的编制，阿英曾有这样的概括："弹词小说之有编目，始于一九二七年长乐郑氏之编《西谛所藏弹词目录》。"⑦ 郑振铎所编个人收藏目录刊布之

---

① 参见潘建国《马廉不登大雅堂藏书及其小说研究》，载其《古代小说文献丛考》，中华书局 2006 年版；阿英《弹词书目记事》之《鄞县马氏弹词目》，载其《小说二谈》，上海古籍出版社 1985 年版。

② 张守谦：《〈缺名戏曲小说书目〉及其著录的小说罕见本》，《天津师院学报》1982 年第 1 期。

③ 江巨荣：《赵景深先生的藏书》，载李平、胡忌编《赵景深印象》，学林出版社 2002 年版，第 82 页。

④ 参见复旦大学图书馆、复旦大学古籍整理研究所编《赵景深先生赠书目录》线装部分集部戏曲曲艺类之 12《弹词、鼓词》，1988 年刊行。

⑤ 胡士莹：《弹词宝卷书目》"前言"，古典文学出版社 1957 年版。

⑥ 李家瑞：《说弹词》，《中央研究院历史语言研究所集刊》第 6 本第 1 分，1936 年 3 月。

⑦ 阿英：《弹词小说评考》"自序"，中华书局 1937 年版。

后，研究者又编制了一些有关弹词的专题目录，据笔者所见，主要有以下几种。

《弹词目录》，凌景埏编。编者受马廉之托，整理孔德学校图书馆所藏弹词，由此引起搜罗弹词的兴趣，经过四五年时间，搜得弹词近百种。该目系根据编者个人藏品及郑振铎、孔德学校图书馆所藏汇编而成，共收录弹词作品 181 种。对所收作品，皆标明题目、作者、版本及收藏者①。

《程守中所藏弹词目录》。该目为现代通俗文学收藏家程守中个人所藏弹词及南音作品目录，共收录相关作品 124 种，其中弹词 114 种、南音 10 种。对所收作品分书名、著作者、出版时期、本书、版本和出版者六项进行著录。该书原为郑振铎旧藏，后归北京图书馆。

相关目录尚有吴夕林的《夕林所藏弹词目录》（《华北日报》图书周刊第 49 期，1935 年 10 月 7 日）、阿英的《〈珍珠塔〉版本汇目》（《大晚报》1936 年 6 月 3 日）等。

值得一提的还有傅惜华撰写的弹词提要。他为《续修四库全书总目提要》撰写了其中的俗曲、鼓词、弹词部分，共 30 多篇，其中大多为弹词，如《天雨花》《灯月缘》《珍珠塔》《绘真记》等，计有 20 多篇②。对这些弹词作品，除介绍其作者、版本等基本情况外，还考察其作者、本事、思想内容及艺术特点，具有很高的学术价值。

再说弹词作品的整理与出版。

这一时期还出版了一批弹词作品的整理本，其中作品集或选本主要有以下一些。

《弹词选》，赵景深编，商务印书馆 1938 年版。该书分渊源编、文词编和唱词编三卷，共选收 11 种作品的 20 个片段，其中渊源编所收作品为《张协状元戏文》《刘知远诸宫调》《二十一史弹词》《明史弹词》，文词编所收为《天雨花》《十二金钱》《精忠传弹词》《庚子国变弹词》，唱词编所收为《珍珠塔》《三笑姻缘》《义妖传》。另收马如飞的《孟尝君》《诸葛亮》《花木兰》等 10 篇弹词开篇。对所收作品，有简要注释，介绍其作者、版本及出处。卷首有编者所写导言，分起源、体制、弹唱、名家和总目五个方面对弹词进行介绍。

---

① 凌景埏：《弹词目录》，《东吴学报》3 卷 3 期，1935 年 7 月。
② 参见谢雍君《傅惜华古典戏曲提要笺证》卷六 "散曲集、俗曲、弹词"，学苑出版社 2010 年版。

《马如飞真本开篇》，吴疴尘编，新春秋报馆 1933 年刊行。该书收录马如飞所作弹词开篇 60 余篇。

《上海弹词大观》，同益出版社 1941 年版。该书收录 48 位弹词艺人演唱的弹词开篇作品及唱段 284 个。全书按作品首字笔画多少为序。卷首有《说书源流与佳话》。除作品外，该书还收录当时著名弹词艺人的照片与简介。

《联合开篇全集》，顾玉笙主编，上海市评话弹词研究会 1947 年刊行。该书收录弹词开篇作品及唱段 300 多个，并附有 34 位评弹艺人的照片与小传。

同类书籍还有袁凤举主编的《凤鸣集》（凤鸣广告社 1934 年刊行）、倪高风所著的《倪高风开篇集》（莲花出版馆 1934 年版）、倪高风所编的《袅袅集》（利利广播无线电台 1934 年刊行）、王梦鱼等编的《钧天乐》（钧天乐社 1935 年刊行）、陈姜映清所著的《映清女士弹词开篇》（家庭出版社 1936 年版）、沈陉云所编的《开篇大王》（曼丽书局 1938 年版）、严雪亭主编的《严雪亭开篇集》（1939 年刊行）、张秋（马风）编订的《大同开篇汇集》（大同业余弹词研究社 1946 年刊行）、周德声主编的《江南书迷集》（苏州广告股份有限公司、江南广播无线电台 1946 年刊行）、秦维麟所编的《播音潮》（国华电台刊行）等。

这一时期出版的单部弹词整理本也有不少，其中具有代表性的是阿英编校的《庚子国变弹词》（上海良友图书公司 1935 年版）。这部弹词作品为李伯元所著。卷首有阿英的《重刊庚子国变弹词序》，后附艮庐居士的《辛丑和约全稿》。同类书籍还有程蕙英的《凤双飞全传》（江左书局 1923 年版），周颖芳所著的《精忠传弹词》（商务印书馆 1931 年版）、《锦上花》（广益书局 1935 年版），绿芳红蕤楼主著、朱耀祥、赵稼秋弹唱的《安邦定国志弹词》（新声出版社 1938 年版），（明）杨慎编著、（清）张三异增定、（清）张仲璜注、陈楠校对的《廿一史弹词注》（中华书局 1938 年版），橘中逸叟的《来生福弹词》（商务印书馆）等。

除了传统作品的整理外，这一时期还相继出版了一些新创作的弹词作品，其中以程瞻庐所作最多，他相继出版《哀梨记弹词》（商务印书馆 1919 年版）、《孝女蔡惠弹词》（商务印书馆 1919 年版）、《同心梔弹词》（商务印书馆 1919 年版）、《藕丝缘弹词》（商务印书馆 1920 年版）、《明月珠弹词》（商务印书馆 1920 年版）等作品。

其他尚有天虚我生所著的《潇湘影弹词》（中华图书馆 1916 年版）、《自由花弹词》（中华图书馆 1916 年版），李少野的《孤鸿影弹词》（上海新民图书馆 1919 年版），许指严的《埃及惨状》（上海国民图书馆 1920 年版），郭步陶所著的《苦女儿弹词》（新闻报馆 1924 年刊行），姜映清的《风流罪人》（上海大陆图书公司 1926 年版），陆澹庵的《满江红弹词》（新声社 1935 年版），王西神的《啼笑因缘弹词》（上海三一公司 1935 年刊行），陈范我所著的《蓬莱烈妇弹词》（元昌广告公司 1938 年刊行）等。

最后再说弹词文献的整理与研究。

相比弹词目录的编制与作品的整理，弹词文献的整理汇编起步要稍早一些。早在光绪二十五年（1899），徐兆玮就已经开始着手小说、弹词资料的搜集整理，到光绪二十八年（1902）已初步写定《黄车掌录》。该书"专考证事实"，"以演义、弹词为限"①，除综合性的条目外，共收录 72 部通俗文学作品的相关资料，其中弹词有《三笑姻缘》《玉蜻蜓》《天雨花》《绛红袍》《再生缘》《凤双飞》等 10 种，首卷设《弹词原始》条目，汇集历代有关弹词起源发展的资料。该书不仅是最早编撰的古代小说资料集，同样也是最早的一部弹词资料集。

稍后钱静方的《小说丛考》、蒋瑞藻的《小说考证》也收录了一些弹词资料，两人同样都是弹词研究的先驱者。其中《小说丛考》一书所收主要为小说、戏曲，同时也收有《玉蟾蜍》《三笑姻缘》《十美图》《大红袍》《白蛇传》《玉蜻蜓》共 6 种弹词作品，对这些弹词作品，主要在本事渊源方面进行追溯梳理，排比材料，重在考察作品内容与史实之间的异同，颇具文献价值。《小说考证》也收录有一些弹词如《玉蜻蜓》《天雨花》《再生缘》《庚子国变弹词》等作品的相关资料。

最早较有系统研究弹词的专书当数阿英的《弹词小说评考》（中华书局 1937 年版），作者本人也专门提及这一点："弹词小说之有编目，始于一九二七年长乐郑氏之编《西谛所藏弹词目录》；弹词小说之有成册的研究专籍，大概要以这部《弹词小说评考》为开始。"② 该书对《真本玉堂春全传》《燕子笺弹词》等 11 部弹词作品的版本、回目、情节、故事源流等基本情况进行考述。

同一时期还有赵景深的《弹词考证》（商务印书馆 1939 年版）一书。该书

---

① 徐兆玮：《黄车掌录》卷一，载其《徐兆玮杂著七种》，凤凰出版社 2014 年版，第 1 页。
② 阿英：《弹词小说评考》"自序"，中华书局 1937 年版。

对《白蛇传》《三笑姻缘》《珍珠塔》《倭袍传》《双珠凤》《玉蜻蜓》6 部流传较广弹词作品的故事源流等进行考证。

此外尚有《光裕社一百五十周年纪念册》（1927 年刊行）等。

同类著述还有申翁的《南词弹词鼓词沿袭传奇说》（《剧学月刊》4 卷 6 期，1935 年），魏绍谦的《弹词文章》（《北平晨报》"学园"第 82、84 期，1931 年 4 月 23、25 日），凌景埏的《〈珍珠塔〉各本异同考》（《珊瑚》2 卷 2 号，1933 年）、《〈再生缘〉考》（《珊瑚》1 卷 1、2 期，1932 年），李家瑞的《说弹词》（《中央研究院历史语言研究所集刊》6 本 1 分，1936 年）、《三笑新编弹词考证》（《中央日报》"图书馆评论周刊"第 2 期，1937 年 5 月 27 日），赵景深的《三笑姻缘的演变》（《文学》7 卷 1 期，1936 年），牟的《弹词开篇辑逸》（《大晚报》1936 年 7 月 29 日），叶子振的《陈瑞生的世系——弹词女作家小记》（《中央日报》1946 年 10 月 24 日）等。

第二节　中华人民共和国成立后 30 年间弹词文献研究

1949 年后，弹词研究在新的社会文化语境中有新的进展，在文献的搜集、整理和研究方面也取得了一些的新成果。

需要说明的是，从这一时期开始，南方地区特别是苏州的研究者开始将评书与弹词并称为评弹，作为一个整体进行研究，在整理作品、编印资料、撰写著述时往往将两者放在一起，评弹俨然成为一种说唱文学样式，比如当时曾有这样的说法："评弹是流行在沪、宁、杭一带的主要曲种之一，它是历史较长、艺术上较完整的一个曲种。"① 这一观点和做法一直影响到当下。评书与弹词固然存在不少共性，但作为具体的说唱艺术门类，实则存在着很大差别，正如有位学人所言："评弹只能用于泛指。指具体的演员、书目、演出等，应该分别说明评话或弹词，泛指往往不确切、不明确。"② 因此笔者将两者分别进行介绍，这里只介

① 见《评弹丛刊》各集卷首"编辑说明"，上海文艺出版社 1959—1962 年版。
② 周良：《苏州评话弹词史》，中国戏剧出版社 2008 年版，第 1 页。

绍弹词部分，至于评书，则在第十二章专门论述①。

这一时期有一些新的弹词作品被发现，主要有以下两种。

一是长篇弹词《榴花梦》完整抄本在福建福州的发现。之所以这样说是因为这一作品本身有两个令人关注之处。首先，它是中国古代最长的一部弹词作品，也是中国古代最长的一部叙事作品。全书长达 360 卷，480 多万字。正如一位研究者所统计的："比传统的说部'红楼梦''西游记'和'水浒传'等书长四倍至八倍，比托尔斯泰的小说'战争与和平'长三倍。"②　其次，它出自清代女作家李桂玉之手，后 20 卷为现代女作家翁起前、杨美君所续，可以看作是 3位女作家合力完成的一部作品。

该书长期以来一直以传抄的形式在民间流传，因篇幅巨大，多残缺不全。一些研究者如郑振铎等虽曾提及，但因不少人没有看到过原书，多语焉不详，以致认知有误。1952 年，中国曲艺研究会在福建收集到 50 多册，但残缺过多；1958年，福州古籍书店发现一部完整的《榴花梦》抄本；1962 年，在福建福州又发现了两个较为完整的抄本。

《榴花梦》的这些抄本被相继发现后，引起了社会各界的广泛关注，1962 年《人民日报》《光明日报》《文汇报》《羊城晚报》《福建日报》等报刊相继刊发了相关消息及评述文章③。随后有关部门组织人员对该书进行整理。

---

① 鉴于 1949 年后南方地区特别是苏州的研究者往往将评话与弹词的作品、资料混编在一起，本书采取分别处理的方式，如能区分，则各自介绍；如难以区分，因弹词部分在前，则重点在弹词部分介绍，评书部分略微提及。

② 谷金：《最长的弹词"榴花梦"》，载中国音乐家协会、中国音乐研究所编《戏曲说唱音乐论文选辑》，1959 年油印本，第 429 页。

③ 参见以下一些文章：王铁藩《福州发现〈榴花梦〉完整抄本》（《光明日报》1962 年 3 月 29 日），《福建发现"榴花梦"完整抄本，全书长达四百八十三万多字，作者是清道光年间的福建女作家李桂玉》（《福建日报》1962 年 4 月 7 日），《目前我国流传的一部最长古典小说〈榴花梦〉完整抄本发现》（《人民日报》1962 年 4 月 11 日），盛夏《〈榴花梦〉与福建"评话"》（《羊城晚报》1962 年 4 月 18 日），许霆《谈〈榴花梦传奇〉》（《福建日报》1962 年 4 月 22 日），薛汕《略谈〈榴花梦〉》（《光明日报》1962 年 5月 12 日），叶清芳《六十年前读〈榴花梦〉》（《福建日报》1962 年 5 月 20 日），王铁藩、张传兴《访〈榴花梦〉续编作者》（《福建日报》1962 年 5 月 20 日）、《浣梅女史访问记——中国最长的小说〈榴花梦〉的续作者之一仍健在人间》（《羊城晚报》1962 年 6 月 2 日），大田《由〈榴花梦〉说到古籍之最》（《解放日报》1962 年 6 月 10 日），陈稺常《〈榴花梦〉创作的时代和写作的动机》（《文汇报》1962 年 6月 15 日），郑贞文《由〈榴花梦〉谈到〈镜中梦〉》（《文汇报》1962 年 11 月 14 日），萨兆寅《榴花梦》（《人民画报》1962 年第 12 期）。

二是弹词《子虚记》的发现。

《子虚记》一书为清代女作家汪藻（字藕裳）所作，全书 64 回，近 200 万字，是一部重要的弹词作品。该书主要以抄本形式流传，由于篇幅较长，抄写不易，全本不多见。世界繁华报馆曾于 1901 年刊印前十回。1956 年，南京师范大学图书馆从苏州购藏到一部完整的《子虚记》抄本。上海图书馆入藏有三种版本的《子虚记》，但皆残缺，不够完整。1962 年，该馆又收藏到一部较为完整的《子虚记》抄本，具有较高的研究价值①。2010 年 11 月，作者后人将《子虚记》手稿捐赠给淮安市博物馆，如今已被整理出版②。

这两种弹词新资料的发现对相关研究具有积极的推动作用。

在弹词目录的编制方面，这一时期也有一些重要的成果，主要有以下几种。

《弹词宝卷书目》，胡士莹编，古典文学出版社 1957 年版。编者富于说唱文学文献收藏，据其本人的介绍，"我在一九三二年以后的四五年间，也曾致力于弹词的搜集，所得不下七八十种。抗战军兴，略有散亡，胜利后，又稍稍留意及此，随见随收，不觉将近一百五十种"。

该书依据郑振铎、凌景埏等人的收藏以及个人所藏编制而成，分为弹词目和宝卷目，其中弹词目共收录弹词 270 多种，"均以现存者为限"③。在编排上，按作品首字笔画多少为序。对所收作品，介绍其题名、作者、版本、卷册数及收藏者，并编有笔画索引，便于检索。该书是当时收录作品最多的一部弹词目录。

一粟所编《红楼梦书录》（上海古典文学出版社 1958 年版）一书的戏曲部分，收录有关《红楼梦》的弹词 116 种。对所收作品，介绍其作者、著录、版本、收藏机构等基本情况，并摘录其篇首部分唱词。

一些藏书机构还编有弹词的专题目录，如《南京图书馆藏弹词目录》、《苏州图书馆藏弹词目录》、《中国科学院文学研究所藏弹词宝卷目录》（1959 年刊行）等，其中《中国科学院文学研究所藏弹词宝卷目录》收录弹词 113 种。

---

① 《上海图书馆收集到弹词珍本〈子虚记〉全抄本有百二十万言作者是清代一女性写过两部长篇巨著》，《新民晚报》1962 年 12 月 5 日。

② 参见王泽强点校《子虚记》，中华书局 2014 年版。

③ 以上见胡士莹《弹词宝卷书目》"前言"，古典文学出版社 1957 年版。对该书存在的一些疏漏，关德栋撰写《胡氏编著〈弹词目〉订补》（载其《曲艺论集》，中华书局 1958 年版）一文进行增补和修订，共补充 111 种弹词作品。

一些藏书机构的藏书目录也会收录一些弹词作品，如复旦大学图书馆所编的《复旦大学图书馆善本书目》（1959 年刊行）。该书所收为复旦大学所藏善本书目，共 3804 部。在其子部小说家类下设小说、弹词之属，其中弹词部分收录弹词善本书籍 19 种，分别为《明史弹词》《乔太守乱点鸳鸯谱换亲记》《阴阳镜莫奈何全传》《断机教子三元记》《巧姻缘》《昼锦堂记》《安邦传》《织锦回文金冠记》《洒雪堂合情缘分弦记》《中秋奇遇记》《幽闺记》《十里金丹》《元宵会》《明珠记》《珍珠塔》《吟余编》《拱璧缘》《集芳缘》《黄飞虎反五关》。对所收作品，著录其名称、作者、版本、册数及藏书号。

在作品的整理方面，这一时期整理出版了一批弹词作品。根据其内容及特点，可以分为几类。

第一类是收录多部作品的弹词丛刊、作品集或选本，主要有以下几种。

《评弹丛刊》，上海文艺出版社编，上海文艺出版社 1959—1962 年版。该丛刊的编辑目的是"为了系统地把创作、整理、改编的优秀评弹作品向各方面推荐，并较为全面地反映评弹在解放后的发展面貌以及保存书目"[1]。先后出版有八集，收录创作、改编及整理的评弹作品，主要为中篇、短篇和长篇的精华回目，共收录《白蛇传》《描金凤》《文武香球》《玉蜻蜓》等评弹作品 37 部。对所收作品，皆标明口述者与整理者，并写有前言，介绍其内容、特点、整理、改编等基本情况。从第四集开始，各集后还附有《方言普通话对照表》。

《评弹选集》，陈灵犀、邱肖鹏改编，上海文化出版社 1958 年版。该书从 4 部中篇评弹中选录《长亭送别》（选自《林冲》）、《三盖衣》（选自《碧玉簪》）、《法场判斩》（选自《窦娥冤》）、《仗义引魂》（选自《麒麟带》）四回书，目的在于满足业余演出单位的排演需要。

《苏州评弹选》，苏州市曲艺工作者联合会编，江苏人民出版社出版。该书"尽可能容纳各种不同题材、风格、流派、体裁的有代表性的作品，分集出版，力求全面"，在整理时，"把一部分难懂而又无特殊表现力的苏州方言，改为普通话"[2]。其中第 1 集于 1962 年出版，第 2 集于 1964 年出版。第 1 集共收录 6 部评弹作品，其中弹词有 3 部，即《堂楼露真情》、《方卿羞姑》和《借贷》。对所

---

① 各集前之"编辑说明"。
② 以上见《苏州评弹选》各集前之"编辑说明"。

收作品，皆标明口述者、记录者和整理者，并写有前言，介绍其概况与具体整理情况。

《弹词开篇集》，夏史整理选辑，上海文化出版社 1958 年版。该书收录弹词开篇、选曲 160 多个。按作品题目笔画编排。书后附有弹词曲谱。

《弹词开篇集》，夏史编选，上海文艺出版社 1962 年版。全书分现代题材开篇、现代题材唱词、古代题材开篇、古代题材唱词 4 辑，共收录弹词开篇作品及正书唱段近 140 个。书后附弹词曲调，收录 10 种作品的唱调。该书为上海文化出版社版《弹词开篇集》的补充修订本。

这一时期出版的弹词开篇集尚有蒋月泉、杨振言主编的《空中书场开篇集》（1950 年刊行），许飞玉所编的《弹词最新开篇》（天下书报社 1950 年版），凯雄、凡音所编的《评弹》（上海德生出版社 1954 年版），陈子谦、平襟亚所编的《弹词开篇》（中央书店 1955 年版）等。

第二类是以收录曲调为主的作品集，主要有以下几种。

《江苏南部民间戏曲说唱音乐集》，江苏省音乐工作组编，音乐出版社 1955 年版。全书所收为江苏南部民间戏曲说唱的资料，文字部分有戈唐的《评弹及其音乐》，曲调部分收录《快板》《宫怨》等弹词曲调 32 种。

《评弹曲调》，周云瑞、杨德麟整理，上海文化出版社 1956 年版。该书分评弹各种牌子曲、评弹基本曲调、近年来发展和创作的曲调 3 类，收录各类评弹曲调 44 个，对所收曲调，皆标出曲谱、唱词、作品出处及作者。

《弹词曲调介绍》，中国音乐家协会南京分会筹委会及余晋卿等记谱，江苏文艺出版社 1959 年版。该书共收录较为流行的弹词曲调 51 个，全书按照曲调内容，"传统节目放在前面，现代生活节目放在后面"①。对所收曲调，均记谱并标明演唱者、出处及流行时间等。

《苏州弹词曲调汇编》，苏州市曲艺工作者联合会、苏州市戏曲研究室编选，1963 年刊行。该书选收苏州弹词曲调 51 个。

第三类是单部弹词作品的整理本，主要有以下两种。

《庵堂认母》，蒋月泉、王柏荫述，陈灵犀整理，上海文化出版社 1957 年版。该书所收为弹词《玉蜻蜓》中的一段。

———————————

① 《弹词曲调介绍》"前记"，江苏文艺出版社 1959 年版。

《王佐断臂》，杨振雄、费一苇改编，上海文化出版社 1958 年版。该书根据京剧《断臂说书》改编。

在弹词资料的整理汇编方面，这一时期出版有以下两种具有资料性质的专书。

《弹词拣韵》，苏州市戏曲研究室 1959 年编印。该书为便利弹词创作者翻检字韵而编，所收以习见字和常用字为范围。全书分 12 个韵部，在每一韵部前摘引 4 句平仄较调的唱词作为示范。书后附入声类的 4 个韵部。

《评弹艺人谈艺集》，苏州市曲艺工作者联合会编选，1963 年刊行。该书收录张玉书、曹汉昌、徐云志、魏含英、周玉泉、俞筱云等著名评弹艺人讲述演出经验、体会的文章 11 篇，后附有曲江的《忆许继祥》《基础与原料》。

这一时期围绕着《再生缘》这部弹词作品，学术界进行了较为热烈、深入的讨论，在 60 年代初形成了一个学术热点，推动了弹词研究的深入发展。

1954 年，陈寅恪撰写《论再生缘》一文，对《再生缘》进行深入探讨①，并对其给予很高评价。该文刊布后产生了较大反响，同时也引起学界对《再生缘》这部弹词作品的较多关注。1960 年，郭沫若看到《论再生缘》一文，对该书产生了浓厚的兴趣，并于 1961 年、1962 年相继撰文，对《再生缘》的各个方面进行深入探讨。

在两位著名学人的提倡和示范下，其他学者也相继撰文，参加讨论，对该书作者、成书等问题进行研究，仅就文献方面而言，在作者、版本等方面就取得了不少进展，同时也挖掘了一些新的文献资料。比如有关作者方面的文章就有齐敬的《关于陈云贞》（《光明日报》1961 年 6 月 25 日），张德钧的《陈瑞生的母亲对她在文学成就上的影响》（《光明日报》1961 年 7 月 25 日）、《由〈里堂诗集〉抄本说到"云贞引"的年代》（《文汇报》1962 年 1 月 4 日），白坚的《陈云贞及其"寄外书"》（《光明日报》1961 年 8 月 15、16 日），勉仲的《关于陈瑞生二三事》（《文汇报》1961 年 12 月 16 日），敬堂的《陈瑞生是"陈"云贞吗?》（《文汇报》1961 年 12 月 16 日），任斯笠的《陈瑞生》（《浙江日报》1962 年 1 月 7 日）等；有关版本方面的文章则有阿英的《读〈天雨花〉旧抄二十六回本札记》（《中华文史论丛》第 7 辑复刊号，1978 年）等。

---

① 该文当年曾油印流传，后刊于《中华文史论丛》第 8 辑，上海古籍出版社 1978 年版。

　　郭沫若是这场讨论的核心人物，他相继发表《〈再生缘〉前十七卷和它的作者陈瑞生》（《光明日报》1961 年 5 月 4 日）、《再谈"再生缘"的作者陈瑞生》（《光明日报》1961 年 6 月 8 日）、《陈云贞"寄外书"之谜》（《光明日报》1961 年 6 月 29 日）、《有关陈瑞生的讨论二三事》（《光明日报》1961 年 10 月 5 日）、《关于陈云贞"寄外书"的一些新资料》（《光明日报》1961 年 10 月 22 日）、《读了〈绘声阁续稿〉与〈雕菰楼集〉》（《羊城晚报》1962 年 1 月 2 日、《文汇报》1962 年 1 月 4 日）等一系列文章。此外他还搜集了多种抄本、刊本，并与中华书局相关编辑合作，校勘整理了一个《再生缘》的校订本，可惜由于一些特殊的时代原因，该书在当时未能公开出版①。

　　这一时期与《再生缘》相关的文章尚有余英时的《陈寅恪先生〈论再生缘〉书后》（《人生》17 卷 2 期，1958 年）、程毅中的《关于"崔徽"的出处》（《光明日报》1961 年 6 月 27 日）、布谷的《"再生缘"与戏剧》（《新民晚报》1961 年 6 月 29 日）、宋词的《关于"再生缘"的主题思想》（《江海学刊》1961 年 12 月号）等。有关部门曾计划将这次讨论《再生缘》的文章汇编成书，可惜后来未能如愿②。众多学者如此集中的探讨一部弹词作品，这无论是在弹词研究史还是中国说唱文学研究史上，都是不多见的。

　　除《再生缘》之外，这一时期探讨弹词问题的文章尚有高瑞洛的《小谈弹词的起源》（《雨花》1961 年第 8 期）、程弘的《从文学史上看弹词这朵花》（《光明日报》1961 年 10 月 23 日）、谭正璧的《我也来谈文学遗产研究与说唱文学》（《光明日报》1961 年 12 月 3 日）、路大荒的《弹词东郭传与鼓词东郭外传》（《光明日报》1957 年 2 月 10 日）、张德钧的《关于改编弹词的女诗人侯芝》（《光明日报》1961 年 5 月 17 日）、紫荆的《关于女弹词家侯芝》（《新民晚报》1961 年 5 月 21 日）、熊德基的《〈天雨花〉作者为明末奇女子刘淑英考》（《中华文史论丛》1979 年第 4 辑，上海古籍出版社 1979 年版）等。

----

　　① 具体情况参见郭沫若《序〈再生缘〉前十七卷校订本附：陈瑞生年谱、关于范炎充军伊犁的经过》（《光明日报》1961 年 8 月 7 日）及徐庆全《陈寅恪〈论《再生缘》〉出版风波》（《南方周末》2008 年 8 月 28 日）。

　　② 后南京师范学院学报编辑部、中文系资料室辑录相关文章 16 篇，编成《郭沫若与〈再生缘〉研究》一书，列入《文教资料简报》丛书之四，于 1980 年 5 月刊行。

第三节　20世纪80年代弹词文献研究

进入20世纪80年代，经过拨乱反正，学术研究走上正轨，弹词研究也受到学界较多的重视，这可以从两件事上体现出来，一是这一时期创办了专门的研究刊物，二是这一时期成立了专门的研究机构。

专门的学术刊物是指《评弹艺术》，苏州评弹研究会编，1982年创刊。最初由中国曲艺出版社出版，后相继改由新华出版社、江苏文艺出版社、古吴轩出版社等出版，现已出版到第58集。该刊除刊登研究方面的文章外，还刊载不少重要的文献资料及实证类研究论文，文献资料包括古代、近现代有关评弹的记载及著述、艺人的回忆录、传记及经验总结录，如《马如飞手迹》，《马如飞开篇集》，《光裕社出道录》，《南词必览》，思湖的《〈申报·说书小评〉辑录》，周良的《弹词经眼录》《苏州评弹史话》，芳草的《苏州评弹史料编年》，徐云志口述的《〈三笑〉的整理和加工》，姚荫梅的《懂、通、松、重、动——我的演唱经验》，汤乃安、倪萍倩的《夏荷生》，吴子安的《关于评话〈隋唐〉》，张鸿生的《我说〈英烈〉》，周玉泉的《谈艺录》等；实证类研究论文如路工的《〈白蛇传〉弹词的演变、发展》、关德栋的《记王三姑》、赵景深的《弹词旧闻与〈栗山诗存〉》、周村的《成化本说唱〈花关索传〉的本色、变异及其渊源》等。

专门的研究机构是苏州市评弹研究室，该研究室虽然于1978年成立，但其活动主要在80年代，所以也放在这里进行介绍。该机构为评弹文献的搜集、整理与研究做了许多基础工作，其工作包括以下几个方面。

一是记录、整理传统评弹曲目。截至1986年，共记录、整理评话书目25部、弹词书目55部。

二是记录、整理老艺人的演出经验及回忆录，如《徐志云艺术谈》《周玉泉谈艺录》《张玉书评话艺术谈》《评弹艺人谈艺录》《评弹艺人回忆录》等。

三是编印相关的资料集及工具书，如《评弹研究资料》《评弹史料》《评弹琐记》《女说书》《评弹名人录》《评弹话旧》《弹词拣韵》《弹词音韵》《评弹赋赞》等①。

在研究者的共同努力下，这一时期弹词文献的研究取得了较大的成就。

在目录的编制方面，这一时期出版了一部专题目录即谭正璧、谭寻编著的《弹词叙录》（上海古籍出版社 1981 年版）。

该书编撰目的在"就明清以来所有弹词作品作一结集，以供中国文学史及中国民间文艺研究者参考之用。旨在保存资料，故不问精粗巨细，兼容并蓄"。全书共著录各类弹词作品 200 种。在编排上，按照作品名首字笔画多少排序。对所收作品，"以叙录弹词内容为主，兼及作者、版本、成书年代、本事来源以及同题材的其他文学作品"②。与此前的弹词目录相比，该书所收作品数量并不算多，其特色在著录项多，内容丰富而翔实，为读者提供了更为丰富的学术信息。

相关专题目录还有以下几种。

《弹词宝卷书目》（增订本），上海古籍出版社 1984 年版。该书出版后，胡士莹不断进行增补。胡氏去世后，由其研究生萧欣桥进行整理。其中弹词部分由原先的 270 多种增加到 440 种③。

《评弹传统长篇书目表》《部分弹词传统书目故事梗概》《二类书目表》《现代题材新长篇部分书目》，周良编，载其《苏州评弹艺术初探》，中国曲艺出版社 1988 年版。其中《评弹传统长篇书目表》收录弹词传统长篇书目 65 部，《部分弹词传统书目故事梗概》收录弹词书目 8 部，《二类书目表》收录弹词二类书目 94 部，《现代题材新长篇部分书目》收录弹词书目 42 部。上述目录皆为简目，仅列出作品名称。

这一时期出版的其他书目也收录有部分弹词作品，如孙殿起的《贩书偶记续编》（上海古籍出版社 1980 年版）一书。该书在子部小说家类下设立弹词之属，收录《锦香亭》《何必西厢》《绘真记》《芙蓉洞全传》《玉钏缘全传》《梦影录》《狐狸缘》《来生福》《十粒金丹》《廿一史弹词注》《念一史弹词注》《明史弹词

---

① 以上介绍系参考了闻炎的《加强书目整理与理论研究》，该文载《评弹艺术》第 5 集，中国曲艺出版社 1986 年版。

② 谭正璧：《弹词叙录》"例言"，上海古籍出版社 1981 年版。

③ 有关《弹词宝卷书目》（增订本）的情况及评价，参见张增元《简评胡氏增订本〈弹词目〉》（《文学遗产》1985 年第 3 期）、萧欣桥《关于胡士莹先生的〈弹词宝卷书目〉》（《文学遗产》1986 年第 4 期）。

辑注》弹词作品 12 种、13 个版本。对所收作品，著录其名称、卷数、作者及版本。

再如章钰、武作成等编的《清史稿艺文志及补编》（中华书局 1982 年版）一书。该书《清史稿艺文志补编》部分为武作成于 20 世纪 50 年代初撰写，在子部小说类下设立弹词之属，收录《双珠凤》《何必西厢》《英雄谱》《明末弹词》《描金凤》《玉连环》《四香缘》等清代弹词作品 36 种。对所收作品，著录其名称、异名、作者、卷数、回数等内容。

在作品整理方面，这一时期出版的弹词作品较多，超过以往各个时期。这些作品整理本主要有两类，一类是作品集或作品选本，一类是单部作品的整理本。

先说弹词作品集或选本。这一时期出版了两套规模较大的、以弹词为主的作品集，一是《中国古典讲唱文学丛书》，一是《中国古代民间文学丛书》。《中国古典讲唱文学丛书》共收录 12 部说唱文学作品，其中弹词作品有《再生缘》、《天雨花》、《笔生花》、《珍珠塔》、《描金凤》、《十粒金丹》、《凤双飞》（前、后传）、《凤凰山》、《孤鸿影》等，共 10 部。《中国古代民间文学丛书》共收录 30 多部说唱文学作品，其中大多为弹词作品。因前文对这两部作品集作过介绍，此不赘述。

同类弹词作品集或选本还有以下一些。

《弹词开篇集》，上海文艺出版社 1979 年版。该书主要收录 1949 年后新创作的弹词开篇作品，共 89 篇，作品大多具有鲜明的时代色彩。

《中篇弹词选》，苏州评弹研究会编，中国曲艺出版社 1981 年版。该书收录《新琵琶行》《老子·折子·孝子》《多多》《晴雯》四部中篇弹词，都是 1949 年后新创作的弹词作品。

《弹词开篇选》，苏州评弹研究室编，江苏人民出版社 1983 年版。该书分古代题材开篇与唱词、现代题材开篇与唱词两部分，共收录传统开篇及新创作的弹词开篇与唱词 114 篇，这些开篇、唱词选自《红楼梦》《西厢记》《长生殿》《牡丹亭》《白蛇传》等经典作品。对所收作品，多标明作者或改编者。

《三捉白秀英》，王如苏等著，江苏文艺出版社 1987 年版。该书选收七部弹词、评话作品，其中有四部为弹词作品，即《三捉白秀英》《西山刺刘》《怒杀阎惜姣》《钱笃笤求雨》。

《徐丽仙唱腔选》，上海评弹团编，上海文艺出版社 1979 年版。该书收录著名弹词艺人徐丽仙演出的唱段 27 个，对所收唱段，皆记谱，附有唱词，并标明创腔时间、唱段出处、作者及记谱者。卷首有左弦的《前记》、连波的《丽调简析》。

《蒋月泉唱腔选》，上海评弹团编，杨德麟记谱，上海文艺出版社 1985 年版。该书收录著名弹词艺人蒋月泉演出的唱段 25 个，是其在长期艺术实践中积累起来的开篇及中、长篇的唱腔选。对所收唱段，皆记谱，附有唱词。卷首有蒋月泉的《感想和感受》、杨德麟的《浅谈蒋调》，书后有《曲谱说明》。

单部弹词作品的整理这一时期也出版了不少，其中大多为上海文艺出版社所出，主要有以下一些。

《再生缘》，秦纪文演出本，薛汕整理，中国曲艺出版社 1981 年版。该书依据上海评弹演员秦纪文的演出本进行整理，原书 140 万字，整理本压缩为 82 万字。整理时，对一些人物和情节进行了较大的改动，"为了更好地表现作品的主题和人物的性格，对某些情节和细节也做了加工和改动"。语言方面，将吴语改写成普通话，"全用普通话，不加注释"。将老艺人的演出本进行整理，便于读者阅读，这是没有问题了，但是像这种从内容到语言的改动，已非整理所能概括，实际上变成了再创作，整理者本人也承认，"采取的是再创作的办法"①。固然在整理之后，作品在思想、艺术方面有了提高，但已非演出原貌，失真严重，对研究来说，整理本所提供的是一个并不可信的文本。

另有孙菊园校点的《再生缘》（湖南文艺出版社 1986 年版），该书为根据弹词《再生缘》改编的小说。

《西厢记》，杨振雄演出本，上海文艺出版社 1983 年版。该书根据杨振雄的演出本进行整理，初稿早在 1962 年冬就已完成，1980 年修订完稿。书后附左弦《句句言情 篇篇见意——读弹词改编本〈西厢记〉》。

《玉蜻蜓》，周玉泉口述，龚克敏整理，江苏文艺出版社 1985 年版。该书系根据周玉泉的演出整理而成，整理者龚克敏为周玉泉的关门弟子，他作了大胆的尝试，使该书格式"不完全是评弹脚本，但尽可能地保留口头文学的特色"②。

---

① 薛汕：《记〈再生缘〉的整理》，载其《书曲散记》，书目文献出版社 1985 年版，第 28 页。
② 龚克敏：《玉蜻蜓》"前言"，江苏文艺出版社 1985 年版。

《双按院》，姚荫梅编著，上海文艺出版社 1986 年版。弹词《双按院》系弹词艺人姚荫梅根据闽剧《炼印》改编而来，最初编演于 1952 年，后从七回书逐渐扩展为二十四回书。该书为弹词的整理本，"根据可读性的要求，把它裁并精炼为十五回书"①。对一些方言俗语，作了简要的注释。

《秦香莲》，陈灵犀编著，上海文艺出版社 1987 年版。该书系根据民间故事改变而来，卷首有陈灵犀的《编写弹词〈秦香莲〉》，详细介绍该书编写的经过。

《绘图第一奇女》，李梦生点校，山西人民出版社 1987 年版。该书即《十粒金丹》，整理者以光绪癸巳（1893）仲夏上海书局石印本为底本，以其他三种本子为校本。"底本有误，则参校本改正；各本均误，则据文意改正，不出校记。各本异文，择善而从，亦不出校。"②

《十粒金丹》，陈家熔整理，群益堂 1988 年版。该书根据 20 世纪 20 年代上海中原书局石印本整理。

《珍珠塔》，魏含英演出本，周良评注，蒋开华、倪萍倩、薛小飞整理，上海文艺出版社 1988 年版。该书根据著名弹词艺人魏含英 80 年代初演出的记录本整理，"作了文字删简"③，书后附有周良的《评点后记》。

《珍珠塔》，张慧侬口述，俚下整理，花山文艺出版社 1988 年版。该书根据著名扬州弦词（又称扬州弹词）艺人张慧侬的口述本《珍珠塔》整理而成，在保持原书特色的基础上，对全书结构和内容进行了一些调整。

《啼笑因缘》，姚荫梅改编，上海文艺出版社 1988 年版。弹词《啼笑因缘》系根据张恨水的同名小说改编，该书据姚荫梅的演出本整理而成。

《智斩安德海》，吴迪君著，上海文艺出版社 1988 年版。该书根据吴迪君的演出本整理而成，卷首有吴迪君的《我编演〈智斩安德海〉》。

《筱丹桂之死》，刘敏、周孝秋著，上海文艺出版社 1988 年版。该书根据演出本整理而成。这部作品为弹词新作，刘敏执笔，周孝秋编演。卷首有李庆福所写《前记》。

《杨乃武与小白菜》，邢晏春、邢晏芝演出本，上海文艺出版社 1989 年版。

---

① 姚荫梅：《双按院》"前言"，上海文艺出版社 1986 年版。
② 李梦生：《绘图第一奇女》"出版说明"，山西人民出版社 1987 年版。
③ 周良：《写在卷首》，载《珍珠塔》魏含英演出本，上海文艺出版社 1988 年版。

该书由邢晏春、邢晏芝的演出本整理而成，参考了李文彬、严雪亭的传本。

在弹词资料的整理汇编方面，这一时期出版了两部专门的资料集，一是《苏州评弹旧闻钞》，一是《评弹通考》。

《苏州评弹旧闻钞》，周良编著，江苏人民出版社 1983 年版。该书主要"辑录苏州评弹史料，说话、诸宫调、崖词、陶真、词话、盲词、南词等，作为渊源，附录于后。变文、俗讲、小说，因专著较多，没有辑入"。全书分正编和附编，合计收录资料 545 条。其中正编又分评话和弹词两部分，共 215 条，其中弹词部分 104 条，附编则收录说话、说书、诸宫调、崖词、陶真、词话、盲词、南词及拟弹词、妓女弹词资料 330 条。在编排上，"大体按年代先后排列，至全国解放为止"①。对所收资料，编著者大多写有按语。书后有《所引著作编年索引》《分类索引》，便于检索。

该书在正式出版前曾由苏州市评弹研究室于 1980 年内部刊行，共收资料 928 条，正编弹词部分 99 条。正式出版时作者进行了增删。后编著者又进行增补，于 1985 年刊行《苏州评弹旧闻钞补编》（苏州市评弹研究室编印）。2006 年，古吴轩出版社再出增补本。

《评弹通考》，谭正璧、谭寻搜辑，中国曲艺出版社 1985 年版。该书为《民间说唱研究文献汇编》之一，"以辑录有关评话、弹词的考证材料为主"，全书分原始、评话、弹词、评论、杂录及外编 6 门，其中弹词门分上、中、下三卷。所收资料来源广泛，"凡书籍报刊所载有关评话、弹词的文字，每有所见，不论长篇累牍，或一枝一节，无不收录"②。材料后注明出处，书后附《引用书目及篇目》。该书虽在 1985 年出版，但初稿完成则是在 20 世纪 60 年代。

此外，苏州市评弹研究室还曾于 1979 年至 1985 年编印《苏州评弹史料》《评弹研究丛书》两套丛书，其中《苏州评弹史料》丛书包括以下数种：《光裕社评弹艺人出道录》（苏州评弹史料之一，1979 年刊行）、《苏州评弹长篇书目》（苏州评弹史料之二，1979 年刊行）、《苏州评弹传统书目流传概要及历代传人系派》（苏州评弹史料之四，1980 年刊行）、《评弹艺人琐闻》第一集（苏州评弹史料之五）、《书场杂咏》（苏州评弹史料之六，左畸著，1981 刊行）、《三四十

---

① 周良：《苏州评弹旧闻钞》"后记"，江苏人民出版社 1983 年版。
② 以上见谭正璧、谭寻《〈评弹通考〉例略》，中国曲艺出版社 1985 年版。

年代评弹史料专辑》（苏州评弹史料之七，1983 年刊行）、《〈明报〉、〈大光明报〉三、四十年代评弹史料摘编》（苏州评弹史料之八，1984 年刊行）、《上海〈戏报〉1946—48 年评弹史料专辑》（苏州评弹史料之九，1984 年刊行）、《书场、书戏及与光裕社有关的史料》（苏州评弹史料之十，1985 年刊行）、《四十年代上海〈铁报〉评弹史料摘编》（苏州评弹史料之十一，1985 年刊行）、《书坛杂忆》（苏州评弹史料之十二，1985 年刊行）、《〈申报·说书小评〉辑录》（苏州评弹史料之十三，1985 年刊行）、《苏州评弹大事记续编》（苏州评弹史料之十四，1987 年刊行）、《苏州评弹书场史话》（苏州评弹史料之十六，1987 年刊行）。

《评弹研究丛书》包括以下数种：《评弹开篇一百首》（1980），《评话演员谈评话》（1988 年刊行），《马如飞轶事》（1986 年刊行），《长篇弹词〈九龙口〉资料汇编》（1985），《新苗集：业余评弹理论讲习班结业文章汇编》，《一九八一年评弹会书资料汇编》（1981），《评弹书目的推陈出新》（1981 年刊行），《知音集》（1986），《关于二类书》（1982），《评弹名人录》第一（1983）、二辑，《评弹艺人琐闻》（1980），《评话研究话评话》，《苏州评弹旧闻钞补编》（1985 年刊行），《苏州评弹史实编年》（1985 年刊行）。

其他尚有以下数种：《关于中篇评弹》（1979 年刊行），《苏州市评弹卅年大事记（1949—1979）》，《苏州评弹会书资料汇编（一九八〇年）》（1980 年刊行），《评弹艺术座谈会资料汇编》（1978、1979），《苏州评弹研究会传统书目说法革新座谈会资料汇编》（1982），《评弹艺人谈艺录》第一、二、三辑，《周玉泉先生谈艺录》（1984 年刊行），《字声与唱腔》（1979），《苏州常言俗语》（1983），《苏州评弹音韵》（1979 年刊行）。

上述这些书籍收录了相当丰富的苏州弹词资料，其中不乏稀见的珍贵资料，可惜皆为内部印刷品，未能公开刊行，如今已颇不容易看到。

在苏州评弹研究室所编的书籍中，有一种是公开出版的，即《评弹艺人谈艺录》（江苏人民出版社 1982 年版），该书分说表艺术谈、弹唱艺术谈、表演艺术谈、整旧与创新、学艺录五辑，共收录苏州评弹艺术家回忆、谈艺文章 33 篇。所收文章皆根据艺人的录音整理而成，具有重要的史料价值。

《评弹知识手册》，周良主编，上海文艺出版社 1988 年版。这是一部具有工具书性质的弹词资料书。全书分历史、艺术特点、弹词音乐、书目介绍、弹词音韵知识、评弹常用名词、术语、评弹问答、评弹演员介绍、评弹作家介绍等部分，内容涉及评弹的各个方面。

相关论文则有《关于〈再生缘〉研究，郭沫若与阿英的通讯》（《文教资料简报》1980 年第 5 期），谭正璧的《漫谈〈再生缘〉作者及其它》［《抖擞》第 48 期（1982 年）］，王佩娟的《陈瑞生和〈再生缘〉中的孟丽君》（《中山大学学报》1989 年第 1 期），杨林的《我国第一位弹词女作家》（《北京艺术》1983 年第 10 期），奚五昌的《弹词〈珍珠塔〉为何遭冷遇》（《江苏戏剧》1982 年 12 期），周刚的《弹词〈再生缘〉的两个女作者》（《南京日报》1984 年 3 月 6 日），陈敏杰的《〈子虚记〉及其作者汪藕裳简介》（《文教资料》1987 年第 3 期），李灵年、陈敏杰的《〈子虚记〉作者汪藕裳家世生平考》（《文教资料》1987 年第 6 期），陈鸿祥的《汪藕裳遗诗及其他》（《文教资料》1991 年第 1 期）等。

第四节 20 世纪 90 年代弹词文献研究

进入 20 世纪 90 年代，弹词研究继续受到重视，相关文献研究取得了较大的进展，有不少新的研究成果面世，以下分别简要介绍。

在目录的编制方面，这一时期出版了一部重要的弹词目录著作，即周良编著的《弹词经眼录》（江苏文艺出版社 1996 年版）。

该书收录编著者所看过的弹词作品 238 种，其中正编 145 种，附编 93 种。正编主要"收苏州弹词演出过的书目"。对所收作品，介绍其名称、作者、版本、卷册、回数、回目、序跋、故事梗概及演唱情况，因各篇写作年代不同，详略不一。一些作品后还"附有小说、戏曲及宝卷等作品"，以供比较研究及参考；附编则收录"拟弹词作品和在多种弹词目录中收过，但不属弹词体的作品，或其他说唱作品"。在编排上，按照作品名称的首字笔画为序，"同书异名，分别入目"，对"同一书名或同书的不同本子，包括附录的其它体裁作品，大体以出版先后为序"①。

由于所收作品皆经过目验，因此有着较高的可信度，具有重要的参考价值。

---

① 周良：《弹词经眼录》"凡例"，江苏文艺出版社 1996 年版。

该书出版后，朱禧又相继增补《千秋很》《子虚记》《一箭缘》《九曲山》等19 种①。

这一时期编制的弹词目录尚有以下两种。

《苏州省图书馆馆藏弹词目录》，《评弹艺术》第十二集，新华出版社 1991 年版。该目收录苏州市图书馆所藏弹词作品近百种，对其题名、作者、版本等基本情况进行介绍。在编排上以作品首字笔画多少为序。

《苏州评弹长篇传统书目表》，周良等编，《评弹艺术》第十四集，江苏文艺出版社 1993 年版。该目共收录苏州评弹长篇传统书目 127 部，其中评话 55 部，弹词 72 部。

这一时期一些相关书目及图书馆藏书目也著录有弹词作品，这里列举一些。

《贩书经眼录》，严宝善著，浙江古籍出版社 1994 年版。该书卷 9 集部 4 收录 21 部弹词作品。

《中国古籍善本书目》，中国古籍善本书目编辑委员会编，上海古籍出版社 1998 年版。该书所收为国内多家图书馆所藏善本典籍，集部下设曲类，其中弹词部分收录明刊本《廿一史弹词》等弹词作品 49 部，版本 57 个。

《四川省高校图书馆古籍善本联合目录》，四川省高等学校图书情报工作委员会编，四川大学出版社 1994 年版。该书在卷四集部曲类下设弹词小类，著录弹词作品 6 部。

《湖南省古籍善本书目》，常书智、李龙如主编，岳麓书社 1998 年版。该书在集部曲类下设立弹词类属，收录《廿一史弹词注》、《新编玉鸳鸯全传》2 种、3 个版本。

在作品的整理方面，这一时期又有不少弹词作品得到整理出版，其中规模较大的当属周良主编的《苏州评弹书目选》，江苏文艺出版社 1997—2000 年版。

该书是一部较大规模的评弹作品集，4 集 11 册，共选收评弹作品 113 部，其中弹词作品 91 部，有些为选段。所收作品皆为演出本，并标明演出者与整理者，每部作品后都写有简介，介绍创作及演出情况。

此外尚有《苏州弹词大观》，学林出版社 1992 年版。1999 年出版修订本。

---

① 朱禧：《补〈弹词经眼录〉》（《评弹艺术》第三十一集，古吴轩出版社 2002 年版）、《再补〈弹词经眼录〉》（《评弹艺术》第三十三集，远方出版社 2004 年版）。

该书分近代现代题材开篇、古代题材开篇、近代现代题材选曲、古代题材选曲 4 类，收录弹词作品 296 支，选曲 454 支，涉及书目 129 部。

单部作品的整理本则有以下几种。

《三笑新编》，曹中孚整理，上海古籍出版社 1990 年版。该书依据光绪四年 （1878） 重刊本进行整理。对书中内容及文字方面的错误根据具体情况进行不同 的处理，或保留原貌，或予以改正。在编排方面，将唱词与表白分开，"唱词顶 格，排大字；表白低一格，排小字。唱词中所夹杂的衬字、表白，亦排小字，排在 行间偏右"①。原书卷首的序言、赠言及人物像赞，作为附录，放在文后。为便于 读者阅读，整理者还编有《三笑新编方言简释》。卷首有整理者所写的《前言》。

《新编凤双飞》，林岩、黄燕生、李薇、肖蕴如校点，人民文学出版社 1996 年版。该书以中国历史博物馆所藏抄本为底本，以光绪二十五年 （1899） 上海书 局石印本为校本，并参考了广益书局排印本。标点 "一般采取韵断，在此基础 上，尽量照顾语意的完整性"，编排并未采用唱、白分列的常用方式，而是 "根 据书中情节分段"。对文字的处理，"尽量保持作品原貌"②。

《榴花梦》，中国文联出版社 1998 年版。该书以福建省图书馆藏抄本为工作 底本，参证了福州古籍书店的刊行本。

在资料的搜集整理方面，这一时期出版了以下两种著作。

《评弹艺术家评传录》，上海曲艺家协会编，上海文艺出版社 1991 年版。该 书收录张鸿声、吴子安、唐耿良、周玉泉等评弹艺术名家传记 16 篇，具有重要 的文献价值。

《评弹文化词典》，吴宗锡、周良主编，汉语大词典出版社 1996 年版。该书 共设立词条 3220 个，内容包括总类、名词术语、评弹书目、弹词音乐、流派曲 调、人物、社团、书场等类，所收资料截止期为 1992 年年底。书后附有《苏州 评弹传统书目历代传人系脉表》《南词必览》《苏州评弹演出团体一览表》 等， 并编有《词目笔画索引》。该书是第一部评弹艺术词典。

相关论文有闻斋的《〈天雨花〉全书一韵到底》（《东北师大学报》 1992 年 第 1 期） 等。

---

① 曹中孚：《三笑新编》 "前言"，上海古籍出版社 1990 年版。
② 林岩、黄燕生、李薇、肖蕴如：《新编凤双飞》 "后记"，人民文学出版社 1996 年版。

第五节　21 世纪前十多年间弹词文献研究

进入 21 世纪，在国家实施保护非物质文化遗产政策的大力推动下，弹词与其他说唱艺术一样受到特别的重视。2006 年，苏州评弹入选第一批国家级非物质文化遗产名录。相关研究受到学界特别是许多年轻学人的重视，有多部博士、硕士学位论文面世，年轻学术力量的加入使弹词研究成为说唱文学研究中最为活跃的一个领域，学术成果不仅数量多，而且涉及面广，许多空白点及薄弱环节得到填补和充实。弹词文献的搜集、整理和研究也取得了较大的进展，有不少新的成果问世。以下分别进行介绍。

在文献资料的新发现方面，以清代弹词作家汪藕裳《子虚记》手稿及生平史料的发现最为引人注目。汪藕裳创作有《子虚记》《群英传》两部弹词作品，长期以来，人们只能看到《子虚记》的抄本，对其稿本情况一无所知。2011 年，汪藕裳的后人将其《子虚记》手稿捐赠给淮安市博物馆[1]。此后王泽强在《民国宝应县志》中发现汪藕裳的相关记载，从而弄清其卒年及家庭生活情况[2]。这些材料的发现对汪藕裳及其作品的研究无疑具有重要的推动作用。

在弹词目录的编制方面，这一时期也有新的著作出版，其中周良、朱禧所著的《弹词目录汇抄　弹词经眼录》（古吴轩出版社 2006 年版）一书最为值得关注。

《弹词目录汇抄　弹词经眼录》一书由两个性质不同的弹词目录组成，其中《弹词目录汇抄》系依据《弹词宝卷书目》、《西谛所藏弹词目录》、《弹词叙录》、南京图书馆、苏州图书馆、北京图书馆、复旦大学、芜湖图书馆阿英藏书陈列室、凌景埏所藏弹词目录及《弹词经眼录》初版本等 10 种弹词目录汇编而成，共收录弹词 973 种。这些弹词除演出过的苏州弹词、开篇集及"拟弹词"之外，还包括一些"非弹词类的说唱作品"和"韵文体或散韵相间的通俗读物"[3]。

---

[1]　参见王泽强《"被传奇"的弹词巨著〈子虚记〉》，《光明日报》2011 年 7 月 25 日。

[2]　王泽强：《新发现的史料与汪藕裳生平事迹补正》，《东南大学学报》（哲学社会科学版）2013 年第 3 期。

[3]　周良：《弹词目录汇抄》"前记"，载《弹词目录汇抄　弹词经眼录》，古吴轩出版社 2006 年版。

编排以作品书名的首字笔画为序，著录内容包括作品名、卷回数、版本、著录情况等。在同类目录中，该书收录弹词作品是最多的。该目曾在《苏州史志资料选辑》（1999 年刊行）一书上刊载过。

《弹词经眼录》增补本仍分正、附两编，共收录弹词作品 336 种，其中正编 178 种，附 158 种，所收作品较之原书增加不少。体例及编排方式与原书基本相同。该书的出版为读者提供了更为丰富的学术信息①。

此外周良还编有《苏州评弹传统书目表》，载其《苏州评话弹词史》（中国戏剧出版社 2008 年版）。该表分评话和弹词两部分，共收录苏州评弹传统书目 152 部，其中弹词 85 部，按作品名字首字笔画为序。

同类著述尚有以下几种。

《清代女作家弹词作品一览表》，鲍震培编，载其《清代女作家弹词小说论稿》，天津社会科学院出版社 2002 年版。编者以表格形式，著录清代弹词作品 36 种，并介绍其卷（回）数、字数、作者、籍贯、生卒年、成书时间等基本情况。在《清代女作家弹词小说论稿》第五章《弹词女作家及其作品考辨》中，编者还对这些弹词作品的作者、成书、版本等问题进行了较为详细的考辨。

《弹词知见综录》，盛志梅编，载其《清代弹词研究》，齐鲁书社 2008 年版。该目"意在说明弹词在历史上的存在、传播情况以及现阶段弹词的保存、研究状况"②，共收录明、清、民国时期弹词 538 种，版本 1700 多个。在编排上，以作品名字首字的拼音字母为序。对所收作品，著录其书名、卷、回数、作者、刊行机构、年份、版本形式、收藏地点等。其后又单列两个目录《已佚弹词》《所见弹词目录中的非弹词作品》，其中前者收录作品 26 种，后者收录作品。

将该目与《弹词目录汇抄》等书对照来看，作者搜罗范围虽广，但漏收的作品仍有不少。此外，有些作品的著录有误，以《孤鸿影》为例，该目只收了一个民国八年（1919）上海新民图书馆刊本，却将其既收在正文中，又收在《部分已佚弹词》中，这显然是前后矛盾的。何况该书并没有失传，曾刊于民国

---

① 该书出版后，仍有学人进行增补，如朱喜《介绍一部〈金瓶梅〉的弹词本——再补〈弹词经眼录〉》（《评弹艺术》第三十九集，2008 年刊行）、《再补〈弹词经眼录〉》（《评弹艺术》第四十二集，2010 年刊行）、《介绍弹词〈九品莲台记〉——再补〈弹词经眼录〉》（《评弹艺术》第四十三集，2010 年刊行）等。

② 盛志梅：《弹词知见综录》"凡例"，载《清代弹词研究》，齐鲁书社 2008 年版。

初《新闻报》的副刊《快活林》上，中州古籍出版社 1987 年出版过一个依据上海新民图书馆刊本整理的读本①。再比如《部分已佚弹词》中所收的《狐狸缘全传》，实际上并非弹词，而是依据弹词改编的小说，而且作品也并未佚失，南京图书馆、北京师范大学图书馆皆有藏本，北京师范大学出版社 1992 年还曾出版过一个整理本。此外，南京大学图书馆藏有弹词《青石山》抄本，10 卷，与《部分已佚弹词》所收的《青石山狐仙传》可能为同一书②，作者所做《狐狸缘全传》与《青石山狐仙传》"有可能是同一种书，而且鼓词的可能性比较大"的推测是难以成立的③。类似的问题还有不少，据笔者核对，《部分已佚弹词》所列 26 种作品有将近一半并未佚失，现在还可看到，出现这样的疏失是不应该的。

《所见清末民初弹词目录》，童李君著，《评弹艺术》第四十一集。该书收录清末民初报刊刊载弹词作品 93 种。

此外尚有石汝杰的《吴语弹词文献目录索引》（《海外事情研究》37 卷 1 期，2009 年 9 月）等。

这一时期还有一些图书馆藏书目录及相关书目著录有弹词文献，这里列举数种。

《清华大学图书馆藏善本书目》，清华大学图书馆编，清华大学出版社 2003 年版。该书集部曲类下设弹词之属，收录弹词作品 7 种，即《廿一史弹词注》《一捧雪》《玉鸳鸯》《玉钏缘》《五毒传》《吉庆图》《钟无艳娘娘》，共 9 个版本。

《贵州省古籍联合目录》，陈琳主编，贵州人民出版社 2007 年版。该书在集部曲类设立弹词之属，收录弹词作品 11 种，分别为《二度梅奇说》《廿一史弹词注》《安邦志》《来生福弹词》《明纪弹词》《风筝误传》《双珠凤》《再生缘》《梅花梦》《玉钏缘》《麒麟豹》④。

《别宥斋藏书目录》，天一阁博物馆编，宁波出版社 2008 年版。该书著录现代藏书家朱鼐卿的旧藏，其中集部曲类下设弹词之属，收录弹词作品 8 种，分别

---

① 参见柯伦《孤鸿影》"后记"，中州古籍出版社 1987 年版。

② 以上参见萧相恺《狐狸缘》，载其《珍本禁毁小说大观：稗海访书录》，中州古籍出版社 1992 年版，第 518—521 页。

③ 盛志梅：《弹词知见综录》，载《清代弹词研究》，齐鲁书社 2008 年版，第 474 页。

④ 弹词类属下另有两种作品《升平署岔曲》《明成化说唱词话丛刊》并非弹词。

为《新编时调口点默熙然》《新刻京本时调龙犀钗》《安邦志》《廿十一史弹词注》《娱萱草》《庚子国变弹词》《闹卢庄》《双帅印》。

在弹词作品的整理出版方面，这一时期出版了一套规模较大的苏州评弹作品集，即周良主编的《苏州评弹书目库》（大众文艺出版社 2008—2009 年版、人民音乐出版社 2010—2011 年版）。

该书共 6 辑，收录演出本评弹作品 26 部，其中主要为弹词，共 19 部，分别为《珍珠塔》（魏含英演出本）、《西厢记》（杨振雄演出本）、《啼笑因缘》（姚荫梅演出本）、《玉蜻蜓》（周玉泉演出本）、《文武香球》（周玉泉演出本）、《杨乃武》（原著李文彬）、《落金扇》（谢汉庭演出本）、《大红袍》（朱耀祥演出本）、《双金锭》（许筱峰演出本）、《白蛇传》（俞筱云、俞筱霞演出本）、《三笑》（徐云志、王鹰演出本）、《珍珠塔》（汤乃安手录本）、《描金凤》（张如君、刘韵若演出本）、《白蛇传》（前部为俞筱云、俞筱霞演出本，后部为俞筱云演出本）、《双金锭》（许筱峰演出本）、《神弹子》（朱耀祥演出本）、《双珠凤》（王炳泉演出本）、《太仓奇案》（张如君、刘韵若演出本）、《描金凤》（余瑞君、庄振华演出本）。

相关作品集或选本尚有以下几种。

《扬州曲艺传统名篇丛书》，陆苏华主编，广陵书社出版。该丛书收录扬州曲艺中具有代表性的传统书目，目前已出版《审刁案》（2010）、《落金扇》（2011）、《珍珠塔》（2012）、《双金锭》（2013）4 种，其中《审刁案》为张慧侬原著，韦明铧整理，卷首有整理者所写《〈审刁案〉整理引言》，介绍该书的整理情况；《落金扇》为张慧侬原著，祁淑慧、尚梦整理；《珍珠塔》为张慧侬原著，韦明铧整理，卷首有整理者的《扬州弹词与〈珍珠塔〉》；《双金锭》为张慧侬原著，韦明铧、朱韫慧整理，卷首有整理者所写《论扬州弹词〈双金锭〉》。

《红楼梦弹词开篇集》，刘操南编著，学苑出版社 2003 年版。该书是一部专门收录《红楼梦》弹词开篇的作品集。全书共辑录《红楼梦》弹词开篇 222 篇，其中有不少较为稀见的说唱文学珍品。对所收作品，标明作者，且"一一注明所选出处"①。书后附有《引用书目》。

《评弹精华：弹词开篇选》，汪榕培、尤志明、杜争鸣主编译，苏州大学出

---

① 刘操南：《红楼梦弹词开篇集》"前言"，学苑出版社 2003 年版。

版社 2004 年版。该书采取中英文对照的方式收录弹词开篇与唱段 37 个，另收录《杜十娘》《宫怨》两个唱段的曲谱。

《蒋月泉流派唱腔集》，上海评弹团编，百家出版社 2006 年版。该书分谈艺录、追思篇和唱腔集三部分。其中唱腔集分长篇唱段、中篇选曲、弹词开篇三类，收录弹词唱段 67 个。

此外，《续修四库全书》（上海古籍出版社 2001 年版）集部曲类收录《珍珠塔》《再生缘》两种弹词作品，采用影印方式出版。

这一时期出版的单部弹词作品的整理本有以下一些。

《再生缘》，郭沫若校订，北京古籍出版社 2002 年版。该书系郭沫若于 20 世纪 60 年代初校订，拟由中华书局出版，已排成清样，但由于特殊的政治原因，当时未能出版。其后郭沫若在清样上作过一些修改。时隔近 40 年，该书终于得以出版，此次出版"完全按照郭沫若以三种版本最后校订的清样排印（包括卷首所收文章），并尊重其后来的若干批改，在相应处出注说明。同时，由郭平英女士根据郭沫若手迹补入一个《再生缘》前十六卷写作时间表"①。卷首收录郭沫若所写相关文章。

《子虚记》，王泽强点校，中华书局 2014 年版。该书以作者手稿本为底本，以南京图书馆等处所藏抄本为校本整理而成。

在弹词资料的搜集整理方面，以周良主编的《苏州评弹研究资料丛书》（古吴轩出版社 2006 年、2011 年版）规模最大。该丛书包括《苏州评弹旧闻钞》（增补本）、《弹词目录汇抄 弹词经眼录》、《见证历史：二十世纪苏州评弹图像》、《书坛口述历史》、《演员口述历史及传记》5 种，皆为有关苏州评弹的资料集。《弹词目录汇抄 弹词经眼录》一书前文已介绍过，这里介绍另外四种。

《苏州评弹旧闻钞》（增补本），周良编著。与初版本相比，增补本进行了三个方面的增补和调整：一是"增加了一批资料"，增补本共收录评弹等古代说唱文学资料 758 条，较之初版本 545 条，增加了 213 条；二是对"部分条目的引文，稍加删略"；三是"增加了按语，主要是对所引资料的分析认识"②。全书体例及编排方式与初版本一样，没有变动。

---

① 谢保成：《再生缘》"后记"，北京古籍出版社 2002 年版。

② 周良：《苏州评弹旧闻钞》（增补本）"前记"，古吴轩出版社 2006 年版。

《见证历史：二十世纪苏州评弹图像》。该书分曲艺艺术源远流长，百年史迹，演员、作家及专业研究人员，书目，长篇外演出形式，组织，书场，广播，电视书场，走出吴地，评弹书刊，陈云同志和评弹 11 部分，收录 20 世纪有关苏州评弹的图像资料。图片下皆有简要的文字说明，书后附《人名索引》。

《书坛口述历史》，江浙沪评弹工作领导小组办公室编。该书收录著名评弹艺人周玉泉、潘伯英等人的回忆文章 9 篇，皆为艺人本人口述或撰写，所述内容"无论是学艺的艰难，从艺的辛劳，艺术创造的甘苦，都是很宝贵的资料，对现在的演员，对研究者，都很有价值"①。

《演员口述历史及传记》，周良主编。该书为《书坛口述历史的》的续编，分上、下两编，共收录评弹艺人的回忆文章、访谈录及传记 22 篇，"既是学习、研究苏州评弹、评弹史、艺术史的资料，又是研究社会历史的资料，总结艺术经验及理论的重要实践依据"②。

《中国苏州评弹社会史料集成》，唐力行主编，商务印书馆 2018 年版。该书收录明清以来关于苏州评弹的资料，主要有报纸、期刊、档案、方志、笔记、回忆录、口述等。其来源皆于每一资料末尾注明。

这一时期出版的有关弹词资料的书籍尚有以下一些。

《陈云和苏州评弹界交往实录》，周良编，中央文献出版社 2000 年版。该书以编年的形式，逐年记录了 1959—1994 年陈云与苏州评弹界交往的情况，并附相关文章，从一个侧面反映了苏州评弹在当代的发展情况。同类书籍尚有黄先钢主编的《出人出书走正路：陈云与评弹艺术》（浙江人民出版社 2005 年版）、中共中央文献研究室第三编研部所编的《陈云与评弹界》（中央文献出版社 2012 年版）等。

《艺海聚珍》，周良主编，古吴轩出版社 2003 年版。该书收录 42 位评弹艺人介绍演出经验的文章 99 篇，在同类书籍中是篇幅最大的。在编排上，"按人分编，以出生先后为序"，"各人的艺术经验，以讲或发表的先后为序"③。

《评弹艺人谈艺录》，张如君、刘韵若编著，文汇出版社 2013 年版。该书为

---

① 周良、刘家昌：《书坛口述历史》"编后话"，古吴轩出版社 2006 年版。
② 周良：《演员口述历史及传记》"后记"，古吴轩出版社 2011 年版。
③ 周良：《艺海聚珍》"后记"，古吴轩出版社 2003 年版。

著名评弹艺人张如君、刘韵若谈演出体会、介绍艺术经验之作。后附《李双双》《弦索春秋》《描金凤》的选段。

《菊坛名家丛书》，上海人民出版社 2014 年版。该丛书的评弹系列第一编已出版，共四部，分别为唐燕能的《皓月涌泉：蒋月泉传》、费三金的《坐看云起时：周云瑞传》、潘讯的《一曲琵琶凄婉绝：徐丽仙传》、周巍的《唯将心语寄弦索：朱慧珍传》。这套传记详细记载传主的生平经历及艺术历程，书后还附有传主的年谱等资料。

同类著述还有万鸣所著的《严雪亭评传》（江苏文艺出版社 2002 年版）。

还有一部较为特殊的评弹资料集，也放在这里介绍，那就是谭正璧、谭寻所著的《评弹艺人录》（上海古籍出版社 2012 年版）。

该书为《民间说唱研究文献汇编》之一，系《弹词叙录》《评弹通考》二书的姊妹篇。作者虽于 1958 年着手搜辑编著，但最后定稿并出版则是在 21 世纪，因此也放在这里来介绍。全书根据历代典籍，辑录有关评弹艺人的资料，涉及隋唐至民国间艺人 300 多位。全书分上下编，上编收录男性评弹艺人的资料，下编则收录女性评弹艺人的资料，皆按照艺人生活年代的先后编排。后有附录，收录小说、戏曲等通俗文学作品中的评弹资料。全书最后还收有谭正璧本人口述的《谭正璧自传》。该书是一部收罗丰富的评弹艺人资料集，虽然编成之后多年才得以出版，但仍没有过时，没有同类书籍可以取代，具有重要参考价值，由此可见评弹文献资料的搜集整理工作还有较大的空间。

这一时期还出版了两部有关弹词的工具书。

《听书备览》，周良主编，古吴轩出版社 2010 年版。该书为一部普及评弹知识的小型工具书，内容分苏州评弹常识、演出书目、人物、书场、评弹组织、弹词音韵、评弹研究书刊等部分，涉及评弹的各个方面。

《评弹小辞典》，吴宗锡主编，上海辞书出版社 2011 年版。该书吸收《评弹文化词典》一书的部分内容，并作修订，同时扩充新的内容。全书分总类、行话术语、书目、音乐、人物、著作书刊、社团和书场 8 个门类，设立词条 1500 条。书后附《传统书目传人系脉表》《苏州弹词检韵》。此外还编有《词目笔画索引》。该书是一部规模适中、方便使用的评弹工具书。

第十一章　宝卷文献研究述略

在中国说唱文学诸样式中，宝卷是比较特殊的一类，这表现在它具有双重属性：一方面是广泛流行于民间的说唱艺术；另一方面则具有浓厚的宗教色彩，有不少宝卷本身就是民间宗教的教义或经典。正是因为这一特点，在中国古代，宝卷或被视作善书，或被视作妖书。尽管它与其他说唱文学样式一样，具有审美娱乐功能，有着深厚的群众基础，但很少有人将其作为文学艺术来看待，更没有人对其进行研究。

宝卷成为学术研究对象，是进入 20 世纪之后的事情。在新的学术文化思潮的影响下，宝卷受到学界的关注，相关研究随之展开。一百年多年间，宝卷研究取得了许多引人注目的成就，仅就相关文献的搜集、整理与研究而言，其成果也是相当可观的。以下按照时间顺序，对一百多年来各个历史时期宝卷文献研究的情况进行梳理和归纳。

第一节　20 世纪上半期宝卷文献研究

20 世纪上半期是宝卷研究的初创期，与其他说唱文学样式研究不同的是，关注宝卷的学人要更为广泛一些，其中主要有两类研究者，一类是通俗文学研究者，另一类是宗教或社会学研究者。两类学人研究的动机不同，关注点各异，但也有相同之处，那就是都很重视宝卷文献的搜集、整理和研究这一基础工作。经过研究者的不懈努力，这一时期宝卷文献研究取得了不少成就，为其后更为深入的探讨奠定了坚实的文献基础。

　　较早关注宝卷并进行研究的学人是郑振铎，其研究是从宝卷的收藏这一基础工作开始的，他曾在上海、北京等地广为搜罗，藏有宝卷上百种。其《佛曲叙录》一文收录了《香山宝卷》《鱼篮宝卷》《孟姜仙女宝卷》《消灾延寿阎王经》《鹦哥宝卷》等宝卷 37 种①。对所收作品，除著录题名、卷数、刊本外，重点介绍故事内容。在《记一九三三年间的古籍发现》一文中，他又介绍其 1933 年所得的两种宝卷，即《混元教弘阳中华宝经》和《混元门、元沌教弘阳法》。

　　除作品的著录、介绍之外，郑振铎对宝卷还进行了专门的研究。在《中国俗文学史》一书中，他为宝卷设立专章，将其纳入到中国俗文学的大背景中，对其各方面的特点进行分析和探讨，同时也介绍了自己收藏宝卷的情况："我在上海所得的宝卷，均为清末的刊本及现代的石印本。《佛曲叙录》所载者不及其半；总数约在百本以上。"这还不是其所藏宝卷的全部，其后，他又在北京搜罗到一批刊于"明代（万历左右）的及清初的梵箧本宝卷②。《西谛书目》（文物出版社 1963 年版）一书反映的是郑振铎晚年藏书的情况，该书卷五集部下设置曲、弹词鼓词、宝卷等子目，著录其说唱文学方面的收藏，其中宝卷类 91 种③。

　　此外郑振铎还编有《变文与宝卷选》，可惜未能出版。其相关研究文章尚有《〈螃蟹段〉"满汉兼"子弟书跋》（《华北日报》1947 年 9 月 26 日）等。

　　关注宝卷并有较多收藏的现代学人还有赵景深、吴晓铃等。其中赵景深所藏宝卷，其儿子赵易林编有《家藏宝卷编目》（稿本），共收录宝卷 160 种。吴晓铃的藏书以小说、戏曲、说唱为大宗，宝卷类多达 187 种。

　　经过研究者的努力搜寻，这一时期有重要宝卷被发现，其中最为引人注目的当属抄本《销释真空宝卷》。

　　该宝卷于 20 世纪 30 年代初在宁夏发现，其中所述唐僧西天取经故事与小说《西游记》的情节颇多相合之处。胡适最早撰文向学界披露这一重要发现，他认为该宝卷"大概作于吴承恩的《西游记》流传之后"，"此卷的取经故事决不是

---

　　①　郑振铎：《佛曲叙录》，《小说月报》17 卷号外，1927 年。
　　②　以上见郑振铎《中国俗文学史》，商务印书馆 2005 年版，第 538—539 页。
　　③　有关郑振铎所藏宝卷情况，参见《苏晓君西谛所藏宝卷与版本特征简述》，《文津学志》第三辑，北京图书馆出版社 2010 年版。

根据元朝流行的《西游记》的，乃是根据于吴承恩的《西游记》的"①。郑振铎对此则有不同的观点，他认为"既同在宋元刻的藏经堆中，颇有即为元人抄本的可能"②。如果这一结论能够成立，对研究《西游记》的成书无疑具有重要参考价值。不过即便这一宝卷出于吴承恩《西游记》之后，它对了解《西游记》在民间的流传也是颇有参考价值的。

《销释真空宝卷》被发现后，《国立北平图书馆馆刊》在第5卷第3号将其整理本全文刊载③。相关文章还有俞平伯的《驳跋销释真空宝卷》等。

在宝卷目录的编制方面，除了郑振铎的《佛曲叙录》，这一时期其他研究者也编制了一些宝卷的专题目录，或撰写相关文章，介绍其所藏或所见的宝卷情况，笔者所知见者主要有以下几种。

《宝卷提要》，陈志良撰，该文共收录《蝴蝶宝卷》《妙英宝卷》《养亲宝卷》《玉连环宝卷》《白鹤图宝卷》《审阴宝卷》6种宝卷作品④。

《宝卷续录》，恽楚材撰，该文共收录《尖刀宝卷》《百鸟朝皇宝卷》《财神宝卷》《太上三元忠孝三官宝卷》《灶君宝卷》《庚申宝卷》《红罗宝卷》《延寿宝卷》《回郎宝卷》《乌金宝卷》《懊恼祖师欢喜宝卷》《双合印宝卷》《赵千金烈女宝卷》《山阳宝卷》及未名宝卷15种宝卷作品，文后还附有宝卷存目7种⑤。

《访卷偶识》，恽楚材撰，该文介绍常州乐善堂刊本宝卷十二种⑥。

《访卷续志》，恽楚材撰，该文收录惜阴书局和翼化堂刊行宝卷一百多种⑦。

《翼化堂善书局宝卷道书目录》，该目收录翼化堂善书局所刊宝卷、道书目

---

① 胡适：《跋〈销释真空宝卷〉》，《国立北平图书馆馆刊》第5卷第3号，1931年5、6月。

② 郑振铎：《三十年来中国文学新资料发现记》，载其《郑振铎文集》第六卷，人民文学出版社1988年版，第476页。

③ 参见胡适《跋〈销释真空宝卷〉》后《附销释真空宝卷》，《国立北平图书馆馆刊》第5卷第3号，1931年5、6月。

④ 陈志良：《宝卷提要》，《大晚报》1936年11月25日，12月9日、30日。

⑤ 恽楚材：《宝卷续录》，《大晚报》1946年10月29日，11月5日；19日、26日；《中央日报》1947年4月6日、5月23日。

⑥ 恽楚材：《访卷偶识》，《大晚报》1947年3月31日。

⑦ 恽楚材：《访卷续志》，《大晚报》1947年11月17日。

录，其中宝卷 70 种，并标明售价①。

《明清之际之宝卷文学与白莲教》，向觉明著。该文将《破邪详辨》所收 68 种宝卷作品予以整理编目，并补充《销释真空宝卷》和《先天元始土地宝卷》两种，共收录宝卷作品 70 种②。

《八卦教残余经典述略》，魏建猷著。该文对《破邪详辨》一书所收 20 种宝卷进行整理编目③。

这一时期出版的《佛学图书目录》（佛学书局 1938 年编印）亦收录部分宝卷作品。

在作品的整理方面，这一时期是宝卷研究的初创期，整理刊行的作品数量不多。值得一提的是，《歌谣周刊》在顾颉刚等人主持下，开时代学术风气之先，设立孟姜女故事研究专号，刊载了一些有关孟姜女的说唱文学作品，如《孟姜女哭长城》（河南唱本）④、《孟姜仙女宝卷》（民国乙卯年岭南永裕谦刊本）⑤ 等，具有提倡示范之功，在当时产生较大影响。

《销释真空宝卷》被发现后，《国立北平图书馆馆刊》亦予以全文披露。这一时期在报刊刊行的宝卷尚有《新编花名宝卷》（《余兴》第 24 期，1917 年）、《警世十劝宝卷》（《余兴》第 29 期，1917 年）、《悉达太子宝卷全集》（《扬善半月刊》1 卷 3—24 期、第 2 卷 25—30 期，1933—1934 年）等。

相关书籍有北京五云堂书坊 1934 年刊行的《破邪详辨》。相关文章则有魏建猷的《跋黄育楩破邪详辩》（《燕京大学图书馆报》第 44 期，1933 年 2 月）、李家瑞的《宣卷》（《剧学月刊》4 卷 10 期，1935 年 10 月）、孙楷第的《唐代俗讲规范与其本之体裁》（《国学季刊》6 卷 3 期，1937 年）、佟晶心的《探讨宝卷在俗文学上的地位》（《歌谣周刊》2 卷 37 期，1937 年 3 月）、吴晓铃的《关于影戏与宝卷及滦州影戏的名称》（《歌谣周刊》2 卷 40 期，1937 年 3 月）、吴之英的《圆教始末及其经卷》（《人文月刊》8 卷 5 期，1937 年 6 月）、杜颖陶的

---

① 《翼化堂善书局宝卷道书目录》，《仙道月报》第 7 期，1949 年 7 月 1 日。《仙道月报》第 8、9 期亦刊载该目，书目稍有不同。

② 向觉明：《明清之际之宝卷文学与白莲教》，《文学》2 卷 6 期，1934 年。

③ 魏建猷：《八卦教残余经典述略》，《逸经》第 10 期，1936 年。

④ 《孟姜女哭长城》（河南唱本），《歌谣周刊》第 76 号，1925 年 1 月。

⑤ 《孟姜仙女宝卷》，《歌谣周刊》第 76、79、83、90、93、96 号，1925 年 1、2、3、5、6 月。

《〈脱空宝卷〉考》(《华北日报》1948年1月30日、2月6日)等。

第二节　中华人民共和国成立后 30 年间宝卷文献研究

中华人民共和国成立后，宝卷因其特殊的思想内容及特点，被视作封建迷信一类的读物，未能像其他说唱文学样式那样受到重视，相关研究受到限制。20世纪50年代中期之后，意识形态对学术研究的干预和影响逐渐增大，宝卷研究更是冷清，成为"久已被弃置的中国俗文学史研究的一个角落"①。到"文化大革命"期间，大量藏于民间的宝卷被毁，宝卷研究更是陷入瘫痪状态。面临种种不利条件，经研究者的不懈努力，在中华人民共和国成立后的30年间，宝卷文献的研究还是取得了一些新的进展。

这一时期有一些宝卷文献的新发现。如1956年李世瑜在天津郊区调查民间宗教弘阳教和天地门时，在宜兴埠弘阳教佛堂普荫堂发现了明代至清初间刊印的宝卷28部，"连通重复的不同版本共计32部"。这些珍贵的文献历经波折，后入藏天津图书馆②。

这一时期宝卷研究取得的进展主要体现在目录的编制方面，相继有几部宝卷专题目录出版，主要有以下几种。

《宝卷总录》，傅惜华编，巴黎大学北京汉学研究所1951年刊行。该书以编者本人的收藏为基础，利用国立北京图书馆、北京大学图书馆、日本东方文化研究所及郑振铎、杜颖陶、吴晓铃等公私机构所藏，共收录宝卷246种，版本349种。对所收作品，介绍其题名、年代、作者、著录、版本、卷数、序跋、收藏者等基本情况。书后附笔画索引。该书初稿成于1948年，可以看作是对20世纪上半期宝卷文献研究的一个总结。

《弹词宝卷书目》，胡士莹编，古典文学出版社1957年版。编者富于说唱文学文献的收藏，据其本人介绍，仅宝卷一项所得"也有一百六七十种"。该书依

---

① 车锡伦：《中国宝卷总目》"后记"，北京燕山出版社2000年版。

② 李世瑜：《我在北辰区发现弘阳教明清刊本宝卷的经过》，《北辰文史资料》第10辑《北辰文物》，2005年刊行。

据郑振铎、凌景埏等人的收藏以及个人藏书编制而成，分为弹词目和宝卷目，其中宝卷目共收录宝卷作品 224 种，"均以现存者为限"①。在编排上，按作品首字笔画多少为序。对所收作品，介绍其题名、作者、版本、卷册数及收藏者，并编有笔画索引，便于检索。书后附有《破邪详辩所录宝卷目》。

《宝卷综录》，李世瑜著，中华书局 1961 年版。该书共著录公私所藏各类宝卷 653 种，版本 1487 种。在编排上，按照作品首字的音序排列，以表格形式显示。对所收作品，分书名、卷数、册数、年代、版本、收藏者、曾著录篇籍、备考等项著录。书后附《〈涌幢小品〉所载明成化年间"邪教"经典目录》、《〈宋会要〉所藏明教经典目录》、《〈佛祖统纪〉所载摩尼教经典目录》及《〈古佛天真考证龙华宝经〉所载明末宝卷目录》。这是这一时期收录宝卷最多的一部目录②。

专书之外，有关宝卷的专题目录尚有以下几种。

《宝卷漫录》，关德栋撰，载其《曲艺论集》，中华书局 1958 年版。该书著录《螳螂做亲宝卷》《菱花镜宝卷》《梨花宝卷》《双金花宝卷》四部宝卷作品。

《山西民间流传的宝卷抄本》，张颔撰，《火花》1957 年第 3 期。该文介绍《琵琶宝卷》《扇子记宝卷》《洗衣宝卷》等在山西民间流传的宝卷抄本 31 种，皆系作者在民间调查搜集而来③。

此外尚有一些藏书机构编有馆藏宝卷的专题书目，如中国科学院文学研究所资料室所编的《中国科学院文学研究所藏弹词宝卷目录》（1959 年 5 月油印本），该目收录中国科学院文学研究所藏弹词宝卷 536 种，其中宝卷 423 种，著录项包括书名、作者、版本、卷数、册数等。苏州市戏曲研究室也编有《苏州市戏曲研究室所藏宝卷书目》（1963 年，稿本）。

这一时期虽然在宝卷目录的编制方面取得了一些进展，但限于特定的历史条件，宝卷研究还是受到限制的，因此这一时期就没有作品被整理出版。

---

① 以上见胡士莹《弹词宝卷书目》"前言"，古典文学出版社 1957 年版。对该书存在的一些疏漏，关德栋撰写《胡氏编著〈弹词目〉订补》（载其《曲艺论集》，中华书局 1958 年版）一文进行增补和修订，共补充 111 种弹词作品。

② 相关评价参见连群《〈宝卷综录〉的编目方法评介》，《光明日报》1963 年 3 月 6 日。

③ 有关这批宝卷的情况，参见李豫等《山西介休宝卷说唱文学调查报告》，社会科学文献出版社 2010 年版，第 29—31 页。

值得一提的是，这一时期有两部江苏民间音乐集收录了该省宣卷的曲调、唱段，这在当时是非常难得的。

《江苏南部民间戏曲说唱音乐集》，江苏省音乐工作组编，音乐出版社 1955 年版。该书所收为江苏南部民间戏曲说唱的调查资料，其中文字部分收录戈唐的《宣卷曲调介绍》，曲调部分收录无锡、苏州等地宣卷曲调 45 种。对所收每一曲调都附有唱词，由此读者可以读到 45 种宝卷的曲词片段。

《江苏民间音乐选集》，中国音乐家协会江苏分会筹委会编，江苏文艺出版社 1959 年版。该书主要收录江苏民间音乐作品，其中说唱音乐部分设有宣卷类，共收录宣卷唱段 39 个。对所收唱段，记谱、收录唱词，并标明演唱者、整理者。

相关研究论文则有李世瑜的《宝卷新研——兼与郑振铎先生商榷》（《文学遗产增刊》第四辑，作家出版社 1957 年版）、《江浙诸省的宣卷》（《文学遗产增刊》第七辑，中华书局 1959 年版），张颔的《山西民间流传的宝卷抄本》（《火花》1957 年 3 月 10 日）等，这里不再一一介绍。

第三节　20 世纪 80 年代宝卷文献研究

进入 20 世纪 80 年代，随着各项拨乱反正政策的实施，学术研究开始走上正途，此前受到种种约束和限制的宝卷研究受到学界越来越多的关注，仅就相关文献的搜集、整理与研究而言，取得了不少新的进展，出现了一批新的研究成果。

首先来看这一时期宝卷文献的新发现。经过研究者的寻访，陆续有新的宝卷被发现，其中主要有以下一些。

《金山宝卷》抄本的新发现。1981 年 12 月，高国藩在苏州古旧书店发现一种《金山宝卷》抄本，与以往所见同类宝卷内容有较大差异①。

天津图书馆馆藏宝卷的新发现。1988 年，该馆在整理上架古籍时，发现了92 种宝卷，这批宝卷系天津公安部门 1962 年从会道门查出，藏于天津图书馆，

---

① 高国藩：《论新发现的〈金山宝卷〉抄本在〈白蛇传〉研究中的价值》，《民间文艺集刊》第五集，上海文艺出版社 1984 年版。作者后修订，以"论抄本金山宝卷的发现和它在白蛇传研究中的价值"为题，刊于《中韩文化研究》第三辑，韩国中文出版社 2000 年版。车锡伦《〈金山宝卷〉和白蛇传研究中的几个问题》对该文有不同的看法，文载《民间文艺集刊》1986 年第 1 期。

多年以来一直无人问津。在这批宝卷中，有 66 种为明清刻本，"数量之多，版本、种类之全，实为三十年代郑振铎先生收集宝卷以来五十年中最重大的一次发现"①。后谢忠岳对其中的 66 种明清善本宝卷进行编目，对重要的 25 种作品进行较为详细的介绍②。至此人们对这批珍贵的宝卷文献才有了较为详细的了解。

《佛说利生了义宝卷》的新发现。该宝卷为黄天道的重要经卷，1983 年，喻松青从周绍良处借阅，并撰文予以披露。全卷分三十六分，不见以往书目著录，现藏于中国佛教文物图书馆③。

其次是宝卷目录的编制，这一时期研究者编制了以下一些有关宝卷的目录。

《河西宝卷集录》，段平编，载其《孟姜女哭长城：河西宝卷选（一）》（兰州大学出版社 1988 年版）。该目收录编者带领学生在河西地区广大农村所搜集到的宝卷 108 种，系简目，只列出作品名称，按照作品首字笔画排列，并标明系木刻本或石印本。

《宝卷叙录》，车锡伦著，载《东南文化》1985 年第 1 期、《扬州师范学院学报》1987 年第 3 期、《扬州师范学院学报》1988 年第 1 期。该目系作者根据个人阅读所得而写，"主要介绍清代中叶以来的故事宝卷，也介绍少量宣讲民间宗教信仰的宝卷"④，共收录《珊瑚宝卷》《月祯宝卷》《瑞珠宝卷》《潘公免灾救难宝卷》等 12 种宝卷作品，并对其作者、版本、故事、演出等情况进行较为详细的介绍。

《宝卷琐录》，陈国符著，载其《陈国符道藏研究论文集》，上海古籍出版社 2004 年版。该文介绍作者在上海图书馆所看到的几种宝卷。

《读书札记》，周良著。该文介绍苏州市戏曲研究室所藏两种宝卷《玉蜻蜓》抄本、两种宝卷《三笑》抄本、《珠凤宝卷》抄本、路工所藏两种《金山宝卷》

---

① 林申请：《宝卷书目选录》，《文教资料》1991 年第 4 期。有关这批宝卷的流传、收藏情况，参见李世瑜《我在北辰区发现弘阳教明清刊本宝卷的经过》，《北辰文史资料》第 10 辑《北辰文物》，2005 年刊行。

② 谢忠岳：《天津图书馆馆藏善本宝卷叙录》，《世界宗教研究》1990 年第 3 期。

③ 喻松青：《新发现的〈佛说利生了义宝卷〉》，香港《大公报》1985 年 8 月 22 日，后收入其《明清白莲教研究》一书，四川人民出版社 1987 年版。有关该宝卷的情况，另参见周绍良《〈佛说利生了义宝卷〉跋》，载其《绍良书话》，中华书局 2009 年版。

④ 车锡伦：《宝卷叙录》，《东南文化》1985 年第 1 期。

抄本、《三祭雷峰塔宝卷》抄本及《新刻时调沉香太子》、《一捧雪》等①。

此外《弹词宝卷书目》出版后，胡士莹不断进行增补。胡氏去世后，其研究生萧欣桥继续进行整理，由上海古籍出版社于 1984 年出版增订本。

再次是宝卷作品的整理出版。这一时期出版有以下两种宝卷作品的整理本。

《孟姜女哭长城：河西宝卷选》（一），段平整理，兰州大学出版社 1988 年版。该书共收录《孟姜女哭长城宝卷》《二度梅宝卷》《杨金花夺印宝卷》《白玉楼宝卷》《丁郎寻父宝卷》《红灯计宝卷》《救劫宝卷》《鹦哥宝卷》8 部河西宝卷作品，系整理者多年搜集所得。卷首有前言，书后附《河西宝卷集录》。

《三茅宝卷》，陆满祥、朱明春、陈子轩、王国芳讲唱，吴根元、郭寿明、缪炳林记录整理，江苏省民间文学集成办公室、靖江县民间文学集成办公室 1988 年刊行。该书为《中国民间文学集成》靖江资料本，根据民间艺人的讲唱录音对靖江地区较为流行的宝卷作品《三茅宝卷》进行整理。"对朝代、人名、地名、官称、物称、服饰及风俗习惯等进行了考证，纠正了讲唱中的错误"，"对结构进行了适当的调整，删去了一些冗长繁赘的情节和重复的表述、唱词"，"对语言文字进行了疏通，给部分方言作了注释"②。书后附有《宝卷曲谱》。

这一时期所出宝卷整理本虽然不多，但有助于让较多普通读者了解宝卷，为研究也带来了较大的便利。

最后是宝卷资料的搜集、整理。《破邪详辩》的整理出版是这一时期一项较为重要的成果。

《破邪详辩》，许曾重、何龄修标点，载中国社会科学院历史研究所清史研究室编《清史资料》第三辑，中华书局 1982 年版。《破邪详辩》是清人黄育楩在任巨鹿县知县和沧州知州期间所编，他为配合对白莲教的镇压，搜集了当地 68 种白莲教中的经卷，摘录其言论，进行批驳。该书不仅记载了白莲教的一些言论，而且对其教首、教派及传教活动情况也有涉及。该书所记载的经卷有一些已经失传，因而无论是对民间宗教的研究还是对宝卷的研究，都具有重要的参考价值。

---

① 周良：《读书札记》，《评弹艺术》第九集，中国曲艺出版社 1988 年版。
② 吴根元、郭寿明、缪炳林：《三茅宝卷》"后记"，江苏省民间文学集成办公室、靖江县民间文学集成办公室 1988 年刊行。

整理者根据谢国桢所藏道光原刻本进行整理，内容包括《破邪详辩》三卷、《续刻破邪详辩》一卷、《又续破邪详辩》一卷、《三续破邪详辩》一卷。原书卷首的康熙圣谕、《大清律例》禁邪类条文被删去。

相关研究论文则有马西沙的《最早一部宝卷的研究》（《世界宗教研究》1986 年第 1 期）、谢生保的《河西宝卷与敦煌变文的比较》（《敦煌研究》1987年第 4 期）等。

第四节　20 世纪 90 年代宝卷文献研究

进入 90 年代，随着研究的深入，宝卷研究受到学界更多的关注，逐渐成为一个学术热点，在各个方面都取得了重要进展。1990 年 11 月，全国首届宝卷子弟书学术研讨会在天津北方曲艺学校召开，这是中国学界第一次以宝卷、子弟书为主题召开学术研讨会，由此可见宝卷受学界关注的程度。

这一时期经研究者的努力寻访，有一些宝卷文献的新发现，其中主要有以下几种。

《佛门取经道场·科书卷》《佛门西游慈悲宝卷道场》的新发现。1994 年，王熙远在其《桂西民间秘密宗教》（广西师范大学出版社 1994 年版）一书魔公教经卷中收录两种李世瑜《宝卷综录》未曾著录的宝卷作品，即《佛门取经道场·科书卷》《佛门西游慈悲宝卷道场》。陈毓罴认为"综合多方面的情况来考察，可以判断它们是元末明初之作"①。这一发现无论是对宝卷自身的研究还是对《西游记》成书的研究，皆有较为重要的参考价值。

江浙民间抄本《古今宝卷汇编》的新发现。该书是一部大型宝卷选集，系车锡伦在北京师范大学图书馆发现。全书由浙江民间抄本宝卷汇编而成，共收录宝卷作品 48 种。"从入选的宝卷看，不仅版本较好，也比较全面地反映了江浙宝卷的面貌，是一个较好的汇编本。"②

甘肃定西地区宝卷的新发现。1996 年，濮文起至甘肃定西地区鉴定新挖掘

---

① 陈毓罴：《新发现的两种〈西游宝卷〉考释》，《中国文化》第 13 期，1996 年 6 月。
② 车锡伦：《新发现的江浙民间抄本〈古今宝卷汇编〉》，《艺术百家》1995 年第 3 期。

的一批宝卷，从中发现了 20 余种从未著录的孤本，而且还都是清初刊本①，具有重要的研究价值。

在宝卷目录的编制方面，这一时期出版了一部收罗较为完备的专题目录，即《中国宝卷总目》。

《中国宝卷总目》，车锡伦编著，台北"中研院"中国文哲研究所筹备处1998 年刊行。该书共著录海内外公私所藏宝卷 1579 种，版本 5000 余种（包括现当代校点印刷、影印出版的版本）、异名 1000 余个。在编排上，"按卷名首字汉语音序分组排列"，著录内容包括作品名、卷数、编撰者、作品宗教归属、异名、版本、存佚、收藏者等。卷首有编著者所写的《中国宝卷文献的几个问题》（代前言），书后有两个附录，其中附录一为《文献著录宝卷目》，包括 12 个宝卷目录，"介绍明清及当代著录宝卷的重要文献，或摘引有关原文，或辑录所载宝卷目"②；附录二为索引，包括《宝卷卷名首字音序序号索引》《宝卷卷名首字笔画序号索引》《宝卷异名索引》《宝卷收藏者索引》4 种，便于读者检索利用。

该书出版后，编著者又进行修订，"补入新发现的海内外公私收藏宝卷"，同时还对编辑体例作了较大改动，这种改动包括：按照通行的《汉语拼音方案》"音序重新通编著录宝卷目及相关的各种索引"；删去一些"不具宝卷形式且不以'宝卷'名的民间宗教经卷"；"除现当代公开出版流通的宝卷复制本外，不再收入各机构和个人复印收藏的宝卷"③。卷首增加一篇周绍良所写的序言。修订后的《中国宝卷总目》由北京燕山出版社于 2000 年出版。修订版共著录宝卷1585 种，版本 5000 余种，异名 1100 余个。

该书是李世瑜《宝卷综录》一书之后收录最为完备的一部宝卷专题书目，据此可以了解现存宝卷文献的整体情况，对这一领域的研究具有重要的推动作用。该书出版后，编著者一直在进行修订，相继撰有《读宝卷札记——补〈中国宝卷总目〉》《山西流传民间宝卷目》《甘肃河西地区流传抄本民间宝卷目》《江苏常熟的做会讲经和宝卷简目》等文章。据其本人介绍，他"近年根据新发现

---

① 参见濮文起《宝卷学发凡》，《天津社会科学》1999 年第 2 期。
② 车锡伦：《中国宝卷总目》"编例"，台北"中研院"中国文哲研究所筹备处 1998 年刊行。
③ 车锡伦：《中国宝卷总目》"后记"，北京燕山出版社 2000 年版。

的宝卷继续修订补充，收藏者超过 130 家，补充宝卷版本超过原编 1/3"①。此外学界也不断有人撰文对该书进行增补②。

相关目录还有以下一些。

《宝卷内容提要》，薛宝琨、鲍震培编，载其《中国说唱艺术史论》，花山文艺出版社 1990 年版。该目共著录 86 种宝卷，对所收作品，皆概述其故事内容。

《馆藏宝卷调查报告》，李鼎霞、杨宝玉编，载庄守经主编《纪念建馆九十周年北京大学图书馆藏文献调查评估报告集》，北京大学图书馆 1992 年刊行。该文介绍北京大学所藏宝卷情况，其第二部分为《北京大学图书馆藏宝卷简目》，收录相关作品 186 种，并为李世瑜《宝卷综录》未著录的 26 种撰写提要③。

《河西宝卷集录》，段平编，载其《河西宝卷选》，台湾新文丰出版公司 1992 年版。该目收录编者搜集到的河西宝卷 108 种。全目按照笔画排列，著录作品名、异名、版本形态等信息。

此外尚有周绍良的《记明代新兴宗教的几本宝卷》（《中国文化》第 3 期，1990 年 12 月），林申请的《宝卷书目选录》（《文教资料》1991 年第 4 期），程有庆、林萱的《北京图书馆馆藏宝卷目录》（《文史资料》1992 年第 3 期），王见川的《世界宗教博物馆搜藏的善书、宝卷与民间宗教文献》（台湾《民间宗教》第 1 辑，1995 年 12 月），谢忠岳的《宝卷考录两种》（《图书馆工作与研究》1998 年第 2 期），陈俊峰的《有关东大乘教的重要发现》（《世界宗教研究》1999 年第 1 期）等，这里不再一一详细介绍。

在一些图书馆所编的藏书目录中，也收录有宝卷，如《中国古籍善本书目》（中国古籍善本书目编辑委员会编，上海古籍出版社 1998 年版）一书。该书所收为国内多家图书馆所藏善本典籍。该书于集部下设曲类，其中宝卷部分收录《药

---

① 车锡伦：《宝卷文献的几个问题》，载《中国宝卷研究》，广西师范大学出版社 2009 年版，第 44 页注释 1。

② 参见王昊《〈中国宝卷总目〉补遗》（《文献》2002 年第 3 期）、王文仁《河西宝卷总目调查》（《丝绸之路》2010 年第 12 期）、白若思《台北国家图书馆所藏宝卷：车锡伦〈中国宝卷总目〉补遗》（《中国文哲研究通讯》第 21 卷第 3 期，2011 年 9 月）、周晓兰《〈中国宝卷总目〉补遗》（《唐山学院学报》2012 年第 1 期）。

③ 另参见李鼎霞、杨宝玉《北京大学图书馆馆藏宝卷简目》，《文史资料》1992 年第 2 期。

师本愿功德宝卷》《巍巍不动太山深根结果宝卷》《苦功悟道卷》《叹世无为卷》《混元教弘阳中华宝卷》《销释金刚科仪》《目连救母出离地狱生天宝卷》《销释孟姜忠烈贞节贤良宝卷》8 部宝卷作品，10 个版本，皆为明刻本。

再如《湖南省古籍善本书目》（常书智、李龙如主编，岳麓书社 1998 年版）一书，该书在集部曲类下设立宝卷类属，收录《阴德宝卷》《玉杯宝卷》《白罗衫宝卷》3 部作品。

在宝卷作品的汇编与整理方面，这一时期出版有多种宝卷集或选本，数量超过以往各个时期，主要有以下一些。

《宝卷初集》，张希舜、高可、濮文起、宋军主编，山西人民出版社 1994 年版。该书编者"多年奔波全国各地，苦苦搜求，从各图书馆、资料室和个人收藏中，搜集了数量庞大的《宝卷》。经过整理，从中挑选出了四百种左右，初集、二集所收种数大体相等"。从已出版的初集来看，分 40 册，共收录 150 多种民间宝卷，采取影印出版的方式。在编排上，"以前期《宝卷》居前，后期《宝卷》在后。而每期《宝卷》又依类相从"。

这是第一次将宝卷大规模地整理出版，所收宝卷，不乏孤本、稀见本。该书出版的意义"远不止于《宝卷》的研究领域，它对民间宗教史、佛教、道教、民间俗文学、戏曲、明清社会风俗、语言学、农民起义等方面的研究工作，都大有裨益"①。遗憾的是该书出版后，被公安部和新闻出版署查禁，二集自然是无法再出。该书印数本来就很少，只有一百套，再加上被查禁，故流传不广，知者不多。

《酒泉宝卷》上编，西北师范大学古籍整理研究所、酒泉市文化馆合编，甘肃人民出版社 1991 年版。该书选收《香山宝卷》《康熙宝卷》《牧羊宝卷》《双喜宝卷》《仲举宝卷》《沉香宝卷》《紫荆宝卷》《张四姐大闹东京宝卷》8 部在酒泉地区流行的宝卷作品。整理者基本上遵循着"忠实原作、慎重着笔、拾遗补缺、方便读者的原则"进行整理，对一些"乖僻的方言土语及有关问题做了必要的注释"②。书后有附录《宝卷音乐》。

---

① 以上见山西人民出版社编审委员会《宝卷初集》"出版说明"，山西人民出版社 1994 年版。引文中的书名号为原书所有，当删去。

② 以上西北师范大学古籍整理研究所、酒泉市文化馆合编《酒泉宝卷》（上编）"前言"，甘肃人民出版社 1991 年版。

《河西宝卷真本校注研究》，方步和编著，兰州大学出版社 1992 年版。该书分绪论、校注评和研究三个部分，其中校注评部分选收《仙姑宝卷》《唐王游地狱宝卷》《刘全进瓜宝卷》《吴彦能摆灯宝卷》《张四姐大闹东京宝卷》《继母狠宝卷》《救劫宝卷》《天仙配宝卷》《昭君和北番宝卷》《老鼠宝卷》10 部流行于河西走廊地区的宝卷作品，对所收作品皆进行校勘、注释和评述。在校勘方面，"保留真实原貌，不任意删改"，所以书名用"真本"二字，有多个本子者，"互相参校，择优而从"；注释"力求简洁"；评述则"对河西宝卷产生的时代、意义、社会影响及作品的优劣，作了概括性的导向，尤其是不足部分，更作了扼要的指明"①。每部作品后皆标明搜集者、搜集地区以及誊抄者。

《河西宝卷选》《河西宝卷选续编》，段平纂集，台湾新文丰出版公司 1992 年、1994 年版。前书收录河西地区流传的宝卷作品《孟姜女哭长城宝卷》《白蛇传宝卷》《精忠宝卷》《红楼镜宝卷》《放饭宝卷》《方四姐宝卷》《锈红罗宝卷》《黄氏女宝卷》《开宗宝卷》《何仙姑宝卷》《目连三世宝卷》《救劫宝卷》《鹦哥宝卷》，共 13 部，后附《河西宝卷集录》；后书收录作品 20 部。两书都是依据民间流行的手抄本整理而成，纂集者作了细心的订正。

《大圣宝卷》，扬州市民间文艺家协会、靖江县民间文学集成办公室 1991 年刊行。该书亦是《中国民间文学集成》靖江资料本。该书主要收录靖江地区流传的宝卷作品《大圣宝卷》，后附《宝卷曲谱》。

这一时期在宝卷文献的搜集、整理与研究方面，以车锡伦用力最勤，所取得的成果也最为丰硕。他从 20 世纪 80 年代初即开始宝卷的研究，至今已近 40 年，在此方面的著述有《中国宝卷研究论集》（台湾学海出版社 1997 年版）、《中国宝卷总目》（"中研院"中国文哲研究所筹备处 1998 刊行，北京燕山出版社 2000 年版）、《信仰·教化·娱乐：中国宝卷研究及其它》（台湾学生书局 2002 年版）、《中国宝卷研究》（广西师范大学出版社 2009 年版）等。近 40 年间，他到各地公私藏书机构寻访，发现了不少新的宝卷文献，并撰文予以介绍，如《宝卷叙录》《中国宝卷漫录》等；到靖江、张家港等地进行田野调查，获得大量第一手资料，撰写了一系列调查报告，如《浙江嘉善地区的宣卷和赞神歌》《江苏靖江的"讲经"》《江苏靖江农村做会讲经的"醮殿"仪式》《江苏张家港市港口

① 方步和：《河西宝卷真本校注研究》"凡例"，兰州大学出版社 1992 年版。

镇"做会讲经"》《对江苏靖江做会讲经和宝卷的调查与研究》等。

依据这些丰富的文献资料,他对宝卷进行了全面、深入的探讨,如《中国宝卷文献的几个问题》一文探讨了宝卷的名称、取名方式、版本、流通、作者、收藏、编目与整理等问题①。此外他对宝卷的起源、最早的宝卷等问题也有自己独到的见解,其所撰论文还有《中国最早的宝卷》(《中国文哲研究通讯》6卷3期,1996年9月)、《明清明间宗教和甘肃的念卷和宝卷》(《敦煌研究》1999年第4期)、《中国宝卷的渊源》(《扬州大学学报》2000年第9期)、《佛教与中国宝卷》(台湾《圆光佛学学报》第4期,1999年12月)等。

其他研究者的相关著述尚有段平的《河西宝卷的调查研究》(兰州大学出版社1992年版)、李世瑜的《民间秘密宗教与宝卷》(《曲艺讲坛》第5期,1998年9月)、谭婵雪的《河西宝卷概述》(《曲艺讲坛》第4期,1998年4月)等。

第五节 21世纪前十多年间宝卷文献研究

进入21世纪,宝卷作为非物质文化遗产的重要组成部分受到政府文化部门的重视。2006年,河西宝卷、靖江宝卷入选第一批国家级非物质文化遗产名录。2008年,绍兴宣卷入选第二批国家级非物质文化遗产名录。这些具有代表性的宝卷列入名录后,受到当地政府人力、物力方面的保护,相关研究也在此较为有利的背景下展开。

与此前的各个时期相比,宝卷研究在这一时期受到更多的重视。2007年8月,'2007中国靖江宝卷文化国际学术研讨会在靖江召开,有关宝卷的国际学术研讨会此前还没有召开过。此后则有2014年召开的中国宝卷生态化保护与传承交流研讨会等。

值得一提的是,许多年轻学人加入宝卷研究的队伍,为这一领域的研究带来活力。这表现在一些研究生以宝卷为学位论文的选题。在2000年之前,大陆地区还没有这方面的学位论文,进入21世纪后,逐渐出现并有逐年增多的趋势,

---

① 车锡伦:《中国宝卷文献的几个问题》,《岱宗学刊》1997年第1期,《中国书目季刊》第30卷第4期(1997年),《文献》1998年第1期。

仅博士学位论文就有许允贞的《从女性到女神——女性修行信念宝卷研究》（中国社会科学院研究生院，2010 年）、张灵的《民间宝卷与中国古代小说》（上海师范大学，2012 年）、李萍的《无锡宣卷仪式音声研究：宣卷之仪式性重访》（上海音乐学院，2012 年）、孙跃的《靖江做会讲经研究》（华中师范大学，2013年）等，至于硕士论文则数量更多。

经过研究者的努力搜求，这一时期有不少宝卷文献的新发现。以甘肃地区流传的宝卷为例，根据研究者的田野调查，"截至 2010 年 3 月，共搜集、收集河西宝卷 361 个版本。取其重复或同卷简名、又名者共计 150 种，有 63 种为《中国宝卷总目》所没有"①。

这些新发现的宝卷文献主要有如下一些：刊刻于明万历或稍后的《观世音菩萨普度授记归家宝卷》②、明末还源教全套宝卷③、清代的《如意宝卷》④、未见著录的《南雁圣传仙姑修行宝卷》⑤、清初南无教《泰山圣母苦海宝卷》⑥、在青海民和发现的全本《目连宝卷》⑦、在山西永济发现的六部清嘉庆至民国间的《道情宝卷》⑧、粤版《孟姜仙女宝卷》、粤版《吕祖师度何仙姑因果卷》、粤版《妙英宝卷》⑨、黄天道宝卷⑩。

相比其他形式的说唱文学，宝卷新文献发现的数量在这一时期是最多的，近年来仍不断有新文献被发掘出来。如 2012 年 6 月，中国人民大学清史研究所的

---

① 王文仁：《河西宝卷总目调查》，《丝绸之路》2010 年第 12 期。另据何成才《写在〈金张掖民间宝卷〉出版之际》（《张掖日报》2007 年 9 月 18 日）一文，"经过搜集整理，现在河西走廊所搜集的宝卷总数为 133 种 265 个版本，占全国宝卷总目录的五分之一，而且其中有 63 种为《宝卷总录》所没有记录在内，起到了拾遗补缺的作用"。

② 参见孔庆茂《新发现明末长生教宝卷考》，《学海》2008 年第 5 期。

③ 参见李国庆《新见明末还源教全套宝卷"六部六册"叙录：附〈三教圣像泥金手绘图册〉》，《世界宗教研究》2005 年第 4 期。

④ 参见濮文起《〈如意宝卷〉解析：清代天地门教经卷的重要发现》，《文史哲》2006 年第 1 期。

⑤ 参见徐宏图《〈南雁圣传仙姑宝卷〉的发现及其概貌》，《中国文哲研究通讯》第 15 卷第 2 期，2005 年 6 月。

⑥ 参见车锡伦《新发现的清初南无教〈泰山圣母苦海宝卷〉》，《河南教育学院学报》2009 年第 1 期。

⑦ 参见李晓燕《目连宝卷全本复见天日》，《中国文化报》2002 年 3 月 16 日。

⑧ 李豫、李雪梅：《山西永济首阳山新发现的六部清嘉庆至民国的〈道情宝卷〉》，载李豫等《山西介休宝卷说唱文学调查报告》，社会科学文献出版社 2010 年版。

⑨ 参见关瑾华《中山图书馆藏粤版宝卷述略》，载《岭南学》第二辑，中山大学出版社 2008 年版。

⑩ 宋军：《新发现黄天道宝卷经眼录》，《台湾宗教研究通讯》第 6 期，2003 年 9 月。

研究人员与河北省万全县的当地学者在田野调查时发现了一批明清时期黄天道的文献，其中有 30 多种未见著录的宝卷，如明宣德五年（1430）刻本《皇极收元结果宝卷》、明嘉靖二年（1523）重刻本《皇极金丹九莲正信归真还乡宝卷》等①。另据介绍，在甘肃岷县一带所发现的近 300 种宝卷中，大多未见著录②。根据宝卷在民间的流传及收藏特点，这样的文献新发现相信今后还会不断有。随着这些新文献的发现，宝卷研究也将出现新的变化。

在宝卷的目录编制方面，这一时期刊布有以下一些专题目录。

《河阳宝卷总目》，载中共张家港市委宣传部、张家港市文学艺术界联合会、张家港市文化广播电视管理局编《中国·河阳宝卷集》，上海文化出版社 2007 年版。该目收录河阳宝卷作品共 748 种，对所收宝卷，皆标明名称、抄写年代及版本形态。

《山西介休宝卷宣唱使用的主要文学卷本内容提要》，李豫等撰，载其《山西介休宝卷说唱文学调查报告》，社会科学文献出版社 2010 年版。该目收录撰者在山西搜集的较为重要的宝卷 16 种，其中《鹤归楼宝卷》《仙罗帐宝卷》《宝钗宝卷》《佛说翠花宝卷》《月结宝卷》《金锁计宝卷》《新刻列女宝卷》《金钱钥匙宝卷》未见《中国宝卷总目》著录。对所收宝卷，介绍其题目、版本、著录情况、故事梗概及相关情况。

《长江中游写经宝卷》，胡彬彬、龙敏著，湖南大学出版 2011 年版。该书收录长江中游地区（以湖南、湖北、江西为主）的写经 80 件，连同细部特写，共 140 幅图片。这些资料系作者 20 多年田野考察所得，属首次公开的新资料。

《青海宝卷目录》，刘永红编，载其《青海宝卷研究》，中国社会科学出版社 2013 年版。该目收录编者在青海东部地区调查所见宝卷 78 种，对所收宝卷，标明宝卷名称及搜集整理者，未标明出处者为编者"在调查中搜集整理，年代除注明者外为 20 世纪 80 年代后手抄本"③。

《常熟宝卷存目》，载常熟市文化广电新闻局编《中国常熟宝卷》，古吴轩出

---

① 详情参见户华为《学界新发现一批黄天道帛书与写经等重要资料》（《光明日报》2013 年 7 月 11 日）、曹新宇《新发现黄天道帛书与写经的文献价值》（《中国社会科学报》2013 年 8 月 21 日）。
② 参见张润平、石志平《岷州宝卷活态传承田野调查报告》，载冯锦文主编《中国宝卷生态化保护与传承交流研讨会论文集》，河海大学出版社 2014 年版。
③ 刘永红：《青海宝卷目录》，载其《青海宝卷研究》，中国社会科学出版社 2013 年版，第 287 页。

版社 2015 年版。该目收录常熟地区现存宝卷 472 种，分素卷、荤卷、冥卷、闲卷和科仪五类编排。对所收宝卷，著录其名称、异名、版本、收藏者等基本信息。

《经眼北方宝卷提要》，尚丽新、车锡伦编，载其《北方民间宝卷研究》，商务印务馆 2015 年版。该目对编者所经眼的 116 种北方宝卷进行较为详细的介绍，其中多有《中国宝卷总目》未著录者，为学界提供了一批新的研究资料。在编排上，按照卷名首字音序排列。对所收宝卷，介绍其版本、著录情况、内容、源流、传播等基本情况。《北方民间宝卷研究》一书第二章还附有《七种〈黄氏女宝卷〉提要》。

《陕西师范大学图书馆藏未著录中国宝卷——兼〈中国宝卷总目〉补遗》，李永平编，载其《禳灾与记忆：宝卷的社会功能研究》，中国社会科学出版社2016 年版。该书依据陕西师范大学图书馆所藏，收录《中国宝卷总目》未著录宝卷 6 种，《中国宝卷总目》未著录版本 56 种，并分别进行较为详细的介绍。

《傅惜华藏宝卷手抄本目录》，吴瑞卿编，载其《傅惜华藏宝卷手抄本研究》，学苑出版社 2018 年版。该目收录傅惜华所藏宝卷手抄本 139 种，352 部。在编排上，按照宝卷名称首字音序排列，版本则按照抄写年代排序。著录内容包括作品名称、版本形态、开卷结卷偈等。傅惜华所藏宝卷《中国宝卷总目》失收者较多，该目的编制弥补了这一缺憾，也使学界对傅惜华所藏宝卷有了更为全面深入的了解。

《苏州戏曲博物馆藏宝卷提要》，郭腊梅主编，国家图书馆出版社 2018 年版。该书共收录苏州戏曲博物馆所藏宝卷 236 种，版本 1119 种。对所收宝卷，著录其卷名、版本、抄录时间、抄录者、内容提要等基本信息。全书按宝卷作品名称首字音序排列。卷首有凡例，后有附录《宗教宝忏、经文及其他》《宝卷名称索引》。

此外还有尚丽新、李梦的《十七种稀见山西民间宝卷叙录》（载刘毓庆主编《国学新声》第 6 辑，三晋出版社 2016 年版）等。

这一时期编印的还有一种专题收藏目录，即《中国社会科学院文学研究所图书馆馆藏宝卷目录》，中国社会科学院文学研究所图书馆编，2000 年刊行。该目收录中国社会科学院文学研究所图书馆所藏宝卷。此外，许允贞的博士学位论文

《从女性到女神——女性修行信念宝卷研究》以中国社会科学院文学研究所图书馆所藏 627 部宝卷为研究对象，并为这批宝卷撰写题录。

专题目录之外，这一时期出版的一些馆藏书目及相关著述中也有收录宝卷者，这里列举一些。

《东北地区古籍线装书联合目录》，辽宁省图书馆、吉林省图书馆、黑龙江省图书馆主编，辽海出版社 2003 年版。该书收录东北三省 51 个单位所藏线装古籍，在集部戏曲类下设立宝卷类属，收录宝卷近 600 种，其中有 100 余种是车锡伦《中国宝卷总目》一书未曾著录的。

《别宥斋藏书目录》，天一阁博物馆编，宁波出版社 2008 年版。该书著录现代藏书家朱鼎卿的旧藏，其中集部曲类下设宝卷之属，收录宝卷作品 4 种，分别为《目连救母行孝戏文》《果报录》《八宝月华珠灯全传》及各种宝卷 34 册。

《绍良书话》，周绍良著，中华书局 2009 年版。该书第五辑《宗教典籍》的民间宗教典籍部分收录作者所藏及所见宝卷 20 多种，其中有一些如《大乘金刚宝卷》《佛说梁皇宝卷》《佛说二十四孝宝卷》《佛说如如居士度王文生天宝卷》等或未曾著录，或为孤本。所收宝卷，对其作者、版本、序跋、内容及流传皆有较为详细的介绍。

在宝卷的整理出版方面，这一时期无论是在数量上还是在规模上都有十分明显的增长，超过以往任何一个时期。其中规模较大，具有总集性质的主要有以下几种。

《中国宗教历史文献集成》（民间宝卷编），濮文起主编，黄山书社自 2001 年起陆续出版。该书汇集国内现存主要宗教历史文献，收录各类宗教典籍 1100 多种，180 册，分《藏外佛经》《三洞拾遗》《清真大典》《东传福音》《民间宝卷》5 编，其中《民间宝卷》编由濮文起主编，于 2005 年出版。共收录从明初到民国期间的宝卷作品 357 种，并按照民间宗教历史文献在前，民间俗文学历史文献在后的顺序编排。该书是"目前国内外收录最多的民间宗教与民间俗文学历史文献集编"①。

《中华珍本宝卷》（第一、二、三辑），马西沙主编，社会科学文献出版社 2012、2014、2015 年版。该书系编者从 1500 余种宝卷中挑选元明清时期的珍稀

---

① 《中国宗教历史文献集成》（民间宝卷编）"凡例"，黄山书社 2005 年版。

宝卷汇编成书，其中孤本有数十种，不少此前未曾出版过。该书已出版三辑，每辑 10 册①。其中第一辑收录《佛说皇极结果宝卷》《销释金刚科仪》《销释圆觉宝卷》等宝卷 35 种；第二辑收录《混元弘阳飘高祖临凡经》、《弘阳秘妙显性结果深根宝卷》等宝卷 60 种；第三辑收录《皇极金丹九莲正信皈真还乡宝卷》《佛说大藏显性了义宝卷》《销释童子保命宝卷》等宝卷 44 种。各辑皆采取影印方式出版，原计划出版近 200 种，目前已出版 139 种②。

《美国哈佛大学哈佛燕京图书馆藏宝卷汇刊》，霍建瑜主编，广西师范大学出版社 2013 年版。该书收录美国哈佛大学哈佛燕京图书馆所藏中国宝卷 87 种，其中 74 种为著名汉学家韩南个人的旧藏，有 8 种为明代较为稀见的刊本。

《中国民间宝卷文献集成》（江苏无锡卷），钱铁民主编，商务印书馆 2014 年版。该书是一套大型民间宝卷总集，所收以民间宣卷、念卷人的传抄本为主，采取按宝卷流传地区分卷的形式编排出版。其中已出版的江苏无锡分卷汇集了 78 种流传在当地地区的宝卷。对所收宝卷，皆写有书名，其版本、流传、故事内容等基本情况。

《丝路稀见抄本宝卷集成》，张天佑、任积泉主编，天津古籍出版社 2019 年版。该书共收录丝绸之路地区抄本宝卷近 30 种，其中所收甘肃张掖国家非物质文化遗产传承人代氏家族的抄本尤足珍贵。

《丝路稀见刻本宝卷集成》，张天佑、任积泉主编，天津古籍出版社 2019 年版。该书共收录丝绸之路地区刻本宝卷 20 多种。

上述几种宝卷总集皆采取影印的方式出版，保存了宝卷的原貌，为研究者的深入研讨提供了很大的便利。

这一时期宝卷作品的整理出版具有较强的地域性，整理出版的主要是流行于江苏、甘肃两地区的宝卷，其中江苏地区的宝卷整理本有以下几种。

《靖江宝卷选辑》，靖江市文化局刊行。该书分《圣卷选本》和《草卷选本》两种，其中《圣卷选本》（2001 年刊行）收录《三茅宝卷》、《大圣宝卷》、《香山观世音宝卷》、《花灯缘》（《梓潼宝卷》节选）四种作品，书后附录收有车锡

---

① 有关该书编撰经过，参见马西沙《珍稀宗教典籍整理项目〈中华珍本宝卷〉问世》，《古籍新书报》第 285、286 期，2013 年 5 月 28 日、6 月 28 日。

② 有关该书的介绍和评价，参见李志鸿《独具只眼、厚积薄发——〈中华珍本宝卷〉评价》，《世界宗教研究》2013 年第 6 期。

伦的《江苏靖江的做会讲经》及朱锡桐记谱的《靖江讲经曲调》。《草卷选本》
（2003 年刊行）则收录《张四姐大闹东京》（《月宫宝卷》）、《血汗衫记》（《土
地宝卷》）、《九殿卖药》、《十把穿金扇》、《江阴要塞起义记》五种作品，对所
收作品，皆标明搜集者、整理者。

《中国靖江宝卷》，尤红主编，江苏文艺出版社 2007 年版。本书在《靖江宝
卷选辑》的基础上编辑而成，共收录靖江地区流传的宝卷 54 种，其中圣卷 25
种、草卷 18 种、科仪卷 11 种。大多根据录音或抄本整理而成。书中还附收《靖
江方言词汇释义表》《靖江宝卷讲唱曲调》等。

《火龙王升天记》，王国良讲述、整理，江苏人民出版社 2013 年版。该书收
录王国良搜集整理及创作的靖江宝卷 30 部，其中圣卷 6 部、科仪卷 7 部、草卷
17 部。尽量保存宝卷原貌，对其中方言词语、用语及时间、地点等一般不予
改动。

《中国·河阳宝卷集》，中共张家港市委宣传部、张家港市文学艺术界联合
会、张家港市文化广播电视管理局编，上海文化出版社 2007 年版。该书分道佛
叙事本、民间传说故事本、道佛经义仪式本、河阳宝卷曲谱选四类，共收录流传
于张家港境内的河阳宝卷 163 种、河阳宝卷曲谱 24 首。对所收部分作品的方言
词语加有注释。卷首有《河阳宝卷概述》，书后附有《宝卷讲唱人传抄人简介》
《河阳宝卷总目》等。

《中国·沙上宝卷集》，中共张家港市委宣传部、中共张家港市锦丰镇委员
会等编，上海文艺出版社 2011 年版。本书收录宝卷 100 余种，其中有三分之二
以上为《河阳宝卷》一书所未收，有 15 种车锡伦《中国宝卷总目》一书未曾
著录。

《和谐常熟宝卷》（第一集），高国藩主编，中国香港东亚文化出版社 2009
年版。该书为常熟尚湖余庆堂藏本之一，共收录《和合宝卷》《药王扁鹊宝卷》
《鲁班宝卷》《门神宝卷》等常熟地区流传的宝卷 11 部，多为不常见者。对作品
中的常熟方言，由余鼎君进行注释。

《余庆堂藏本选》，余鼎君编著，内蒙古人民出版社 2010 年版。该书收录
《千圣小王宝卷》《双忠宝卷》《大成宝卷》《老君宝卷》《水仙宝卷》《龙王宝
卷》《西湖贤良宝卷》《贤才宝卷》《印应雷宝卷》9 种宝卷，皆为常熟尚湖余庆

堂的宣讲本，可以看作是常熟尚湖余庆堂藏本之二，其中《水仙宝卷》《西湖贤良宝卷》《贤才宝卷》系根据原本整理改写，其他皆为新编作品。每部作品后皆写有附记，介绍改写、创作情况，对其中的常熟方言，作有注释。书后附编著者所写《略说常熟现在的宝卷与宣讲》《〈和谐常熟宝卷〉第一集勘误》。

《中国常熟宝卷》，常熟市文化广电新闻出版社编，古吴轩出版社 2015 年版。该书收录常熟地区流传的各类宝卷 260 种进行校勘整理，其中最具特色和代表性的 13 种宝卷采取全文影印的方式刊行。该书选收标准为"目前仍在宣讲的"、"历史上具有代表性的"、"常熟地区特有的或常熟地方特色比较鲜明的"。全书以类编排，根据讲经先生的习惯，分素卷、荤卷、冥卷、科仪卷和闲卷 5 类。后有曲调卷，系根据演出记录而成。所据底本皆为目前存世的抄本。对所收作品，皆写有提要，介绍异名、内容、版本、首尾题署、抄录人、收藏者等基本信息。整理则"尽可能保持底本原貌"①。书后附有《常熟宝卷存目》《常熟讲经先生小传》《中外学者研究常熟宝卷著述概览》《江苏常熟的讲经宣卷》《常熟方言字词释义表》。

《中国·同里宣卷集》，中共吴江市委宣传部、同里镇人民政府等编，凤凰出版社 2010 年版。全书共收录宝卷作品 50 部，分口头演唱记录本、手抄校点本两类，各有 25 部。

《常州宝卷》第一辑，包立本、韦中权主编，珠海出版社 2010 年版。该书收录《养媳妇宝卷》《三笑宝卷》《凤凰宝卷》《白龙宝卷》《还珠宝卷》《一本万利宝卷》6 种宝卷②。

甘肃地区的宝卷整理本主要有以下几种。

《酒泉宝卷》（中、下编），酒泉市文化馆编，2001 年刊行。该书为甘肃人民出版社 1991 年所出《酒泉宝卷》上编的续编，收录宝卷 22 种。其后酒泉市文化馆又陆续整理了一批宝卷作品，在该书基础上，编成《酒泉宝卷》（何国宁主编，甘肃文化出版社 2011 年版）。共 5 辑，原来的《酒泉宝卷》上中下编编成第 1、2、3 辑，后来整理的宝卷编成第 4、5 辑。全书共收录酒泉地区流行的 52 种

---

① 常熟市文化广电新闻出版社编：《中国常熟宝卷》"凡例"，古吴轩出版社 2015 年版。
② 详情参见车锡伦《"非遗"民间宝卷的范围和宝卷的"秘本"发掘出版等问题——影印〈常州宝卷〉序》，《河南教育学院学报》2011 年第 1 期。

宝卷，该地较为流行的、具有代表性的宝卷基本都被收录。

《永昌宝卷》，何登焕编，永昌文化局 2003 年刊行。该书收录永昌宝卷 32 种。

《金张掖民间宝卷》，徐永成主编，甘肃文化出版社 2007 年版。该书收录《仙姑宝卷》《张四姐大闹东京宝卷》《侯美英反朝》《红匣记》等流传于张掖地区的民间宝卷作品 51 部。书后有《宝卷曲调》。

《凉州宝卷》，王奎、赵旭峰整理，武威天梯山石窟管理处 2007 年刊行。该书收录凉州宝卷 6 种。另武威作家协会所编的《凉州宝卷》，收录凉州宝卷 5 种。

《凉州小宝卷》，赵旭峰主编，中国文联出版社 2010 年版。该书收录《贫和尚》《正月里念佛》《五更修行》《五更拜佛》等凉州地区流行的短篇宝卷即小宝卷 51 种。

《临泽宝卷》，程耀禄、韩起祥编，2006 刊行。收录临泽宝卷 25 种。

《山丹宝卷》，张旭主编，甘肃文化出版社 2007 年版。该书收录《康熙帝私访山东宝卷》《昭君出塞宝卷》《二度梅宝卷》《白蛇宝卷》《续红罗宝卷》等在山丹地区流传的各类宝卷作品 43 种。后有《山丹宝卷曲调》及《后记》。

《甘州宝卷》，宋进林、唐国增主编，中国书画出版社 2009 年版。该书收录张掖地区流传的宝卷 23 种。

《民乐宝卷》，李中锋、王学斌编，民乐县文化文物出版局 2009 刊行。该书收录民乐宝卷 34 种。

《敦煌民歌·宝卷·曲子戏》，高德祥整理，中国图书出版社 2009 年版。该书收录《目连救母幽冥宝卷》《方四姐宝卷》两种宝卷，均注明版本来源。

《河西宝卷集粹》，王学斌纂集，中国人民大学出版社 2010 年版。该书分论文集粹和宝卷集粹两部分，其中宝卷集粹部分收录河西宝卷作品包括《精忠宝卷》《康熙访江宁宝卷》《袁崇焕宝卷》《罗通扫北宝卷》《武松杀嫂宝卷》《风雨会宝卷》《红江记宝卷》《烙碗记宝卷》《蜜蜂记宝卷》《白长生逃难宝卷》《小儿祭财神宝卷》《白玉楼宝卷》《放饭宝卷》《黄马宝卷》《手巾宝卷》《葵花宝卷》《紫荆宝卷》《老鼠宝卷》18 部，后附《待整待梓的卷目》。

江苏、甘肃等地区的宝卷之外，这一时期整理出版的宝卷尚有以下一些。

《中国牛郎织女传说》，叶涛、韩国祥主编，广西师范大学出版社 2008 年版。

该书主要收录有关牛郎织女的作品及著述，分俗文学、民间文学、图像、研究、沂源五卷，其中俗文学卷由邱慧莹主编，收录与牛郎织女相关的宝卷作品三种，分别为《牛郎织女》《鹊桥宝卷》《牛郎与织女》。

《仙姑宝卷》，徐兆格、郑金开主编，平阳县文化广电新闻出版局 2013 年刊行。该书为《平阳民间演唱资料汇编》之一。

《宝卷丛抄》，尚丽新整理，三晋出版社 2018 年版。该书选收 26 种民间宝卷文本，多为未曾刊布者。

这一时期编印的相关资料集有以下一种。

《靖江宝卷研究文献资料》（第一辑），靖江宝卷研究会编，2008 年刊行。全书分历史文献，论文，序、前言、后记，随笔，领导讲话，申报材料，来信、题词及新闻报道共八个部分，收录有关靖江宝卷的文献资料。

相关论著则有李豫等的《山西介休宝卷说唱文学调查报告》（社会科学文献出版社 2010 年版）、唐忠毛的《经卷遗存》（湖南大学出版社 2013 年版）等。

相关论文则有关家铮的《二十世纪四十年代几种俗文学周刊中的宝卷研究》（《书目季刊》36 卷 2 期，2002 年 9 月）、《二十世纪三十年代〈大晚报·火炬通俗文学〉周刊中的宝卷研究》（《书目季刊》40 卷 1 期，2006 年 6 月），孔庆茂、吴根元、姚富培的《靖江讲经宝卷传承谱系的调查》（《艺术百家》2008 年第 4期）等，这里不再一一介绍。

总的来看，进入 21 世纪之后的宝卷文献搜集、整理与研究无论在数量规模上还是在深度广度上，均有较大的增长与拓展，这一领域的研究已经逐渐成为一个新的学术增长点，还有较大的发展空间。

第十二章　子弟书文献研究述略

子弟书是产生于满族的一种说唱文学样式，属于鼓词的一个分支，主要流传于北京、天津、辽宁等广大北方地区，具有浓郁的地域风情与民族特色。著名学者启功对其曾有很高的评价："唐诗、宋词、元曲、明传奇，在韵文方面，久已具有公认的评价，成为它们各自时代的一'绝'。有人谈起清代有哪一种作品可以和以上四种杰出的文艺相媲美？我的回答是'子弟书'。"①

与其他说唱文学样式相比，子弟书一直受到学界较多的重视，相关文献的搜集、整理与研究也取得了较多成就。下面按照时间顺序，对子弟书文献研究在不同历史时期的情况进行梳理和归纳，为相关研究提供参考和借鉴。

第一节　20世纪上半期子弟书文献研究

20世纪上半期是子弟书研究的初创期，由于此前不受重视，缺少必要的学术积累，文献资料较为缺乏，因此相关研究是从文献的搜集、整理和研究这一基础工作开始的。

先说子弟书的收藏，较早注意子弟书并着意收藏者，当数傅惜华。

傅惜华富于通俗文学文献收藏，无论是小说、戏曲，还是说唱文学文献，皆在搜罗之列，藏品丰富，其中不乏善本、孤本。子弟书为其特色收藏，其所藏子

---

① 启功：《创造性的新诗子弟书》，《文史》第二十三辑，中华书局1984年版。

弟书多达 310 多种①。他所著的《子弟书总目》一书就是根据其个人收藏及其他公私藏书机构所藏子弟书文献汇编而成的。中国曲艺工作者协会辽宁分会所编的《子弟书选》（1979 年刊行）一书也是根据傅惜华的此类收藏编选而成。就对子弟书的研究而言，傅惜华是用力最多的一位，也是成就最大的一位。

傅惜华之外，收藏子弟书较多的是吴晓铃。在吴氏藏书中，以小说、戏曲、说唱为大宗，其中说唱文学的收藏相当丰富，比如仅宝卷就有 187 种，子弟书也有 100 多种，《绥中吴氏双棔书屋所藏子弟书目录》一文记载了他这一方面的收藏，有论者称其子弟书的收藏"可以和中国艺术研究院图书馆（傅惜华旧藏）、台北中央研究院傅斯年图书馆鼎足而立"②。

此外，马彦祥、阿英、杜颖陶、梅兰芳、程砚秋、李啸仓、贾天慈等人也有数量不等的子弟书收藏。私人的购藏之外，一些公共藏书机构如孔德学校图书馆、北京大学图书馆、中央研究院历史语言研究所、故宫博物院、北平图书馆等也都收藏有一些子弟书文献。

经过研究者的努力，这一时期发现了不少重要的子弟书作品，比如 1925 年在北京发现的车王府曲本，作品数量多达 2010 种，除了戏曲作品，仅说唱文学作品就多达 1000 多种③，其中子弟书作品有近 300 种。

再说子弟书目录的编制。子弟书目录早在清代就已有人着手编制，如百本张《子弟书目录》收录子弟书作品 293 种，别野堂《子弟书目录》收录子弟书作品 160 种。此外尚有乐善堂《子弟书目录》《集锦书目》等④。这些目录带有一定的商业性质，或为某一书铺所抄录，或为某一书坊刊刻子弟书的记录，都并非全目。第一部真正全面、系统反映子弟书情况的专题目录是傅惜华所编的《子弟书总目》⑤。

该书根据中央研究院历史语言研究所、北京大学文学院、故宫博物院、北平

---

① 有关傅惜华子弟书的收藏与研究情况，参见傅耕野《傅惜华对子弟书的收藏和研究》，《满族研究》1988 年第 1 期。

② 吴书荫：《吴晓铃先生和"双棔书屋"藏曲》，《文献》2004 年第 3 期。

③ 参见仇江《车王府曲本总目》（载《中山大学学报》2000 年第 4 期），仇江、张小莹《车王府曲本全目及藏本分布》（载刘烈茂、郭精锐等著《车王府曲本研究》，广东人民出版社 2000 年版）。

④ 详情参见傅惜华《子弟书总目》之《引用书解题》，上海文艺联合出版社 1954 年版。

⑤ 傅惜华：《子弟书总目》，《中法汉学研究所图书馆馆刊》第 2 号，1946 年 10 月。

图书馆等处所藏及作者私人藏品汇编而成，共收录子弟书作品 400 多种。全书按照作品题名的首字笔画编排。对所收作品，著录其回数、作者、著录情况、收藏单位等。卷首有序、例言，后附辨伪，收录 16 种被《中国俗曲总目稿》误为子弟书的其他说唱文学作品。该目为第一部反映子弟书全貌的专题目录，对子弟书研究具有积极的推动作用。

这一时期编制的子弟书书目还有关德栋的《现存罗松窗韩小窗子弟书目》（《中央日报》1947 年 3 月 21 日）①。该目收录罗松窗所作子弟书作品包括存疑诸曲 11 种，重点介绍《红拂私奔》《杜丽娘寻梦》《离魂》《庄氏降香》《翠屏山》5 种确为其创作的作品；该目还收录《一入荣府》《下河南》《千金全德》《白帝城托孤》等确为韩小窗所作的作品 24 种。对所收作品，皆介绍其著录、题名等情况。

同一时期的子弟书目录或具有目录性质的著述尚有金台三畏氏的《绿棠吟馆子弟书百种总目》、天津图书馆所藏的两种《子弟书目录》、萧文澄的《子弟书约选日记》② 等。此外，刘复、李家瑞所编的《中国俗曲总目稿》一书也收录有子弟书作品 370 多种。

在子弟书的整理方面，郑振铎主编的《世界文库》（上海生活书店 1935 年刊行）一书具有开创意义，该书第四、五两册分《东调选》和《西调选》，共选收子弟书作品 11 种，其中《东调选》选收韩小窗的《托孤》《千钟禄》《宁武关》《周西坡》《数罗汉》5 种作品，《西调选》则选收罗松窗的《大瘦腰肢》《鹊桥》《出塞》《上任》《藏舟》《百花亭》6 种作品。对所收作品，均加上新式标点。

韩小窗、罗松窗均为子弟书重要作家，通过对他们代表作品的集中选收，使读者得以领略子弟书的独特艺术魅力。此外，《世界文库》在世界文学的大背景中，将子弟书等说唱文学作品与其他国家的文学名著放在一起，可见选编者独特的学术眼光和宽广的视野，这对子弟书的传播与研究无疑是一种推动，正如一位论者所言："子弟书在出版物上首次列于世界名作之林，不能不归功于郑

---

① 关德栋：《现存罗松窗韩小窗子弟书目》，原载《中央日报》1947 年 3 月 21 日，后收入《曲艺论集》，中华书局 1958 年版。

② 参见崔蕴华《书斋与书坊之间——清代子弟书研究》相关部分，北京大学出版社 2005 年版。

先生。"①

　　值得一提的还有关德栋对满汉语混合的子弟书《螃蟹段儿》的整理，他以文萃堂刊本为底本，以晋马进所藏旧抄本为底本，校勘整理了一个较为可信的读本②。

　　这一时期子弟书的作品整理本尚有金台三畏氏所编的《绿棠吟馆子弟书选》、云深处主人所编的《晴雪梅花录》③ 等。

　　相关研究，则有云谷的《韩小窗与罗松窗》（《中央日报》1946 年 10 月 24 日）、魏如晦的《红楼梦子弟书》（《大晚报》1947 年 4 月 14 日）、关德栋的《说"子弟书"》（《大晚报》1947 年 6 月 2 日）、贾天慈的《子弟书作家鹤侣姓氏考》（《华北日报》1947 年 10 月 24 日）、赵景深的《韩小窗的滚楼》（《中央日报》1948 年 4 月 16 日）、李德启的《关于〈螃蟹段儿〉》（《中央日报》1948 年 6 月 8 日）、休休的《子弟书作家鹤侣》（《华北日报》1948 年 10 月 1 日）等。

第二节　中华人民共和国成立后 30 年间子弟书文献研究

　　中华人民共和国成立后，子弟书研究在以往的基础上取得一些新的进展，在文献的搜集、整理与研究方面也有一些新的成果。

　　在目录编制方面，傅惜华所编的《子弟书总目》（上海文艺联合出版社 1954 年版）经过补充修订，正式出版单行本，这是当时收录子弟书作品最为完备的一部专题目录。

　　该书在旧稿的基础上根据北京图书馆、故宫博物院、北京大学图书馆、中国戏曲研究院、原中央研究院历史语言研究所、马彦祥、阿英、杜颖陶、梅兰芳、程砚秋、李啸仓、贾天慈等公私藏书及个人收藏进行增补，可以看作是对 20 世

---

①　启功：《创造性的新诗子弟书》，《文史》第二十三辑，中华书局 1984 年版。

②　关德栋：《记满汉语混合的子弟书——〈螃蟹段儿〉》，《文史杂志》第 6 卷第 1 期，1948 年。由于印刷困难的原因，当时无法将满语罗马字、对满语所作的注释以及校勘的结果印出来。后收入《曲艺论集》（中华书局 1958 年版）一书时，则全部予以恢复。

③　参见黄仕忠、李芳《子弟书研究之回顾与前瞻》一文的相关介绍，《中国文哲研究通讯》第 17 卷第 1 期，2007 年 3 月。

纪上半期子弟书文献研究的一个总结。

全书共收录子弟书作品446种，1000多部。全书体例与旧稿大体相同，即按照作品题名首字的笔画数编排，对所收作品，分回数、作者、著录情况、收藏单位等项著录。卷首有编者所写《子弟书总说》《引用书解题》《书名笔画索引》。与旧稿相比，增加了四分之一的新材料，著录信息也更为丰富、详尽。全书收录较为完备，编排合理，长期以来，一直是了解和研究子弟书的重要参考资料。

同类著述还有黎天虹所编的《子弟书目拾遗》。该目收录子弟书191种。在编排上，以作品首字笔画为序。对所收作品，介绍其书名、回数、作者、版本等。该目今藏于河北大学图书馆。

此外傅惜华的《北京传统曲艺总目》（中华书局1962年版）也著录有子弟书作品。

在作品的整理出版方面，这一时期出版了以下几种子弟书作品集。

《天津卫子弟书》，华学源传声、杨艺华记谱，刘吉典译谱、整理，中央戏剧学院崔承喜舞研班音乐组1951年刊行。该书记录华学源所传子弟书曲谱，包括《十八半诗篇》《秋景黄花》《八和诗篇》3部作品。

《东北子弟书选》，辽宁人民出版社1957年版。该书收录《忆真妃》《黛玉悲秋》《露泪缘》《青楼遗恨》《望儿楼》5种子弟书作品，系从《鼓词汇集》中选出。对所收作品，"尽量保存原貌"①，但也作了一些改动，如《青楼遗恨》第五回被删除。编者根据盛京老会文堂光绪刻本、沈阳东都石印局石印本、上海普及书局铅印本对所收作品的字句进行了校订，并与一些演员校过。该书所选作品虽然不多，但编者整理的态度还是相当认真的。

《子弟书选》，中国曲艺工作者协会辽宁分会编，1979年刊行。该书依据傅惜华的旧藏，收录《露泪缘》《芙蓉诔》《一入荣国府》等子弟书作品83种。所收"都是原始资料，未作任何改动"②。这是自20世纪上半期以来收录作品最多的一部子弟书作品集。

这一时期出版的一些说唱文学作品集如沈阳市文学艺术工作者联合会所编的

---

① 《东北子弟书选》"前言"，辽宁人民出版社1957年版。
② 中国曲协辽宁分会：《子弟书选》"前言"，1979年刊行。

《鼓词汇集》、傅惜华所编的《白蛇传集》《西厢记说唱集》、路工所编的《孟姜女万里寻夫集》等也都收录有数量不一的子弟书作品。

相关研究论文则有高季安的《"子弟书"的源流》(《文学遗产增刊》第 1 辑，作家出版社 1957 年版)、胡光平的《韩小窗生平及其作品考查记》(《文学遗产增刊》第 12 辑，中华书局 1963 年版) 等。

第三节　20 世纪 80 年代子弟书文献研究

进入 20 世纪 80 年代，子弟书研究又取得了一些新的进展。

在目录的编制方面，这一时期有两种子弟书的专题目录发表。

《绥中吴氏双棦书屋所藏子弟书目录》，吴晓铃编，载《文学遗产》1982 年第 4 期。该目共收录吴晓铃所藏子弟书作品 73 种，84 部，其中有数十种不见以往目录著录。在编排上，依照傅惜华《子弟书总目》的次序。对所收作品，著录其名称、卷数、回数、作者、版本及函册。作品后多有案语，介绍本事来源及著录情况，对作者等进行考察。后附两种子弟书目录。

《车王府曲本"子弟书"编目梗要》，郭精锐编，载《古籍整理研究学刊》1986 年第 4 期。该文选收《思凡》《巧姻缘》《烧灵改嫁》《三难新郎》《下河南》《连理枝》《僧尼会》《卖胭脂》《痴梦》9 种车王府曲本子弟书，介绍其故事梗概。

在作品整理方面，这一时期出版了两部质量较高的整理本，即《子弟书丛钞》《红楼梦子弟书》，以下分别简要介绍。

《子弟书丛钞》，关德栋、周中明编，上海古籍出版社 1984 年版。该书主要"以政治上没有大的害处，而在内容和形式上又具有一定的特色为原则"，共收录子弟书作品 101 种。在编排上，分上、下两编，其中上编为有作者姓名的作品，下编为无名氏作品，每编之内"尽可能再按故事题材、时代先后归类排列"。对所收作品，"可以用别本校对的，一般均作了校勘"，"对字句中明显的错字误写，则均予以改正"①。每篇作品后皆有说明文字，重在介绍作者、版本、

---

① 关德栋、周中明：《子弟书丛钞》"前言"，上海古籍出版社 1984 年版。

本事等基本情况，并从思想艺术方面进行评析。说明文字之后，还有简明的注释。卷首有赵景深序和编者所写《前言》，书后附有顾琳的《书词绪论》。

《红楼梦子弟书》，胡文彬编，春风文艺出版社 1983 年版。该书共收录根据《红楼梦》改编的子弟书作品 27 篇，作品文字录自北京大学图书馆所藏车王府抄本、中国曲艺工作者协会辽宁分会所编《子弟书选》以及波多野太郎所编《子弟书》，"校订中参阅了吴晓铃先生部分藏本"①。对所收作品，皆标明故事出处及所据底本。与他本文字有异者，则出校记。对一些难解的词语和典故，有简要的注释。

相关研究文章则有关德栋、周中明的《论子弟书》（《文史哲》1980 年第 2 期），张政烺的《会文山房与韩小窗》（《社会科学战线》1982 年第 2 期）、陈加的《关于子弟书作家韩小窗——兼与张政烺先生商榷》（《社会科学战线》1984 年第 3 期）等。

第四节　20 世纪 90 年代子弟书文献研究

进入 90 年代，子弟书研究受到研究者更多的重视。1990 年 11 月，全国首届宝卷子弟书学术研讨会在天津北方曲艺学校召开，这是学术界第一次召开有关子弟书的学术研讨会。

这一时期子弟书文献研究的成果主要体现在作品的整理出版上，尤其是清蒙古车王府所藏子弟书作品得到较为系统、完整的整理出版。值得一提的是，金沛霖主编的《清蒙古车王府藏曲本》（北京古籍出版社 1991 年版）一书将首都图书馆所藏车王府曲本影印出版，其中就包括子弟书作品。此外研究者还相继出版了两部专门收录车王府抄藏曲本子弟书的整理本，即《清车王府钞藏曲本子弟书》和《清蒙古车王府藏子弟书》。

《清车王府钞藏曲本子弟书》，刘烈茂、郭精锐主编，江苏古籍出版社 1993 年版。该书依据中山大学图书馆所藏抄本进行整理，部分作品以北京大学图书馆藏抄本进行校对。全书分四卷，共收录子弟书作品近 280 种。对所收作品，皆写

---

① 胡文彬：《红楼梦子弟书》"编后记"，春风文艺出版社 1983 年版。

有提要，介绍其故事梗概、出处等基本情况。

《清蒙古车王府藏子弟书》，北京市民族古籍整理出版规划小组辑校，国际文化出版公司 1994 年版。该书以首都图书馆所藏清蒙古车王府曲本为底本，共收录子弟书作品 297 种。编排上，"按照原二十函抄本的编号顺序"；"标点采用简易法，一逗一句，以韵为句"；校勘则"主要采用理校法"①。对讹误字、俗体字、异体字、替代字、生造字以及衍文、脱文等分别处理，并以不同的符号标示。卷首有《前言》《辑校凡例》，书后有《书名索引》。

两书依据底本不同，各有自己的特点。它们的出版，使读者得见车王府抄藏曲本子弟书作品的全貌，对相关研究具有积极的推动作用。

此外这一时期出版的车王府藏曲选本也收录有部分子弟书作品，主要有以下两种。

《车王府曲本选》，刘烈茂等整理，中山大学出版社 1990 年版。该书选收车王府曲本中具有代表性的作品，分戏曲文学和说唱文学两部分，其中说唱文学部分分子弟书、鼓词两类，子弟书作品有《花木兰》《百花亭》《连理枝》《巧姻缘》《思凡》《买胭脂》《烧灵改嫁》《雪梅吊孝》《挂帛》《天台传》《假老斗叹》《疯僧治病》《草诏敲牙》13 种。

《车王府曲本菁华》综合卷，陈伟武、郭精锐、仇江整理，中山大学出版社 1993 年版。该书分乐调谱、子弟书、鼓词三类，收录说唱文学作品 32 种，其中子弟书作品 25 种，涵盖《车王府曲本选》所收全部作品，又增加《打面缸》《鹊桥盟誓》《葛巾传》《花别妻》《续花别妻》《全彩楼》《游武庙》《侍卫论》《太常寺》《集锦书目》《评昆论》《郭栋儿》12 种。

相关文章则有刘烈茂、郭精锐的《车王府曲本子弟书评述》（《学术研究》1992 年第 4 期），陈锦钊的《论〈请蒙古车王府藏曲本〉及近年大陆出版有关子弟书的资料》（《曲艺讲坛》1998 年第 4 期），康保成的《子弟书作者"鹤侣氏"生平、家世考略》（《文献》1999 年第 4 期）等。

---

① 北京市民族古籍整理出版规划小组：《清蒙古车王府藏子弟书》"辑校凡例"，国际文化出版公司 1994 年版。

第五节　21 世纪前十多年间子弟书文献研究

进入 21 世纪，子弟书研究呈现出新的景象，一批年轻学人的加入为子弟书研究带来新的生机与活力，这一领域受到学界更多的重视，出现了一批有分量的研究成果。以博士学位论文为例，就有崔蕴华的《子弟书研究》（北京师范大学 2003 年）、姚颖的《清代中晚期北京说唱文学与伎艺研究——以子弟书、岔曲为中心》（北京师范大学 2006 年）、王晓宁的《红楼梦子弟书研究》（中国艺术研究院 2009 年）、郭晓婷的《子弟书与清代八旗子弟关系研究》（首都师范大学 2010 年）、王美雨的《车王府藏子弟书方言词语及满语词研究》（山东大学 2012 年）等。在文献方面也取得了不少重要的进展。

在文献的新发现方面，2002 年崔蕴华在北京师范大学图书馆发现了一种从未被著录的子弟书作品《卖油郎独占花魁》。该书为抄本，分上下两卷，抄写时间为清道光或光绪年间。这一作品"不仅有重要的文献价值，填补了现存子弟书的不足，而且在艺术上具有较高的水准，是子弟书中的重要作品"[1]。

在目录的编制方面，这一时期有一些重要的成果，主要有以下几种。

《清代八旗子弟书总目提要》，昝红宇、张仲为、李雪梅著，三晋出版社 2010 年版。该书系在《中国鼓词总目》一书子弟书（单唱鼓词）总目部分的基础上，以傅惜华《子弟书总目》、《俗文学丛刊》为底本，依据《中国俗曲总目稿》、《子弟书集》、车王府本、《子弟书珍本百种》等书籍编制而成。全书共收录子弟书作品 560 多种。著录内容包括曲名（包括异名）、回数、作者、开首九句、以往著录情况、文本出版情况及内容提要等。全书按照作品名称的首字拼音为序编排，作者还编有《音序曲名异名索引》，书后附《子弟书存目》《子弟书研究成果书目》[2]。

---

① 崔蕴华：《遗失的民俗艺术珍品——〈卖油郎独占花魁〉等子弟书的发现及其价值》，《民族文学研究》2002 年第 3 期。

② 有关该书的介绍与评价参见昝红宇《〈清代八旗子弟书总目提要〉之述评》（《咸宁学院学报》2011 年第 5 期）、李振聚《子弟书目录的编纂刍论——兼评〈清代八旗子弟书总目提要〉》（《民俗研究》2012 年第 1 期）等。

《新编子弟书总目》，黄仕忠、李芳、关瑾华著，广西师范大学出版社 2012 年版。该书"在全面访查今知藏处的子弟书版本的基础上，考察以往的著录，以目验为据，诸别本、异本均作过比较梳理，然后加以著录，以图全面反映子弟书的著录、收藏、出版等情况"①。全书所收为清代子弟书、硬书及子弟快书，亦收录少量民国初年前后的作品。在编排上，按照作品所叙故事发生时代先后为序，分商周、秦汉、三国、两晋南北朝、隋唐、宋代、金元、明代、清代等阶段，取材自《红楼梦》《聊斋志异》及朝代不明者放在最后。对所收作品，介绍异名、回数、作者、著录、版本、存佚、内容、本事等基本情况，一些作品还附有书影。书后附《子弟书辨伪》、《重要参考文献》及《篇名索引》。该书收录较全，内容完备，对深入研究子弟书具有重要的参考价值。

《现存子弟书珍贵篇目辑佚》，崔蕴华著，载其《书斋与书坊之间——清代子弟书研究》，北京大学出版社 2005 年版。该文从公私藏书机构及相关书籍中辑录了 45 种子弟书作品，为此前的目录作了增补，"其中一些更是珍本、孤本"②。《书斋与书坊之间——清代子弟书研究》一书还设专节《子弟书目录综述》，对子弟书目录进行了梳理和总结，挖掘出一批稀见子弟书目录，如首都图书馆藏金台三畏氏所著的《绿棠吟馆子弟书百种总目》、天津图书馆所藏的《子弟书目录》等。

《子弟书分类编目》，徐德亮编，载其《清中叶至民国北京地区俗曲研究》，蓝天出版社 2010 年版。该书根据傅惜华《子弟书总目》、《清蒙古车王府藏子弟书》及《大实话》等，收录现存子弟书四百余段。编者依类编排，只著录作品名称及别名。

此外还有《清百本张底本子弟书词曲目全目》《别野堂子弟书目录》《首都图书馆存原国立中央研究院历史语言研究所藏子弟书总目目录》，载张寿崇主编《子弟书珍本百种》，民族出版社 2000 年版。

在作品的整理方面，这一时期有两部重要的著作出版，即《子弟书珍本百种》和《子弟书全集》，以下分别介绍：

---

① 黄仕忠：《新编子弟书总目》"前言"，广西师范大学出版社 2012 年版。

② 崔蕴华：《现存子弟书珍贵篇目辑佚》，载其《书斋与书坊之间——清代子弟书研究》，北京大学出版社 2005 年版，第 130 页。

《子弟书珍本百种》，张寿崇主编，民族出版社 2000 年版。

该书共收录散藏于海内外的具有保存与研究价值的子弟书作品 100 种，皆不见于北京市民族古籍整理出版规划小组辑校的《清蒙古车王府藏子弟书》一书，不少作品为首次披露。对所收作品除标点、校勘外，还注明作者、故事来源及版本，对难以理解的词语进行注释。书后附有《清百本张底本子弟书词曲目全目》《别野堂子弟书目录》《首都图书馆存原国立中央研究院历史语言研究所藏子弟书总目目录》。

《子弟书全集》，黄仕忠、李芳、关瑾华编，社会科学文献出版社 2012 年版。

该书收录编者所见全部现存子弟书作品，共 520 余种。全书按照作品故事所属朝代进行编排，分为商周故事、秦汉故事、三国故事、两晋南北朝故事、隋唐五代故事、宋代故事、元明故事、清代故事、红楼梦故事、聊斋故事以及不明朝代故事等类。对所收作品，皆写有解题，介绍其作者、故事源流、版本存佚基本情况，并精选底本、校本，进行校勘，在作品后出校记。后附《待访书目解题》、《书词绪论》、百本张《子弟书目录》、别野堂《子弟书目录》、乐善堂《子弟大鼓书目录》等，其中待访书目收录 70 余种子弟书作品。为便于读者检索，编者还编有《音序索引》①。

自进入 21 世纪，子弟书一直受到学界的关注，相关作品的整理本屡有出版。该书后出转精，是目前收录子弟书作品最为完备的一部。该书与《新编子弟书总目》一起构建了子弟书研究的坚实文献基础，代表了这一领域的最新成就，具有集大成的意义②。

此外《故宫珍本丛刊》（海南出版社 2001 年版）亦收录故宫所藏子弟书作品。

在研究方面，出版了一些研究子弟书的专著，如崔蕴华的《书斋与书坊之间——清代子弟书研究》（北京大学出版社 2005 年版）、姚颖的《清代中晚期北京说唱文学与伎艺研究：以子弟书、岔曲为中心》（北京燕山出版社 2008 年版）、郭晓婷的《子弟书与清代旗人社会研究》（中国社会科学出版社 2013 年

---

① 有关该书的评价，参见耿瑛《读〈子弟书全集〉谈其成果及补遗》，《曲艺》2014 年第 2 期。

② 相关评述参见王宣标《〈子弟书全集〉的意义与特色简介》（《古籍新书报》第 287 期，2013 年 7 月 28 日）、耿瑛《读〈子弟书全集〉谈其成果及补遗》（《曲艺》2014 年第 2 期）。

版）、王美雨的《车王府藏子弟书叠词研究》（山东大学出版社 2013 年版）等。上述著述都是在博士学位论文基础上修改而成。

还有一些文章从学术史角度对子弟书研究进行回顾和总结，如陈锦钊的《论子弟书的整理与研究》①，姚颖的《子弟书的研究历史、现状及意义》②，黄仕忠、李芳的《子弟书研究之回顾与前瞻》③，郭晓婷的《清代子弟书研究历史及其思考》④，昝红宇的《清代子弟书编撰出版述评》⑤ 等，这些文章对子弟书的研究状况进行梳理和归纳，为读者提供了较为丰富的学术信息。

---

① 陈锦钊：《论子弟书的整理与研究》，《满族研究》2003 年第 4 期，该文又以《子弟书的整理与研究世纪回顾》为名刊于《汉学研究通讯》第 22 卷第 2 期（2003 年 5 月），以《子弟书的整理与研究世纪回顾》为名刊于《中国诗学》第九辑（人民文学出版社 2004 年版），再以《近百年来子弟书的整理与研究》为名收入陈平原主编的《现代学术史上的俗文学》一书，湖北教育出版社 2004 年版。

② 姚颖：《子弟书的研究历史、现状及意义》，《民族文学研究》2004 年第 2 期。

③ 黄仕忠、李芳：《子弟书研究之回顾与前瞻》，《中国文哲研究通讯》第 17 卷第 1 期，2007 年 3 月。

④ 郭晓婷：《清代子弟书研究历史及其思考》，《中国诗歌研究动态》第六辑，学苑出版社 2010 年版。

⑤ 昝红宇：《清代子弟书编撰出版述评》，《太原师范学院学报》2010 年第 4 期。

第十三章　评书文献研究述略^①

与其他说唱文学样式相比，评书具有自己的特点，它历史相当悠久，但并没有像诸宫调那样绝迹，至今仍受到人们的欢迎，拥有广大的观众和读者群，而且它与小说、戏曲的关系更为密切，有时甚至达到难以区分的程度。因而一直受到学界的高度重视，经过历代学人的不懈努力，取得很多重要的研究成果，在文献的搜集、整理与研究方面也取得了不少引人注目的成就。以下根据评书文献研究在不同历史时期的发展演进情况，将其分为若干阶段分别进行归纳和介绍。

需要说明的是，评书与话本小说的关系十分密切，谈到评书势必要涉及话本小说，但由于这一领域研究成果甚多，归纳总结的著述也有不少，读者对相关情况较为熟悉，为节省篇幅，这里不再重复介绍。

第一节　20世纪上半期评书文献研究

20世纪上半期既是中国评书的一个高峰期，同时也是评书研究的初创期，一些研究者因探讨小说、戏曲而关注评书，如胡适、鲁迅等；也有一些对评书进行专门研究者，如陈汝衡等。

这一时期的研究者很注意对评书文献的挖掘，有一些重要文献的新发现，如罗烨的《醉翁谈录》。

---

① 本书用评书作为评书评话类说唱文学的统称，在谈及南方此类说唱文学时用评话，其他情况则一般用评书一词。

《醉翁谈录》一书在中土久已佚失，也未见各家书目著录，仅明人李诩在其《戒庵老人漫笔》卷六《子言小说名》中摘引数语①。该书由日本学者长泽规矩也发现，仅存日本②，其甲集卷一《舌耕叙引》的"小说引子"和"小说开辟"对当时说书情况有较详细的记载，是非常珍贵的史料，对了解宋元时期的说书艺术具有重要的参考价值，正如较早对其进行研究的谭正璧所言："此书不但为小说研究者不可少的参考书，即在研究戏曲的人也是极有用的。"③ 1941 年，日本文求堂将其以《新编醉翁谈录》为名影印出版，因卷中有"伊达伯观澜阁图书印"字样的印记，文求堂称该书为观澜阁藏孤本宋椠。

《醉翁谈录》被发现后，相关研究也随之展开，主要有谭正璧的《醉翁谈录所录宋人话本考》（《万象》第 1 年第 12 期，1942 年 6 月）、《醉翁谈录》（载其《日本所藏中国佚本小说述考》），赵景深的《重估话本的时代》（载其《银字集》，永祥印书馆 1946 年版），戴望舒的《跋〈醉翁谈录〉》（载其《小说戏曲论集》，作家出版社 1958 年版）等，日本学者工藤篁亦有《宋人话本：看醉翁谈录小说引子》（《斯文》24 卷 4 期，1942 年）。

因在初创阶段，这一时期还没有专门的评书目录，但已有书目类著作开始著录评书作品，如姚逸之所编的《湖南唱本提要》，国立中山大学语言历史研究所1929 年刊行。该书著录戏曲剧本与弹词、评书、鼓词、山歌等说唱文学作品共90 部，其中评书作品如《双银配》《后八仙图》《手巾记》《四美图》《何文秀算命》《三美图》等有 32 部，超过全书的三分之一。对所收作品，分书名、文体、类别、印行地和情节五部分介绍其基本情况。

浙江省民政教育厅编的《说书》（1935 年版）一书也可视作一部评书目录之作。该书为戏剧说书审查报告之二，共收录评书作品 61 种，包括《施公案》《彭公案》《三国志》等准许演唱的评书 6 种，《七侠五义》《大明奇侠传》《列国志》等修正准演唱的评书 49 种，《燕王扫北》《济公传》《加批西游记》等禁止演唱的评书 6 种。对所收作品，皆标明出版社及应改各点。

这一时期正是评书发展的高峰期，无论是南方还是北方，都有一批优秀的民

---

① 见（明）李诩《戒庵老人漫笔》，中华书局 1982 年版，第 245 页。

② 该书今藏于日本天理图书馆，1959 年被评为日本重要文化财。参见严绍璗《日藏汉籍善本书录》，中华书局 2007 年版，第 1140 页。

③ 谭正璧：《日本所藏中国佚本小说述考》，知行编译社 1945 年版，第 23 页。

间艺人在茶馆、剧场、广播电台等处演出，受到普遍欢迎，但整理出版的作品并不多，出于学术目的的记录和整理则更少。就已出版的评书读本来看，大多是新创作的评书作品，内容多反映时事，也有历史题材的，如杨增之的《马占山孤军血战》（绥远社会教育所1932年刊行）、白云的《沈万山》（南京人报1937年刊行）、艾群的《雨中爬山摸敌营》（军事委员政治部1943年刊行）等。

在史料的搜集、整理方面，这一时期出版了一部重要的著作，那就是署名云游客的《江湖丛谈》（北平时言报社1938年刊行）。云游客即著名评书艺人连阔如。该书先是自1937年7月起在《时言报》上连载，后结集成书。全书分三集，较为全面地介绍了当时北京、天津地区江湖世界的很多内幕，其中专门谈到评书界的情况，对评书艺人及他们学艺、演出、生存的状态进行了较为详细的描述，为相关研究提供了珍贵的第一手资料，对了解晚清至民国间北方地区评书业的情况具有重要的参考价值。

在研究方面，这一时期出版了一部描述评书渊源流变的史书，那就是陈汝衡的《说书小史》，中华书局1936年版。该书分说书源流、宋代说书概况、话本、大说书家柳敬亭、说书两大派别、评话、弹词、苏州说书、上海说书、扬州说书、开篇及说书之艺术共12章，依据较为丰富的文献资料，对说书的渊源流变进行梳理和探讨，对南方地区的介绍尤为详细。作者采用宽泛的说书概念，将弹词也包括在内。该书是第一部关于评书的专史，具有开创意义，作者本人对此也有较为清楚的认识："叙述说书源流及其发展，如本书内容一类之著作，前人犹未尝试。"①

相关文章则有颍川秋水的《柳敬亭事迹考》（《金刚钻》第1卷第9集，1934年6月）、张破浪的《平话家柳敬亭考证录》（《越风》第21期，1936年10月）、李尧光的《说书考》（《教战》1939年第3期）、方密的《关于柳敬亭》（《古今》第26期，1943年7月）、方诗铭的《论宋代说话人的家数》（《中原》第2卷第1期，1945年2月）、风子的《从说书艺术谈到说书人王少堂》（《大地周报》第65期，1946年）、王琳的《记韩起祥说书》（《北方文化》第2卷第6期，1946年8月）、陈汝衡的《关于柳敬亭的几件事》（《文史杂志》第6卷第1期，1948年1月）等。

---

① 陈汝衡：《说书小史》"凡例"，中华书局1936年版。

总的来看，研究者对评书与戏曲、小说等通俗文学形式的关系关注较多，对其自身的研究还不多。

第二节　中华人民共和国成立后 30 年间评书文献研究

中华人民共和国成立后，评书与其他说唱文学样式一样，受到各级文化部门及学术界的高度重视，资料的搜集、整理与研究工作由此深入展开，这一工作主要包括两个方面，一是对古代评书文献的梳理与研究，二是对当代评书艺人演出的记录与整理。

在政府各级文化部门的组织下，当时不少著名说唱艺人的演出得到记录和整理。比如在江苏省文化局的领导下，南京市文化局将著名扬州评话艺人王少堂请到南京，在夫子庙开辟一个书场，让其说书，并在一年多时间里，用笔和录音机记录了除"石十回"最后几段的全部书词①。

这种记录与整理还带有抢救色彩，因为有些老艺人年事已高，如不及时进行记录，便有失传的危险。比如陈士和以说评书《聊斋志异》而著称，能讲《聊斋》故事 50 多篇。1954 年 10 月，天津市文化局对其演出进行录音、记录与整理，遗憾的是，14 篇还没有记录完，1955 年 1 月 16 日，陈士和就因病去世了，造成无法弥补的遗憾。

这一时期整理出版了不少评书作品，根据其内容与特点，这里将其分为以下两类进行介绍。

一类是收录多名评书艺人或多种评书样式的作品集。主要有以下一些。

《评书传统作品选》，中国曲艺研究会主编，作家出版社 1958 年版。该书选收 9 种传统评书选段，分别为王少堂所述的《白虎镇》，袁逸民述、胡裘整理的《李太白赶考》，王杰魁所述的《三吃鱼》，连阔如所述的《头请姚期》，陈士和述、林彦整理的《毛大福》，唐耿良整理的《古城相会》，李伟清所述的《草堂训子》，张鸿声整理的《马跳围墙》及马连登所述的《程咬金卖笆子》。对所选作品，标明出处及所属评书样式。

---

① 参见张青萍《武松》"前言"，江苏人民出版社 1959 年版。

《扬州评话选》，扬州评话研究小组编，上海文艺出版社 1962 年版。该书"在扬州评话的传统书目中，选择了一部分书目，截取其中能独立成章节的段子整理出版"①，编者从多年积累记录下来的 3000 万字的书词中，选录《水浒》《三国》《西游记》等 9 部传统评书的选段 13 篇。对所收作品，皆标明口述者与整理者，并写有前记，介绍其基本情况。书后附有任千执笔的《扬州评话概述》一文。

《评弹丛刊》，上海文艺出版社 1959—1962 年版。该书为上海文艺出版社编辑出版的评弹专刊，先后出版 8 集，收录创作、改编及整理的评弹作品，"主要选中篇、短篇作品和长篇中的精华回目"。其中有一些为苏州评话作品，如《三国》《隋唐》《七侠五义》《包公》《岳传》《济公传》《英烈传》等。对所收作品，皆写有前言，"着重介绍作品内容及艺术特点、创作、整理、改编的经验等"②。

《苏州评弹选》，苏州市曲艺工作者联合会编，江苏人民出版社出版。该书主要选收苏州评弹作品，共出版两集，其中第一集于 1962 年出版，第二集于 1964 年出版。第一集收录 6 种评弹作品，其中评话有 3 部，即《龙门败十将》《上元县验尸》《八卦楼》，分别为《岳传》《张文祥刺马》《英烈传》的选段。第二集收录 9 种评弹作品，其中评话有 2 部，分别为《母子会》《风雨桃花洲》。对所收作品，皆标明口述者、记录者和整理者，并写有前言，介绍其概况与具体整理情况。

另一类是根据某一著名说书艺人表演记录、整理而成的评书作品。

在这里整理出版的评书作品中，扬州王派评话传人王少堂的《武松》较为引人注目，也具有代表性。

《武松》一书由王少堂口述，扬州评话研究小组整理，江苏人民出版社 1959 年版。该书系根据王少堂 1953 年在南京演出时的录音稿整理而成，录音稿有 110 万字，整理稿为 80 多万字。全书共 10 回，依次为景阳冈打虎、杀嫂祭兄、斗杀西门庆、十字坡打店、醉打蒋门神、大闹飞云浦、夜杀都监府、夜走蜈蚣岭、吊打白虎山、智取二龙山。

---

① 苏尚门：《扬州评话选》"序"，上海文艺出版社 1962 年版。
② 以上《评弹丛刊》"编辑说明"，见各集卷首。

该书的整理过程较为规范、慎重和认真，先是用笔和录音机记录下王少堂的演出，再由王少堂本人对记录稿进行逐字逐句的核对，然后派专人与王少堂一起进行整理。在整理过程中，中国曲艺工作者协会审阅了部分整理稿，并召开座谈会，提出意见①。正是因为这种规范、慎重和认真，保证了书稿的高水准，该书也可以看作是当时评话乃至说唱文学整理的一个典范。

系统的整理之外，这一时期还先后出版过三个根据王少堂口述《武松》整理或改写的选段读本，分别为王少堂口述、孙幼评记录、肖亦五整理的《武松打虎》（江苏人民出版社 1956 年版），王少堂口述、萧亦五改写的《武松打虎》（上海文化出版社 1956 年版），王少堂口述的《武松醉打蒋门神》（江苏文艺出版社 1959 年版）。此外，《人民文学》《上海文学》《曲艺》《民间文学》《江苏戏曲》《萌芽》《雨花》等刊物也相继刊载了《武松》中的一些片段。

王少堂之外，另一位扬州评话艺人康重华的作品也出版了一个整理本，即康重华口述、扬州市文联整理的《舌战群儒》（江苏人民出版社 1956 年版）。该书所收为著名艺人康重华所说扬州评话《三国演义》中的一个片段。此外，康重华所说《三国演义》的一些片段以"反激周瑜"、"华容道"、"火烧博望坡"、"看病"为题目曾在《江苏戏曲》《上海文学》《雨花》刊载。

在南方评话中，还有三部杭州评话作品被整理出版。

《长坂坡》，陈俊芳编著，东海文艺出版社 1957 年版。该书收录杭州评话《三国志》中的《长坂坡》《临江会》《草船借箭》三个片段，由陈俊芳口述并整理。

《醉打蒋门神》，茅赛云口述，刘操南整理，东海文艺出版社 1958 年版。该书所收为杭州评话《武松醉打蒋门神》中的一段。

《武松演义》，茅赛云传次，刘操南写订，东海文艺出版社 1959 年版。该书根据杭州评话艺人茅赛云所述武松故事进行再创作而成。

在整理出版的北方评书作品中，以陈士和《评书聊斋志异选集》（天津通俗

①　有关该书的整理经过，参见王少堂《整理扬州评话〈武松〉的经验》（《曲艺》1960 年第 7—8 期，又载《文艺报》1960 年第 15—16 期）、《整理扬州评话〈武松〉的体会》（《人民日报》1960 年 8 月 24 日，又载《江苏戏曲》1960 年第 9 期），孙佳讯、孙龙父所写《整理后记》及孙佳讯《精益求精　一字不苟——王少堂老人怎样对待"武十回"的整理工作》，扬州评话研究小组《〈武松〉整理工作的回顾》（载《扬州评话王派〈水浒〉评论集》，中国曲艺出版社 1990 年版）。

出版社 1955、1956 年版）较为引人注目。该书收录天津著名评书艺人陈士和口述的《聊斋志异》，共 12 集，包括《王者》《劳山道士》《画皮》《向杲》《考弊司》《梦狼》《阿宝》《瑞云》《云翠仙》《续黄粱》《席方平》《毛大福》，由吴同宾、江虹等整理。该书整理的原则有三：一是"能不动者不动，能少动者少动，必须改动者则予以改动"；二是"尽量突出原作涵有人民性的部分。删除带有封建迷信和宿命论色彩的部分；删除其中某些不健康的趣味和不合理的部分"；三是"删去冗赘重复的部分，并进行语言文字的整理工作"①。对所书作品，皆写有后记或前言，介绍其思想、艺术及整理情况，对一些方言土语，还作有简要的注释②。

被整理较多的还有陈荫荣的评书作品，主要有以下几种。

《程咬金卖柴筢》，陈荫荣口述，金受申记、汪曾祺等整理，北京宝文堂书店 1955 年版。该书所收为评书《隋唐》中的一节，整理者对一些方言、俗语作了注释。

《闹花灯》《贾家楼》《瓦岗寨》，陈荫荣讲述，金受申整理，通俗文艺出版社 1956 年、1957 年版。三书皆为著名艺人陈荫荣演说评书《兴唐传》中的片段，整理者清除了一些思想、人物及描写上的"糟粕"，"删去了一些与主题无关的庞杂枝节"，同时"增加了回目，加了一些必要的注释"③。

此外还有张青山所述的《武松打虎》（吉林人民出版社 1958 年版）。该书收录著名艺人张青山所述《景阳冈打虎》《十字坡打店》《威震安平寨》《醉打蒋门神》四个有关武松的小段。

除了上面所介绍的，这一时期整理出版的评书作品还有李存源述、黄存洲记的《博浪沙》（北京出版社 1957 年版），李存源述、黄鹂记的《苏秦与张仪》（北京出版社 1958 年版），固桐晟所讲的《西门豹治邺》（吉林人民出版社 1958 年版），固桐晟述、咏芙整理的《范进中举》（吉林人民出版社 1962 年版），宋桐斌所述的《哪吒闹海》（春风文艺出版社 1962 年版）等。

在资料的整理、汇编方面，这一时期有一本专集刊行，即苏州市戏曲研究所

---

① 各书卷首"编辑例言"。

② 有关该书的情况及评价，参见念钟《介绍几种"聊斋"故事通俗本》（《读书月报》1956 年第 4 期）。

③ 见各书前之"整理说明"。

编印的《评弹艺人谈艺集》（1963 年刊行），该书收录苏州评弹艺人总结艺术经验、介绍演出体会的文章 11 篇，具有重要的艺术与史料价值，其中有关评话者有张玉书的《评话艺术谈》、曹汉昌的《从〈龙门败十将〉谈"表"》《怎样说好折子书》。

收录评书资料较为丰富的还有张次溪的《人民首都的天桥》（北京修绠堂1951 年刊行）一书。该书资料系作者本人亲自走访调查所得，其中第四章《天桥演出的曲艺和杂技的演变》说评书的部分介绍北京地区评书界的情况，第五章《天桥人物考》对评书艺人双厚坪、张虚白、张泰然等 11 人进行介绍，第六章《天桥的曲艺场和杂技场的情况》介绍北京地区的评书场、露天书场。

相关研究著作则有李啸仓的《宋元伎艺杂考》（上杂出版社 1953 年版），陈汝衡、杨廷福的《大说书家柳敬亭》（上海四联出版社 1954 年版），陈汝衡的《说书艺人柳敬亭》（上海文艺出版社 1979 年版）、《说书史话》（作家出版社1958 年版），孙楷第的《俗讲、说话与白话小说》（作家出版社 1956 年版），洪式良的《柳敬亭评传》（古典文学出版社 1956 年版）等。

相关文章则有郗潭封的《评书"杨家将"的整理》（《民间文学》1955 第 5期），连阔如的《怎样说评书》（《广播爱好者》1956 年第 8 期），陈汝衡的《柳敬亭的说书艺术》（《曲艺》1957 年第 1 期），许虹生的《扬州评话艺人王少堂和他的"水浒"》（《曲艺》1958 年第 2 期），洪式良、蒋亮的《评话艺人王少堂的艺术道路》（《雨花》1958 年第 2 期），孙龙父的《试论王少堂的"水浒评话""武松传"》（《扬州师范学院学报》1959 年第 1 期），张青萍的《谈扬州评话老艺人王少堂》（《民间文学》1959 年第 12 期），韦人《扬州评话〈三国〉与康重华》（《江苏戏曲》1959 年第 12 期），范烟桥的《柳敬亭与苏扬评话》（《江海学刊》1961 年第 6 期）等。

"文化大革命"期间，评书研究也同其他领域的研究一样，遭受空前的浩劫，处于瘫痪状态。许多重要的文献被毁，许多民间艺人和研究者受到迫害，甚至失去生命。在此情况下，评书研究几乎是一片空白。

第三节　20世纪80年代评书文献研究

进入20世纪80年代，随着社会文化环境的改变，评书的创作、演出与研究进入了一个新的发展阶段。这一时期，人们从十年"文化大革命"形成的思想禁锢中恢复过来，对传统文艺给予了极大的热情，随着刘兰芳的《岳飞传》《杨家将》在全国各地广播电台的热播，评书成为当时最受欢迎的通俗文艺样式之一，有着数量庞大的观众群和读者群。评书研究在此背景下获得较大发展，呈现出新的气象。在这种较为有利的条件下，评书文献的搜集、整理与研究也取得了不少新的收获，下面分别进行介绍。

在评书目录的编制方面，这一时期有一个专题目录，即郝福英所编的《传统评书清代书目简述》（载《三剑侠·棍扫萧金台》，春风文艺出版社1987年版）。该目收录《金刀会七义》《三剑侠》《清烈传》等传统评书20部。对所收每部评书，介绍其别名、演出情况及故事梗概。

这一时期评书文献搜集、整理与研究的成果主要体现在相关作品的整理出版方面，其景象可以用"一派繁荣"四字来描述。这主要体现在两个方面。

一是就这一时期整理出版的评书数量而言，超过以往任何一个时期，直至当下也再未能超过。据统计，"如将各种版本出版书目均计入，整理出版的传统评书评话共达236种"①。可以说流传较广的评书作品在这一时期几乎都得到了整理出版。

二是这一时期评书作品因深受听众欢迎，读者众多，印数普遍较大，数量在几十万册的比比皆是，如刘操南、茅赛云编著的《武松演义》（浙江人民出版社1980年版）印数为52万册，张贺芳、白树荣整理的《呼杨合兵》（花山文艺出版社1983年版）印数为81万多册，郑永昌、许应群整理的《秦琼打擂》（河南人民出版社1984年版）印数为94万多册，而刘兰芳、王权印编写的《岳飞传》（春风文艺出版社1981年版）、《杨家将》（河北人民出版社1981年版），郝艳霞、王润生所著的《月唐演义》（花山文艺出版社1984年版）、《十二寡妇出征》（河南人民出版社1984年版）印数更是达到或超过100万册，此后刊印评书，印数再没有达

---

① 罗扬主编：《当代中国曲艺》，当代中国出版社1998年版，第102页。

到过这个数量。从这些数字不难想见当时评书整理本在社会上所受欢迎的程度。

根据这一时期整理出版评书作品的内容和特点，可以将其分为以下三类分别进行介绍。

第一类是收录多部长篇作品的评书丛书。主要有以下一些。

《新编传统评书》，花山文艺出版社 1983—1988 年版。这是一套大型的评话丛书，所收评话作品如表 13-1 所示：

表 13-1

作品名	作者、整理者	出版年代
呼杨合兵	张贺芳、白树荣整理	1983
月唐演义	郝艳霞、王润生著	1984
少西唐演义	黄佩珠口述，李少岩、范继伟整理	1985
续少西唐演义	黄佩珠、黄佩艳口述，李少岩、范继伟整理	1985
薛雷扫北①	黄佩珠、白佩玉口述，马宝山整理	1985
杨宗保征西	张贺芳口述，耿银、王振法整理	1987
杨家将全传	王增义口述，刘兰芳、王印权整理	1987
伍子胥鞭尸	石印红、章程整理	1987
三请薛仁贵	郝艳霞、王润生编著	1988
护国皇娘传	石印红、章程整理	1988
双头太岁与火凤凰	袁阔成、王润生编著	1988
八王江南历险记	王兰兰、张明德整理	1988

《话本小说》，中国文联出版公司 1984—1988 出版。该书编辑出版的目的在"提供一些好读耐听的中、长篇故事"②，主要收录创作或整理的评书作品，先后出版 13 辑。其中传统作品有潘伯英、唐骏骐演出本《捉贼议亲》，康重华演出本《暗袭南郡》，费力、王澄编写的《张飞拜师》等，还有一些根据弹词改写的作品如《玉蜻蜓》《珍珠塔》《荆钗记》《唐伯虎智圆梅花梦》等。

《传统评书新编丛书》，春风文艺出版社 1987—1990 年出版。这套丛书的编

---

① 《少西唐演义》《续少西唐演义》《薛雷扫北》三书合称《薛家将全传》。

② 《话本小说》第一辑"编后记"，中国文联出版公司 1984 年版。

写目的在"满足广大读者的需要，为评书演员提供优秀书目和为曲艺及俗文学工作者提供研究资料"。其收录标准是"择优整理出版"，"在同一书目中，尽可能以擅长说此书的著名艺人的优秀底本加以整理"。整理本着"重视记录，慎重整理"的原则①。该丛书所收录评书作品如表 13-2 所示：

表 13-2

作品名	作者、整理者	出版年代
临潼斗宝	石长岭传本，石印红口述，王增光、张志勋整理	1987
残唐演义	白佩玉、范继伟编写	1987
五代演义	白佩玉、范继伟编写	1987
乾天剑传奇	徐甦、黄佩珠、裴福存编写	1987
洪月娥招亲	李庆溪、郝艳芳编述，杨微、朱巍整理	1987
杨家将前传：火山王杨衮	黄秉刚、白树荣编写	1987
杨家将后传：杨士瀚出世	黄秉刚口述，熙明整理	1987
小八义	黄佩艳、白树荣编	1987
杨香武三盗九龙杯	郝赫编写	1987
杨金豹下山	黄秉刚口述，王樵整理	1988
说岳后传	黄秉刚口述，熙明整理	1988
无盐娘娘传奇	李庆海传本，白佩玉、范继伟编写	1988
大元义侠传	聂田盛编述，贾恩禾整理	1988
续小八义	刘彩芹口述，田连元整理	1988
火烧藏珍楼	程秉权、程淑琴整理	1988
下八仙演义：济小塘捉妖	裴福存编写	1988
黄天霸四取莲花灯：百鸟朝凤	聂田盛述录，宫钦科、栾冠文整理	1989
怪侠欧阳德	郝赫编写	1989
再续小八义	刘彩芹口述，田连元整理	1990

① 见各书卷首"编辑例言"。

该丛书的编者"预计三年内将辽宁优秀传统书目出齐"①，虽然未能全部完成，但它也是这一时期收录评书作品最多的一部丛书。

《传统评书研究资料》，春风文艺出版社 1987、1988 年版。编者有鉴于"少数过去很有影响的书目，因其内容素有争议而没能出书。也有些面临失传危险的独家优秀书目"而编辑这套丛书。可惜未能完成，只出版了《三侠剑·棍扫萧金台》（刘阔漳口述，裴福存整理，春风文艺出版社 1987 年版）和《双镖大闹龙潭寺》（春风文艺出版社 1988 年版）两种。前者收录刘阔漳口述的传统评书《三侠剑》中的《棍扫萧金台》21 回。书后有整理后记，并附有 6 篇评论《三侠剑》的文章，还附收顾桐晟口述的《清宫秘史·泥打西太后》《顾桐晟生平事略》及《传统评书清代书目简述》。后者收录李庆溪口述的《双镖大闹龙潭寺》、聂田盛口述的《窦尔墩学艺》两部评书，此外还附收郝赫的《李庆溪、张香兰合传》、杨微的《三回九转巧连环》。与同时期其他评书整理本相比，附收资料丰富是其一大特点。

第二类是收录短篇或中、长篇选段的评书作品集。主要有以下一些。

《扬州说书选》（传统作品），扬州评话研究组编，中国曲艺出版社 1981 年版。该书"从二十种书目约一千万字的书词中编选出二十个片段，其中评话十七个段子，弦词三个段子，分属于近二十位老艺人的传世书目的选段"②，其中包括王少堂的《武松斗杀西门庆》《戴宗巧计请萧让》、马凤章的《鲁达拳打镇关西》、马汉亭的《滕公智断冤案》等。对所收扬州评话书词，皆标明出处、口述者及整理者，对少数不易理解的方言俚语作有注解。卷首有扬州评话研究组《扬州说书三百年——代前言》。

与《扬州说书选》（传统作品）一起出版的，还有《扬州说书选》（现代作品）。该书收录 1949 年之后新创作的扬州评话作品 16 部。

《扬州评话选》（第二集），扬州评话研究组编，上海文艺出版社 1982 年版。该书接续上海文艺出版社 1962 年出版的《扬州评话选》而编。从《水浒》《三国》《伍子胥》等 10 部传统评书中选收《混城》《收关胜》《探监遭陷》《时迁

---

① 见各书卷首"编辑例言"。

② 扬州评话研究组：《扬州说书三百年》，载《扬州说书选》（传统作品），中国曲艺出版社 1981 年版。

偷鸡》《古城会》等 16 段，"有的是在残稿中挑选的，有的是艺人重新口述，记录整理，还有的则是选自新近发现的书目"，目的在于通过这两集《扬州评话选》，使读者"大体上可以看出扬州评话经常开讲的二十多部传统书目从内容到形式上的艺术特色以及它们所代表的不同流派和风格"①。该书体例一同前集。

《古今评书选》，宫钦科编，春风文艺出版社 1982 年版。该书选收宋桐斌《哪吒闹海》、李庆溪《海瑞办严嵩》、袁阔成《许云峰赴宴》等 13 位辽宁评书演员的 17 篇作品。作品后附有 13 位评书演员的简介。

《笑笑笑》，费力、汪复昌整理改编，江苏文艺出版社 1986 年版。该书收录《啼笑皆非》《双簧礼生》《老爷要高升》等扬州评话开场笑话 55 则，系从数百个同类作品中选出。书后有《后记——兼谈扬州说书笑话发展概况》。

《福州评话选》，吴乐天等著，中国曲艺出版社 1987 年版。该书选收《马铎一日金》《秦瑞云》《虾米俤》《桐油煮粉干》《郑龙船抢亲》《龙凤金耳扒》共 6 篇福州评话的代表作品。对所收作品，皆标明讲述者和整理者。书后附有陈竹曦的《话说福州评话》。

《三捉白秀英》，王如苏、俞筱云等著，江苏文艺出版社 1987 年版。该收选收 7 部弹词、评书作品，其中有 3 部评书作品，即《安德海之死》《济公斗蟋蟀》《马永贞初进上海滩》。对所收作品，皆标明口述者和整理者。

第三类是根据评书艺人演出整理或改编的单部评书作品。此类作品的数量非常大，晚清民国以来所流传的评书作品几乎都得到整理出版，还有一些为新创作的。为了叙述的方便，下面以评书的门类派别及艺人为线索进行介绍。

首先介绍扬州评话。这一时期，王少堂的水浒评话又出版了一个新的整理本，那就是《宋江》。该书由王少堂口述，孙龙父、陈达祚整理，江苏人民出版社 1985 年版，系根据王少堂 1954 年在南京文化局的录音稿整理而成。1961 年，两位整理者开始着手整理，并与王少堂本人进行核对，前后用了四年时间。整理完成后，限于当时的政治形势，一直未能出版。直到进入新时期，才得以刊行。出版前，因口述者与整理者皆已去世，责任编辑又进行了一些整理工作，"除校阅并作了某些订正外，又分定并补拟改拟了若干回目，推敲了多处情节和语言。考虑到扬州评话流行地区以外读者以及青年读者的需要，增加了五百多条注释，

---

① 扬州评话研究组：《扬州评话选》（第二集）"编后记"，上海文艺出版社 1982 年版。

并征求过意见"①。

　　根据王少堂口述整理的《武松》一书在这一时期也被江苏人民出版社多次重印，值得一提的是，这一时期扬州评话《武松》还出版了一个新的整理本，那就是根据王派水浒第四代传人王丽堂演出本整理而成的《武松》一书。该书由金江整理，中国曲艺出版社 1989 年版，系根据王丽堂的演出本整理而成，"一方面，认真保持了祖传'王派水浒'的特色，将旧社会形形色色的社会现象、人物心态乃至乡风习俗等，都尽可能完整地保留下来"，"另一方面，王丽堂并未照搬照演祖辈和父辈的话本内容，而是在充分尊重前辈创造成果的前提下，根据时代的发展与听众的审美需求，进行了审慎的改革和必要的推陈出新"②。与该书同时整理的还有《宋江》《卢俊义》《石秀》三书，但当时未能全部出版。

　　除了王派水浒，这一时期还出版了以下几种扬州评话的整理本。

　　《火烧赤壁》，康重华口述，李真、张棣华整理，江苏人民出版社 1985 年版。该书根据扬州评话康派三国传人康重华的口述稿整理而成，整理者对原稿在思想、情节、语言等方面作了一些增删和调整，并对一些方言土语作了注释。同时，整理者还"将这一话本的原始口述稿，一字不漏地恭笔誊抄了一份，留存于中国曲艺家协会江苏分会的艺术档案里，以待后人查阅评说"③。书后附有周郁的《〈赤壁鏖兵〉到〈火烧赤壁〉》，李真、张棣华的《重步前辈的足迹——扬州评话〈火烧赤壁〉整理后记》。

　　《皮五辣子》，余又春口述，王澄、汪复昌、陈午楼、李真整理，江苏文艺出版社 1985 年版。该书根据扬州评话艺人余又春《清风闸》的口述记录稿整理而成，整理者又"按照前人的思路，把它续补成篇，并把潜藏于原书中更为深刻的主题挖掘出来。删消了公案头尾，把书名改为《皮五辣子》"，还"按照典型化的要求"，"矫正了一些人物形象"，对"宣扬因果报应、含有庸俗下流的科趣，作了净化处理"，"抽掉其中情节近似、手法重复的六折书，并就话本的语

　　① 扬州评话研究组：《宋江》"后记"，江苏人民出版社 1985 年版。
　　② 郭铁松、王鸿：《武松》（王丽堂演出本）"前言"，中国曲艺出版社 1989 年版。
　　③ 李真、张棣华：《火烧赤壁》"后记"，江苏人民出版社 1985 年版。

言改造作了一些尝试"①。

《伍子胥》，费骏良编述，汪福昌、费力重编，中国曲艺出版社 1985 年版。该书为扬州评话《东周列国志》的一部分，系根据著名扬州评话艺人费骏良的亲笔手稿，"又参阅一些史料以及民间传说，整理、改写和增写而成"②。

《过五关斩六将》，费骏良口述，费力整理，江苏文艺出版社 1986 年版。该书为费骏良所传扬州评话《前三国》的一部分，整理者根据自己"登台数年的体会和现今的认识，删去了少数枝蔓情节，减去繁冗的表述和部分'斯文气'过重的诗词，略去神话关羽的称谓和内容，还对少数情节、人物作了修改，适当地加快了全书的节奏"③。

其次介绍苏州评话。这一时期苏州评话有多部作品被整理出版，其中较为引人瞩目的是两部规模较大的苏州评话《三国》整理本。

一为汪雄飞的传统评话《三国》。该书由汪雄飞口述，施振眉、刘操南、毛节成整理，浙江文艺出版社 1989 年版。全书分《五关斩六将》《血战长坂坡》《诸葛亮出山》《关羽走麦城》《刘备雪弟恨》5 部。其中《五关斩六将》卷首有沈祖安的《还把痴情付砚田》（代序）。

汪雄飞《三国》的整理本还有《古城会》（浙江人民出版社 1982 年版）一书。该书收录汪雄飞整理的《古城会》《赠马》、蒋希均整理的《计遣陆逊》、陈俊芳整理的《战长沙》4 段评话作品。

二为张国良的长篇评话《三国》，上海文艺出版社 1984—1988 年版。全书共分 14 卷，分别为《千里走单骑》《三顾茅庐》《孔明初用兵》《长坂坡》《群英会》《草船借箭》《火烧赤壁》《三气周瑜》《张松献图》《孔明入川》《义释严颜》《袭取成都》《兵伐东川》《水淹七军》。其中《千里走单骑》为第一卷，其卷首有张国良的《写在卷首》，介绍《三国》评话的传承及该书的整理情况。

除了上面介绍的两部规模较大的苏州评话三国，在这一时期整理出版的苏州评话中，还有一部同题材的作品，即唐耿良的《三国群英会》。该书由唐耿良、

---

① 《皮五辣子》"后记"，江苏文艺出版社 1985 年版。
② 汪福昌、费力：《伍子胥》"后记"，中国曲艺出版社 1985 年版。
③ 费力：《过五关斩六将》"前言"，江苏文艺出版社 1986 年版。

辜彬彬整理，中国曲艺出版社 1988 年版，系唐耿良所说三国评话的一部分，"从'智激周瑜'起，到'华容道'止，共十六回。这是《三国》中三把火（火烧博望、火烧新野、火烧赤壁）中最精彩的一节"①。

这一时期整理出版的苏州评话作品尚有以下几种。

《岳飞》，曹汉昌口述，蒋开华、汤乃安、浦伯良整理，江苏文艺出版社 1986 年版。该书是在评书艺人曹汉昌"经过几十年修改的演出本的基础上进行整理的，他本人也参加了讨论修改"②。整理工作从 1981 年开始，经多次讨论修改而成。

《白玉堂》，金声伯口述，金少伯整理，北岳文艺出版社 1988 年版。该书根据评书艺人金声伯的演出本整理而成。卷首有美国学者白素贞的序、周良的《写在金声伯〈白玉堂〉出版之时》，书后有金少伯《说书人写书》（代后记）。

此外还有《大明英烈传》（张鸿声说演，姜兴文整理，群益堂 1986 年版）、《刺马复仇记》（潘伯英演出本，唐骏骐口述，钱正、张棣华、姚世英整理，江苏文艺出版社 1988 年版）、《闹江州》（吴君玉改编，徐檬丹整理，上海文艺出版社 1988 年版）、《神州摔跤王》（朱庆涛著，山东少年儿童出版社 1985 年版）、《喋血上海滩》（朱庆涛、吴谷辰著，春风文艺出版社 1988 年版）、《林冲演义》（胡天如口述，顾希佳整理，浙江文艺出版社 1988 年版）等。

扬州评话、苏州评话之外，杭州评话也有一些作品在这一时期得到整理出版，主要有《武松演义》（增订本，刘操南、茅赛云编著，浙江人民出版社 1980 年版）③、《金台三打少林寺》（楼云和编写，浙江文艺出版社 1986 年版）、《铁臂金刀周侗传》（汪运衡、筱云龙整理，浙江人民出版社 1986 年版）、《胡桐单刀雪奇冤》（筱云龙、赵征编写，浙江文艺出版社 1988 年版）等。

最后介绍北方评书。在这一时期整理出版的评书作品中，以北方评书的数量最多。其中有两部评书作品规模较大，也较为引人注目，一是陈荫荣的《兴唐传》，一是评书《聊斋志异》，以下分别介绍。

---

① 辜彬彬：《三国群英会》"整理小记"，中国曲艺出版社 1988 年版。
② 周良：《岳飞》"写在前面的话"，江苏文艺出版社 1986 年版。
③ 后浙江文艺出版社于 1999 年重印。

《兴唐传》，陈荫荣口述，金受申、戴宏森等整理，中国曲艺出版社 1981—1983 年版。陈荫荣是北京著名评书艺人，师从名家品正三，能连续讲述《兴唐传》《兴唐后传》《龙潭鲍骆》《富贵寿考》《五代残唐》《飞龙传》《杨家将》等评书，其作品《兴唐传》在 20 世纪 50 年代曾整理出版过《闹花灯》《贾家楼》《瓦岗寨》3 种，此次则将演出本全部整理出版，包括《闹花灯》《南阳关》《贾家楼》《瓦岗寨》《群雄会》《四平山》《霓虹关》《扬州会》《抢三关》《锁五龙》，共 10 集 10 分册，140 回，140 多万字。对所收各集，皆写有出版说明，介绍其故事梗概及相关情况。1984 年，中国曲艺出版社又出版四册本，"略去分册首尾赘语，而联接回目订为四册，以方便阅读"①。

此外还有《兴唐后传》（崔澜波整理，中国曲艺出版社 1986 年版）。该书系根据陈荫荣的演出本整理而成，也是隋唐评书系列中的一部，得自品正三的传授。书后有陈荫荣所写《后记》。

这一时期整理出版的评书《聊斋志异》有两个版本。

《评书聊斋志异》，百花文艺出版社 1980—1986 年版。该丛书收录著名评书艺人陈士和与其弟子刘健麟、张健声、杨立恒等讲述的《聊斋志异》，由吴同宾、何迟等人整理。全书共分 6 集，前两集为陈士和所说 13 段评书《聊斋》，包括《劳山道士》《画皮》《阿宝》《续黄粱》《云翠仙》《考弊司》《向杲》《梦狼》《崔猛》《席方平》《瑞云》《王者》《毛大福》。后 4 集为陈士和弟子的作品，包括张健声的《折狱》《张鸿渐》《红玉》《聂小倩》《商三官》《纫针》《云萝公主》，刘健麟的《辛十四娘》《吕无病》，刘立福的《张诚》《伍秋月》，杨立恒的《罗刹海市》《婴宁》《连琐》《夜叉国》，张剑平的《佟客》等。各集卷首有讲述者的简介，每篇作品后皆有整理者所写的整理后记，介绍对演出稿的处理情况。

《评书〈聊斋志异〉》，中国曲艺出版社 1981—1982 年版。该书收录不同流派的评书《聊斋志异》作品，共 10 种，包括刘健卿讲述的《小谢》《西湖主》《红玉》《嫦娥》《珊瑚》《田七郎》，齐信英讲述的《婴宁》《鸦头》《辛十四娘》，顾存德讲述的《促织》等，由李作霖、冯不异等人整理②。

---

① 《兴唐传》"出版说明"，中国曲艺出版社 1984 年版。
② 这些各分册后合为一集，改名为《谈狐说怪故事精选》，大众文艺出版社 1996 年版。

这一时期东北地区特别是辽宁省涌现了一批优秀的评书演员，如刘兰芳、袁阔成、田连元、单田芳等，他们的作品通过电台、电视等媒体传遍大江南北，在全国范围内受到欢迎。这些评书演员在演出之余，还以独立或与人合作的方式，将场上的评书演出整理成案头阅读的作品，同样受到欢迎。他们所整理的评书作品数量较多，在这一时期所出版评书作品中占有半数以上的比重。以下以这些评书演员为中心，介绍他们在这一时期独立或参与整理、改编以及创作的评书作品。

聂田盛（1912—1996），辽宁沈阳评书演员。这一时期根据其口述整理出版的评书作品有7部，分别为《天下第一枪》（聂田盛述录，宫钦科整理，春风文艺出版社1988年版）、《大元义侠传：天宝图》（聂田盛编述，贾恩禾整理，春风文艺出版社1988年版）、《刘公案》（聂田盛编述，耿英整理，黄河文艺出版社1988年版）、《窦尔墩学艺》（聂田盛述录，刘新整理，载《双镖大闹龙潭寺》，春风文艺出版社1988年版）、《四侠十龙闹盛京》（聂田盛编述，耿瑛整理，沈阳出版社1989年版）、《马潜龙走国》（聂田盛、杨微编，春风文艺出版社1989年版）、《黄天霸四取莲花灯》（聂田盛述录，宫钦科、栾冠文整理，春风文艺出版社1989年版）①。

陈长祥（1918—1990），吉林长春西河大鼓、评书演员。这一时期根据其口述整理的评书作品有两部，即《蒸骨三验》（陈长祥演讲，李颖、王志整理，吉林人民出版社1985年版）、《三探聚宝楼》（陈长祥、齐玉兰讲述，陈丽君、李颖、李壮整理，北方妇女儿童出版社1988年版）。

陈青远（1923—1988），辽宁锦州曲艺演员，出身曲艺世家，擅长东北大鼓。陈丽君、陈丽杰为其女儿。这一时期根据其口述整理或与人合作整理的评书作品有6部，分别为《曹家将》（上集《三闹汴梁》、下集《三擒陈平》，陈青远口述，穆兰记录、宫钦科整理，春风文艺出版社1985—1986年版）、《安公子投亲》（陈青远、王莹著，中原农民出版社1985年版）、《秦琼卖马》（陈青远口述，穆兰记录、宫钦科整理，春风文艺出版社1986年版）、《三请樊梨花》（陈青远、陈丽君、陈丽杰口述，耿瑛、裴福存整理，春风文艺出版社1987年版）、《响马传》（陈青远口述，宫钦科、穆兰整理，黄河文艺出版社1988年版）、《樊梨花

---

① 春风文艺出版社1991年第2次印刷时将书名改为《五女七贞》。

招亲》（陈青远、陈丽君、陈丽杰、王泉著，中原农民出版社 1988 年版）。

郝艳芳（1925—2009），女，辽宁沈阳西河大鼓演员。郝艳芳为郝艳霞之妹，自幼学艺，12 岁登台演出。这一时期根据其口述整理的评书作品有三种，分别为《小将呼延庆》（郝艳芳述录，邱连升、宫钦科整理，春风文艺出版社 1984 年版）、《洪月娥招亲》（李庆溪、郝艳芳编述，杨微、朱巍整理，春风文艺出版社 1987 年版）、《玉面虎出山》（郝艳芳口述，王润生、张志兴整理，延边人民出版社 1988 年版）。

刘浩鹏（1926—1988），辽宁沈阳评书演员，曾师从宋桐斌学艺。这一时期他独自或与人合作整理出版的评书作品有 6 部，分别为《龙公案》（刘浩鹏口述，闻逸整理，内蒙古人民出版社 1987 年版）、《洪武剑侠图》（刘浩鹏口述，尚羡智、李耀先记录整理，花山文艺出版社 1987 年版）、《洪武剑侠图续集》（刘浩鹏整理，时代文艺出版社 1988 年版）、《再续小五义》（刘浩鹏编著，北方文艺出版社 1988 年版）、《黑砂掌》（刘浩鹏著，北方文艺出版社 1989 年版）、《武当剑侠传》（刘浩鹏编著，内蒙古人民出版社 1989 年版）。

黄秉刚（1926—1988），辽宁鞍山西河大鼓、评书演员，出身曲艺世家。这一时期根据其口述或与人合作整理的评书作品有 6 部，分别为：《燕王演义》（黄秉刚口述，王樵整理，春风文艺出版社 1986 年版）、《杨家将前传：火山王杨衮》（黄秉刚、白树荣编写，春风文艺出版社 1987 年版）、《杨家将后传：杨士瀚出世》（黄秉刚口述，熙明整理，春风文艺出版社 1987 年版）、《杨金豹下山》（黄秉刚口述，王樵整理，春风文艺出版社 1988 年版）、《说岳后传》（黄秉刚口述，熙明整理，春风文艺出版社 1988 年版）、《龙门奇侠》（黄秉刚口述，白树荣整理，春风文艺出版社 1988 年版）。

袁阔成，1929 年生。辽宁营口评书演员。他出身评书世家，自幼随父学艺，16 岁登台。这一时期根据其演出或由其整理出版的评书作品如表 13-3 所示：

表 13-3

作品名称	口述者、整理者	出版机构	出版年份
赤胆忠心	袁阔成口述，田维贤、谭允中整理	广播出版社	1981
时迁大闹大名府	袁阔成口述，张瑞霖、李程整理	黑龙江人民出版社	1983

续表

作品名称	口述者、整理者	出版机构	出版年份
燕青打擂	袁阔成、李程编	春风文艺出版社	1985
评书三国演义	袁阔成改编播讲	云南人民出版社	1986
巧破乾坤楼	袁阔成、王润生、李程著	中原农民出版社	1986
大闹神州擂	袁阔成、任顺、李程著	黑龙江人民出版社	1986
赵子龙	袁阔成、李程编著	百花文艺出版社	1988
双头太岁与火凤凰①	袁阔成、王润生编著	花山文艺出版社	1988

刘林仙，女，1933 年生。辽宁抚顺西河大鼓、评书演员。出身曲艺世家，6岁学艺，13 岁登台演出。这一时期她与黄国祥等人合作，整理出版的评书作品有 9 部，如表 13-4 所示：

表 13-4

作品名	口述者、整理者	出版机构	出版年份
梁山后代小八义	刘林仙、黄国祥著	作家出版社	1980
薛刚反唐	刘林仙讲述，崔祥等整理	内蒙古人民出版社	1982
薛刚反唐续	刘林仙、黄国祥编著	内蒙古人民出版社	1985
呼家将	刘林仙述，黄国祥记录整理	内蒙古人民出版社	1985
薛仁贵征东	刘林仙、黄国祥编著	北岳文艺出版社	1986
英雄大八义	刘林仙、黄国祥著	北岳文艺出版社	1987
薛丁山征西	刘林仙、黄国祥著	北岳文艺出版社	1988
侠男奇女传	黄国祥、刘林仙著	中国民间文艺出版社	1988
将门传奇	刘林仙、黄国祥等著	北岳文艺出版社	1989

单田芳，1934 年生。辽宁鞍山评书演员，出身曲艺世家。在这一时期整理出版的评书作品中，以单田芳参与整理的为最多，达到近 20 部。如表 13-5所示：

---

①　该书还收有《江湖怪杰之死》。

表 13-5

作品名	口述者、整理者	出版机构	出版年份
明英烈①	单田芳述录，王樵等整理	春风文艺出版社	1982—1984②
大明英烈传	单田芳、方殿整理	黄河文艺出版社	1985
瓦岗英雄	单田芳、王樵改编	山西人民出版社	1985
百年风云	单田芳编写，白树荣整理	花山文艺出版社	1985
薛仁贵征西	单田芳、王莹著	中原农民出版社	1986
说唐后传	单田芳编写	春风文艺出版社	1986
燕王扫北	单田芳、王莹著	中原农民出版社	1986
连环套	单田芳编著	内蒙古人民出版社	1986
三侠剑	单田芳著	内蒙古少年儿童出版社	1986
包公案	单田芳口述，方殿整理	黄河文艺出版社	1987
七杰小五义	单田芳口述，方殿整理	黑龙江人民出版社	1987
童林传③	单田芳编著	内蒙古人民出版社	1987、1988
燕王剑侠	单田芳著	内蒙古人民出版社	1987
白眉大侠	单田芳编著	内蒙古人民出版社	1988
续三侠剑	单田芳著	北方文艺出版社	1988
风尘三侠	单田芳、杨清风著	中原农民出版社	1988
宫门挂玉带	王全桂口述，单田芳整理	中原农民出版社	1988
大明风流谱	单田芳著	中国文联出版公司	1988
铁伞怪	单田芳、杨清风著	海天出版社	1988

张贺芳（1934—2012），女，辽宁鞍山评书演员。曾师从郝艳芳学艺。这一时期根据其口述整理，及与人合作整理的评书作品有 4 种，分别为《呼杨合兵》（张贺芳、白树荣整理，华山文艺出版社 1983 年版、花城出版社 1983 年版）、《小五虎演义》（张贺芳口述，方殿整理，黄河文艺出版社 1985 年版）、《杨宗保

---

① 该书包括《武科场》《取襄阳》《战滁州》《定南京》，共 4 部。

② 后将四分册合为一册，以《明英烈》为名出版，单田芳述录，王樵、王俊明整理，春风文艺出版社 1987 年版。

③ 该书分前传、后传。

征西》（张贺芳口述，耿银、王振法整理，花山文艺出版社 1987 年版）、《杨排风演义》（张贺芳、章程编著，云南人民出版社 1988 年版）。

黄佩珠（1934—2013），女，辽宁鞍山西河大鼓演员。出身曲艺世家，师从李庆海学艺，黄佩艳为其妹妹，亦为西河大鼓演员。这一时期根据其口述或与人合作整理的作品有五部，分别为《少西唐演义》（黄佩珠口述、李少岩、范继伟整理，花山文艺出版社 1985 年版）、《续少西唐演义》（黄佩珠、黄佩艳口述，李少岩、范继伟整理，花山文艺出版社 1985 年版）、《薛雷扫北》（黄佩珠、白佩玉口述，马宝山整理，华山文艺出版社 1986 年版）①、《天下第一棍》（黄佩珠、白佩玉口述，方殿整理，安徽文艺出版社 1987 年版）、《乾天剑传奇》（徐甦、黄佩珠、裴福存编写，春风文艺出版社 1987 年版）。

白佩玉，女，1938 年生。辽宁沈阳西河大鼓演员，曾师从李庆海学艺。这一时期根据其口述或与人合作整理的评书作品有 7 部，分别为《残唐演义》（白佩玉、范继伟编写，春风文艺出版社 1987 年版）、《五代演义》（白佩玉、范继伟编写，春风文艺出版社 1987 年版）②、《无盐娘娘传奇》（李庆海传本，白佩玉、范继伟编写，春风文艺出版社 1988 年版）、《大唐三侠》（白佩玉口述，方殿整理，黄河文艺出版社 1988 年版）、《唐宫女祸》（白佩玉口述，孙殿整理，黑龙江人民出版社 1988 年版）、《万仙阵》（白佩玉口述，王兰兰、白冰、耿柳整理，沈阳出版社 1989 年版）、《义侠萍踪》（白佩玉、白冰、王兰兰编写，大连出版社 1989 年版）。

田连元，1941 年生。辽宁本溪评书演员，他出身曲艺世家。这一时期他整理出版了 5 部作品，分别为《孙膑演义》（田连元编，春风文艺出版社 1984 年版）、《刘秀传》（田连元编写，春风文艺出版社 1985 年版）、《杨家将：寇天官与杨六郎》（田连元编写，春风文艺出版社 1988 年版）、《续小八义》（刘彩芹口述，田连元整理，春风文艺出版社 1988 年版）、《再续小八义》（刘彩芹口述，田连元整理，春风文艺出版社 1990 年版）。

刘兰芳，女，1944 年生。鞍山评书演员，师从孙惠文。20 世纪 80 年代，其

---

① 上述三书合称《薛家将全传》，后《少西唐演义》《续少西唐演义》合并为《薛家将》一书，春风文艺出版社 1996 年版。

② 上述二书合称《残唐五代》。

评书《岳飞传》《杨家将》曾风靡一时。这一时期她与人合作整理的评书作品有多部，分别为《岳飞传》（刘兰芳、王印权编写，春风文艺出版社 1981 年版）、《杨家将》（刘兰芳、王印权编写，河北人民出版社 1981 年版）、《白牡丹行动》（肖云星原著，刘兰芳改编，花山文艺出版社 1983 年版）、《三打乌龙镇》（何宪伦、张华荣原著，刘兰芳、王印权改编，河南人民出版社 1983 年版）、《赵匡胤演义》（孙惠文口述，刘兰芳整理，甘肃人民出版社 1985 年版）、《刘金定大战南唐》（孙惠文、杨天征口述，刘兰芳、王印权整理，甘肃人民出版社 1987 年版）、《杨家将全传》（王增义口述，刘兰芳、王印权整理，花山文艺出版社 1987 年版）。

石印红，女，1945 年生。辽宁辽阳评书演员，早年师从其父石长岭学艺。这一时期根据其口述及与人合作整理的评书作品有 4 部，分别为《伍子胥鞭尸》（石印红、章程整理，花山文艺出版社 1987 年版）、《罗通扫北》（石印红讲述，张志勋、谭德惠整理、黄河文艺出版社 1987 年版）、《临潼斗宝》（石长岭传本，石印红口述，王增光、张志勋整理，春风文艺出版社 1987 年版）、《护国皇娘传》（石印红、章程整理，花山文艺出版社 1988 年版）。

除上述所列举者，这一时期根据整理出版的东北评书作品尚有《三上肉丘坟》（刘宝成、陈显荣改编，吉林人民出版社 1982 年版）、《张良扶汉》（评书《西汉》第一集，丁建中整理，春风文艺出版社 1984 年版）、《韩信挂帅》（评书《西汉》第二集，丁建中整理，春风文艺出版社 1986 年版）、《梁山轶事》（张青山原著，刘宝成、陈显荣改编，吉林人民出版社 1986 年版）、《转山湖女杰》（杨维宇、李桐森著，北方妇女儿童出版社 1986 年版）、《火烧藏珍楼》（程秉权、程淑琴整理，春风文艺出版社 1988 年版）等。

东北地区之外，这一时期北方地区较为活跃的评书艺人及其整理出版的作品有以下一些。

李鑫荃（1921—2004），北京评书演员，师从段兴运、连阔如等学艺。这一时期他参与整理的评书作品有两部，即《和氏璧　赠绨袍》（李鑫荃演述，冯不异整理，中国曲艺出版社 1984 年版）、《忠义响马传》（马连登说本、李鑫荃、马歧整理，工人出版社 1987 年版）。

郝艳霞（1923—2003），女，天津西河大鼓演员。她出身于西河大鼓世家，从小学艺并登台演出。这一时期她与王润生合作整理出版的评书作品有 10 多部，如表 13-6 所示：

表 13-6

作品名称	整理者	出版机构	出版年份
月唐演义	郝艳霞、王润生	花山文艺出版社	1984
十二寡妇出征	郝艳霞、王润生	河南人民出版社	1984
杨文广招亲①	郝艳霞、王润生	黑龙江人民出版社	1986
天下第一镖②	郝艳霞、王润生	黑龙江人民出版社	1986
花木兰扫北	郝艳霞、王润生	黑龙江人民出版社	1988
三请薛仁贵	郝艳霞、王润生	花山文艺出版社	1987
罗成叫关③	郝艳霞、王润生	黑龙江人民出版社	1988
罗成之死④	郝艳霞、王润生	黑龙江人民出版社	1988
秦英征西	郝艳霞、王润生	黑龙江朝鲜民族出版社	1988
薛丁山征西	郝艳霞、王润生	黑龙江朝鲜民族出版社	1988
四雄一杰	郝艳霞、王润生	黑龙江朝鲜民族出版社	1989
绿林怪杰⑤	郝艳霞、王润生	中原农民出版社	1989

段少舫（1933-2007），女，河北唐山西河大鼓演员。她 8 岁从父从艺。这一时期根据其演出整理出版的评书作品有《朱元璋演义》（段少舫演出本，徐雯珍整理，中国曲艺出版社 1982 年版）、《呼延庆出世》（段少舫述，传松、会群整理，黑龙江人民出版社 1983 年版）两种。

连丽如，女，1942 年生。北京评书演员，出身曲艺世家，父亲为著名评书艺人连阔如。这一时期她与贾建国等人合作整理了两部评书作品，即《程咬金大闹瓦岗寨》（连丽如讲述，王天君、贾建国整理，北方文艺出版社 1987 年版）、《逍遥王》（连丽如、贾建国著，工人出版社 1989 年版）。

---

① 该书还收有两部其他人创作的文学作品。
② 该书还收有两部其他人创作的文学作品。
③ 该书还附收《四十八将闹东平》。
④ 该作品收录在《乱世奇杰》一书中。
⑤ 该书还附收《天下第一镖》。

这一时期其他地区也有一些评书演员的作品被整理出版，其中较为突出的是李少霆。

李少霆（1915—1996），湖北武汉评书演员。他曾师从陈树棠学艺。这一时期根据其口述或由他与人合作整理出版的评书作品有 7 部，分别是为《三侠闹京都》（李少霆、刘显栋、杨永清著，群益堂 1985 年版）、《京都风云》（李少霆、刘显栋、杨永清著，中国展望出版社 1985 年版）、《十三太保劫香车》（陈树棠、李少霆口述，杨永清记录，谢学秦整理，海南人民出版社 1985 年版）、《十三太保闹平阳》（陈树棠、李少霆著述，北岳文艺出版社 1986 年版）、《三杰八骏十二雄》（李少霆、刘显栋、徐世康著，浙江人民出版社 1987 年版）、《智取连环套》（李少霆编，群益堂 1987 年版）、《武科场》（陈树棠、李少霆著述，扬永清记录，谢学秦整理，海南人民出版社 1988 年版）。

这一时期还出版了两部根据山东大鼓书改编整理的评书作品，即《呼家将》（刘书琴、刘济祥、刘琳著，山东文艺出版社 1983 年版）、《双枪呼延赞》（刘济祥、刘琳著，甘肃人民出版社 1987 年版）。此外尚有《大唐天宝遗事》（康巧玲重编，中国曲艺出版社 1987 年版）、《西汉故事选》（李存源讲述，王决等整理，中国曲艺出版社 1987 年版）等。

需要说明的是，这一时期整理出版的传统评书作品与演员们的师承及实际演出相比，往往存在着较大的差别。这主要是整理者为了照顾读者，增强可读性，有意对原作进行文学化的加工，有些甚至是再创作，这样所整理出版的作品与其说是评书，不如说是传统题材的小说作品。这在当时是一种较为普遍的做法，忠实于师承或场上演出的整理本并不多见。从文献整理的角度来看，这些经过较多加工整理乃至再创作的评书作品存在着较大的失真问题，研究时需要进行认真辨析。

这一时期有两部与评话相关的资料集整理出版，一为《评弹通考》，一为《苏州评弹旧闻钞》。

《评弹通考》，谭正璧、谭寻搜辑，中国曲艺出版社 1985 年版。该书为《民间说唱研究文献汇编》之一，"以辑录有关评话、弹词的考证材料为主"。全书分原始、评话、弹词、评论、杂录及外编共 6 门 8 卷，其中评话卷"所收以民间所谓说大书的印本为主"，涉及 30 多部作品，此外评论、杂录两门亦收录有评话资料。该书所收资料来源广泛，"凡书籍报刊所载有关评话、弹词的文字，每有所见，不论长篇累牍，或一枝一节，无不收录"①。材料后注明出处，书后附《引用书目及篇目》。该书虽在 1985 年出版，但初稿完成则是在 20 世纪 60 年代。

《苏州评弹旧闻钞》，周良编著，江苏人民出版社 1983 年版。该书主要"辑录苏州评弹史料，说话、诸宫调、崖词、陶真、词话、盲词、南词等，作为渊源，附录于后。变文、俗讲、小说，因专著较多，没有辑入"。全书分正编和附编，其中正编的评话旧闻钞收录评话资料 111 条，附编的说话、说书旧闻钞收录评话资料 102 条，合计全书共收评话资料 213 条。在编排上，"大体按年代先后排列，至全国解放为止"②。书后有《所引著作编年索引》《分类索引》。后编著者又进行增补，于 1985 年刊行《苏州评弹旧闻钞补编》（苏州市评弹研究室编印），2006 年由古吴轩出版社出版增补本。

上述两书都是兼收评书、弹词资料，所收评话资料侧重江南地区。

苏州评弹研究室所编的《评弹艺人谈艺录》（江苏人民出版社 1982 年版）也是一部具有资料性质的书籍，收录相关回忆、谈艺文章 33 篇，具有重要的史料价值。此外，苏州市评弹研究室还曾于 1979 年至 1985 年间编印有《苏州评弹史料》《评弹研究丛书》两套丛书，收录有相当丰富的苏州评书资料。

苏州评弹研究会于 1982 年创办一种专门探讨评弹艺术的刊物《评弹艺术》，刊载大量珍贵资料及研究文章，对评书艺术的研究具有积极的推动作用。

这一时期还出版了几种与评书相关的研究著作，如胡士莹的《话本小说概论》（中华书局 1980 年版）、陈汝衡的《陈汝衡曲艺文选》（中国曲艺出版社 1985 年版）、春风文艺出版社所编的《评书艺术论集》（春风文艺出版社 1987 年版）等，这些著作不仅学术水平高，而且提供了较为丰富的文献资料与学术信息。以胡士莹的《话本小说概论》为例，该书不仅详细梳理了话本小说的渊源流变过程，而且也是一部说书艺术发展史，征引资料十分丰富，其中有不少为作者第一次使用，此外该书还附收了一些作者搜辑的珍贵资料，比如《宋元话本钩沈——〈王魁〉等五种》《明人话本钩沈》等，正如一位论者所说的"在辑逸方

---

① 该书分前传、后传。

② 周良：《苏州评弹旧闻钞》"后记"，江苏人民出版社 1983 年版。

面也很有成绩"①。

第四节　20世纪90年代评书文献研究

进入20世纪90年代，随着社会文化环境的变迁，评书文献的搜集、整理与研究在80年代的基础上有了新的发展，虽然难以再现以往那样的红火景象，也不像以往那样受到关注，但还是取得了一些新的成果。

在目录的编制方面，这一时期公开刊布的有以下几种专题目录。

《讲史类评书话本书目》《神怪类评书话本书目》《公案侠义类评书话本书目》《现代评书话本中长篇书目》，载戴宏森、李真、郝赫、耿瑛主编《中国评书精华》丛书，春风文艺出版社1991年版。这四个专题目录主要收录20世纪80年代出版的讲史、神怪、公案侠义类评书及现代新编评书目录。

《苏州评弹长篇传统书目表》，周良等编，载《评弹艺术》第十四集，江苏文艺出版社1993年版。该目共收录苏州评弹长篇传统书目127部，其中评话55部。

《曲艺专著、作品出版、发表情况表》，载扬州曲艺志编委会《扬州曲艺志》，江苏文艺出版社1993年版。该表收录了1949年后至20世纪80年代间所发表、出版的有关扬州评话的作品及著述。

在作品的整理出版方面，因传统评书作品大多已在80年代得到整理出版，因此这一时期整理出版的数量要少很多，主要向两个方向发展：一是整合，将此前整理出版的评书作品进行汇集，使之系统化；二是补漏，将此前未曾受到关注的评书作品加以整理出版。由此也形成了这一时期整理出版评书作品的特点，那就是较为系统、较为深入，出现了一些规模较大的作品集，同时也出现了一些新的传统评书作品和新编作品。

这一时期整理出版的评书作品按照内容及特点可以分为以下三类。

第一类是收录多部评书作品或选段的丛书及作品集。主要有以下一些。

---

① 赵景深：《话本小说概论》"序"，中华书局1980年版。

《中国评书精华》，戴宏森、李真、郝赫、耿瑛主编，春风文艺出版社 1991 年版。该丛书意在"给广大评书爱好者和中外研究者提供一套较好的选本"，共分讲史卷、神怪卷、新作卷、侠义卷 4 卷，每卷收录 10 部中长篇代表书目的优秀选段，大多为名家名篇，以北京评书为主，兼顾扬州评话、苏州评话、湖北评书等。各卷前皆有序言，对本卷所收各类评书进行介绍。对所收作品，除标明口述者、整理者外皆写有《前记》，对其内容、特色、版本及代表艺人进行介绍。后附相关书目。

《罗成叫关》，王润生等著，湖南出版社 1995 年版。该书共收录 5 部评书作品，即袁阔成、王润生的《双头太岁与火凤凰》，郝艳霞、王润生的《绿林怪杰程咬金》，王润生、孙生亭的《铁臂游侠》，郝艳霞、王润生的《罗成叫关》和王全桂、单田芳、王润生的《宫门挂玉带》。

《中国十大传统评书经典》，春风文艺出版社 1996 年版。该丛书"是在已出版的大量评书中精选而成，包括了讲史、侠义、神怪三类"，"只收北方评书，不收仅在某地区流传、在全国影响不大的评书即方言评话"①。共选收 10 部名家名书，分别为《明英烈》（单田芳述录，王樵、王俊明整理）、《薛家将》（黄佩珠、黄佩艳口述，李少岩、范继伟整理）、《五女七贞》（聂田盛编述，宫钦科、栾冠文整理）、《童林传》（常杰森著，单田芳整理）、《刘秀传》（田连元编写）、《水浒外传》（袁阔成等编写）、《神怪列国志》（白佩玉口述，范继伟整理）、《杨家将》（王增义口述，刘兰芳、王印权整理）、《响马传》（陈青远讲述，宫钦科、穆兰整理）、《岳飞传》（刘兰芳、王印权编写）②。每本书前都写有前记，介绍其基本情况。

《苏州评弹书目选》，周良主编，江苏文艺出版社 1997—2000 年版。全书 4 集 11 册，共选收评弹作品 113 部，其中评话作品 22 部，有些为选段。所收作品皆为演出本，并标明演出者与整理者，每篇作品后皆写有简介，介绍其创作、演出情况。

第二类为专题作品集，即围绕某一评书演员或某一专题而编选的评书作品集。主要有以下一些。

---

① 《中国十大传统评书经典》"例言"，春风文艺出版社 1996 年版。
② 有关该丛书的选编原则等情况，参见各书卷首所载耿瑛《中国十大传统评书经典》"总序"。

《杨家将九代英雄传》，书目文献出版社 1995 年起陆续出版。该书共收录李庆溪、黄秉刚、田连元、郝赫四位说书艺人有关杨家将的评书作品 9 部，即《火山王杨衮》《金刀杨令公》《杨六郎挂帅》《杨宗保招亲》《杨文广征南》《杨怀玉征西》《杨士瀚扫北》《杨金豹下山》《杨满堂除奸》，各书之间有内容上的关联，同时又各自独立成篇，构成一个有关杨家将的评书系列。

《全唐传》，刘林仙、黄国祥著，北岳文艺出版社 1996 年版。该书收录刘林仙有关唐代的评书作品 6 部，分别为《五女兴唐》《罗通扫北》《薛仁贵征东》《薛丁山征西》《薛刚反唐》《粉妆楼》，其中有些在 20 世纪 80 年代曾出版过。此外刘林仙这一时期整理出版的评书作品还有以下三部：《五女兴唐》（黄芳、刘林仙著，北岳文艺出版社 1990 年版）、《回龙传》（刘林仙、黄芳著，北岳文艺出版社 1994 年版）、《英雄小八义》（刘林仙、黄国祥著，北岳文艺出版社 1998 年版）。

《水浒通俗演义》，浙江文艺出版社 1999 年版。该书收录杭州评话中有关《水浒传》的作品，共 5 部：《武松演义》（刘操南、茅赛云编著）、《卢俊义演义》（张少策传述，王泰栋、李尉波整理）、《杨志演义》（胡天如传述，刘操南纂修，徐钟穆记录）、《林冲演义》（胡天如口述，顾希佳整理）、《水泊梁山》（刘操南编著），其中前 4 部系根据艺人的传述整理改编而成，最后 1 部则为模仿评书进行的创作。

《单田芳评书精粹》，单田芳著，群众出版社 1999 年版。该丛书收录著名评书演员单田芳的评书作品，包括《童林传》《瓦岗英雄》《风尘三侠》《薛家将》《说唐后传》《说岳后传》《三侠五义》《白眉大侠》《燕王剑侠》《燕王扫北》《永乐剑侠》《大明英烈》《连环套》《三剑侠》《续三剑侠》《后续三剑侠》《百年风云》，共 17 部。每部书前皆有《内容简介》。

《单田芳评书精粹》之外，单田芳这一时期还出版有《永乐剑侠》（与王莹合著，中原农民出版社 1990 年版）、《大明五杰》（与许杰合著，作家出版社 1992 年版）等评书作品。

《中国传统章回小说系列》，湖南出版社 1994—1995 年版。该丛书收录郝艳霞与王润生等人整理、创作的评书作品，包括《花木兰扫北》《四杰一雄》《三请薛仁贵》《月唐演义》《秦英征西》《薛丁山征西》《十二寡妇出征》《水浒英雄新传》《玉面虎出山》《呼延庆出山》《罗成叫关》等 10 多部。1997 年，湖南出版社又出版了这批作品的绘图本。

此外北岳文艺出版社 1997 年出版郝艳霞、王润生编著的《郭子仪演义》，湖南人民出版社也于 1998 年出版了郝艳霞与人合作整理的《七国演义》《杨家将全传》《秦琼闹太原》等。

1996 年，吉林文史出版社得到著名评书艺人张杰鑫的全套《三侠剑》，将其整理出版，共 12 册。

第三类是根据艺人演出整理或改编的单部作品。这类作品数量较多，以下根据不同的门类分别加以介绍。

首先是以扬州评话、苏州评话为代表的南方评话整理本。其中扬州评话的整理本有以下几种。

《楚汉相争》，张善安口述，许筱云、吴汉兴整理，上海文艺出版社 1990 年版。该书根据评书艺人张善安口述的扬州评话《西汉》整理而成。据整理者介绍，"口述录音的记录有一百十多万字，先后经过三稿整理、删改，历时五年多，现整理稿《楚汉相争》为五十余万字"①。

《扬州评话三国》，康重华口述，张棣华、夏耘整理，江苏人民出版社 1992 年起出版，该书根据著名艺人康重华的扬州评话《三国》整理而成，包括《火烧新野》（1992 年出版）、《暗袭南郡》（1994 年出版）、《火烧博望坡》（1995 年出版）三部。惜印数太少，只有几百册，故知者甚少。

《扬州评话王派水浒》，江苏文艺出版社 1995 年版，这套丛书所收为扬州评话第四代传人王丽堂的演出本，包括《宋江》（汪福昌、费力整理）、《卢俊义》（汪福昌、费力整理）、《石秀》（汪福昌、费力、吴润生整理）三部，与中国曲艺出版社 1989 年出版的《武松》构成一个完整的系列。该书印数也是很少，只有 600 册，如今要看到并不容易。从扬州评话整理本印数之少也可看出这一时期评书不再像 80 年代那样受关注，有逐渐冷清的趋势。

苏州评话的整理本有以下一种：《开封府》，金声伯、秦绿枝著，上海文化出版社 1996 年版。该书由秦绿枝根据评书艺人金声伯的评书《包公》重新创作编写而成。

---

① 许筱云：《楚汉相争》"整理后记"，上海文艺出版社 1990 年版。

杭州评话的整理本有以下两种。

《刘伯温出山》，王超堂口述，徐永华、陆子亢整理，三秦出版社 1990 年版。该书根据杭州评话艺人王超堂的口述整理而成。

《青面兽杨志》，胡天如传述，徐钟穆记录，刘操南纂修，黄山书社 1991 年版。该书根据艺人胡天如的传述整理而成，"在人物塑造、环境描写、情节安排、语言提炼和制度名物诸方面做了一些纂修或订正工作"①。

其次是北方评书。这一时期整理出版的北方评书数量较多，主要来自两个地区，一个是北京、天津及河北地区，一个是东北地区特别是辽宁。

在北京、天津及河北地区整理出版的评书作品中，有三部是连丽如与贾建国等人合作整理的，具体情况如下。

《斩莽剑》，连丽如、贾建国著，中国曲艺出版社 1990 年版。该书系在传统评书《东汉演义》基础上整理而成。

《佐良传》，英来鹏、连丽如、贾建国编著，中国工人出版社 1991 年版。

《康熙私访》，连丽如、贾建国、英来鹏著，紫禁城出版社 1993 年版。

由著名艺人常杰淼演述的《雍正剑侠图》在这一时期出版了多个整理本，这些整理本可分两种，一种是根据李鑫荃演述的整理本，即花山文艺出版社 1990 年出版的《雍正剑侠图》（李鑫荃话本，退思斋主、蕊竹编次）、北京师范大学出版社 1992 年出版的《雍正剑侠图》（常杰淼原著，李鑫荃演述，何黎校订）；另一种则是依据原著的整理本，如黑龙江朝鲜民族出版社 1991 年出版的《雍正剑侠图》（常杰淼原著，洪帆整理改编）、天津古籍出版社 1994 年出版的节编本、北京燕山出版社 1997 年出版的《雍正剑侠图》等。

其他艺人演述或参与整理的评书作品尚有以下一些。

《大五义》，刘杰谦传本，刘琳、王焚整理，春风文艺出版社 1991 年版。该书根据艺人刘杰谦的遗稿整理而成，书后附有陈荫荣、王决的《细雕龙图艺德高——刘杰谦和他说的〈包公案〉》。《大五义》又名《包公案》《龙图公案》。

《洪武大帝》，段少舫、徐雯珍编著，大众文艺出版社 1998 年版、2009 年再版。

在这一时期东北地区整理出版的评书作品中，以聂田盛编述或参与整理的数

---

① 刘操南：《青面兽杨志》"后记"，黄山书社 1991 年版。

量最多。在 80 年代的基础上，他又推出了一些新书目，主要有以下一些。

《大八义》，聂田盛编述，春风文艺出版社 1990 年版。该书原书由善恶图、二小闹下江、三拆聚宝楼、八义捉马雕四个单元组成，约 80 万字。经过整理，压缩为 60 万字，改成三部既有内在联系又各自独立的评书作品即《神偷赵华阳》（刘新整理）、《八义斗三仙》（郝赫整理）、《三拆聚宝楼》（杨微整理），是《大八义》不同版本中故事内容最全的一部。稍后又有《续大八义》，聂田盛编述，史艳芳、李文凯整理，春风文艺出版社 1991 年版。该书与前三部书内容衔接，构成一个完成的大八义故事系列。

《小侠黄九龄》，聂田盛编述，耿瑛、杨微整理，黄河文艺出版社 1990 年版。

《五女七贞》，聂田盛编述，宫钦科、栾冠文整理，春风文艺出版社 1991 年版。该书由《十二侠女》《百鸟朝凤》《百兽朝麟》三部组成。

《青衣女侠》，康泽田原著，聂田盛、宫钦科重编，春风文艺出版社 1993 年版。该书系原著者在 20 世纪 30 年代创作，经整理改编而成。书后附有《〈青衣女侠〉与康泽田》一文。

其他艺人演述或参与整理的评书作品尚有以下一些。

《群仙破天门》，张香兰、李庆溪口述、李冠雄、朱巍整理，春风文艺出版社 1990 年版。该书根据著名艺人张香兰、李庆溪夫妇的口述整理而成，内容与其他版本的穆桂英大破天门阵不同，有不少神仙鬼怪的描写①。

《小五义》，程秉权、程淑琴整理，春风文艺出版社 1991 年版。该书由评书演员程秉权、程淑琴合作整理，分《大破冲霄楼》《复夺陷空岛》两集。程淑琴还出有《红袍女侠》（与石久华合著，春风文艺出版社 1993 年版）一书，该书为《大红袍》的续书。

《三蒸骨疑案》，李桐森、陈瑞锋合编，大众文艺出版社 1996 年版。该书根据评书艺人李桐森的《蒸骨三验》整理改编而成。整理者"遵照保存精华，删除糟粕的原则，对该书做了大篇幅的增添删改"②。

《大八义前传》，黄秉刚、白树荣编写，春风文艺出版社 1992 年版。该书根据演员黄秉刚的评书《左良传》整理改编而成，分上、下卷，上卷书后附有白

---

① 具体情况参见郝赫《群仙破天门》"校订后记"，春风文艺出版社 1990 年版。
② 陈瑞锋：《三蒸骨疑案》"后记"，大众文艺出版社 1996 年版。

树荣的《黄秉刚和〈左良传〉》，下卷书后附有白树荣的《后记——兼悼黄秉刚先生》。

在文献资料的搜集整理方面，这一时期出版了两种评书艺人的回忆录。

《艺海苦航录——扬州评话"王派水浒"回忆》，王筱堂口述、李真整理，江苏省政协文史资料委员会、镇江市政协文史资料研究委员会1992年刊行。该书为扬州评话王派水浒第三代传人王筱堂口述的回忆录，是"一部记述王家四代人即王玉堂、王少堂、王筱堂、王丽堂的艺海生涯，主要是记述著名扬州评话艺术大师王少堂同志的艺术道路和艺术经验、艺术见解的回忆录"①。全书分35章，回顾并总结了王少堂、王筱堂等王派水浒传人的人生经历与艺术生涯。

《口舌人生：评书艺术家徐勍自述》，徐勍著，重庆出版社1998年版。该书为重庆评书艺人徐勍所写自传，全书分四卷，分别为漂泊岁月、崛起话坛、蹉跎风雨和流光金秋。书后还附有作者所写《四川评书的源流和艺术特色》。

此外，上海曲艺家协会所编的《评弹艺术家评传录》（上海文艺出版社1991年版），吴宗锡、周良主编的《评弹文化词典》（汉语大词典出版社1996年版）等也都收有较为丰富的评话资料。

第五节 21世纪前十多年间评书文献研究

进入21世纪，在世界范围内实施非物质文化遗产保护的大背景下，评书与其他说唱艺术一样，在经历20世纪90年代的沉寂之后，获得新的发展生机，受到前所未有的重视。2006年，苏州评弹、扬州评话、福州评话、陕北说书入选第一批国家级非物质文化遗产名录；2008年，杭州评话、北京评书、湖北评书、浦东说书、讲古入选第二批国家级非物质文化遗产名录。2011年，四川评书入选第三批国家级非物质文化遗产名录。这样，全国范围内具有代表性的评书流派大多入选国家级非物质文化遗产名录，这也就意味着它们得到政府人力、物力等方面的支持和保证。此外，中国评书评话博物馆正在筹建中，将落户江苏泰州。

---

① 罗扬：《艺海苦航录——扬州评话"王派水浒"回忆》"序"，江苏省政协文史资料委员会、镇江市政协文史资料研究委员会1992年刊行。

在此较为有利的背景下，评书研究受到重视，并取得不少新的进展，文献资料的搜集、整理与研究也有不少新的研究成果。以下分别进行简要介绍。

在目录的编制方面，这一时期主要有以下几种专题目录。

《苏州评弹传统书目表》，周良编，载其《苏州评话弹词史》，中国戏剧出版社 2008 年版。该表分评话和弹词两部分，共收录苏州评弹传统书目 152 部，其中评话 67 部。全目按作品名字首字笔画为序。

《陕北说书的书目》，曹伯植编，载其《陕北说书概论》，陕西人民出版社 2010 年版。该书分传统书目、创作书目两部分，两部分内又各分长篇、中篇和短篇，收录编者所收集的陕北说书书目，其中有录音资料与已整理的简要介绍其故事情节，没有资料的则只列书名。

《杭州评话书目概略》，载陈建一主编《杭州评话研究》，浙江摄影出版社 2009 年版。该目分传统书目和现代书目两类，收录了编者所收集的杭州评话作品，其中传统书目按照作品故事年代编排。

在作品的整理出版方面，这一时期又整理出版了一批新的评书作品。从内容及其特点来看，主要有以下几类。

第一类为评书作品丛书或评书作品集。其中一部分为收录多位评书艺人整理本或演出本的作品丛书或作品集。

《苏州评弹书目库》，周良主编，大众文艺出版社 2008—2009、2013 年版、人民音乐出版社 2010—2011 年版。该书是一套规模较大的苏州评弹作品集，所收皆为演出本，现已出版 6 辑，共收录作品 26 部，其中大多为弹词作品，评话作品有 7 部，分别为《岳传》（曹汉昌演出本）、《三国·过五关斩六将》（汪雄飞演出本）、《后岳传》（曹汉昌演出本）、《三国·群英会》（唐耿良演出本）、《英烈·反武场　隋唐·三探武南庄》（朱庆涛、吴子安演出本）、《包公》（顾宏伯演出本）[①]。

《杭州评话》，陈建一主编，陈俊芳口述，徐永华整理，上海文化出版社 2007 年版。共收录具有代表性的 10 部杭州评话作品，分别为《韩信传奇》《乾隆下江南》《众安桥》《宋江》《岳飞传》《刘伯温出山》《双雄奇案录》《太平门

---

① 有关该书的特点，参见朱栋霖《苏州评弹的经典文本——〈苏州评弹书目库〉》，载苏州大学非物质文化遗产研究中心编《东吴文化遗产》第 3 辑，上海三联书店 2010 年版。

纪事》《莫问奴归处》《淞沪游击队》。

此外，陈建一主编的《杭州评话研究》下编《杭州评话短篇作品选辑》收录杭州评话短篇作品 10 种，其中传统书目 7 种，现代书目 3 种。

《陕北说书精选》，孙鸿亮、吕达主编，陕西人民出版社 2008 年版。该书精选 20 多位说书艺人的 50 多篇书词，分书帽、小段和长篇三类编排。

《陕北说书传统曲目选编》，曹伯值主编，陕西人民出版社 2010 年版。全书分长篇集、中篇集、短篇集。其中长篇集收录作品 10 部，中篇集收录作品 12 部，短篇集收录书帽、小段、现代流行小段、书套、仪式小段等近 150 个。

另一部分为某一评书艺人的作品专集，主要有以下一些。

《扬州评话王派水浒》，中华书局 2005 年起版，目前已出版两种，即王丽堂口述、郭铁松、王鸿整理的《武松》（2005 年版）；王丽堂口述，汪复昌、费力、吴润生整理的《石秀》（2007 年版）。

《连阔如评书秘本》，中华书局 2005 年起出版。该丛书收录著名评书艺人连阔如几部较为少见的评书作品，目前已出版以下三种。

《东汉演义》，连阔如口述，连丽如、贾建国整理，中华书局 2005 年版。该书根据 20 世纪 30 年代《立言画刊》连载的连阔如口述本修订整理而成。除了改定版式、根据情节变化重新划分自然段，还"重新划分回目并增加小标题"，"正文前增加人物绣像"①。

《评书三国演义》，连阔如传本，连丽如口述，吴荻、于嘉、孙瑁整理，中华书局 2006 年版。

《三十六英雄》，连阔如口述，贾建国、连丽如整理，中华书局 2011 年版。该书根据《新北平报》1934 年 7 月 3 日起连载的连阔如口述文本整理而成。

《袁阔成评书代表作丛书》，袁阔成、袁田著，北方文艺出版社 2011 年版。目前已出版三种，即《春秋五霸》《战国七雄》《西楚霸王》。

《单田芳评书话本典藏》，单田芳、单瑞林著，中国工人出版社 2012 年版。该书收录单田芳创作、演出的评书作品，目前已出版《三侠五义》《说岳后传》《太平天国》《明末遗恨》《努尔哈赤》《乱世枭雄》等。

第二类为单部评书作品的整理本。其中整理出版最多的仍为《雍正剑侠

---

① 《东汉演义》"出版说明"，中华书局 2005 年版。

图》，该书在这一时期出有多个版本，如华龄出版社 2002 年版，吉林摄影出版社 2003 年版，内蒙古人民出版社 2004 年版，中华书局 2006 年、2007 年版（包括《雍正剑侠图：剑山蓬莱岛》《雍正剑侠图：万龙藏峰岛》两种，李鑫荃传本，连丽如口述），中央编译出版社 2013 年版等。

其他作品有以下一些。

《后水浒》，王筱堂口述，欣士敬整理，中国文联出版社 2002 年版。

《童林传》《童林后传》，张少佐著，内蒙古人民出版社 2009 年版。

《常州白泰官》，周玉峰著，南京大学出版社 2010 年版。该书根据常州评话整理而成。

《轩辕黄帝》，刘海法著，刘兰芳、王封臣、王印权改编，中州古籍出版社 2011 年版。该书根据刘海法同名小说改编，于 2006 年 9 月在中央人民广播电台首播。

《乱世枭雄》，单田芳、单瑞林著，工人出版社 2012、2013 年版。

《康熙私访》，连丽如口述，贾建国整理，中华书局 2013 年版。

在评书资料的整理汇编方面，这一时期出版了一批专书。根据其内容及特点，可以分为以下两类。

一类是收录各类评书史料的资料集。主要有以下几种。

《陈云和苏州评弹界交往实录》，周良编，中央文献出版社 2000 年版。该书以编年的形式，逐年记录了 1959—1994 年陈云与苏州评弹界交往的情况，并附相关文章。

《苏州评弹旧闻钞》（增补本），周良编著，古吴轩出版社 2006 年版。与初版本相比，增补本“增加了一批资料”。增补本共收录评弹等古代说唱文学资料 758 条，较之初版本的 545 条增加了 213 条，其中评话旧闻钞增加到 136 条，说话、说书旧闻钞增加到 143 条。同时对“部分条目的引文，稍加删略”，“增加了按语，主要是对所引资料的分析认识”①。全书体例及编排方式则延续初版本。

《见证历史：二十世纪苏州评弹图像》，古吴轩出版社 2006 年版。该书分曲艺艺术源远流长，百年史迹，演员、作家及专业研究人员，书目，长篇外演出形式，组织，书场，广播、电视书场，走出吴地，评弹书刊，陈云同志和评弹 11

---

① 周良：《苏州评弹旧闻钞》（增补本）“前记”，古吴轩出版社 2006 年版。

部分，收录 20 世纪有关苏州评弹的图像资料。图片下有简要的文字说明，书后附《人名索引》。

《评弹艺人录》，谭正璧、谭寻著，上海古籍出版社 2012 年版。该书分上下编，上编收录男性评弹艺人的资料，下编则收录女性评弹艺人的资料，皆按照艺人生活年代的先后编排。后有附录，收录小说、戏曲等通俗文学作品中的评弹资料。全书最后还收有谭正璧本人口述的《谭正璧自传》。

另一类是评书艺人的谈艺录或回忆录。主要有如下一些。

《艺海聚珍》，周良主编，古吴轩出版社 2003 年版。该书收录 42 位评弹艺人介绍演出经验的文章 99 篇。

《书坛口述历史》，江浙沪评弹工作领导小组办公室编，古吴轩出版社 2006 年版。该书收录著名评弹艺人周玉泉、潘伯英等人的回忆文章 9 篇，皆为艺人本人口述或撰写。

《演员口述历史及传记》，周良主编，古吴轩出版社 2011 年版。该书为《书坛口述历史的》的续编，分上下两编，收录评弹艺人的回忆文章、访谈录及传记 22 篇。

《别梦依稀——我的评弹生涯》，唐耿良著，商务印书馆 2008 年版。该书为苏州评话艺人唐耿良所写回忆录，全书分 66 节，回顾了其人生经历及艺术生涯。书后附有作者所写《故旧八忆》、《演出作品之一：三国用人之道》及《作者年谱》。此外，唐力行所编《别梦依稀——说书人唐耿良纪念文集》（上海人民出版社 2010 年版）一书也收录了与唐耿良相关的资料。

《言归正传：单田芳说单田芳》，单田芳著，中国工人出版社 2011 年版。该书为单田芳所写个人回忆录，回顾其人生历程与艺术生涯①。

《田连元自传》，田连元编，新华出版社 2011 年版。该书共 60 节，是田连元对自己艺术人生的回顾与总结。书后附有《田连元书法作品》。

《我为评书生：贾建国、连丽如口述自传》，贾建国、连丽如口述，吴欣还整理，中华书局 2012 年版。该书共 16 节，回顾了连丽如夫妇的艺术人生。书后附有《贾建国、连丽如出版评书文本目录》《贾建国、连丽如出版评书音像制品

① 虽然此前已出版有《单田芳说单田芳：磨难篇》（单田芳口述，奚青汶编写，中国友谊出版公司 2000 年版），但单田芳本人不满意，就亲自撰写了个人的这本回忆录。

目录》。

　　相关书籍尚有蓑笠翁所著的《醒木惊天连阔如》（当代中国出版社 2005 年版)①、叶咏梅编著的《中国长篇连播历史档案》（中国广播电视出版社 2010 年版）、李忠俊的《艺园耕耘：再现中国曲艺文化史》（北京图书出版社 2012 年版）等。

---

　　① 中华书局 2012 年版署名为彭俐。

第十四章　说唱文学志书文献研究述略

　　说唱文学志书文献主要是指围绕《中国曲艺志》《中国曲艺音乐集成》这两套大型曲艺志书的编撰而搜集整理的一系列说唱文学文献，这类文献以各类说唱文学史志及资料集的形式刊行，不仅数量多，规模大，而且涵盖面广，内容十分广泛，涉及说唱文学的各个方面，且自成一体，独具特色，影响深远，这里单独将其作为一类说唱文学文献进行归纳和介绍。

　　《中国曲艺志》《中国曲艺音乐集成》的编纂从最初的启动到全部出版，前后持续了将近30年的时间，实际上相关工作到当下为止还没有全部完成。根据不同历史时期的进展情况及其特点，以下将说唱文学志书文献的搜集整理工作分成三个阶段分别进行梳理和归纳。

第一节　20世纪80年代的启动与准备

　　第一个阶段为20世纪80年代，这是两套曲艺志书的启动、准备阶段。

　　《中国曲艺志》《中国曲艺音乐集成》是中国民族民间文艺集成志书编纂工程的一个重要组成部分，与两书同时编撰的还有《中国民间歌曲集成》《中国戏曲音乐集成》《中国民族民间器乐曲集成》《中国民族民间舞蹈集成》《中国戏曲志》《中国民间故事集成》《中国歌谣集成》《中国谚语集成》，整个中国民族民间文艺集成志书共包括10套大书。

　　1979年7月，文化部等单位制定发布《关于收集整理民族民间文化艺术遗产的总体规划》《收集整理我国民族音乐遗产规划》；1980 年 3 月 20 日，文化部、中国曲艺家协会联合发出《关于收集整理曲艺遗产及曲艺史料、资料的通知》。由此拉开了中国民族民间文艺集成志书编纂工作的序幕。

因编纂对象、内容及特点的不同，《中国曲艺志》《中国曲艺音乐集成》的编纂具有自己的特点。与其他志书相比，两书编纂的难度是比较大的，这表现在这一学科起步较晚，资料缺乏，学术积累较少，可资参考的已有成果不多，专业研究人员缺乏，整个学科基础薄弱，还存在不少空白点，许多疑难问题没有解决，不少有争议的问题尚未获得共识。这固然是一个不足，但惟其如此，也更显出两套志书的开创意义和重要价值。

两套曲艺志书中先启动的是《中国曲艺音乐集成》，该书起初的名称为《中国说唱音乐集成》。1984 年 5 月，文化部、中国音乐家协会、中国曲艺家协会在武汉召开编辑工作会议，制定《〈中国曲艺音乐集成〉编辑工作方案》，从编辑方针、收集范围、录音录像、记谱译谱、概述注释、照片图标、地方卷的版本内容等方面对编辑工作作了详细的规定。同年，该书的编纂被列入国家重点项目，预定完成时间为 1990 年。

《中国曲艺志》的编纂工作是从 1986 年启动的，在 10 部志书中是最晚的一部。当年 2 月，文化部与国家民委、中国曲协联合下发《关于编辑出版〈中国曲艺志〉的通知》及《〈中国曲艺志〉编辑出版计划（草案）》、《〈中国曲艺志〉地方卷体例（草案）》，预定完成时间为 1995 年以前。

为编纂这两套曲艺志书，文化部等政府部门采取了一系列有效措施，从制度、人力、资金等方面给予支持和保障，其中包括以下一些方面。

一是设立专门的编纂机构。在北京成立总编辑部，指导各省市卷的编纂与审稿，其中《中国曲艺志》的主编为罗扬①，副主编为王波云、周良，《中国曲艺音乐集成》的主编为孙慎，副主编为冯光钰、章鸣。《中国曲艺音乐集成》由主编、副主编、总编辑及编审组成编委会，《中国曲艺志》未设编委会，由各省市卷各自设立地方卷编委会和编辑部，负责本省市的资料搜集与编辑工作。这样，从中央到地方，建立了一套完整的编纂人员班子，保证了整个编撰工作的顺利

---

① 罗扬后发表《盛世创举　曲艺大典——〈中国曲艺志〉编纂工作略述》（《曲艺》2009 年第 9 期）一文，对整套丛书的编纂过程进行回顾和总结。

进行。

二是拨出专款。如此巨大的学术文化工程离不开物力、财力的有力支持，1986 年 1 月，文化部、财政部联合下发《关于国家重点艺术科研项目七部艺术〈集成〉、〈志〉编纂费请列入各级财政预算的通知》，将编纂《中国曲艺志》《中国曲艺音乐集成》的费用列入各级财政预算。随后，全国哲学社会科学规划领导小组陆续将两套曲艺志书的编纂列入国家重点项目。这些都从资金方面有力地保证了整个编纂工作的顺利进行。

三是制订较为周密的编纂计划及编写体例。两书都编写有专门的编辑手册即《中国曲艺志编辑手册》《中国曲艺音乐集成编辑手册》，中国曲艺志总编辑部还创办了《中国曲艺志通讯》。其后在编纂过程中不断充实和完善，后又陆续下发《〈中国曲艺志〉编辑方针》《〈中国曲艺志〉编纂机构设置》《〈中国曲艺志〉地方卷审稿程序》《〈中国曲艺志〉地方卷编纂说明》《〈中国曲艺志〉谱例书写规范》《〈中国曲艺志〉配图要求》《〈中国曲艺志〉地方卷体例（草案）补充说明》《关于〈中国曲艺志〉地方卷体例（草案）的几点说明》《关于〈中国曲艺志〉"志略·舞台美术"分类框架条目的设置》《中国曲艺音乐集成送审卷稿书写要求与格式》等指导性文件及相关资料。

此外，两套曲艺志书的总编辑部为配合编写工作，还召开了多次研讨会、座谈会，如 1985 年 1 月召开的二人转音乐编辑工作协商座谈会，1986 年 6 月召开的苏州弹词音乐编辑座谈会，1987 年召开的北方地区大鼓音乐编辑协商会议、中国民族音乐集成少数民族戏曲音乐、曲艺音乐编辑工作会议，1988 年 11 月召开的明清俗曲研讨会，1989 年召开的少数民族曲种鉴定会、陕西曲子渊源与艺术特色研讨会等。通过这些会议的召开，编写人员得以及时地探讨编纂过程中发现的问题，充分交流体会经验。所有这些，保证了编纂工作的顺利进行。

随着《中国曲艺志》《中国曲艺音乐集成》编纂工作的启动，全国范围内曲艺资料的搜集、整理与研究工作全面展开，如此大规模、大范围的文献资料普查工作可谓前所未有。随后，一些地市、县区开始编印具有本地特色的曲艺志及资料集，以备省卷采用，同时也为后面的编纂工作提供经验。

这一阶段刊行的地方曲艺志及资料集数量很多，几乎每个县市区都编印有相关的书籍，或一册，或数册，至于总的数量，到目前为止都没有精确的统计。限于条件，无法一一寓目，下面仅就笔者所知见者，列举一些。

其中河南省刊行的有以下一些：

《河南曲艺志史资料汇编》（自 1988 年起陆续刊行）、《新华区曲艺志》（新乡市新华区文化局编，1985 年刊行）、《原阳县曲艺志》（原阳县文化局曲艺志编辑室编，1986 年刊行）、《新野县曲艺志》（新野县文化馆编，1986 年刊行）、《南阳县曲艺志》（南阳县曲艺志编委会编，1988 年刊行）、《镇平县曲艺志》（镇平县曲艺志编委会编，1988 年刊行）、《南阳市曲艺志》（南阳市文化局编，1989 年刊行）、《淮滨县曲艺志》（淮滨县曲艺志编纂小组编，1988 年刊行）、《中国曲艺志·邓县资料卷》（邓县文化局编，1988 年刊行）、《中国曲艺志·西峡县卷》（西峡县《中国曲艺志》县卷本编纂小组编，1988 年刊行）、《平顶山市市区曲艺志》（初稿，平顶山市文艺集成志编辑室编，1988 年刊行）、《三门峡市曲艺志》（三门峡市文化局编，1989 年刊行）、《三门峡市湖滨区曲艺志》（三门峡湖滨区文化局编，1989 年刊行）、《郏县曲艺志》（郏县文化局曲艺志编纂组编，1988 年刊行）、《淅川县曲艺志》（河南省淅川县文化局编，1988 年刊行）、《淮阳县曲艺志》（淮阳县文化馆编，1988 年刊行）、《陕县曲艺志》（陕县文化局、文化馆编，1989 年刊行）、《内黄县曲艺志》（河南省内黄县文化局编，1989 年刊行）、《唐河县曲艺志》（河南省唐河县文化局编，1989 年刊行）、《汤阴县曲艺志》（汤阴县文化局编，1989 年刊行）、《汝阳县曲艺志》（河南省洛阳市汝阳县曲艺志编辑室编，1989 年刊行）、《修武县曲艺志》（修武县曲艺志领导小组编，1989 年刊行）。

河北省刊行的有以下一些：

《河北曲艺资料》（中国曲艺志·河北卷编辑部编，1988 年刊行）、《廊坊市曲艺志》（廊坊市文化局编，1989 年刊行）、《承德地区曲艺志》（《承德地区曲艺志》编辑部编，1989 年刊行）。

山西省刊行的有以下一些：

《山西曲艺史料》（山西省文化局、中国曲艺家协会山西分会编，1983 年刊行）、《山西省文化志·曲艺史料集》（山西省文化局《文化志》编纂办公室编，1983 刊行）、《武乡曲艺志》（武乡县文化局编，1988 年刊行）、《沁州三弦书》（中国曲艺志·曲艺音乐集成·山西卷长治集，沁县文化局编，1987 年刊行）。

广西壮族自治区刊行的有以下一些：

《广西曲艺资料汇编》（第一、二、三、四辑，《中国戏曲志·广西卷》、《中国曲艺音乐集成·广西卷》编辑部编，1988—1991 年刊行）、《中国曲艺志广西卷·钟山县曲艺资料汇编》（1988 年刊行）。

其他尚有《北京地区曲艺资料汇编》（第一辑，中国曲艺音乐集成·北京卷编辑部编，1987 年刊行）、《曲艺志资料》（第一、二、三辑，《中国曲艺志·辽宁卷》编辑部编，1988、1989 年刊行）、《曲艺资料汇编》（第一集，锦州曲艺志编辑社编，1989 年刊行）等。

总的来看，这些地方曲艺志及资料集具有以下一些特点。

一是较为系统、全面地反映了地方曲艺的发展情况。这些书籍内容丰富，门类齐全，所收资料大多为实地调查而来，其中不少资料为第一次搜集、记录和整理，可信度高，具有重要的文献价值。

二是这些地方曲艺志大多按照统一制定的体例进行撰写和编排，因而体例较为统一。相关资料集则根据具体情况作不同的处理。

三是大多采用内部刊印的方式。这些地方曲艺志、资料集或铅印，或油印，印数不多，有不少只印几百本，主要供内部交流，因此流传不广，如今要阅读利用并不容易。

这一阶段为配合《中国曲艺音乐集成》编纂而编写的地方曲艺音乐资料也有不少，据笔者所知见者，主要有以下一些。

天津市刊行的有：《梅花大鼓音乐资料汇编》（天津市艺术研究所、《中国曲艺音乐集成》天津卷编辑部编，1985 年刊行）、《天津时调音乐资料汇编》（天津市艺术研究所、《中国曲艺音乐集成》天津卷编辑部编，1986 刊行）、《京韵大鼓音乐资料汇编》（天津市艺术研究所、《中国曲艺音乐集成》天津卷编辑部编，1986 年刊行）。

江苏省刊行的有：《中国曲艺音乐集成·江苏卷·徐州分卷》（徐州市文化局、徐州市戏剧曲艺工作者协会编，1987 年刊行）、《江苏连云港市曲艺音乐集成》（连云港市文化局曲艺音乐集成编辑室编，1987 年刊行）、《中国曲艺音乐集成·江苏卷·无锡分卷》（无锡编写委员会编，1987 年刊行）、《中国曲艺音乐集成·江苏卷·苏州分卷》（苏州编写委员会编，1987 年刊行）。

河南省刊行的有：《河南曲艺音乐集成资料汇编》（中国民族音乐集成河南省编辑办公室编）、《光州大鼓音乐》（征求意见稿，中国民族音乐集成河南省编辑办公室编，1983 年刊行）、《新野县曲艺音乐集成》（新野县文化局编，1988 年刊行）、《汤阴县曲艺音乐集成》（汤阴县文化局编，1989 年刊行）、《中国曲艺音乐集成·河南淮阳卷》（淮阳文化馆编，1989 年刊行）、《中国曲艺音乐集成·山西卷临汾集·浮山资料本》（浮山县曲艺音乐集成编委会编，1987 年刊行）。

此外尚有《中国曲艺音乐集成青海卷试编本·贤孝音乐》（中国曲艺音乐集成·青海卷编辑部编，1989 年刊行）、《中国曲艺音乐集成湖北卷·黄梅文曲》（黄梅县文化局编，1986 年刊行）、《中国曲艺音乐集成·永嘉县卷》（《曲艺音乐集成》永嘉县卷编委会编，1986 年刊行）、《黑龙江省艺术史志集成资料汇编》（黑龙江省艺术研究所编，1986 年起刊行）、《北京地区曲艺资料汇编》（中国曲艺音乐集成·北京卷编辑部编，1987 年起刊行）、《中国民族民间曲艺音乐集成·岳阳市郊区资料本》（岳阳市郊区文化馆音乐两集成编辑室编，1988 年刊行）、《中国曲艺音乐集成·益阳县分册》（益阳县曲艺音乐集成编辑委员会编，1987 年刊行）。

以《河南曲艺音乐集成资料汇编》为例，该书先后刊行十多册，其内容包括"各曲种文史、音乐资料、艺人专访调查、口碑传闻、专题论述、会议讲话、经验交流等，为集成的编辑工作提供资料"①。该书内容丰富，资料翔实，具有重要的史料价值。

第二节　20 世纪 90 年代的集中攻坚

第二个阶段为 90 年代，这是一个集中攻坚的阶段。

在这一阶段，为配合曲艺志书编撰而进行的文献资料普查工作基本结束，整个工作的重点转向对所搜集文献资料的整理、研究，着手省市卷的撰写。对各省市卷的稿件，全部采取三审制，即初审、复审和终审，然后再公开出版，出版采取分批的形式，其中《中国曲艺志》最早出版的是湖南卷，《中国曲艺音乐集

---

① 各册前"编辑前言"。

成》最早出版的是湖北卷。

这一时期出版的《中国曲艺志》省市卷有以下几种。

《中国曲艺志》（湖南卷），中国 ISBN 中心 1992 年刊行①。

《中国曲艺志》（天津卷），中国 ISBN 中心 1993 年刊行。

《中国曲艺志》（河南卷），中国 ISBN 中心 1995 年刊行。

《中国曲艺志》（江苏卷），中国 ISBN 中心 1996 年刊行。

《中国曲艺志》（北京卷），中国 ISBN 中心 1999 年刊行②。

根据《〈中国曲艺志〉地方卷体例（草案）》的要求，各省市卷均按照统一的体例进行编纂，每卷分综述、图表、志略、传记四个大的部类。其中综述以历史年代为序，叙述本地区各民族曲艺的历史和现状；图表包括大事年表、曲种表和曲种分布图三个部分；志略分曲种、曲目（书目）、音乐、表演、舞台美术、机构、演出场所、演出习俗、文物古迹、报刊专著、轶闻传说、谚语口诀等小类；传记则包括作家、表演艺术家、理论家、评论家、教育家、乐师和组织活动家等。各卷所收资料的时间下限为 1985 年年底。每卷 100 万字左右，并配有大量彩色和黑白图片。

除各省市正式出版的分卷之外，不少地方还以公开出版或内部印刷的形式出版了本地的曲艺志。

其中河南省出版的主要是《河南曲艺志系列丛书》。该丛书计划出版 17 部，"统一采用《中国曲艺志》体例并结合各地实际情况编纂，上限各卷据情而定，下限——1990 年，全面、系统、翔实、科学地记述反映河南各地曲艺的历史和现状"③。据笔者所见，已公开出版者有以下各卷：《三门峡市曲艺志》（三门峡市文化局编，河南人民出版社 1993 年版）、《南阳地区曲艺志》（南阳地区文化局编，河南人民出版社 1994 年版）、《新乡市曲艺志》（新乡市文化局编，中州古籍出版社 1995 年版）、《安阳市曲艺志》（安阳市文化局编，中州古籍出版社

---

① 相关情况参见柳青《〈中国曲艺志·湖南卷〉的编纂出版意义》，《艺海》2009 年第 11 期。

② 有关该书编纂情况，参见李宏、崔长武《集成志书是抢救与保护传统文化的基础建设》（文化部民族民间文艺发展中心编《群言揽粹：文艺集成志书学术论文集》，学苑出版社 2009 年版），李宏《〈中国曲艺志·北京卷〉编纂始末》（载北京市艺术科学规划领导小组办公室编《全国十部文艺集成志书北京卷编纂纪事》，中国戏剧出版社 2004 年版）。

③ 各书卷首"前言"。

1995 年版）、《平顶山市曲艺志》（平顶山市文化局编，中州古籍出版社 1995
年版）、《商丘地区曲艺志》（商丘地区文化局编，香港天马图书有限公司 1996
年版）

此外尚有《温县曲艺志》（温县文化局编，1990 年刊行）、《获嘉县曲艺志》
（获嘉县文化局编，1990 年刊行）等。

江苏省出版的有：《南京曲艺志》（查双禄主编，江苏文艺出版社 1996 年
版）、《南京曲艺资料汇编》（中国曲艺志江苏卷南京分卷编辑室编，1993 刊
行）、《中国曲艺志江苏卷·盐城分卷》（盐城市文化局编，1992 年刊行）、《连
云港曲艺志》（连云港市文化局编，中国戏剧出版社 1993 年版）、《扬州曲艺志》
（扬州曲艺志编委会编，江苏文艺出版社 1993 年版）。

四川省出版的有：《宣汉县曲艺志》（宣汉县曲艺志办公室编，1991 年刊
行）、《中国曲艺志德阳市卷》（中国曲艺志德阳市卷编委会编，1992 年刊行）、
《遂宁市曲艺志》（遂宁市曲艺志编委会编，1992 年刊行）、《绵阳市曲艺志》（绵
阳市曲艺志编辑委员会、绵阳市文化局编，1991 年刊行）、《四川省达县地区曲
艺志》（四川省达县地区文化局编，1995 年刊行）。

黑龙江省出版的有：《鹤岗曲艺志》（黑龙江省文化厅编，1991 年刊行）、
《齐齐哈尔曲艺志》（齐齐哈尔市文化局编，1996 年刊行）。

江西省出版的有：《中国曲艺志·江西卷·上饶地区分卷》（上饶地区曲艺
志编辑委员会编，1996 年刊行）、《宜春地区曲艺志》（宜春地区曲艺志编辑部
编，1996 年刊行）、《中国曲艺志赣州市卷》（赣州市文化局、赣州市曲艺志编辑
部编，1996 年刊行）。

湖北省出版的有：《黄州市曲艺志》（黄州市文化馆编，1993 年刊行）、《英
山县曲艺志》（英山县文化馆编，1991 年刊行）。

安徽省出版的：《宿州曲艺志》（宿州曲艺志编委会编，1995 年刊行）、《安
徽省六安地区曲艺志》（沈晓富主编，黄山书社 1999 年版）。

此外尚有《吉林市曲艺志（附皮影志）资料汇编》（第一辑，吉林市曲艺
志编辑组编，1992 年刊行）、《辽阳曲艺志》（虞德荣、田维威著，东方出版社
1998 年版）、《中国曲艺志·甘肃卷·张掖分卷》（张掖地区文化处编，1990
年刊行）、《中国曲艺志·内蒙古卷·呼伦贝尔盟分卷》（1991 年刊行）、《中

国曲艺志·湖南卷·株洲分卷》（株洲市曲艺志编辑部编）、《中国曲艺志·陕西卷·延安地区分册》（延安地区文化文物局编，1993 年刊行）、《百色地区曲艺志》（白色地区曲艺志编辑部编，1991 年刊行）、《玉溪地区曲艺志》（玉溪地区文化局、群众艺术馆编，1996 年刊行）、《宁波曲艺志》（宁波出版社1999 年版）、《衢州市曲艺志》（浙江人民出版社1999 年版）、《福州曲艺志资料集》（第一集，《中国曲艺志》、《中国曲艺音乐集成》福州分卷编辑委员会编，1995 年刊行）、《肇庆曲艺志》（肇庆曲艺志编辑组编，1996 年刊行）、《肇庆市端州区曲艺志》（端州区曲艺志编辑组编，1995 年刊行）等。

与《中国曲艺志》相比，由于启动较早，这一时期《中国曲艺音乐集成》省市卷出版的较多，这里将出版情况列表显示见表14-1：

表14-1

出版时间	省市卷名
1992	湖北卷
1993	天津卷
1994	江苏卷、四川卷①
1995	陕西卷、河南卷
1996	北京卷②、宁夏卷
1997	内蒙古卷、上海卷
1998	吉林卷
1999	山东卷、甘肃卷、青海卷

各卷均按照统一的体例进行编纂、编排。全书分综述、概述、人物介绍三个大的部分，其中综述介绍本地曲艺音乐的源流沿革、流布情况及方言声韵特点；概述介绍各曲种唱腔曲牌的衍变、发展及音乐型态、结构特点及规律；人物介绍本地各民族曲种代表艺人、演员的主要艺术生平、艺术成就和贡献。各省卷先依民族、后依曲种立目，各曲种音乐由概述、基本唱腔、器乐曲牌、选段、人物介

---

① 对该书存在的问题，参见林青《中国曲艺音乐集成·四川卷（汉族部分）勘误辨析》，《音乐探索》1997 年第 2 期。

② 具体编纂经过参见丛来《〈中国曲艺音乐集成·北京卷〉编纂始末》，载北京市艺术科学规划领导小组办公室编《全国十部文艺集成志书北京卷编纂纪事》，中国戏剧出版社 2004 年版。

绍组成。所有唱腔选段均依据录音记谱。收有各曲种演出形式、代表人物及历史资料照片共 2000 余幅，每卷约 150 万字。

在各省市正式出版的分卷之外，有的地方还编撰了本地的曲艺音乐集成本，如河南省就有《中国曲艺音乐集成·南阳地区卷》（南阳地区文化局 1990 年编印）、《中国曲艺音乐集成·封丘县卷》（封丘县文化局编，1990 年刊行）、《安阳市曲艺音乐集成》（中州古籍出版社 1996 年版）。云南省还编有《中国曲艺音乐集成·云南卷》丛书，相继出版《姚安莲花落》（楚雄彝族自治州文化局编，1990 年刊行）、《玉溪地区曲艺音乐》（玉溪地区文化局、玉溪地区群众艺术馆编，云南大学出版社 1994 年版）等。

其他尚有《中国曲艺音乐集成·江西卷·宜春地区分卷》（宜春地区行署文化局编，1996 年刊行）、《赣州地区曲艺音乐集成》（赣州地区文化局编，1997 年刊行）、《中国曲艺音乐集成·甘肃卷·兰州分卷·永登县资料本》（永登县文化馆编，1991 年刊行）、《中国曲艺音乐集成·四川卷·甘孜藏族自治州资料卷》（甘孜州文化局艺术集成办公室编，1991 年刊行）、《齐齐哈尔曲艺音乐集成》（齐齐哈尔市文化局编，1998 年刊行）、《中国曲艺音乐集成·安徽卷·六安地区分卷》（安徽省六安行署文化局编，1992 年刊行）、《玉溪地区曲艺音乐》（玉溪地区行政公署文化局、玉溪地区群众艺术馆编，云南大学出版社 1994 年版）等。

第三节　21 世纪前十年的完成收工

第三个阶段为进入 21 世纪的前十年，这是一个完成收工的阶段。到 2004 年，《中国曲艺志》《中国曲艺音乐集成》各省市卷已全部完稿，接下来是审稿、修订、出版等工作。这一年 12 月，文化部等单位在北京召开第四届全国文艺集成志书编纂出版成果表彰暨总结大会。原计划到 2006 年 10 部文艺集成志书全部出版，但因各地进度不一等原因，未能如愿，直到 2009 年 10 月才全部出齐。目前有关部门正准备编纂澳门卷。

这一阶段《中国曲艺志》各省市卷的出版情况见表 14-2：

表 14-2

出版时间	省市卷名
2000	辽宁卷、湖北卷①
2001	河北卷、安徽卷
2003	内蒙古卷②、山东卷、四川卷
2004	黑龙江卷
2005	吉林卷
2006	福建卷③、贵州卷
2007	上海卷、西藏卷
2008	江西卷④、甘肃卷、宁夏卷
2009	云南卷、陕西卷、新疆卷、青海卷、广东卷、浙江卷、广西卷

各省市卷出版的同时，各地仍陆续刊行相关的曲艺志，笔者所知见者有以下一些：

四川省有《泸州曲艺志》（童祥铭编著，中国戏剧出版社 2001 年版）、《成都曲艺志》（成都市文化局编，2007 年刊行）。

江苏省出版有《无锡曲艺志》（无锡曲艺志编辑委员会编，2003 刊行）、《邳州市曲艺志》（陈登芹主编，时代文艺出版社 2003 年版）、《镇江曲艺志》（镇江市文化局编，2007 年刊行）。

其他尚有《长春曲艺史料》（长春市文化局文艺集成史志办公室编，2001 年刊行）、《张家口曲艺资料集》（张家口市文化局、张家口文化艺术研究所编，2004 年刊行）、《唐山曲艺志》（《唐山曲艺志》编辑部编，中国戏剧出版社 2008 年版）、《五华区曲艺志》（宋海昆编，云南民族出版社 2005 年版）、《衢州市曲艺志》（浙

---

① 有关该书编纂情况，参见枫波《关于曲艺的界定——在〈中国曲艺志〉湖北卷编辑会议上的发言》，文化部民族民间文艺发展中心编《群言揽粹：文艺集成志书学术论文集》，学苑出版社 2009 年版。

② 相关情况参见蔡源莉《〈中国曲艺志·内蒙古卷〉编纂随想》，《内蒙古艺术》2002 年第 2 期。

③ 有关该书编纂情况，参见杨葭葵《学习 调研 重质量》，文化部民族民间文艺发展中心编《群言揽粹：文艺集成志书学术论文集》，学苑出版社 2009 年版。

④ 有关该书编纂情况，参见万叶《曲艺编纂纪事——编纂〈中国曲艺志·江西卷〉中的几个问题》，载李坚主编《功崇惟志写春秋——全国十大文艺集成志书江西卷编纂纪事》，百花洲文艺出版社 2006 年版。

江人民出版社 2007 年版)、《金华曲艺志》(金华曲艺协会编，香港天马图书有限公司 2003 年版)、《漳州曲艺集成》(漳州市文化与出版局编印，2003 年刊行)、《环县道情皮影志》(康秀林主编，甘肃文化出版社 2006 年版)等。

　　这一时期，《中国曲艺音乐集成》各省市卷也全部出版，将其出版情况见表 14-3：

表 14-3

出版时间	省市卷名
2002	福建卷①、湖南卷②
2003	黑龙江卷、辽宁卷
2004	贵州卷、新疆卷
2005	江西卷③、山西卷
2006	安徽卷、广西卷、河北卷④
2007	广东卷、西藏卷
2009	浙江卷、云南卷

　　省市卷的正式出版之外，各地仍继续出版相关的曲艺音乐集成，如《辽阳市曲艺音乐集成》(侯长力、田维威主编，吉林音像出版社 2000 年版)、《曲艺音乐集成·青岛分卷》(青岛市艺术研究所编，2004 年刊行)、《长子曲艺音乐集成》(政协长子县委员会文史资料委员会编，2006 年刊行)等。

　　围绕着以《中国曲艺志》《中国曲艺音乐集成》为代表的中国民族民间文艺集成志书的编纂和出版，有关部门和个人还出版了一批著述，如文化部民间文艺发展中心所编的《中国民族民间文艺集成志书概览》(中国青年出版社 2004 年版)、

---

　　①　有关该书编纂情况，参见刘春曙《编好〈中国曲艺音乐集成〉为传统文化的保护和发展奠定基础》，文化部民族民间文艺发展中心编《群言揽粹：文艺集成志书学术论文集》，学苑出版社 2009 年版。

　　②　其后湖南省文化厅组织人员对《中国曲艺音乐集成》湖南卷进行修订，以《湖南曲艺音乐集成》为名出版(湖南文艺出版社 2009 年版)。

　　③　有关该书编纂情况，参见饶兴华《呕心沥血　集腋成裘——〈中国曲艺音乐集成·江西卷〉编纂始末》，载李坚主编《功崇惟志写春秋——全国十大文艺集成志书江西卷编纂纪事》，百花洲文艺出版社 2006 年版。

　　④　有关该书编纂情况，参见汪玉亭《〈中国曲艺音乐集成·河北卷〉编后的回顾与思考》，文化部民族民间文艺发展中心编《群言揽粹：文艺集成志书学术论文集》，学苑出版社 2009 年版。

《群言揽粹：文艺集成志书学术论文集》（学苑出版社 2009 年版）、北京市艺术科学规划领导小组办公室所编的《全国十部文艺集成志书北京卷编纂纪事》（中国戏剧出版社 2004 年版）、李坚主编的《功崇惟志写春秋——全国十大文艺集成志书江西卷编纂纪事》（百花洲文艺出版社 2006 年版）等。这些著述介绍两套曲艺志书的编纂经过，总结编纂经验，对一些问题进行了深入思考，具有重要的参考价值。

第四节　说唱文学史志文献的特点与价值

作为最终成果的《中国曲艺志》《中国曲艺音乐集成》按省市设卷（海南因历史原因，未单独立卷），各有 29 卷，字数都在数千万字，规模宏大，内容丰富。这里列举一些具体数字，可见两套曲艺志书内容之一斑。

《中国曲艺志》已出版的前 14 卷中，收录曲种 608 个，曲目 16984 个，报刊专著 256 条，总字数为 1218 万[①]。

《中国曲艺音乐集成》已出版的前 24 卷中，共收入曲种 489 个，基本唱腔 9187 首，器乐曲牌 995 首，曲目选段 2759 段，人物 1489 个，照片 1461 张，总字数为 4073 万[②]。

总的来看，这类曲艺志书文献具有以下两个特点。

一是从文献来源看，地域范围广泛，搜集方式多样。

为编纂《中国曲艺志》《中国曲艺音乐集成》，相关政府部门用了将近 30 年的时间，以行政方式调动各方面的资源和力量，对全国范围内的曲艺文献资料进行广泛的调查和搜集。参与的人数达到上万人，涉及的地域遍及全国各地，如此多的人力物力，如此广泛的地域，如此长的时间，以各种方式搜集整理文献，这不仅是空前的，也是绝后的，无疑是一个创举。

[①]　上述数字采自蔡源莉《〈中国曲艺志〉项目执行情况报告》，文化部民族民间文艺发展中心编《群言揽粹：文艺集成志书学术论文集》，学苑出版社 2009 年版，第 560 页。

[②]　上述数字采自黄俊兰《〈中国曲艺音乐集成〉项目执行情况报告》，文化部民族民间文艺发展中心编《群言揽粹：文艺集成志书学术论文集》，学苑出版社 2009 年版，第 495 页。另据介绍，"全套卷本共收入以唱为主或说唱并重的曲种四百余个，收录唱腔、曲牌约一万五千段（首），图片二千余幅，入卷艺人资料约千人"，见黄俊兰《"文化长城"空前壮举——评说〈中国曲艺音乐集成〉的价值所在》，《人民音乐》2013 年第 11 期。

其文献搜集方式也是多元的，既有各藏书机构文献资料的查找，也有对艺人进行的田野调查，还有对文物文献的征集；文献的记录方式也是多样的，既有传统文字记录、记谱，也有录音、录像。

二是从文献内容来看，《中国曲艺志》《中国曲艺音乐集成》以及大量的地方曲艺志及资料集所涉及的范围非常广，可以说，举凡与曲艺有关的资料皆在搜罗范围之内，其中有不少是过去研究者没有涉及的。因此这种范围的广有两个层面的意思：一是横向的，指这类文献涉及曲艺这一学科的各个门类；二是纵向的时间之广，截至编纂时间之前各个阶段的文献资料皆在搜罗之列。当然，这些文献资料在时间上的分布是不均衡的，主要集中在晚清以降这个时段内，相比之下清代之前的文献比较少。

两套志书的重要文献价值也是显而易见的，这主要表现在以下几点。

首先是抢救、记录了不少重要曲艺文献，为非物质文化遗产的保护工作提供了重要的文献依据。为配合编纂《中国曲艺志》《中国曲艺音乐集成》进行的文献资料普查，许多濒临失传的重要资料得到抢救和记录。其中不少曲种如今已经失传，艺人已经去世，这些资料更是显得弥足珍贵。

其次是为整个学科的建设奠定了坚实的文献基础。此前的曲艺研究多为作者的个人行为，因主客观条件所限，只能关注部分曲种，涉及的范围及搜集资料的数量都是有限的，难以涵盖整个学科。编纂《中国曲艺志》《中国曲艺音乐集成》所进行的全国范围内的文献普查涉及这一学科的各个方面，由此所奠定的文献基础对整个学科发展的巨大推动作用是可以想见的。

最后是培养了一批专业人才，使这一学科得到重视。这些专业人才大多是在田野调查、编纂志书过程中成长的，其中不少人从编纂两套志书起步，如今成为骨干力量，具有丰富的实践经验。

总的来说，两套曲艺志书的编纂意义和价值是重大，也是多方面的，正如一位论者所总结的："基本摸清了中国曲艺丰富多彩的历史家底，考订确认了数百个曲艺品种的源流关系，大体廓清了构成曲艺艺术学科框架的逻辑边际，梳理保存了大批曲艺文化的珍贵资料，初步回答了有关曲艺艺术文化构成的一系列重大问题，聚拢锻炼出一大批比较精通有关曲艺艺术史志研究的学术队伍。"[1] 从文

---

[1]　吴文科：《论〈中国曲艺志〉的编纂价值及其对曲艺艺术学科建设的重大意义》，载文化部民族民间文艺发展中心编《群言揽粹：文艺集成志书学术论文集》，学苑出版社 2009 年版，第 404 页。

献的角度来看，通过两套曲艺志书的编纂，所得到的文献资料极为丰富，为这一学科的持续、深入开展奠定了良好的基础，其影响是十分深远的，随着时间的推移，这种影响会更加充分地显示出来。

自然，其中也存在着一些不足和遗憾。两套曲艺志书的最终成果是由全国各省、市分卷组成的《中国曲艺志》《中国音乐集成》，其重要的文献价值是无可置疑的。需要指出的是，为配合这两套曲艺志书所编的地方曲艺志和资料集同样具有重要的文献价值，而且其中有很多未被收入省市卷。这些地方曲艺志和资料集数量十分庞大，但公开出版者不多，大多为内部印刷，印量很少，供文化局系统内部交流之用。这样，不仅市面上买不到，各类图书馆中也收藏不多。正是因为这个原因，这些辛苦搜集整理的文献资料未能受到应有的重视，未能得到充分的研究，利用率不高，这就造成文献资源的闲置与浪费，是很可惜的。因此，两套曲艺志书的全部出版不应该看作是全部工作的结束，如果将这些资料分门别类加以整理编排，予以公开出版，其对整个学科研究的积极推动作用是可以想见的。也许相关部门已想到这一点，期待这些重要文献的早日公开出版。

据说有关部门准备利用中国民族民间文艺集成志书的丰富文献资源建立中国民族民间基础资源数据库，该数据库将文献资料实行数字化，实现资源共享，这无疑是一个值得期待的好消息。

结　语

2015 年，对说唱文学研究来说，是一个比较特殊的年份，因为在这一年，不少学者开始不约而同地从学科层面思考一个很重要的问题，那就是说唱文学研究能否成为一门独立的学科，而不再是小说、戏曲或民间文学研究的附庸。

其实早在 20 世纪 80 年代，已有学者相继提出"曲艺学"的概念，如任聘的《关于"曲艺学"的思考——致友人的一封信》①、张紫晨的《关于建立曲艺学的信——复任聘同志》②、戴宏森的《用系统科学方法研究曲艺学》③ 等文，都明确使用了"曲艺学"一词，并对曲艺学的学科建设提出许多建议。

值得注意的是，持赞成意见者多为这一领域的研究者，至于圈外其他学人的意见看到的则比较少，可见对这个问题的关注目前还主要局限在说唱文学研究这个领域内。

在现今的学术体制下，一个领域的研究是否能成为一门专学，这固然要看决策者的认知，看他们对这个领域是否有足够多的了解，对这个领域的重要性如何评价。但更为重要的是，这个领域自身的研究是否已经具备了成为一门专学的条件。

至于具备哪些条件才能成为一门专学，这是个仁者见仁的问题，这里仅从文献资料的搜集、整理与研究这一角度来谈谈笔者对这个问题的认识。

在笔者看来，一个领域的研究能否成为一门专学，首先应该看其是否具有足

---

① 文载《曲艺艺术论丛》第六辑，中国曲艺出版社 1985 年版。

② 文载《曲艺艺术论丛》第七辑，中国曲艺出版社 1986 年版。

③ 文载《曲艺艺术论丛》第九辑，中国曲艺出版社 1987 年版。

够丰富的文献资料，这些文献资料应该得到较为系统、完备的搜集、整理与研究，这些文献资料及其相关研究要能构筑起一个坚实的文献平台，为整个学科的发展提供有力的支撑，保持学科发展的可持续性。如果从这个角度来看的话，说唱文学研究完全可以成为一门独立的学科。

首先，从文献资料的规模和数量来说。此前因研究不够深入、了解不够等诸多条件的限制，这一问题是无解的，学界只知道说唱文学门类众多，资料丰富，但多到什么程度，丰富到何等程度，并没有十分具体的认识，还无法用准确的数字来描述。如今，这一问题虽然仍没有得到精确的答案，但答案已逐渐变得比较具体、明晰，答案从模糊到逐渐明晰的过程实际上也是这一领域研究不断取得进步的过程。

经过研究者多年不懈的努力，特别是随着《中国曲艺志》《中国曲艺音乐集成》等大型书籍的编纂，我们可以对说唱文学的门类给出较为精确的数字。至于各个门类的说唱文学有多少作品，随着《中国鼓词全目》《中国宝卷全目》《新编子弟书总目》等一系列专题目录的编撰，也逐渐变得明朗起来。虽然现已出版的这些专题目录所收还远不是说唱文学的全部，但将其加在一起，无疑是一个相当惊人的数字。可以毫不夸张地说，在中国通俗文学范围内，说唱文学作品的数量远远超过小说、戏曲及其他门类的作品。这里说的还仅仅是说唱文学作品，围绕着作者、作品及演出的相关文献资料同样数量庞大，小说、戏曲如今都已成为专学，文献数量如此庞大的说唱文学自然更应该成为一门专学。

其次，从相关资料的搜集、整理与研究来说。尽管说唱文学文献的研究工作起步较早，但因重视程度不够，投入的学术力量较少等条件的制约，一直不如小说、戏曲研究。但自进入 21 世纪以来，随着保护非物质文化遗产政策的实施，这一工作开始受到高度重视，大批文献资料被整理出版，这既包括大批作品的整理出版，也包括文献资料的搜集整理，更包括像《中国曲艺志》《中国曲艺音乐集成》这样大型志书的编纂。可以说，经过近一个世纪数代学人的不懈努力，说唱文学文献的搜集、整理及研究工作取得了相当丰硕的成果，已经构筑了一个坚实的文献平台，为相关研究提供了有力的支撑，并逐渐形成了自己的学术传统与特色。

从文献资料的角度来说，说唱文学自身的文献及其搜集、整理为整个学科的形成构建了坚实的学术基础，说唱文学研究成为一门独立的学科从学理层面来看，是没有问题的。

但同时也要看到，说唱文学研究能否成为一门学科，还要得到整个学术界的认可，这种认可既包含对说唱文学自身特性与重要性的认识，同时也包含学界对说唱文学研究成果的认可。只有说唱文学研究取得的成果越来越丰厚，产生的影响越来越大，获得学术界的更多认可，其作为一门独立的学科才能被大家接受。

说唱文学研究经过历代学人多年的不断积累，已经具有良好的学科基础与学术积累。但也必须清醒地认识到，与其他相关学科如中国古代小说、戏曲的研究相比，还显得有些单薄。总的来说，整个学科还处于起步阶段，有大量的基础性工作要做，而且是刻不容缓的。因此，说唱文学文献的搜集、整理和研究对整个学科的发展来说，有着特别重要的意义，它决定着说唱文学研究的深度和广度，也决定着整个学科未来的发展方向和趋势。

就目前的情况而言，说唱文学研究还存在着不少问题，这里仅从文献资料的搜集、整理和研究这个角度来谈谈笔者的一些看法。

首先，摸家底的工作还没有完成。虽然从现有的各类说唱文学专题目录来看，其作品数量远远超过小说、戏曲，但具体数量到底有多少，目前还无法给出准确的答案。而目录的编制、文献资料规模数量的准确掌握本身就是衡量一个学科研究水平的标志，在此方面还有很大的空间，还有不少工作要做。目前可以给出准确数字的大概只有变文、诸宫调、子弟书。宝卷虽然已有《中国宝卷总目》，但据作者车锡伦说，还可以做很多增补，近年来，仍不断有新的宝卷作品被发现。那些影响较大、流传较广的说唱文学门类比如评书、弹词等目前还没有准确的数字。如果将说唱文学所有门类的文献数量都弄清，这将是一个十分庞大的工程，需要众多学者的努力。但只要能引起重视，有人愿意去做，众志成城，编撰一部《中国说唱文学全目》也不是没有可能，尽管这将是一个较为漫长的过程。

其次，文献资料的整理和出版还有很大的空间。尽管我们对说唱文学作品的总量还没有给出准确答案，但就已知的文献资料来说，被整理出版的只是其中很小的一部分，较之小说、戏曲的整理出版还有很大的差距。大批文献资料藏在各类藏书机构及私人手中，给研究者带来很大不便。文献资料整理出版的滞后在很大程度上会制约整个学科的发展。这一基础工作还有很多工作要做。

最后，从当下的说唱文学文献研究来说，还存在一些问题。这一领域的研究还没有像诗文、小说、戏曲那样形成一个学人普通遵守的学术规范，特别是作品的校勘整理，往往是各行其是。比如不少整理出版的作品不交代出处，没有凡例，整理时大量删节原作甚至是再创作的现象较为常见，这在传统评书的整理上尤为突出。不少人整理说唱文学作品的目的在面向市场，没有考虑到学术研究，这样就导致了文本的失真，影响到研究的准确性。

说唱文学文献的特性与诗文不同，也与小说、戏曲不同，具有自己的特点，因此在搜集、整理的过程中要根据作品自身的特点逐步摸索，形成一套较为适合的方法，遗憾的是，这一问题目前还没有引起应有的重视，不少整理出来的作品因太多加工而失去研究的价值，不少人付出很多努力却做了无用功，这是很遗憾的事情。应该说，这一问题是具有迫切性的，应当引起研究者的高度重视。

就说唱文学各个门类文献资料的搜集、整理和研究来说，还存在着研究格局不够均衡的现象。相比之下，诸宫调、弹词、宝卷、子弟书的文献整理、研究工作做得较好，也较为深入，而其他门类如木鱼书、歌册、鼓词等则相对比较薄弱，还有很多基础工作要做。

既然准备将说唱文学研究提升为一门具有独立品格的学科，就要从学科建设、发展的全局高度来认真考虑上述问题。就这门学科最为基础的文献资料的搜集、整理与研究来说，有成绩，也有薄弱环节，更有隐忧。研究者一方面要大声呼吁，发出自己的声音，引起学界乃至社会对这一研究领域的高度重视和支持；另一方面也要投入更多的时间和精力，将研究工作做好，用自己的研究实绩构建和完善这门学科，获得学术界更多的认同。

附录　中国说唱文学研究论著简目

说明：

一、本目主要收录中国大陆及港台地区出版的各类说唱文学研究著作，也包括海外学者在大陆地区出版的相关著作。所收以专著、论文集、译著、专刊为主，有关说唱文学文献资料的汇编、目录、索引著作也予以收录，但不收作品的影印及整理校注本。

二、有关论著的重印本不单独出目，附于该书的初印本之后。

三、本目为简目，只著录书名、作者、出版机构、出版年份等基本信息，较为详细的书目提要正在编撰中。

四、本目的编制以个人及单位藏书为基础，并参考《中国国家书目》、《全国总书目》、《全国新书目》、各类相关辞典、书目、论著及相关网站、数据库而成，尽量目验原书，以保证信息的准确性。但因编制者见闻有限，虽努力搜罗，仍有不少遗漏或误录者，还请海内外方家给予补充指正。

1925 年

1. 中国民歌研究/胡怀琛/商务印书馆

1929 年

2. 唱本提要/姚逸之/国立中山大学历史语言学研究所、中山大学民俗学会刊行

1932 年

3. 中国俗曲总目稿/刘复、李家瑞/国立中央研究院历史与语言研究所刊行

1933 年

4. 北平俗曲略/李家瑞/国立中央研究院历史语言研究所刊行（中国曲艺出版社 1988 年再版）

1936 年

5. 说书小史/陈汝衡/中华书局

6. 相国寺民众娱乐调查/张履谦/开封教育实验区出版部刊行

1937 年

7. 大鼓研究/赵景深/商务印书馆

8. 弹词小说评考/阿英/中华书局

1938 年

9. 中国俗文学史/郑振铎/商务印书馆

10. 江湖丛谈/云游客/北京时言报刊行

11. 弹词考证/赵景深/商务印书馆

1942 年

12. 北平俗曲百种摘韵/罗常培/国民图书出版社

1944 年

13. 中国俗文学研究/阿英/中国联合出版公司

1946 年

14. 中国俗文学概论/杨荫深/世界书局

1948 年

15. 鼓子曲言/张长弓/正中书局

1951 年

16. 曲艺谈/李啸仓/武汉通俗出版社

17. 宝卷综录/傅惜华/巴黎大学北京汉学研究所刊行

1953 年

18. 曲艺论丛/傅惜华/上杂出版社（中国戏剧出版社 2015 年再版）

19. 宋元明讲唱文学/叶德均/上杂出版社（古典文学出版社 1957 年再版，

中国戏剧出版社、商务印书馆 2015 年版)

20. 宋元伎艺杂考/李啸仓/上杂出版社

1954 年

21. 子弟书总目/傅惜华/上海文艺联合出版社（古典文学出版社 1957 年再版）

22. 大说书家柳敬亭/陈汝衡、杨廷福/上海四联书店

1956 年

23. 柳敬亭评传/洪式良/古典文学出版社

1957 年

24. 弹词宝卷书目/胡士莹/古典文学出版社（上海古籍出版社 1984 年增订本）

1958 年

25. 说书史话/陈汝衡/作家出版社

26. 曲艺论集/关德栋/中华书局（上海古籍出版社 1983 年再版）

1961 年

27. 宝卷综录/李世瑜/中华书局

1962 年

28. 北京传统曲艺总录/傅惜华/中华书局

1963 年

29. 五十年来的中国俗文学/娄子匡、朱介凡/正中书局

1978 年

30. 中国俗文学论文汇编/刘经庵、徐傅霖等/西南书局

1979 年

31. 说书艺人柳敬亭/陈汝衡/上海文艺出版社

32. 宋代说书史/陈汝衡/上海文艺出版社

1980 年

33. 说俗文学/曾永义/联经出版事业公司

34. 曲艺概论/侯宝林、汪景寿、薛宝琨/北京大学出版社

35. 话本小说概论/胡士莹/中华书局

1981 年

36. 中国戏曲曲艺词典/上海艺术研究所、中国戏剧家协会上海分会编/上海辞书出版社

37. 弹词叙录/谭正璧/上海古籍出版社

1982 年

38. 木鱼歌、潮州歌叙录/谭正璧/书目文献出版社

39. 曲艺丛谈/赵景深/中国曲艺出版社

40. 敦煌变文论文录/周绍良、白化文/上海古籍出版社

41. 中国评书（评话）研究/谭达先/香港商务印书馆

1983 年

42. 中国大百科全书·戏曲曲艺卷/中国大百科全书出版社

43. 苏州评弹旧闻钞/周良/江苏人民出版社（增补本，古吴轩出版社 2006 年版）

1984 年

44. 宛春杂著/胡士莹/浙江文艺出版社

45. 中国曲艺论集（一）/中国曲艺出版社编辑部编/中国曲艺出版社

1985 年

46. 评弹通考/谭正璧、谭寻/中国曲艺出版社

47. 陈汝衡曲艺文选/陈汝衡/中国曲艺出版社

48. 访书见闻录/路工/上海古籍出版社

49. 书曲散记/薛汕/书目文献出版社

50. 扬州曲艺史话/韦人、韦明铧/中国曲艺出版社

51. 扬州清曲/韦明铧/上海文艺出版社

1986 年

52. 通俗文学论丛/吴晓铃、薛宝琨编/北岳文艺出版社

53. 张长弓曲论集/张长弓/黄河文艺出版社

54. 周贻白小说戏曲论集/周贻白/齐鲁书社

1987 年

55. 中国的曲艺/薛宝琨/人民出版社

56. 兰州鼓子研究/王正强/甘肃人民出版社

1988 年

57. 说唱艺术简史/中国艺术研究院曲艺研究所编/文化艺术出版社

1989 年

58. 车王府曲本提要/郭精锐、陈伟武、麦耘、仇江/中山大学出版社

59. 中国民族音乐大系·曲艺卷/连波/上海音乐出版社

60. 艺野知见录/任光伟/春风文艺出版社

1990 年

61. 中国说唱艺术史论/薛宝琨、鲍震培/花山文艺出版社

62. 中国俗文学辞典/王文宝、盛广智、李英健/吉林教育出版社

63. 敦煌变文集校议/郭在贻、张涌泉、黄征/岳麓书社

64. 东北二人转史·辽宁部分/李微/长春出版社

65. 西河大鼓史话/钟声/花山文艺出版社

1991 年

66. 敦煌文学丛考/项楚/上海古籍出版社

67. 评弹艺术家评传录/上海曲艺家协会编/上海文艺出版社

68. 中国曲艺史/倪钟之/春风文艺出版社

1992 年

69. 河西宝卷的调查研究/段平/兰州大学出版社

70. 敦煌文学刍议及其他/周绍良/新文丰出版公司

1993 年

71. 敦煌文学概论/颜廷亮/甘肃人民出版社

72. 敦煌说唱文学概论/张鸿勋/新文丰出版公司

73. 敦煌话本、词文、俗赋导论/张鸿勋/新文丰出版公司

74. 讲唱文学·元杂剧·民间文学/谭达先/台湾商务印书馆

1994 年

75. 中国俗文学七十年/吴同瑞、王文宝、段宝林主编/北京大学出版社

76. "说唱"义证/吴文科/中国文学出版社

1995 年

77. 中国俗文学史/门岿、张燕谨/文津出版社

78. 俗文学丛考/车锡伦/学海出版社

79. 评话宗师柳敬亭/江苏省、泰州市政协文史资料委员会编/江苏文史资料编辑部刊行

1996 年

80. 岭南俗文学简史/叶春生/广东高等教育出版社

81. 河南曲艺史论文集/马紫晨/内部刊行

82. 扬州曲艺论文集/韦明铧/江苏文艺出版社

83. 弹词经眼录/周良/江苏文艺出版社

84. 评弹文化词典/吴宗锡、周良主编/汉语大词典出版社

1997 年

85. 中国俗文学发展史/王文宝/北京燕山出版社

86. 山东曲艺史/张军、郭学东/山东文艺出版社

87. 中国宝卷概论/车锡伦/学海出版社

88. 中国宝卷研究论集/车锡伦/学海出版社

1998 年

89. 中国曲艺史/蔡源莉、吴文科/文化艺术出版社

90. 中国文化通志·曲艺杂技志/薛宝琨、鲍震培/上海人民出版社

91. 中国宝卷总目/车锡伦/台北"中研院"中国文哲研究所筹备处 1998 刊行（北京燕山出版社 2000 年版）

1999 年

92. 中国全史·曲艺史/经济日报出版社

93. 梨园撷英——戏曲曲艺艺术文粹/黄立新、沈习康/东方出版中心

94. 宝卷·弹词/车锡伦、周良/春风文艺出版社

95. 潮州歌册/吴奎信/花城出版社

2000 年

96. 敦煌文学源流/张锡厚/作家出版社

2001 年

97. 中国俗文学家（者）传略/王文宝、孟宪堂/吉林人民出版社

2002 年

98. 苏州评弹文学散论/夏玉才/中国戏剧出版社

99. 清代女作家弹词小说论稿/鲍震培/天津社会科学院出版社

100. 信仰·教化·娱乐：中国宝卷研究及其它/车锡伦/台湾学生书局

101. 山东曲艺研究·曲书目概要/郭学东编/中国开明文教音像出版社

2003 年

102. 中国北方农村的口传文化：说唱的书、文本、表演/井口淳子著、林琦译/厦门大学出版社

103. 中国苏州评弹/周良主编/百家出版社

104. 台湾客家说唱文学：传仔研究/邱春美/文津出版社

2004 年

105. 现代学术史上的俗文学/陈平原主编/湖北教育出版社

106. 聊斋俚曲/陈玉琛/山东文艺出版社

107. 木鱼书/任百强/广东人民出版社

108. 新城戏与八角鼓/徐达音/时代文艺出版社

2005 年

109. 中国曲艺通史/姜昆等/人民文学出版社

110. 书斋与书坊之间——清代子弟书研究/崔蕴华/北京大学出版社

2006 年

111. 中国艺术史·曲艺话剧电影摄影卷/史仲文主编/河北人民出版社

112. 说唱与戏曲艺术概论/张秀艳/首都师范大学出版社

113. 弹词目录汇抄·弹词经眼录/古吴轩出版社

114. 扬州评话探讨/易德波/人民文学出版社

115. 中国鼓词总目/李豫、李雪梅、孙英芳、李巍/山西古籍出版社

116. 四川扬琴史稿/代梓又/上海音乐学院出版社

2007 年

117. 苏州评弹艺术论/周良/古吴轩出版社

118. 宝卷论集/李世瑜/兰台出版社

119. 北京旗人艺术：岔曲/金启平、章学楷/北京师范大学出版社

120. 河南曲艺史/张凌怡、刘景亮、李广宇/河南人民出版社

121. 扬州清曲研究资料汇编：聂峰扬州清曲文集/王兆根编/扬州市广陵区文化局刊行

122. 东北大鼓漫谈/耿瑛/春风文艺出版社

123. 琴川雅韵：常熟评弹艺术馆/叶黎侬/上海文化出版社

2008 年

124. 敦煌讲唱文学叙事研究/钟海波/陕西人民出版社

125. 敦煌说唱文学概论/张鸿勋/新文丰出版社

126. 敦煌变文传播研究/胡连利/人民出版社

127. 宋金说唱伎艺/于天池/秀威资讯科技股份有限公司（陕西人民教育出版社 2009 年版）

128. 清代弹词研究/盛志梅/齐鲁书社

129. 清代中晚期北京说唱文学与伎艺研究——以子弟书、岔曲为中心/姚颖/北京燕山出版社

130. 才女彻夜未眠——近代中国女性叙事文学的兴起/胡晓真/北京大学出版社

131. 靖江宝卷研究/车锡伦、陆永峰/社会科学文献出版社

132. 河洛大鼓/周加申、吕武成/军事谊文出版社

133. 温州鼓词/陈小萍主编/浙江摄影出版社

134. 评书/张啸涛/中国文联出版社

135. 邱心如《笔生花》研究/陈文璇/花木兰文化出版社

2009 年

136. 追慕崇高　反哺社会：2009 中国曲艺高峰（柯桥）论坛专辑/中国曲艺家协会主编/中国文联出版社

137. 敦煌变文的口头传统研究/富世平/中华书局

138. 敦煌变相与变文研究/于向东/甘肃教育出版社

139. 鼓曲与快书/蒋慧明/中国文联出版社

140. 辽宁曲艺史/耿英/辽宁大学出版社（春风文艺出版社 2019 年再版）

141. 宁夏曲艺简史/张爽/宁夏人民出版社

142. 杭州评话研究/陈建一主编/浙江摄影出版社

143. 温州鼓词概论/赵雷/中国工商出版社

144. 扬州评话研究/董国炎/社会科学文献出版社

145. 苏州评弹研究六十年/周良/古吴轩出版社

146. 弦歌不了情：扬州弹词艺术/韦明铧/广陵书社

147. 河东民间说唱研究/卫凌/中国社会出版社

148. 佛山藏木鱼书目录与研究/曾赤敏、朱培建主编/广州出版社

149. 榕荫古趣：广州说书/颜志图/广东教育出版社

150. 南音/陈勇新/广东人民出版社

151. 台湾歌仔四论（增订本）/曾子良/国家出版社

152. 中国宝卷研究/车锡伦/广西师范大学出版社

153. 兰州鼓子/兰州市非物质文化遗产保护中心/甘肃人民美术出版社

2010 年

154. 中国说唱/蔡源莉/古吴轩出版社

155. 中国的曲艺/薛宝琨/中国国际广播出版社

156. 清代八旗子弟书总目提要/笡红宇、张仲伟/三晋出版社

157. 苏州胜浦宣卷/史琳/古吴轩出版社

158. 山西介休宝卷说唱文学调查报告/李豫、刘娟、尚丽新、李雪梅、刘佳/社会科学文献出版社

159. 广东木鱼说唱史研究/任百强/中国评论学术出版社

160. 敦煌讲唱文学写本研究/［日］荒见泰史/中华书局

161. 听书备览/周良主编/古吴轩出版社

162. 《刘知远诸宫调》语法研究/杨永龙、江蓝生/河南大学出版社

163. 光于前 裕于后：《柳敬亭全传》之二/张韵苹/江苏文艺出版社

164. 技艺与性别：晚清以来江南女弹词研究/周巍/上海人民出版社（后改名《弦边婴宛：晚清以来江南女弹词研究》，商务印书馆 2014 年版）

165. 清代木刻鼓词小说考略/李豫、尚立新、李雪梅、莫丽燕/三晋出版社

166. 清中叶至民国北京地区俗曲研究/徐德亮/蓝天出版社

167. 晚清以来苏州评弹与苏州社会：以书场为中心的研究/吴琛瑜/上海人民出版社（后改名《书台上下：晚清以来评弹书场与苏州社会》，商务印书馆 2014 年版）

2011 年

168. 南音·东北大鼓·人：关注非遗保护的一个视角/童丽娜、马卫星/哈尔滨工程大学出版社

169. 锣鼓书/谈敬德/上海文化出版社

170. 评弹/上海市文化广播影视管理局编/上海文化出版社

171. 评弹小辞典/吴宗锡主编/上海辞书出版社

172. 八角鼓曲种系统音乐研究/王宇琪/人民音乐出版社

173. 浦东说书/王卫国、王玺昌/上海文化出版社

174. 宝卷笔记/黄靖/江苏人民出版社

175. 道教唱道情与中国民间文化研究/张泽洪/人民出版社

176. 唐代变文：佛教对中国白话小说及戏曲产生的贡献之研究/梅维恒/中西书局

177. 诸宫调与中国戏曲形成/吕文丽/中国戏剧出版社

2012 年

178. 多元文化格局下的曲艺：2011 年第二届中国曲艺高峰（柯桥）论坛专辑/中国曲艺家协会主编/中央文献出版社

179. 曲山艺海漫话/张继平/济南出版社

180. 说唱文学的艺术世界：中原曲词文学研究/冯彬彬/中原农民出版社

181. 弦鼓唱千秋舌间画人生：台北市说唱艺术发展史/王友兰、王友梅/台

北市政府文化局

182. 敦煌变文中三种句式研究/高军青/凤凰出版社

183. 评弹艺人录/谭正璧、谭寻编/上海古籍出版社

184. 清水出芙蓉：扬州清曲艺术/韦明铧/广陵书社

185. 山东大鼓/陈亚夫/吉林文史出版社

186. 绍兴宣卷/王彪、冯健/浙江摄影出版社

187. 河西宝卷与敦煌文学研究/庆振轩主编/人民出版社

188. 敦煌变文中三种句式研究/高军青/凤凰出版社

189. 中国鼓词文学发展史/李雪梅、于红、霍耀中等/上海人民出版社

190. 宝卷：十六至十七世纪中国宗教经卷导论/欧大年/中央编译出版社

191. 吴方言区宝卷研究/陆永峰、车锡伦/社会科学文献出版社

192. 山西永济道情宝卷及音乐研究/杨永兵/中国社会出版社

193. 南音与粤讴之研究/梁培炽/广东人民出版社

194. 诚为才女红颜写心：陈端生《再生缘》中才女形象的塑造/董宁/三晋出版社

195. 新编子弟书总目/黄仕忠、李芳、关瑾华/广西师范大学出版社

2013 年

196. 中国说唱文学之发展流变/盛志梅/中国社会科学出版社

197. 曲艺：自觉与自信：2013 年第三届中国曲艺高峰（柯桥）论坛专辑/中国曲艺家协会主编/中国文联出版社

198. 子弟书与清代旗人社会研究/郭晓婷/中国社会科学出版社

199. 车王府藏子弟书叠词研究/王美雨/山东大学出版社

200. 当代北京评书书场研究/杨旭东/民族出版社

201. 粤韵清音：广府说唱文学/钟哲平/广东教育出版社

202. 柳敬亭研究/刘宁主编/凤凰出版社

203. 弦内弦外：吴宗锡评弹艺文选/吴宗锡/中国文联出版社

204. 薛宝琨曲艺文选/薛宝琨/中国文联出版社

205. 京韵大鼓：音乐·历史/陈钧/中国戏剧出版社

206. 个体与集体之间：二十世纪五六十年代的评弹事业/何其亮/商务印

书馆

207. 江苏道情考论/王定勇/社会科学文献出版社

208. 扬州清曲音乐稳态特征研究/王小龙/光明日报出版社

209. 《聊斋俚曲》语气词研究/翟燕/中国社会科学出版社

210. 粤韵清音：广府说唱文学/钟哲平/广东教育出版社

211. 经卷遗存：长江流域民俗文化与艺术遗存/唐忠毛/湖南大学出版社

212. 西北宝卷研究/刘永红/民族出版社

213. 青海宝卷研究/刘永红/中国社会科学出版社

214. 宝卷民俗/黄靖/古吴轩出版社

215. 盲人说书的调查与研究/冯丽娜/中国文史出版社

216. 敦煌变文/李小荣/甘肃教育出版社

2014 年

217. 中国传统音乐概论：戏曲与说唱音乐/兰青/东北大学出版社

218. 湖州曲艺史/张志良/浙江古籍出版社

219. 雅韵留痕：评弹与都市/申浩/商务印书馆

220. 苏州评话弹词艺术概论/周良/古吴轩出版社

221. 苏州评弹艺术家评传/苏州市文学艺术界联合会、苏州市曲艺家协会、苏州评弹表演艺术传承研究会编/古吴轩出版社

222. 建国后苏州评弹历史资料选辑/苏州市文学艺术界联合会编/古吴轩出版社

223. 杭州评话/陈睿睿、王颖燕/浙江摄影出版社

224. 绍兴宣卷研究/钟小安/中国社会科学出版社

225. 中国宝卷生态化保护与传承交流研讨会论文集/冯锦文主编/河海大学出版社

226. 京韵大鼓语言艺术研究/董新颖/北京理工大学出版社

227. 潞安大鼓/李保宏、李龙/中国言实出版社

228. 常德鼓书的历史传统与现实激扬/吴文科主编/文化艺术出版社

229. 中州传统曲艺戏曲音乐概论/郭德华、刘世嵘/河南大学出版社

230. 金华道情/章晓华、吴琅云、章竹林/浙江摄影出版社

231. 不绝如缕：曲艺评论杂文续集/伊增埙/中国文联出版社

232. 文化传播视野下的先唐说唱文学/马丽娅/山东大学出版社

233. 跨文化视野下的敦煌俗文学/张鸿勋/上海古籍出版社

234. 敦煌变文、元刊杂剧量词比较研究/张惠强/光明日报出版社

235. 金代诸宫调词汇研究/张海媚/南京大学出版社

236. 清代曲艺史/包澄絜/学苑出版社

237. 近代天津十一大曲艺家/政协天津市委员会文史资料委员会编/天津人民出版社

2015 年

238. 中国俗文学史论/鲍震培/南开大学出版社

239. 曲艺综论/吴文科/北京时代华文书局

240. 曲艺艺术赏析/杨和平/苏州大学出版社

241. 民间曲艺/杨和平/学苑出版社

242. 都市中国的乡土音声：民俗、曲艺与心性/岳永逸/中国人民大学出版社

243. 北京曲艺理论研讨文集/崔琦/北京出版社

244. 北京曲艺 60 年/丁琳/北京出版社

245. 北方民间宝卷研究/尚丽新、车锡伦/商务印书馆

246. 五音大鼓/孙仲魁/北京美术摄影出版社

247. 北京评书/梁彦/北京美术摄影出版社

248. 苏州评弹散论/吴文科/古吴轩出版社

249. 苏州评弹传统书目论集/周良/古吴轩出版社

250. 伴评弹而行/周良/商务印书馆

251. 评弹人平淡事/张玉红/苏州大学出版社

252. 评弹 1949：大变局下的上海说书艺人研究/张盛满/商务印书馆

253. 评弹文论选辑/苏州市文学艺术研究会编/古吴轩出版社

254. 海上曲艺研究的历史帆影：沈鸿鑫曲艺论集/沈鸿鑫/上海三联书店

255. 浦东说书/浦东新区文化艺术指导中心编/文汇出版社

256. 温州鼓词/包媛媛/中州古籍出版社

257. 马街书会民间曲艺活动的社会机制研究/马志飞/郑州大学出版社

258. 敦煌变文名物研究/张春秀/西南交通大学出版社

259. 敦煌变文单音动词词义演变研究/李倩/中国社会科学出版社

260. 明清三大弹词小说研究/林琳、郭雅洁、段亚敏/地质出版社

261. 清代说唱文学创作研究/车振华/齐鲁书社

2016 年

262. 儒学与曲艺/徐华云/山东大学出版社

263. 复州东北大鼓/王星航/大连理工大学出版社

264. 扬州评话发展史及海外影响/肖淑芬、杨肖/社会科学文献出版社

265. 听声：耳畔苏州·评弹/潘讯/古吴轩出版社

266. 苏州弹词/施振眉、蒋希均、魏真柏/浙江摄影出版社

267. 苏州弹词音乐/陶谋炯/苏州大学出版社

268. 禳灾与记忆：宝卷的社会功能研究/李永平/中国社会科学出版社

269. 解读靖江宝卷/黄靖/江苏人民出版社

270. 中国宝卷国际讨论会论文集/王定勇主编/广陵书社

271. 子弟书源流考/冷纪平、郭晓婷/中国社会科学出版社

272. 聊斋俚曲论纲/刘秀荣、刘婷婷/齐鲁书社

273. 中国少数民族曲艺研究/柯琳/中国文联出版社

274. 民国曲艺史/蔡源莉/北京时代华文书局

275. 三十而立：中国艺术研究院曲艺研究所成立三十周年纪念/吴文科主编/文化艺术出版社

2017 年

276. 中国曲艺发展简史/本书编委会/高等教育出版社

277. 常州曲艺史/言禹墨/江苏凤凰文艺出版社

278. 南腔北调话曲艺/孙广波/上海教育出版社

279. 即将消失的艺术：评书/孙一、闫雨生/清华大学出版社

280. 评书与戏曲/金受申/北京出版社

281. 说唱·唱本与票房：北京民间说唱研究/崔蕴华/商务印书馆

282. 京韵流芳：北京民间曲艺选介/张维佳、张驰/商务印书馆

283. 乐亭调大鼓族系音乐研究/商树利/中国青年出版社

284. 当代山西盲人说唱班社生存发展研究/李成丽/中国文联出版社

285. 楚风汉韵：南阳地方曲艺风采录/苏定堃、唐明华主编/河南人民出版社

286. 苏州评弹/潘人杰/泰山出版社

287. 书坛烟云录：苏州评弹艺术家评传（三）/苏州市文化广电新闻出版局、苏州市文学艺术界联合会、苏州市曲协评弹表演艺术传承研究会编/古吴轩出版社

288. 盛衰之间：上海评弹界的组织化（1951—1960）/王亮/商务印书馆

289. 评弹流派的历史与变迁：流派机制的上海叙事/张延莉/上海音乐学院出版社

290. 江口民风的演绎——崇明曲艺/柴泰熊/上海文艺出版社

291. 瑞安方言曲艺韵书/沈克成、何克识/宁波出版社

292. 李啸仓刘保绵戏曲曲艺论集/李啸仓、刘保绵/中国戏剧出版社

293. 中华曲艺书目内容概览/董耀鹏主编/高等教育出版社

294. 中华曲艺图书资料名录/董耀鹏主编/高等教育出版社

295. 从变文到元明词话的文体流变研究/韩洪波/郑州大学出版社

2018 年

296. 中国曲艺艺术概论/薛宝琨/高等教育出版社

297. 青岛与曲艺/吕铭康/青岛出版社

298. 浙江曲艺发展探索论文选集/翁仁康/杭州出版社

299. 瓯江鼓词：流逝中的乡音/刘秀峰/浙江工商大学出版社

300. 粤语说唱/陈勇新/世界图书出版广东有限公司

301. 在表演中创造：陕北说书音乐构成模式研究/关意宁/上海音乐出版社

302. 苏州评话弹词史补编/周良/古吴轩出版社

303. 中国苏州评弹社会史料集成/唐力行主编/商务印书馆

304. 吴宗锡评弹文集/吴宗锡/上海人民出版社

305. 苏州戏曲博物馆藏宝卷提要/郭腊梅/国家图书馆出版社

306. 傅惜华藏宝卷手抄本研究/吴瑞卿/学苑出版社

307. 无锡宣卷仪式音声研究/李萍/中国社会科学出版社

308. 1949—1966：评弹艺术的轻骑兵之路——十七年书目传承研究/金坡/商务印务馆

309. 音乐人类学视角下的长沙弹词研究/朱奕亭/苏州大学出版社

310. 相声史话/高玉琮、刘雷/百花文艺出版社

2019 年

311. 苏州评弹/施吟云/江苏凤凰美术出版社

312. 梅与竹：中国传统苏州评弹/〔美〕马克·本德尔著、李东鹏译/商务印书馆

313. 金戈铁马：晚清以来苏州评话研究/解军/商务印书馆

314. 评书表演艺术/田连元、田浩/高等教育出版社

315. 扬州评话发展史/董国炎/江苏凤凰文艺出版社

316. 浙东说唱艺术探源/祁慧民/海洋出版社

317. 东北民间说唱艺术/田子馥、刘季昌/时代文艺出版社

318. 市井风情：北京曲艺/张维佳、张亦驰/北京教育出版社

319. 宝卷研究/濮文起、李永平编/商务印书馆

320. 首届全国河南坠子理论研讨会暨经典曲目演唱会论文集/河南省文化艺术研究院编/中州古籍出版社

321. 光前裕后：一百个苏州评弹人的口述历史/唐力行主编/商务印书馆

322. 子弟书诗篇对儒家思想的诠释与传播/王美雨/九州出版社

323. 丽水鼓词/褚子育/浙江摄影出版社

324. 河陇曲子研究/王正强/敦煌文艺出版社

325. 新时代新曲艺：第三届全国曲艺理论学术研讨会优秀论文集/中国文联曲艺艺术中心编/金盾出版社

参考文献

一　专书

傅惜华：《北平国剧学会图书馆书目》，1935 年刊行。

北京图书馆：《西谛书目》，文物出版社 1963 年版。

《中国书店三十年所收善本书目》，中国书店 1982 年版。

王重民：《中国善本书提要》，上海古籍出版社 1983 年版。

郑阿财、朱凤玉：《敦煌学研究论著目录（1908—1986）》，汉学研究中心 1987 年刊行。

复旦大学图书馆、复旦大学古籍整理研究所：《赵景深先生赠书目录》（中文线装书部分），1988 年刊行。

王绍曾主编：《清史稿艺文志拾遗》，中华书局 2000 年版。

辽宁省图书馆、吉林省图书馆、黑龙江省图书馆主编：《东北地区古籍线装书联合目录》，辽海出版社 2003 年版。

林夕：《中国著名藏书家书目汇刊》（明清卷），商务印书馆 2005 年版。

关家铮：《二十世纪〈俗文学〉周刊总目》，齐鲁书社 2007 年版。

［日］青木正儿：《中国近世戏曲史》，王古鲁译，商务印书馆 1936 年版。

谭正璧《日本所藏中国佚本小说述考》，知行编译社 1945 年版。

刘修业：《古典小说戏曲丛考》，作家出版社 1958 年版。

胡士莹：《话本小说概论》，中华书局 1980 年版。

曾永义：《说俗文学》，台湾联经出版事业公司 1980 年版。

中国艺术研究院音乐研究所：《中国音乐书谱志》，人民音乐出版社 1984 年版。

《学林漫录》第 9 辑，中华书局 1984 年版。

阿英：《小说二谈》，上海古籍出版社 1985 年版。

俞大纲：《俞大纲全集》，幼狮文化事业公司 1987 年版。

［俄］李福清：《中国古典文学研究在苏联》（小说·戏曲），书目文献出版社 1987 年版。

郑振铎：《郑振铎文集》，人民文学出版社 1988 年版。

潘重规：《列宁格勒十日记》，东大图书股份有限公司 1993 年版。

施蛰存：《文艺百话》，华东师范大学出版社 1994 年版。

林徐典编：《汉学研究之回顾与前瞻》（文学语言卷），中华书局 1995 年版。

［俄］李福清：《三国演义与民间文学传统》，上海古籍出版社 1997 年版。

朱一玄：《中国小说史料学研究散论》，南开大学出版社 1999 年版。

梁培炽：《榕荫论稿》，作家出版社 1999 年版。

李平、胡忌编：《赵景深印象》，学林出版社 2002 年版。

［俄］李福清：《古典小说与传说》，中华书局 2003 年版。

谭达先：《论港、澳、台民间文学》，黑龙江人民出版社 2003 年版。

陈平原主编：《现代学术史上的俗文学》，湖北教育出版社 2004 年版。

刘锡诚：《20 世纪中国民间文学学术史》，河南大学出版社 2006 年版。

潘建国：《古代小说文献丛考》，中华书局 2006 年版。

方宝璋、郑俊晖：《中国音乐文献学》，福建教育出版社 2006 年版。

谭达先：《论中华民间文学》，黑龙江人民出版社 2009 年版。

谢雍君笺注：《傅惜华古典戏曲提要笺注》，学苑出版社 2010 年版。

二　期刊

《歌谣周刊》《国立北平图书馆馆刊》《小说月报》《文学遗产》《文物》《文献》《明清小说研究》《戏曲研究》《中华戏曲》《民间文艺集刊》《曲艺》《中国文哲研究通讯》《汉学研究》《书目季刊》《民俗曲艺》《艺文》《东洋文化研究

所纪要》《横滨市立大学论丛》。

三 电子数据库

中国知网、大成老旧期刊全文数据库、读秀学术搜索

后 记

　　小书《二十世纪中国小说文献学述略》出版后，和一位同事聊天，他说，你是不是想写一个系列？我说你还真说对了，我正有此想法。转眼间十年过去，这个系列的下一本终于要出版了。

　　这是我本人很想写的一本书，个人研究的领域主要在中国古代通俗文学，戏曲、小说之外，另一个大的版块就是说唱文学了。相比之下，这个版块虽然文献资料十分丰富，可说的话题也很多，但研究基础并不好，涉猎的学人很少，相关的学术积累也不多。这样写作的难度可想而知，惟其如此，也证明了该书撰写的必要性。

　　尽管说唱文学与小说、戏曲关系密切，不及后者的学术积累那么丰厚，但要真对其基本文献及研究情况全面梳理一番，则需要另起炉灶。因此从买书开始，搜集资料，阅读相关文献，慢慢弄清了情况，这才动笔。

　　写作过程是比较漫长的，先是写出初稿，作为硕士研究生课程的讲义。连着差不多讲了十来年，每次都利用讲课的机会，进行修改和补充。这样慢慢打磨，自问内容还算是比较系统完备，可以大体反映说唱文学文献研究的整体情况，虽然也会有遗漏，但应该不会太多。其间，还以"中国古代说唱文学文献研究史论"为题申请了一个国家社科基金项目，项目完成，该书的书稿也就基本成形了。

　　此后不时根据自己看到的资料进行补充修订，书中的材料最后截至我写这篇后记时，至于何时出版，这些年并没有固定的想法。因为手头的事情很多，有好几本书需要交稿。再后来，受纪德君兄之邀，加入他的国家社科基金重大基金项目课题组，出版之事被提上日程，于是又对书稿进行了一番修订和补充，拖无可拖，这才算是告一个阶段。如果没有纪德君兄的督促，这本小书也可能再过几年才会出版。

这本小书出版后，我准备根据自己多年研读小说、戏曲、说唱文学文献的体会，对通俗文学文献的各个方面进行一番系统的梳理和总结，用当下时髦的话来说，就是准备从理论层面对通俗文学文献诸方面的特性进行探讨，写一本通俗文学文献概说、概论之类的小书。此前有朋友说我的戏曲文献、小说文献两本小书没有理论色彩，我说，这本来就是两本带有学术综述性质的小书，重点在梳理和归纳小说、戏曲文献研究的成果，为学界提供学术信息，算是入门读物，自然没什么理论色彩。至于接下来要写的小书会写成什么样子，是写成一本还是两本，看情况吧。

小书的出版得到不少朋友的帮助，这里就不再一一列举名字了。小书写的虽然还比较用心，但限于个人的学识和见闻，错误和遗漏的地方肯定还有，恳请读者诸君批评指正并告知，将来修订出版时会一一改正。

人生苦短，想做的事情很多，但真正做成的有限，继续努力吧。

2019 年 9 月 1 日于简乐斋